JN189802

# フランス近代小説の力線

# フランス近代小説の力線

沖田吉穂

水声社

目次

## II ゾラ



## III プルースト

# フランス小説の磁場を探って
## ――「まえがき」にかえて

サルトル『嘔吐』の主人公アントワーヌ・ロカンタンは、大西洋航路の発着する港町ブーヴィルの市立図書館に通って歴史書の執筆をしている。しかし空き時間には、一人で町歩きをするか、カフェで給仕や他の客の様子も眺めながら、やや漫然と時間を過ごすのである。住まいにしているホテルの一階には「鉄道員の溜まり場」なるカフェがあって、ここの女将とは昵懇である。図書館の近くのカフェ・マブリーにもよく出入りしている。そんな彼も日曜日には研究資料ではなく、ふつうの本を持って外に出る。午前中は町の最も賑わう通りを行き交う市民とともに遊歩して、午後一時になってブラスリーに入る。多くの客はザウアークラウトとビールで昼食をとっている。アントワーヌは携行して来た本を開く。バルザックの『ウージェニー・グランデ』である。

この本は図書館で借りたものなのだろうか。それとも自身の蔵書なのか。これに先立つ木曜日であるが、図書館の閲覧テーブルの上にこの本が放置されていて、仕事に乗り気がしないアントワーヌはそのページをいくつかめくったのであった。「最初から始める元気はなかった」ので、二七ページ、二八ページと図書館では読み始めたとあるが、アントワーヌはここで初めて『ウージェニー・グランデ』を読んでいるのだろうか。それとも再読なのか。既に読んだことのある本なら、珍しい版でもなければ放置されている本をわざわざ開こうという気にはならない気もするが。

ともあれ小説を途中から読みかけてみるというのは、決して悪い読書法ではないだろうと思う。数時間で読める短編は別として、数百ページある長編小説なら、最初から四分の一か三分の一か進んだところを開いて何十ページか読んでみる。そこで面白いと感じれば、最初に戻ってしっかりと読み込んでゆこうという心構えができているはずである。面白くなければ投げ出せばよい。また抜粋を読むつもりで任意のページを開くこともできるだろう。外国語の勉強としてなら、それで十分に有効である。自分もこのようにしてバルザックやゾラを読んで来た。

この市立図書館では「独学者」と呼ばれるユニークな登場人物とのつきあいが進展を見せる。「独学者」のほうはアントワーヌをたいそう尊敬しているようであるが、アントワーヌのほうでは自分との教養上の格差が大きい相手の向学心に、憐れみと驚きの混じり合った感情を抱いている。というのも固有名の与えられていないこの「独学者」は、開架図書の棚の本を著者名のアルファベット順に読んでいるのである。それですでにＬまで来ている。ここでアントワーヌはなぜか、バルザックの代表的な登場人物であるラスティニャックを連想する。「人文科学よ、さあ俺とお前の勝負だ」と、「独学者」は壁面に配列されたおびただしい数の本の背を前に言ったことだろう、というわけである。『ゴリオ爺さん』の末尾で、ペール・ラシェーズ墓地の高台からセーヌ川がうねる眼下の街を見つめながら、主人公が発する首都の社会への挑戦の言葉と重ねたものであるが、二つの状況は余りにかけ離れているので、この連想自体が場違いにさえ思われる。ただ『ウージェニー・グランデ』のページをめくってみたばかりなので、そこにきっかけはあるのだろう。

この二作品はいずれも、バルザック入門に近い位置づけを与えられている小説である。大学で「外国文学（フランス）」という講義科目を担当させてもらって、フランスの小説について十五回ほど話をするのであるが、ほとんど常に『ゴリオ爺さん』から始めてきた。フランス近代小説の原点を示す作品であり、バルザックが小説の読み方を教えてくれている小説だからである。青年主人公が社会の「真実」を探求しようとして、失敗も重ねながら精神的に成長をとげる物語であるから、大学に入学したばかりの若者に話して無駄がない。大学近くの下宿屋から始まるから、彼らにとって一見身近な世界でありながら、彼我の相違、フランスの近代と日本の近代の間の条件の違いも意識化してもらえる。『人間喜劇』の序文にも、人物再登場の手法にもつなげられるので、講義の組み立てがしやすい。

『ゴリオ爺さん』では下宿屋の向こう側には社交界がある。カルティエ・ラタンの対極にフォーブール・サンジェルマンとショセ・ダンタンとがあって、その間の懸隔が若者の野心を作り出す。しかし学生や引退者が暮らす裏町と、支配層の富と威勢で光り輝く大人の世界は、様々な回路ですでに繋がっていた。まあこういう話である。素人下宿の「お嬢さん」をめぐって前途有為な青年が争い、純朴な友人を出し抜いて罪悪感を抱えるといった話とは、盤面の広さがまるで違うではないか。

「さあ、俺とお前の勝負だ A nous deux!」というのは、腕力を競う対面勝負で使われる言葉であり、そこに智力や財力を含めても、叩き上げの人間にこそふさわしい闘争心の表現である。つまりラスティニャックよりもヴォートランやゴリオにこそ似つかわしい。『ゴリオ爺さん』において、「さあ、俺とお前の勝負だ」というのは、フランス語の表現に即していえば、実は三度出てくる。物語の終盤ではゴリオが口にしており、長女の財産権をめぐって婿のレストー相手に、ほとんど無理な命がけの勝負を挑むつもりで、興奮して叫ぶ言葉で、それをラスティニャックは隣室で聞いている。したがってこの言葉は、表現の借用によって、ゴリオからラスティニャックに何かが継承された、ということを含意する小説の記号なのである。ただ物語の前半部分では、ヴォートランが資金調達の手段を提案するために、ラスティニャックを密談に誘う。喧嘩にもなりそうだった相手に、「差しで話そうじゃないか A nous deux !」と、悪魔の誘惑のような良心の取引を持ちかける辣腕の脱獄囚。丘を下って町に向かうラスティニャックの思いの内には、これら二つの文脈を見据えた言葉の両義性がよく響いているはずである。ラスティニャックが差しで勝負を挑むことになる相手は、ゴリオの次女の夫、銀行家のニュシンゲンということになるだろう。

「外国文学」の仕事の半分は異文化理解である、と講義では述べてきた。フランス近代文学であれば、相手にしているのは、大革命が一挙に呑み込んだ社会変革の塊を、百年かけてフランス人たちがなんとか消化していく、この国民的な物語の一環である。下宿屋と社交界との対比なら誰にでもわかるが、旧政体以来の貴族街と新興の金融・産業資本家層の住まう街区との対抗関係を納得するには政治史・経済史の理解が欠かせない。この対抗関係と同様の構図は、アントワーヌ・ロカンタンが日曜朝にブーヴィルの繁華街トゥルヌ・ブリッド街を市民に混じって散歩して、その整備のプロセスを語るところでも出てくる。首都の地勢図は縮尺を変えて地方都市でも繰り返されるから、バルザックの描くアングレームや、ゾラの作ったプロヴァンス地方の虚構の町プラッサンでもほぼ同じ図式が使われていたことが思い出される。

日曜朝の町歩きの後、アントワーヌがブラスリーでページを開く『ウージェニー・グランデ』では、パリと地方との消費水準の格差が取り上げられ、これが些細な心理ドラマを生み出すだけでなく、主人公の運命にも関わる人生の選択に結びつく。舞台はロワール川下流に位置する古城のある町、ソミュールであり、ワイン樽職人からぶどう農園経営を手がけて、その才覚でこの地方で指折りの資産家となったフェリックス・グランデと、その一人娘のウージェニーの物語である。父親の吝嗇と娘の一途な性格との組み合わせが家庭内に事件を発生させることになる。ウージェニーには婿の候補が既に二人いる。銀行家と公証人の息子とか甥とかいった青年であり、この二つの家族がウージェニーの誕生日のお祝いに揃って参上している。小説はこの時点から始まるのであるが、フェリックスにはパリに兄弟がいて、このパリのグランデが突然に一人息子を送ってくる。ウージェニーにとっては従兄であり、公証人と銀行家の一族にとっては、新たなライバルの登場である。

倹約家のグランデには、当世風にめかしこんで、大量の積み荷とともに手配の馬車でやって来た甥のシャルルが、すでに気に食わない。しかしグランデの家の女たち、母親と娘と女中は、ほとんど一目で魅了されている。アントワーヌ・ロカンタンが読む小説のページは、パリから来た優雅な客人にどう恥ずかしくない待遇をするか、これがソミュールの女たちの間で議論になっている部分である。寝具や照明具の用意、朝食時のパリ風のコーヒーの入れ方、ふだんは使わない砂糖の入手などが母と娘、娘と女中の間で論じられる。ブラスリーで他の客の交わす会話が耳に入るのと、読んでいる小説の登場人物の科白とが入り交じる。少しばかりフローベール的な味のする一節である。

いつの頃からか、バルザック以降のフランス小説を相互関連のなかで読もうとするようになってきた。文芸のジャンルには固有の歴史がある。先行する作品を意識し、また前提として組み入れながら、後続する作品が書かれてゆく。参照もあればパロディーもある。これを剽窃と思ってはいけない。影響や取材源を無断借用と同一視しては、芸術史は成り立たないのである。フローベール『感情教育』の中心人物たちは『ゴリオ爺さん』の読者である。首都で勉学を始める主人公のフレデリックに、やや年長の友人デローリエが「『人間喜劇』のラスティニャックを思い出せ」と教える。「銀行家の奥さんとねんごろになれ、古典的な話だろう」というわけであるが、『感情教育』の物語が動き出すのは一八四〇年の秋であり、『ゴリオ爺さん』が発表されたのは一八三四年だから、刊行後十年に満たない小説が、引き合いに出されているのである。ラスティニャックの親近するニュシンゲン男爵夫人にとって、社交的な野心の対象であるフォーブール・サンジェルマンは、プルーストの小説の主題そのものとなるだろう。ただし十九世紀末になると、このフォーブール・サンジェルマンというのも、セーヌ左岸の単なる地区名ではなく、移動しうる抽象概念のようになっているという。それはプルーストが必要とした虚構と考えるべきかもしれない。

バルザックは一八五〇年に亡くなるが、その『人間喜劇』に匹敵するものを世紀後半のフランスを相手に実現しようとするのが、ゾラの『ルーゴン＝マッカール』であった。問題なのは連続性だけではない。バルザックとフローベールの間には一種の質的な転換がある。語り口がはっきりと違うことは誰の眼にもわかるが、それがどこから来るのかを考察するのが批評であろう。十九世紀後半の自然主義文学と『新フランス評論』以降の二十世紀小説との間にも、明瞭な落差がある。袋小路が確認されて、別方向への再出発が企てられているのだからそれは当然であろうが、詩でも演劇でもなく、小説が文学運動の中心を占めるようになったのは、自然主義からのことである。役割は明らかに引き継がれているが、十九世紀から二十世紀へと、運動を担う社会集団が世代交代するだけでなく、その出身階層や趣味規範においても、ほとんど別の種類のものとなっている。そのことによって、文学に期待されているものがはっきりとした変化を遂げているのである。銘柄の上でも、文学生産の背景に位置を占めて世話役となる出版人が、シャルパンティエからガリマールへと移動している。

文学や芸術の生成には場に固有の力学を見て取ることができる、ということを指摘したのはピエール・ブルデューである。これは物理で言う電場や磁場、重力場といったものを「社会場」に転用したものであり、場の当事者が自らゲームのルールを作り出し、自律化した集団内で価値や規範をめぐって相互に優位が争われる様子が「芸術の規則」として提起されている。文学作品を歴史的な変容からとらえようとする場合にも、同様の考え方は一定の有効性を持っていると思われる。登場の時点では顰蹙を買い、誰にも理解されなかった前衛作品が、いつの間にか古典のなかに組み込まれている。こうしたプロセスをわれわれは何度も繰り返し見てきた。恐らくは読者が、観客が、作品とともに成長するのである。かつては「ジャンルの進化」という考え方を提唱した文学史家もいた。生物学的なアナロジーは妥当性を欠くとしても、詩や演劇、小説や批評の内部の歴史に対する方向感覚、作品相互間に確認できる引力と斥力を考えてみれば、文学の場にも一種の「力線」が描ける。傾向を探ろうとする編集者や批評家は無論のこと、作家たちもそうした志向と意欲をもって仕事をしているのではないか。本書はそんな問題意識から、主に十九世紀後半から二十世紀初頭にかけての代表的なフランス小説を自分なりに読んできた報告である。

ロダンの作品であるバルザックの銅像を前に、サルトルとボーヴォワールが並んで写っている写真がある。二人とも哲学の教授資格者（アグレジェ）で、高校教師として出発した。哲学は高校の最終学年に配置され、国語教育の仕上げとして一、二年目までの文学から重点を移動させて、概念の運用能力が鍛えられる。『ウージェニー・グランデ』の近年刊行のポケット判を見ると、この小説は恐らく「国民的な最小限の文学的教養」を構成した作品の一つであろうと解説に書いてある。十九世紀後半に再版された回数が最も多い小説の中に入り、中学二年目で教材としてよく使われ、教授資格試験（アグレガシオン）の課題作品ともなったらしい。時代による重点の移動はあるが、ある時期までは、フランス中等教育の国語・文学の教師なら間違いなく読んでいる作品であったことだろう。アントワーヌは『ウージェニー・グランデ』をここで初めて読んでいるのだろうか、といったことが少し気になったのは、そうした文化史的な背景からである。フランス文学というのはわれわれには外国文学であるが、フランス人にはいわば国文学である。中等教育に幅広い受容の基盤があり、国語教育と一体化している。「独学者」が自分に欠けているという強い自覚を持っているのは、そうした中等教育なのである。

しかしアントワーヌ・ロカンタンにとって「独学者」は憐憫の対象となっているだけではない。彼から様々に刺激を受け反省を促されるということが、何度も起こっている。前世紀末にこの地で活躍した人文系の偉人の彫像を見ながら、一仕事のあとアントワーヌが図書館に隣接する庭でパイプを燻らせていると、「独学者」が遠慮がちに声をかけてくる。「あなたの唇が動いているのを見ました。きっとご本の文章を反復しておられたんですね」と言って笑う。「アレクサンドランを追いかけておられたんでしょう。」アントワーヌが唖然として「独学者」を見つめると、相手は次のように追い打ちをかける。「散文のなかではアレクサンドランは慎重に避けるべきものではないでしょうか。」この一節は、閲覧テーブルの上に『ウージェニー・グランデ』が開かれたままになっているのを、アントワーヌが目にする場面のすぐ直前にある。

フランス語韻文の土台を担っているのが、一行が十二音綴からなるアレクサンドランである。フランス語には音の長短や強弱がないので、古典語や英語のように、その決まった組み合わせで詩脚が規定される韻律法は存在しない。五音と七音の組み合わせで韻文の律動が得られる日本の詩歌の感覚にむしろ似ているが、これに脚韻が加わって詩行のまとまりが作られる。どこの国の文学にあっても韻文がまず重視されるのは、文芸が口承で始まったからである。筆記手段のない段階で伝承が可能となるためには、言葉は暗記して朗唱できる形態になっていなければならない。それが整備され規範化されてはじめて、多様な詩の形式が成立する。フランス語では十二音綴が韻文として可能な一行の限度とされる。逆に言えば韻文でありながら、分析的で論理的な散文に近い表現が可能なのがアレクサンドランである。しかし散文の中にアレクサンドランを交えてはならない。これは十七世紀前半の文法学者でフランス語の規範を定めたヴォージュラが言っているらしい。「独学者」恐るべし。一九三〇年代ともなれば、定型詩の時代はすっかり過去のものになっている。しかし中等国語教育の中で伝達されるべき言語規範について、無学を任じるものが、エリートに注文を付けているのである。

『嘔吐』は無名の人間が残した手記を、編者が若干の注を付けて刊行しているという形態の「小説」である。この型は一人称の主人公＝語り手の感情表現を重視するロマン主義の時代に多く用いられ、リアリズム期に半世紀近く見捨てられていたあと、内面性への回帰とともに復活を見せている。同じくロマン主義が再興させた「年代記」も、二十世紀に入って時評の役割を組み込むような形で見直されるだろう。かくして哲学教師を主人公とする『自由への道』では、個人生活と世界史の両面から、人間の存在条件が探られることになる。許可されていない堕胎と、禁じられていない戦争が、自由と責任の表裏をなす関係を具体的に提示する。しかし『嘔吐』では、生理学的な身体が形而上学と向きあい、胃のなかの水たまりが、街路の水たまりと意識にとって等価なものになる。身体の器官が分泌して体外に排出されるものの形態で、自己と外部世界の関係が官能化されている。この点で、『嘔吐』は『居酒屋』を引き継ぐ要素を十分に含んでいる。自然主義は、すっかり用済みになっているわけではない。ただサルトルの小説では、ゾラの小説とは異なり吐瀉はなく、「吐き気」と言いながら、扱われているのは外部世界の揺れによる「船酔い」の感覚に近い。フランス語の語感からも、船旅への連想が働く。その点では舞台が港町であることも有効に機能しているように思われる。

ブーヴィルのモデルはル・アーヴルである。サルトルが哲学教師として最初に赴任した土地であり、パリはサンラザール駅から出発した列車の終着駅がある。アメリカに向かう船に乗り込む乗客はこの路線を利用するが、この鉄道路線で殺人事件を仕組んだのがゾラの『獣人』である。従ってアントワーヌ・ロカンタンがよく出入りする「鉄道員の溜まり場」や駅周辺の街路には、『獣人』と同じセッティングが使えるはずである。港町ル・アーヴルはモーパッサンの『ピエールとジャン』の舞台でもあるが、またジッドの『狭き門』でもこの地を背景にプロテスタントでいとこ同士の関係が展開するのであった。ジッドが自己の作品群の中でただ一つ「ロマン」の地位を付与した『贋金使い』では、母親が愛人から受け取った手紙を偶然に発見して、自己の出自を知った少年が家出するところから物語が始まるが、残された手紙によって露見する母あるいは妻の不倫という設定は、モーパッサンが好んで用いた。むしろん『ボヴァリー夫人』にも愛人からの手紙の発見はある。ジッドにとっては使い古された小道具であろう。しかし廃物の再利用にこそロマンの真骨頂はある。ぬるま湯でも風呂には胃を空にして入らなければと考えながら、地位ある多忙な人物が家に帰る。そう考えて、彼は職場ではおやつを食べていない。いま取り上げた家出少年の父親である。「そんな考えはおそらく思い込み（偏見）に過ぎないが、偏見こそ文明のピロティなのだ」と彼は考える。彼は予審判事であるが、ここでは建築の比喩で考えている。

『贋金使い』は一九二五年に刊行された小説である。物語の対象とする時代は明示的ではないが、第一次世界大戦以前と思われる。ル・コルビュジエが前衛芸術誌『レスプリ・ヌーボー』を創刊したのは一九二〇年であり、造形の純化を目指す運動が始まっている。一階部分を吹き放しの柱だけの空間にして階上部分を支える軽快で機能主義的な構造を指して、元来は低湿地に使う基礎杭を意味するピロティという言葉をこの建築家は用いた。一九二三年の『建築をめざして』を見ると、土地の基礎かわりに「適当な数のコンクリートの柱」を用いて、そこで稼いだ空間に交通や上下水道を収める都市計画が語られている。そのあたりから専門用語が一般化して、小説の内部に流入していると思われるが、登場人物の思考にまで遡及させるのは、時代錯誤を含むかも知れない。ただ一般的に言えば、様々な分野の術語や概念を取り込むことによって、小説は言葉の流行を証言すると同時に、それを素材として加工してもゆくだろう。『ゴリオ爺さん』に出てくる「パノラマ」をめぐる談義や地口はその古典的な例である。「パノラマ」はこのパリ小説が与える広角的な展望感覚の紋章たる役割も果たしているであろう。偏見や紋切り型の造形的な活用は、逆説的ではあるが小説の純化とおそらく表裏一体をなしている。バルザックの小説が導入し、その可能性を拡大したあと、フローベールの小説が磨き上げてゆくことになる二次利用の言語である。

素材の二次利用による造形を吟味する際の着眼点は、モチーフの踏襲・反復である。「俺とお前の勝負だ」という文句は『贋金使い』にも現れる。先ほどの家出少年ベルナールは後をつけていた人物の落とした手荷物預かり証を拾う。持ち主になり代って荷物を受け取ると、このスーツケースには鍵がかかっていないことがわかる。文無しだった少年はそこにある財布の中の現金で昼食をとり、ホテルの部屋に入って、返却する前にその中身を点検しようとする。ここで少年は「さあ、スーツケースよ、俺とお前の勝負だ」と、すでにわれわれには親しい科白を口にしている。中をあけて見ると、この人物の書いた「日誌」と受け取った手紙がそこに見つかる。その内容を通じて、少年自身にもつながる小説内の人間関係が読者の前に明らかになるのであるが、この日誌を書いている人物エドゥワールは作家で、その構想中の小説が「贋金使い」というタイトルになっている。「贋金」は少年非行の世界に結びつく同時に、流通する言葉の真贋から、文学雑誌の編集に関わる人脈も浮かび上がらせる。従って扱われている贋金は偽造紙幣ではない。澄んだ音を立てる本物の金貨であるかどうかが問題なのである。仕掛けの多い小説であり、物語の単位は対等な資格でモジュール化され、機能的に相互の連携がはかられている。

小説の後半部ではバカロレアの再試験に合格したベルナールが、「人生の大海原が自分の前に広がっている」と感じる高揚感の中で「天使」と出会う。「収支決算をするときが来ているよ」と言われて、天使に導かれて献身の対象を市中に模索するベルナールは、統制を伴う党派活動への参加は拒否した上で、天使からの一対一での「組み打ち」への誘いを受け入れるのである。寄寓している学寮に天使と戻った彼は、相部屋の児童が眠っているのを確認した上で、「さあ、俺とお前の勝負だ」と天使に声をかける。夜明けまで続く天使との組み打ちは、旧約聖書の族長でアブラハムの孫であるヤコブの事績として伝わる挿話の、あからさまな踏襲である。ベルナールには「選ばれた者」の役割が付与されていることがわかるが、小説の記号としては、二カ所にまたがる「俺とお前の勝負だ」の間に、主人公の精神的な成長があることも読み取れるだろう。それはラスティニャックの社会的成長とも対応する。この間ベルナールはエドゥワールの秘書として夏のスイスに滞在しているが、そこで婚外子を身ごもった既婚女性への愛を通して、血縁に基づく絆を絶対視する社会慣習ないし偏見を越える視野を持つに至っている。

エドゥワールの日誌の中には、次のような言葉が見られる。「現実は造形の材料として私には興味がある。あったものに対してよりも、ありうべきものに私はより多く向き合いたい。」エドゥワールがスイス滞在中に出会う精神科医の女性も、比喩的に「ピロティ」を口にする。彼女は小説家に言う。「あなた方のお作りになる人物の大部分は、ピロティの上に築かれているように思えます。基礎も地階もなしで。詩人のほうにこそ、より多くの真実があると思えるのです。知性だけで作られているものは嘘ですわ。」彼らが来ているスイスの高地は、高床式穀物倉庫のある伝統建築で知られるローヌ川の源流に近い土地である。そこではネズミ返しをつけたピロティは土着のものである。彼女の述べる小説への不満は、エドゥワールにも理解できるものであるが、「芸に関わる理由、いくつかの高次元の理由」が彼女には見えていないと思う。エドゥワールは「よき博物学者がよき小説家になるわけではない」と考えており、作家としては反リアリズムの志向を示している。しかし自分もよく知るピュリタン的な環境の学寮に、この女医が世話をしている少年を入れようとするとき、そこには「実験」の意図が含まれている。それはゾラ的な意味での実験と同じではないが、これを意識はしているだろう。エドゥワールは現実の生活でほとんど無意識のうちに実験をおこない、その結果を執筆中の作品に取り入れようとしているのである。こうして、現実は作家にとって可塑的な様相を呈するものとなるが、同時に全くの善意のはずの行為の中に悪魔が忍び込む。少なくとも「著者」と称する小説の語り手は、この点を容赦なく指摘する。ただし、それがこの小説に対する他に優先すべき読み方というわけでもないだろう。こうした多面的視野を持つ精神のドラマ構築には、いわば機能主義的に倫理を捉えようとする、光の溢れる自由な造形への傾斜がむしろ示されているように思われる。

ル・コルビュジエの建築は、ロダンの彫刻と同様に上野公園へ行けば簡単に見ることができる。上野のお山は地勢図から言うと、都心の北東部にあって、パリならペール・ラシェーズの占める位置に近い。この南面する高台は一八七一年のパリ・コミューンの市民兵たちが共和国軍に追い込まれ潰えた場所でもあり、政治的な意味は違っても、一八六八年に彰義隊が立て籠り戦場となった寛永寺及びその後身の都市公園と歴史的に相照らすところがある。ただし上野から飛鳥山にかけての高台が見下ろすのは、東側の隅田川方面である。日本の近代小説の出発を画す『一読三歎当世書生気質』には、「上野の戦争」が組み込まれていた。そこで生き別れになった母と娘の再会・確認が、花の飛鳥山で出会う若い男女の交渉と平行して物語の興味を繋ぐ。浄瑠璃や読本でなじみのある主題であるが、ユゴーも同様の仕掛けを用いている。坪内逍遥は一八五九年の生まれで、フランス作家の世代との対応を出生年で見ると、モーパッサンとジッドやプルーストとの間にある二十年の開きのほぼ中間に位置する。バルザックやユゴーからは六十年後であり、この六十年というのはフランス革命期と日本の幕末・維新期の間の六十年の隔たりにほぼ見合っている。

上野は西洋近代と日本の近代との交渉・照合を、折につけ確認するために立ち寄るべき場所であろう。かくしてわれわれは、パリ東北の高台からセーヌ川を見下ろす例の地点、それを想起させる場所に立ち戻った。フランス近代小説との力勝負はまだ始まったばかりである。

# I　フローベール

# 「農事共進会」から『ボヴァリー夫人』を読む
## ――政治のディスクールと恋愛のディスクール

『ボヴァリー夫人』の第二部八章、農事共進会のくだりはこの小説中の圧巻としてつとに有名である。女主人公の夢と願望の実現に至る不可欠のステップであると同時に、この物語の主要な登場人物がほとんど姿を見せて言葉を発し、出来事の舞台となった町は飾りたてられておびただしい数の人を集め、劇場に近い空間へと変貌している。また、風俗の描写や女主人公の感情生活の展開の上で物語の大きな結節点となっているだけでなく、作者自身が「交響楽的効果」を語っているように、場面の空間構成からも、登場人物の発話の重奏的組立からも、さらには時間軸上への描写対象の割り振りからみても、視線と声の多様性の中に主題の一貫性を実現し、小説技法の上でも最大の見せ場を作り出しているからである。

そういった意味で、この「農事共進会」が極めて入念に織りあげられたテクストであることはまちがいなく、何人もの批評家が言及・考察しているが、なお別の観点からの接近は可能であろう。特に、『ボヴァリー夫人』を社会的な眼差しを持ったものとして読む、とりわけ社会・政治的側面から読もうとする場合、農事共進会の章はそれが成立するならどのような射程をもちうるかを端的に示してくれる、ミクロの解読の場となるもののように思われる。というのも、この章では国家がヨンヴィルの住民の前に直接その姿を見せ、言葉と振る舞いによって彼らに親しく働きかけ、それを参加者が様々な立場で受けとめ、利用し批評する過程がトータルに報告されているからである。ノルマンディーの小さな市場町は、ここに開業した医師がその妻の恋愛と破産と服毒事件を経て社会的敗者となることにより、十九世紀中葉のフランスの歴史的与件の下にある一つの社会環境として提出されているが、虚構の作品が読み込んでいる社会構造や政治文化は、テクストがそれを望むならば、歴史叙述や社会学的調査と同様の資料的基礎を持ち得ることをフローベールの仕事は随所で示している。小説の記号が社会的記号の審美的操作に他ならない以上、物語の制作は文化状況に対する働きかけとしての有効性を追求する限りにおいて、日常言語の記号生産に依拠することからしかその作業を始めることはできない。「紋切り型辞典」はそういった資料収集の一環とみなすこともでき、『ボヴァリー夫人』には「辞典」との対応箇所が数多く指摘されているが、紋切り型に対するフローベールの関心は、この言葉（idées reçues）の字義通りの意味、つまり大多数の人間によって受け入れられている現実表象の形態という意味で、理解されねばならないであろう。

それゆえ、「農事共進会」を読もうとするわれわれに課される任務は、言語素材の利用を跡づけることではなく、むしろ上記の意味での紋切り型による美的構築を、その効果において検証してみることである。いや、それも正確な表現ではない。扱うべきプロセスはもっとダイナミックなものだからである。たとえば、ここに見られる二種類の言説、政治のディスクールと恋愛のディスクールは、登場人物のレヴェルでの戦略と物語のレヴェルでの戦略に基づいて組み上げられている言語構築物であるが、登場人物のレヴェルの戦略、つまり説得ないし誘惑の戦略にしても、すでに受け入れられている観念以上に、聞き手に受け入れさせるべき観念が問題となっているからである。そこにあるのは言わば観念形態の生産であって、まず読者はその過程に立ち会うように誘われているのである。チボーデは農事共進会の場面が「中世の聖史劇の舞台さながら三段になっている」ことを指摘し、低音域の家畜、壇上の儀式、役場の二階でこれを眺めるひと組の男女という三領域から発する鳴き声や言葉は「紋切り型の弁証法のように」連続していると述べている[1]。しかしここで大切なのは、人間の口が常套句を羅列するとき、それは家畜の鳴き声と似たものになるといった理解ではなく、「弁証法」という比喩が恐らくは含意しているであろう一種のダイナミズム、対立を含んだ二つのものの間に生まれる生産的な関係である。そこにこそ、物語の作り出す「何か別のもの」があるのであり、その評価のためには「既成のもの」の分析は欠かすことができない。

ここまで仕事の方向性を確認しておけば、われわれはただちに読解のための分析に入れるはずであるが、この章の演劇的構成、というより劇中劇的な構成に鑑み、具体的な作業としては、次の四つの段階を順次追っていきたいと考える。第一のステップは、予備的な作業として、小説の虚構空間の地理的な位置づけに充てられる。ヨンヴィルこそ農事共進会の主役だからである。その上で、催し物としての農事共進会を考察することに第二段が充てられる。ここでは政府の政策的意図に基づいて催されるこの官製行事の、政治的意味を読み解くことが課題となる。つぎにわれわれは、この行事が恋愛の舞台装置として利用される仕組みを解きほぐす必要があるだろう。ロドルフにとっては農事共進会はエマに言い寄るための好機会以外ではなく、少なくとも同伴による観劇に近い効果がこのスペクタクルから得られることが期待されているからである。これが第三の仕事で、最後に問題になるのが、いうまでもなく、小説のオブジェとしての農事共進会の記号生産性である。そこでは、上記二領性の主題上の対話や、言説構造の類似性が分析の対象となるはずである。

## 一、ヨンヴィル＝ラベイとその周辺

物語が伝えるところによれば、問題の農事共進会は年一回、県単位で開かれるものであるらしい。県知事の出席が予定されていたところからみても、内政上の大きなイヴェントに違いなく、これは小郡の主邑でさえないヨンヴィル＝ラベイには、荷の過ぎた行事なのではないかとさえ思えるほどである。そもそもヨンヴィルはどこに位置し、どの程度の規模の自治体なのか。第二部一章の地理的叙述を読むと、ごく小さな町に過ぎないもののように見えるが、「村」と規定するのは、恐らくあまり適切でない。ヨンヴィルは、「定期市の立つ町」(bourg) なのであって[2]、事実、水曜日ごとの定期市はとても賑やかなものとして描写されている。「村」(village)という表現は、おおむねエマやレオンの主観での評価として用いられているだけである。ヨンヴィルは周辺にある村の農産物の集散地、生産用具や生活物質の供給地として機能しており、中核的住民の意識は極めて商人的である。これを今日の地図で見てみるならば、アブヴィル街道とボーヴェ街道の間、アンデル川の一支流の潤す谷間の奥にある。ルアンから八里、アブヴィル街道と、アンデル川は、ルアンから二、三〇キロ上流でセーヌに注ぐ長さ五〇キロほどの川で、ほぼ北北東から南南西に流れており、この上流部では、西にビュシー、東にアルグイユという町が川をはさんで一五キロ程の距離にある。ヨンヴィルはこの二つの町の間に設定されていると考えてよさそうである。これは、以下のような推定による。

ルアン方向からヨンヴィルに来るには、ラ・ボワシエールで本街道(アブヴィル街道であろう)を離れ、ルーの丘にでると谷間が見おろせるが、この谷間は川の西が牧草地で、いくつかの低い丘の麓を経てブレー地方につながり、東はなだらかに高まりながら広がってゆく見渡す限りの麦畑で、丘に立つ来訪者の前方(南西ないし西から来るとすれば恐らく東から東北方向)遠くに、アルグイユの森とサン゠ジャン丘陵の切り立った絶壁が見えるという。これがこの谷間の源流部分であろう。薬剤師オメーが町に到着したばかりの医師ボヴァリーにする土地の気候説明によれば、ヨンヴィルは、「アルグイユの森によって北風から守られ、またサン゠ジャン丘陵によって西風を避けている[3]」とあるので、これに信を置くならば、この谷間の奥部の西方がサン゠ジャン丘陵、北方がアルグイユの森ということになる。一八三五年に作られた「地域主要道」がアブヴィル街道とアミアン街道をつなぐことにより、ヨンヴィルに来るまともな道がやっと出来たということであるが、ヨンヴィルの町の唯一の通りというのは、この街道の一部をなしているのであろうか。いずれにせよ、この通りを延長した道のルアン方向にビュシー、その反対方向にアルグイユの町がある。ロドルフ・ブーランジェの地所ラ・ユシェットはアルグイユ方向にあり、彼がエマを見初めて決心を固めてゆく、ヨンヴィルからラ・ユシェットへの徒歩での帰り道は、川をわたって牧場の中を通り、アルグイユの丘を経由するのであり、彼がエマを捨てて馬車でルアンに向かう道は、ラ・ユシェットからビュシーまではヨンヴィルの通りを経るしかないので、広場を駆け抜ける彼の青いティルビュリーがエマの目に止まるのである。アルグイユの町にはヨンヴィルより大きな市が立つようで、夫人の死後ボヴァリーがロドルフに再会するのは、この町の市で馬を処分しようとしたからであった[4]。また農事共進会のために、ヨンヴィルにはない国民衛兵隊がやってくるのはビュシーの町からである。さらには、旅籠「リオンドール」の経営するルアン・ヨンヴィル間の乗合馬車「つばめ」に対抗して、ヨンヴィルに店を構える商人ルゥルーが新たな馬車路線の開設に乗り出すとき[5]、これはルアン―アルグイユ間を結ぶことになっており、これにより彼はヨンヴィルの商取引を一手に収めようと目論むのであった。

このように見ると、物語の市場町ヨンヴィル＝ラベイは一五キロ程しか離れていない実在の二つの町の間に位置づけられていることになり、直線上に三つの町が並んでいるのではないとしても、地理上の虚構の余地は極めて小さいと言えるであろう。ヨンヴィルが経済・文化的に依存する都市としては、北にヌーシャテル、南西にルアンがある。ヌーシャテルはルアンから北東に延びるアブヴィル街道沿いにあり、ブレー地方の中心都市で、ここから東にアミアン街道が分岐している。ディエップで英仏海峡に注ぐベチューヌ川が町を潤す。大学で学んだりオペラを見たりするにはルアンに出る他はないが、農事共進会の宴会のために料理人がやってくるのはヌーシャテルからであり、また彎足手術の失敗がはっきりして、その後始末にカニヴェ先生が呼ばれるのもここからである。この医師の処方箋はオメーの薬局にも回ってくるので、ないがしろにはできない。しかし、ボヴァリー夫人の服毒の際には、カニヴェ医師に加えて、シャルルの恩師で名医ビシャの流れを汲む偉大な外科医、ラリヴィエール博士がルアンからやって来る。エマの差し押さえに執達吏はビュシーから来るが、その債権者ヴァンサールはルアンの手形割引業者である。

なお、オメーは薬剤師という本業の他に、『ルアンの舷灯』なる新聞の通信員も引き受けているが、彼の担当地区は、「ビュシー、フォルジュ、ヌーシャテル、ヨンヴィルの各地域とその周辺[6]」であることもここで確認しておこう。ちなみに、フォルジュとはアンデル川の最上流部、ビュシーとアルグイユを底辺とする正三角形のほぼ頂点に位置する町で、これら三つの町が、この「ノルマンディー、ピカルディー、イル＝ド＝フランスの州境地帯」にある三つの小郡（カントン）の主邑である。ただし、フランスにおける自治体（コミューヌ）は日本のそれより規模は小さく、ルアンを県都とする今日のセーヌ＝マリティム県には七一〇の自治体が三五の小郡に区分されている。これが県議会議員選挙の選挙区となる。これを小郡と訳すのは、共和暦八年（一八〇〇）以来ある国の最小の出先機関が郡（アロンディスマン）だからであり、セーヌ＝マリティム県にはルアン郡のほかにル・アーヴル郡とディエップ郡があって、これら三つの郡が県行政を三分割して担当する形になっている。農事共進会は、「わが郡にとっての重大事」として、まずオメーによってヨンヴィルでの開催可能性が言及されるのであるが、[7]「わが郡」とはどの郡なのであろうか。ヨンヴィルがビュシー小郡に属するならばルアン郡、アルグイユ小郡ないしフォルジュ小郡に属するならば、ディエップ郡ということになるのであるが。

## 二、催し物としての農事共進会

さて、農事共進会が自治体にとっての晴舞台であり、人々が共同して祝う一種の祝祭であることはまちがいないが、たとえば収穫を祝う、民衆の伝統に根ざした農事祭とははっきり異なっている。それは、すでに述べたように、政府の政策的意図に基づいて催される官製行事であるからで、イニシアチブは権力の側、というより明瞭に政府にある。ここで政府と特定できるのは、フランスにおいては県単位の地方自治というのは事実上存在しないからである。県知事は革命以来今日に至るまで、内務大臣に直属する行政官であり、これを県議会が補佐するに過ぎない。それ故、自治体というのは市町村（commune）のことであって、これが国政と直接向かい合う形になる。農事共進会は、そういった国政と自治単位とが民衆を前にして協力関係を誇示する場であり、何よりも国家の統治行為の一環としての、行政の地方公演である。自治体は国家から県単位での大きな催し物を開催するという「名誉」を授けられ、招かれた客の立場を演じてみせる国の側は、まず自治体から君主政体への「忠誠」の誓いを受け取る。このことは、知事の代理でやってきた県参事官と町長との挨拶の内に見て取れる。

ここで問題になっている君主政体とはルイ＝フィリップの七月王政であり、この政体のあり方が県参事官の演説の性格を決定している。七月王政について基本的に理解すべきこととしては、権力の正統性について、左右から常に疑義をもたれざるを得ない政権であったということである。つまり君主制としては、血統による正統性も国民投票による正統性も主張できず、共和制原理を象徴する三色旗を採用し、議会が改正した憲章に忠誠を誓う「契約による国王」でありながら、神聖・不可侵の国家元首とされ、執行権が国王に属することによって、内閣の議会に対する責任はこれを問うことが難しくなっている。カトリック教は国教であることをやめ、検閲は原則として禁じられて政治的自由は拡大したが、納税額に基づく選挙制は有権者を拡大しながらも維持されて、人民主権は随所に暗示されてはいるが確立していない。これが、普通選挙と新憲法を求めた共和主義者たちと、純然たる王政の維持を望む王党派の間にあって、議会における多数派たる自由主義者たちの求めた「君主制に扮した共和制」の内容であり、そこから君主制の文化と共和制の文化の並存という統治手法が生まれてくる。

県参事官、リューヴァン氏の演説はまず、「本省に対し、政府に対し、君主に対し敬意を表する（render justice）こと」、つまりその功績を認め賞賛することを「お許し頂きたい」という形で始まり、「君主」を言い替え、「すなわち我らが元首、我らの敬愛の的たるかの国王には」と関係代名詞でつないで、国政の舵をとり兵馬の権を持つ国王が、公共部門のみならず私企業の繁栄にも強い関心を持つことに言及している。この演説冒頭部は、何よりまず、立憲王政というのが被統治者の信任を絶えず必要とする権力であるということをよく示している。国王は元首（souverain）つまり主権者ではあるが、その政策判断の適切さや統治の効果を訴えることによってのみ、その政権は正当化されることの自覚があるといってよいだろう。リューヴァンの言説がデモクラシーの諸原則のかなり幅広い容認を前提とするものであることは、民衆が政府に対し「要求」を持つことを正当であると認めていることからも窺うことができる。彼の演説の結びはこうなっている。「確信を持って下さい、国家がこれからはみなさんから目を離さず、みなさんを激励し、みなさんを保護し、みなさんの当然の要求を是認し、可能な限りみなさんのつらい犠牲の重荷を軽減するであろうことを。」これだけをみても、壇上の演説を、チボーデの言う「一世紀も前から全く変わっていない常套句」と受けとめるだけでは、踏み込みとして不十分だと誰にも感じられるであろう。

一八三〇年の憲章においては、ルイ・フィリップは「フランス人たちの王」であって、「フランス国王」ではない。リューヴァンもそれ故、伝統的な「国王陛下（sa majesté le roi）」という表現は避け、「敬愛の的たるかの国王（ce roi bien-aimé)」と表現しているが、超人的ではないにしても英明な君主像を冒頭で素描してみせ、人格化された権力に対する好感情の醸成に努めている。演説の出だしには「感情」と言う言葉が用いられていることにもここで注目しておかなければならない。「そしてこの感情はみなさんすべてに共有されるものと確信するものでありますが」という挿入の部分である。

政治の力学における感性や感情の重要性に着目し、社会科学においては非合理なものとして軽視されがちな集団的感情や情念に正当な地位を与え、その分析のための道具を整備することの必要性を説いたのは、社会学者のピエール・アンサールである。彼はその『政治における情念の経営』の中で、政治的感性は事実としての状態ではなく、多様な仕事の結果であることを知らねばならないと言う。[8] 彼が政治的なものの思考において感情の次元が持つ重みを指摘するために依拠するのは、各々の政治システムには美徳とか、名誉とか、畏怖とかのシステムの制御に関与する支配的政治情念が対応するという仮説を提出したモンテスキューや、ヨーロッパ社会をアメリカの社会生活と対比しながら、ある社会の「一般的で支配的な情念」の重要性に気づいたトクヴィル、感情の強度と「革命的エネルギー」の関係に着目したマルクスなどの観点である。そして、あらゆる権力が熱心に手がける仕事、変えられない現実を前にして統治者がとる、より容易な政治行動の手段として、「権力の保持者と被支配者をつなぐ（あるいは隔てる）情感の絆」への働きかけが常に見られると述べ、政治的感情の形成と植え付けのために作り出される手法は様々な文化ごとに多様であるが、そこで目指されている権力の実効制、服従の早さ、加盟への熱意、統制や規律の受け入れといった効果は、「主体の集団的なものへの組み込み」、「内面化されるという特性を持った集団的現象」として理解する必要がある、と主張している。アンサールはそういった文脈の中で、「感動を誘うメッセージ」の生産、流通、消費の様態を観察できる好例として、絶対王政における祝祭を最初にとり上げるのである。

ルイ十四世の治世は、君主の栄光を賛美する高度に組織化された文化政策でフランスの政治的ヘゲモニーを確立した時代であるが、芸術のあらゆる分野を動員して王の栄光を愛させ、賞賛させることにより実現することを目指していたものは、政治的な「よき感情」の流布・植え付けであるとアンサールは言う。つまり、文化政策のうちには感情政策を見て取らねばならないのであり、国王自身の言葉が示すとおり、王の人格に対する愛着により獲得されるべきものは、感動や魅了を通じて貴族たちが、また好感や賛嘆を通じて臣民の一人一人が示すべき自発的服従である[9]。この服従は内面化され、身体表現により記号表出されるものでなければならないので、そこから政治的なものの演劇化という記号論的主題と、リビドー装置としての祝祭という精神分析的考察が導入されることになるのである。だが、この部分は後回しにして、ここではまず、立憲王政下の祝祭も、「規範にかなった政治感情の生産の機構」として機能すべきものである以上は、市民の従順さを獲得するために「王の人格への愛着」を援用し得るのであるということを確認しておけばよい。農事共進会は、絶対王政下の凱旋入城のような「政治的情念の経営の卓抜な瞬間」ではないにしても、それなりの「魅惑の戦略」を持たねばならないのである。しかし神授権による威光を持たない国王は、もはや社会関係の中心に位置することはない。彼は祝祭の冒頭で敬意をこめて言及されはするが、王権を象徴するものはそこにはなく、彼の胸像が町役場の二階議場に残っているだけである。そこへ人目を避けてエマとロドルフが上がってくる。

国王万歳に代わって、この祝祭のスローガンとなるものは、「商業万歳」「農業万歳」「芸術万歳」である。リューヴァンの演説冒頭は、国王の英邁さの根拠として、「工業、商業、農業そして芸術」を（政府に、そして国民に）尊重させていることを挙げて、文の結びとしている。これは、現行政体を正当化するのはその産業政策であるという主張のようにさえ解せるが、いずれにせよ、農事共進会というのは農業だけではなく、農業生産地域における産業祭とみなすべきものである。そのことは、セレモニーの後の宴会でも表示されている。乾杯は、リューヴァン氏が国王のために、町長のテュヴァシュが知事のために挙げるほか、審査委員長のドロズレーが農業のために、オメーが「姉妹関係にある」工業と芸術のために、そしてもう一人が種々の改良事業のために挙げるのであった。「商業、農業、工業、芸術」を等しく尊重する政権は社会的価値として「繁栄」を重視する。七月王政はブルジョワ王政という異名を持つが、政権にとって産業振興が最重要の課題とされ、十七世紀以来整備されてきた運河や港湾に加えて、新たな道路の建設が進み、鉄道の敷設が始まるのもこの時代からである。

リューヴァンが挙げる現政権の業績というのは、一つはその産業政策の有効性であるが、もう一つは世情の安定である。県参事官は、市民相互の不和が広場を血に染めた過去と、工場が活動を取り戻し、道路網が整備され、至るところで商業と芸術が花開いている現在とを対比して、それが可能になったのも、「農業家および農村労務者のみなさん」が政治の嵐の恐ろしさを理解し、愛国心と公共の大義への献身を示しているからだ、と言う。だが、ここで想起されている内乱の時代というのは遠い過去の話ではない。一八三〇年代前半にはパリやリヨンで労働者の暴動や共和派の蜂起があり、正統王朝派の陰謀事件もあった。そして、七月王政初期には放任されていた政体への批判や国王への揶揄は、一八三五年の国王一行を狙った大がかりなテロ事件を受けての治安立法以後、禁固刑と重い罰金が課せられることになっており、新聞も自己検閲を実行している。そしてこれ以降、民衆の反乱は見られなくなるものの、テロ事件は増加してゆくのである。「この上なく破壊的なスローガンが大胆にも社会の基礎を掘崩そうとした時代」がもはや過ぎ去ったものであるかどうかは、演説者自身がいちばんよく知っているはずのことである。それが極めて不確かであるからこそ、政府は民衆の馴致のための祝祭を必要としているのであるから。

しかし、県参事官による「市民相互の不和が公共の広場を血に染めた時代」の想起というのは、この農事共進会がまさに同様の公共空間で催されている事実に投げ返されずにはおかない。庁舎前広場は濃密な政治的機能が付与された公共空間であるが、この機能は、パリ市庁舎前広場が歴史上どんな出来事の舞台となったかを思い起こしてみるまでもなく両義的であり、そこで政権が樹立されることもあれば、政府への意義申し立ての声が集結する場ともなる。広場は弾圧や処刑の場となることもあれば、もっと柔和な統治の技術が駆使され、人を魅了する夢幻空間の創出の中で、統治の正当化の企てが演出されることもある。いずれにせよ、そこにあるのはスペクタクルであり、すべてがそこでは可視的に展開し、役割が演じられる。この演劇的な空間において、しかしどうして感動が政治的なものになりうるのであろうか。主体の集団的なものへの組み込みは、どのようにして可能になるのであろうか。

県参事官リューヴァンの演説が聴衆にもたらした効果は小説が十分に書き込んでおり、彼が何を語ったかは更に検討しなければならないが、その前に、物語の描く農事共進会のクライマックスをみてみよう。これは、審査委員長による賞品の授与、とりわけその最後の受賞者である奉公人の老女カトリーヌ・ルルーへの二十五フランの銀牌授与にあたり、彼女は同一農場での五十四年間の勤続により表彰を受けるのであるが、このとき、ボヴァリー夫人とロドルフの間の感情の高まりも頂点に達して、二つの主題はリズムを対応させている。この部分は、気前のよい贈与者たる国家、民衆の犠牲に褒賞で報いる政府という心揺さぶる情景の呈示であるとともに、階級間の融和の呼びかけ、内乱から友愛への誘いとして、リューヴァンの演説の主題を可視的に実現するものである。燕尾服の紳士たちの輝くばかりの微笑みと、みすぼらしい服を身につけ、節くれだった両手に皺だらけの顔をした老女の戸惑いの様子が壇上で出合い、そして賞牌を受け取った老女の顔に「無上の幸福の微笑み」が広がる。これをもって式典の部は終了するが、ここで物語は次のような観察を加える。「会は終了した。群衆は解散した。演説の朗読も終わった今となってみれば、各人がもとの地位に復帰し、すべては平常の習慣に戻った。主人は使用人を手荒く扱い、使用人は家畜を、すなわち角の間に青葉の冠を戴いて小屋へと帰ってゆく暢気な勝利者たちを叩くのであった。」

政府からの褒賞という主題は、カトリーヌ・ルルーの銀牌を、物語の末尾におけるオメーの十字勲章拝受と類似したものにしている。老女は旗や太鼓、燕尾服姿の紳士たちの存在に加えて、県参事官のつけている十字勲章に気後れするのであった。それゆえ、老女の手にする銀牌と薬剤師が後に受け取る十字勲章の間には「隣接による類似」の活用、つまり筋の中に組み込まれた比喩ないし対比がある。オメーはこの勲章を獲得するために、「政権（le Pouvoir）」に渡りをつけ、選挙の時には密かに知事のために並々ならぬ力を尽くし、「ついには身をけがし、操を売る（il se vendit / il se prostitua）」のであった。[10] これを農事共進会の間接的政治効果とただちに言うつもりはないが、政府と被統治者との間にある犠牲と報酬の贈与関係に対する一つの理解、恐らくは小市民的な理解の一形態を提示してはいるだろう。アンサールによれば、国王とは国富の象徴でなければならないが、彼に期待されているのはこの富を消費することではなく、分かち与えることであるという。よき君主はむしろ寛大な母のように愛されねばならない。彼はその贈与を分配して、市民からの対抗贈与を待つ存在であるが、この互酬関係においては、市民の側が債務者、つまり恩を感じる立場にとどまり続けなければならないからである。この点で、カトリーヌ・ルルーの銀牌に対する喜びの表現は、絶対王政期の君主からの象徴的な贈与が持ち得た力をも連想させる。老女は下がりながらこう呟く、「わたしゃ、これを村の司祭様にさしあげます。そしておミサを挙げてもらいましょう」。これを聞いて理神論者のオメーは、「何たる狂信」と反応している。

農事共進会が束の間ながらも階級の垣根を取り除き、現実の社会関係に代わって理想の、あるいは夢の中の共同体を浮かび上がらせるものとなるべきことは、リューヴァンの演説がよく表現している。農民の作る小麦は、小麦粉からパンになって、「貧しきものにも富めるものにも」共通の食物となるのであり、よく耕された土地は、「慈悲深い母のように」子供たちに産物を惜しみなく与える。それゆえ共進会は、勝者が敗者に手を差しのべ、友愛に満ちた交わりを結ぶ「平和な闘技場」となるべきものであり、民衆はここに「敬うべき奉公人」「謙譲なる使用人」となって、その「黙々たる美徳」の報酬を受け取るのである。主人の下に使用人がおり、使用人の下に家畜がいるという日常の位階構造を逆転して、家畜が青葉の冠を戴き、使用人や小作人が金銀の牌や賞金を受け取る農事共進会において、しかしこれを政治的に賞味するのは主人たち、いわゆる能動市民である。彼らは、祝祭の主催者と一体化することによって、つまり国家が使用人や小作人を表彰し、その「犠牲に報いる」光景の演出に加わることによって、政治過程の内に組み入れられていることを実感し、社会関係の中での心地よい自己同定を得る。この意味では、実は彼らこそが世論形成を担うべき集団として、社会の「支配的情念」を決定する階層として、政府の行う「情念の経営」の第一義的対象となっているのである。このことは、オメーが通信員としてローカル紙『ルアンの舷灯』に載せた共進会についての特大記事に読みとることが出来る。

彼はまず、この華々しい催しは何のためか、この大群衆は何を目指して集まったのかと問い、農民の生活状態をとり上げる。「確かに政府も大いに努力している、しかしまだ十分ではない」と、いわば建設的な批判の姿勢を示した後、「幾多の改革が不可欠である、それを実施しようではないか」と社会改良の促進を提言する。ここで使われている一人称複数の命令形には、自分が何らかの形で政策形成の過程に参与しているという自負が伴っているはずである。事実、彼は審査委員の筆頭に自分の名を上げ、それに注を加えて、農学協会に提出した林檎酒に関する論文があることを示し、いわば学識経験者として自己の位置づけを明記している。そして、感激的な絶賛の筆致で描き出される授賞者たちの喜びから、「家族的な集い」という家父長主義的な社会観をつむぎだして、「父は子を、兄は弟を、夫は妻を」歓喜の内にかき抱くさまが描写される。さらに、祝宴における乾杯の数々と夜空を照らし出す花火は「文字どおりの万華鏡」「本物のオペラ舞台」という比喩につながるのであるが、実は花火は火薬が湿っていて火がつかないものが多く、それでも火事が心配で、また酔っぱらいは厳罰に処すべきだと考えているのがオメーなのであった。それゆえ、「千夜一夜の夢の只中に」運ばれたかのようと夢幻舞台としての祝祭を要約するオメーは、明らかに主催者の一人たる自覚に立った粉飾をほどこして記事を書いている。そしてこの粉飾をとおして、まさに彼の社会的自己同定が政治的な立場の決定に連結するのである。政府の政策的企図は、代弁者の内と外において、二重に実現される。なるほどオメーはまだ身を売ってはいない。しかしそれは、エマがまだロドルフに身を任せてはいないのとかなり似ている。「魅惑の戦略」は確実に効果をあげたのである。

## 三、変愛とその舞台装置

第二部十五章でエマは夫とともにルアンへオペラ鑑賞に出かけるのであるが、これを勧めるのも薬剤師であった。ロドルフとの変愛には農事共進会が雰囲気作りをし、レオンとの恋愛はオペラ鑑賞が心理的下準備を提供する。しかし、そういった構成上の反復性以上にオペラの場面が興味深いのは、エマが舞台上で表現される人間関係や感情の中に自己の欲望を投射し、また視覚的、聴覚的に現前する対象の持つ性質を幻想的に自己の内部に摂取して、メッセージを内化するというプロセスが、ここでは原型においてとり上げられているからである。舞台の上で歌われるウォルター・スコットの世界を思わせるような男女の恋の嘆きには、エマ自身がそのために死にそうにさえなった恋の陶酔と苦悶があり、歌姫の声は自分の本心のこだま、自分を魅了するこの夢の世界は自分の生活の一場面としか思われない。そして、舞台上の役から俳優その人へと夢想は転移し、主演歌手とヨーロッパの国々を公演旅行する空想は、現実に起こり得ることがらとしての支配力をもって、エマの心を一時奪い取るのである。「あの人は自分を見つめている、まちがいなくそうだ」と思ったエマは、「変愛そのものの化身」の中に飛び込むように、「彼の力の中に逃れ」たいと思う。歌手の腕の中に飛び込んで、こう叫びたいと思う。「奪って頂戴、連れて行って頂戴、さあ、行きましょう。あなたのものよ、あたしの熱い思いも、あたしの夢も、すべてあなたのもの」[11]

この心理的過程は農事共進会の政治的機能にも、変愛の舞台装置としての利用にも、重ね合わせることができる。というのも祝祭のメッセージは、夢想のなかでの社会関係を実現可能なものとして提示する点で恋愛のメッセージと似通うが、恋愛の企てにおいても、生のエネルギーを一定の方向へ誘導し、他者の、あるいは自己の人格全体を支配する力の生成が問題となることにより、権力がなすべき仕事を内包せざるをえないからである。言い換えれば、政治における情念の経営には、恋愛に似たリビドーの動員があり、恋愛の情念が作り出すオルギアには、祝祭におけるがごとき夢想の人間関係の現実への投影がある。われわれは前節において、なぜ祝祭のもたらす感動が政治的なものになりうるのかという問いを立てた。これを知るには、アンサールにならって、社会関係が主体の心的過程にどのようにして組み込まれるのかを問題にしなければならない。主体内での権力との関係は、個人の心理レヴェルだけでは説明できず、社会的諸条件と主観性とを関連づける体系の構築が必要であるならば、ここでフロイトの提起した諸観点は政治における情念経営の手段と課題を共有することになる、とアンサールは考える。それは、『集団心理学と自我分析』で、指導者の実質的かつ象徴的な存在と、主体の自己同定のメカニスムや、投射と摂取の働きとの関係モデルを提起したフロイトであり、また『文化の中の居心地悪さ』で、文化的理想とそこから由来する抑圧との力動的な関連を扱ったフロイトである。そして、主体の心的な葛藤を考えるには、無意識の欲動を動員し、生み出された葛藤に形を与えて平衡を維持させようとする「社会的情感関係」の究明が不可欠であるとするアンサールは、主体の心的過程に対する権力の作動の様態を、フロイトのいう人格の三つの審級に対応させることから考察を始めるのである。[12]

フロイトの区分する人格の三つの審級とは、周知の如くエス、自我、超自我であるが、まずエスのレヴェルでは、支配と被支配の関係は性的欲動や攻撃欲動を動員し、これに投射の標的を配備することにより、現実にもまた想像界のなかでも主体に働きかけている。権力は理想化された両親のイメージとの同一化により、保護の関係における従属という位置づけを再作動させたり、拘束力を持つ法や威嚇を通して、攻撃性に誘導のための回路を指示するというわけである。自我のレヴェルでは、権力は主体にとって自己同定を構造化する要因となる。権力はその正統性やその機能や計画に関する入念に作り出された意味作用の複合体として現れるので、社会関係の総体に合理的な意味付けを与え、主体に対しては自己の宇宙の構成モデルを伝達することになるからである。最後の超自我のレヴェルでは、権力は大きな理想や至高の価値を体現し、これを実現する責任を個々の主体に示すことにより、義務のありかを教え、断念や抑圧や禁忌を正当化する。権力によって提示された理想が自我の理想となる限りにおいて、権力との関係は自己との関係に転化し、外的な権威が自我に対する超自我の支配を支えて服従の必要を強固なものにするのである。

これが権力との関係で整理した人格の三審級の位置づけであるが、アンサールが強調するのは、あらゆる歴史的な状況に対して有効な一般的理論を探すのではなく、政治における文化的な与件と力関係の布置を分析し、権力の保持者がメッセージの発信に当たり、どのような創意工夫を示しているかを具体的にみてゆくことの必要性である。たとえば、父権的な権力と兄弟・同胞に委ねられた権力では、被統治者の内に生まれる感情も動員される欲動も明瞭に異なっているし、また自己同定のあり方についても、絶対者との関係で威厳や不浄の位階が指示される神権的な支配形態のもとでと、宗主との人格的な関係によって自己同定が媒介される封建制下とでは、おのずと違った形象を持つことになる。そして、指導者の地位が一時のものであり、必然的に意義申し立てを受けるべき議会制民主主義下では、政治的自己同定はもはや恒常的な既定値ではなく、絶えざる再規定の対象となるのであり、そこでは、位階に応じて分与される権力行使の部分的享受も、秩序維持に関与するものとして考慮に入れなければならないという。いずれにせよ、フロイトの理論は、アンサールにとっては、「感動を誘うメッセージ」の受け取りないし効果の領域での考察にあたるものであり、政治的情念の経営にむけた「象徴財」の発信者や政治システムの理解のためには、政治社会学や文化人類学の成果を組み入れ、情感的説得の手段については社会言語学や記号論を援用することが必要で、この点からも、祝祭や政治集会の個別的な分析が欠かせないことになる。

人格の三審級という捉え方をどこまで踏襲するかは別として、アンサールがフロイトに従ってとり上げた、投射や摂取によるリビドーの動員、社会関係の合目的提示による政治的自己同定の形成、共同体の一員としての義務や理想と個人の欲望の統御といった観点は、われわれが問題にしているオペラの場面におけるエマの感動にも、また農事共進会の場面にみる政治的効果にも、引き寄せて参照すべき意義を有するもののように思われる。もし農事共進会に「オペラ舞台」としての活用が見られるとすれば、それは、「変愛そのものの化身」に身を捧げたいと願っているエマの情念と想像力に何よりも働きかけて、ロドルフの語る言葉に呪縛力を付与するだろう。実際、オペラ歌手ラガルディの舞台上からの支配力は、政治におけるカリスマの持つ魅惑に近いものとして描かれ、「知性よりは気質、杼情よりは誇張」が勝っており、それが「理髪師的なものと闘牛士的なものを含んだ感嘆すべき香具師人物」を引き立てているという記述は、ほとんどロドルフの人物像にもそのまま当てはまる。つまり単純化して言えば、オペラ歌手ラガルディを介することによって、農事共進会における役場前広場での「魅惑の戦略」と、役場二階の議場における姦通への誘いとは通底し、呼応しあうのである。

ところで、祝祭がもたらす多少なりとも政治的な感動というのは、普通われわれが観劇のもたらす感動として理解しているものと等質なのだろうか。ギリシャ悲劇や中世の聖史劇は共同体の自己発見や再活性化という祝祭としての働きを根底に持っていたとされるが[13]、こうした演劇の統合的機能は絶対王政に向かう時期以後急速に薄らいでゆく。それは、バロック的祝典演劇が宮廷内の楽しみとして特化する一方で、王権が多少なりとも民衆的な祝祭を統治プログラムに組み込むことによって、集団的感情の経営が明確な政策課題の一部となることにも対応しているが、文学史的にみれば、何よりも古典主義悲劇が詩人達から音楽と舞踏を切り離して、言語の芸術として純化されてゆくことが決定的に作用していると思われる[14]。これ以降、劇場における感動は、それが君主の内面の葛藤から生み出されるものであっても個人の領域にとどまることになって、社会に対してはむしろ批評的な機能に重点が移り、近代の自律的個人を準備するのである。この点で祝祭として作動しなくなったところから、恐らくは演劇における近代が始まると言えるはずであるが、われわれの演劇観はここに、つまり自律に向かう個人に価値規準を置くために、演劇と共同体との根源的なつながりがいったん見えにくくなっていたのである。しかし演劇のもたらす感動は本来集団的なものであり、そこでは社会の創設と権力の起源が象徴的になぞられている。そこには政治以前の政治があり、近代以降の権力が、演劇の持つ統合に向かう力を、多かれ少なかれわがものにしようと努めるのも当然なのである。そして、この近代演劇が失った共同体の祝祭としての役割を、舞台芸術の枠内で肩代わりしたものこそ、オペラではなかったか。

こういった問題をここで深く掘り下げることはできないが、劇場が階層化された社会秩序を同一空間内に可視化し、観客の一人一人が社会関係の内に自己を位置づける場となってきたことは周知の事実であろう。このことは、都市の最も華やかな公共空間であるオペラ劇場でとりわけ顕著に現れる。観客は舞台を見に来ると同時に、ロビーで、場内で、自己を見せに来るのであり、このことはエマが誰よりよく理解している。彼女は裾飾りのついた青い絹のドレスを身にまとい、薬剤師の言葉によれば、「キューピッドのように綺麗」に着飾って、夫とともにルアンに向かうのであった。こうしてみると、農事共進会におけるロドルフの成功の要因は、その語る言葉以前に場所の選択にあり、スペクタル全体との空間的、心理的位置関係の設定にあることがわかる。そもそも共進会においては、おおむね住民の社会的地位に応じた席が本来割り当てられているとみなしてよい。役場正面を背にして雛壇が据えられているが、この上に席を占めるのは県知事の代理の参事官と町長、そして審査員の面々であり、他には受賞者だけが上がることを許される。その後ろ、役場玄関の列柱の間に「名流夫人たち」の席が設けられており、オメーがボヴァリー夫人を案内しようとするのもここであった。そして仮設舞台正面には、一般群衆が立ったままで、もしくは教会堂守のレスティブドワが運んできた椅子に座って、位置するのであるが、舞台のすぐ下には、徴税吏ビネーの指揮する消防団が並んでおり、言及されていないが、ビュシーから応援に来た国民衛兵隊も、ほぼ同様の場所を占めているのであろう。政権の支持基盤となる階層が組織化されて制服をまとった姿がそこにある。そして広場の外周部は、家々の戸口まで人でいっぱいであるが、そこに羊飼いや牛飼いが家畜を連れてきていて、ときどき鳴き声が聞こえる。これが農事共進会の劇場構成であり、役場二階の議場は全体を見おろしながら、誰にも見られない場所としてロドルフによって選ばれ、その趣旨はエマにも伝えられている。彼は、エマが気楽に「見せ物を楽しむ」ことができるように、窓際に腰掛けを寄せて座りながら、そのあと、「下から見られないように」と自分の椅子を少し後ろに引こうとするからである。読者はまず、この場所どりの大胆不敵なところに注目しないではいられないであろう。そこには公私の秩序を逆転する発想があり、政策審議の場、つまり高度の公共性が求められ、私的言語が本来排除されるべき空間を、男女二人きりで過ごす場に使い、しかもその行動はパートナーと共同のものであることで、その後の振る舞いはすでに黙許を得た形にさえなっている。これはエマにとって、社会的な意味でも特権的な場所である。ルアンのオペラ座では、エマは群衆が向かう廊下を見おろしながら、ホールから「二階席」への階段を登ってゆく自分に「思わず虚栄心から」微笑みを浮かべ、自分のボックス席に座ると、「公爵夫人のような鷹揚さで身を反らせる」のであった[15]。共進会における即興の二階席というのは、この式典が再構成してみせる社会関係全体を精神的に見下す位置に自己を置くことに等しい。これは、ロドルフとエマが会場を歩きながら最初に意見の一致をみた、田舎の風俗への侮蔑という話題から演繹できる自己同定の空間化に他ならない。ロドルフはヨンヴィルの御婦人方をその服装のことで茶化すのであるが、上述の「名流夫人たち」というのも彼女たち以外ではありえない。そして自分自身の服装もぞんざいで、と詫びをいれた後、彼はこう言い足すのであった、「それに田舎に住んでいますと……」。これに答えて、いわば下の句を補うのはエマである。「何をしても無駄な骨折りですわね」と。

ボヴァリー夫人の恋愛への渇望には社会的弁別への強い欲求があり、ラ・ヴォヴィエサールの館でのただ一度の貴族階級との交わり以来、「自分は幸福に暮らしているどんな女たちにも匹敵するだけの値打ちがある」と信じるに至っている彼女は[16]、何よりこの自負心と現実の生活との乖離に苦しんでいるのである。夫シャルルの無能、彼女からみた感受性の欠如というのは、他でもない虚栄についての無能であり、それは社会的ステイタスを意味する記号に夫の関心が全く閉じられていることを意味している。オペラ座の席を取るのに、「アヴァン＝センヌ（舞台脇特別席）」と「ギャルリー（立ち見席）」、「パルケー（平土間席）」と「ロジュ（正面ボックス席）」の区別が飲み込めないシャルルは、農事共進会の式典にも姿を見せることはない。人目につかない特権的な席を無造作に工夫し、そこへ夫人を案内するのは愛人となるべき男の仕事になる他はないのである。ひるがえってロドルフは、エマを見初めたすぐ後、彼女とともに夫の値踏みもしている。汚い爪をし、髭もろくにそらない亭主は間抜けのはずで、彼女はうんざりしているに違いないと。かわいい足をしたパリ女のような物腰のエマは、まさに「都会に住みたい」「毎晩ポルカも踊りたい」に違いないのであるが、そういった社会的弁別への欲求が、ロドルフの理解する恋への渇望の具体的形象なのである。なるほど彼はロマンチックな孤独や悲しみも口にし、「絶えず悩み苦しんでいる人間」の夢と行動も語るであろう。しかしそれは、エマに近づくためなら刺絡も厭わないという決意と表裏一体をなしている。従って、農事共進会の場面で、広場には現実の世界があり、役場二階にはロマンチックな夢の世界があって、両者が交互に提示されてイロニーを醸し出しているというのは、表面的な読解にとどまっている[17]。広場での式典に共同体の理想の提示があるのと同じ位相で、役場の二階では「それぞれお互いのために生まれてきた」二つの魂の羽ばたきがみられるのであり、また、二階において肯定的な自己イメージの獲得が大衆との差別化を通して得られる水準においては、広場においても、使用人たちの美徳に報酬を授ける有産市民たちの政治的自己同定がある、と知るべきであろう。

それにしてもロドルフとエマは、二人だけの場所から農事共進会の進行を見ているのであろうか。それは大いに疑わしいが、いずれにせよこの場所は、広場に対して音の面では十分に開かれており、風も窓から吹き込んでくる。壇上の演説は持続的に二人の耳に入っており、しかもそれは雑音としてではなく、むしろ愛への誘いと多くの部分で呼応する一連の言説として、彼らの耳には快く響いている。それは、統治者が民衆に働きかける言語と、男が女に働きかける言語に等価性があるからだろうか。いずれにせよ問題になっているのは、説得し同意をとりつけるための論証ではなく、可能なものとして将来を浮かび上がらせ、信頼に基づく行動を引き出すべき修辞の効果性である。ロドルフは共進会を見下しつつ、政治的スペクタルを求愛のメタフォールとして利用することになるだろう。しかし、恋人の言語と政治家の言語の間に共鳴や干渉が具体的に幾度も起こるとすれば、それはもはや登場人物の意図には帰し得ず、両者の交互提示をその効果において考察する必要がある限りにおいて、われわれもそれを全体として物語自体の戦略に属するものとみるべきであろう。その原則に立った上で、登場人物の責任に帰すべきところ、その可能性があるところは、それを考慮すればよい。ここからは、小説のオブジェ、芸術的に再利用されたものとしての農事共進会が考察の対象となる。

## 四、小説のオブジェとしての農事共進会

世のフローベール論の多くが、小説における視点の問題を重視している。『ボヴァリー夫人』に即して、この考察に端緒を付けた一人がジャン・ルッセであろう。彼は一九五〇年代に現れたアンチ・ロマンへの言及から、主題のない小説、非具象的な小説を念頭において、小説が「危機にさしかかっている」ことを指摘し、フローベールが一八五〇年代前半の書簡で述べている「何事も扱っていない書物」への志向を、この系譜に位置づけた[18]。筋書きや心理に対する作家の「芸」の優位を提起する上で、まず取り上げられてきたのは「構成」や「文体」であるが、ルッセは出来事や人物に対して作家が取る視点の移動を具体的に検討し、焦点や遠近法、視界や視角といった光学的な含意を持つ用語を叙述の分析に導入した。「何事も扱っていない書物」とか「外への繋がりを持たず、文体の内的な力によって自立している書物」というのは若い作家の抱負であり、文字通りに解釈して教条的に思考の基準とすべきではない表現と今日では受け止められているが、眼差しの帰属先を考慮せずに記号作用を扱えない以上、小説が場面に応じて採用する視点の多様性を確認することは、社会的なものの読解にとっても大切であろうと思われる。

さてこうした観点から、第二部八章全体を見渡してみるならば、農事共進会の叙述は、これを朝早くから準備する人の動きや会場の俯瞰に近い描写に始まり、町の消防隊と国民衛兵隊の行進練習、近在からやってくる農民や、儀式を見ようと家を出る住民の晴れ着姿、といった無名の群集をまず提示する。そして、この日の行事をめぐる旅籠の女将ルフランソワと薬剤師オメーのやりとりの形で、いわばこれから舞台にかけられる見せ物の前口上を披露させた後、彼らの目にとまるボヴァリー夫人とロドルフの姿からこの二人に視線は移行し、画面はしばらく両人の動きを追ってゆく。二人は市場の軒下からまず牧場まで語らいながら連れだって歩き、この過程でロドルフが、ついて来ようとする小間物商ルゥルーとオメーを体よく追い払う様子が示される。牧場では、審査を受ける家畜が、連れだった二人の

移動する視角から眺められたあと、役場前に戻る道はまた両人の対話によって構成されることになる。県参事官の乗った馬車の到着から式典の始まりへの間では、二人の眼差しがすぐに一般的な目撃者の視点に変化しており、その視野の中にロドルフとエマが再び捉えられる時には、二人はもう町役場二階へと上がっている。参事官の演説が始まってからは、広場に響くこの声と役場二階での男女の対話とが直接話法で交互に報告されるのが中心で、これに発話状況が短く補われているだけであるが、この演説の最終段落の直前部分でかなり長い描写が入る。まず、リューヴァンの演説に対する聴衆の反応と広場の人だかりの様子、ついでロドルフがエマに一層近寄り、低い声ですばやく語る言葉、そしてこれを聞くエマの反応――それは彼女の視界に入るものから嗅覚を経て回想を巻き込み、感覚と欲望が魂の中で渦を巻く――が描かれ、彼女の耳から再びリューヴァンの演説に戻る。この演説が終わりまで再現されると、つぎは審査委員長ドロズレーが演壇に立つのであるが、彼の演説とロドルフの口舌は平行して途中まで要約的に叙述されて、双方に直接話法が戻って来るところでは、式場は表彰に移っている。そしてロドルフの口説きも仕上げに入り、カトリーヌ・ルルーの表彰の直前で、彼のここでの言葉による仕事は完了するのである。式典の後は、ボヴァリー夫人を家まで送った後のロドルフの視線で宴会の様子が手短に描かれ、晩の花火でほぼ客観的な目撃者の視点に移行した後、最後のオメーの書いた新聞記事が抜粋を主体にした客観報告の形で紹介され、それがこの章の結びとなっている。

これを全体としてみると、直接話法による人物の発話の再現がこの章の中心部分を構成しており、それをおおむね客観的な視点による描写がつなぎつつ、その中にこの章の中心人物、ロドルフとエマの内部からの視線と心的映像が組み込まれた形になっていると言えよう。物語はここで、それぞれひとまとまりをなす三人の四つの言説、つまりオメーの実証科学風のディスクールとジャーナリスト的なディスクール、県参事官リューヴァンの政治・行政的ディスクール、そしてロドルフの恋愛のディスクールを「見せる」ことを何よりも心がけつつ、恋愛のディスクールと政治・行政的ディスクールについては、そのメッセージの効果、聞き手の受容についても十分に報告しているのである。ただし恋愛のディスクールの効果については、小説全体にわたる波及をむろん考慮しなければならない。まず、それが女主人公の運命を変える力を持つことになるからであるが、同時に、問題になっている言説が世間的なモラルを越えた恋への誘いである点において、「田舎の習俗」とのイデオロギー的な対比が含まれているからである。

エマにとってレオンとのプラトニックな一回目の恋は、「美徳」の勝利に終わる。レオンが彼女への想いを断念してパリに向かうのは、彼女が「貞節で近寄り難い」と思いこんでしまうためであるが、それは、夫と子供の世話に気を遣い、家事に心を配り、教会に通うことを忘れず、そして女中を厳格に監督するといった主婦の務めを彼女が全うする姿を見たからであった。この時期、彼女は倹約して暮らし、患者にも丁寧に接して好評を得るだけでなく、物静かで、控えめで、一種の冷たい魅力をたたえた姿は、郡長夫人も務まるだろうという人物評価さえ生むのであるが[19]、こうした外面の変化をもたらしたものがレオンへの感情である以上、それは長続きせず、恋の抑圧と満たされない想いの高まりは苦悩に変化して、神経の発作さえ引き起こすことになる。このときエマは、自分の貞節と忍従を全体として「犠牲」と捉えており、「あらゆる幸福に対する障害」「あらゆる悲惨の原因」たる夫への憎しみは、すでに反抗心を、「贅沢への幻想」、「姦通への欲望」という形式ではぐくんでいた。それゆえレオンの出発に伴う悲しみは、自己に課した犠牲に対する意識を明確化させ、ここから奔放な浪費の第一歩が踏み出されることになるのである。ロドルフの登場は、エマの内でこのような心理的な準備が終わった段階に位置づけられている。

農事共進会における県参事官の演説が、全体として農民の黙々たる犠牲を美徳として讃え、この犠牲は必ずや度量の広い政府によって報われるであろうことを例証しようとするものであることは第二節でみておいた。この点で、彼のディスクールは民衆の道徳的な教化という役割を担うものとなっており、フロイト的な文脈では主体の超自我に関わる要素を含み、忍従と義務の実践を教えようとしていると言える。エマのこれまでの行動を無意識のうちに支配してきた美徳観も、「公序良俗（bonnes moeurs）」という社会的な心習慣の一部をなすものであり、ヨンヴィルの住民によるその集団的な擁護と維持の努力が、他ならぬ「田舎の習俗」を形作っている。それはたとえば、エマが知り合ったばかりのレオンに腕を借りて、子供を預けてある乳母の家に行くとき、「ボヴァリー夫人には悪い評判がたちかねないね」と口にするテュヴァッシュ夫人の言葉にすでに垣間みることができるものであり[20]、彼女は服毒に至る直前のエマが、金策に徴税吏のビネーを尋ねて誘惑を試みるとき、その様子を隣家の屋根裏部屋から覗いて、「あんな女は鞭でひっぱたいてやらなくちゃ」と評定を下すことになるだろう。[21] また、エマがロドルフに駆け落ちを求める直接のきっかけは義母との口論なのであるが、このとき義母は「世間を鼻であしらう」ような大胆な振る舞いをする嫁に眉をひそめ、女中が夜になって家に男を入れているのを見つけた機会に、「公序良俗を馬鹿にするつもりならば別だが」、使用人の風紀は取り締まらなければと口を出して、この社会習慣の体系に対する積極的な関わりを表明している。[22] そして嫁の不遜な返答に、弁護しているのは自分自身の行動なのかと義母は尋ねて、エマはこれに憤激するのであり、このことは、エマの恋愛が習俗との対比において始めて社会的な意味を帯びるものであることをよく示している。

ロドルフの口舌とリューヴァンの演説は主題は異にしながらも、その議論の組立は非常によく対応しあっており、その中核部分に一種の俗論批判を折込み、そこから独自の観点を導きだそうとする点で、彼らなりに野心的な弁論となっているのである。リューヴァンが「市民相互の不和が広場を血に染めた」時代を語っているとき、ロドルフは自分に対する世間の「悪い評判」を口にしており、絶えず悩み苦しんでいる人間には「夢と行動」「最も純粋な情熱と最も激しい享楽」がかわるがわる必要だと、規範を越えようとする過剰なものをいったん擁護する。そのうえで、しかし人が本当に求めているものは気晴らしではなく幸福であり、「いつかそれに出会えるものなのです」と未来への希望を語るとき、リューヴァンは祖国が回復した信頼を描き出している。さらに、その信頼は何より農民の愛国心と公共の大義への献身に基づくものであると、聴衆自身が話題の中に組み入れられるのと平行して、ロドルフは幸福の追求と、そのために人が進んで差し出したくなる犠牲を語り、エマの顔をじっと見つめながら、「あれほど捜し求めた財宝がそこにある」と、出会いの驚きを描写する。そして、その際に抱きがちな懐疑が、暗闇から出て光輝くものを見たときのまぶしさにたとえられると、リューヴァンのほうでも、農民精神の開明性を理解しないとすれば、それは旧時代の偏見による「盲目」のせいであるとして、比喩まで連結されるのである。

恋人の口舌が行政官の演説を主題の上で引き取り、それに反論を加えるのは、後者が「義務」をとり上げるときである。ここで言説構造の同一性に論旨の対立が上乗させられることにより、ディスクール全体にわたる相互のリンケージは揺るぎないものになる。リューヴァンは、農村にこそ真の知性が見出されると述べるのであるが、それはたとえば、オメーが語る農民の無知や因習との対比において、常識への挑戦を含むものと言えるであろう。そして、「有閑人種の無益な飾り」としての偽りの知性への批判が一定の効力を持つとするならば、それはたとえばボヴァリー老夫人が嫁の読書に対してする非難にも通ずるはずであり、射程はヴォルテール風の議論とされるものにも及んでいるのかも知れない。いずれにせよ、リューヴァンの讃える「深遠にして隠健な知性」は、有益なる目的の追求に専念し、共同生活の改善と国家の維持に貢献するものであり、「法の尊重と義務の実践の成果」なのである。これがエマの恋への願望に対し、抑圧的に働くものであることは明白であろう。

一方ロドルフは、「義務」という言葉を耳にしてまず反発を示すが、ただちにこの言葉に新しい意味を付与してこう述べる。「義務というのは偉大なものを感じること、美しいものをいつくしむことです。社会のあらゆるしきたりを、押しつけられる汚辱とともに受け入れることではありません。」俗論批判の構造は先と同様である。区別すべき二種類の義務は、エマとの対話を通して二種類の道徳の弁別を導き、小さな、型にはまった道徳は、「あそこに見える馬鹿どもの寄り合いのように」下のほうでうごめいているが、永遠の道徳は「われわれをとりまく風景やわれわれを照らす青空のように」、周囲に、そして頭上にあるということになる。こうしてみると、ロドルフの愛のディスクールも、リューヴァンの政治のディスクールと同様に、真偽の弁別を説く教育的機能を中核に置き、聞き手からの同意だけでなく参加を実践として引き出すべき教導のプログラムとなっていることは明らかであろう。そこにはいずれも一種の供犠＝贈与論が含まれているが、言うまでもなく、恋愛のディスクールにおいて、犠牲は通常の義務の実践やモラルの遵守にはなく、情熱に身を捧げることを意味している。それはいわば宿命に対する自己贈与である。そして世間の陰謀と迫害が幸福への障害として提示される構図は、偏見や因習が社会進歩の障害となるのと同様であり、その障害を乗り越えたところに理想郷が、すなわち愛の国や調和に満ちた繁栄する社会がある。

しかし、こういった観念を吹き込む者にとっての最大の問題は、行動へと誘う夢を提示しながら、約束の地へは決して連れてゆけないことがわかっている点である。このことは、駆け落ちが予定にのぼると、ロドルフが何より痛感するはずである。目指す土地は障害を乗り越えた後の地点である以上、そこにはもはやどんな障害もあるはずがない。それがエマの理解する愛の国である。「日毎に深まる抱擁」からなる生活には、煩いも心配も障害も入り込む余地はない。[23]ロドルフがエマを見捨てなければならなくなったのは、結局、自分の吹き込んだ夢の膨らみが現実を凌駕するに至るからである。そこで彼は、「宿命だけを責めて下さい」と語らなければならなくなるだろう。[24]このことは、農事共進会を背景として提起された、恋愛の言説に対する物語による批評であるとみなせるが、その批評の効果は政治の言説にも及んでいるのであろうか。これら二種類のディスクールは併置され、互いの間に自己を挿入しあうことによって、相互に他方のメタフォールとして機能するに至っている。これが物語の用意する戦略であるとすれば、一方に対する批評は他方を巻き込まずにはおかない。そこにあるのが単なるイロニーにとどまらないのは女王人公の運命が何よりよく示唆していることであろう。

ところで『ボヴァリー夫人』は小説の中に語り手の現在時を組み入れている。「これから語ろうとする事件以来、実際ヨンヴィルには何一つ変わったことがない」という複合過去がそれであり、[25]また、オメーが「このほど十字勲章をもらった」という物語末尾の近接過去も同じく語り手の現在に投げ返す働きを持つ。語り手の現在時を歴史的な時間のどこに位置づけるかは無論確定できないが、一八五六年（小説発表時）の読者は、これを自己の現在と同一視することを妨げられていない。この観点に立つならば、物語られた事件以降、ヨンヴィルには「変わったことがない」という言及は、一八四八年から五二年にかけての政治上の大変動と対比させる効果を持つことになる。それは、オメーが操を売って十字勲章をもらうのが、ルイ・ナポレオンの政府からであると解する余地があることを含んでいる。世界を、あるいは生活を変えようとするのが政治であり恋愛であるとするなら、文学はそうした人間の営みにどう関わろうとするものなのであろうか。語り手の現在は、教会のてっぺんに回るブリキの三色旗と、「今もなお」墓地に隣接した畑でじゃがいもの耕作を続けている墓掘人レスティブドワを並べて報告している。この二つの対比に文学と社会の関係を見たくなるのはどうしてだろう。

# 『ボヴァリー夫人』と『ノートルダム・ド・パリ』
## ——ヨンヴィルに住まうカジモドの後裔たち

トストからヨンヴィル＝ラベイへとボヴァリー夫妻が移住する乗り合い馬車の旅程で、想定外の出来事が生じる。第二部一章で触れられている事柄で、「ツバメ」がこの町の旅籠に到着した後になって述べられているものであるが、物語の後の展開と関係するようには見えないので、再読する読者もあまり気にとめない。トストでのエマの生活の一部を構成しており、ヨンヴィルでも彼女のそばで姿を見せるはずだったものが、ここで姿を消し、再び戻ってはこないのである。

それは第一部七章で、結婚生活に倦み始めたエマが夫の患者から貰った小型のグレーハウンド犬である。これが馬車から野外に逃げ出し、姿が見えなくなった。一行はたっぷり十五分ほども口笛を吹いて呼び戻そうとし、御者のイヴェールは半里も馬車を後戻りさせた。そのために馬車のヨンヴィル到着は遅くなったのである。[1] エマは泣き、夫の不手際を咎めたが、馬車を降りてから、つまり第二部二章以降、この犬が再登場することはなく、また話題になったり、想起されたりすることもない。ここ限りの一見孤立したエピソードである。

トストでは、エマは一人で野原を散歩するのに、日傘をさしてこの犬を連れ歩いた。この時代の人物画などにもよく愛玩動物として描き込まれているすらりとした狩猟犬である。芝草の上で輪を描いて駆け回り、蝶や野鼠を追いかけるこの犬を、エマは「ジャリ」という名前で呼んで、「悩んでいるものを慰めるように」話しかける。ヴォービエサールの舞踏会の後では、われわれの女主人公はこの犬に「打ち明け話」をするようにもなっていた[2]。

ボヴァリー夫人が結婚初期の比較的短い期間ながら自分の愛犬を持ち、これを「ジャリ」と呼んだということは、小説の爾後へと波及する何らかの要素を含むだろうか。彼女の読書範囲もこの小説に文化史的輪郭を提供していることを思い合わせるならば、この呼称は無動機なものではないだろう。ジャリとは『ノートルダム・ド・パリ』の女主人公である踊り子エスメラルダが、大道芸を仕込んで連れ歩いていた山羊の名前である。エマが修道院で育んだ教養は第一部六章で叙述の対象となっており、『ポールとヴィルジニー』や『キリスト教精髄』、ウォルター・スコットやラマルチーヌの名前が挙がっている。結婚後にパリの雑誌とともに読んだ小説としては、ウージェーヌ・シューやバルザック、ジョルジュ・サンドらが九章で挙げられている。ただ、ヴィクトル・ユゴーの『ノートルダム・ド・パリ』という本の題名は、もう少し屈折を伴う形で言及されている。

> 里子にやってあったベルトを家にひきとった。お客があるとフェリシテがこの子を連れてきて、ボヴァリー夫人は娘の手足を見せようと、服を脱がせた。子供は大好きだと彼女は言った。これが自分の慰めであり、よろこびであり、子供には夢中になっている。そういって子供を愛撫しながら、ヨンヴィルの人でなければ、『ノートルダム・ド・パリ』のサシェットに思いを馳せそうな熱い思いのたけを吐露するのだった[3]。
> (第二部五章)

屈折というのは、「ヨンヴィルの人でなければ」(à d’autres qu’à Yonvillais)と仮定をつけて条件法の文にし、保留のない直接的な比較は避けられているからである。『ノートルダム・ド・パリ』の登場人物のサシェットとは、グレーヴ広場の隅に立つ石造りのロラン塔に自らすすんで逼塞し、通行人からの施しで生きることを選んだ「お籠もりさん」、パケット・ラ・シャントフルリの通称である。「サシェット」(小さな袋)というのはその身なりに基づく呼称で、修道女としてはギュデュルという名で呼ばれている。これがエスメラルダの実の母であり、ユゴーのこの小説は母子再会のドラマを側面に含むのであるが、サシェットがこうした自己処罰に近い乞食生活を選んだのは、シャンパーニュ地方のランスで遊女生活を送る間に授かったわが子、生き甲斐となっていた美しい女児を、流浪のジプシー一行によって奪い去られたからである。運勢占いにこの子を見せ、そのあとわずかの時間ながら子を残して家を留守にしたのが、とり返しのつかない失敗であった。愛児を寝かせていた籠の中には、その代わりに、片目で屈背の、悪夢のような幼児が置かれていた。屈背の幼児は教会の手でランスからパリに移され、引き取り自由な捨て子として大聖堂前庭に呈示されたところを、副司教に拾われてカジモドとなる。ジプシーに拉致された愛児がエスメラルダであることは、肌身離さず持っている形見によって、小説の最後のところ、この踊り子が再度捕縛される直前になって明らかになる仕掛けである。

「お籠りさん」の不幸な過去の経歴は、彼女に施しを与えようとする事情通の婦人が、連れの友人にする遡及的物語の形で小説に挿入されているものである。拉致される以前には、パケットが女児をたいそう可愛がった様も述べられていて、この愛情の叙述自体に熱気と臨場感を感じさせる挿話となっている。[4] しかしエマが望んでいたのは男の子の誕生であった。生まれたのが娘であると聞いて、彼女は眼をそむけた。公証人書記レオンとのもどかしい恋を契機に、亭主に仕え子供に尽くす家庭婦人の「美徳の鑑」を努めて体現しようとしたエマは、里子に出してあった女児を自宅に引き取る。慣れない世話を自分で始めて、我が子を可愛がる様を人前で見せ、その際に比較対象として引き合いに出されるのが、幼いアニェス（後のエスメラルダ）を慈しんだパケット・ラ・シャントフルリということになる。しかし、「ヨンヴィルの人でなければ」、そうした連想が働いただろうと小説は言うのである。一体これはどういう意味であろうか。

エマの妊娠は、トスト在住中に明らかになっている。もしボヴァリーが同じところで医業を続けていれば、トストの住民は愛犬ジャリと一緒に過ごすエマに、女の子が誕生するのを見届けたことであろう。そしてジャリの名前から、ボヴァリー夫人が『ノートルダム・ド・パリ』の愛読者であることに留意する住民がいたかも知れない。そうなれば、ベルトを可愛がってみせるエマに、幼いアニェスを慈しんだというサシェットを重ね合わせるのも、あながち排除はできない連想ということになるだろう。移住の過程での愛犬の逸失により、その可能性は遠ざけられているのであるが、しかし遠ざけることによって小説中に言及の機会は確保される。「逆言法」(prétérition)という修辞形態であろうか。いずれにせよ、『ノートルダム・ド・パリ』の世界は、ヨンヴィルの住民にだけは掩蔽されているものとして提示された。物語世界内部の人間には見えていなくても、これを外から叙述したり評価したりする立場からは視界に入ってくる事象というものがあるだろう。そうしたものとして、『ボヴァリー夫人』の画面上に、エスメラルダとカジモドの似姿が投影される瞬間が恐らくある。

## 一、恋するジュスタン

ヨンヴィルは小説がその第二部以降で扱う「出来事」の舞台である。教会堂や役場があり、旅籠と薬局が向き合って人目を引く広場を中心にこの町の概形がその冒頭で紹介されると、唯一の通りが街道からの曲がり角となるところで、岡の下に位置する墓地へと話が及ぶ。教会の堂守がこの墓地の管理人を兼ねているのであるが、墓地の管理人は墓掘人ともなり、また教会の堂守は鐘撞きでもある。これがレスティブドワで、彼は教会の司祭ブールニジアンから指図を受ける立場にある。しかし墓地の空き地を利用してジャガイモの栽培を独自に行っていて、それは事件後の「今も」変わっていない、と物語はその始めに言う。[5] この「死骸から二重の利益を上げる」墓守が用意した墓穴にエマは埋葬される。小説の第三部十章では、教会から墓地での埋葬まで、葬式がその進行を追って語られるが、その夜遅く、残された夫とその母の他に「眠っていない者がもう一人いた」という形で、墓地に改めて姿を見せる人間が描かれる。眠っていないのは薬局の見習い小僧ジュスタンである。彼は葬列を見て店の中にすぐ引っ込み、埋葬には姿を見せなかった。この小僧が墓の盛り土の上に一人跪いて泣いている。置き忘れた鋤を墓地にとりに戻ったレスティブドワが現れると、ジュスタンは柵をよじ上ってその場から逃げ去る。そこで墓掘人は気になっていたジャガイモ泥棒が誰であるか見当をつけた、というのである。[6]
　この埋葬の夜のジュスタンの振舞いに、オメーの薬局の若い使用人とボヴァリー夫人との間の、これまでの心理的・社会的関係のすべてが収斂して現れている。エマにとって、薬局の徒弟はむろん関心の対象にはならない。しかし彼の存在はエマの運命の転回点において、その方向づけに不可欠であった。その前提には医師と薬剤師との職業上の関係を含む交誼があるが、これは双方の夫人を含めた家族レヴェルの交際になっているわけではない。薬剤師の女房は影が薄く、彼女に替わってオメーの家に下宿する公証人書記のレオンが、医師夫人との知的・趣味的交流をまず引き受ける。そして、薬局の小僧ジュスタンが医師の家に入り浸りになることによって、使用人レヴェルでの頻繁な行き来が両家の間で確保されるのである。オメーは、ボヴァリー家の女中フェリシテがジュスタンの意中の人間だと一貫して思っている。しかし、奉公人は奉公人の身分の者にしか恋をしないというわけではない。
『ノートルダム・ド・パリ』では、エスメラルダの刑死と副司教フロロの大聖堂テラスからの転落死のあと、カジモドは姿を消す。彼の行方を人々が知るのは二年後、モンフォーコンの絞首台においてである。石造りで屋根の無い中空の直方体三側面に、並列する三層の窓のように首吊り用具を配置したこの処刑施設には、その地下部分に納骨堂が設営されていて、パリの他の刑場で執行された死骸も、多くがここに納められる。歴史に記録が残るルイ十一世の顧問官の処刑の際に、この納骨堂に執行人が入り、事態が確認されたと物語はその末尾で述べる。残った衣服と守り袋からエスメラルダのものと分かる遺骸には、首の骨は折れていないが、脊柱が彎曲して肩甲骨の中に頭がある男の遺体、左右の足の長さが異なる遺体がこれに固く抱きつくように重なっていた。これが小説の最終章を構成する「カジモドの結婚」である。[7]
　その一つ前の章では、末尾の文で「フェビュスの結婚」が報告されており、それと平仄を合わせる比喩的な表現であるが、カジモドにとって思いを遂げる機会は、エスメラルダが遺骸となることによって、始めて得られたのであった。納骨堂の中で彼は誰にも邪魔されない形で、いつまでも彼女を抱きしめていることができた。『ノートルダム・ド・パリ』の読者なら、そのように想像するだろう。エマの墓穴の上でむせび泣くジュスタンも、月明かりの下で恋しい人を始めて独占する、あの甘美な思いに捕われていたに相違ない。これはむろん「ジュスタンの結婚」ではない[8]。ただ、続く第十一章では、エマの実行できなかった駆け落ちを、ボヴァリーを見限った女中のフェリシテが公証人の下男テオドール相手に決行したことが伝えられたあと、レオンの母親から、息子の婚約が整ったという通知が医師には届く。美しい女主人公の非業の死に続いて、彼女と関係のあった若い男は順当に身を固めるのである。そしてそれとは対比的に、恋する奉公人の、美しいヒロインに対する墓場にまで至る愛着が提示される。

ラ・ユシェットの農場主ロドルフ・ブーランジェがボヴァリーの医院へやってきたのは定期市の立つ日で、農夫の一人に刺絡を受けさせるのが目的であったが、ここでジュスタンがはからずも縁結びの役割を演じていた。それはジュスタンにとって、医師の奥様から親切を受ける最初の経験でもあったろう。その場に居合わせたオメーの徒弟は医療助手よろしく、金たらいを持って患者の血液を受けようとする。しかし吹き出す多量の血に驚き、患者が気を失うのにつられて、その場にへたりこんでしまう。医師が家にいる妻に助けを求め、エマが二階から駆け下りてくる。ロドルフが落ち着いてジュスタンを支え、エマがジュスタンの胸元をゆるめて気付け薬をこめかみにつけ、息を吹きかける。エマがジュスタンの視界から金たらいを取り除こうと腰を曲げると、スカートの裾が花のように広がる。薬剤師が呼ばれてやってきて、ジュスタンを叱りつけ、薬局に先に戻らせた後、ロドルフとエマも交えて人の「気絶」が話題になる[9]。こうしてエマを見初めたロドルフは、ラ・ユシェットへと戻る川沿いの道で、彼女と近づきになる計画を立てる。これにすぐ続くのが、第二部八章の「農事共進会」である。

エスメラルダがフェビュスと出会ったのは、副司教クロード・フロロの命令により、カジモドがこの踊り子を誘拐しようとしたからであった。危機の場を救った親衛隊長のフェビュスがエスメラルダの熱い思いの対象となる。しかしこの誘拐未遂により捕えられ、カジモドは広場に設営された晒し台で鞭打ちを加えられる。縄を解かれた直後、焼けるような渇きに苦しむカジモドに、人だかりの中から一人進み出て、恵みの水を与えたのもエスメラルダであった。この恩人にカジモドは献身的かつ遠慮がちに、一途な恋心を捧げることになるだろう。後にフェビュス殺害の容疑で逮捕され、魔女として死刑判決を受けるエスメラルダであるが、グレーヴ広場の絞首台へと移送される途上の彼女を、ノートルダム大聖堂正面で、テラスから下ろしたロープを伝ってカジモドが救出する。そして聖堂の不可侵権を盾に、エスメラルダを世俗の刑法秩序から匿うのである。エスメラルダは鐘撞きのカジモドに見守られて聖堂内で避難生活を始め、フェビュスが生きていることを知ると、彼にぜひ再会したいと願う。その意を受けてカジモドは、フェビュスをエスメラルダのところに呼んでくるため、フェビュスが入ったその婚約者の家の門前で夜通し待ち続けるのである。

『ボヴァリー夫人』では農事共進会のあと、ロドルフは健康のためにとエマに乗馬を奨める。乗馬服を用意させて、妻の用意が整ったことをシャルルがロドルフに知らせると、自家の馬を二頭つれてロドルフはやってくる。エマがノルマンディーの田舎貴族風の生活様式に近づく一瞬である。しなやかな革の長靴を履いたダンディーなロドルフの身なりにエマは魅了されるが、新調した乗馬服姿のボヴァリー夫人を一目見ようと、ジュスタンは薬局から外に出てくる。[10] 彼女がロドルフに突然出す手紙を渡しに行くのも、当然のように彼の役割となる。第二部十三章で、駆け落ち計画がロドルフにより一方的に放擲され、エマは重篤な病に陥るが、その回復期にもジュスタンはオメーの子供たちと一緒に見舞いに訪れる。ボヴァリー夫人が化粧を始め、頭の櫛を抜き、髪を振ってそれが膝のところまで垂れるのを見ると、ジュスタンは身震いしたと述べられている。「エマはおそらく少年の無言の好意にも臆病さにも気をとめていなかった。彼女は自分の生活から消えてしまった色恋が、そこに、自分のそばに、そのごつごつした肌着の下に、彼女の美しさの発散を感じようと開いている若者の胸の中に、息づいているとは夢にも考えなかった。[11]」第三部五章、エマがレオンとの交際のために木曜日ごとにルアンへ出かける時期になると、疲労して帰宅したボヴァリー夫人の身の回りの世話を甲斐甲斐しくするのはこのジュスタンである。ベッドまでも彼が整え、両手をだらりと垂らしてじっと彼女を見つめている。彼は自分を召使いにして欲しいとエマに頼みさえしたようで、エマもそれに釣られて青塗りの軽快な二輪馬車を買い込み、乗馬靴姿の馬丁に手綱を取らせることをこの時期になって夢想している。[12]

しかし、ボヴァリー夫人の運命に決定的な形を与えることになったのは、彼女がレオンと初めて二人きりの午後を過ごした日の夕刻であるが、第三部二章でジュスタンがオメーの薬局でこっぴどく叱られるのに立ち会ったことである。ヨンヴィルに戻ってすぐ薬剤師の家に行くように言われて、ボヴァリー夫人は季節のジャム作りを一家総出でしているオメーが、口を極めて弟子を罵っているのに出会う。ボヴァリーの実父が亡くなって、この悲報を自分の口からは妻に告げられない医師が、言葉を選んで事情を伝えるよう薬剤師に頼んだのである。しかしそれをほとんど忘れ、逆上して親類の見習い小僧を叱っている。それは、ジュスタンに鍋をもう一つ取ってこいと言ったのに、台所ではなく仕事場の製薬用の鍋を持ってこようとしたからであるという。オメーの薬局がブヴァールの科学実験室へと接近するこの一節で、薬剤師はやや難しい言葉を用いている。商売道具や薬品類を仕舞ってある屋根裏の収納場所を「カファルナウム」と呼んで、「誰がカファルナウムの鍵を取ってこいと言った」と大声で叱責している。本来は固有名詞で、福音書の中でイエスが最初に説教したガリラヤの町を指すが、普通名詞に転じられて、雑多な物置くらいの意味となっている。お前がどんな危険を冒し、主人をどんな危険に晒したか知っているのか、知らなければ教えてやろうと怒りに任せて口走り、慎重に見えて逆に無配慮な薬剤師により、砒素の置き場所が「左の三つ目の棚」と大声で告げられる。青いガラス瓶に白い粉が入っていて、「危険」と書かれているという。[13] エマはここで、偶然ながら毒薬への認識をはっきりと持った。登場人物にとっての偶然は、小説にとっては不可欠な手順である。エマが砒素を手に入れるには、ジュスタンを籠絡すれば事足りるようになった。この段階ではレオンとの交際を再開したばかりであり、小間物商人ルゥルーとの関係も、義父の遺産処理の代行を通じて深まるので、ボヴァリー夫人はまだほとんど借金を負っていない。しかし服毒に必要な物質、専門職の人間により厳密に管理されているはずの薬品は、自分の言うことなら何でも聞く薬局の小僧に断固たる意志で要求すれば、容易に手に入るという前提がこれで整った。

## 二、農事共進会と聖史劇

『ボヴァリー夫人』の「農事共進会」が「中世の聖史劇上演にみるような三層構成になっている」ことを指摘したのはアルベール・チボーデである。[14]「低音域の家畜、ひな壇上の公式行事、町役場の窓辺でのエマとロドルフ」という三層であるが、低層部分にはひな壇に面した椅子席の住民を充ててもいいだろう。家畜は牧場の審査会場からこの式場の外周にかけて鳴き声をあげている。いずれにせよ、これら三層の間の共鳴・呼応こそが、この章の交響曲的な構成を可能にしている。ところで、中世の聖史劇と言えば、『ノートルダム・ド・パリ』は一四八二年一月六日、パリ裁判所大広間における聖史劇上演の顛末からその物語を始める。脚本を準備した貧乏詩人のグランゴワールが上演の成功を見守る形でこの章の、さらには物語全体の狂言回しとして登場し、中世パリの階層化された社会構造を公現祭の祝祭空間内にまず可視化する。直方体をなす広間の片側側面には大理石の台座上に仮設舞台が用意され、中央部分は一般客席に充てられ、正面入り口と向き合う高い位置に、金襴を張ったひな壇が設営されている。ここにフランドルからの外交使節一行と、これを接待するブルボン枢機卿以下の聖職者集団が着座するのを待って、舞台上の聖史劇はその上演が始まる手筈である。舞台の反対側の側面には、現国王ルイ十一世の作らせたチャペルがあり、聖母の前に跪く国王自身の彫像に加えて、建物壁龕の列王像から二人の歴史的名君、シャルルマーニュと聖ルイ王の立像が移されて、そこに置かれている。[15] このチャペルの薔薇窓を利用し、そこに出場者が首を出して渋面を作ることにより、この会場でのお祝いのもう一つの出し物、「らんちき法王」の選出が行われることになる。退屈な聖史劇（演目内容は「教訓劇」と呼ばれている）の上演を中断して「らんちき法王」の選出を舞台の反対側ですぐに始めようと提案するのは、ベルギー外交使節団の一員、ガンで股引製造に携わるコプノール親方である。

枢機卿と外交使節団の会場到着は予定より大幅に遅れる。朝早くから席を取るために並んだ後、もう待ちきれなくなった観客は、騒々しいラテン区の学生たちを中心に不平を鳴らして、見世物のすみやかな開始を要求する。その要求に屈して上演を始めたところで使節団の一行が到着し、ひな壇に枢機卿以下の来賓が次々に姿を見せる。それに応じて、衛士が席に着こうとする貴顕の名前と地位・役職を朗々と場内に告げるので、観客の関心は舞台からひな壇に完全に移行し、聖史劇にはもはや誰も注目しなくなるのである。仮設舞台上の役者とその衣装よりも、ひな壇に着座する高位聖職者と威儀を正した遠来の客人たちの姿の方が、見るべき物として価値が高いと観客は判断した。こうして、詩人にとってこの興行は完全に失敗に終わるのであるが、用意されていた「教訓劇」は、ヨーロッパ中世の社会秩序をあからさまな寓意で再現し、身分に応じた人間の営為を通じて予定調和的な世界観を提示するはずのものであった。

序幕に登場する四人の人物は、右手に剣と黄金の鍵と天秤と鋤とをそれぞれ持っている。身につけているものも、第一の人物は金銀の錦織、第二の人物は絹、第三の人物は羊毛、第四の人物は植物性繊維の平織りの衣類であり、裾のところに縫い取りで貴族、僧侶、商品、耕作という寓意の表示がついている。貴族と商品が女性、僧侶と耕作が男性で、僧侶と貴族、耕作と商品がカップルを構成している。この二組のカップルで一頭の金のイルカを共有しており、フランドルからの使節はオーストリア大公マキシミリアン一世の娘マルグリットとフランス王太子（後のシャルル八世）の婚約を取り結ぶためにパリに来ているので、美女探索の行方は幸運な出会いから慶事を予告するはずのものである。[16] イルカは王太子と同綴同音の異義語であり、最も美しい女にこれを授けたいと、この四人が世界中を旅するのである。中世の身分秩序は三分法により、祈る者（僧侶）、戦う者（貴族）、耕す者（農民）から構成されるとするのが本来的であるが、中世も末期になると、都市の発展により商人・職人が独自の地位を主張するようになっていた。フランドルはとりわけ都市市民の勢力が他に先駆けて拡大した地域であり、『ノートルダム・ド・パリ』はそうした地域間の意識格差も有意的に組み込んでいる。コプノール親方の有産市民としての自負心がフランス貴族の特権意識に堂々と対抗しうるものとして提示される場面を用意して、[17] 聖史劇の固定的な身分階層に社会流動性の契機を持ち込むのである。

『ボヴァリー夫人』の農事共進会では、役場正面の列柱には四本の柱のそばに小旗を吊るした竿が立ち、それぞれの小旗には「商業のために」「農業のために」「工業のために」「芸術のために」という金文字が記されている。[18] 中世の身分制社会に替わって、十九世紀フランスの規範的な組織理念となっているのは社会的分業であろう。そこでは学識と技能を備えた能動市民に自由な競争と創意工夫の場を用意することによって、旧来の迷妄は打破され、社会改良と文明の進歩がはかられるという近代市民社会の前提がある。七月王政期の産業振興政策の思想は、県参事官リューヴァンの演説にも、また『ルアンの舷灯』にヨンヴィルの論客オメーが送った記事にも伺うことが出来よう。「あくまでの勇気を持って邁進されたい。因習の声や無謀な経験主義の性急なすすめに耳をかしてはならない。特に土地の改良、肥料の品質、馬牛羊豚各品種の発展に専心されたい。今日の共進会が諸君のために平和の闘技場であってほしい」とリューヴァン。[19]「確かに政府は努めているが、まだ十分ではない。勇気を出せ。無数の改革が不可欠である。それを完遂せよ」とオメーがこれに呼応する。[20]夕刻に開かれた祝宴では、様々な名目で乾杯が挙げられ、参事官は国王に、町長は知事に、審査委員長は農業に、オメーは姉妹関係にある工業と芸術に、そしてもう一人の名士が様々な改良事業に祝意を表明するのである。

農事共進会にみるひな壇上の儀式の頂点は、同一農場に五十四年間勤務して銀杯による表彰を受ける奉公人カトリーヌ・ルルーの登壇である。過酷な条件下で使い古された身体、皺だらけの顔をベギン帽に包み、節くれ立った手を短上着からのぞかせた彼女の姿は、それ自体が展示に値するものとなり、中学時代のシャルルの帽子にも匹敵する小説の描写の対象となっている。これは、ユゴーの小説の第一章で渋面を競って登場するカジモド、「らんちき法王」の選出を通して、驚異の異形として描き出されるカジモドの身体と、その公示性において照応する要素を持つだろう。しかしカジモドの登場は、彼の存在を知る者にとっては再認である。「あれは鐘撞き人のカジモドだ。ノートルダムのせむし男カジモド、片目のカジモド、びっこのカジモドだ。万歳、万歳。[21]」これがパリのノートルダム前庭の寝台板上に、引き取り手を求めて呈示されていた醜い捨て子、そこに騒がしいほどの人だかりを作り出した「小さな怪物」の、十六年後の姿である。ガン流儀の渋面競技を提案したコプノール親方が、親しみを込めて話しかけるが、返答がないのでカジモドは聾者となっていることがわかる。「なんとまあ。完璧な法王だ」と親方。[22]ヨンヴィルの会場に来ているはずのカトリーヌ・ルルーも、名前を呼ばれてなかなか登壇せず、またひな壇上では、委員長や参事官のかける声に反応を示さない。「お前さんつんぼかい?」と、町長は椅子から立ち上がって彼女に近寄り、その耳元で大声を上げて、彼女に授与される褒賞の内容を告げるだろう。[23]

農事共進会で家畜が冠を頂き、使用人が紳士たちの前で表彰される儀式が終わると、「皆は元の位置にかえり、一切はふだんの状態に戻る」ことになる。「主人は雇い人を荒っぽく扱い、雇い人は家畜をぶん殴る」のである。[24]「らんちき法王」に文句なく選出されたカジモドは、三重冠と王杖をあてがわれ、けばけばしい蓮台の上に乗せられて、パリ市内を威勢よく練り歩く祭り行列の主役となる。得意のカジモドを蓮台から引きずり下ろすのは、育ての親であるクロード・フロロである。[25]祝祭による日常の位階構造の逆転は、ひと時の間しか続かない。

## 三、彎足の馬屋番と峠の盲人

農事共進会の後、エマとロドルフが愛人関係になって半年が過ぎ、その高揚感も薄れて関係が日常化してきた頃、薬剤師オメーが彎足手術の実施をボヴァリーに勧める。エマも夫の仕事と能力に敬意を抱くことさえ出来れば、結婚の義務に復帰したいと思い始めていた。新しい外科治療の対象として選ばれるのは、旅籠リオン・ドールの馬屋番イポリットである。『ボヴァリー夫人』には、女主人公とその夫の周りに使用人の三幅対ともみなせる人物群が配されている。脇を固める薬剤師オメーや司祭のブールニジアン、旅籠リオン・ドールのルフランソワ女将の配下にあって、しかし端役と片付けるには物語上の役割が大き過ぎる人物たちである。この三人を寄せ集めれば、奉公人身分のヨンヴィル住民として、パリ大聖堂の主たるカジモドにも比肩する伝承的人格ともなり得る。これを逆から大胆に言えば、中世パリではカジモドの演じた驚異の役柄が、十九世紀ノルマンディーの市場町では三分割されて、より現実感に即した人物の内に宿っていると見ることもできるだろう。一種の転移によって、女主人公に恋する心は薬剤師の徒弟ジュスタンに託され、鐘撞きの職務は堂守で墓掘人でもあるレスティブドワに配され、そして身体的な障害性は、その跛行と手術失敗後の義肢使用を核として、旅籠の馬当番イポリットによって担われるのである。ここにはまだ怪物性を体現する者が欠如しているが、それはおいおいに姿を現すことだろう。

彎足手術それ自体は、医学的な取材源が確認されており、『ボヴァリー夫人』の執筆時期には、すでに成功例が学術的に報告されていた。[26]しかしエマの夫は医学博士ではなく保健医に過ぎない、ということを強調する論者なら、シャルルの資格で実施可能な医療行為であったのかどうかは、疑ってみる価値があるかもしれない。いずれにせよ骨接ぎや刺絡とは異なる本格的な外科介入である。文献による知識だけですぐ実行に移すのは、独学で化学実験をするのと同様の危うさを伴ったに違いないが、そのことの自覚が、実施した医師にも、協力し早々と礼賛記事を書いた薬剤師にも、徹底して欠けている。オメーは科学による文明進歩の使徒として、『ルアンの舷灯』にこう書いていた。

されば高邁なる学者を讃えよう。同胞の改善と苦痛軽減のために夜々を捧げるこれら不屈の知性に栄誉あれ。重ねて栄誉あれ。今こそめくらは見え、つんぼは聞こえ、びっこは歩けるだろう、と呼ばわるべきではないか。かつては狂信が少数の選ばれたる者たちに約束したものを、今や科学はすべての人間のために成就するのである。[27]

いったん成功したかに見えた手術は、激痛を訴える患者とともに数日のうちに暗転する。アキレス腱を切断し、矯正器具により圧迫固定したイポリットの足は、五日後には膨れ上がって皮下出血を起こしている。対応のすべを知らぬ二人の学者の狼狽と無能ぶりを見て、司祭はこれを機に馬屋番に説教し、旅籠の女将は事態に憤慨して別の対応を要求する。患部が鉛色に膨れ上がって水疱から黒い汁がしみ出し、壊疽の進行が膝にまで達したところで、ヌーシャテルからカニヴェ先生が急遽呼ばれる。この足は切断しなければならない、と宣言したあと、カニヴェ博士はオメーの書いた記事を攻撃するかのように、こう薬局で罵るのである。

わしらはあの先生たちほど偉くないさ。学者じゃない。気取りやでもハイカラさんでもない。わしらは臨床家だ。治療師だ。ぴんぴん達者でいる者を手術しようなんて考えやせんよ。蝦足を直すって。蝦足が直るものか。まるでせむしをまっすぐにしようというのと同じだ。[28]

跛行と聾と盲目がオメーの記事により隣接呈示され、彎足と背柱後彎がカニヴェ博士の発言によって、当時の医療技術では対応できない形態上の異常として比較され接近させられている。解剖学に基づく「奇形学」（tératologie）を確立したのは動物学者のジョフロワ・サン＝ティレールであるが、十九世紀のフランス小説が彼と知的関心を共有していることは、ここでも確認できるであろう。馬屋番というのは、言うまでもなく力仕事である。イポリットはその彎曲した足に力をかけて仕事をするので、不具の足の方がかえって丈夫になっていた。そこには屈背で足が不揃いでもあることによって重心を低く身構え、すばやい移動や腕力に自信を持つカジモドの身体に親近するところがある。医学博士による大腿切断手術は旅籠リオン・ドールの玉突き室で行われる。イポリットの足を押さえておく役をつとめるのは、他でもない鐘撞き人レスティブドワである。[29]

片足を切断したイポリットにはボヴァリーから立派な義足が贈られる。義足はカジモドとは縁がないが、『ノートルダム・ド・パリ』ではグランゴワールが片腕の者、足のなえた者、松葉杖をつく者などに誘導される形で、流民・浮浪者のたむろする「奇跡御殿」にいつの間にか迷い込む。彼らの多くは、施しを求める手段として不具の外見を装ったえせ障碍者である。[30]ここで『ボヴァリー夫人』の第三部五章以降をもう一度思い起こそう。レオンとの逢瀬のためにエマは週に一度ルアンに通うようになるが、乗合馬車の彼女が途中のボワ・ギヨームの丘でよく遭遇するのが盲目らしき乞食で、陽気とともに春情の高まる田舎娘のことを小唄に謳って街道に出没する。その名前は与えられていないが、エマにとってはこの身体、特に血まみれの眼窩や黒く汚れた鼻孔、膿の流れて固まった顔の肉塊が嫌悪ないし恐怖の種となる。この「可哀想な悪魔」はエマの背後に突然姿を見せて驚かせ、動き出した馬車の踏み台に泥を浴びながらしがみつく。すると御者のイヴェールが鞭で彼を打ち倒す。[31]ここにも鞭打たれる障碍者がいる、と指摘すべきか。悪夢のようなこの「盲人」は、ボヴァリー夫人の臨終の場面にも窓の外に姿を見せる。そして例の小唄を口ずさむので、エマはその背後に無限に深い闇を見て、床から急に半身を起こし、狂気のように絶望的に笑いながら亡くなる。[32]

この峠道の乞食は本当に盲目なのか。第三部七章でオメーが馬車に乗り合わせた際には、薬剤師は瘰癧であると言い、軟膏を用いた皮膚治療を奨めて、自分の薬局に来るといいと誘っているから、相手が全盲であるとは思っていない様子が感じられる。オメーにとって峠の乞食は、何より「不届きな商売をする」やくざ者である。縁日に見世物小屋を開けと、イヴェールは乞食を揶揄してもいた。薬剤師が財布を開けて小銭を恵むと、御者が芸をして見せろと浮浪者に要求する。そこで盲目らしきこの乞食は、膝を折ってしゃがみ、眼球をぐるぐる回して舌を出し、胃のあたりを両手でさすりながら、「飢えた犬のような」鈍いわめき声をあげる。[33] 馬車から野原に逃げ出した愛犬ジャリが、エマのもとに姿を変えて戻ってきたと見るには、落差が大きすぎるだろう。実はジャリは別の形でもう一度ボヴァリー夫人の前に姿を見せる。だがそれを見る前に、処方した膏薬の効能を否定されたオメーが、小説の最終章になって『ルアンの舷灯』に掲載する記事、街道の乞食追放をめざす連続キャンペーンの言葉遣いにも注意を払っておこう。そこには、ルアン近郊の街道に出没する乞食・浮浪者を中世パリの「奇跡御殿」に近づけるものがある。

われらは今なお、かつて放浪者どもが十字軍戦役から持ち帰った癩や瘰癧を公然と人前にさらすことを許していた、かの奇怪なる中世におるのであろうか。

あるいは――

放浪者取締法が存在するにもかかわらず、大都市近郊はいぜんとして乞食群の横行するところとなっている。なかには一人歩きまわるのもあり、おそらく危険さにおいては変わりない。市の吏員たちは何を考えているのか。[34]

第三部七章で差し押さえを経て、ボヴァリー家の動産すべての売り立てが広場に公示される。この張り紙を引き破ろうとして、警官に取り押さえられるのはジュスタンであるが、興奮して戻ってきた女中の示唆を受け、エマは公証人ギョーマン氏の援助ないし尽力を求めて、その家を尋ねる。そこで通された食堂の壁面には、複製とおぼしき二枚の絵が架けられている。一つはストゥーベンの『エスメラルダ』、もう一つがショパンの『ポテパル』である。[35] シャルル＝ギョーム・ド・ストゥーベン（Charles-Guillaume de Steuben, 1788-1856）が描いたユゴーの小説の女主人公の絵は一八三七年の作品で、今日ナント市の美術館が所蔵している。黒髪の両肩を露出した女がベッドの上に右足だけを床に下ろして腰掛け、左の膝の上の白い子山羊をほとんど愛犬のように右手で抱いて、これを見下ろしている画面構成である。足元にはタンバリンと一足の履物が置かれている。この山羊がジャリであることは言うまでもないだろう。

アンリ＝フレデリック・ショパン（Henri-Frédéric Schopin, 1804-1880）の『ポテパル』というのは未確認であるが、『旧約聖書』に基づくこの画題は、ティントレットやジェンティレスキ、グイード・レーニ、レンブラントなど多くの画家がすでに扱っており、そこで決まって描かれているのはポテパルの妻とヨセフの二人である。「創世記」の最後に近い箇所になるが、ヤコブの子のヨセフがエジプトで奴隷の身分から、パロの侍衛長の信頼を得てその家政を一任される。すると美しい彼は主人の妻から一緒に寝ることを要求される、という話である。ヨセフは自分を信頼する主人を裏切ることは出来ないと要求を聞き入れず、誘う女が彼の着物をつかんで放さないので、それを彼女の手に残して逃れ出る。絵に描かれてきたのは主にこの瞬間である。怒りがおさまらないポテパルの妻は、ヨセフの残した着物を証拠として、逆にヨセフの強引な言い寄りを主人に告発し、ヨセフは投獄される。

この二つの絵は、ボヴァリー夫人の運命が急を告げようとする段階で、その局面打開を求めて最初に訪問する町の有力者の家の壁面に飾られているものであり、小説の人物関係を別の角度から要約し、主人公の運命に無言のコメントを加える役割を帯びていると思われる。というのも、このときのエマとギョーマンの行動を、壁面に据えられた眼のように目撃しているのが、これら二つの絵だからである。ポテパルの妻について言えば、既婚女性が夫の信頼する有能で年若い独身男性に誘惑を試みるという構図において、レオンとの恋愛の主導権を握るに至ったエマの、青年にとって有害で危険な女という位置づけとよく対応している。一方のエスメラルダに関しては、エマの苦境を救う資力と実務能力を備えた公証人のギョーマンが、ここで自分に身を委ねることを露骨にエマに要求するという流れが、『ノートルダム・ド・パリ』の描くエスメラルダに対する副司教フロロの言い寄りと呼応するだろう。宿命的な情念に支配されて、フロロはエスメラルダに執拗な求愛を繰り返し、魔女として死刑判決を出させた上で、彼女からの愛情を条件にその執行を停止し、その罪科を赦免しようと提案するのである。エスメラルダはフロロに身を任せるよりも、死の方を進んで選ぶ。エマもここでギョーマンの直接的な行動は拒否するが、家に戻ってからたちまちそれを後悔し、次には相手の男を変え、改めて女としての魅力と能力を駆使して金銭の融通を実現しようとする。徴税人のビネーに対する「色仕掛け」がそれである。そして、これを隣家の屋根裏にあがってわざわざ観察する町の名士夫人たちは、あんな女は鞭打ちにする必要がある、と互いに言い交わす[36]。「田舎の風俗」という小説の副題にもふさわしい一節であろう。

## 四、運命の過ち

『ノートルダム・ド・パリ』には、歴史的物語の開始に先立って、その執筆のきっかけとなった大聖堂内での発見、塔の内壁面に刻み込まれたギリシャ文字による言葉との出会いがまず紹介されている。大文字で〈'ANAΓKH〉と書いて、「アナンケー」と読む。「運命」ないし「宿命」というのがその基本の意味に近く、ラテン語なら〈fatum〉、フランス語なら〈fatalité〉に対応させる。こうした訳語の明記は小説中の場面にも組み込まれているが、石の壁面にこのギリシャ語の文字列を見つけたのは数年前のことで、その後表面を削ったり塗装したりする処理が施されたために、今では確認できないと「著者」は言う。中世のゴシック書体で彫り込まれたこの陰鬱で不吉な文字、これを残さずには世を去ることが出来なかった苦悩する魂とはどんなものだったのか、それに思いを馳せるところからこの本は書かれた、と一八三一年二月の日付で述べられている[37]。この「著者」は、それが作家ヴィクトル・ユゴーの執筆活動とよく符合しているとしても、むろん虚構内の存在とみなすべきものである。物語の中で、孤独に思索するうちこの文字列を突然壁に刻み込む人物がおり、それをたまたま目撃する人物も用意されている。ノートルダムの塔の内部に秘密の小部屋をしつらえ、そこで錬金術の実験にふける副司教のクロード・フロロと、小遣いをせびりにやってきて、実験室の兄の姿をしばらく背後から観察する学生身分の弟ジョアンである。

エスメラルダの踊る姿を見て以来、副司教が抱く情念は、彼のファウスト的な真理探究と関連づけられることにより、運命ないし宿命の相貌を示し始める。錬金術の教えるところによれば、光と金とは同一であり、火が具体化したものである。同じ物質で、可視的なものと可触的なものの違いが生じるのは、水蒸気と氷の違いと同様であり、それ以上のことはない。これが一般法則であるが、その秘密を科学の場に引き出し、光を凝縮して金にするにはどうすればよいのか。ここでクロードは独白しつつ思考している。それをジョアンが戸口で聞いている。土と交差させるために「光を埋める」のでは時間がかかり過ぎる。「地中の火」に働きかけることも考えられる。ダイヤモンドは石炭の中にあり、金は火の中にあるのだから。しかしどうやれば取り出せるのか。魅惑的で神秘的な女の名前を、操作の間に発音するだけでよい、と主張する錬金術師もいる。女の口は清流、光線であり、その名前は心地よく、穏やかなものでなければならない。長母音で終わり、祝福の言葉に似た名前、マリア、ソフィア、エスメラルダ、と発音したところで、副司教はジプシーの踊り子への思いから逃れられなくなった自分に気づく。また金槌で釘を打つ際に発音して青い火花を取り出すべき文句、これを探しているうちに、フェビュスという名前が口をついて出る。そこで激情に駆られた副司教は、この小部屋の壁面に、「アナンケー」とコンパスの針先で彫り込むのである。[38]

エスメラルダが姿を見せる前に、まずその名前のもつ意味への問いかけがこの物語には提起されていた。公現祭の日に、聖史劇を見捨てて建物の外に向かう群衆が口々に発している言葉、ラ・エスメラルダとはどういう意味か。グランゴワールはそれを考えつつグレーヴ広場の方に向かうと、そこで踊るジプシーの娘、および彼女の言葉を解して観客に芸を見せる白い毛の山羊に出会う。[39]エスメラルダとは東方起源の古仏語でエメラルドのことであり、フェビュスというのは、ラテン語で太陽神アポロンないし日光のことである。緑色の宝石と光の間の錬金術的関係が、フロロには意識されているはずである。

グランゴワールを使って「奇跡御殿」の乞食・流浪者たちに大聖堂を襲撃させ、その混乱を利用して不可侵権の領域外にエスメラルダを連れ出した覆面のフロロは、グレーヴ広場まで来たところで、頭巾を外して初めて口を開く。運命がわれわれを互いに相手に委ねた。私はお前の命に決定権を持つが、お前は私の魂に決定権を持つ。絞首台を選ぶか、私を選ぶか、と相手に選択を迫る。するとエスメラルダは絞首台を抱き、フロロを見つめて、「おぞましさもまだこちらが少ないくらい」と言うので、打ちのめされたフロロは口調を変え、心を火に焼かれるわが身の苦しみを改めて少女に訴える。副司教が踊り子に愛を乞うこの最終局面で、「運命」(fatalité) および「過ち」(faute) という言葉が使われている。

穏やかに話しているのがお分かりでしょう。もうそんなに私を毛嫌いしないで欲しいのです。一人の男が一人の女を愛する、それは彼の過ちではありません。〔……〕いやはや、あなたは私にだけむごく当たるのですね。ああ、何という運命なのでしょう。[40]

ここまでユゴーの小説に寄り添ったところで、『ボヴァリー夫人』の最終章、ロドルフと再会したシャルルの名台詞を再考してみよう。酒場でビールを挟んで向き合い、当たり障りのない話題を探してしゃべり続けるロドルフに対し、相手をぼんやりと、あるいは暗い憤怒を秘めて見つめていたシャルルはこう言うのであった。


「あなたを恨んではいません」と彼は言った。

ロドルフは黙ったままだった。するとシャルルは頭を抱え、消え入りそうな声で、限りない苦悩を湛えた忍従の語調で重ねて言った。

「ええ、もうあなたを恨んではいません」

そして大仰な、生涯で唯一口にした大仰な言葉を付け加えた。

「運命の過ちです[41]」


ここで「運命」は相当程度まで人為によるものであり、自分がそれを「先導した」こともロドルフは理解している。だから相手の言葉にお人好しで、滑稽なものを感じてしまう。しかしシャルルはなぜ「運命の過ち」（la faute de la fatalité）という表現を用いるのだろうか。精神性とは無縁に生きてきたという印象のこの男には不似合いな、世界観や思想性を感じさせる言葉であり、田舎医者にとってこれはいわば借りてきた科白だったのではないか。借りものだとすると、当人が意識しているかどうかは別として、この小説を愛する読者ならその出所はどこかと考えてみることは出来よう。ただ、シャルルの読書範囲を想定して、そこに『ノートルダム・ド・パリ』を含めようというわけではない。

シャルルは妻を葬ってから長い間、その遺品の中でも机の中の収納には手を付けなかった。最後にこれをいよいよ開いた時、まず束になったレオンの手紙を発見し、狂気のようになってこれをすべて読み、初めて疑う余地のない事態を知る。さらに部屋の隅々まで調べると、ロドルフからの手紙が全部見つかる。この後シャルルは生きる意欲を失い、引きこもって人と交わらなくなっていた[42]。ロドルフと再会したのは、最後の動産として馬を処分するために、隣町へ来たからである。シャルルがロドルフのエマに宛てた手紙をすべて読んだとすれば、われわれが知っている手紙、すなわち駆け落ち計画を決行直前に撤回して、一人で旅に出ることをエマに知らせてきたあの手紙も、読んだはずである。そこでロドルフはエマにこう語っていた。

エマ、私を忘れて下さい。なぜ、あなたを知ったりしたのだろう。なぜあなたはあんなに美しかったのか。私の過ちだろうか。いやいや、そうではない。ただ運命を責めて下さい[43]。

「私の過ちだろうか」（Est-ce ma faute?）という疑問文、「ただ運命を責めて下さい」（n'en accusez que la fatalité!）という命令文はエマに打撃を与えたが、シャルルにとっても胸に疼く言葉となったことは容易に想定できよう。そこに用いられている意味深い二つの単語を、シャルルは自己流で恐らく無意識に繋げた、と読むことが可能なのである。この連結によって、ロドルフにとっては世辞を交えた逃げ口上に過ぎなかったものが、哲学的あるいは神学的な深みを漂わせるものとなった。ロドルフは農事共進会の際、役場二階でエマと二人だけになったところでも、愛しあう二つの魂を結びつける「運命」を語っていた。無理解な世間の迫害も恐れることはない。「なあに、かまうものですか、遅かれ早かれ、半年先か十年先か、とにかく両方が一つに結びつき、愛しあうでしょう。だって運命がそうさせるのですよ」と。[44] 共進会から駆け落ちの放擲まで、愛と運命をめぐるロドルフの論理は一貫している。不可避のもの、不可抗力として呈示される愛ではあるが、ロドルフ自身はこの「運命」を信じてはいない。だから極め付きの威力を発揮する言葉として、求愛にも離別の際の弁明にも自在に使いこなせるのであろう。愛人が別れの手紙で用いた洒落た言葉を、妻を失った後でそれを読んだ夫が、自分を納得させるために無意識のうちに想起し、相手の前で唱える。ここにあるのは、「引用」プロセスの極めて痛切な具体例である。そしてそれを通じて、小説冒頭で、〈Ridiculus sum〉(私は滑稽です)の書き取りを二十回やらせられた新入り中学生の見事な「開花」が実現している。

エマに別離を告げる手紙を書くロドルフには、小説の語り手が介入してコメントを加えている。ペンを握ったが書くことが思い浮かばないので、エマの手紙そして他の女から貰った手紙も、思い出の品々といっしょに掻き回していると、すべてが平均化されて小さくなってしまった。「下らぬ嘘っぱちばかりさ」とうそぶくロドルフ。彼が手紙を書き始める前に、小説はこう記している。

快楽が校庭で遊ぶ子供たちのように彼の心を荒っぽく踏み荒らしてしまい、もうそこには緑の草は少しも生えなくなっていた。そこを通って行ったものは子供たちより慌て者で、壁に自分の名を彫ってそこに残すことさえしなかった。[45]

校舎の壁に名前を彫りつけるのは、いたずら好きな中学生のやりそうなことだろう。しかしここは比喩で、人の心を通り過ぎて行く思いと、その壁面に彫り込まれる名称が問題となっている。クロード・フロロは自分の部屋の壁面に、エスメラルダと恋しい名前を刻み込むことはなかった。しかしその名が常に口をついて出ることを知り、「アナンケー（運命）」と彫り込むのである。それに立ち会うのが生徒で、古典語を学ぶ弟のジョアンということになる。

最後に、『ノートルダム・ド・パリ』の書名に言及があった一節、里親から子供を引き取ったばかりのエマの熱意が、サシェットの幼い娘を可愛がる様に比較されていたあの下りを、もう一度ユゴーの関連するテクストと対照させてみよう。なぜエマはお客が来ると幼いベルトに服を脱がせ、その手足を見せるのだろうか。ここでボヴァリー夫人は、パケットを模倣しているかのように振る舞っている。アニェスは何よりも足の美しい娘である。飾紐・装飾品製造の経験があるパケットは、娘の小さな足にあう可愛い靴を縫ってやった。これが小説の最後で親子関係を証明する、割り符のような形見の品となるのだが、幼子に対しては、これを履かせたり脱がせたりするのが何よりの歓びである。

> 母親は日ごとにますます娘に夢中になった。娘を愛撫し、接吻し、くすぐり、身体を洗ってやり、着飾らせ、食べてしまいたいという風情だった。のぼせ上がって、神に感謝した。とりわけ娘のきれいなバラ色の足が驚嘆の種であり、狂喜の極みだった。しょっちゅうそこに唇を押当て、その可愛さは見飽きることがなかった。小さな靴を履かせては脱がせ、感嘆し、眼を見張り、日に透かして見るかと思うと、ベッドの上で歩かせてみようとする自分を哀れみ、跪いて幼子イエスの足のように、娘の足に靴を履かせ脱がせて一生を過ごしても悔いはない、といった有様であった。[46]

語彙（joie, folie, caresses...）だけでなく、リズム（類義動詞の畳みかけ）にも『ボヴァリー夫人』の一節の前提となるものが感じられる。フローベールのテクストは先に引いた一節で、その参照元ないし借用先を隠すことなく、遠回しながらも明瞭に示唆していたのである。局部的な文脈の上では、生きていく心の支えとして愛人もしくは子供を望んでいて、結果的に愛人ではなく愛児を得た遊女のパケットと、レオンへの恋しい思いを絶とうとして娘を乳母から引き取り、人前で溺愛する様子を誇示するエマとが類比的関係におかれている。しかし『ノートルダム・ド・パリ』と『ボヴァリー夫人』の対比は、登場人物や語彙、そして主題など、より包括的な相互関連において吟味されるべきであるとわれわれは考えており、その論拠をここまで提示してきた[47]。ボヴァリー夫妻が亡くなって、ただ一人残されるのは娘のベルトである。医師のお嬢さんだった彼女は製糸工場の女工となる。「運命」を語るなら、その余波はそこまで確認されていると見るべきであろう。

# 『ボヴァリー夫人』における教会と国家

優しい心は広くて暗い虚無を厭い
輝ける過去のあらゆる遺骸を拾い集める
自らの血が凍える中へと日輪は溺れた
君の姿はわが裡で聖体顕示台の如く輝く
——ボードレール「夕べの諧調」

語り手の現在時に対する問い直しから、小説『ボヴァリー夫人』の歴史性についての考察を改めて始めよう。第二部一章冒頭でヨンヴィル＝ラベイの地理的紹介が墓地にまで行き着くと、死者から利益を得る墓掘人レスティブドワに対する司祭の軽い揶揄を介して、この町の現在の姿が言及される。墓地の空き地を利用したジャガイモ栽培を墓掘人は「今日もなお」続けており、この指摘を結節点として「これから語ろうとする出来事以来」何も変わらぬヨンヴィルの現在の様子が、四つの点景に要約される形で提示されている。その筆頭に挙げられているのが、「相変わらず」教会の鐘楼の上に回っているブリキの三色旗である。それに続いて流行品店の吹き流し、薬局のアルコール瓶に入った胎児標本、そして旅籠の看板である金のライオンといった、この定期市の立つ町で営業する者の店先が列挙されるが、そこには「なおも」、「ますます」、「相変わらず」といった表現、時間の経過にもかかわらず同一性が保持されるか、さらには傾向が強化されていることを意味する副詞的語句が繰り返されている[1]。物語の環境と同時にその語る行為が、読者も共有する近代フランスの歴史に条件づけられていることを明示していると言えるだろう。

『ボヴァリー夫人』で語られるヨンヴィルでの出来事というのは、この土地を選んで転居・開業して来た医師家族に生じた大きな不幸ということになるが、彼らは他所からやってきて、恐らくは十年に満たない期間生活しただけで、この町から完全に姿を消すのである。ヨンヴィルは免許医ボヴァリーとその妻に、根を下ろし定着することを許さなかった。この出来事以降、三人の医師が開業を試みたが、いずれも成功せず、短期間で出て行った。そして医師不在の町となっているのが、ヨンヴィルの現況であるから、ここには小説が語ることのない、現在時までのかなりの年月の「空白」があると見なければならない。ボヴァリーの前にも、身分不相応な暮らしぶりで破綻したとされる医師の存在が言及されており――あずまや付きの庭を持つこの医院も、夜逃げした医師の後を引き継いだもの――、これらは一揃いをなす事柄の系列を構成している[2]。個別の記憶は時間とともに薄らいでゆくのかも知れない。それでも、物語の主人公が生きた証はこの町に残っている。ボヴァリー夫妻は死後この町で順次埋葬されたのであり、ヨンヴィルの墓地にはあの墓碑が、先に妻を葬った医師がルアンにまで出向いて作らせた霊廟風の墓所が残っている[3]。それぞれの墓の下では二人の遺骸が腐敗し続け、土に帰って行きつつある。墓掘人レスティブドワが管理を託されているのは、そうした時間軸への参照を担保する公共空間である。そのことの確認から始まるヨンヴィルの免許医夫妻の物語は、いわば、「墓の彼方から」の物語となっていると言えよう。

　この墓地は教会には隣接していない。ヨンヴィルの教会は市の立つ広場の入り口にあり、その脇にもぎっしり石畳を敷き連ねたような墓石のある小墓地がある[4]。司祭に公共要理を教わる子供たちが遊び場にしている墓地であるが、こちらはもう余裕がありそうに見えない。エマとシャルルが葬られている墓地は、これと違って街道が曲がり、数軒の家並みが終わって、小道伝いに、「サン＝ジャン丘陵の裾」をたどったところにある。町の中心を外れた場所に新たな墓地が造成されていると見てよいが、それを促したのは公衆衛生への配慮であろう。従って、教会と墓地を隔てるこの町の長軸に沿った距離を、葬列はゆるゆると歩むことになる。第三部十章に見えるエマの葬儀では、先頭で沿道の群衆に挨拶するシャルルの姿が、六人で担がれる棺の揺れとともに描かれ、ライ麦や菜種の育つ畑、雄鶏の鳴き声や子馬の蹄の音、といった町の通りの穏やかな情景にも言及がある[5]。レスティブドワは、このように多少なりとも離れた場所に位置する墓地と教会との物的な保守・管理を担当しているわけだが、彼は司祭の配下であるのだろうか。

堂守は教会に所属するのか、町長が責任を持つ組織の末端に位置するのか、また墓地は自治体に帰属するのか、それとも教会のものなのか。

こうした問題が現代の読者にとって気になるのは、この部分での条件が、小説の扱う時期と現代とでは違っていることを漠然とでも知っているからである。世俗性（ライシテ）を原理とする二十世紀以降の政教関係において、埋葬を許可しその場所を供給し管理しているのは自治体である。これが政教協約（コンコルダ）下においては恐らく違っていただろうという推察が働く。戸籍（出生届）と結婚の民事化は革命期になされたことがよく知られているが、埋葬と墳墓についてはどうだったのか。

こうした問いかけは、小説自体の読解にも影響する。『ボヴァリー夫人』の読者は、第三部九章でエマの通夜を勤めるのが司祭ブールニジアンと薬剤師オメーであることを思い起こすだろう。ここで、啓蒙思想の代弁と宗門の教えとの間の論争がみられる[6]。第二部十四章で、ロドルフとの恋愛の破綻後、長期にわたる心身の衰弱に陥ったエマを見舞うのも司祭と薬剤師である。レオンとのプラトニックな恋愛の時期、美徳の鑑たろうと努力したエマが、第二部六章で魂の教導を求めて教会を尋ねた折には、ほとんど取り合ってくれなかった司祭である。病気のエマを司祭がたびたび見舞うのは、エマが死を覚悟して病床での聖体拝領を求めたからであった。これで司祭も、ボヴァリー夫人の魂を本気で気にかけるようになった。そしてここでも、司祭と薬剤師の間に論争が生じている[7]。この論争では演劇や文学と宗教道徳との関係が問題になっているが、それはボヴァリー夫妻に薬剤師がオペラ鑑賞を促したのをきっかけとしている。そしてこれを契機に、ルアンの劇場でボヴァリー夫妻はレオンに再会するが、エマが一人だけで残る宿泊先にレオンがやって来て、そこでなされる翌日の約束の場所、これがルアンの大聖堂という展開になっている。ここは大司教座であり、ヨンヴィルの司祭ブールニジアンの上級に位置する聖職者が務めを果たしている領域である。

こうしてみると、オメーとブールニジアンがそれぞれによって立つ信念あるいは価値観の対比は、物語の精神文化上の背景という以上に、女主人公の魂ないし運命がその間を往復する二つの対極あるいは磁極というものに近い。ブールニジアンの立ち位置にある極は宗教ないし教会と呼んでいいだろう。それではオメーの体現する極は何と見ればよいのか。薬剤師の職業的自負から見ればそれは科学であろう。しかし学識者として彼の影響力が行使されるのは、世俗化が進行する市民社会という場である。そこでは宗教的な規範・秩序と法治国家の用意する規定や手段がその有効性をなおも競い合っている。第二部八章で『ルアンの舷灯』の定期的寄稿者として農事共進会の盛況を報告するオメーは、この「国民祭」を予告するような政治的祝祭に聖職者、「ロヨラの末流」が全く不在であったことを指摘している。[8] オメーは宴会での乾杯の音頭もとっているので、主催者側の人間と見てよいが、彼は同一農場への永年勤続で褒賞を受けた下女が、その喜びの表現として、「これで司祭さまにおミサをあげてもらいましょう」と述べたことを無視している。市場町ヨンヴィルが誘致に成功した県内で年に一度のこの産業祭で、町の通りには三色旗が飾られ、国政がこの行事に直接関与していることは県参事官の演説にもよく現れている。[9] そして農事共進会のひな壇が正面に設営される町役場こそ、オメーの活動のもう一つの拠点ないし野心の収斂する先となるのではないか。その二階議場には国王、すなわちルイ＝フィリップの胸像が置かれている。[10] この国王に対して、彼は、「公正な処遇を求めて」請願書を送ることになるだろう。[11]

このような見通しに立つならば、教会に向き合う磁場の対極、オメーの背後には国家が明滅しているとわかるであろう。この国家は政治史的には、納税選挙権に基づく議会を有する立憲君主制の国家と規定される。代議政体というのは貴族・有力者層中心のものから民主的な性格が強いものまで幅を持ちうるが、原則において専制政治は脱しており、公共性のある言論が大きな影響力を持ち始めている。憲章を持つ国にあって恐るべきものは世論である、と王政復古期を扱ったスタンダールの小説でも指摘がなされていた。[12] 敵の多かったオメーが世論を味方につけるに至ったことは、その叙勲と同時に明記されるだろう。[13] しかしその過程が平坦なものでなかったことも、読者はわかっている。

十九世紀のフランスは十五年から二十年ごとに国家組織の変更があり、憲法・憲章の改廃を伴うそうした政体の変革に応じて、教会に求められる役割も歴史的に大きく変化した。変化する政教関係の特定の一時期に、『ボヴァリー夫人』の物語成立の条件、およびその同時代の受容の前提は対応している。それを検討することが、『ボヴァリー夫人』をその歴史性に着眼して読むことに他ならない。

## 一、教会鐘楼の三色旗

そこで教会の鐘楼に回るブリキの三色旗に立ち戻りたい。教会の鐘楼も三色旗もフランスの国土にあっては極めてありふれたものであり、小説のこの部分に注意が払われることは少ないように見受けられる。しかしここにあるのは、今日のフランスではまず見かけることのない光景である。二十世紀以降のフランスで、金属のものであれ布地のものであれ、教会建物に三色旗は掲げられていない。それが普通であり、これは原則に近い一般性を帯びている。もちろん例外はあるが、それは旅人にとって驚きを与える光景とさえなるだろう。官公庁の壁面や玄関、あるいは前庭に誇らしげに掲げられる国旗は、信仰と礼拝の場には似つかわしくないと感じさせるのが今日の、つまりは政教分離後のフランス共和国である。

一方公認された宗教が公共サービス（もしくは公共の役務）を構成し、教会が行政機関に準じる扱いを受けていたのが、十九世紀を一貫するフランスのコンコルダ体制である。ただし共和国第一執政ナポレオンによるこの体制の確立以降、公共機関に三色旗が常に掲げられてきたわけではない。帝政の崩壊後、ブルボン王朝が戻ってきた王政復古の時代には、フランス革命から帝政にかけての国民的な旗印であり軍旗でもあった三色旗と青白赤の徽章は忌避ないし排斥され、替わって王国の白旗が掲げられた。図柄が入るとすれば、それは百合の花である。三色の徽章が復活し、国旗として立憲王政の憲章中に書きこまれ、これ以外は掲揚をしないと規定したのが一八三〇年の七月革命である。[14] 復古王政から七月王政へと、納税選挙権に基づく君主制を規定する二つの憲章には連続性があるが、少なくともフランスの象徴については大きな変化があった。『ボヴァリー夫人』の時間帯表示はまずこの前提確認に基づいている。

鐘楼の上で教会を表示してきた記号は言うまでもなく十字架であり、これは何よりも祈りの対象である。その長い伝統と比べて、三色旗はフランスの国土においては新参者であるが、こちらも同様にある種の敬意を、さらには忠誠や礼拝をさえも要求することのある位格の表徴であり、この二つは全く異なる伝統と信条を参照させる。両者は同じ旗竿に併存しうるのか。そこに緊張はないのか。『ボヴァリー夫人』で、医師夫妻のヨンヴィルに移転が一八三〇年代後半であるとすると、教会の鐘楼に回転する風信器を兼ねた金属の三色旗というのは、国土の中に作り出された新しい景観である。そのことを証言する文献をここで紹介しておこう。教会関係者を対象とする定期刊行物に、購読者からの質問とこれに対する発行者側の回答として、次のような内容のものが掲載されている。刊行の年は一八三三年である。[15]

市町村長は教会鐘楼の一部を露出させ、そこに三色旗を据えることができるでしょうか。この工事で生じる支出は、市町村が担わなければならないのでしょうか、それとも教会財産管理委員会の負担となるのでしょうか。

質問はこのように手短なもので、七月革命後の新たな事態に、現場の教区教会がどのように対処すればよいのかを、この刊行物の発行主体であるフランス教会中央筋に問い合わせていると思われる。問題になっているのは三色旗であり、フランス政府からの通達により、これを自治体の責任で教会鐘楼に掲げることが求められている。教会側は新政権の意向には抗えないと知りながらも、大革命以来受けてきた圧迫の歴史を振り返り、改めて強い憤りを感じていることが以下に引くその回答から窺える。

法は無神論でなければならないと、競って勧告がなされた時代を思い出します。人間の行動を律すべきあの道徳規則もまた、政治の情念の束の間の気まぐれに委ねられ、この上なく純粋で確かなその懲戒権を解除されねばなりませんでした。〔……〕

人々は法から宗教を追い出そうとしましたが、今日宗教に押し付けられているのは政治なのです。これは勝ち誇るガリア人が言い放った「敗者に禍いあれ」です。鉄製の、あるいは石造りの一本の十字架が、聖なる場所には掲げられています。それはそこに平和と慈愛の神がいて、神はその掟に忠実なものも、また悔恨の情にとらわれた罪人も隔てることがない、ということを告げています。人はこの贖罪のしるしを見て瞑想します。神の言葉が信仰を支えるので、彼は過ちからの赦免を期待できるのです。〔……〕しかしこの平和と融和の十字架のそばに、彼はきらびやかな色の旗を目にします。その誕生の折に宗教が祝福することのなかったこの旗印は、極めて乱暴で恐るべき騒擾から出てきたものです。それは理性なる神の、血にまみれた祝祭を司り、キリスト教の信仰に殉じた者たちの虐殺を取り仕切り、血だけを糧とするあの共和国流の自由の勝利に采配を振るったのでした。それが今や、こうした旗印が影を投じるあの謙譲な十字架と同じく、贖罪のしるしになったというのでしょうか。

〔……〕

必然の法則しか認めない時代にあって、教会の頂に三色旗の掲揚を強制するのもまた社会的必然なのでしょうか。提起されている質問に対して、市町村長は答えに困ったことでしょう。彼の論理能力はその自治体権限の枠外で試されたことがなく、推論する必要があるとき、彼は郡長から受け取った通達に自分の精神の寸法を合わせるのです。彼はその知的能力を行政階層の段階に応じて細工するに足りるだけの理解を得たのであり、彼にとって何より正しいのは直属上司の意志です。

教会の頂には三色旗が必要だと市町村長は言われました。省令集は前もって読んでおり、教会は市町村の財産であって、その外観の監視は自分の権限の内であることは、ずいぶん以前から分かっています。だから彼は問題なく三色旗を据えるでしょう。そしてそうするために、屋根は相当広く取り外します。必要だったのは数寸の空間ですが、六尺のスレートか瓦の屋根を壊すことでしょう。そして市町村長の栄誉を称えてしっかり旗が翻ると、彼はこの嬉しい高揚とそのために必要だった改修をまかなうべき資金を、教会財産管理委員会に求めるという訳です。

しかし教会財産管理委員会は、ここで自分の権限領域に戻れるのです。ウェントワースのように、「不平と御用金は手をつなぐ」と言いたいところですが[16]、不平は言えないと分かっているので、それは口をつぐんで、特別負担は拒否することでしょう。というのも、自分で発注したわけではなく、自分が引き起したのでもない支出に対して、教会財産管理委員会はいかなる負担義務もないからです。そしてこの費用全体が市町村予算でまかなわれるべきものであるからです。

ここから推察できるのは、教会に掲げる三色旗というのが、七月王政発足以降に政府から基礎自治体に出された通達に基づくものである以上、国土全般にわたり幅広く実行に移されたものであるだろうということである。担当は内務省で、そこから県知事・郡長を経て市町村長へと通達が届き、このシンボル操作を通じて、憲章に謳われた政体の変更が可視化される。ただ自治体が不服従の場合に罰則があったようには見えないので、どの程度の割合でこの通達に沿った政策が実行されたかは分からない。教会の頂に掲げる三色旗といっても、形態や材質にいくつかの選択肢はあったのであろう。布地の旗であれば、日ごとに掲揚の手間がかかり更新も必要となるが、風見を兼ねた国旗であれば、自治体がやることを一度放任すれば、そのあと教会としては無視していることもできる。

いずれにせよ、ヨンヴィルの教会鐘楼の三色旗は、小説が言及に値する事象として、つまりこの町の特色ないし立ち位置を示すものとして取り上げられていると思われる。語ろうとする出来事以降を先取りする形で、語りの現在時に関係付けて扱われているが、物語の内部では第三部四章の冒頭部分で、ルーの丘からリユール川の潤す谷間への展望で、訪問者の目に映る町の所在として、教会の鐘楼と「風で回るブリキの旗」への言及がある。これを遠くから、「百万長者が故郷に錦を飾るとき」のような自己満足と感傷とで眺めるのは、エマとの肉体的な愛人関係に入り、ルアンで「至福の三日間」を過ごしたばかりの公証人書記レオンである。[17]

## 二、地方自治体と教会財産管理委員会

ヨンヴィルの教会はシャルル十世治下の末年、つまり一八二〇年代のおわりに再建されたものということであるから、新築して数年のうちに、教会鐘楼に追加の工事をしてブリキの三色旗を据えたのであろうと想定できる。その費

用は上記文献の説くところからすれば、恐らく町予算から支出されていると思ってよいであろう。木造の丸天井は上の方から腐りかけているとあるが、これが鐘楼の改修工事とも関係するのかどうか。ともあれ聖堂内部の維持管理に住民があまり熱心ではないところが伺える。内陣の奥には主祭壇を見下ろすように「内務大臣送付の聖家族」の複製が掛かっている。[18]この複製画にも予算が伴ったはずであるが、これは教会新築時のものなのか、つまり復古王制期のものなのか、それとも七月王政成立以降のもので、三色旗掲揚と抱き合わせでなされた新政権からの懐柔策なのか、気になるところではある。特に後者の場合には、大臣からの「奉納」という理解は恐らく適切ではないだろう。ここで内務大臣の「送付」と記されているとおり、宗派を公認し俸給を支給する所管大臣が、同時に信徒として振る舞うことはありえないからである。いずれにせよ祭式施設群は教会の財産ではなく、聖職者だけで構成される組織に帰属するものでもない。フランス教会はフランス革命以来、礼拝施設の所有権を有してはおらず、司祭は自治体ないしその関連団体からの提供とみなせる施設を用いて、公共サービスとして宗教上の任務と活動を行い、国家から規定の俸給を受け取る。これがコンコルダ体制である。[19]

聖職者の政治的・社会的影響力については、政体の変化に応じてかなり大きな変動があった。王政復古期はカトリック教会にとっての黄金時代で、複数の公認宗教のひとつでありながらも「国教」と規定され、修道会や神学院の活動には勢いがあり、聖職者はその指導的地位を大きく回復していた。国政の中枢を担うのは多くの場合司教以上の高位聖職者であった。七月王政になって生じた変化は、市民的な自由が再確認されて啓蒙思想の価値が復活し、教権に対する政府の優位が国民的な合意となったことであろう。プロテスタントやリベラルな思想傾向の政治家が繰り返し政権を担当したことも、教権の政治介入を阻止する要因となった。聖職者の叙任数はこの時期に減少するが、そこには司祭職が飽和状態になり、新たなポストの用意も困難になっていた状況があると言われる。王政復古期が士官学校出にとって行き場のない時代であったとすると、七月王政期は神学校出身の人間にとって就職が困難な時代だった。これが二月革命以降、第二帝政期になると、再びカトリック聖職者が勢いを取り戻す。それは王政復古期に大量に就任した聖職者が世代交代期になるとともに、一八五一年の「ファルー法」によって聖職者に中等教育という新しい活躍の場がもたらされ、道徳教育の責任を付与されたことによって、公教育全般に監督・発言権を確保することになったからである。[20]

七月王政の時代というのは、納税額に基づく間接選挙ながら有権者の数はほとんど倍増し、同時に行政機関の整備も進んでこれが政策検討の対象となり、比較的広範な市民層の政治関与が現実のものとなった時代であった。小説中での薬剤師オメーと司祭ブールニジアンの間の対話ないし小競り合いは、こうした部分もよく照射している。科学のもたらす進歩の信奉者、また言論の自由を行使する論客としてのオメーはすでに多くの考察の対象となっているが、彼は七月王政の担い手たる「地域名士」の一人であり、町議会議員であるのかも知れない。第二部一章、ボヴァリー夫妻の到着を旅籠で待つ形で登場するが、そこで薬剤師は早々に司祭への反感を口にしている。その不信心を女将がたしなめると、そこでオメーは、芝居がかった儀式が嫌いで教会には行かないが、至高存在、造物主の存在を信じていると述べる。自分の信条は『サヴォワ人助任司祭の信仰告白』であり、八九年の不朽の原理であると滔々と語って、「聴衆の姿をあたりに探す」のである。[21] 薬剤師は興奮のあまり、「町議会の壇上に立っているかのごとき錯覚を抱いた」と叙述されているが、すでに議員であるにしろ、これからなろうとしているにしろ、その有資格者であることが見て取れる。

市町村議会は一八三一年三月二十一日の法令により、指名制から選挙による選出へと変化した。[22] 首長が知事の推薦により国王指名の職務であることは変わらないが、自由主義的で地方分権を志向する潮流が明瞭になる。国政の参政権は直接納税額二百フラン以上が条件である。王政復古期まではこれが三百フランであった。大きく変わってはいないと見えるかも知れないが、ベリー公の暗殺事件後、一八二〇年に導入されたいわゆる「二重投票制」により、最富裕層が優遇される仕組みが出来上がっていた。七月革命は選挙納税額の計算から、営業税を除外しようとする政令に抵抗するものでもあった。[23] 動産をその資産構成の主要部分とする階層は、地代と農場経営に依存するかつての上層階級が、狭く特権的な支配階級となることを拒否したのである。オメーの舞台登場時の口上には、一七八九年の「人権宣言」への言及も含まれているが、七月革命によって十全な政治的権利を得た中堅市民層の抱負がよく表現されているように思われる。

　ギリシャ神殿を思わせるというヨンヴィルの町役場も、設計はともかく竣工したのは一八三〇年七月以降のことであろう。この推測の根拠は、二階の張り出し回廊の上に作られたティンパヌムのレリーフである。中央にいる大きなゴールの雄鶏が片足で憲章を踏みしめ、別の足は「正義」の天秤を握っている[24]。ゴールの雄鶏は旗竿の先端を飾るものとしては、帝政を象徴した鷲に比肩すべく、七月王政が持ち出した国民的な力の象徴である。その背景にあるのは、貴族が征服者たるゲルマン民族の後裔だと自負するならば、数において圧倒的な平民（第三身分）はガリア人とローマ人から始まる出自を持ち、これが国民全体の父祖であると自己主張できる、という大革命期以来強調されてきた考え方である[25]。憲章に対する宣誓によって成立した政体は、発足時点で暗黙のうちに国民主権を容認しており、身分意識を乗り越え法治国家を構築する意志と能力によって、復古王政からの質的な変化を強調したとみなすことができる。こうして見れば『ボヴァリー夫人』の舞台たるヨンヴィル＝ラベイは、七月王政の理念を実地によく体現し、その模範例ともみなせる自治体の一つとして提示されているように思われる。県内で年に一度開かれる「農事共進会」の誘致に成功するための前提、立憲政体の有効性を国民にアピールする政治的な祭りの開催を引き受ける条件は、物語の環境記述を通じて周到に確認されているのである。また、ボヴァリー夫人の差し押さえから始まる物語の終局も、法の支配を貫徹させる行政の能力を例証する要素を含んでいる。

　ここでもう一度教会の方に戻るならば、「教会財産管理委員会」（fabrique d'église）というのは何なのであろう。これは教会の物的・社会的維持のために聖職者と信徒が合同で運営する包括管理法人であり、旧政体時代から存在するようであるが、革命期の教会財産の国有化を経て、一八〇一年のコンコルダとその関連法で正式に復活し、一八〇九年十二月三十日の政令でその役割や権限、運営方法が規定されたものである[26]。聖職者の俸給は別として、教区の経常支出と投資的支出を賄うことを任務とし、具体的には地域の欲求に応じた礼拝挙行に必要な出費、委員会が雇用する人員の給与、聖堂と司祭館の美化・維持・修繕・改修及び再建の工事、などが挙げられている（第三七条）。この委員会は司祭と市町村長（または助役）に加えて、自治体の規模によって五人ないし九人の委員で構成され、互選による委員長、書記、経理といった役職があり、その年次予算審議や決算報告、財産目録の作成、寄付や遺贈の受け入れのほか、様々な契約や訴訟行為もこの委員会の名において行われる（第九条、第一二条、第三七条、第四六条、第四七条、第七九条など）。

オルガン奏者、鐘撞き人、堂守、警護員といった教会の奉仕者ないし使用人は、司祭の提案により教会財産管理委員会が任命する（第三三条）。この条項とともに、小説の読者が知っておいてよいのは、墓と墓地に関する共和暦一二年（一八〇四年）牧月二十三日の政令により、葬儀の実施と墓地の供給に関しては教会財産管理委員会の独占となっていることであろう。この独占は一九〇四年の十二月二十八日の法令により、市町村に移管されるまで続く。このように葬儀と墓地管理の世俗化がなされた後、一九〇五年の政教分離法成立に伴い、教会財産管理委員会という制度自体がその名称とともに廃止されることになる。ただ周知の通り、第一次大戦後になってフランスの領土内に復帰したアルザス地域圏とモーゼル県だけは、コンコルダ体制の存続を選択しており、教会財産管理委員会の役割も維持されている。

『ブヴァールとペキュシェ』では、第三章でジュフロワ神父が教会管財委員会のメンバーの到着を司祭館の庭で待っており、そうした神父に対して、「大洪水」をはじめ聖書の真実性に疑問をぶつけるブヴァールとペキュシェの姿が見える。この日開かれる委員会では司祭の身につける上祭服の購入が議題になるらしいが、参集して来る委員たちを前に、二人は地質学者として宗教を論じる権利があると主張し、仕入れたばかりの知識を披露して、彼らを唖然とさせている。[27]『純な心』では、物語の核心に近いところで、宗教行事の只中に教会財産管理委員が現れる。そこでは、フェリシテの末期と対応する形で、第二帝政期のポン＝レヴェックでの「聖体の祝日」の盛儀が描かれ、移動祭壇に向かう行列の中心に位置して聖体顕示台を抱えた司祭には、その頭上に掲げられる天蓋を支える四人の教会財産管理委員がついている。先頭は矛槍を持つ制服の警護員、次に大きな十字架を捧げる堂守、それに男子生徒を連れた小学校教師と女子生徒を引率する修道女が続く。最年少の三人は天使のように髪をカールさせ、薔薇の花びらを道に撒いている。助祭が両腕を広げて、消防団とともに歩道を歩む聖歌隊の歌の速さを調整し、二人の香炉持ちは一歩進むごとに聖体の方を振り返る。司祭は立派な上祭服をまとっており、その後は群衆がひしめきあって進む。[28]

## 三、聖体拝領と反教権主義の行方

ブールニジアンとオメーとの間に、目には見えない変動する磁場が成立しており、そこに免許医の妻たる女という磁性体が置かれるとすれば、健康・医療に関わる形でボヴァリー夫人の運命が翻弄されるのは必然的である。第二部三章、ボヴァリーがヨンヴィルで診療活動を始めたばかりのところで、「免状無きものは医術の実施に携わるべからず」とする共和歴一一年風月十九日(一八〇三年三月十日)の法令に、小説は言及している。オメーはこれに違反して、ルアンの王国検事から召喚状を受け取り、初級裁判所に出頭した経験があった。密告するものがいたと述べられており、これが薬剤師の医師に対する気遣いや親切の背景にあると、語り手が介入する形の事情説明が加えられている。[29]この法令は、一七九二年の政令により医師同業組合という制約が廃止され、医療が参入自由な活動となって生じていた混乱状況に、執政政府が終止符を打ったもので、今日的にも医療分野の憲章にあたるものと言われる。いわゆる免許医の制度もここに規定されているのであるが、医師の資格を二段階に等級付けるこの制度は、医学教育の整備とともに、医師の地位向上の妨げにもなっている旧弊とみなされるようになり、一八九二年十一月になって廃止される。[30]

共和歴一一年の法令が排除を目指したのは、オメーのように薬局の奥で行う診療まがいの活動だけでなく、呪術性を含む様々の施術行為でもあった。病と罪障からの心身の解放は宗教家が進んで引き受けてきたものであり、霊力による疾病の克服や健康回復を期待して、信仰や祈願の実践もなされてきた。一八〇三年の医事法は、公権力が医療行為の資格を教育養成機関により認定し、その監督責任を持つことを示したものであり、国家は科学的な前提に依拠することを明らかにしているとも言える。科学のもたらす進歩に対する信頼はオメーが標榜し、医師とこの価値観の共有を確信しているものであり、「嘆かわしい衛生状態」にある百姓たちの「あきれるばかりの頑迷固陋」と戦うことが、医師と薬剤師に共通の社会的役割になると、到着したばかりのボヴァリーに彼は説いていた。「そうです、これを敵としてあなたの学識経験は日ごとに全力をあげて立ち向かわねばならないでしょう。なにせここの人間は、まっとうに医者や薬屋のところに来るよりは、九日間の連祷だの、聖者の遺骨だの、司祭だのをいまだに頼っているのですからな。[31]」

オメーは医事法違反で自分に降り掛かりかねない疑惑を、司祭の方へそらそうとしているとも読めるが、社会の安寧と風紀維持のために、坊主には月に一回刺絡を施す必要があると言い放つオメーも、教会と一切関わらないという訳ではない。ボヴァリー夫妻に生まれた女児の名付け親を引き受けているので、その洗礼に立ち会っているはずであり、後に教会で行われるエマの葬儀に列席していることは言うまでもない。親類縁者の結婚があれば、むろん教会に出向くのであろう。ただ彼の言う僧侶たちの「茶番劇」とか「小手先の芸」というのが具体的に指すものがあるとすれば、それは日曜日ごとのミサであろう。ミサは「最後の晩餐」の象徴的な再現とも言え、キリストの身体の等価物たる聖別された無酵母パンを信者は受け、口に入れる。子供はある程度成長して判断力が付いた時点で初めて聖体を受け、信徒の共同体に加えられる。これがいわゆる初聖体である。フローベールの小説では、少なくとも三つの箇所で聖体拝領が扱われている。発表時期が後のほうから言えば、『ブヴァールとペキュシェ』に描かれる両主人公の聖体拝領、『純な心』のお嬢さんであるヴィルジニーの初聖体、そして『ボヴァリー夫人』では病床にあるエマのために施される聖体拝領である。これら三カ所でほぼ共通に問題となっているのは、聖体を受ける人間が経験するその場の至福の感覚であり、またそのあとに生じるはずの心身の変化である。

王政復古期のヴィレル内閣で一八二五年に成立した「涜聖についての法」によれば、聖体を収めた容器に対して盗みなど冒涜行為に及んだ者には、尊属殺人に相当する刑罰が適用され、公然告白の上で死刑に処せられることになっていた。[32] 祭政一致を志向するこの立法が聖体を保護の対象としたのは、カトリックの教義では、これが聖別による「実体変化」により、キリストの身体そのものに変化しているとみなされるからである。つまりミサに参加し聖体を受けることは、いまここの祭壇でなされるキリストの犠牲に立ちあい、その責任を担いつつ恩恵を享受することである。[33] プロテスタントが共有することのない教義であるが、この信仰がなければ聖体拝領における恍惚感は生じようがないし、聖体それ自体を対象とする礼拝も成立しないだろう。この「涜聖法」は実際に適用されることはほとんどないまま、七月革命で廃止されることになるが、この時期に公認宗教の内の一宗派の信仰内容を保護・支援する形で代議政体における立法がなされたことは、政教分離へと向かう第三共和制以降の政治闘争を理解する上でも、その前提として重要である。同時にカトリックの教義にとって、核心がどこにあるかを法制史が照らし出している。

人権宣言以降の近代法制において宗教に言及がある場合、市民的な自由に対する公共の秩序維持の形態として、道徳への配慮が援用されてきた。より具体的には、出版や表現の自由に制約を加えうるものとしての「公共道徳・宗教道徳」の尊重というのがその一つであり、これがいわゆる「ボヴァリー裁判」で小説の著者にかけられた容疑の内容を構成する。もう一つが教育分野における「徳育」の役割であり、宗教に社会的な効用を認めているコンコルダ体制においては、宗教感情が道徳観の基底を構成することは当然の前提であるとみなされてきた。初等教育に対する自治体の整備責任を明記したのは七月王政下のギゾー法であるが、第二共和制下でルイ＝ナポレオンの大統領就任以降、ファルー法の成立によって聖職者の教育分野への介入が本格化する。

『ブヴァールとペキュシェ』では、この文脈でシャヴィニョルの司祭が小学校教師プティに対して圧力を加える様子が描かれている。四八年二月の直後にはパリに倣って自由の木を植樹したジュフロワ神父であるが、「秩序党」が支配的になるにつれてその中心メンバーの一人となって動いている。そしてジャコバン的な思想傾向をもつ若い小学校教師に、教育姿勢の転換を求めるのである。公教要理に割り当てる時間が少なすぎるとの世間の声を紹介し、反感をかろうじて押さえている相手に、「三月十五日の法令によって、われわれには初等教育の監督権が委ねられているのですぞ」と指摘する。教師が無力感に捕われたところで、司祭は次のように穏やかに助言することだろう。「落ち着いて、少し分別のあるところを見せて下さい。間もなく復活祭です。あなたが模範を示してくれることを期待していますよ、他の人と一緒に聖体をお受けになることによって。」この言葉に対するプティの反応は激しいものであった。地の文を含めて引用しよう。

「ああ、それはあまりひど過ぎる。私が、私が、あのような愚劣に従うなんて」この冒瀆の言葉を前にして、司祭は青ざめた。彼の眼は閃光を放ち、その顎は震えた。

「お黙りなさい。情けない人だ、お黙りなさい。奥さんには教会のリネン類を整えてもらっているというのに」

「だからどうだって言うんです。家内がどうしたって言うんです」

「ミサにはいつもご欠席で。あなたと同じことですがね」

「ほう、でもそんなことで学校の教師を解雇することはできません」

「移動してもらうことはできますよ(34)」


この場には小説の両主人公も立ち会っている。小学校教師が司祭に全面降伏するのを見届け、二人は自分たちの「独立」を喜びながら家に帰ってくるのであるが、「聖職者の権力」が恐るべきものであることをここで思い知る。第二帝政の成立以降、ブヴァールとペキュシェはそれぞれに恋愛沙汰があり、動物磁気の実験などで地域住民から顰蹙を買い、孤立無縁の中で自殺を図ろうとしたところで、羊飼たちの角灯を掲げた行列から始まるクリスマス深夜ミサの感動によって救われる。そこからカトリック教理への関心を深め、聖地巡礼を経て地元教会のミサにも参加し、シャヴィニョルへの移住後では初めてとなる聖体拝領も経験する、というのがこの小説の展開である。このミサの場には小学校教師のプティもおり、聖体を受ける順番を待っているところが確認されている。

『ボヴァリー夫人』に小学校教師は出てこないが、生じた状況を利用して住民を神の祭壇に導こう、信徒の教導へと結びつけようとする司祭の介入は余すところなく描かれている。旅籠の馬屋番イポリットが受けた畸形足の手術が予期せざる結果を招き、患部が発熱・膨張して放置できないほど重大な症状を呈したとき、ブールニジアンは苦しむ患者のもとを訪れ、この機会を利用して神と和解しなければならないと諭す。迷える子羊への慈愛を込めて、司祭が語る言葉は次のようなものである。

おまえは信者としてのお勤めに、少し欠けるところがあったな。ミサにもめったに顔を見せないし、聖体拝領台に寄りつかなくなってから、もう何年になる。〔……〕わしはそれを責めはしない。じゃが今こそ、じっくり考えてみにゃならん。そうは言っても、すべてが手遅れというわけではないぞ。昔から極悪の罪人でさえ、いざ神のみ前にまかり出るいまわの際になって（お前はまだまだそんな段階ではない、それはよくわかっておる）、神のご慈悲を請い求めたのを知っておる。そうなれば、極悪人たちも神の身許に召されたに違いない。お前もそういう人たちと同じように、よい手本を見せてもらいたいものじゃ。(35)

ここでも、ミサに出席し聖体を受けることこそが、信仰実践の核心とみなされていることがわかる。ブールニジアンの説教は功を奏し、イポリットは身体がよくなったら巡礼に行きたいとまで言い出した。オメーは「坊主の策動」に憤慨し、「神がかり」で患者を惑わしてはならない、と司祭の介入を許した旅籠の女将に鋭く迫るのであるが、結局「宗教」も免許医の「外科処置」と同様に無力であることが明らかになり、ヌーシャテルの医学博士による、足の切断手術でこの話は決着する。

『ブヴァールとペキュシェ』と『ボヴァリー夫人』は、ノルマンディーの片田舎に移住して来たよそ者の主人公と地域住民との交渉をともに扱うことから、舞台となる土地と時代とが重なり合うだけでなく、大小多くの物語要素を共有する。その配列と重点の置き方を異にすることによって、一方はコミックな部分が勝ち、一方は悲劇的でシリアスな色調が支配的になる。しかし科学と宗教の対置については、オメーとブールニジアンの立場の相違がほぼ共通の環境の中で、ブヴァール及びペキュシェとジュフロワ神父の論争に発展的に引き継がれている、と見ることができよう。何度も場所を変えて、司祭に対して教義上の質問や信仰の前提に対する反駁が繰り返され、司祭もついにこれを持て余すに至る。ジュフロワ神父は、「十八世紀型の嘲笑的な不敬虔なら許したであろう、しかし礼儀正しい現代の批判は彼を激怒させた」と、この未完小説では述べられており、「冒涜的な言辞を吐く無神論者のほうが、御託を並べる懐疑派よりましですな」というのが、ブヴァール、ペキュシェの探究心に長くつきあわされて来た司祭の表明するに至る感慨である。[36]

一八八〇年、フローベールの没後に刊行された未完の作品と、一八五〇年代半ばの作家の第一小説は、今日の読者にとっても相互に相手を照射し合う。オメーの反教権主義は辛辣なものであるが、比較的常識的な範囲のものであり、ペキュシェの懐疑、ブヴァールの合理精神には、彼らの実践の破綻にもかかわらず、科学と文明の分節点を探ろうとする知的総合への意欲が息づいている。教会の教義に対する引退した二人の書記による思想的な検討は、聖体を拝受しても自分たちの心に少しも変化が生じないことの確認、一種の期待はずれに対する失望から始まっていた。「なんだ、神の肉体がわれわれの肉体に混じっても、何の効果もないのか。[37]」同様の失望感に近いものは、病床での聖体拝領を深い感動のうちに経験し、救世主のみ身体に恍惚として唇を差し出したはずのエマにも生じている。「いまゴチック彫りの祈祷台に跪いて彼女が主に捧げるのは、かつて邪恋に心震わせて恋人にささやいたあの同じ甘い言葉だった。その言葉で彼女は信仰の来らんことを祈り求めた。しかし何の喜びも天下っては来なかった。そこで彼女は手足も疲れ、何となく大仕掛けのペテンにかかったような気持ちで立ち上がった。[38]」

しかしエマにあっては、信心は自尊心によっても支えられ、出家した昔の貴婦人に自分をなぞらえる。国王の愛人として時めき、失寵後は修道院に悠然と引退したラ・バリエール夫人にあこがれて、社交夫人を真似て慈善にも熱中する。彼女が貧乏人に着物を縫ってやり、浮浪者を食卓に呼んでスープを与えるのもこの時期のことである。これとやや類似する形で、ブヴァールとペキュシェは未完小説の最終章で、二人の孤児の養育を引き受けることになる。それは教会での信者としての彼らの振る舞いに好感を持ったファヴェルジュ伯爵夫人が、われらの引退した書記たちを自家の社交の場に招き、そこでこの家の娘の付き人たるノアール夫人とも彼らは知り合うからである。夫人は街道をさまようこの孤児たちを放置しておけず、伯爵の理解を得て保護しようとしたのであった。かくしてファヴェルジュ伯爵家の善根を、われらの独身引退者が継承することになり、後見を引き受けた孤児に対する教育の可能性が、彼らの最後の知的考究の内容を構成するだろう。

シャヴィニョルの上流階層たるファヴェルジュ伯爵家であるが、これはブヴァールとペキュシェにとって交際の楽しみを提供してくれる場所ではあっても、社交上の野心の対象とはなっていない。遺産相続者として、ブヴァールとその相棒の社会的地位は、ボヴァリー夫妻よりもフレデリック・モローのそれに近いのであろう。従って、遠慮のない政治や思想の議論もここで交わされるのが見られる。伯爵が二人に貸す著書はメストルの全集である。伝統派で法王至上主義とされるメストル系のパンフレットが、病床で聖体拝領を受けた後のエマにも魂の指導書として与えられていた。伯爵はその要点を座のものに紹介して、次のように述べている。

「憎むべきは八九年の精神です」と伯爵は言った。「まず神を否定し、ついで政府を攻撃し、そうして自由を獲得したのです。それも悪罵の自由、反抗の自由、享楽の自由、いやむしろ略奪の自由です。これでは、宗教と権力とが無軌道者や異端者を排除しなければならなくなるのは、当然ですよ。〔……〕私の意見は、〈神なくして、国家なし〉の一言に尽きます。法律は高所から来るものでなければ尊重されませんからね。[39]」

ファヴェルジュ伯爵は、一八四八年のルイ・ボナパルト政権成立以降、土地の「秩序党」の中心となった人物であり、町長のフローやジュフロワ神父とも政治的に協力し合っていた。同じコンコルダ体制下であっても、国家が教会を統制した七月王政期から、聖職者が教育や福祉の分野を中心に、行政への監督権を回復した第二帝政の時代になっている。三色旗の国旗たる地位に変更はないが、十字架が優位を取り戻しているのである。ここで改めて『ボヴァリー夫人』の世界に戻るならば、小説の末尾において、ヨンヴィルの薬剤師はなるほど社会的に勝利したかに見える。しかしそのためには、彼は、「節を曲げ、操を売る」ことをしなければならなかった。[40] 七月王政の空気の中でまるで水を得た魚のように生きていると思えるオメーが、どうして「節を曲げる」必要があるのか。どうすれば、オメーは「操を売る」ことになるのか。この部分は明らかではない。というより、実質を伴った記述は与えられていない。

この点からも再浮上するのは、『ボヴァリー夫人』の語りの現在時をどこに設定すべきか、という問題である。この小説の扱っている時代は七月王政期であるが、その発表は一八五六年から五七年にかけてであり、第二帝政が発足して四年以上の年月が過ぎている。小説の語り手が「今日もなお」とか「つい最近」という表現を用いる場合、初版刊行時の読者は語り手の現在と自分が読んでいる現在をごく近いものとみなしてよいかどうか、という判断を迫られることになる。例えば『感情教育』における最終章の「この冬」というのは、小説発表の前年の冬と対応している。その前のアルヌー夫人とフレデリックの最後の出会いを扱った第三部六章に、一八六七年の五月という表示がある。他の作家のものを見れば、ユゴーの『ノートルダム・ド・パリ』も、また『レ・ミゼラブル』も、語り手の位置する現在は小説発表の前年に位置づけられている。『ボヴァリー夫人』についても、作品の発表年とその中での語りの現在時との間に、同様の対応があっても不思議ではないのだが、そのように断定できる要素もないと言わざるを得ない。

この問いが小説の読解に関与的であると思えるのは、一八四〇年代末から一八五〇年代始めにかけて、フランスでは政治上の激変があったからである。一八六九年発表の『感情教育』は二月革命からルイ＝ナポレオンのクー・デタに至る首都での政治的な展開を詳細に書き込んでいるし、一八七〇年代になって、すなわち第二帝政の崩壊後に執筆された『ブヴァールとペキュシェ』では、七月王政期から初めて、第二帝政期のイタリア派兵（一八五九年）の頃まで扱われており、ノルマンディーの田舎町ながら、時勢の激しい変化は登場人物たちの言動によく現れている。『ボヴァリー夫人』にそうした政治変動に関わる部分の叙述は全くない。しかし、後の作品『感情教育』および『ブヴァールとペキュシェ』の読者が『ボヴァリー夫人』を読み直す際には、オメーは一八四八年から一八五一年にかけて、そしてそれ以降、どのような政治的選択をしただろう、という疑問が、否応なく生じると思われる。教会と国家の関係で言えば、ファルー法の成立以降、オメーはその反教権主義をどこまで貫くことができるのだろうか、という疑問が湧いてくる。彼が長く周囲に表明して来た信条を曲げ、世におもねるとすれば、この分野以外にはないとさえ思えるからである。この問いは未解決のまま開かれている。オメーが「節を曲げ、操を売った」のは小説では国王と知事に対してであり、七月王政期のことと見る他はない。しかし叙勲自体は帝政期に入ってからということも考えられる。県知事に奉仕することが本当に評価されるのは、普通選挙が始まり、それに応じて官選候補者を当選させる非公式な体制作りが必要となってからのことだからである。オメーにとって司祭とも巧みに折り合わなければならない時期が来たのだろうか。教会の鐘楼に「今もなお一回転する三色旗は、そうした思索をさえ促さずにおかない。

『ボヴァリー夫人』の懇親性は、教会と町役場との往復、宗教的なものと公民的なものとの補完的関係から成り立っている。この点からは、エマの通夜でのオメーとブールニジアンとの思想論争が、夜明け前になり一緒に軽食を取ることを通じて共感にさえ近いものに変化して行く様子は示唆的である。七月王政期における教会は合理主義的な国家の統制に服して守勢にあり、反教権主義にも応接せざるを得ない状況下にあるが、そこに宗教感情は避難所を求めて帰ってくる。エマの聖体拝領や終油の際の高揚は、それに続く失望や暗黒視によって帳消しになっている訳ではない。両者は物語のうちに優劣なく同じ資格で併存している。七月王政期の政教関係が、それを可能にしていたと見ることもできよう。「玉座と祭壇の同盟」と言われた王政復古期、そして「サーベルと灌水器の同盟」と呼ばれる第二帝政期の間に位置して、世俗性と宗教性が微妙な均衡を保っていた時代の面白さがそこにある。第三共和制になって始まる政教分離への歩みも、そうした妥協点を探ることで、柔軟性のある立法化へとたどり着くのである。

# 『感情教育』における政治の射程

## 一、歴史を今に生きる

歴史的出来事が書き込まれた小説において、物語は現実に起こった出来事を、その場所と日付とともに、虚構の中に組み入れているのであろうか。それとも、歴史記述が語ることのできない部分こそ、物語が待ち設けている領域であり、歴史は小説に引き継がれてはじめて、人間的な経験の姿をとるに至るのであろうか。いずれにせよ小説のテクストがその外部として関係を持つもののなかで、時間と空間の既定性は虚構が第一に依拠できる現実性の担保であり、歴史的所与と虚構の世界との整合性は、物語が受け入れられるために不可欠の要件として、フランス小説の伝統においては、一貫して高度に尊重されている。そのために読者は、虚構の物語を読みながら、いわば歴史を生きることができるのであるが、逆に言えば、その歴史が隔たった土地の、遠い過去のものである場合には、歴史上の事実関係をまず知ることが、物語受容の前提となる。しかし小説は歴史を参照させるには止まらない。小説が物語の中で歴史を捕捉する限りにおいて、それは歴史に関与することができる。歴史記述が事件を解釈し、それを理解可能なものにするとしても、なお語られるべきものがあるという思いはしばしば残るのではないだろうか。歴史的出来事にはそれに働きかけた人間、対応を迫られた人間があり、その内面の生活があったことを知るならば、歴史をそれが作られつつある瞬間を追って動的に再構成することは、人間の基礎的な存在条件に対応している。そしてそのような虚構の物語の好例として、われわれはフローベールの『感情教育』を持っている。

『感情教育』は第二共和制という、十九世紀半ばにフランス人たちが持った政治的な経験について、現代人にも考えてみることを促す小説である。そこでは感情生活における習得と、共和制の実習が表裏をなして語られ、政治上の国民的な記憶が、選ばれた当事者たちの一世代の軌跡として形象化されている。歴史的事件の日付が物語上の節目となるこの小説は、しかしながら完全な日付、つまり年月日が全て記されている箇所をごく僅かしか持たない。物語冒頭一八四〇年九月十五日と、フレデリックが叔父の死亡により遺産相続を知らされる一八四五年十二月二日の二つがそうであり、いずれも第一部中の記述で、これが物語プロローグの外枠となっている。第二部、第三部においては基本的に年号の表示はなく、日付が与えられている場合も、多くは遡及的なものである。第三部終りの二つの章は、エピローグとして別格であり、二重の再会があった年としての一八六七年と、「一番よかった」頃として想起される出来事があったとされる一八三七年とを含んでいる。ただそこに日付までではない。

　物語に年号と日付を与えること、これが歴史の担う第一の役割である。この小説は多くが季節ないし月の単位で語られ、特定の一日は日付よりも曜日で表記されている。国民的にも、われわれの主人公にも大きな意味を持つことになる日付、一八四八年二月二十二日は、アルヌー夫人との逢い引きの約束によってまず「火曜日」と表示される。そしてその翌日、翌々日の出来事として小説中に書き込まれているカピュシーヌ大通りの一斉銃撃や国王の退位、パリ市庁舎での臨時政府の樹立などから、歴史年表を参照することにより、その日付まで読者は確定できる。しかし物語自体が二月二十二日を明示するのは、初めて普通選挙で実施される憲法制定議会に、主人公のフレデリックが立候補をめざすという流れが生じた後になって、革命の始まったこの日の集会に、要請を受けながら参加していないことを、彼が公共の場で鋭く指摘されることになるからである。一八四八年六月二十二日から二十四日まで、つまり「六月事件」と時を同じくして、フレデリックは愛人ロザネットとともにフォンテーヌブローに遊ぶが、この日付がわかるのは、二人がパリを離れる日が「国立作業場」廃止の政令が出された日の翌日であり、またフレデリックがパリに戻った「日曜日」の夜に、国民衛兵たちが噂しているブレア将軍やネグリエ将軍、アッフル大司教の死が、歴史的に六月二十五日のこととして記録されているからである。一方、一八五一年十二月二日のルイ＝ナポレオンによるクー・デタは、アルヌー夫人の家具の競売が行われる日が十二月一日と予告されることによって、その翌日の戒厳令布告への言及だけで、歴史上の日付が小説中に織り込まれることになる。一八四六年始めから一八五一年末に至る期間を、小説の第二部と第三部の五章までがカバーしているが、この間出来事に対応して年号が与えられているものとしては、法学部時代からの友人マルチノンとダンブルーズ嬢セシルとの結婚が告げられる一八五〇年五月というのが僅かにあるに過ぎない。

このように物語は年号と日付を読者に補わせながらも、革命の動向と小説上の転回点とを重ね合わせることにより、いわば歴史の脈拍と体温を、物語の律動と緩急へと変化させているとも思われるのであるが、特に一八四八年二月以降の政治の動きは、何よりも登場人物たちの反応によって物語の中に反響することになる。「政治上のバロメーター」とされるダンブルーズ氏から見てみよう。この有力者は主人公フレデリック・モローの故郷、ノジャンの近くに農場を有する地主であり、また何より首都に住む銀行家であって、一人でパリ生活を始めようとする人脈のない青年が、頼りにすることもできる人物として登場する。七月革命以前から貴族の爵位を表に出さず、産業界に転じて大きな富を築き、立憲王政下で下院議員にもなっている。棺を覆って振り返ってみれば、まずナポレオンに、ついでコザック兵に喝采を送った彼は、「ルイ十八世を、一八三〇年を、労働者を、全ての政体を次々に歓迎した」のであった[1]。従って四八年二月直後には、ギゾーには大いに憤慨し、ラマルチーヌに敬意を払っている。「自分も常々共和主義者であったから」、前政体の時に内閣に賛同して投票していたのは「来るべき崩壊を促進させるためにほかならない」というわけである[2]。

共和国旗の選択について、ラマルチーヌが赤旗ではなく三色旗を採用させたことを大いに評価した彼も、憲法制定議会に当選を果たした後は、意見を徐々に以前の場所に戻した。三カ月前から「共和国万歳」を叫んできて、オルレアン家の追放にも賛成票を投じたが、「ファルー氏のおかげで」譲歩は終わろうとしているし、終りにしなければならない。ルドリュ＝ロランを支持したラマルチーヌへの憎しみと、「ピエール・ルルー、プルードン、コンシデラン、ラムネといった社会主義の無鉄砲ども」への反感を、街頭で出会ったフレデリックに彼が遠慮なく表明する機会は、六月二十一日に設定されている。「国立作業場の三万人の人間をどのように養えばよいのかわからず」、公共事業相はこの日、十八歳から二十歳の若者には兵役につくか、地方で農作業に従事するかの選択を促す政令に署名した、と小説中にも言及されている。広場の人だかりが大通りに逆流し、「サン＝ドニ門からサン＝マルタン門まで巨大な大群衆がうごめき、くすんだ、ほとんど黒に近い青のかたまりとなっている」のを、この日の夕刻、フレデリックは見ている。[3] 糊口の道を断たれた労働者たちの、反抗への動きが始まっているのである。この六月暴動のあと、その鎮定に功のあった将軍カヴェニャックへの幅広い支持の様子は、ダンブルーズ邸に小説の主要人物が出揃う第三部第二章で示されている。しかし大統領選挙とともにラマルチーヌは御用済み、カヴェニャックは裏切り者となり、就任した大統領も、数カ月後には覇気に欠け期待はずれとわかる。第三章では、四九年五月の立法議会選挙を経て六月の工芸学校事件による山岳派の失墜以来、ダンブルーズ氏の新たな期待は、この騒擾を武力で押さえた救国者たるシャンガルニエに向けられている。五一年一月、大統領ルイ＝ナポレオンはパリ軍司令官で国民衛兵司令官のシャンガルニエを解任し、来るべきクー・デタの最初の布石を打つが、ダンブルーズ氏はこの知らせに驚愕し、死の床に伏すことになる。[4] これが小説の第三部第四章である。

「銀行家」「資本家」ダンブルーズは、四八年二月以降、政治的にはいわゆる「秩序党」と利害、運命をともにする人物と言える。ラマルチーヌからカヴェニャックへ、カヴェニャックからシャンガルニエへという彼の期待の移り変わりは、労働者の支配に対する恐怖から「翌日の共和派」となった彼が、「王党派」としての立場を明確にする過程であり、シャンガルニエの失脚は、ボナパルトに対する「秩序党」の敗北の始まりにほかならない。これとは対照的に、民衆的心情を体現しつつ、共和国の推移と関わっていくのが「愛国者」デュサルディエである。フレデリックとは一八四一年十二月、パンテオン前での学生・労働者と警官隊との小競り合いで知り合う。商店の店員であるが、警官の乱暴を見てこれに飛びかかり、四、五人がかりで取り押さえられ、連行される「ヘラクレスのような」偉丈夫である。[5]

一八四八年二月二十四日、ルイ＝フィリップが退位した日のデュサルディエは、バリケードと市街戦の二日間を働きぬき、民衆の勝利に喜びで息を弾ませている。「民衆は勝ったよ。労働者と市民が抱き合っているよ。ああ僕の目で見たのがどんなことだか。なんといういい人間たちだ、なんて素晴らしい。[6]」この日彼が銃を高く振りながら叫んだ「共和国万歳」と、一八五一年十二月二日から数日後、第三部第五章の最後の場面で、竜騎兵の疾走する大通りを見つめて、剣で威嚇する警官に向かって彼が叫ぶ「共和国万歳」との間に、『感情教育』は第二共和国の全運命を捕捉するかのようである。六月事件の際には、デュサルディエは三色旗に身を包んだバリケード上の若者を見て、前進してくる国民衛兵隊を背にして、銃を捨てて古靴でこの青年を打ち倒し、その旗を奪うという極めて象徴的な行動を見せる。これは六月二十四日土曜日に設定されている。デュサルディエは自分の仕事を持っており、共和国を暴動から守るために国民衛兵の一人として武器を取っている。しかし三色旗を身にまとって、「同胞に引き金を引くのか」とバリケードの上から呼びかける若者を前に、彼は銃を投げ捨て、バリケード上に躍り上がってこの若者を殴り倒して旗を奪おうとした。共和国が三色旗を銃撃することは許されないと感じたのであろう。その時に、恐らくはバリケードの内から放たれた銃弾で、デュサルディエは倒れたと思われる。事件から二週間経って、彼はフレデリックに良心の呵責を打明ける。自分は「反対の側、仕事着を着た連中の側に味方すべきだったのではないか」と言うのである。[7]彼らは約束を反古にされたのであり、勝ったのは共和制を嫌っている連中であるというデュサルディエの理解は、当時の情勢把握としても、またこの事件に第二共和制の分岐点を見る多くの歴史家の評価とも符合する。

六月暴動の直接の原因は執行委員会によって「国立作業場」の廃止が決定されたことであるが、共和国における社会権の位置づけ、とりわけ「労働の組織」をめぐって政権内には当初から路線対立があった。革命の勢いを恐れた保守派は譲歩と見せながら、社会主義者の信用を失墜させることを目的として、維持不可能な政策をあえて一定期間実施させた、とも解釈されている。[8]「国立作業場」はルイ・ブランの提唱した「社会作業場」とは実態は全く違い、工夫も知恵もない粗雑な失業対策であった。しかしその廃止によって、革命による経済活動の麻痺が進行する中で、パリの無産者の多くが生活の糧を失った。より正確に言えば、軍隊に入るか地方に移るかの選択を余儀なくされ、集団としての憤激をバリケードの構築によって示したのである。パリ東部の民衆地区全体にわたり築かれた、要塞の如きこのバリケード群の威容については、ユゴーが『レ・ミゼラブル』第五部の冒頭で熱意を込めて語っている。[9]

五一年六月頃、関係する女性間の訴訟の問題でフレデリックに会いにやって来たデュサルディエは、すっかり共和国の前途に絶望している。革命が起こった時に垣間みた自由と友愛への希望は、彼にとってすっかり過去のものとなっている。「今や奴らは俺たちの共和国を殺しにかかっているんだ。先にローマの共和国を殺したようにさ。」そして「ヴェネチアも、ポーランドも、ハンガリーもどうなった、ひどいもんだ」と、ヨーロッパの各地に生まれた、専制を打倒して自由な体制をめざす動きが、いずれも圧殺されていることを列挙した上で、フランスでも強権体制への動きが確実に進行していることを指摘する。「まず第一に奴らは〈自由の木〉をたたき切り、次に選挙権を制限し、クラブを閉鎖し、検閲を復活し、教育を僧侶に任せてしまった。やがて宗教裁判が始まるさ、なにわかるものか。[10]」ここに挙げられている秩序と安定を重視する政策は、正規の立法手続きを踏んで共和国議会が可決し導入したものである。その成立順序としては、次のようになっている。四九年六月、クラブに関する時限立法（五〇年七月延長）。四九年七月、新聞に関する新法。五〇年一月、初等教育に関するパリウ法。五〇年三月、中・高等教育に関するファルー法。五〇年五月、居住規定により選挙権に制限を加える新選挙法。

よく知られているように、カール・マルクスは一八四八年二月二十四日から一八五一年十二月二日までの第二共和制の歴史を、議会の形態から三期に、更にそれを階級闘争の観点から区分して、全体で七節十局面に分けて整理してみせているが、ダンブルーズ氏の政治局面に対する反応、デュサルディエの共和国に対する思い入れの推移を見るだけでも、フローベールの小説はマルクスの与えた時期区分にも劣らない歴史の節目を物語の中に刻んでいることがわかる。マルクスによれば、一八四八年二月二十四日から五月五日、すなわち憲法制定議会の選挙を経て招集までの期間が第一期であり、これは「普遍的な友愛の妄想」の時期と規定される。第二期は一八四八年五月四日から憲法に規定された立法議会の選挙が実施され開会する四九年五月二十八日までであり、この時期を三つの局面に分ける二つの大きな出来事が、四八年六月の民衆反乱と四八年十二月十日のルイ＝ナポレオン・ボナパルトの大統領選出である。そして憲法制定議会に替わる立法議会がその共和主義的性格を次第に失ってゆき、大統領が実行するクー・デタにより「その死亡行為を完成し、屈服する」までの第三期において、マルクスの与える二つの区切りは一八四九年六月十三日、ルドリュ＝ロランなど山岳党を名乗る議会内共和派が企てた院外での直接行動の失敗と、一八五〇年五月三十一日の実質的な普通選挙の廃止である。(11)

マルクスの提起する階級闘争という観点からは、憲法制定議会の招集以降一八四八年六月に至る期間は、「プロレタリアートに対する他の全ての階級の闘争」の時期ということになる。それは二カ月にも満たない期間ながら、共和制の可能な性格づけがこの時期にこそ争われたからであり、六月事件で蜂起した労働者たちが鎮圧されることにより、「社会的共和制」は遠ざけられ、「市民的（ブルジョア的）共和制」が全面に出ることになる。ここで政権の中心人物はラマルチーヌからカヴェニャックへと交代することになるが、憲法が制定され、その二十日後の大統領選挙でカヴェニャックがボナパルトに敗北するまでが共和派ブルジョア勢力、日刊紙『ナシオナル』が代表し、ブルジョア支配の共和制形態を志向する「純粋共和派」の独占的支配の時期であるとされる。戒厳令下の共和国憲法制定がその主な仕事となった。一八四八年十二月十日以降、ブルジョア共和派は没落に向かい、替わって王党派ブルジョアジー、すなわち正統王朝派とオルレアン派の合同体である「秩序党」と、大統領府を占めるボナパルトとの共同支配の時代になる。内閣の首班はオルレアン左派と目されるオディロン・バロであり、国立作業場の廃止を主導した正統王朝派のピエール・ド・ファルーが国民教育・宗務相として入閣している。そして憲法制定議会の解散から立法議会の選挙・開会により立憲共和制が形式を整えたとき、一院制の共和国議会の主勢力は王党派であり、ブルジョア共和派は激減しており、野党としては大革命を参照して「山岳党」を自称した小市民と労働者の連合勢力だけが活性化している。社会民主派が共同綱領を作成して成立したのである。しかし彼らは野党ではあってもあくまで議会勢力であり、その強さは院内にこそあれ、街頭にはなかった。街頭ではすでに「革命的プロレタリアート」が「市民的共和制」の前に敗北しており、もはやそこに同志はいなかったのである。

一八四九年六月十三日は、ローマ出兵問題をとらえて大統領と内閣を憲法違反として弾劾し、国民議会でその動議が否決されると、蜂起を叫んで街頭行動に打って出た山岳党、急進共和派が、国民衛兵からも民衆・労働者からも支持が得られず、簡単に軍隊により蹴散らされ、力と信用をともに失った日である。山岳派がシャトー・ドー広場（今日の共和国広場）にほど近い工芸学校（工業技術院）を行動拠点としたので、工芸学校事件とも呼ばれる。少しマルクスの一節を引用しておこう。「〈民主主義の不可避の勝利〉ほど、早くから確定したものとしてラッパの鳴り物入りで吹聴された出来事はめったになかった。民主派が、一吹きでエリコの壁が倒壊したあのラッパを信じているのは明らかである。専制主義の壁に直面するたびに、彼らはこの奇跡を真似ようとする。もし山岳派が議会で勝利したいなら、彼らは武器を取れと叫んではならなかった。議会で武器を取れと呼びかけたなら、街頭で議会的に振る舞ってはならなかった。平和的な示威行動を本気で考えていたとしても、それが戦闘的に迎えられることを予期していなかったのは愚かであった[12]。」

ローマでは四九年二月に共和制政府が誕生していた。教皇は革命派の支配下に止まることを望まず、いち早く難を逃れてナポリ王国領のガエタに移っていた。フランス大統領ルイ＝ナポレオンがローマ派兵を決定したのは、教皇と革命政府との仲介の役割を果たし、他の外国勢力（特にオーストリア）にイタリア半島への勢力拡大の機会を与えないという意図によると見られる。軍隊を派遣して紛争の仲介を行うわけであるから、善意を標榜しながらも外国への軍事介入であり、ローマの革命派にとってフランス軍は敵か味方かということが常に問題になる。そして当然ながら、派遣されたフランス軍の動向は、フランス国内の政治の変化を忠実に反映するのである。

六月二日に第二次バロ内閣に外相として入閣し、この問題を直接担当したトクヴィルの証言を見てみよう。「これ以上困難な状況で政務を担当するのは難しかったであろう。憲法制定議会はその波乱に満ちた活動を終えるに先立って、政府にローマを攻撃することを禁止する決議を行っていた（一八四九年五月七日）。内閣に入って私が最初に知った事柄は、ローマ攻撃の命令が三日前からわが軍に伝えられているということであった。国権の最高機関たる議会の命令に対するこの明白な不服従、革命下の一国民に対して、その革命を理由として、さらには他国の尊重を命じている憲法の条項にもかかわらず始められたこのような戦争は、懸念されていた対立を不可避で間近に迫ったものにしていた。[13]」ここで述べられている憲法条項というのは、第二共和制憲法の前文第五条に見える次のような文言を指すのであろう。「フランス共和国は、自国を尊重させたいと欲するのと同様に他国を尊重し、征服を目的とするいかなる戦争も始めることはなく、いかなる国民の自由に対しても決して武力を行使することはない。[14]」

六月十日に初の戦闘があったという報道が広まる。十一日から山岳派が激しい非難の声を上げる。「ルドリュ＝ロランが演壇の高い所から内乱の呼びかけをやり、憲法が犯され、彼の友人も彼もあらゆる手段、武器を持ってしてでも、憲法を守る用意があるとした」とトクヴィルは報告している。「私はルドリュ＝ロランに対して正当だった。私は彼が騒動を求めているだけであって、それを引き起そうとして嘘をまき散らしていると、激しく非難した。〔……〕ルドリュは私に応答し、多数派のことをコサックどもの徒党と言った。それに対しては、ルドリュを放火と略奪をことする徒党と呼んだのであった。」これは十二日の議会の様子である。大統領及び前内閣に対する非難決議は否決され、議会は散会する。だが夜になって、武装蜂起の準備がなされていることを政府は知る。「煽動をこととする新聞」のすべてが直接、間接に内乱を呼びかけていた、とトクヴィルは述べる。「国民軍兵士、学生、住民すべてにこれらの新聞は呼びかけ、武器を持たずに指定された場所に集まり、そこから集団となって議会の門前に向かおうと訴えていた。これは五月十五日の実現を通じて、六月二十三日を開始させようとしていたということだ。[15]」

こうした文脈で想起されるのは、一八四八年憲法を越えて、大革命時代の一七九三年（共和暦元年）の憲法、民主的な手順を尽くして可決成立しながらも、戦争中のために施行されなかったフランス最初の共和制憲法に見る「人権宣言」、その末尾第三五条に掲げられた「蜂起」の権利および義務に関する条文であろう。そこには次のように記されている。「政府が人民の諸権利を侵す時、人民にとってまた人民の各部分にとって、蜂起は何よりも神聖な権利であり、かつ何よりも不可欠の義務となる。[16]」一八四九年の山岳派は、この文言を文字通りに受け取ってしまったのではないだろうか。可決成立した憲法に掲げられたことのある権利とは言っても、この「蜂起」は「保障」されているものではなく、「確立」されているわけでもない。ただ「抵抗」と呼ばれる非合法活動にも、正当性あるいは大義を主張する一つの、無視できない根拠を与えているに過ぎない。

マルクスは続けて書いている。「実際に戦うつもりなら、戦いに携行しなければならない武器を置いてきたのは、型破りなやり方であった。しかし小市民とその民主的代表者の威嚇というのは、単に敵を恐がらせようとするだけの試みなのである。彼らが袋小路に入り込み、体面が相当に危うくなって、威嚇したことを実行する羽目に陥ると、それは目的に達するための手段だけは何よりも避け、敗北のための口実をつかもうとする、ためらいがちなやり方でなされるのである。」その背後に窺われるのは、自分たちが人民を代表しているという民主派の過信であると言う。抽象的な憲法の条文の一つが侵害されたということくらいで、院内と院外の不一致、民衆と軍隊の間の不信感が乗り越えられるわけではない、とマルクスはここで指摘している。ここには「階級闘争」の分析に止まらず、代議制民主主義に対する考察としても、なお汲むべき教訓が含まれているように思われる。

## 二、共和主義者と革命家

ではフローベールの小説はこの間の歴史に対して、どのように一人の青年の、あるいは一世代の物語を関与させているのであろうか。ダンブルーズとデュサルディエに着目して、まず歴史的出来事の枠組みを通観したが、小説の人物たちによって、七月王政期から第二共和国の終焉にまで至る国民的な運命はどのように個別・具体化されているのであろうか。この小説で最初に登場する共和主義者はジャック・アルヌーである。第一部第一章の船旅の中で、彼は初対面のフレデリックに対し、名を告げるより前に共和派の人間として自己を提示している。第二章ではフレデリックとその親友デローリエの中学時代からの交遊の様子が語られ、「日曜日に礼拝に出ることを断り、共和主義的な言辞を吐く」デローリエが、フレデリックの母親、モロー夫人に嫌われるという言及がある。そして第三章で、パリで孤独な一年目の学生生活を送るフレデリックに、デローリエが紹介する数学復習教師のセネカルが、「共和主義の信念」を持つ者として現れる。法学部の仲間では、保守派のマルチノンと貴族身分のシジーはダンブルーズ家の交際圏に繋がる若者で、共和主義精神からはかなり離れているが、第四章ではデュサルディエと同じ機会に「文士」のユソネと出会う。彼の手引きでフレデリックはアルヌーの画廊・美術新聞社に入りこむことになるが、そこで知り合うことになる画家のペルランや国権拡張派の「市民」ルジャンバールなども、各々の発言や行動により、主人公の運命を左右するとともに、共和国の政策や成り行きにも関係したり関心を示したりすることになるだろう。

さて、こうした共和主義者の政治的立ち位置、政府の姿勢や政策についての見解、さらには各人の言動に対する相互の評価というのを、七月王政期に戻って検討してみよう。画商であり美術新聞を発行するアルヌーが共和派の人間として自己宣伝するのは、それが自分の事業に概して好印象を与えこそすれ、具体的に何ら不都合がないからであろう。この意味で、新聞社主アルヌーの共和主義はごく穏健なものだろうと予測できる。第一部五章で、そうしたアルヌーを政治的に批判するのはセネカルである。つまりこの画商は「政治的に破廉恥なことをして金を作っている」というのであるが、ここで問題にされているのは、国王ルイ＝フィリップとその家族を描いた「善良な家族」と題された石版画である。法典を持った国王、祈禱書を手にした王妃、「王女たちは刺繡をし、第二王子は剣を帯び、第三王子は地図を弟たちに見せている。[17]」これはアルヌーが版元として制作販売している石版画なのであろう。ここで画商を擁護するペルランとセネカルとの間で、芸術の社会的役割について論争が始まるのであるが、われわれに興味深く思えるのは、この虚構の版画が引き受けている政治的効果に物語が言及していることである。「この絵はブルジョア連の目を楽しませたが、愛国者たちには苦痛の種なのであった」とコメントが加えられており、アルヌーのような「いい加減な人間たち」の協力がなければ、政府もここまで強くはないだろうというセネカルの言葉を補完してみせている。共和派を標榜する人間が七月王政のプロパガンダに手を貸しているという点で、破廉恥だというのであろう。

アルヌーを「民主主義に有害な社会の代表者」とみなし、「一切の優雅なものに退廃がある」と考えるセネカルは、「道徳的な民主主義」を理想と考えている。

毎晩、仕事がすんで部屋に帰ると、さっそく書物の中に自分の夢想を裏書きしてくれるものを求めるのであった。

彼は『社会契約論』にみずから注を入れ、『独立評論』に読みふけった。マブリ、モレリー、フーリエ、サン＝シモン、コント、カベ、ルイ・ブランなど、車に積みきれぬほどの社会主義評論家をよく知っていた。人類のために兵営生活の水準を理想とし、楽しみは公娼の家でとらせ、勘定台の上にかがみこませようと欲する人たちをである。[18]

デローリエが連れてきたセネカルを最初に見たとき、フレデリックはいい印象を持たなかったと物語は述べており、その根拠として「灰色の目」の中に光る「何かしら冷酷なもの」と、「長い黒のフロックコートという身なり」から感じられる「教育家か僧侶のようなところ」があげられていた。このときセネカルは「ルイ・ブランの書物」のページをめくっている。[19] 第二部になってパリで再会するセネカルには、共和派の枠を越えて革命家としての活動を予告する機会が早々に用意されている。その学習した思想の混交から、セネカルの考える理想の国では、個人は「万能で、絶対で、無謬で神的な」社会に奉仕するためにのみ存在するのであり、彼は勉強と生活苦から「あらゆる栄誉、何らかの優越に対する憎悪」を培いながら、自分が敵と考えるすべてのものに、「幾何学者のような推理と、宗教裁判所の裁判官の信念とをもって」打ってかかった、と述べられている。[20] フレデリックの新居披露に呼ばれて、セネカルは豪華に整えられた食卓を前に、暴動と飢饉の話から始めて、「以前の封建制度より悪質な金銭の封建制度」を生んだのは、「自由放任」の経済政策であると主張する。そして求めるべきなのは上流階級の施しではなく、「平等と生産物の公平な分配」である。それが実現されなければ、「民衆もやがては我慢しきれなくなり、血腥い人権剥奪とか、館に乗り込んでの略奪とかによって、資本の占有者たちに今までの苦痛の支払いをさせるだろう」と発言している。これを聞いてフレデリックは「腕まくりした男の群れがダンブルーズ夫人の大広間になだれ込み、つるはしで窓ガラスを叩き割っている光景」を思い浮かべるのである。[21]

デローリエとセネカルという二人の共和主義者は、現在の秩序を破壊する革命を待望するという点では共通するものの、物語の進行とともに、両者のめざすものははっきり異なっていることがわかる。デローリエは物語の始めの部分で、パリでの学生生活を始めようとするフレデリックにいくつかの忠告を与えるが、そこには「八九年の再来」を待望する共和派らしい志向とは矛盾するものが含まれていた。ダンブルーズ氏という名前を聞いて、この「アンジュー通りに住んでいる銀行家」に近づき、『人間喜劇』のラスティニャックを真似て、「奥さんにも取り入るといい」と教えるのである。[22]同じく法学を学びながら、財産にも後楯にも恵まれない彼は、フレデリックに社交界への道を開かせるというもくろみと、社会の大変動を機に、民衆の指導者になろうという夢とを心に併存させている。この二つの志向は、学業を終えたフレデリックの遺産相続以降、その資金協力による政治新聞の発行という企てに具体化する。すでに弁護士事務所を小規模に開いているデローリエが、そこから脱皮しようと、ここで改めて述べる事業構想と政治姿勢の説明は、反権威志向の無政府主義に近い傾向のものであるが、日和見主義の調子もまた色濃く感じられる。「政治を科学的に扱うべき」時期になっているが、そのためには現代の改革論者のような、「天啓」に依拠することをやめ、立法者の「専制的な精神」からも自由になる必要があるとデローリエは言う。アンファンタンもピエール・ルルーもルイ・ブランもその訴えは様々ながら、みな「家来根性」の持ち主であり、「官憲を盲目的に崇拝する」という点では共通している。しかし彼らの依る原理にもかかわらず、いずれも正統性を有しない。「人民主権」がどうして「神授権」よりも神聖であり得ようか。どちらも虚構であり、そうした形而上学、幻想はもうたくさんだと雄弁を振るう。[23]デローリエによれば、「なにかある意見を排撃する」となれば、最も公平で最も強いのは、「こちらでどんな意見も持たないこと」なのである。そのようにして、「各党派にそれぞれ、隣の敵への憎しみを保証するのだから、皆がわれわれを頼りにするだろう」というのが、デローリエの提起する権力批判の経営戦略である。「既成概念」とアカデミーや師範学校、コンセルヴァトワールなど「制度風のもの一切」を攻撃して、これを論調とすることで地歩を固めれば、新聞を一気に日刊紙に転じることも見込める。こうした夢において、デローリエは編集長、フレデリックはオーナーということになる。「君は週に一度は夕食会を開かなければならないよ。それは不可欠だ。たとえ君の収入の半分がそこに消えてもね。[24]」

元々アルヌーが発行していた美術新聞をその部下であったユソネが買い取っており、それにデローリエが参画して購読層を広げ、日刊紙へと成長させるというこの構想は、約束の資金提供が結局は実行されず、フレデリックとの仲も一時期は冷却するのであるが、その間にアルヌーは画廊経営を廃業して、パリ郊外の工場で陶器製造を始めている。復習教師の職を失ったセネカルはフレデリックの斡旋でこの工場の現場監督に就職し、政治的不誠実の非難対象だった人間の下で働くことになる。登場人物の描く人生の軌跡は、このように随所で交差するのである。アルヌー夫人をこの工場に訪問したフレデリックは、セネカルの社会思想が労働の現場でどのように実践されるかも、ここで見ることになるだろう。セネカルにとっては平等と友愛が重要な社会的価値であり、彼は「民衆を愛する」か否かを、思想家を峻別する基準として提示していた。[25]ただこれは集合名詞としての民衆であって、個別労働者の生活事情は関心の埒外にある。陶器工場の現場を差配するセネカルは就業規則をかざして職工たちに強圧的に対処し、フレデリックがその過酷さを批判すると、こう答える。「民主主義は個人主義の放縦とは違う。法の下の平等、労働の配分、秩序なのだ。[26]」彼は理論の人間なので、大衆しか考慮に入れず、個々の人間には無慈悲であった、と物語は要約している。

デローリエにとって、「セネカルのある種の思想は武器としては立派だが、好きになれないものだった」と記されているが、[27]それは何よりも政治と宗教との関わりについて、二人の考え方が相反するものだからであろう。デローリエは明確な反教権主義者であり、イエズス会士やドミニコ会士を嫌悪するだけでなく、初期社会主義思想の多くに内包されている宗教性を絶えず攻撃している。ペルランがフーリエを偉人だと言ったとき、「よしてくれ」と彼は遮る。

ありゃ、大国の転覆の中に神の復讐を見たりする間抜け野郎だぜ。フランス革命を憎んでいる点でも、サン＝シモン先生やその信者たちとおんなじさ。みんなカトリック教をもう一度おれたちに押しつけたがるふざけた連中だよ。[28]

こうしたデローリエの意見が、民主主義の勝利と「福音書の原則の適用」を並列させるセネカル、教皇を民衆の保護者であるとみなし、宗教戦争時代のカトリック連盟を「民主主義のあけぼの、プロテスタントの個人主義に対抗する偉大なる平等運動」と評価するセネカルの見方と相容れないことは明らかであろう。[29]「絶対というもの」について昔の人間よりも広い捉え方をしなければ、「共和主義の下から君主政治が顔をのぞかせ、赤い革命帽子も坊主の半球帽と変わらなくなる」とデローリエは威勢よく述べている。これは第二共和制成立以降の政教関係の行方をみれば、十分に根拠のある警告ということにもなるだろう。この二人の共和主義者は四八年二月のあと、全く別系統の道を進むことになるが、それは革命家の活動と、政権に関係を築く共和派の選ぶ進路の違いとして現れる。デローリエは臨時政府の内務大臣ルドリュ＝ロランのもとで、県知事に代替する役割の「政府委員」となって地方に派遣され、責任を伴う立場で政治的な苦労を経験する。一方セネカルは憲法制定議会の選挙を控えて、候補の推薦に関わる地区のクラブ議長として壇上に登場し、フレデリックに痛撃を与えるという役割を演じる。かつて爆弾用の火薬を所持していて逮捕されたこともあるセネカルは、このあと六月暴動にも当然のように参加し、逮捕されてチュイルリーの地下牢に収容される一万五千人の一人ともなるだろう。

## 三、相続資産とその運用

それでは小説の主人公フレデリック・モローの進路と政治選択については、どのように考えればいいのであろうか。彼の学生時代からの友人には急進共和派も少なくないが、それと同時に、芸術家が自由に出入りするアルヌーの交際圏、および銀行家で保守政治家のダンブルーズ家サロンにも出入りして、穏健な共和主義や立憲王政派の環境とも関わりつつ、場所に応じて自分も政治的な意見を表明している。彼が固有の思想的立場をもっているとか、それを練り上げていくとは考えにくいが、政治的感性を持った人物となっていることは疑いを入れないであろう。この「青年の物語」で扱われているのは私生活における選択と公共領域への関与の、時勢に対応して変化する姿であって、そこには歴史の証言者がいると同時に、国民的な共同性の中で引き受けられる個人の運命があるからこそ、読者は関心をもってそれを追うはずなのである。

フレデリックの遺産相続が、この物語を第一部という大きなプロローグと、第二部以降の中心的な物語に分けているることは、始めにみておいた。第一部での主人公はまだ人生の準備段階にあり、社会的責任を人から求められておらず、当時としてもやや長めの猶予期間を生きているのである。しかし第二部以降、大きな資産という社会的な力を手にしてパリに戻ってからは、様相は一変している。ただし、フレデリックが持つ力は本人には十分自覚されておらず、それは彼の友人、知人たちからの要請や誘いという形で、物語の上に表面化する。端的にいえば、主人公は資本を持つ人間になっているのである。それはまず再会したデローリエの口から、「おや、僕は一人の資本家と話をしているのを忘れていたよ」という揶揄によって軽く浮上した後、ダンブルーズ氏のフレデリックに対する誘い、石炭会社への資本参加を伴った経営参画への提案という形で明瞭に示される。このときダンブルーズ氏は、もはや縁のある地方出身の前途有為な青年に対する好意としてではなく、いわば対等な資本家としてフレデリックに話していることがわかる。

銀行家で下院議員のダンブルーズ氏は、所有する農場を差配するロック氏から青年の紹介を受けていたが、遺産相続後パリに戻ってきたフレデリックが官界への志望を述べ、国務院への推挙を求めるのを聞いた後で、「自由主義者らしい口調で」官職よりも実業のほうがいいと説き、一週間後の再訪の折に、自分が経営する石炭会社の株を持たないかと提案する。[30] フレデリックがすぐに応じなかったのを見た銀行家は、しばらくたってアルヌーの振り出した手形の支払い猶予を求めてやって来たフレデリックに、今度は経営参加を持ち出し、事業の性質を説明する。設立の認可を待つばかりになっているこの「フランス石炭連合組合」は、「共和主義者たち」の批判をふまえて、従業員の福利にも配慮した事業体として描かれ、その代償としてであろう、国家の保護を得ることが想定されている。そして各界の名士の参加があるので、この組織は「臆病な資本を安心させ、聡明な資本を呼び集める」ことができる。フレデリックに用意されるのは、秘書室長とでもいうべきポストであり、それは労働者に対しては会社を代表する地位なのだから、彼らの尊敬が得られ、「いずれ県会とか代議士選挙に出る時の便宜ともなる」と。フレデリックが「こんな好意を示されるのはどうしてだろう」と戸惑いつつ、お礼の言葉を繰り返していると、ダンブルーズ氏はそこで「誰の庇護も受けず独立でいる」ために必要な資本の参加を説くのである。「第一これは、立派な投資ですよ。あなたの資本があなたの地位を保証し、またあなたの地位があなたの資本を保証するのだから。」[31]このように小説の第二部以降のフレデリックは有産者となり、潜在的にであれ、資本家ないし投資家たる資格が付与されている。

この地点から見てゆくと、遺産相続後のフレデリックにはその資産の運用方法として、三種類の可能性があったことがわかるだろう。一つは今見たダンブルーズ氏の会社に出資して、経営者の一員となる方向へと動くことであり、これは「資本主義的運用」と言ってよいだろう。もう一つはユソネとデローリエが熱心に要請した新聞への資金供与であるが、結局は不首尾に終わるこの筋の顛末と余波には、小説の政治的な射程とより密接に関わるものが含まれている。三番目は誰よりも懇意にするアルヌーからの金融支援、借金の肩代わりという資金の用い方である。これはフレデリックのアルヌー夫人に対する感情を抜きにしては語ることのできないものであり、物語が具体化するのは言うまでもなくこの使途である。この意味で『感情教育』は何より恋愛小説なのであるが、だからといって、他の二つの選択の可能性が物語の上で果たしている役割を軽視すべきではない。

伯父からの遺産相続後、戻ることをほとんど諦めていたパリでの生活をフレデリックが再開したのは、アルヌー夫人への断ち切れない想いからであった。仕事替えをし、住まいも移している夫妻と数年ぶりに再会して、フレデリックはアルヌーには黙っていたことも、夫人には告げずにいられない。彼女の瞳の奥には無限の善良さが感じられ、見つめていると痺れるような感覚になる。フレデリックはそれを振り払おうとするが、どうやって彼女に自分の値打ちを示せばよいのか。

いろいろ探してみても、お金よりいいものは思いつかなかった。フレデリックは気候の話を始めて、ル・アーヴルほどは寒くないですが、と言った。

「あちらにいらしって？」

「ええ、家の用件で、つまり相続の」

「ああ、それは本当にようございましたわね」と、彼女がわがことのように喜んで言うので、彼はとても親切にされたかのように感動した。(32)

アルヌー家に始終出入りして、夫婦間のいさかいも目の当たりし、その新たな事業に伴う諸困難も耳にする中で、フレデリックはアルヌーから経営上の事柄も含めた諸々の相談を受けることになるだろう。そして本来はデローリエとユソネの新聞事業に出資するつもりで用意した一万五千フランの資金を、フレデリックはアルヌーに渡してしまうのである。差し押さえが不可避となる期日は迫っており、この金額が用意できなければ、夫妻はパリから姿を消す他はない。急を要するのは短期の資金繰りだが、近く入金の目処はあり、抵当の裏付けもあると言うアルヌーに、フレデリックは自分なりの奔走を約束していた。ダンブルーズ氏に頼みたいところだが、石炭会社に加わるための資本を用意しなければならないのは自分のほうであった。デローリエのために送らせた証書を銀行で通貨に換えてから、複数の用途の間で迷いが生じる。ボヘミアンのあやふやな新聞事業に賭けるよりも、もっと楽しい使い道があるのではないか。馬車も売らないですむし、どれだけの花束が、贈り物がアルヌー夫人のために買えることだろう。そう思いながら街を彷徨していると、所持している銀行券が負担になる。部屋に戻って見ると、アルヌーからの手紙が届いている。「家内も期待しおることにて云々」という文面を見て、「奥さんが僕に頼んでいる」と思ったところで、アルヌーが姿を現すのである。(33)

デローリエには資金が届かなかったと言い訳をし、アルヌーには一週間後から何度もすみやかな返却を催促するが、この返済は長く実行されず、言わば一種の不良貸し付けとなるだろう。こうしてフレデリックは、はからずもアルヌー夫妻に対して債権者の立場に立つことになる。これは経済的には不都合であり、このためにデローリエとも絶交に近い仲になるのであるが、感情面からは、フレデリックにとって必ずしも不愉快ではない関係が出来上がっているとも言えるかもしれない。彼がパリ郊外のアルヌーの陶器工場に、夫の不在を知った上で夫人を尋ねることになるのも、こうした新たな関係に見合う処遇を彼らから受けていない、どこか変だと感じるからである。債権者であるフレデリックは、アルヌーの事業の実態を、現場で見せてもらえる立場になっている。事業報告を受ける権利に近い資格を手にしている。しかしそうした条件下で、フレデリックが夫人に自分の気持ちを伝えようとすると、それはうまくいかない。夫人の部屋に上がって、そこの小卓に置かれていたミュッセの本から恋を、文学上の典型に自分の想いを込めて、愛することの「崇高な喜び」を語ろうとするのだが、アルヌー夫人にはそうしたものすべては犯罪的であるか、わざとらしいものである。フレデリックの言う「幸福」には「不安」と「後悔」を対置し、彼が「美徳」の怯懦に皮肉を言うと、彼女は市民的な知恵としての利己心を擁護する。[34] こうしてフレデリックはアルヌー夫人から、すこしも脈のある反応が得られない。

自分の値打ちをわかってもらうのに、お金よりいいものが思いつかなかったフレデリック。恋のために地位にもお金にも頼る必要のない、魅力的な独身青年が、債権者となった上で自分に債務のある既婚婦人に愛を求めている。その結果、バルザックの人物なら、『従妹ベット』に出てくる香水商人あがりの区の助役セレスタン・クルヴェルが、ユロ男爵夫人のアドリーヌに迫った際のように、見事に跳ね返されているというべきだろう。しかしこの「不活性な情熱」を支えているのは、「純愛」なのである。従ってフレデリックの言葉に、クルヴェルのように露骨なところはいささかも見られない。好意の表現に花束、贈り物を考えるのはありふれているが、無期限で催促なしの金銭貸与というのも、恐らくはその延長上で考えられる消費行動となるのであろう。これに近い資産の用い方は、近代の小説中にも類例は少なくない。ただ経済活動の主体が男性であった限りでは、基本構図として、出資者が女で、受益者が男というのがむしろ分かりやすい例となるのかも知れない。フランス小説の中で、この文脈から参照してみたいのは『ウージェニー・グランデ』である。グランデの一人娘ウージェニーは、一攫千金をめざしてインドへと旅立つ従兄弟に、自分の持つ金貨を全て委ねる。インドから戻ってくれれば結婚する約束を密かに交わしている相手である。吝嗇な父親から毎年の記念日ごとに貰って、婚資のように蓄えておいた金貨であるが、これ以上有効な使い道が考えられるだろうか。自分の提供する資金が基礎となって、遠隔地での事業が短期間に成功すれば、愛する人の帰国もそれだけ早くなる。全くの善意による資金供与でありながら、相手に生じる恩義の念が熱い親愛の情へと転化するならば、これ以上に望ましいことはないだろう。これがバルザックの描く「純愛」による資産の用い方なのである。「純愛」はこうして、自己の貧しき縁者たる「金銭次第の愛」を参照し、密かに模倣する。

二番目に挙げた遺産の使い方、ユソネがアルヌーから買い取った新聞に、友情からも出資するという、本来予定していた資金運用についても、なお検討に値するものが含まれている。デローリエは遺産相続後のフレデリックに会ったとき、彼の財産を頼りにしたいという気持ちを持ちながら、相続制度の批判をしてみせた。

そしてまた話は遺産に戻って、彼はこういう意見を述べた。傍系相続（この度のことは喜んでいるが、制度自体は不公正である）は、いずれ近いうちに廃止されるだろう。この次の革命にはね。〔……〕「このまま続くわけがない、人の苦しみが大き過ぎる。セネカルのような者が生活に困っているのを見ると[35]……」

ここにはデローリエの両義的な感情がよく出ているが、財産相続の廃止は、二月革命の直後、労働の即時組織化を要求して名をあげたセネカルが、「知性クラブ」議長として掲げる政策の内にもみられるものとなるだろう[36]。フレデリックの出資を求めるデローリエが、金は出して当然だ、といった調子で援助を求める背景には、このような思想的背景、完全には排除できない政治的展開の可能性がある。しかしフレデリックはデローリエの態度にさすがに気を悪くして、昔の学友が、かつてはフーリエ流の「ファランジュ」や、バルザックにある「十三人組」を真似た組織を作ろうと話したじゃないか、と熱心に口説いても取り合わない。彼が不意にその場で、降参したといった形で公証人への指示書を書くのは、ユソネの次のような懇願の言葉によってである。「ねえ、きみったら、僕のマエケナスになってよ。学芸を保護しておくれよ。[37]」フレデリックを一度は動かしたこの言葉に則り、われわれはこうした資金投下のあり方を、「学芸庇護者的運用」と呼んでみたい。マエケナスとは初代ローマ皇帝アウグストゥスの片腕として統治に手腕を発揮し、その富と趣味の良さによってウェルギリウスやホラチウスなど多くの文人を支援して、礼節ある芸術保護者の典型とみなされている人物である。メセナという言葉はここに由来する。

爆弾によるテロの準備をしていて逮捕されたセネカルが、証拠不十分で釈放されたのを祝って、デュサルディエが自分の部屋で催すポンチ・パーティというのがある。第二部六章で、四七年秋の始め頃にあたる。ダンブルーズ家の夜会で、セネカルの人柄をむきになって褒め、憲法上の「抵抗権」の話なども持ち出して、保守的な環境で浮き上がってしまったフレデリックは、請われて参加したこの庶民的な集まりに来て、マルチノンを「成り上がった百姓の見本だ」とこき下ろす。そして新しい貴族階級、つまりブルジョアどもは、以前からの貴族には及ぶべくもないと主張すると、そこにいる民主派の人たちは「あたかも彼が古い貴族の一員であり、また彼らは新貴族の人々との付き合い経験があるかのように」それに同意を示す。そしてフレデリックは、彼の人柄に魅了されたその場の者から、「貴族院議員でありながら、民衆の利益を擁護している」政治家、アルトン・シェーにも例えられることになる。[38]

ここでフレデリックは民衆派の貴族のように扱われるわけであるが、ノジャンのロック爺さんの目に映るフレデリックを考えてみれば、これはあながち筋違いではないことがわかるだろう。モロー家自体も土地の名家であるが、特にモロー夫人はフーヴァン伯爵の娘であり、フレデリックはダンブルーズ氏の後ろ盾があれば、母方の祖父の爵位を継げる可能性を持っていると、ロック爺さんは見ている。もしそれがかなわなくても、ダンブルーズ氏が貴族院入りをした暁には、フレデリックは下院の議席を引き継ぐこともできるというのが、納税額による制限選挙の周旋を手がけて来たこの営農家の読みであり、かくしてフレデリックは老人にとって、婿の候補として輝かしい存在なのであった。[39]

一八四八年二月二十四日以降、フレデリックには普通選挙下の民主政治家として活躍する可能性が大きく開かれた時期があった。バリケードの築かれた市街で銃撃戦を目撃し、国王が逃亡した後のチュイルリー宮殿に民衆がなだれ込んで勝利者として振る舞うのに立ち会い、共和制が宣言されたことに興奮する群衆の磁力に引きつけられて、フレデリックは「広大な愛と崇高で普遍的な感動」を経験する。彼が出身地オーブ県の『トロワ新聞』のために、そうした「抒情的な」速報記事を書くと、それが大慌てで共和派になったダンブルーズ氏の目に止まる。氏はマルチノンを伴ってフレデリックを訪れ、来るべき憲法制定国民議会選挙で、氏の農場があるフォルテールの選挙区から立候補することを勧めるのである。ダンブルーズ氏の見解では、フレデリックはその個人的意見により過激派の票を、家系から、またダンブルーズ氏の「若干の」影響力により、保守派の票を得ることが期待できる。それにはパリの政治クラブの一つによって、県の「愛国者たち」に推薦してもらえばよいと氏は述べて、その気になったフレデリックは、「国民公会の大立者たち」に自分の姿を重ねて陶然となるという流れである。[40] だがフレデリックの掲げる政策を聞き、恐れをなしたダンブルーズ氏は、マルチノンにも励まされて自分が立候補することを選び、フレデリックのほうは、政治クラブの選択の誤り、ないし対応の不手際から推薦を得るに至らず、早々と計画を放棄することになるだろう。

革命後の臨時政権に対して、支援を求めて芸術家団体が働きかけを繰り返していることも、この小説は取り上げている。そうした示威行動に加わっている画家のペルランにフレデリックは出くわしているが、彼自身の政策でも通商の自由化、累進課税の導入、ヨーロッパの連邦化などと並んで、民衆の教化、芸術全般の奨励をあげていた。[41] しかし相続資産の「学芸庇護者的運用」はそれが実現しなかったことによってこそ、その政治的な性格を明らかにするのである。フレデリックをサン＝ジャック通りの「知性クラブ」に連れて行ったのはデュサルディエである。彼はポンチ・パーティに呼んだ仲間を連れてくる。ペルランも、ユソネも、ルジャンバールも加わる。しかし議長がセネカルであることを、フレデリックは席についてから知る。デュサルディエは二月二十四日に、人民が乱入したチュイルリー宮殿の庭でフレデリックに出会っているので、この友人の革命への貢献については疑う余地がないと考えている。しかし改革宴会の中止と示威行動の強行から、ルイ＝フィリップ政権にとって事態が制御できない方向へと展開することになる二月二十二日のパンテオン広場での集会には、デローリエから「機は熟した」と知らせを受け、参加を要請されながら、フレデリックはもちろん行っていない。[42] アルヌー夫人と市中で会う約束をして、彼女を待ち続けた一日だったのである。われらの主人公は、こうして革命が勃発した日の集会に、知らせを受けながら姿を見せなかったことと並んで、「ある民主的新聞の創刊のために、いくばくかの資金を約束しておきながら、それを果たさなかった」ことについても、クラブ議長のセネカルから鋭く指摘されるだろう。そうなると友人たちの誰も、フレデリックを擁護できない。その場を去る彼の背には「アリスト（貴族やろう）」という罵声が投げつけられる。[43]

## 四、踊り子とマリアンヌ

このようにして、友人や知人が主人公に働きかける形で物語の中に浮上する、相続資産の用途、三通りの用い方に見通しを与えることができた。しかしながら『感情教育』にみる多方面の人脈がそれぞれ発展して互いに織りなす模様の中で、フレデリックの運命を考える上で欠かすことのできない人物がなお残っていた。第二部になって始めて登場し、アルヌーに誘われて行く仮装舞踏会の主催者として、その軍服姿から「ラ・マレシャル（女元帥）」と呼ばれ、二月革命と同時にフレデリックの愛人になる、踊子あがりの高級娼婦ロザネットである。社会的には「金銭次第の愛」と規定される領域での支出であり、フレデリックの散じた金高からみれば、最終的にはこれが一番大きなものだったのかも知れないが、その詳細は示されていない。この小説の読者ならよく知るように、フレデリックがアルヌー夫人と、アルヌーの愛人でもあるロザネットの双方と関わりを持つ間に、早い段階から彼の心の中でこの二人の女性は入り交じり合うようになる。だが小説の意味作用の上でより重要なのは、世間からもこの二つの女性関係が置き換え可能なものとみなされるに至ることである。

小説の第二部第四章は、ロザネットを馬車でシャン・ド・マルスの競馬観戦に誘うところから始まり、カフェ・アングレでの昼食やメゾン・ドールでの夕食会、ブローニュの森でのシジーとの決闘からダンブルーズ邸での夜会へというように、華やかで活気の溢れる物語展開がみられるところである。競馬場ではダンブルーズ夫妻やアルヌー夫人とも出くわし、売れっ子の女を同伴する威勢が誇示される形ではあるが、これはフレデリックにとって、あまり嬉しい成り行きではない。カフェ・アングレでは、ロザネットが連れて来た子犬のことでユソネにも手を貸してもらう経緯となり、シジーとの決闘では介添人としてルジャンバールとデュサルディエの世話になる。シジーとの口論の原因となったアルヌー自身も現場に駆けつけて、惨事を寸前で止める。貸した金の返済要求はこれでますますしづらくなった。

シジーと決闘することになったのは、シャン・ド・マルスでのロザネットをめぐる鞘当てから、わだかまりの解消をめざしてメゾン・ドールでの晩餐会にフレデリックが招かれながら、その席でアルヌー夫妻のことが話題にのぼって、シジーとの間で口論から乱闘含みの展開になるからである。ロザネットについての通人らしいやりとりが、その愛人として知られるアルヌーの経済的な信用に関わる噂に発展して、これを断固として擁護するフレデリックに、シジーは切り返す。アルヌーも「とてもいいものを持っていることは認めよう、それは奥さんだ」と。これに続く、緊張感を含みながらも滑稽な、青年紳士間の口論で見逃せないのは、シジーがアルヌー夫人をロザネットの同類として気軽に扱おうとするのに対して、フレデリックがそうした同一視を放置できないと感じることである。


「きみは奥さんを知っているのか」

「おやおや、ソフィー・アルヌーだろ、みんなそいつは知っているさ」

「何だって」

シジーは立ち上がっていたが、口ごもりながらこう繰り返した。

「みんなそいつは知っているさ」

「黙りたまえ。きみが出入りするのは、こうした人のところじゃないぞ」

「それが自慢なのさ(44)」


美徳を旨とする家庭婦人と浮かれ女とを、冗談にも同列に扱うことは許せない、とフレデリックは感じるのであろう。ソフィー・アルヌーというのは、十八世紀に活躍したオペラ歌手で、ゴンクール兄弟が小説を書く以前に、風俗史の著作で取り上げている。当然ながら多くの男性庇護者とも関わる華やかな経歴を持ち、浮き名を流して後世にも知られた芸能人ということになる。『感情教育』のアルヌー夫人はマリーという洗礼名であるが、この人物とその夫にアルヌーという名前が使われた理由については、歌姫ソフィー・アルヌーとの併置ないし混同の挿話をこのように可能にする便宜となる、ということが考えられよう。[45] 振り返ってみれば、小説の第一部第四章で、ショワズール通りのアルヌー家に大学二年目のフレデリックが始めて招かれた際には、客の一人である作曲家から求められた夫人が、伴奏されるピアノのそばに立って、見事にイタリアの歌曲を歌うところがあった。[46] またこの夜の晩餐会の雰囲気には、画家ペルランのする座談の調子など、ゴンクール兄弟が報告している第二帝政期のマニー亭での夕食会を彷彿とさせるところがある。

フレデリックとシジーの決闘騒ぎは、ユソネの発行する新聞『フランバール』にゴシップ種を提供することになる。フレデリックが出資の約束を果たさなかったことに対する意趣返しという意味もある。そこでは上流社会に取り入ろうとしている哀れな田舎者（フレデリック）と、積極果敢な貴族青年（シジー）との尻軽女をめぐる争いが描かれ、決闘の場面ではちょうどいいところで「庇護者」（アルヌー）が仲裁に現れた、とほのめかしている。そして結びにはアルヌーとフレデリックの特別な関係を暗示して、こう書かれている。「この両人の友情は何によるのであるか。問題なり。そしてバジルの科白をもじって言えば、ここで騙されているのは誰じゃ。[47]」このバジルの科白というのは、ボーマルシェの『セビリアの理髪師』第三幕十一場にあり、「ここで騙されているのは誰じゃ」のあと、「みんなが裏の事情に通じている」と続く。『理髪師』はモリエールの『女房学校』を踏襲したところのある芝居で、ロジーヌという孤児の娘をめぐって、その後見人で彼女との結婚を予定している老医師バルトロと、学生に身なりを変えて恋の成就をめざす若いアルマビバ伯爵との攻防を、音楽教師バジルと理髪師のフィガロがそれぞれの側に立って応援する。問題のバジルの科白は、ロジーヌとアルマビバ伯爵が示し合わせ、フィガロも加担しているのに、バルトロだけが事情を知らない、ということに対応している。そもそもアルヌーの新聞社にフレデリックを連れて行ったのは、そこで記事を書く機会を得ているユソネであった。それ以来フレデリックとアルヌーの交誼について、ユソネは決して局外とは言えない位置にある。その彼が、アルヌーとフレデリックの間で騙されているのはどちらだ、という問いを発しているわけである。

このあと訪れるダンブルーズ邸では、競馬場に乗り付けた馬車への言及から、フレデリックは夫人からロザネットの愛人とみなされていると感じることになる。またアルヌー発行の石版画アルバムをマルチノンがセシル嬢と一緒にめくっており、ダンブルーズ夫人はフレデリックの友人としてアルヌー夫妻に言及するだろう。「そう、いつぞやの朝お見えになりましたね、お家の一件とか、たしかこの方の奥様がお持ちのお家だとかで。」ここで「あなたの愛人なのでしょ」という意味だ、とフレデリックは感じている。[48] これにフレデリックは耳まで赤くなるが、そこへやって来たダンブルーズ氏も追い打ちをかけるように、「この人たちにとても関心をお持ちのようで」と付け加えている。この部分ではどうやら、ダンブルーズ氏はフレデリックのアルヌーの事業への関わり合いを、心配したらしい。広間の出入り口に近い小机には、例の『フランバール』が二つ折りにして置かれている。フレデリックは記事をみんなが信じているのだろうと思って、疎外感からもそこを早めに立ち去ろうとするのである。

このあと、デュサルディエの仲立ちでデローリエとよりを戻したフレデリックは、彼に一万五千フランを失った経緯を話す。デローリエのほうも、背後の事情に感づいて、以前の新聞発行をめぐる支援約束のことは口にしなくなった。フレデリックはダンブルーズからの石炭事業への誘いや、ノジャンにいる母親からの手紙を見せて、ロック氏の娘ルイーズとの結婚という選択があることなどを、ここで話している。[49] アルヌーに対する債権回収の手段についても相談を受けた結果、デローリエは弁護士としてフレデリックの法定代位を得て、債務者側と交渉することが可能となった。取り立ての方法を考えると、一万五千フランはフレデリックには何でもないが、自分にあればどれだけ役に立ったことだろう、と考えてしまう。

彼はなぜこれだけの額の金を貸したのか。アルヌー夫人の美しい目があればこそだろう。夫人は彼の愛人なのだ。デローリエはそれを疑わなかった。「ここでも金が役に立つというわけだ。[50]」

フレデリックの持つほとんど女性的な魅力を思い、デローリエはこうした成功の条件を自分が欠いていることは認めざるを得ない。しかし意志さえあれば何事も突破できる。フレデリックからアルヌー夫人の話は何度も聞かされたが、この長く続く愛が「問題」として彼を刺激し、この交際が途方もなく大きな「豪奢」にも思えてくる。そうだ、フレデリックが腹を立てることになっても仕方がない。こっちもひどく扱われたのだから、遠慮は要らない。「夫人があいつの愛人だという証拠もない。あいつは否定している。従って、俺は自由だ。」このように言い聞かせ、デローリエはほとんどフレデリックに成り変ったつもりで、アルヌー夫人のもとに一件書類を揃えて乗り込むのである。フレデリックはすでにロック嬢が待つノジャンに行っている。アルヌーの財務上の不用意や直面している困難を指摘し、フレデリックからの委任状を見せて、差し押さえが可能になっていることを示唆しても、夫人は動じない。それでも献身を申し出ながら、無骨な身体接触から愛人の役割代行も試みるデローリエ。容赦なく撥ね付けられた彼は、夫人が信頼を寄せる「モロー氏」についての情報提供の形で、フレデリックとロック嬢との結婚が具体化していることを相手に告げることになる。[51] これは第二部第五章の始めに位置するが、この知らせの衝撃から、アルヌー夫人は自分の恋心を発見して、秋深まるオートゥイユへの青年の日参により、両者の関係は感情面から深化する方向へと向かうだろう。

考察を戻せば、デローリエの見るところでは、債権・債務関係に依拠する形でフレデリックとアルヌー夫人の間には愛人関係ができているに違いない。債権の代位をする以上は、援助する立場を引き継ぐ形で、愛人としての交際も代行できるはずだ、弁護士はこのように推論したのであろう。当人は母親の勧める故郷の縁で身を固めようとしている。それにこの愛人関係は、当人が否定していることでもあるのだから。このようにシジーも、ダンブルーズ夫人も、そしてデローリエも、資産家となったフレデリックの経済力の発現形態として、彼の愛人関係を位置づけており、その前提に立って彼らの行動や発言があることがわかる。この限りではフレデリックに対するアルヌー夫人の立場と、ロザネットの占める位置との間に、本質的な差異はないと周囲からはみなされていると言えよう。資金援助が確認できる限りでは、それが結果であれ原因であれ、これと交際の実態について、必然的な関連を想定するのが世間なのである。

このような愛人関係に沿った金銭の流れと、政治的な意味を持つ資金の動きの間には、何らかの関連はあるのだろうか。私生活と公的活動との間、つまりは恋愛と政治の間で、この小説が単に、前者にかまけて後者をおろそかにした若者の物語ではないとすれば、両者の関係をどのように捉えればよいのか。

二月革命後の憲法制定議会に立候補をもくろみ、推薦を求めて出かけた「知性クラブ」での予期せぬ失敗から、政治の愚劣に嫌気がさしたフレデリックが、慰めを求めてロザネットのところに行ってみると、ロザネットは繕い物をしている。「あんたの共和国」のおかげだと言う。彼女の派手な生活を支えていたロシア貴族は帰ってしまったのだ。この二カ月来フランスで起こっていることで、人々は破産し、金持ちはパリから逃げ出している。あんたは年金があっていいかも知れないが、この調子ではそれも長くは続かないかもしれないね、と彼女が言うのを聞いて、フレデリックは自分の献身が報われなかったことをほのめかす。ロザネットはこれに反応して次のように述べる。

旦那さまには首尾よく行かなかったご様子ね。それがよかったわ。愛国献金なんてするもんじゃないのよ。いいえ、嘘つかないで。あの人たちに三百フランあげたの知ってるわ。だってあんたの共和国は、(お妾さんみたいに)囲われてるんですから。そうよ、旦那さん、この娘とどうぞ遊んで行ってちょうだい。[52]

「共和国」の擬人化は、「自由」の神格化と同様に、民衆の心性に根ざす形で、政治的価値に親しみやすい形象を与えるものとして、七月王政期から現れ始め、第二共和制ではほとんど公式に採用されるものとなった。多くの場合フリジア帽をかぶる若い娘の姿で表現され、マリアンヌと呼ばれて、「フランス共和国の肖像」とみなすべきものになっている。都市の広場に巨大な女性像が立っていれば、多くの場合この「共和国」像である。小説の中でも、四八年三月の中頃の叙述に、ペルランが「共和国」像の制作を始めたとある。[53] 現在も用いられているフランスの国璽にも刻まれているが、こちらは椅子に腰掛けて政治的権威を表す束桿を手にした厳かな姿で、頭の後ろには自由の女神のように後光が射している。しかし風俗面からはマリアンヌのありようは軟硬さまざまで、野党時代に共和派民衆の政治談義が多くカフェを利用してなされたことからも、そうした環境になじみのある姿で表象されることも少なくない。

つまりは酒場の女給に近いマリアンヌである。[54] ロザネットの言う「囲われもの（養われている女）」になっている共和国というのは、臨時政権下で大量の労働者が国立作業場からの給付に依存している状況に対応しているのであろう。彼女自身が革命によってこれまでの庇護者を失い、高級娼婦としての生活が成り立たなくなっていることが背景にあって、国家経営をこれまでの自分の境遇にたとえている。ロザネットにも革命の動向に利害はあり、政治について発言する理由がある。だから彼女はここでフレデリックに述べている。「国にも家の中と同じように主人が必要だ。さもなければ誰もが買い物の金をごまかすことになる」と。[55] 臨時政府発足直後の高揚感がなくなると、共和国の不備や無能が目立ち始め、「反動」が正体を現す。「主人の姿を見失ったフランスは、怯えて泣き叫び始め」ていた。こうした国政と家政との併置、図式の可換性は、フレデリックの私生活と公的活動との間の往復を、時宜に応じた選択ないし周期的な運動とするだけでなく、互いに他の隠喩として機能させる契機を作り出しているように思われる。

六月暴動を避けるようにして二人がするフォンテーヌブロー滞在で、ロザネットは現在の境遇の出発点となった子供時代の出来事の記憶を、親密になったフレデリックに語っている。リヨンのクロワ＝ルッス地区で絹織物工だった両親は彼女に仕事も教えたが、荒れた生活で、特に母親が飲んだくれだったらしい。十五歳のときツゲ色の顔をして太った、黒装束の信心深そうな男が来て、母親と話す。その三日後には、「気がつけば事は済んでいた」のである。連れて行かれたレストランの小部屋は豪華な絹張りで、全体が閨房を思わせる。二人前のテーブル・ウェアーが配された食卓には燭台が置かれ、天井の鏡がそれを反射している。初めて見るものばかりで、そこで深夜まで待っていた。何も食べる気はしないが、注がれたワインは飲んだ。窓を開けようとするが、それは禁じられている、と給仕から注意される。疲れて横になり、枕の下に腕を延ばすと、アルバムのようなものがあり、そこにはいやらしい絵が……そのまま眠っていると、男が入って来た。[56]

こうした過去の思い出をロザネットが語りだす前提には、このフォンテーヌブローで繰り広げられた、地上の楽園のような過去の栄華の反響があるのかも知れない。歴史的な事蹟に彩られた広間や部屋を見て回り、「祝祭の間」に来ると、王侯・貴族が狩りをした森が宮殿の外に遠く広がり、そこでは獲物を追いつめる角笛が響き、神話的な舞踏が、森の神シルヴァンや泉の妖精ニンフに扮した姫君や貴公子たちを、木陰に集わせているようだ。国王の愛妾として一番有名なディアーヌ・ド・ポワチエは、狩りをする月の女神ダイアナの姿で、そこに見える絵に描かれている。懐旧的で言いようのない渇望に捕えられて、フレデリックは気を紛らわせようとロザネットを見つめ、こんな女性になりたくはなかったか、とここで尋ねている。[57] 彼女はアンリ二世の愛妾、ディアーヌ・ド・ポワチエのことは何も知らなかった。しかし、こうした「懐古」は彼女のこの時の幸福感に恐らくつながっている。それも根拠のないことではない。フレデリックがペルランにロザネットの肖像画を描かせた時期のこと、ポーズの折に画家は、ルネッサンス期の大芸術家のことが念頭にあって、当時の貴族の贅沢な生活、女神のような美女たちの話しをしていた。そして「あなたはそうした時代に生きるべく作られていたのですよ」とロザネットに語っている。「あなたクラスの女性なら、殿下とよばれる地位の方にも気に入られたことでしょう。[58]」ロザネットがアルヌーとも取引関係にある百万長者の地主で、鬘をつけた老人のウドリー氏に囲われていた時期である。彼女にはふさわしくない関係だと言って、フレデリックが早く別れろとそそのかすと、「多分そうする事になると思うわ」とロザネットは答えていた。[59]

四八年六月のフォンテーヌブローに戻れば、ロザネットの過去にまつわる話から、アルヌーと知り合った経緯についてフレデリックが尋ねて、この元の画商、二人に共通の友人を話題にしている。アルヌーは気だてのいい人間だと認めながらも、「欠点だらけの奇妙な男だが」とフレデリックが指摘すると、ロザネットはこれに同意した上で、「でもあんたの犠牲者に優しくはないのね」と彼女は言う。この「あんたの犠牲者」という言葉の意味が、われらの主人公には分からなかったようだ。「僕の犠牲者?」と相手に聞き返しているのである。読者にとってもこの意味は自明ではないのかも知れない。ロザネットは、誰が誰の犠牲者であると言おうとしているのか。彼女は乳母が預かっている子供に言うような口ぶりで、「いつも賢くばかりしてなかったもんね。あの奥さんとねんねしちゃって」と言葉の意味をからかい気味に説明している。[60] これが先に取り上げた『セビリアの理髪師』のバジルの科白、「ここで騙されているのは誰じゃ」が提起していた問いに対して、物語が用意している回答であろう。つまり、フレデリックはアルヌーを騙す形で、夫人と関係を結んだことがあるに違いないと、ロザネットは確認の形で探りを入れている。アルヌーがフレデリックの自由行動の犠牲者だ、という前提に立つならば、あんたの犠牲者に対して優しくないのね、という言い方も可能ということになるだろう。こうした前提が主人公の周囲の人間に共有されているということなのである。

## 五、関係の清算、そしてクー・デタ

六月暴動のあと、それまでは互いに面識のなかった登場人物、フレデリックの別系統の知人たちがダンブルーズ邸で出会い、相互に位置を認識することになる。ダンブルーズ氏は五月十五日、プロレタリア革命派民衆の国民議会乱入事件の際、国民衛兵の一人に議場から救い出された。それがアルヌーだった。[61] これまではフレデリックの友人と知りながらも、経営者としての芳しからぬ評判を耳にするだけだったが、これでアルヌー夫妻を晩餐に招待する理由が生じた。一方農場を差配するロック爺さんは六月暴動の制圧に加勢すべく、ノジャンの国民衛兵と一緒にパリに上って来ていた。その娘ルイーズは、婚約者同然と思っているフレデリックの事が心配で、女中とともに別途やって来て、パリに持っている仮住まいで父親に合流した。[62] こうしてフレデリックの運命と関わる四人の女性のうち、三人までがここで初めて互いの存在を知る。すなわちアルヌー夫人、ロック嬢ルイーズ、ダンブルーズ夫人である。ルイーズはアルヌー夫人にフレデリックとのなれそめを話して、もらった助言から相手にやや警戒心を抱く。[63] もう一人の女アネット・ブロン嬢、すなわちロザネットは、画家のペルランがここに招かれていることによって、彼の絵に描かれた女として話題になる。この絵の額には「ノジャンのフレデリック・モロー氏所有」と記されているので、そのことがロック氏から指摘されると、この絵のモデルは彼の愛人だとみんなが改めて思ってしまうのである。[64] アルヌーはダンブルーズ邸からの帰路、夫人にこのことを再度指摘している。事実この時期には、ロザネットは間違いなくフレデリックの愛人になっている。しかし絵が描かれた段階では、また競馬場からブローニュの森での決闘の時期にかけても、そうではなかった。

アルヌー夫人とフレデリックは二月以来会っていなかった。二月二十二日の市中での逢い引きに夫人は来ず、その翌日フレデリックはロザネットの居所を尋ねて、初めて一夜を過ごしたのだった。ダンブルーズ邸での再会を経て、フレデリックが思い切ってアルヌー夫人を尋ねる機会もある。これが四九年一月頃で、夫人が約束の日に来られなかった事情がわかり、心を打明けて二人に至福が訪れようとするが、ちょうどそのとき、ロザネットが金銭上の交渉にアルヌーを尋ねて来て、これを邪魔する結果になった。[65] ロザネットにはフレデリックが「素人の奥さんと楽しもうとする」のを妨げたい理由も生じていた。妊娠していたのである。これ以降だんだん横柄になり、持前の悪趣味を露呈するロザネットから少しは解放されようと、フレデリックはダンブルーズ邸に頻繁に出入りするようになるだろう。この段階になって、小説で早くから予定されていた展開、フレデリックが銀行家夫人の愛人になるという方向に物語は進み始め、五〇年五月のマルチノンとセシル嬢の結婚を契機に、この関係が現実化する。六月事件直後の晩餐会では、マルチノンはシジーとともにダンブルーズの姪セシルとの結婚を瀬踏みしていたが、これは姪という触れ込みのセシルが、実はダンブルーズの娘ではないか、と両人が考えていたからである。この結婚が祝われるのと同時に、ダンブルーズ夫人は憂いに沈んでいて、愛人が欲しい心境にもなっていたようだ。[66] 孤児だとされていた姪が、夫の子であったことがここで公式化したのであろう。ダンブルーズ夫妻の間に子供はいない。セシルがダンブルーズの子となれば、夫の遺産に対して自分よりも法的に優先される人間が登場したことになる。ここは日本の民法とは全く規定が異なる部分である。フレデリックはアルヌー夫人に抱いていた想いを、ダンブルーズ夫人に軽快に語る事で、容易に成功を得た。[67]

五〇年五月というのは、政治的には新選挙法の制定時期に対応するが、ここで季節労働者が参政権を失って、普通選挙が事実上廃止された。これによって王党派は社会民主勢力の排除を実現したが、同時に代議政体、つまり議会主導の内閣を失い、大統領府のルイ＝ナポレオン・ボナパルトと王党派の秩序党支配の議会とが、緩衝装置なしに正面から対峙する局面に入っている。大統領は憲法の規定によって再選ができない。そしてこの第二共和国憲法というのは、改正のためには議会で四分の三の賛成を必要とする、極めて硬性の憲法である。従って任期四年間の満了が近づくにつれて、大統領がどう行動するかが政治上の最大の関心にならざるをえない。フレデリックはダンブルーズ邸という「ポワチエ通りの出店」に親近し、二系統の王党派からなる「秩序党」勢力の期待する若手として、再び政界に挑戦することが可能な風向きになってきた。

四八年六月の執行委員会の終焉以来役職を失い、そのあと社会民主派の陰謀にまで加担したデローリエも、ここでフレデリックの選挙参謀となる形で、ダンブルーズ家に近づく事が可能になった。五〇年後半から五一年にかけての選挙であるから、これは立法議会の補欠選挙なのであろう。フレデリックはダンブルーズ夫人との特別な関係を言外に認めた上で、この「古くからの人民の擁護者」とここで政治動向の分析をしている。デローリエが産業労働者たちの同業組合的利益志向を批判し、「ロベスピエールの断頭台に、皇帝の長靴に、ルイ＝フィリップの雨傘にと、次々に平伏してきたこうした手合いにはもううんざり」と言うのを聞いて、フレデリックは「火花が欠けていたね。君たちは小市民（プチ・ブルジョア）だったということなのさ。最良の者でも半可通だった」と反応している。

要するに、「共和国」なんてもう古いと思うね。ひょっとすると「進歩」は貴族層、もしくは一人の人間によってしか実現しないのかも知れない。主導性は常に上からやって来る。人が何と言おうと、人民は未熟だ。(68)

今日風に言えば、共和制は習得の過程を必要とし、民主主義は統治能力を発揮できるよう育成されなければならない、ということであろう。見習い期間中は、経験の長い君主政や貴族政に比べて、やはり見劣りがする。即日操業できる設備一式込みの政治制度などありはしないからである。しかし時代を生きている人間にとって、政治選択は待ってもらえない。フランス国民にとっての歴史の流れからも、またこの物語の上でも、虚飾がはぎ取られて隠されてきたものがあらわになる「真実の時」が、こうして近づいているのである。セネカルがデローリエの秘書になって、また主人公の周囲に戻って来た。フレデリックの今回の立候補に彼はコメントせず、時局への見方を語っている。五一年一月頃である。「政治情勢は嘆かわしいが、自分はそれを喜んでいる。共産主義に向かっているからだ」、と彼は述べる。「行政が自分でそっちに導いている。政府管掌の事柄が日ごとに増えるのだから。所有権については、四八年憲法は弱点もあるが、公益の名においてこれを手加減しなかった、国家は今後自分に都合がいいと思える措置が取れる。」こうしたセネカルの見解を聞いて、フレデリックは自分がデローリエに話した事が、誇張されて表現されていると思う。「自分は権力の味方だ」とセネカルは言うが、その意味はこうである。

ロベスピエールは少数者の権利を擁護して、ルイ十六世を国民公会に連れ出し、人民を救出した。目的が事柄を正当化する。独裁も時として不可欠だ。強権が善を行うなら、強権政治も万々歳だ。[69]

小説的展開の最終局面はダンブルーズ氏が世を去り、未亡人とフレデリックの結婚が予定される中で、アルヌー夫妻の生計破綻はいよいよ避け難くなり、これをなんとか救済しようとフレデリックがダンブルーズ夫人に金銭の融通を願い出るところから動き出す。第三部第五章である。それに先立つフレデリックの議員立候補は、同時期にロザネットに子供が生まれ、これに対応するために選挙区での適切な意志表明を怠り、時機を逸していた。[70]またダンブルーズ夫人は、夫が死の直前に遺言を変更したことにより、その遺産の大半を失っていた。[71]それでも大きな資産に違いはないが、彼女とフレデリックが余りに大胆に振る舞ったために、恐らく夫が最後に報復したのである。一方フレデリックは二人の愛人間を往復する生活となり、ノジャンのロック嬢も彼の帰りを心待ちに待っているのであった。ロザネットとの間の子供を、預けている乳母の許に二人で尋ねる場面もある。[72]フレデリックが思い描く成長した子供の姿を通じて、この子が認知された婚外子と想定されていることがわかる。ロザネットには債務と債権ないし請求権の双方があり、彼女は後者を換金する事で前者を解消しようと動くことになるが、請求の対象は例によってアルヌーである。このことでフレデリックには頼りたくないから、ロザネットはデローリエに手助けしてもらうことになる。この弁護士はフレデリックの議員立候補過程で訪れていたノジャンにも出張して、友人が故郷に戻れない理由をその母親やロック氏とその娘に説明するだろう。[73]

複雑ではあるが、必要な手順を踏んで、整合性のあるストーリー構築がなされていると言えるであろう。それぞれの登場人物が、その社会的な位置や主人公とのつながり、また相互の配置から、物語に欠かせない役割を演じ、それぞれの出番で作り出される力動的な関係においては、心理も法理も、歴史的な政治過程と並んで少しも犠牲にされる事がない。アルヌーは陶土会社の偽装倒産に関係して商法違反に問われる。[74] 物語は五一年秋の段階に来ている。フレデリックはここでロザネットが、別の代理人を介して功を奏した形である。物語は五一年秋の段階に来ている。ロザネットがデローリエに依頼した案件に激しい怒りを表そうとするが、このときに彼らの乳児が病気になり、そして亡くなる。防腐保存したいというロザネットに、フレデリックは代案として死んだ子の肖像画を描かせる提案をする。ここで呼ばれるのはペルランである。この画家が死児の絵を描きつつ、アルヌー夫妻のパリ退去が今なされようとしていることを、ここで主人公に教えるだろう。[75] このパリ退去は敗残者一家の夜逃げに近いものとして扱われており、拘禁を逃れるための行動とさえ思われる。一万二千フラン用意できなければ、アルヌーは前日の夜にお仕舞になっているとペルランは言う。アルヌーは日刊紙『シエークル』の編集方針の民主化を口実として、知り合いから株の委託を受けた上で直ちに転売し、得た金額を別の用途に使っていた。だから株を返却するか、相当額を相手に支払わない限り、完全な詐欺である。しかしこうした事情までは分からないままに、フレデリックはじっとしていられず、この金を婚約者となっているダンブルーズ夫人から、用途に嘘をついて借用するのである。しかし借りたお金はすぐに不用になった。自宅を尋ねても夫妻は発った後で、彼らに再会はできなかったからである。[76]

「アルヌー夫人の競売」は、この小説中最後の見せ場である。差し押さえと競売は請求権を強制的に実現するための民事執行であるから、法の支配の根源にある破壊力が遮蔽なしに眼前に露呈される。法学徒であったフローベールの得意分野と思えるが、競馬の場面と同様に、この分野の慣行を問い合わせ、実情を取材して作家は書いている。[77] フレデリックが誰のために一万二千フランの融通を懇願したかを、ダンブルーズ夫人は知らされ、ベッドで腹這いになり泣いた。あのお金、自分に出させたあのお金は、「別の女が遠くへ行くのを止めるため、愛人を確保しておくため」のものだった。[78] 夫が残したアルヌーの不渡り手形、夫人の署名もある支払い停止となった証券に、こうして使い道が生まれた。ダンブルーズは生前、この債権取り立てに動くことはなかったが、商事裁判所で必要な判決は得ていた。[79]デローリエが実行の相談に乗り、替え玉を使って執行をさせる。フレデリックはアルヌー夫妻の住んでいた家の前を通り、家具の競売が通告されているのを見るだろう。五一年十一月の末である。隠れ蓑の役を引き受けたのがセネカルだとわかり、フレデリックは「アルヌー夫人を競売にかける」のはロザネットの仕業だと確信するから、彼女を激しく糾弾し、歯に衣着せず罵倒して、二人の仲はここで決定的な破局に至る。[80]こうして見捨てられたロザネットを慰めるのもデローリエである。

十二月一日、競売の実施される日には、ダンブルーズ夫人が馬車散歩の途中で、気まぐれのようにフレデリックを競売場に誘うだろう。小説はアルヌー家の家具の競売とは記さず、「アルヌー夫人の競売」と表現している。フレデリックにとって、叩き売りされるのはアルヌー夫人の人格の延長、ほとんど身体そのものであるからだ。家具・調度品のほか、生活用具や趣味用品、衣類に至まで、眼前に次々と晒されるのに、フレデリックは耐えられない。ロザネットも会場に姿を見せた。ダンブルーズ夫人も彼女に気づいて、二人は一分近く相手を上から下まで点検し合う。アルヌー夫人の愛用した手箱は、フレデリックにとっても彼女の思い出を呼び起こす品だ。それに気づいたダンブルーズ夫人は競りに参加して、フレデリックが分別を懇願するのも構わず、高値で落札しこれを入手する。フレデリックの腕を取ったまま街路に出て、逃げるように待たせてあった馬車に乗り込み振り返ると、フレデリックは歩道に立ったまま、帽子を手に持っている。「お乗りにならないの」と尋ねる夫人に、「いいえ、奥様」と答えただけで冷たく会釈し、馬車の扉を閉めて、御者に発車の合図を送るフレデリック。[81]映画の「切り返しショット」の冴えを思わせるシークエンスである。

愛人と婚約者との関係を立て続けに解消し、身軽になると同時に寂しくもなったフレデリックは、翌日出た戒厳令にもほとんど無関心で、翌々日になり傷心を癒すべくノジャンに帰るだろう。この頃には鉄道が開通していたらしい。窓の外の景色を眺めながら、おのずと思い出されるのはルイーズのことである。

「あの子は僕を愛していた。この幸福を掴まなかったのは間違っていた。」駅を降りて橋の上に出ると、二人で散歩した小島や庭が見える。鐘の音が鳴る教会のほうに向かうと、広場には人だかりがして四輪馬車が止まっている。教会の正面扉が開いて、新郎新婦が出て来た。幻覚ではないか、いやまさに彼女、白いウエディングヴェールをつけているのはルイーズだ。そして新郎は誰あろう、デローリエではないか。知事の衣服を着込んでいる。でも何故だ。フレデリックは家の蔭に隠れて、婚礼の行列を見送った[82]。

打ち負かされてパリに戻ると、バリケードが敷かれて迂回が必要なところもあった。しかし小糠雨が降り、家々は窓を閉めて静かだ。近くで馬車を降りてブルヴァールに出てみれば、そこは竜騎兵が制圧し、抜刀して疾走を繰り返している。群衆は怯えて、これを見つめている。ほとんど無頓着になっていた公共の領域が、われわれの主人公の眼前にこうして突然現れて、歴史の重大な瞬間に立ち会うことを求めているのである。有名レストランの外階段の上に、女神柱のように立って動じない大男がいる。デュサルディエだ。警邏隊の先頭の者が、剣でこれを威嚇した。大男は一歩前に出て、大声で「共和国万歳」と叫ぶ。しかしその途端、両腕を広げて仰向けに倒れた。恐怖の叫びが群衆からあがる。警邏はぐるっと周りを睨み返す。フレデリックは呆然となって、これが他ならぬセネカルであることを認めた[83]。こうして元の革命家が、大統領のクー・デタを支える実力組織の一員となり、三角帽を目深にかぶった公務中の姿でクローズアップされて、この物語の本体は終わる。

マルセル・プルーストは「フローベールの文体」を語る中で、『感情教育』がここで設定する「巨大な空白」、つまり一八五一年十二月始めから一八六七年三月末までの物語内容の欠如が作り出している効果について、これを絶賛しているが[84]、この効果が生まれる前提条件を読者は見落としてはならないだろう。第三部第六章の冒頭部十数行が突然語りの速度を変えて、要約的に表現する生活の空虚がその劇的効果を発揮できるのは、今見た第五章結末の一点に向かって全ての物語要素が収斂しているからである。大統領のクー・デタにより瓦解する共和国の運命が、セネカルに打ち倒されるデュサルディエの姿に凝縮されるとき、フレデリックは自分が直接作動させたものを見ているわけではない。しかし眼前にしているその光景は、私生活から公共領域にわたる自分たちの選択や関与の累積された帰結であるかのように衝撃的である。それは予期していた事態も同然に、強制して受け入れさせる圧倒的な力を持っており、そこに伴う恥辱感と敗北感には全く容赦するところがない。そしてこの大団円にすぐ先立って、主人公の育んで来た個人的な人間関係はことごとく解体し、すべてが完全に放棄されている。政治上の抱負は潰え去り、豪奢な生活への夢は破れ、心に抱いた幸福への希求も、穏やかな家庭を持つ願いさえも、すでに叶わぬものとなっている。このような構築は何よりも四方から階段状に天に向かって石を積み上げ、稜線が一点で交わるピラミッドを思わせるであろう[85]。ピラミッドの頂点の上には、もう虚空しかないのと同じように、われらの主人公の運命にも、もう何も残っていない。小説のエピローグ、最後の二章は、このことを異なる二つの色調で明示する後日談である。この余韻は大切なものであるが、本体部分の結びとその地位を逆にすることはできないはずである。

II
ゾラ

# エネルギーの変容から読む『居酒屋』

『ルーゴン＝マッカール叢書』は、登場人物たちの親族関係とこれを裏打ちする遺伝と影響の論理によって、枝分かれした樹木のように各巻がつながり、おのおのの物語で選ばれた自然的社会的環境が人物の行動を規定するその形式により、構成原理を明瞭に表示した虚構の総体である。しかしこれをひもとく読者の楽しみは、すでに表示されているこの原理を読みとるところにはないだろう。物語の細部が、それが喚起する心身体験の等価物が興味深いのでなければ、およそ小説など読み続ける必要はないのである。その点で、たとえば様々な肉体労働や手仕事の時間を読者が共有できることはゾラの小説を読む大きな楽しみの一つのはずである。一見長々と続く激しい労働の場面を、読む時間の持続によって読者は人物と同じ密度で生き、それを通じて書かれたものの受容が身体の体験に近いものとなる。読む行為への、ほとんど扇情的な全身体の動員、ここにこそ恐らくゾラの小説のすぐれてスキャンダラスな性格があるのであって、視覚以上に嗅覚と皮膚と筋肉に訴えかける描写が、人物達を取り巻く空気をその温度と湿度、酸素や可燃性気体の濃度までも含めて呼吸させ、労働や加工の対象となる素材を、われわれの指や腕にとって親しい物質に変えるのである。

面白いと思える細部の呼応、記号の連鎖をこちら側でどのように再構成し得るかが気になり始めると、すでに再読が開始されている。そして至るところで吹き出す蒸気や湯気、熱加工を受ける繊維や金属、繰り返し殴打を受けて踊る肉体、これらが「叩くこと」を主要な身振りとする小説『居酒屋』に対し、エネルギーの保存と変容という読解の格子を提起することになるであろう。事実、このアルコールと殴打と心身の崩壊の間にある因果率を中心に据えた物語において、ゾラを熱力学的に読み得るものとなす「エネルギー経済の収支計算書」は、最初の自己検証を実行しているように思われる。食うことと飲むことは『居酒屋』の人物達の基本的な情熱をなしているが、蓄積されたエネルギーは職業と気質に応じて多様な姿で消費され、異なった素材に働きかける。そしてミシェル・セールも言うように、肉体が「燃料を燃やし、熱エネルギーを力と運動に変換する一個のモーター」であるとするならば[1]、このモーターは生産労働に用いうるだけでなく、暴行を繰り返す機関ともなりうるのである。

さてフェルナン・ブローデルの言い方を借りるなら、蒸気という形式のエネルギーが支配的であった時代、経済文明の首座にあったのは織物と鉄である。それゆえ『居酒屋』を繊維と金属と肉体に対する加工の物語として捉えるとき、その中心に位置する絵図として洗濯婦と鍛冶職人の恋が光彩を放っているのは偶然ではない。ジェルヴェーズを取り巻く三人の男は、その職業の規定によって、洗濯婦の扱う素材と熱源に関連を持つが、このうち繊維を扱うのは帽子職人のランチエだけであり、屋根を葺くトタン職人のクーポーと、ボルトやリベットを作る鍛冶職人のグジェは金属を加工対象としている。そしてランチエは全く働かない男なので、彼の労働が描かれることはないが、クーポーとグジェの仕事ぶりは、それを見守るジェルヴェーズの眼差しとともに、忘れ難い場面を作っている。クーポーが扱うのは亜鉛で表面処理をした鉄の薄板であり、これを金属ばさみで切断して、「こんろ」という比較的弱い火によって熱せられたこてを使ってはんだ付けする。一方グジェの仕事は、切断した鉄の棒をふいごで激しく燃え上がらせた炉によって白熱させたうえで、ハンマーで何度も強打することにより加工することからなっている。クーポーの仕事にも叩くという動作はあるのだが、それは槌で軽くたわめるといった程度のものであり、鍛冶職人に要求される強靭な筋力は必要としていない。こんろの火を使ってのはんだ付けという点では、かれの仕事はむしろ、姉の夫で金鎖職人のロリユの仕事と親近する。だが夫と作業を分担するロリユ夫人の用いる炉は小さくとも高い熱を発するもので、彼女のする筋肉労働も夫のピンセットを用いた指先の仕事とは対照的である。金の針金を適当な細さにするためには、炉のほてりで肌を真っ赤に染めながらこれを焼きなおしつつ、針金製造器に通して強く引っ張らねばならないからである。金属加工においては、火力の強さが労働に要求される筋力に対応している。

ジェルヴェーズの仕事は繊維に働きかけるものでありながらも、金属加工の仕事とかなり多くの接点を持っている。クリーニング店の中心的な仕事はアイロンがけである。このためには鉄（アイロン）を適度に加熱し、布地に水で溶いた糊をふりかけて、鉄の平らな面で布地を圧して水分を蒸発させることにより、繊維に緊張を与える。火と水を介入させた上での鉄の運動、この労働はそれに先立つ洗う過程における繊維の殴打を考慮に入れれば、極めて鍛冶の仕事に類似した労働であることがわかるであろう。店を構えてからのジェルヴェーズは洗濯自体は下請けに出しているが、共同の洗濯場での労働がどんなものであるかは、物語がその第一章で詳しく描き出している。それはいわば女の鍛冶場である。叩く（battre）という動作が洗濯の基本的な身振りであることは、洗い場が〈batterie〉と呼ばれ、洗濯棒が〈battoir〉と呼ばれることからも明瞭である。並んで洗濯をするボッシュのおかみはジェルヴェーズの叩く洗濯棒の激しさに感嘆してこう叫ぶ、「すごいじゃないの。お嬢さんみたいなかわいい手をしてるのに、それなら鉄でも平たく打ちのめせるわ[2]。」

この小説冒頭部における洗濯場の場面は、ジェルヴェーズとヴィルジニーの乱闘へと展開するのであるが、ここで物語は労働としての叩くことと、暴力としての殴打を近接して提示することにより、熱機関としての人間の筋肉の両義性をライトモチーフのように浮かび上がらせている。というのも、洗濯場では巨大な蒸気機関によるポンプが熱い湯を送り出し、すでに脱水器も回転していて、洗いすすぐという仕事だけがまだ人間の労働に委ねられているのであるが、それはすでにモーターが行う仕事の等価物として把握しうるものとなっているからである。熱機関、とりわけ蒸気機関はひとつの生き物としてしばしば表象されるが、ゾラの小説は繰り返しこのイマージュを活用し、ここでも「喘ぎ、唸り」、弾み車を「踊るように震わせる」蒸気機関が、洗濯場自体の呼吸となっていて、その中で、一方では洗濯女たちが昼食のサンドイッチを咀嚼し、一方では火夫のショベルが石炭をすくって機関のかまに投げ入れている。人間と機械とがともにエネルギー源を補給しつつ仕事するこのような環境において、女同士の喧嘩は、悪罵からバケツにはいった水のかけあい、そしてつかみあいから洗濯棒を用いての殴りあいへとエスカレートしてゆく。それは熱機関としての人間が侮辱によって体をわなわなと震わせ、怒りを沸騰させて、叩くという腕の往復運動へとエネルギーを変容させてゆく基本図式を見るかのようである。ふたりの女はお互いに相手を汚れたものと罵ることから、洗濯場での喧嘩に、身体の洗濯という動機付けとなる比喩を見出し、それを具体的に実行に移してゆく。相手の体をめがけてぶちまける水はヴィルジニーが投げつける熱湯入りのバケツとなり、びしょ濡れで衣服のちぎれた若い女同士が肉体をあらわにして格闘する。「そうら、覚悟してな、打ちのめしてやるぞ。洗濯ぎれの代わりにおまえの汚い体を」とヴィルジニーが喘ぎながら叫ぶと、「ようし、体の洗濯がしたいというんだね……。さあその体をこっちにもってきな、それで雑巾をこしらえてやるから」とすごむジェルヴェーズ。洗濯棒を用いての叩き合いにわれらの女主人公は勝利して、われわれが目の当たりにするのはむき出しになったヴィルジニーの尻への殴打の反復、文字どおりの肉体の洗濯である[3]。

熱機関と筋肉の交換可能性はグジェが働く鍛冶工場でも繰り返し提示されている。鍛冶見習いとして働いている息子のエチエンヌを口実に、グジェの仕事場を訪ねたジェルヴェーズは、グジェとその同僚の職工が自分の前でハンマーを叩いてボルト作りを競う様子を見たあと、機械による製造工程を見学する。蒸気モーターは煉瓦の壁の後ろに隠されているが、そこから繰り出されてくるベルトは天井に巨大な蜘蛛の巣をはり、闇の奥から振動を運んでくる。送風管から送られてくる強い風を炉に放つと、大きな炎が四方に広がる。その中で金属切断機や、ボルト・リベット製造機が動き、男たちは弾み車の「せわしげな踊り」を調節している。人間よりもたくましい腕をしたこれらの機械はいつか労働者を殺すだろう。腸詰めでも作るように簡単にボルトやリベットを製造する「巨大なけだもの」、これが職人たちを「蹴落とす」のだとグジェは言う[4]。機械と人間の可換性は言うまでもなく人間の労働に対する脅威としても記述しうる。すでに日給を十二フランから九フランに下げられているグジェにとっては、これが当然の受けとめ方であろう。しかし動力を伝えるベルトが「機械の血そのもの」であるとするなら、逆に人間の血管は脈打つエネルギーの伝達装置ではないだろうか。物語が開拓するのはむしろこのような表象である。

機械見学に先立つ手作りのボルト製造場面で、ゾラの小説は血液の脈動が鉄への殴打となり、ハンマーのダンスとなるプロセスを叙述し、熱機関としてのグジェの仕事への共鳴が、女主人公の胸の内に生まれる様子を叙事詩のように歌いあげる。そしてここで、人間の叩くという行為の両義性は、人間を燃やす二種類の燃料の区分を抱摂し始めるのである。グジェの同僚の〈からくち〉、別名〈のみすけ〉は一日一リットルの安酒を体に流し込んでいる。それが彼の燃料なのであり、さっき一杯補給してきたところなのだ。ジェルヴェーズを前に気負い立った彼は、グジェの挑戦を受けてたち、自分から先に四〇ミリのボルトを大きなハンマーで作りながら、腰をふらつかせつつも、その身振りでこう主張している。「ほかのやつならブランデーで腕がなまっちまうだろうが、おれは血管の中に、血の代わりにブランデーが必要なんだ。さっきの一杯でこの体はボイラーのように熱くなってらあ。蒸気機関みたいにばか力が湧いてくるぞ」。アルコールが人間の肉体というモーターの燃料となりうるという悪しき信念、これはこの液体そのものが火を含んだ水として表象されるだけに、容易に避けられない民衆的信念であるが、物語は職人がする仕事の出来具合によって、この信念を検証するかのようである。実際〈のみすけ〉が目玉を飛び出させながら喘ぎ喘ぎ作ったボルトは不格好なものであり、続いて〈黄金の口〉ことグジェが仕上げるボルトは「きずひとつない宝石細工の作品」となる。それは「〈黄金の口〉の血管の中にあるのはブランデーではなかった」からである。「それは血液、混じりけのない血液であり、これが彼のハンマーにまで力強く脈打ち、また仕事を調節していた。」それゆえ〈からくち〉の打つハンマーが「エリゼ・モンマルトルのダンサーのように」足を跳ねて踊ったのに対して、グジェの打つハンマーは「古いメヌエットでも踊る貴婦人のように」調子を合わせて上下する。このとき〈黄金の口〉は炉の大きな炎を全身に受け、自分の周りを輝かせて、ジェルヴェーズの目には神のような全能の存在となっている。そして彼のうつハンマーは、求愛の動作としてジェルヴェーズに強く訴えかけ、彼女の胸の中で「その大きな血の鼓動の伴奏となって、金床の上と同様に明るい音楽を鳴らす」のである。ハンマーの打撃で頭から足の先までゆすぶられる快感。

グジェの仕事が終わる以前にジェルヴェーズはまるで自分の体にボルト鉄を打ち込まれたかのように満ち足りている。[5]

洗濯棒による殴打とハンマーによる殴打の間の交歓。いずれの場合も労働としての叩く行為は、憎悪によるにしろ愛によるにしろ、身体への働きかけへと重層化されて複合的に提示されているといえるが、暴力としての殴打は、そもそもジェルヴェーズにもグジェにも生涯消し難い刻印をつけており、その根源にはアルコールがある。グジェの父はリールである日ひどく酔っぱらって仲間を殴り殺し、獄中で首をくくって死んでいる。一方ジェルヴェーズは、アントワーヌ・マッカールの娘であり、出生時からの脚の変形には、両親のアルコール常用とそれに伴う夫婦間の殴り合いに原因があるとみなされている。それゆえグジェは適量しか酒は飲まず、彼の「純粋な血」に対するジェルヴェーズの憧憬には、マッカールの一族の血の中に流れる酔いどれの系譜への恐れが潜んでいる。この恐れを具現して、ジェルヴェーズのパリでの生活の節目節目に姿をみせるのがコロンブ親父の〈居酒屋〉とそこに据え付けられた蒸留器である。この「酔っぱらい作りの器械」は働く者の滋養となるぶどう酒を、働く者からパンの味を奪ってしまうブランデーへと変える忌まわしい器械であり、ジェルヴェーズはクーポーとの結婚に先だって、クーポーから、「決して飲まない、殴らない」という言葉を引き出しているが、このとき彼らの目の前にあって、「炎もあげず湯気も出さず」、緩慢で執拗な泉のように「アルコールの汗」を流し続けていたのがこの銅製の器械である。「このアルコールの汗はいつかはこの部屋に浸入し、郭外大通りに溢れ出てパリという巨大な穴を一杯に満たすことになるのだ。[6]」ジェルヴェーズはこの器械を見ていると寒気がするという。ここでは予示に過ぎないが、寒暖の感覚はこの物語においては無視できない標識である。

ジェルヴェーズの結婚生活の破綻は最初は彼女の意識にのぼらない形で準備され、密かに進行して、経済上の最盛期以前に転落への萌芽はふくらみ始めているのであるが、クーポーの屋根からの転落を彼女自身が緩慢な形で繰り返すとみなすならば、この下降運動をもたらす重力となるのがクーポーの飲酒癖であることは言うまでもない。ヴィルジニーとの再会と仲直りの後、彼女を通じてもと内縁関係にあったランチエの噂を聞き、ジェルヴェーズは悪夢からのがれるようにグジェを工場に足しげく訪ねる。鍛冶工場が逢い引きの場所となり、ジェルヴェーズとグジェの恋が金床の上で鍛えられるこの時期、彼女は安ブランデーと家庭内の暴行の密接な結びつきを工場からの帰途に見ることになる。それはコロンブ親父の〈居酒屋〉で、クーポーが〈からくち〉も含む飲み仲間と安ブランデーを慣れた手付きで飲んでいるところを見かけた日のことであり、蒸留酒への恐怖に捕らえられ、絶望感を抱いてグット・ドール街の店に戻ると、アパートじゅうが大騒ぎになっている。彼女が洗濯を下請けに出しているビジャールのおかみが、酔っぱらった亭主に殴り殺されかけているというのである。ジェルヴェーズが止めにはいると、ふりむいたビジャールの目には「アルコールが燃え、殺意の炎がぎらぎらと光っている」。錠前職人のビジャールは仕事を続けるのに三十分ごとのブランデーが欠かせないのだ。〈居酒屋 L'Assommoir〉で安ブランデーをあおるクーポーと、ブランデーで酔っぱらい野獣のようになってかみさんを「殴り殺す assommer」ビジャール。この併置は時をおかず重なり合う。間もなく帰ってきたクーポーは真っ青に酔って歯をくいしばっており、彼の顔を青ざめさせている「毒の混じった血」のなかに、ジェルヴェーズは〈居酒屋〉の安ブランデーを認めるのである。寝かそうとするジェルヴェーズを突き飛ばしげんこつをふりまわすクーポーは、殴り疲れて上の階でいびきをかいているもう一人の酔っぱらいにすでに相当似ている。ジェルヴェーズはここで再び寒気を感じるのである。[7]

『居酒屋』をエネルギー経済の収支報告書として理解するにあたっては、ジェルヴェーズの運用する資金が、どのようなエネルギー消費に変換されてゆくかを見ておく必要があるだろう。ジェルヴェーズとクーポーの結婚生活はふたりあわせて日収九フランで始まる。これが一八五一年夏のことである。結婚の際の出費で二百フランの借金が出来るが、二人のまじめな働きと長男のクロードを引き受けてくれる人が現れたこともあって、所帯道具を整えるために必要な三五〇フランを七カ月半で蓄え、五二年四月末、ポワソニエール市門脇の安ホテルからグット・ドール新街のアパートに引っ越す。広間と台所に小部屋がついて、家賃は一期（三カ月）で一五〇フラン。だが暖炉は燃費が日に十五スー（月に二二・五フラン）にもなるので、半分以下の燃費ですむ鋳物のストーブで極寒の間だけ暖をとる。ジェルヴェーズが一本立ちしてクリーニング店を経営したいと考えるようになるのは、ここでの三年間で貯蓄が六百フランになった時のことである。この間彼女が自分に許した唯一の贅沢が、金メッキした銅の振り子がついた紫檀作りの置き時計であり、これが週に二十スー払って一年かかるものというから、利払いも含めて五十二フランの置き時計である。彼女はこの時計の裏、覆いガラスの内側に預金通帳を隠しておく。時間軸に投影されて累積すべき家計の黒字。彼女の野心がここに秘められていることはいうまでもない。しかし彼女の夢想はすぐには実現しなかった。クーポーの転落事故とそれに続く六カ月間の治療と回復の間に、蓄えはすっかり底をついてしまうからである。彼女が店をもつことを可能にしたのは、アパートの隣人グジェ親子の好意による。グジェが母親に同意を懇願して、無利子、無期限でジェルヴェーズに貸したのは、自分の結婚資金となるべきたくわえであった。これによってジェルヴェーズは二人のアイロン婦と一人の見習いを雇う女主人となり、グット・ドール街の一角を自分の世界とするに至る。店とその奥に居住部分が三間あって、家賃は一期二五〇フラン。一八五六年春ジェルヴェーズ二十八歳の年のことと推定できる。

彼女はこのときの五百フランの借りを返済し終えることはないだろう。その意味では、家計はついに借入金の総額を越える黒字を累積的に生み出すことができないのである。預金通帳はこれ以降姿をみせない。しかし、ジェルヴェーズが自由に処理できるエネルギーの総量は、店主となることにより飛躍的に増大する。十台のアイロンをのせて一度に加熱できるストーブで夏には殺人的な高温になるが、冬はそれがとても快適な仕事場となり、近所のおかみたちが寄り集まっておしゃべりする社交の場ともなる。通りの雪を眺めながら、火にあたってコーヒーをすする心地よさ。ジェルヴェーズの燃やす火は、働く女たちに休息の夢想をさえ抱かせるのだ。ジェルヴェーズのエネルギー支出は食物においてなお一層ひとを引きつけるものとなる。この時期のジェルヴェーズの女主人としての評判は、何よりも彼女の気前のよさ、消費生活における鷹揚さ、支払のよさにある。それが洗濯場で殴りあいをしたヴィルジニーを再接近させ、ついでランチエを舞い戻らせる。月曜ごとのご馳走の習慣はきつい労働の対価であるが、あまり働かなくなった亭主に美食と振舞い酒を許すうちに、蕩尽としての消費がやめられなくなる。「借金はまた四二五フランになった。〔……〕これは彼女が働かなくなったとか、商売がはやらなくなったというのではない。その反対だった。しかし、彼女の手元には穴ができて、お金が溶けてゆくようであった。収支が合いさえすれば彼女は満足だった。いいじゃないの、生きてさえゆけたら、あまり文句を言うもんじゃないわ。[8]」

ジェルヴェーズの消費生活の絶頂を画すのが、一八六〇年六月と推定される彼女の霊名の祝日を祝う食事である。祝日には客を呼んで有り金をはたくのがクーポー家の習慣であり、周囲の者もこの日を待ちかまえている。「全部飲んでしまう亭主がいるのだから、家じゅう酒に変わらないうちに、まずおなかを一杯にするのは当たり前よ。[9]」ヴィルジニーはこう言ってこの蕩尽をほめそやし、ジェルヴェーズも自分が節約しなくなったのは、クーポーの酒による浪費の影響であることを意識するが、十四人の膳が用意されるこの日の宴会において、家計を根本から脅かすような要素は原理的には存在しないはずである。なるほどこのとき初めてクーポー家では支出が収入を超過する。食べ物の材料を揃えてみると、ぶどう酒の費用が出ないのでジェルヴェーズは絹のドレスと結婚指輪を質に入れて調達するからである。しかし招待客に与える満足と出費の大きさに見合う社会的威信の獲得があれば、蕩尽自体は合理性をもっているといえる。おいしいものを食べるときは家を閉め切ってしまうロリウ夫妻の嫌われかたを見れば、それは理解しうる。

この日の大盤振舞いが最初から不吉なものを含んでいるのは、この日にあわせてのランチエの出現による。もとの内縁の夫であり、エチエンヌの父であるランチエと、現在の夫のとの間の乱闘が今にも始まるのではないかという不安。それはクーポーが度量の大きさをみせ、途中からランチエを宴席に招き入れることで、まずは穏やかに収まる。だがそれが家計の破綻への第一歩となる。ランチエは一年かけてこの家の間借り人となり、次の一年で同居人かつ食客となる。遊んでいる男二人を食わせる生活は、クーポーのアルコール漬けの日々をへて、「三人夫婦」の生活に行き着く。「ろうそくを両端から燃やす」生活、この間にジェルヴェーズが喪失してゆくのは、収支を合わせる気遣いだけでなく、清潔への配慮でもある。そもそもクリーニング店というのは、清潔というもののもつ価値への信頼に立脚する仕事ではないだろうか。仕事場と住環境を清潔に保っておく努力を放棄したとき、ジェルヴェーズは顧客を失い、経営は成り立たなくなるのである。ジェルヴェーズの転落は、何よりも自分が洗うべき汚れものの中への転落なのだ。洗濯婦をめぐって回避された殴打の代わりに、汚れの無差別の堆積が入り込んでくる。ここでは汚れがほとんど殴打の代替物として機能しているのである。

この間物語を進展させることになるのは、清潔と汚れの誤認、取り違えのメカニスムである。まずランチエがしばしばクーポー夫婦を訪ねるようになったとき、彼の身だしなみの清潔感がクーポーに信頼感を与えていることは見逃せない。いつも外套を着て、さっぱりと髭をそり、髪をとかして、礼儀正しく話すランチエをクーポーはこう評価する。「やつは抜け目のない男さ、要領がいいんだ。何かの商売に手を出しているんだ。その証拠に景気のいい顔つきをしているし、白いシャツや、良家の息子みたいなネクタイを買うには、金もいるんだからなあ。[10]」しかしランチエがそれまで住んでいた場所を隠したまま引っ越してきたとき、ジェルヴェーズは彼の開けたトランクの中を見て、そこに「うわべだけを飾る、不潔な男の匂い」をかぐ。ランチエからの部屋代収入をあてにして、客の洗濯ものを置いてある部屋を空けたのだが、そのために汚れた洗濯ものを夫婦のベッドの下に置かなければならなくなった。箱を作ってその中に入れる約束は実行されなかったので、寝室には油じみた汚れものの匂いが始終漂うことになる。

ここで想起されるのは、物語がクーポー夫婦の「最初の転倒」と呼ぶ、ごく些細な出来事である。開店した最初の年のある夏の日、洗濯女のビジャールのおかみに渡すために、汚れものをより分けて、帳面につけようとしているとき、すっかり酔っぱらったクーポーが帰ってきて仕事の邪魔をする。暑さのために汗ばみ、肌をあらわにした若いアイロン婦の、汚れものを振りかざしてのきわどい冗談に刺激されたクーポーは、ジェルヴェーズに今すぐキスしたいといってきかない。彼を押し退けようとするジェルヴェーズに、ビジャールのおかみは、飲んだくれて帰ってきては死ぬほど殴りつける自分の亭主と比較して、こう言う。「あんたはしあわせよ、おかみさん。うちの亭主が酔っぱらってこんなふうなら、かえって楽しい位よ」。思い直したジェルヴェーズは、「洗濯ものの山のために軽いめまいをおこし、クーポーの酒臭い息をいやとも思わず」、彼が乳房をつかんでキスするのに身を任せる。ここで物語はこう告げるのである。「彼らが商売の汚れものの中で口一杯に交わしたこの接吻こそ、二人の生活が緩やかに形を崩してゆく最初の転倒のようなものであった。[11]」殴打と置き換え可能なものとしての、あるいはその変容としてのキス。アルコールは殴打を起動させるのでなければ、怠惰と、情欲と、不潔を生み出すと物語は告げているのであろうか。われわれはここでアルコールの常用に関する道徳的なテクストを相手にしているようにもみえる。しかしパラン＝デュシャトレの仕事について解説を加えながらアラン・コルバンも示唆するように、公衆衛生の課題設定の中に熱力学への参照があるとすれば[12]、この物語に一種のエントロピー理論への誘いをみてとることも可能かも知れない。というのもこの小説において問題になっているのは、常にジェルヴェーズの生活環境で発生し消費される熱量の増加と、不可逆的な無秩序の進行との相関性だからである。

クーポーが殺し合う代わりに招き入れたランチエは、家の中に汚れを運んできたのであるが、自分自身が不潔にしているというのではない。彼は界隈の人々から礼儀正しい人とみられているのであり、旦那風の物腰をどこまでも維持し続ける。ただ彼の存在により、家計におけるカロリー支出はとめどないものとなり、家政はどこまでも無秩序になってゆくのだ。ジェルヴェーズは汚れた洗濯ものがちらばっているのも、ランチエが部屋代を払わないことと同様気にならなくなる。なんでもつけで買う生活の進行に伴い、給金を待たされるようになったアイロン婦は店をやめてゆき、その一方で親友のようになった二人の男は店を食いつぶして太ってゆく。酒に誘って怠けさせるのはランチエであるが、飲み始めると泥酔にまで至るのはクーポーのほうである。決定的なときがくるのは、クーポーが数日間家に戻らないまま、コロンブおやじの〈居酒屋〉を含む多くの店をはしごしたあげくに家に戻り、胃の中のものをもどして部屋じゅうを汚物だらけにして、床にころがり豚のように眠っているのを外出から戻って発見した夜である。ジェルヴェーズが受ける「とどめの一撃[13]」。彼女は汚物を避けようとして汚辱の中へ転落することになるのだが、殴打の等価物としての汚物という位置づけは、ここでテクストの上でも明記されている。

改めて始まるのは、さしあたっては二人の男を掛け持ちするのんき暮らしに過ぎないのだが、それでも最初はランチエの部屋から出ると、自分が汚らわしいもののようにおもえて、ジェルヴェーズは汚れを落とすように手を洗い、ぼろぎれを濡らして肩をこすった。だがそれが面倒になると、むしろクーポーより身ぎれいにしているランチエのほうに清潔を感じ、「風呂にはいるくらいのつもりで」彼のところにいくようになる[14]。そしてジェルヴェーズは汚れの中に開き直る。そうだ、汚いというならこの界隈の住人ことごとくが汚いのだ。お客がこなくても結構、もうあんな連中の汚れものをかきまわさなくてもすむと、彼女は生活秩序を構成するはずの商品流通とエネルギー放出の経路を閉ざしてゆく。怠惰と困窮とともに取り違えは進行し、かびや残飯や垢の悪臭といった不潔が、ジェルヴェーズにとってはむしろ「暖かいねぐら」になる。いく先々で勘定を踏み倒し、空っぽの食器棚の前で腹をさする晩と、腹の皮が裂けるほど肉を食べる晩とが交互にあらわれるこの時期、クーポーは元気いっぱい、ジェルヴェーズもますます肉付きがよくなって、おとろえない消費への欲求を証言しているが、この間の支出を支えているのは質屋通いによる飲食費の調達である。そして彼女の夢を見守っていた振り子時計が質に入れられる頃には、手持ちの動産は食べ物だけではなく、アルコールにも変えられてゆく。家賃が払えず、店を手放さなければならない日はもうそこまできている。

エネルギー源としての食物とアルコールの取り違えをジェルヴェーズ自身がわがものとするのは、一八六五年、一家が屋根裏部屋に移ってからのことである。ひと部屋と小部屋だけ、もはや家賃は記されていないが、その支払で食器棚とストーブが空になる。食料と暖房の間の選択がまだ可能だった一年目の後、寒さと飢えが同時に襲う二年目の冬がやってきて、クーポーはすでにアルコール中毒による入院も経験しながら、ブランデーへの依存をますます深めている。給料日に姿をくらましたクーポーを〈居酒屋〉に見つけ、しばらく躊躇したのちに連れだそうと中にはいり、やむなく男たちのなかで席につくと、蒸留器が背後で「地獄の調理場のように」地面を震わせながら動いている。夕食をとっていないと告げるジェルヴェーズに、クーポーはこう答える。「それならもってこいだ。ちょっと飲みゃあ、腹のたしになる。」一杯目のアニス酒のあと、コップの中で金色に光る飲物が出される。二杯目でジェルヴェーズはもう空腹を感じなくなる。給料がブランデーの中にとけて、自分の腹にはいっているのだと納得するジェルヴェーズは、部屋の温みにあたたまり、いい気分になって、クーポーの飲酒の論理を共有しはじめるのである。空腹を忘れさせ、同時に体を温めてくれるアルコールは、暖房と食料の両方の美質を合わせ持つのではないか。そしてブランデーの形で金色に輝く富が、液体となって直接身体に摂取されるのだ。[15] 彼女はほどなく、ブランデーをあおって死ぬことを夢見るようになるだろう。アルコールを自分の肉体に対する直接の殴打にするのである。

病院と屠殺場の間に収斂してゆくこの物語において、アルコールが身体の運動を作り出す一種のエネルギー源と捉えられていることは明瞭である。しかしそこで問題になっているのは破壊的な運動である。蓄積されたアルコールはまずクーポーの手を、ついでその身体全体を踊らせる。食べ物の代わりのアルコール摂取は、ビジャールにおいては暴力を、クーポーにおいては狂い踊りを、それぞれの労働の代わりにもたらす。ビジャールはおかみを殴り殺した後、自分の娘を死に至るまで鞭で踊らせる。クーポーはサン・タンヌ精神病院で「腹の中に蒸気機関を据え付けて」あるかのように三日間踊り続けた後になってはじめて死ぬだろう。それも倒れてすぐに死ぬのではない。足が、筋肉が、皮膚がフィナーレを踊るのだ。ジェルヴェーズは医者たちが亭主の身体に触れるのをみて、自分もさわってみたくなる。ほんとに、このなかでは何が起こっているんだろう。「内部ではすさまじい破壊が行われているに違いない。なんという仕事だろう、もぐらみたいな仕事ではないか。そこでつるはしを打ち込んでいるのはあの〈居酒屋〉の火酒なのだ[16]。」

クーポーの身体を破壊しつくすまで働きをやめないアルコールは、燃料の神話として、『ルーゴン＝マッカール叢書』全体の中では、ジェルヴェーズの父アントワーヌの最期、煙と灰以外の形跡を全く残さない完全な自己燃焼と双璧をなしている。この神話は『居酒屋』においては、生産の現場で放出される人間労働のエネルギーと、蓄積されることにより自己破壊へと向かうエネルギーとが提喩的に隣接提示されることにより、蒸気機関と蒸留器に相互に意味を補わせ合う、という展開を見せる。叩くという身体運動に生産と破壊、汚れと浄化という両義的な機能を付与することで、これを火の化身たる主題性を帯びたものに変え、熱機関としての身体を、エネルギーの変容の場、熱加工の主体でありかつ客体であるものとして提示するのである。『居酒屋』のなかに労働と暴力の共通の源泉への眼差しが見て取れるとすれば、このエネルギー論は当然一つの社会観としても読みうるはずである。この社会観は人間をまず自然の一部として引き受けながらも、家系や個人の気質による決定論に向けてではなく、社会集団の力動的な把握へと展開する点にむしろ特色をもつ。ゾラの小説の中にすでに二十世紀文学の萌芽以上のものが見られるのはこのためである。そこにはなによりも発熱し、力となるものへの透視がある。

# 『ジェルミナール』における正義とその表象

『ルーゴン＝マッカール叢書』第十三巻、『ジェルミナール』はエミール・ゾラが北フランスの炭坑を舞台に、労働争議を正面から扱った小説である。ゾラがその数多くの小説のなかで、いわば社会の底辺を支える人たちの労働や生活のありさまを丹念に取り上げることは決してめずらしくないが、労働者が組織化されて、その団結によって資本と力で衝突する過程を広範な資料と現地調査に基づいて過不足なく描き出したものは『ジェルミナール』をおいて他に無い。ゾラの最もよく読まれている小説ではないかも知れないが、この作家の仕事のなかで第一に挙げられる作品のひとつであり、彼の文学の社会性を強く証言するものとして、また固有のダイナミズムを持つ人間集団の把握において傑出する才能の代表作として、文学上の党派を越えてその意義は評価されてきた。

しかし予備知識なしにゾラの小説を読んでまず気になるのは、その状況設定や場面の誇張、猥雑さを憶することなく組み込んだ一種の猟奇性であろう。選ばれた環境で読者が下心をもって期待しうる事件や事故は、必ずどこかで、しかも多くは極端な形で起こり、人物たちはしばしばその獣性をあらわにし、暴力や流血の場面はたっぷりとあって、それに応じて風俗の描写も十二分に露骨である。『ジェルミナール』についていえば、落磐事故に始まり、鉱山の出入坑設備破壊による坑内労働者たちのパニック、堅抗の抗枠破壊工作が引き起こす大規模出水から坑内閉じこめ、絶望的な救出作業とその過程での爆発事故に至るまで、地下五百メートルを越える地底での労働環境とそれに伴う危険は、物語の中で過剰なまでに現実化されており、また坑夫の息子や娘たちの自然の欲求のままの生態、金品とりわけ食料品と引き換えで提供ないし要求される性の奉仕、一人の娘をめぐる二人の男の間の決闘から殺害、地底の暗闇での死に至る初夜、さらには痴呆化した老人による株主の娘の絞殺など、常軌を逸した出来事が次々に起こる。しかしそれらの因果関係は周到に積み重ねられていて、説話の論理においても人物の心理や心情のレヴェルでも、ストーリーに無理は感じさせない。小説的な材料が豊富すぎるほど盛り込まれていても、状況の緻密な累積提示によってそれらは必然のものとして現れ、物語の現実味は最大限尊重されつつ、虚構の空間は非日常性にあふれている。そしてそれに応じてというべきか、描かれている私生活の上でも、また公共領域の組織に関しても倫理的な関心は遍在しながらも、物語の結構自体は道徳的な要請に送り返されることがない。その世界は冒険に富んでおり、また人間的な情愛にも溢れているが、それを通じて読者を善導したり、魂を教化するところがないというのがゾラの小説なのである。

そもそも倫理に傾斜した見方からすれば、『ジェルミナール』は流れ者の機械工が生半可の社会主義思想で短期間に炭坑労働者の組織化をはかり、勝ち目のない戦いに固執することによって、多くの物的・人的犠牲を強いた後に完全に敗北しながら、その反省があまり無い物語という風にさえ読ませる要素を含んでいる。物語の終わりでエチエンヌは労働運動の経験を評価されて、プリュシャールからパリに来て運動を指導するように誘われ、革命の戦士としての希望に胸を膨らませて出発する。一回の敗北によって闘争の意義が否定されるわけではなく、労働者は自らの力を試し、戦いの組み立て方について有益な教訓を得たとはいえるが、坑夫たちとその家族の犠牲を解放闘争の一里塚として運動の指導者が出世するというのは、主人公に対する読者の真に人間的な共感を作り出そうとしている筋書きとはいえない。マウの死もカトリーヌの死も、エチエンヌがそれを深く悼む場面にはつながらず、ロシア出身の無政府主義者スヴァーリンの破壊工作を筆頭に、物語の中にある数々の犯罪は、物語自身によって裁かれる機会を持たないのである。これは恐らく、ストーリーのレヴェルでも、内面における良心の検討のレヴェルでも、倫理的な読み方はゾラには十分なじまないということを示している。実際、たとえば『獣人』を『罪と罰』のように読もうとしても無駄なことは明らかである。ジャックの獣性は物語の与件であり、人間の支配を越えたある力の現われとして扱われているのであって、行為に対する倫理的責任を問うことは、この小説の読解としてはあまり意味が無い。『獣人』においては前提とすべき事柄、すなわちゾラの虚構構成の没倫理性を、『ジェルミナール』に関してあらためて確認しなければならないのは何故か。それはこの小説が「正義 justice」という倫理と直接かかわる概念をその社会的語彙の中心に据えているからである。公正としての正義の感覚は人物たちの日常の倫理基準であると同時に、革命の彼方にある理想の共同体の基礎的原則となるはずのものとして、情念の負荷が強くかかっている物語の社会的動力である。しかしながら「善」としての正義の一貫した論理をこの小説に求めようとすると、読者は必ずしも満たされない。問題となっている正義は、いわば善悪の此岸を越えた地平で了解されねばならないのである。この点で、ゾラの用意する物語を全体として、産業社会の叙事詩として読もうとすることの有効性が浮上するはずである。叙事詩が前提とする神話的な世界把握において問題化されているのは、倫理的な責任主体としての個人ではなく、個々の人間を越えた、不可解な力ないし原理の間の闘争である。そこにあるパトスもエトスもその合目的性が分析の対象となるよりは、むしろ寓意を帯びた形象化を通じてわれわれの前に提示される。

　ゾラの世界においては、デパートも鉄道網や炭坑も、近代社会が産み出した神話の神々ないしは伝説的な怪物である。そして登場する半神の英雄たちは、人間がその歴史において始めて対時する産業社会の力学を、これに対する論理的な分析手段を持たないままで生きている。あるいはその分析道具たるべき諸概念は、一種の神格として表象されることによってのみ、彼らにとって現実の力として認識しうるものとなっているのである。「正義」はそのような環境で、労働が資本との力比べに際して呼び求められている神格である。しかしそれはローマの女神ユスティティアにはあまり似ていない。それがどんな姿形をしているか、それを考察するのがこの小論の目的である。[1]

## 一、分配における公平

リールで機械工だったエチエンヌが職を失い、辿りついたモンスーで運搬係としてヴォルー坑に入るのは三月である。彼が一人前の採炭夫に昇格するのが七月始めで、それから七月末のこの町の守護聖人の祭りを経て、マウの長男ザカリの結婚・独立があり、八月半ばにはそれまでラスヌールの経営する酒場の二階に間借りしていたエチエンヌがマウの坑夫住宅内に移っている。十二月一日をもって新しい給与体系に移ることが公表されるのが十月末のことであり、賃金の切り下げに怒った坑夫たちが、ここでエチエンヌをリーダーにストライキへの意志を固めることになる。わずか半年ほどの間に、二十一歳の若者が思想を貯え、次にそれを坑夫たちに説き、信頼を勝ち得て闘争の指導者となるのであるから、写実的な時間からは大幅な圧縮があるとさえ感じられるが、このうちの前半がエチエンヌの学習期間、マウ家に移ってからの後半が学んだ思想を坑夫たちの間に「撒く」期間である。だがわれわれの主人公はどのようにして炭坑労働者の心を捉えることに成功するのであろうか。第三部四章の終わりではこのストライキが方針として決定されるときの雰囲気を次のように要約している。

エチエンヌの撒いた思想は生長し、この反抗の叫びの中に広がっていった。それは約束された黄金時代を前にしての苛立ち、墓のように閉ざされた貧窮の地平の彼方で、幸福の分け前にあずかろうとはやる気持ちの現れであった。不公正 (injustice) は余りに大きくなった。彼等の口からパンを取り上げようという以上、彼等も最後には自分たちの権利を要求することになるだろう。女達はとりわけ、すぐにでもあの進歩の理想都市に攻め入りたいと思った。(2)

不公正に対する憤慨が反抗を生み、正義の支配する理想の共同体へのあこがれがこの反抗に目標を与える。ここで問題になっている正義は、個人をよき観想生活に導くための倫理的価値のひとつではなく、何よりも労働の果実の分配における公平としての正義である。それは実践的な社会正義の基礎的形態として、民衆の生活感情の中に深く根を下ろしており、革命における正義はこの配分と負担における公平の変貌した姿にほかならない。

労働者の反抗を生む直接のきっかけとなったのは、新しい賃金支払方式の通告である。これは物語のごく始めの部分、第一部五章で予示されており、エチエンヌがはじめてヴォルー坑の坑内に入ったとき、坑道の支柱作業に手抜きがあることに気付いた技師のネグレルが、マウに罰金処分を告げるだけでなく、賃金形態の変更につながる警告を発していた。坑夫たちは組をつくって競売に出される切羽ごとに請負の形で仕事をするのであり、出炭量をあげるために自分たちの安全のための支柱作業には時間をかけたくないが、会社側にとっては坑道の保全がなおざりにされると、結局はそれが高いものにつくという判断がある。賃金が十分でないために支柱作業に時間が割けないと主張するマウに、ネグレルはこのままのやりかたが続くならば支柱作業は別勘定にして、その分炭車の単価を切り下げることになると、将来の方式変更の可能性を示唆していたのである。ここに一種の脅迫をみて、技師と現場監督が立ち去った後、怒りを爆発させるマウの言葉の中に、公正さへの希求がまず見られる。

> ちくしょう。不当なことは不当なんだ (ce qui n'est pas juste n'est pas juste)。おれは穏やかなやりかたが好きだ。それがお互いに理解するただひとつの方法だからな。だが、やつらのやりかたじゃあしまいには誰だって怒りだすぞ。[3]

この計画を聞いて他の坑夫たちも憤激の声をあげ、「地下六百メートルに近いこの狭い一角で反逆の動きが芽吹く」のであるが、この新しい支払方式が正式に通告され、そこに偽装された賃金の切り下げをみた労働者たちが組織された反抗を決定するまでには、坑夫たちの生活実感から生まれる欲求と、それを社会変革のための集団的な意志にまで高める「思想」の流布という段階が描かれなければならない。『ジェルミナール』において、公平の感覚は日常の家庭生活の中で、また対等な人間相互の関係の中でまず捉えられ、それが労働と資本の関係へと類推され、いわば拡大適用される過程で、社会変革の原理としての正義という思想的な契機が介入する。日常生活における公平感覚は、たとえばマウの長男ザカリとルヴァクの長女フィロメーヌとの結婚が、双方の親から認められる過程での利害関係への配慮として物語の上に顕在化している。そこには親子間の利害と家庭相互の利害が交錯し、それが公正さをめぐる議論を通して裁定される様子が確認できる。

北フランスで支配的な家族形態は「核家族」であり、子供たちは結婚によって親の家計からの独立を得る。[4] この場合十九世紀までの庶民の家庭では、子供の独立というのは家計にかかる負担の軽減ではなく、そのかせぎの分だけの減収を意味する。それゆえ親にとっては息子にしろ娘にしろ、子供の結婚をできるだけ遅らせる方が経済的に有利ということになる。エチエンヌの母親ジェルヴェーズがランチエとの間に二人の子供ができても親の下にとどまり、彼らがパリに出てからも結局結婚しないのは、このような初期要因が大きく働いていた。親は子供の養育にかかった費用以上のものを、十歳前後からその結婚までのかせぎによって回収しようとするのであるが、その過程で、このようにいわば自然の摂理によって、子供たちは多くが未婚の状態のまま父や母になる。ザカリとフィロメーヌの場合も全く同じである。子供の誕生は直ちに結婚につながらず、若い父や母は親の家計に貢献する義務をなおも全うすることが求められる。だが娘の家庭にとっては、養わなければならない孫の数の増加が、この娘のもたらす収入を大幅に相殺してゆくことにより、未婚の父を持つ家庭との不公平感を募らせることになる。そこで子供たちの結婚を認めようという動きが、未婚の母を持つ家庭の方から出てくることになるのである。守護聖人の祭りの際に、ルヴァクの女房との口論を通じてマウの女房は息子の結婚を甘受しなければならないと考えるに至るが、それは「不公平のそしりを受けることなく（sans injustice）これ以上ザカリを手許に置いておくことはできない」という理由付けに抗弁できないからである。[5]

このように正義の感覚は公正さをめぐる弁論を通じて検証される。主張されない正義は正義として実効性を持たないのであり、それは子供たちでさえ経験的に知っていることである。たとえばマウの次男、十一歳のジャンランが遊び仲間のベベール、リディーとともに摘んだタンポポのサラダ菜を売って得たお金の分配で争う場面がある。三等分しなければ不公平（injuste）だと言うベベールに対し、売ることを考えたのは自分であり、またより多く摘んだのも自分であると主張して、腕力の行使にも言及しながら、形式上は合意によって、十二スーのうち七スーを自己の取り分とする年長のジャンラン。彼はいわば算術的平等（均等な分配）に比例的平等（貢献度に応じた分配）を対置しているのであり、後者を選ぶ正当性を承認させたうえで、その分配基準を日常の支配を通じて独占するのである。[6]

子供の世界にもある分配の公平に対する意識は、マウ家での食生活においてみごとに規範化されている。労働から帰ったあと家族が順次にとる食事で、長男ザカリは豚挽肉のゼリー寄せがテーブルの上にひとつあるのをみても、それには手を出さない。「肉料理が一つしかないときはそれは父親のもの」だからである。だがマウが帰宅してこれを食べはじめると、年下の子供たちが寄ってくる。子供たちもこれを食べたのかと尋ねる夫に、返答を一瞬躊躇する女房。「なあ、おれは不公平はきらいなんだぞ（je n'aime pas les injustices）。子供たちがまわりにきて、一口欲しがっているのをみると、食欲なんかなくなってしまうんだ」とマウが妻を非難すると、女房は子供たちに嘘をつかせてでも夫に食べてもらおうとする。そして九歳の次女アルジールにはそれが通じても、もっと下の子供には成功しないことを感じると、働いている者には多くの配分をという論理で子供たちを納得させようとするのである。マウは二人の幼児を両膝に乗せ、ままごとをしながらこの肉料理を均分して彼らに食べさせる。[7]

このように比例的平等が承認された原則である場合にも、情愛ないし人間的な連帯の感情がそれをさらに分割して分かち与えさせることがあるだろう。次節ではそこから再出発して、配分における公正の感情が裁きの権能たる正義へと変容してゆく様をみることにしよう。それは神話的な力としての正義がどのように表象されているかを考察することにほかならない。

## 二、感情としての正義から正義の支配へ

坑内で働く家族の弁当、パンにバターとチーズを塗って重ねあわせた「ブリッケ」を早朝準備するのは、マウ家では長女のカトリーヌの役目である。第一部二章では彼女が乏しい食料を工夫して四人分の「ブリッケ」を作り、「父親の大ぶりのものからジャンランの小ぶりのものまで厳格な公正さで（avec une sévère justice）分けられて」テーブルの上に並べられる[8]。各人はそれを取り違えることなく持参することになるはずであるが、カトリーヌはこの自分の分け前をその日父親の組に入ったばかりで、弁当を持参しないエチエンヌに分かち与える。激しく襲う空腹を隠し遠慮するエチエンヌに、彼女は自分がすでにかじっていた部分の反対側を割って与え、エチエンヌはそれをむさぼらないよう注意して食べながら、自分の身の上を含めた話を彼女とするのである。彼女は水筒のコーヒーも親切にすすめ、バターつきパンを半分もらっただけでもう十分だと断る青年に、「じゃあ、あたしが先に飲むから、だってあなたはとっても遠慮深いんだもの。でもそうしたら、あなたはもう断れないよ」と言って、カトリーヌは先に口をつけてから水筒を渡す。このときはじめて、エチエンヌは石炭の煤に汚れたままの彼女が美しいことを発見することになる。交互に水筒から飲みながらコーヒーを分かちあうことを面白がるカトリーヌに、エチエンヌは今すぐにでも接吻したいと思うが、それを果たさない。代わって強引に暴力的な接吻をするのは二人の親密さに嫉妬したシャヴァルである[9]。

このくだりはわれらの主人公のモンスー炭坑滞在を、生まれつつある恋愛感情によって強く動機づけ、人くらいの怪物たるヴォルー坑、およびその背後の闇の彼方の神殿の中にあって「食に飽き足りてうずくまり潜んだ」見えざる神に対する英雄的な戦いを、無償の迷宮冒険物語から引き離す働きを持つものである。人間としての尊厳まで奪われたような労働環境の中で発見する人間的な連帯の感情は、エチエンヌがこの「閉ざされた地平」のなかに見出す一筋の光明であり、いわば解放のためのアリアドネの糸である。同時に、それが地底での食物「ブリッケ」の人間的な連帯による分与を描いている点で、エチエンヌとシャヴァルの間に生じるカトリーヌをめぐる敵対の、物語末尾近くに

置かれた帰結と直接対応している。第七部五章で、とめどなく侵入してくる地下水に退路を絶たれて坑内に孤立したエチエンヌとカトリーヌは、逃げる経路として別の道を選んだシャヴァルと行き止まりの切羽で再会する。シャヴァルは途中で死んだ二人の仲間が持っていたランプと「ブリッケ」を自分のものにしており、この食料の分与を空腹が進行する過程でカトリーヌに提起することで、一度自分のもとを去った彼女を回収しようとするのである。カトリーヌがやっとの思いで食む一口毎に代償の愛撫を要求し、いやがる彼女をライバルの目の前で再び自分のものにしようとするシャヴァル。「飢えに酔った」エチエンヌが、自分の血の中に感じている宿命としての殺人への衝動をついに解放するのはこの時である。[10]

公正さの最も卑近な形態が、食物の供給ないし分配においてフェアであることだとすれば、飢餓の中で食物を持つ者がその優位性を濫用するときに、死に至る暴力が発生するという点で、シャヴァルの死はメグラの死を参照させる。ストライキの長期化によって飢えた坑夫たちの暴動は、その最終局面としてメグラの経営する食料品店の襲撃へと展開するのであるが、この小説の中でもとりわけ戦慄に満ちた死者凌辱の光景が出現する前提には、坑夫の女将たちのメグラに対する虐げられたジェンダーとしての憎悪があった。炭坑会社の保護下で坑夫住宅の住民を相手に商売を拡大させたメグラは、困窮した家庭に支払の猶予や信用貸しを続ける対価として、坑夫の女房や娘から肉体的な奉仕を受け取ることを習いとしており、物語の始まりに近い部分でマウの女房に対しても、すでに娘のカトリーヌを使いによこせと要求していた。[11] 否、マウの女房はメグラにこの種の期待を持たせることで、前述の豚挽肉のゼリー寄せを含むこの日の食料を調達したとむしろ読めるのである。その際、自分の用いた「正義」という言葉が説得力をもったと、マウの女房は夫に対してはこの経緯を報告しているのが興味深い。

ああ、うんと言ってやったのさ、あんたには人情ってものがないのか、正義があるなら、あんたには不幸なことがおきるよってね。それにはあいつも困り果て、目を逸らしてその場から逃げ出したい風情だったよ。[12]

正義（la justice）には人間が持つ公正さについての感覚ないし感情としての側面と、この公正を実現する力ないし権能としての側面がある。前者は権利や功績に対する評価としての、またそのための原理としての正義であり、後者はこの原理の支配を可能にする人間を越えた威力（神話的・宗教的正義）ないしは人為的権力とそのための機構（司法）を意味する。そして正義にかなうとか正義にもとるというとき、われわれは前者を語っているのであり、正義があるとか正義はないとかいうときには後者を問題にしているはずである。メグラが屋根から転げ落ちて死んだとき、女たちの間から思わず「じゃあ神様はいらっしゃるのだ。ああ豚野郎め、これでおしまいだ」という声がもれる。[13] 裁きを下す権能としての神。正義はこの一神教における神との類推によって、あるいはその代替物として表象され、闘争のさなかで希求される。この点では、司祭の語る神が労働者にとって十分な味方であったなら、彼らはそのまわりに結集したかも知れない。だが坑夫とその家族の多くにとって、すでに「天国は空っぽ」なのである。

感情としての正義から力としての正義への連続性は、エチエンヌが同居することになったマウ家の人々に自分の学んだ思想を説くときに、その議論の発展の中でよく示されており、その過程ではキリスト教の神が体現する正義にも言及がみられる。[14] エチエンヌはかつての闘士で今は坑夫相手の酒場を経営するラスヌール、およびその常連客のスヴァーリン相手の論議で刺激を受け、さまざまの思想書や新聞の購読を通じて得た知識で、自分が生きている社会環境に対し一定の意見を持つようになっており、その影響力はまず身近なマウ家の人たちを相手の夕食後の談義の中で発揮されることになる。

坑夫町の動物のような、隣人との間に全く距離のない生活、「そのためにいつだって男は酔っぱらい、娘っ子は孕んじまうようになる」とマウがいう通り、エチエンヌがこの炭坑に来てすぐ眼の当りにしたのは、労働でくたくたに疲れた娘たちが、夕べにはまた「労働と苦しみのための肉体」をこしらえるという事実であった。貧乏によって食うや食わずの人間が再生産され続けるという悲惨。一方マウの女房は変わりようがない貧乏な生活の中に何よりも「不公平」をみている。「あたしゃ誰にも不幸は望みはしない。でもこんな不公平には怒りを覚えることがよくあるよ（cette injustice me révolte）」という彼女の言葉は、社会的不公正が生む、反逆心をよく証言している。[15] 正義についての感覚は、まず生きている現実におけるその欠如として表現されるのである。

ここで「そんなことを考えて頭を悩ましても仕方がない」と祖父のボンヌモールが口をはさむ。「いつだって上役はいるんだ」というわけである。実際ヒエラルキーの力はまずそれを承認させることに存するのであり、それは変えられるはずのない現状の受け入れを促すことにつながる。マウの女房自身、施しを求めて株主のグレゴワール家を訪ねた際には、子供が七人いる家計の困難を縷々述べた後、施し主の機嫌をそこなうことを恐れて、こう付け加えていた。「おや、これは不平を申し上げているのではございません。ものごとがこんなふうになっているんですから、それは受け入れなきゃなりません。わたしどもがどんなにもがいても無駄で、たぶん何一つ変えられないんですから。いちばんいいのは、そうでしょう、旦那様、奥様、神様が置いてくださった場所で、正直に仕事にはげむことではありますまいか。」[16]

このようにマウの女房は同じ日に、相手に応じてあるところでは正義を語り、またあるところでは現状の容認をみごとに表現していた。エチエンヌは彼女の内に、これから自分が指導する闘争の、最も持続的な理解者を見出すことになるだろう。彼はボンヌモールに直ちに反論して次のように述べる。じいさんの時代には、坑夫たちは地底で目と耳をふさがれてけだもののように暮らしていた。支配者たちがしめしあわせて坑夫を売り買いしても、それに気付くこともなかった。だが今や坑夫も地底で目覚め、本当の種のように土の中で芽吹いているのだ。やがてある朝、畑のどまんなかで何が芽を出すかが見られよう。そうだ、人間が、人間の大群が生育して正義を再建するのだ。[17]小説のモチーフとなる映像的な比喩が主人公によってこうして見出される。そして正義の意味の重心は、その欠如の感覚からその支配の回復ないし再建へと旋回する。西欧の言葉における革命とはなによりも起源への復帰、本来性の回復を意味するのであった。エチエンヌもこれに言及する。大革命以来すべての市民は平等ではないのか、投票は一緒にしているのに、労働者は賃金を払う雇主の奴隷のままでいなければならないのかと。

マウ家の人々は、教育による坑夫の目覚めが変革への力となるということをすぐに信じるわけではない。だが、神様や天国は必要とせず、自分たちで地上に幸福を作るのだというエチエンヌの話は、その描き出す「新しい社会」のイメージによって彼らを徐々に魅了してゆく。「おのおのの市民が自らの勤労で暮らし、共通の喜びの分け前にあずかる」蜃気楼のように壮麗な巨大都市、それはまさに正義が神に代わって支配する共同体である。

そして妖精の国のようなまぶしさのなかで、正義が天上から降りてきた。神様は死んだのだから、正義が地上に平等と友愛とを支配させて、人間たちの幸福を保証することになるのだ。[18]

この世界の架空性が十分にわかっており、一時の逃避として夢の中のご馳走を楽しんでいるマウの女房も、エチエンヌが表現する「正義の観念」によって彼に賛同する。「正義にかなうことのためなら、あたしゃどんなことにだって耐えられるよ。それにあたしたちのほうでもいい思いをしようってのは、正当なことさ。[19]」マウ家の人々は「古代世界の瓦礫の上に、完全な社会が到来するのを待つ初期キリスト教徒のような、盲目的信仰で」奇跡的な解決に賛成し、このような談話に隣人たちもしばしば加わって、エチエンヌの影響力は少しづつ、しかし短期間に拡大し、知識を持った青年として坑夫街で尊重されるようになる。九月には坑夫の団結のための「予備基金」を設立、その書記となる。心地好い自尊心の満足とともに、人気を得たことに陶酔し、近く来るはずの革命で役割を果たすという自己の夢を広げてゆくエチエンヌ。生まれつつある野心が彼の理論を熱狂的なものにし、彼を戦闘的な考えに向かわせるのである。

## 三、経営の神慮と革命の正義

モンスー炭坑の坑夫たちがストライキへと突入していくプロセスの記述を物語に則して見ていくならば、そこには四つのファクターが関りあっていることが読み取れる。そのうち二つは経営側の論理から、また二つが労働側の要求ないし願望に発するものであり、それらは相互の対立を生む契機として、対をなして呼応している。労働者の反抗を生む直接の原因は、すでに見たとおり、新しい賃金支払方式が意味する収入低下の見通しであり、労働の果実の分配における不公正の確認から、食べてゆける給与への増額要求が導き出される。マウのいうとおり、「仕事は、それがなされるためには支払われなければならない」からである。一方経営側には産業恐慌への対処として、操業日数の短縮ないし原価の切り下げへの志向があり、それは石炭産業における競争の論理から、会社は賃金を自由にはできないのだという形で支配人エンヌボーによって主張される。ここまでは協調的な労使が今日でも相互に述べるはずの立場表明であるが、エンヌボーはこれに加えて、以前はあれほどおとなしかった坑夫たちが団結して反抗の姿勢を見せるのは、扇動するものがいるからに違いないという推論を示すのである。エチエンヌの設立した予備基金がこの推論に根拠を与えるものとしてとり上げられ、その背後にあるはずのインターナショナルが「社会の破壊を夢見る強盗団」として言及される。エチエンヌはこれを受けて、まだインターナショナルには誰も加盟していないが、会社の対応次第ではモンスー炭坑の全労働者が加盟することになろうと言明し、さらに労働者だけに犠牲を強いる産業資本の論理は、労働者の手による社会変革によってしか克服されないだろうという彼の信念を示唆して、支配人の抱いている恐れを積極的に追認する。[20]

これは第四部二章におけるストライキ開始当日の労使交渉を内容の面から要約したものであるが、われわれにとってより興味深いのは、この場面で支配人の言説に現れる宗教的な表象が持つ物語上の効果である。エンヌボーは「会社はここで働く者の保護者（une providence）なんだ、その会社を脅かすのは間違っているよ」と述べ、会社が多大の費用をかけて進めている坑夫住宅の建設や年金制度、燃料や医薬品の提供などをあげ、社会主義の悪影響に染まるよりはむしろこのような真実を伝えよと、エチエンヌを諭そうとする。ここで「保護者」と表現した単語は、「救い主」と訳すことも可能で、より一般的には被造物に対する神の叡知に満ちた支配を意味し、多くは摂理ないし神慮と訳されているものである。これに対しエチエンヌは、会社に対しては保護者の役割をするより労働者の取り分、稼いだ分を労働者に与えて、率直に公正さをみせることを願うと答え、経営の疑似家族主義を拒否するのであるが、彼の説く正義の支配の中にも同様の宗教的な表象が頻出することをわれわれはすでに知っている。

エチエンヌがわれわれの条件は拒否するのかとエンヌボーに尋ねたとき、この支配人は最終的な当事者能力がないことを告白する。それを持つのはこの小説中で「取締役会」(la Régie) と表現されているものであるが、支配人はこの言葉を労働者の前で用いることはない。それは坑夫たちにとって、物語冒頭におけるエチエンヌの問いかけ、「これらすべては誰のものですか」という質問に対するボンヌモールの身振りによる答えが示したとおり、「見知らぬ遠く離れた場所」にあって「近寄り難い神殿」に隠れている「食い飽きてうずくまった神」としてのみ表象可能な存在なのである。[21]「われわれが直接自分たちの立場を主張できないのは残念だ、せめてどこに訴えればいいのか分かっていれば」、というエチエンヌの婉曲な質問が出されると、支配人は「私を信頼しないなら、ことは面倒だ。向こうまで行かねばならないよ」と言ってボンヌモール同様、遠くの方に手をかざす。ここで物語は次のように叙述する。

向こうとはどこにあるのか。彼らはそれを正確には知らない。それはおそるべき遠く、近寄りがたく神々しい土地へと退き、そこでは神殿の奥にうずくまって見知らぬ神が君臨しているのだ。彼らはこの神を決して見ることはないだろう。ただ感じるのは、この神がある力として遠くからモンスーの一万の坑夫たちにのしかかっていることだけである。そして支配人が話すとき、彼の背後に隠れて控え、神託を下しているのはこの力なのだ。[22]

経営ないし資本が持つ現実的かつ象徴的な力に対し、労働は正義の潜在的で神話的な力で拮抗し、これに打ち勝とうとする。そして闘争の過程でこの正義はどこかヒンズーの神のように変身してゆくのであるが、この変身を導くことになるのは支配人が恐れるインターナショナルではない。この小説の中でインターナショナルを体現しているのは、かつてエチエンヌがリールで機械工だったときの上司で、ノール県の連盟書記となっているプリュシャールである。第三部一章ではプリュシャールと文通してインターナショナルの存在を知ったエチエンヌの、この組織に対する理解が次のように記されていた。

エチエンヌは生来の反逆的傾向から、無知による初期の幻想のなかで、資本に対する労働の戦いに駆り立てられていたのである。いま話題になっているのは国際労働者協会のこと、ロンドンで設立されたばかりのかの有名なインターナショナルのことであった。それは素晴らしい努力、正義がついに勝利をおさめようとしている運動なのではないか。もはや国境はなくなり、世界中の働くものが立ち上がり、団結して労働者にパンの獲得を保証しようとしているのだ。[23]

ストライキ突入後無為のままに二週間が過ぎたとき、エチエンヌは躊躇したあげく、プリュシャールを招いて代表者集会を開くことを決心する。表向きの議題はストライキ継続か否かであるが、インターナショナルへの集団加盟によって、この組織の応援を得ることが目的である。こうして第四部四章に至り、酒場ボンジョワイユーを会場に借りての秘密集会において、われわれは労働運動家プリュシャールの演説を聞くことになるのであるが、この章、とりわけこの遠来の客が到着してからの集会のくだりは、悲壮感が支配的にみえるこの小説にあって、ややフローベール的な諧謔をかなりはっきりと感じさせる一節になっているように思われる。

まずエチエンヌの期待と不安の大きさと、プリュシャールの遅刻を意に介さない一種の気軽さとの間の不釣り合いがある。整えた身なりが示す自己卓越化への意欲と、モンスーの坑夫相手には半日しかさけない売れっ子弁士としての多忙ぶりの誇示は、違和感を生み出しながらも滑稽には描かれていない。だが彼が馬車の中に忘れかけたカード箱という小道具の使われ方は、「なんてこった、カードを忘れている。しくじるところだった」という台詞とあわせて、明瞭に喜劇的なねらいを含んでいる。プリュシャールは議長として語り始める前にテーブルの下にもぐりこんでこの小箱を隠し、自分の演説の成功を確認したときに再びもぐりこんでこれを取り出すことになる。テーブルの下にもぐるというのが喜劇的な身振りであることを知るにはモリエールを思い出せばよいだろう。

そしてプリュシャールはインターナショナルの偉大さとさまざまの恩恵を説く。階層構造を持つ未来世界の巨大な殿堂が描かれ、賃金についての議論から給与制の廃棄へと話は展開する。「正義への共通の欲求」で結集した世界中の労働者がブルジョワの腐敗を一掃し、自由な社会をついに樹立するのである。三年以内の世界制覇が語られ、ついでストライキという過渡的手段の効果から、同盟罷業者にとっては保護者あるいは天の助け（une providence）となるインターナショナルという現実的な利益が指摘される。加盟するだけで会社は震え上がるからである。こうして物語は経営の神慮と対をなすものとして国際労働者組織の摂理を提示する。「資本主義社会の奴隷にとどまるよりはむしろお互いのために死のうと決心した労働者の偉大な軍団に入る」ことを呼びかけるプリュシャールの演説は、喝采で中断される。「これでよし。話はもう沢山なのだ。はやくカードを」と県連盟書記はエチエンヌにすばやく命じ、弟子がこの会員カードを配りはじめたところで、警察署長と憲兵の到着を告げる店の女主人の叫び声が響く。彼女がその大きな体躯でドアを守る間に大急ぎで拍手による採決が行われ、こうして混乱の中で極めて略式の意志表示により一万人の炭坑労働者が国際労働者協会の会員になる。署長がドアを押し破って広間に入って来たとき、女主人の他に残っているのは、集会をあざ笑いにやって来たザカリとムーケだけである。そして現場に踏み込んで一人も逮捕できない警察の間抜けぶりと、逃走中に文字通り駆け足でなされる「リールの紳士」との別れの挨拶のどたばたぶりが、この一節の性格を最終的に決定する。[24]

インターナショナルはストライキ中のモンスーの労働者に四千フランを送ってくるが、これは「三日分のパン代にもならない」のでプリュシャールの来訪は物語の機能上は大きな位置を占めていない。闘争が経済的に行き詰まり深刻化してゆく中での、やや喜劇的な間奏曲といった性格が色濃いのである。この性格はプリュシャールの演説に、演劇の世界で言う異化効果に近いものをもたらしていると思われる。これによって読者はこの弁士が描き出す世界から距離を取ることが可能になり、その虚構性を絶えず触知しつつ、これを表象することになるのである。物語展開上の局面としてはこの集会に先立ち、また集会の中で、一種の路線論争がみられたことがより重要であるかもしれない。最初ストライキを支持したラスヌールは待遇改善闘争の立場を鮮明にし、インターナショナルへの加盟が意味する革命への志向と、これが導く初期要求への固執の危険を指摘する。さらにエチエンヌに対し、自己の野心のために混乱を大きくしようとしていると非難し、ここにおいてエチエンヌはラスヌールと袂を分かつことになる。そしてラスヌールとの決別はスヴァーリンへの接近で補完される。未来を想定しない純粋な破壊、原始共同体への回帰とその手段としてのテロリズムを説くこのロシア出身の自称無政府主義者に対し、「そのやりかたは非道だ、不当だ」と激しく反発しながら、エチエンヌは知らず知らずのうちにその影響を受けてゆくことになるのである[25]。

## 四、正義を行うということ

第五部に入り、すでに開始後六週間を過ぎて出口の見えないストライキは暴動へと悪化してゆく。坑夫たちの家では食料と燃料が底をつき、経営側からの切り崩しがうわさされるなかで、ストライキに同調しないヴァンダーム炭坑への示威行動が決定され、これが襲撃に変化するところから、革命を彷彿させる民衆蜂起の一日が展開することになるのであるが、これに至る過程で「正義」はどんな役割を果たしたのであろうか。破壊的な暴力は正義の観念ないし表象と全く無縁なのであろうか。それとも正義自体がその変容の過程で「悪化する」ということがあるのだろうか。このことを考えてみるには、第四部七章、森の中での大衆集会におけるエチエンヌの演説が決定的に重要である。彼はここで何を語り、集団的な想像力に何を訴えたのか。

始めはストライキの経緯を事実に即して客観的に報告していた彼も、日ごとに重大化する状況を列挙して闘争継続か否かを問いかけ、参加者の深い沈黙を前にして、語り口を変える。エチエンヌはもはや「組合の書記」ではなく、「徒党の首領、真理をもたらす使徒」として坑夫たちに問う、約束に背くような卑怯者はここにいるかと。一月前から苦しんだのは無駄だったというのか、頭を垂れて炭坑に戻れば、果てしのない貧乏生活がまた始まるというのに。働く者を飢えさせる資本の圧政を打ち壊そうとしてすぐにでも死んだほうがましではないか。このように彼はたたみかけ、競争上の必要から搾取され続ける坑夫の姿を描き出す。そして彼は言う、「貧乏人たちが土壇場に追い詰められて正義を行うときがきたのだ[26]。」

正義を行う（faire justice）というのは、正義の支配を実現するというのとははっきりと異なっている。それは「懲らしめる」「処罰する」という意味である。実力としての正義はもはや待望するのでも再建するのでもなく、労働者が自身でこれを体現し行使することになる。群集はこの正義という言葉を聞いて長い戦慄にゆすぶられ、割れるような拍手に続いて叫び声が上がる。「正義だ。その時がきたのだ、正義だ。」

エチエンヌは続けて述べる。「炭坑は坑夫のものでなければならぬ、海が漁師のものであり、土地が農民のものであるように。」それゆえ代々坑夫として生きて来た民は自分たちの財産を取り戻すだけでよいのである。そして生産手段を集団に帰属させる集産主義のプログラムが語られ、人民が統治権を奪い取ったときに始まる諸々の改革が列挙される。彼はそのようにして過ぎ去った諸世紀の「不公正な建造物」をなぎ倒し、二十世紀の暁の中で大きくなってゆく「真理と正義の殿堂」を築く。「理性はぐらつき、いまや党派主義者の固定観念だけが語っている」と物語はここでコメントしている。森の奥から喝采が響き渡り、月の光が照らしだす林間空き地で、人々の顔は猛り狂い、眼はぎらぎらと輝いて、口を開けている。

それは、民衆の集団的な発情であり、男も女も子供も飢え渇いて、かつて奪いとられた昔の財産の正当な略奪(juste pillage)へと解き放たれた光景だった。彼等はもはや寒さを感じず、この燃えるような言葉がはらわたから彼等を熱くしていた。宗教的な高揚が彼等を地上から持ち上げていたが、それは近く来る正義の支配を待つ、初期キリスト教徒の熱い希望を思わせるものであった。[27]

ここにあるのは月の光の下での集団的な怪物変身の光景である。そのとき正義もまた完全に変容を遂げている。分配の不公正に対する憤慨から出発する正義への希求は、こうして社会集団が自らの手によって実行する正義、階級的な征伐行動へと意味論的に横滑りする。労働は資本に、「神秘の神殿の中で、食うや食わずの者たちの命をすすってわが身を養っているあの非人格的な神」に釈明を要求し、放たれた火の光でついにはその顔を見届け、「人間の肉をたらふく食ったあの奇怪な偶像を血の海に沈める」のである。ゾラのテクストはこれを「信仰による狂気の発作」、

「期待した奇跡を待ちくたびれて、ついにはそれを引き起こそうと決意する宗派」の決起として描き出す。[28] そして第五部五章では「遠くに約束の正義の都市を求めるかのような荒々しい目をした」女房たちを先頭に、二千人の猛り狂った集団が、沈みかかった太陽に赤く血の色に染められて平野を疾走する「すさまじくも美しい光景」が一つの視野から眺められる。これを見つめるのは鉱山技師にエスコートされて、牛小屋に身を隠している支配人夫人や株主・経営者令嬢たちである。彼らは恐怖に捉えられながらも、この黙示録の絵のような光景から目を離すことができない。

それはこの世紀末のある血まみれの夕べ、自分たち全員を不可避的に押し流してゆくことになる革命の赤い光景だった。そうだ、ある夕べ、解き放たれ、手綱を解かれた民衆がこのように街道を疾駆することになるのだ。そして彼等はブルジョワたちの血を全身に浴びる。彼等はとった首を掲げて歩き、打ち破った金庫の黄金を撒き散らすだろう。女たちは遠吠えし、男たちはあの狼のような顎を開いて噛みつこうとするだろう。[29]

『ジェルミナール』が描き出す「革命における正義」は、少なくとも三つの神話・伝説系に依拠していることがここまでの読解で明らかになったはずである。それは「大いなる夕べ」の神話、ミノタウロスの神話、そして狼男の伝説である。[30] ゾラのテクストは「正義」とその派生語の可能な意味の範囲を踏査し、その行程で近代産業社会の生み出した社会革命の神話が、エーゲ海の古代神話と、森深いヨーロッパの土俗的伝承によって批評される。社会的表象の文学的な開拓が、文化的な与件やイデオロギーの内包する神話をその構成要素に解体し、それを用いて新たな絵模様を織りだすことにあるとすれば、われわれが読んでいるのは二次的な神話であり、つまりは神話批判としての物語である。神話を素材とする二次的言語加工の産物という点で、これを叙事詩とみなしてもよいだろう。ゾラ文学という十九世紀社会の叙事詩が、そこで扱う神話的要素の効果性において古代の叙事詩に比肩しうるものとなっているかどうかは、これからなおも検討されなければならない。

# ゾラの鉄道小説『獣人』
## ――連続映像と触覚

ガラス越しに見せることと写真で見せることの間には、近代の商品形態にかかわる本質的な相同性がある。そこに表現されているのは視覚だけによる認識の環境を整備することにより、触覚の断念を求めるという、大衆消費社会を前にした商品の願望である。ガラスのケースは「どうぞご覧ください、でも手を触れないで」という暗黙のメッセージをすでに具体化している。この延長線上に位置するカタログ販売となると、このメッセージ自体が不要になる。

透明な障壁の向こうには本物があるショウウインドウから、シミュラークルに過ぎない写真による商品の提示へと、欲望を掻きたてつつ接触を遮断する装置はその隔離機能を高めるが、購買だけが接触を可能にする限りで、この装置は抑圧していた願望を充足させる契機を含み持ち、それを目的因の如きものにしている。接触は専有によって、それによってのみ可能になるというのが、万人の視線に身を晒す商品の抱く理想なのである。しかし購入されたその瞬間に、この商品は市場から引き剥がされ、商品であることを止める。それゆえ専有者だけに許される接触は、触覚を忌避し視覚のみに訴えるのが近代の商品に一般的な自己提示形態であることと矛盾しない。

このことは、視覚による知覚だけが切り離され、映像それ自体が商品として、あるいは美的評価の対象として独立するための前提になるだろう。被写体が不可触性を高めるのに応じて、写真はそれが写している対象よりも、対象の光学的な捕捉、角度と枠組みを持った一つの眼差しの提示であることを強く主張しはじめる。このように商品を前にした近代市民のモラルと、芸術作品に対する審美的な態度は水脈を通じているが、だからといって、視覚像が喚起する欲望としての触覚は、映像芸術の成立によってそう都合よく廃棄されはしない。身体がその全体性の回復を要求し、いわば野獣が目を覚ます瞬間があることを優れた映像は恐らく知っているのである。ただ多くの場合、この一瞬の目覚めは映像自体が持つ構築性に投げ返され、野獣は市民社会の中での眠りに再び連れ戻されるのであるが。

ゾラの小説が好んで映画的な素材を扱っており、自然主義は映画の中に後継者を見出していることを指摘したのはジル・ドゥルーズである。[1] 自然主義作家が小説の中に「シーン」を導入したことに注目するのであるが、これは視覚体験が運動を伴うものへと変化したことに対応しており、フローベールの小説にカメラワークを思わせる実践がすでに多く見られる。ただ連続する機械的な映像となると、どうであろうか。『獣人』を読むと、ごく間近な距離で展開する出来事が、同時に接触を不可能にする障壁で隔離されており、その映像は機械的な速度で流れ去ることにより、現実と幻影との境界に位置するものとして提示されていることがよくわかる。しかし同時にこの飛び去る映像、人間の視覚が捉えうる限界に近い瞬時の光景が、目覚めた欲望に糧を提供しつづけ、ナイフによる身体の深部への接触、肉体を所有する究極の形態としての殺戮を誘発してやまないのである。視覚的な映像は止めることのできない心的な映像へと転換し、それが触覚の充足を促し続ける。

さて、鉄道が旅行者にもたらしたのは何よりも視覚的な体験であり、軌道の上を機械的に動く窓が、パノラマやジオラマといった光学的な見世物を、写真そして映画へと中継する人工環境の装置として機能したことはよく知られている。伊藤俊治はその『ジオラマ論』のなかで、次のように述べている。「鉄道は自然の風景を変え、また同様に人々の知覚を変えた。鉄道による風景の変貌は実は線路と列車という機械のアンサンブルによる景観の変容であり、いいかえれば生身の人間の視覚と自然の風景との間に『機械の帳』が入り込むのである。人は機械のフィルター越しに風景を知覚する。そして写真もまたカメラという『機械の目』が我々の目と対象との間に割り込む。[2]」車窓という装置越しの光景が生み出す「パノラマ的な知覚」が十九世紀後半にもたらされたものであり、それが百貨店とも共通する「博覧会の時代」の新しい空間体験であったことは吉見俊哉も指摘している（『博覧会の政治学』）。そこに起こるのは「前景の消滅」であり、鉄道においては「速度が客体と主体との間に『ほとんど実体のない障壁』となって割り込む」ことが強調されている。[3]

しかしゾラの小説において見られる映画を先取りする側面というのは、車窓から見る風景の連続的知覚とはやや様相を異にしている。というのも『獣人』を鉄道を舞台とする視覚と触覚の交錯の物語として捉えるならば、まず問題になるのは列車の窓からの視線ではなく、疾走する列車に向けられた視線であり、外から見る列車の窓の連続だからである。乗客の方が視線の対象になっているのだ。これを絶えず見ているのはクロワ・ド・モーフラの踏切番の家で、移動の自由を奪われているファジー伯母である。彼女は家の窓のすぐ外を疾走する列車の、「乗客の横顔が見える小さな四角いガラス窓」が次々と飛び去る様子を椅子に座って一日中眺めている。機関士としてふだんは鉄路の上から沿線の景色を見ているジャックがこの代母の視線を自分のものとするとき、彼は客室の中で行われている殺人の瞬間を「四分の一秒間」目撃することになる。そして、ファジー伯母の夫ミザールから死体の発見を知らされ、現場に駆けつけるのだが、線路脇に投げ出され、血を流して横たわる男のからだを見て、ジャックは自分が一時間ほど前に垣間見た光景が幻覚ではなかったことを知るのである。

ファジー伯母にとって列車の窓の中の乗客は、彼女の存在や運命を関知しない匿名の人の群れである。毎週行き来する何人かの人の顔を見分けられるようにも思えるが、彼らは「稲妻のように」過ぎ去るので、「すべての顔が互いに重なりあって消えうせ、まるで同じもののように」ぼやけ混じりあう。[4]目の前を行き交いながら、決して自分とは接触を持つことのない人々の連続映像。それがまぼろしでなくなるためには、列車は停止しなければならない。その時はじめて乗客は彼女の家の客となるだろう。しかし列車から転落した人間も同様に手で触ることのできるものになっている。ただジャックは線路際に投げ出された死体に触れようとはしない。ミザールが駅への連絡に走り出す前、

「さわっちゃいかん」と規則による禁止を告げたからだ。ジャックがトンネルの出口で見たのは、明るく輝く特別室のガラス窓の向こうで、ある男の胸元にもう一人の男がナイフを突き刺している一瞬の映像だ。彼の心の内に殺害者への感嘆と、同様の行為への欲望、「淫欲のようにいらだつ」人を殺したいという思いが今や生じている。かれはうつぶせになっている遺体の傷口を見たいと思う。だが「肌身がほてってぴりぴりするほどの刺激」を感じながらも躊躇する。そこへやって来て死人の頭を持ち上げ、仰向けて顔と傷口を彼に見せるのはファジー伯母の娘フロールである。[5]

ここでジャックの抱く殺人への渇望は、暴力行為の持つ感染力に由来するようにも思われる。だがむしろ死体への接触の禁止が殺戮の禁止を、つまりそれに対する誘惑を再浮上させているのである。というのも第三者として殺人の瞬間とその帰結に立ち会うのに先立って、ジャックがフロールをもう一歩で刺殺しそうになる場面を物語は用意していたからである。そこでは愛欲に基づく男女のもみ合いからフロールの乳房がむきだしになり、それを見て狂暴な殺意にとらわれたジャックはそばにあったはさみをつかんでこれを白い胸に突き刺そうとし、辛うじてその場を逃げ出したのであった。このような性的欲望と同時に生じる殺意について、物語がこれをジャックの生来の特異性、一種の遺伝的な疾患のあらわれであるとしていることは周知の通りである。本人も自己の内に生きるこの制御しがたいけだものをよく自覚し、それを理解しようとして、この「女を食い殺す狼たちとともに自分を森の奥に連れ戻す野蛮性」は大酒のみの祖先たちの報いであるという説明をしている。[6] このような形で提出されているのはこの小説を作動させるための不可欠の前提、それなしには物語を構築し得ない、主人公を突き動かす原理のごときものである以上、読者は黙ってこれを受け入れる他はない。バルザックの読者ならその人物の情念を受け入れるように、ゾラの人物もその生理を虚構存立の条件として受け入れなければならない。そこにたとえば精神医学的な、あるいは犯罪学的な洞察が含まれているかどうかと問うことは、その学問分野に通じた者しか手掛けられないことをわきまえて。[7]

その上で、物語の装置としての人物の生理がどのように機能しているかを知る必要がある。ジャックは「自分の中に猛り狂うけだもの」と格闘している。格闘しなければならないのは、殺戮が禁忌だからである。充足させてはならない欲望だからである。そのとき彼は、別の人間が「欲望をすっかり果たし」「思いを遂げ」ている様を見る。お手本を見せられたのである。しかしそれは二重に接触を禁じられ、近寄り難いお手本でありつづけている。まずは止めることのできない一瞬の映像として、ついで触れてはならない死体として。この第二章において、殺戮は主人公の歩みの方向、到達すべき目標として設定される。出世をめざす主人公がいるように、あるいは芸術をめざす主人公がいるように、殺人をめざす主人公も可能なのである。彼を導くのは計画的な殺人を成功させた者、その道で青年に模範を示すことのできる人間である。「ああ、卑怯であってはならぬ。要するに思いを遂げること、ナイフを突き立てることだ。[8]」

目標とは定義においてひとつの彼方である。未だ触知できる現実とはなっていない映像である。その映像が主人公の遍歴の動機を構成する。家には帰りを待つ者が残る。残る者にとっては、実は主人公の姿こそが逃げ去る映像なのである。ファジー伯母はジャックの乗る機関車の通る時刻を知っていて、それをいつも待ち受けているのだが、彼女に代わって踏切番となっている上の娘フロールも、ジャックの運転する列車を見張るようになる。そして、決まった曜日のパリ行き急行に一人の女が乗り込み、踏切付近で窓際に顔を寄せるのを確認し続ける。この娘も流れ去る映像を停止させる心理的理由を持つことになるのである。ジャックが走らせる列車を転覆させた後、彼女はトンネルの中で向かってくる別の列車に抱きつくようにして自殺する。ジャックの持つ鋭利な刃物を全身で受け止めようとするかのように。

ジャックが外から一瞬目撃した車内での殺人は、パリ―ル・アーヴル間の路線上の一地点を列車が通過するときになされる。それは殺人のための選りすぐりの場所であり、くり返し戦場となる場所があるように、くり返し犯罪の舞台となる線上の一点を物語はまず用意するのである。点は二つの線の交差によって指定され、鉄道と道路が平面交差する場所が踏切である。殺人のための特権的な環境たるクロワ・ド・モーフラでは、踏切番の家の中で行われている長い時間をかけた殺人の無処罰性が、この土地の人里を離れ、隔離された性格を証言している。ルアンの西北、マローネイとバランタンのふたつの駅のどちらからも四キロのこの場所は、東のマローネイ方向へは長いトンネルのある山が介在し、西のバランタン方向は小さい谷と岡とが連続する起伏の多い地形のため、鉄道は交互に盛り土と切り通しを作って通り抜けている。この地形が大雪の中での列車立ち往生の背景ともなるであろう。一方この線路と踏切で交差する道路は森の中の石切り場をルアン近郊のドワンヴィルの町につないでおり、この二点を往復する運動の中で、物語の開始に先立ち、フロール伯母の末娘ルイゼットは不可解な死を遂げている。死はすでに踏切番の家に棲み着いているのである。ジャックの名付け親がその夫の盛る毒により緩慢な死を迎えたとき、踏切はその潜在的能力であった衝突脱線事故を作り出し、そのことによってわれわれの主人公は線路のむかいの家へ初めて迎え入れられる。それはすでに犠牲者となった加害者の家である。彼はここで、加害者である女を犠牲者にするだろう。それがこの小説における初期設定された目標ないし運命の成就である。線路の手前の家から向かいの家へ。この間の移動がわれわれの主人公の歩みとなる。

クロワ・ド・モーフラという地名は鉄道敷設以前からそこにある屋敷、元ルアン裁判所長で、引退して西部鉄道会社の取締役となり、パリに住んでいるグランモランの持つ家をまず指している。裁判長は乗った列車が自分の所有する家の近くを通過するとき謀殺され、車外に投げ棄てられるのである。読者は彼がなぜ殺され、誰が犯人であるかもわかっているから、犯罪から始まる物語を進行させるのは謎解きではなく、当局による真犯人逮捕の可能性と、共犯者が目撃者を手なづけようとして始まる恋愛の進展と変化のプロセスである。そこからさらにもう一つの殺人事件が、この家の「赤い部屋」で発生するだろう。物語はジャックの「疾患」を提示し、その鎮静化と再発を、つまり最初に設定される目標の一時的忘却と、決定的なその回帰への諸局面を描き出すが、同時にそれは司法当局による真相の誤読ないし隠蔽を可能にする条件の一部をなしている。ジャックとセヴリーヌの物語はその外部を構成する司法の事件読解と並行して用意され、その諸段階は鉄道員たちの職場環境としての路線の起点、終点、および中間点に配分される。そして列車に乗った人物たちの行き来がこの三地点を有機的につなぐ。

ル・アーヴル駅の助役ルーボーは、妻の親代わりのグランモランの庇護を受けて現在の地位を得ている。物語冒頭でこのたたき上げの助役は、暴力に訴えて妻セヴリーヌの過去の秘密を聞き出すのだが、その一年近く後に同じ部屋で、機関士は愛人となった同じ女からグランモラン殺害の経緯を告白されるだろう。パリ・サンラザール駅の構内を見下ろす駅員用宿舎のこの一室は、二つの殺人事件のいわば動機形成をもたらす空間であり、物語の出発と再出発の地点である。ここを住居として会社からあてがわれているのは、ジャックの運転する機関車に火夫として乗り込むペクーである。彼はパリに母親のような妻を置き、ル・アーヴルには愛人がいて、生活拠点をこの路線の両端に持っているのだが、サンラザール駅構内でトイレ番をする彼の妻がかつてセヴリーヌの乳母であったことで、この一室はセヴリーヌの少女時代の生活の場、ドワンヴィルとクロワ・ド・モーフラを呼び起こす契機を用意している。

クロワ・ド・モーフラの家は常に閉じられている形で外から眺められ、人物たちの関心の対象となる家である。その扉が読者の前に開かれるには、すでに述べたように踏切における衝突脱線事故を、すなわちこの小説の一方の主役たるラ・リゾン号の死亡を待たねばならない。それは裁判長がセヴリーヌに遺贈することになっている家だが、グランモラン殺害事件以前の段階で部外者はむろんそんなことは知らない。「いつも閉めきったまま難破したように棄てられ、灰色の鎧戸が西からの雨にうたれて緑色に変わっている」のが列車の窓から見えるだけだ。[9] ドワンヴィルにはグランモランの妹ボヌオン夫人が住み、その家の離れに裁判長がしばしばパリから来て滞在する。その離れでルイゼットは小間使いとして働いていた。ボヌオン夫人は「ルアン社交界の絶対的な支配者」とみなされている女性であり、司法関係に人脈が広く、彼女にはスキャンダルからぜひとも一族の名誉を守る必要がある。これはパリに所在する権力中枢にとって、政権の安定への配慮が何よりも、すなわち真実と正義よりも優先することと呼応し、その縮図となっている。それは常に他人の視線に晒されていることによって、眼差しに敏感にならざるをえない立場を表現している。グランモランがクロワ・ド・モーフラの家に来なくなっていたのは、ルイゼットの事件以後、彼を見る土地の人間の眼差しが厳しいものになっていたからである。裁判は犠牲者をめぐる醜聞をも公開する。ボヌオン夫人は彼女の姪、つまりグランモランの娘夫婦が財産上の利害を主張することの短慮をたしなめ、ルアン裁判所の予審判事ドニゼに、早くから妻をなくしている兄の素行に関する寛大な解釈を提示し、理解を求めるだろう。

鉄道員の世界と司法機構という二つの社会環境を複合的に描き出すこの小説において、鉄道員たちの物語の中心舞台はル・アーヴルにある。ルーボー夫妻は同僚たちの嫉視を受ける立場にあり、この眼差しを代表し、助役の左遷ないし失職を待望しているのが会計係のルブルー夫婦である。物語の冒頭でルーボーがパリの本社に呼び出されているのは、有力者の乗客との間でトラブルを起こしたからであるが、ルブルー夫人はその処理がどうなったか知りたくて隣家に起こるはずの変化を読み取ろうとしている。ルーボーもまた、眼差しの対象となっているのだ。ルーボー夫婦とルブルー夫婦との間には、とりわけ宿舎内での住む位置をめぐって対立があり、展望のある表側と視界を閉ざされた裏側との住み心地の大きな違いが原因を作っている。助役夫婦は駅長の住居と並んで表側に住む権利があると考えているが、足の悪いルブルー夫人には窓の外の駅構内の賑わいと、その向こうに広がる海岸の素晴らしい眺めが大きな慰めなのである。ここでは眺めをめぐる争いが監視を作りだしている。

一方ルーボーの目は何よりも駅構内を見渡す視野、そしてそこから外に広がる風景への展望を物語に提供している。小説冒頭に展開するサンラザール駅構内の俯瞰は、目にするものの構成と動きがその職務により読み取れる人間の視線に依拠している。部屋のストーブの熱さが助役に窓を開けさせると、「六階の角」からの視界が開け、前方のローマ街、左手のガラス屋根の下に広がる行先別のプラットホーム、右手の切り通しの線路とそれをまたぐヨーロッパ橋、その先のバチニョールトンネルへと順次眼差しは向かう。視線は線路に沿って橋から再びプラットホームへと戻り、「職業意識に引き戻された」ルーボーはいま目にしているものを「自分の勤めるル・アーヴル駅と比べ」、興味と共感をこめて飽かず眺めるのである。[10] 第一章を通じてこの窓の外の風景は絶えず夫婦の眼前に戻ろうとするだろう。ル・アーヴルの住まいで視界を奪われていることの代償をここに求めるかのように、セヴリーヌも何度も窓際に身を寄せる。彼等は激しい詰問と暴行の果てにさえ、二人揃って「広い空の前に」立つのである。冬の夕闇が迫って、ガス灯に火がともり、信号の赤や緑や黄色の火が機関車の動きを指示している。それを見つめる中で、ルーボーは計画を練り上げる。

ル・アーヴルでは駅構内を見回るのはルーボーの職務そのものである。第三章で朝五時に駅のガラス屋根の下に降りた助役は、変事の知らせが届くのを待ちながら、列車の発着や操車作業を見守り、視線をいつも以上に敏感にしている。だがそうしながらもプラットホームから外に出て一息いれ、夜明けの空を見上げ、駅の建物群を見渡し、港へとつながる町の広がりを視野に収める時間をとることを忘れない。その広角映像が職場への愛着をもたらすかのように。実際のところ、彼は自分の住居の窓をまたいで、視界を塞いでいるプラットホームの上のトタン屋根を歩き、切り妻の頂に上って、足下に広がる町やマストの林立する港の碇泊区、その向こうの広大な海を眺めながらパイプをふかすのを好むのである。

ルーボーにおいてパノラマ的な展望を持つときの充足感は、一点に釘付けになる眼差し、クローズアップの映像が伝える不安と対照的である。第三章では「特別室のついた二三九号の一等車」を見つめる視線や、駅長室の机の上に置かれた電報を見やり、出勤してきたダバディがそれを開くと、その表情の変化を見逃すまいとする目遣いがある。ついで知らせのなかなか来ないことに苛立ち、大時計を刻々に見上げる視線を経て、早い昼食をとったあと電信係が駆けつけ、その手に握られている二通の電報に釘付けになる眼差しまで、ルーボーの注意力は視覚に集中している。そして事件の起った列車に乗り合わせた経緯をその場で夫婦揃って証言する中、ジャックが合流して前夜トンネルの出口で見たことを語り始めると、ルーボーがジャックを注視するのである。この目はそのまま予審判事の部屋における二人の目撃者の相互凝視の場面、判事自身の意図せざる対決で「真実がさっと空中をよぎる」瞬間へと受け継がれるだろう。

パリとル・アーヴルの中間に位置するルアンはこの小説の中で犯罪捜査と裁判の舞台を提供する。この複合的な物語において、司法の錯誤のプロセスは犯罪の特異性を際立たせるための従属的な筋というわけではない。ドニゼ判事の事件の真実を探ろうとする眼は、犯罪者や目撃者の視線に劣らず重要な地位を占めており、誤読の筋は小説の筋そのものなのである。第四章において、ルーボーの不審人物目撃証言は、ジャックの殺害場面目撃証言と対決させられる。その過程でジャックは「一瞬のまぼろしとして、思い出の中にまるで形がないかのようにぼやけ、すみやかに過ぎ去った映像」だったものが、その場にいるルーボーの横顔と類似していることに驚く。そしてその発見が一挙に確信に変わると、その扱いに戸惑い、ジャックはルーボーと「魂の奥底まで」見つめあうのである。[11] 判事はこの瞬間の意味を取り違え、ジャックが供述を曖昧にするのに応じて、結局助役の与える犯人の特徴がすでに逮捕してある石切工カビッシュのそれに合致することに結局は立ち戻ってゆく。

だが鉄道の管理部門がパリにあるのと同様、司法機構の頂点もパリに位置する。予審判事は取り調べに先立ち、すでに当局から指示を受け、「機転をきかせる」ようにすすめられている。ドニゼがカビッシュの犯行に確信を持つに至り、ルーボー夫妻にもそのことを告げているとき、彼の手許に本省からの書簡が届く。それを注意深く読んで「陰鬱な動かない表情」になる判事の大写し。彼は顔をあげ、斜めにちらっとルーボー夫婦を見る。この視線が二人を不安にする。「どうして判事は彼らを見つめたのだろうか。あの三行の文字、彼らにつきまとって脅かしつづけるあの不手際な至急便が、パリで見つかったのだろうか。」[12]

こうして非業の死を遂げたグランモランに代わって、それと同様の庇護を求めるという形で助役の妻はパリのカミー＝ラモット邸を訪ねることになるが、このときドニゼ判事も司法省事務総長たる彼の私邸に呼ばれていて、高度な政治的判断ともいうべきものを示されるのである。ここで昇進と良心との慎重な取引は約束され、被害者をめぐる醜聞が政権の存立を危うくしかねない刑事訴訟は断念される。第二帝政下のフランスにおける司法権の質について、この小説が抑制のある、しかし明瞭な批評を与えるのはここにおいてである。それは『ナナ』においてみられたような、権力中枢部の極端な退廃というものとは質を異にしている。だがカミー＝ラモットの政治的な判断は、この第五章でセヴリーヌの率直な懇願のもつ上品な魅惑を知ってはじめて、具体的な形をとることは確認しておくべきであろう。彼はグランモランの親密な友人だったことから、その私生活上の悪癖も、セヴリーヌがその愛玩物であったこともよくわかっており、ルーボー夫婦の犯行を見抜いた上でその証拠たるセヴリーヌの手紙を隠し、石切工の筋を追うドニゼに賛同を示した後に、この誤審と冤罪への道筋を放棄させるのである。

一方セヴリーヌは自分を破滅させることの出来る二人の男を、この日はっきりと自分の味方につけた。ジャックとカミー＝ラモットである。ふたりとも彼女が犯人であるという確信を持つに至りながら、彼女を追い詰めず、むしろ彼女の誠実な口調やそれとない打ち明けを好ましく思う。その際、彼女はその淡青色の目で頼りきるように訴えかけ、相手の手をとって、あるいはそれを握り、あるいはそれを自分の頬に押しあてる仕草をする。視覚と触覚との相乗効果で彼女は二人を魅了するのである。このときからジャックとセヴリーヌの交際が始まり、司法の追求を免れたルーボーの夫婦関係の破綻に応じて、二人の間に愛情関係が生まれてゆくのであるが、ジャックがセヴリーヌに抱く愛には、すでに人を殺している女にたいする一種の畏敬の念が含まれている。セヴリーヌはジャック自身の「肉体の夢」を体現し、彼が未経験の世界を知るいわばその道の先達のごとき存在と思えるのであり、そのことによってジャックがひそかに恐れる「欲望と殺人への欲求との混同」が起らなくなる。この恋愛がジャックの遍歴を構成するのであり、それは「病癖からの回復」の過程と重なり、「癒し」をもたらす幸福感に満ちたものとして進行する。気がついてみれば「他人から奪いとる獲物のように死んだ彼女を肩に背負いたいとの本能的な衝動もおぼえないで」、彼女は自分のものになっていた。それが可能であったのは、殺人を実行したことのないジャックにとって、セヴリーヌは他の女とは違う女、「男の血を浴びてこの血が畏怖の鎧の如きものを身にまとわせている女」であったからだ、と物語は説明する。[13]

こうしてジャックはセヴリーヌと関係を持つようになってから「あの遺伝的な恐ろしい疾患」が治ったと信じて疑わない。そして「肉体の所有があの殺人への欲求を満たしたのだろうか」と自問する。この段階ではジャックはセヴリーヌがどのような形でグランモラン殺害に関与したかを知らない。彼の抱く抽象的な確信は殺害という観念を構成しても、それは映像も感覚も伴っていないからである。一方セヴリーヌのほうは、愛の深まりにつれ告白への欲求を次第に強く抱くようになる。そして大雪の中での困難を極めた列車の旅のあと、第八章に至ってセヴリーヌははじめて暖かい室内でジャックと一夜をともにするが、そのときに彼女は「恋をする女」として「すべてを打ち明けてしまいたいという欲求」を抑えきれず、ついに犯行の全貌を明らかにするのである。場所はあの犯行の起点となった部屋、サンラザール駅構内に隣接する宿舎の六階にあるペクーの住まいだ。そしてジャックの内から一度は姿を消していたあの疾患、性的欲望と同時に生まれる殺戮への抑えがたい衝動がここで再び、いっそう強く頭をもたげてくることになる。

この夜セヴリーヌの口から語られるのは、予審判事の調書の中では全く把握されることのなかったグランモラン殺害の状況である。かつて彼女が夫の暴力による詰問で浮かび上がらせた娘時代の光景は、ジャックには驚きではあっても衝撃は伴わない。ルーボーには恐ろしい苦しみをもたらす「忌まわしい映像」であったものも、またジャック自身が目撃した犯行の共犯者による詳細な陳述も、最初は寝物語に過ぎない。だが殺戮によってしか鎮静化しえない、野獣のような身体の興奮を生み出す映像が最終的に作り出され、くり返し再生される点で、同じ部屋でセヴリーヌがする二つの告白は役割を同じくする。そしていずれの場合もテーブルの上に置かれてあるナイフが押さえがたい欲求の方向を明示する。

ここに暴力から暴力への感染があることは否定できない。ただルーボーの経験する怒りと嫉妬の感情が、ジャックには全く無縁であることは確認しておかねばならない。ルーボーが自己の情欲の浄化のために、欲望の対象を汚した人間の殺害を必要とするとすれば、ジャックは肉に対する欲望の原始の形とみなされ、究極の所有としての殺戮を欲するのであり、彼にとっては女の喉にナイフを突き立てることこそが、最高の快楽として描き出されるのである。それは何よりも感触の満足への欲求である。この欲求は裁判長殺しの経緯を告白するセヴリーヌの語りが、行為の完遂の模様を、視覚ではなく触覚で表現することで完全に目を覚ます。実際、セヴリーヌはルーボーがグランモランの喉にナイフを突き立てた瞬間は見ていない。彼女が自分の身体を投げ出し、抵抗する代父の両足を押さえたときにはじめて夫の行為は成就するので、セヴリーヌは身を接している相手にナイフが刺さり、その身体に沿って痙攣が三度、「はじめのは強く、あとの二度は弱く」走るのを全身で受け止めるのである。ジャックはその瞬間の感触を正確に知ろうと質問を繰り返す。それは苦痛でもなく、快楽でもないとセヴリーヌは言う。「だってそれが口で言えるかしら。ぞっとして、遠くまで、とてもとても遠くまで連れ去られる気がしたわ。その瞬間にはこれまでの人生全部より多く生きたみたいに[14]。」

この殺戮は愛の行為の不可能な極限のように提示されているのであろうか。ここで二人は「死の奥底に性愛を見出し、発情中にお互いの腹をえぐりあう野獣のように痛ましい快楽のなかで」相手を奪いあうのであるが、セヴリーヌがたちまち眠りに落ちるのに対して、ジャックはいつまでも眠ることができない。「同じ強迫観念が繰り返し浮かび、同じ映像が次々に連続して現れ、同じ感覚を目覚めさせる」のである。目は一面の闇に大きく見開かれているのに、そこに映るのは「機械的な規則正しさ」で繰り広げられる「細部ごとの殺戮の光景」である。[15] このようにしてグランモラン殺害の光景は、ジャック自身の視覚体験とセヴリーヌの触覚体験を融合することにより、彼の内で感覚をともなう連続映像、感覚そのものである機械仕掛けの映像となり、完全に体内化される。そして隣に眠る愛の対象の殺戮へと欲求は不可避的に移行する。彼のほうは眠らぬまま夜が明けはじめると、触覚のための器官である手がひとりでに動きそうにおもわれ、食卓のうえにあるナイフを取って、そこにみえるセヴリーヌの喉に柄まで通るほど突き刺したいという欲求が抑えがたくわきあがる。もはや意志では自分の手を抑えきれず、本能の衝動に負かされそうになっていることを感じたジャックは大急ぎで服を着て、外に他の犠牲を求めて部屋を飛び出すのである。

ここで目覚めたのは「彼の存在の奥でたびたびうごめくのを感じたもう一人の別な人間、遠い先祖から受け継いだ殺人への渇きに燃えているあの見知らぬ人間」である。[16] アムステルダム街からル・アーヴル広場へと駅周辺で「獲物」となるべき女をもとめながら、彼はねらいをつけた若い女とともにオートゥイユ行きの環状線に乗り込み、その隣に腰掛ける。「トンネルの中でやってやろう」と考えるのはルーボー夫婦の犯行の模倣があることを示している。老婦人が正面にすわり、この若い女と楽しげに語っているのには全く頓着せず、ジャックは相手の喉元を狙っている。だが列車は各駅停車であり、トロカデロで知合いの駅員が乗り込んできたため、殺人は不可能になる。そこから先はジャックの記憶は断片的になり、セーヌ河畔でナイフを投げ棄てたあと「魂のぬけがら」となったジャックは、酩酊者のように町をとめどなく歩きつづけ、カルディネ街の自室にもどって眠り込んでいたのである。

ここでもいったん殺人への衝動は睡眠によりおさまる。目が覚めると「大量の瀉血のあとのように」穏やかな気分で、ジャックはセヴリーヌのもとに戻り、二人の愛は継続し、より深まりさえするのだ。だが人を殺すのが自分の宿命なら、セヴリーヌではなく、彼女にとって邪魔な夫を殺せばよいとジャックは考え始める。代替の犠牲者を得ることによって衝動の対象を本能の命じる方向から逸らせること、それが自己の宿命を知ったジャックの意志的な選択である。その行為が二人の愛を完成させるならいっそう都合がいい。「どうしてルーボーを殺さないのか。おそらくこの男を犠牲にすることで自分の殺人への欲求は永久に満たされるだろう。そうなると、単に得な取引きというばかりでなく、自分はそれによって病気が治ることになる。[17]」この「合理的な」推論に無理があることを物語は重ねて示すだろう。

森の中で出会った二匹の狼は命をかけて雌狼を競いあう。それが生存の法則なら自分はそれに従うべきだ、とジャックは考える。だが幸福追求の「当然の権利」といった思考で、「文明人」は殺戮に対する禁忌を乗り越えることはできない。衝動こそが人を野獣にするのである。邪魔者の謀殺は二度にわたり試みられ、一度は見送りに終わり、二度目は計画的な殺人が本能の赴く殺人に取って代られる。クロワ・ド・モーフラの「赤い部屋」の中で光に照らしだされる半裸のセヴリーヌ。彼女はジャックを勇気づけよう、幸福への約束により臆病を乗り越えさせ、「肉の誘惑」により二人が必要とする殺人を実行させようと、喉元をあらわに接吻を求めて近づくのである。裸体の全身像がいっぱいに押し付けられ接触する。激しい動揺が襲い、意志の力をすべて奪われて、背後のナイフを手に取るジャック。「恐ろしい扉が、この真っ暗な性の深淵にむかって開かれた。死の中にまで性愛を求め、もっと所有したいばかりに破壊してしまうのだ。」

セヴリーヌは「宿命的な殺人」に命を落としたのだとジャックが気付いたとき、彼は「野獣の鼻息、猪がうなるような、ライオンが吠えるような音」を聞いて驚く。それは自分の息遣いであった。けだものへと変身していた時間が過ぎると、ジャックは欲望を満たした誇らしい気持ち、死に至るまで完全に女を所有したという満足感と優越感に浸される。そしてグランモランの死体を見たときに、ここに至る道筋は始まったのだと知る。「人を殺したいという欲望が性欲のようにたかぶり、胸をどきどきさせながら、必ず自分もやってみせると心に誓ったのは、あの夜ではなかったか[18]」(第十一章)。セヴリーヌとの恋愛はこの設定された目標に向けての成長過程であったとみるならば、これは殺人に向けての個人教授の物語、一種の教養小説とさえなるだろう。だが二つの殺人は今や合体し、一つが他の「論理的帰結」であったことをここで主人公とともに確認するならば、それは同時に、避けがたい宿命の物語ともなるだろう。

予言された忌まわしい殺戮を避けようとして主人公のする様々の工夫が、結局はその予言の成就を導くという筋立は西洋古典そのものである。だが『獣人』は悲劇でも聖者伝でもない。ここでは自覚された本能が神託に近いものとして機能するが、主人公は呪われかつ聖別されているヒーローからは程遠い。それは聖別し追放するのが共同体であり、予言の成就は公共の場で確認されなければならないからである。その確認がなされることが都市（ポリス）の正常な機能を証明する。これを逆に言えば、処罰を受けない犯罪者の物語は共同体の崩壊、政体の壊滅を告げているということである。

ジャックの犯行の直後に現場に入り、憧れのセヴリーヌの遺体を抱いて血まみれになっていたカビッシュがその場で逮捕された後、ドニゼ判事は二つの事件を結んで「告訴の論理的な骨組み」を完成し、「共通の張本人」としてルーボーを逮捕させる。早めの相続と遺産の独占が動機となり、それはグランモランの醜聞を問題の外に置くことで御用新聞も喜び、また人間の本性を見抜く洞察力、完全な証拠、見事な論理構成により、法曹界も賛辞を惜しまない起訴状の傑作である。彼はこれを守りぬき、嫉妬による最初の犯行のみを認めるルーボーの供述と、それを受けてセヴリーヌの共犯・有罪を引き出そうとするグランモランの娘ベルトの主張を退ける。カミー＝ラモットだけがルーボーの主張を裏付けるセヴリーヌの手紙を持つが、彼は政体の破局を予感し、自分が持つ証拠品の扱いに困っている。グランモランの醜聞が闇に葬られ、帝政も名誉回復が実現できるドニゼ判事の筋書きを承認すれば、自分も崩壊しかけているこの政体を支えたことになるかも知れない。「ああ、正義とはなんたる下等な幻か。真実がこのように茂みで塞がれているとき、正しくあろうとすることはおとりにかかることではあるまいか。」事務総長はこうしてセヴリーヌの手紙を焼き捨て、それと同時に不幸の予感にとらわれる。「この証拠品を隠滅し、良心に重荷を負わせたところで何になろう。もし帝政が、指先からこぼれるこのひとつまみの黒い灰のように、崩壊する運命にあるならば[19]」と（第十二章）。

パリとル・アーヴルを結ぶ鉄道の路線は終着駅の向こうの世界ともつながっている。海の彼方にあるアメリカは、犯行計画の一部をなす恋人たちの夢想の新世界であった。首都のさらに先の国境で始まった戦争は、兵士を満載した臨時列車を運行させる。ジャックとペクーは脱線事故で「死んでしまった」彼等のラ・リゾン号に代わって、新しい機関車に乗り組んでいる。だがかつてのような「三人夫婦」の関係は、この「生娘」をはさんでは維持できない。ジャックがペクーの愛人に手を出したことにより、ペクーは機関士に反抗的な態度を繰り返すようになっており、機関車のデッキの上は危険な場所にさえなっているのだ。公判が始まると同時に流れた開戦近しの噂は、裁判の判決が下ったころ、議会で激しい討議の後に宣戦の布告となり、鉄道は兵員輸送を優先している。こうしてジャックとペクーは彼らの動かす最後の機関車に乗り込む。

走る機関車を様々な風景のなかで、色々な角度から描いてみせるこの小説において、その末尾が用意する悪夢のような映像はとりわけ有名である。機関士と火夫が鉄板の上で格闘し、転落して車輪に寸断されたあと、縛めを解かれ、狂ったように猛烈な速度で屠殺場に向けて驀進する家畜列車。その光景を手を振りながら唖然として見送るのは、停車するはずの駅の駅員たちである。そこにぎっしりと積み込まれた兵士たちが大声で陽気に歌う愛国歌が、この鎖を離れて疾走する怪物の象徴するものを暗示していることは言うまでもない。

ゾラはこのくだりを書くにあたって、機関士と火夫を失った蒸気機関車がその後どうなるかを専門家に問い合わせている。石炭を大量に供給しておいたとしても、どこまでも走り続けるなどということは無論ありえず、火力が低下するのに応じて三十分ほどで速度を落とし、車両は間もなく自然に停止するというのが得られた回答である[20]。ゾラはそのことを承知の上で、戦場に向け闇の中を果てしなく走り続ける幽霊列車という幻覚的な結びを必要とした。第二帝政は普仏戦争の敗北で崩壊する。自然主義の作家たちにとって戦争とはこの「七十年の戦争」であり、ゾラは『ルーゴン＝マッカール叢書』の第十九作『壊滅』でこれを正面から扱うことになる。『ナナ』の末尾とともに、『獣人』の最終章は言わばその予告を組入れているのである。だが操縦者を失い、制動装置を使いうる車掌も眠り込んだまま、猛り狂った盲目の野獣のように走り続ける列車は、政体の崩壊へと突き進むフランス帝国だけではなく、人類文化の未来をも暗示し、どこまでも増殖をつづける映像の幻想空間を浮かび上がらせる。そこには仮想と現実の転倒、「文明そのものの魔術幻灯(ファンタスマゴリ)」[21]（W・ベンヤミン）への不安が提示されているのかもしれない。

# 近代批評と自然主義
## ――サント＝ブーヴとテーヌ、そしてゾラ

一八八〇年はエミール・ゾラとフランスの自然主義文学にとって画期的な年であった。一八七七年の『居酒屋』によって名声を確立したゾラは、この年『ルーゴン＝マッカール叢書』の第九巻『ナナ』で圧倒的な成功を収めるが、時をおかず彼を中心とする文学グループの共同短編集『メダンの夕べ』の出版があり、そして理論面でも『実験小説論』が世に問われる。また翌年にはバルザック、スタンダールからアルフォンス・ドーデに至る先輩作家や同時代作家を自然主義の先駆者あるいは実践者として総まくりする批評集『自然主義小説家』が公刊される。これから数年がゾラの絶頂期であり、一八八〇年代後半には明瞭なゾラからの離反と自然主義への反抗が始まるのであるが、前後およそ十年の間、自然主義はフランスの文学場を席巻し、北欧やロシアを含めてヨーロッパ的な規模を持つ文芸思潮として時をおかず日本にも紹介された。

自然主義というのは小説家による文学上の立場表明であり芸術運動である。十九世紀前半を支配したロマン主義がこの呼称とは相反して、何より詩と演劇の革新をめざす運動であったのに対して、小説（ロマン）を文学の場の中心に据える最初の本格的な文学運動は、十九世紀も最後の四半世紀に入ってからの自然主義の台頭を待たねばならなか

った。このことは、そこからの離脱や否認を含めて、このジャンルの歴史的展開とその受容に、今日に至っても消し去れない時代の刻印を与えている。ロマン主義と自然主義の間には写実主義文学の時代があると思えるかも知れない。実際、リアリズムこそがロマン主義の理想や夢想に対して、事実ないし現実の正確な提示を目指すものであり、自然主義というのはその亜種あるいは派生形であるとする理解は文学史の概説でよく見られたものである。しかしそれは回顧的な眼差しによるものであり、これを流布させたのは、二十世紀の「社会主義リアリズム」系の文学観である。この観点からは十九世紀前半のバルザックこそがリアリズムの先駆者であり、フローベールが一八五〇年代に小説で実現したものが同時代に提唱された「写実主義」の好例となり、これが六〇年代以降、ゴンクール兄弟、ゾラ、モーパッサンらへと継承されるという理解になるだろう。しかしながら、写実主義の文学運動というのは実態としては存在しなかった。一八八〇年はフローベールが亡くなった年でもあるが、フローベールは書簡を別として、小説の理論や批評の仕事は残していない。ジャーナリズムと徒党を組むことが嫌いな彼にはその意図もなかったと思われるが、いずれにせよレアリスムという言葉にフローベールが好感を示してはいないのは周知の通りである。またこの概念を提起したシャンフルリーやデュランティの著作でこれを代表させても、運動としてはあまり意味がないだろう。彼等はゾラの言によれば「兵卒なき指導者」なのであり、ゾラの時代にはすでにほとんど忘れられた存在であった[1]。

ところで『ルーゴン＝マッカール』刊行開始から十年を経て世に問われた小説理論である『実験小説論』というのは、ゾラの批評的著作の中でも、今日なお評判の悪いものの一つであろう。そのことは彼の小説が、初期作品やいわゆる第三期の作品群に至るまで研究され生成過程が論じられているのと対照的であり、またゾラの美術批評や政治参加をめぐる活動記録、さらには写真集までもが新たにまとめられて刊行され、幅広く考察されるなかで、いわば置き去りにされたままの観さえあることが、これをよく証言していると思われる。『自然主義小説家』がゾラの書いた十九世紀小説の決算書であるとすれば、『実験小説論』は十九世紀の知的精神風土を文学がいかに引き受けられるものであるかを提起しながら、そのためにゾラとその自然主義にとって、大きな躓きの石として長く機能することになる。実際一八八〇年代後半から二十世紀初頭にかけて、ゾラの小説とその理論に対する仮借のない批判は、何よりもその世俗的成功と表裏をなす科学志向の脆弱さを突くものであったが、虚構の世界について科学的実験を語ることの誰の目にも明らかな虚妄は、これを要約するものであると理解されたのである。そして文学における真実は科学における真実とは次元を異にすると言うにせよ、決定論に与せず人間の自由を復権させようと努めるにせよ、あるいは外的事実の調査では到達しえない魂の現実を芸術は捉えるべきであると考えるにせよ、十九世紀小説の帰着点たる自然主義小説の作り出した閉塞感の打破から、概して二十世紀の文学は出発すると見てよいはずである。

しかしオノレ・ド・バルザック没後三十年を経て登場したこの小説理論は、エミール・ゾラにおけるフランス小説の受容を証言しているだけでなく、十九世紀批評の蓄積から多くを引き継いでいる。文学における実証主義はまず批評の分野で覇権を確立するのであり、自然主義はサント＝ブーヴからテーヌへと展開した批評の方法を小説に応用した要素を多分に持っているのである。「精神の博物学」という課題設定、キュヴィエやジョフロワ・サン＝ティレールの比較解剖学に対する参照はバルザックとサント＝ブーヴに共通するものであり、生理学的人間像への関心にはテーヌの「バルザック論」からゾラへの継承が明らかに見て取れる。観察から実験へ、経験的医学から実験的医学・生理学へというクロード・ベルナールの語彙の借用は、十九世紀の小説と批評の言語を支配した生物学パラダイムの新たな展開の企てに過ぎず、この文脈では小説家ゾラの遺伝学への依拠と、その生涯のライバルたる批評家ブリュンティエールの進化論の援用とは、ほとんど兄弟のように共通の空気を吸って生まれた同根の夢想である。博物学と自然主義は同じではない。しかし、博物学者と自然主義者はともに「ナチュラリスト」であり、これを形容詞として用いれば「自然主義の」という限定は「博物学の」という規定ともはや区別がつかない。ゾラがバルザックを誰よりも自己の先駆者と仰ぐとき、両者の等価性は用語の同一性によって保証されているのである。

そんなわけでここではゾラにおける十九世紀批評の受容を糸口として、サント＝ブーヴからテーヌへと展開する実証主義精神と批評との分節のありかたを、主に博物学のパラダイムとの関連において探ってみたいと考える。ゾラにおいても後のプルーストと同様に、サント＝ブーヴの批評とテーヌの批評の一体視がすでに見られる。だがこの二人の批評家の間には、見過ごすことのできない堅い障壁がある。また『ルーゴン＝マッカール』の作家と『失われた時を求めて』を残した小説家との間にはおよそ三十年の時間差があり、この間文学をめぐる問題意識はほとんど一八〇度異なる方向を向くに至っているとみなせるが、興味深いのは両者が批評の課題と小説の問題を、異なった形ではあるがともに同一平面で扱っていることである。よく知られているように、プルーストのサント＝ブーヴ批判は、深い生の現実に対する実証的知性の無力を表明することと対応しており、これは彼の小説作法と不可分のものであった。一方ゾラにおいては、テーヌがその『英文学史』や『芸術哲学』で提起した人間の精神活動の自然的・社会的決定要因の解明が、初期設定された気質を様々な環境に置くという「引き起こされた観察」を支えている。科学と決定論に対する姿勢は肯定対否定と正反対であるが、いわば断層を隔てたように別の層位で共通の土壌は保存されていると見ることができる。そして両者の中間には、批評実践においては実証主義を標傍し追求しながらも、文学作品に対しては芸術と科学の異質性を強調するブリュンティエールやランソンの立場があるだろう。これを確認しておくことも無益ではないだろうが、彼らについての考察は本論の範囲を越えている。

さて『実験小説論』は「この世紀を突き動かす自然への回帰」の確認から議論を始める。すなわち、「博物学的〔＝自然主義的〕展開」が、「人間知性のおよそあらゆる表現を同じ科学的な進路へと導いている」と言うのである。[2] ただ「科学によって規定された文学という考えは、明確に説明され理解を得てはいないので、人を驚かせるものでもあった」から、小説における実験的方法とはどんなものであるかを示すことは、知的表現の博物学的展開ということの釈義を含んでいなければならない。事実ゾラにとっては「小説に適用された実験的方法」に先立って、「小説に適用された批評の方法」の主張があった。そこでゾラは十九世紀の批評史を概観しているのであるが、前世紀からの変革として第一に強調されているのは、この後マルセル・プルーストが「サント＝ブーヴの方法」の名のもとに断罪することになる「人と作品とを切り離さない」伝記的批評の達成したものであった。

批評が今日どのような姿になっているかは知られている。前世紀から批評が経験した変化の完全な歴史を述べるまでもなく（その歴史は極めて教訓的で、精神の動き一般を要約するものとなるだろうが）、サント＝ブーヴやテーヌ氏の名をあげるだけで、ラ・アルプの判断から、またヴォルテールの言及からさえも、どれほど隔たった地点にわれわれがいるかは明らかである。サント＝ブーヴは作品を人間によって説明することの必要性を最初に理解した人間の一人である。彼は作家をその環境に置き直し、その家族や生活や趣味を研究し、一言で言えば、本の一ページをあらゆる要因の産物、つまり正確で完全かつ決定的な判定を下したいと思えば、知っておかなければならないあらゆる種類の要因の産物であるとみなした。彼が書いた諸々の研究は深いものであり、調査の柔軟性において優れ、様々の微妙な陰影と人間の持つ複雑な矛盾に対する鋭敏な感覚を見せているが、こうした研究はそこから出てくるのである。流派の規則によって教師のごとく判定し、作家の中の人間を捨象する批評、あらゆる作品に同じ共通の尺度を適用し、単に文法学者や修辞学者として評価する批評から、それは遠く隔たっていた。[3]

規則に基づいた、共通の尺度をあてがう修辞学的批評からの脱却、それが作品を人間によって説明すること、すなわち作家の人格とそれを取り巻く自然的・社会的条件に関連付けて作品を論じることのもたらした変化である。サント＝ブーヴ自身はこう述べている。「文学ないし文学生産は、私にとっては人間や組織の残りの部分と別のものではない。少なくともそれと切り離すことはできないものである。作品を味わうことであればともかく、それを判定するとなると、人間そのものの認識から独立してそれを行うのは私には困難である。私は進んで〈この樹木にしてこの果実あり〉と言ってもよい。かくのごとく文学研究は至極当然に私を精神研究へと導くのである。[4]」この作家研究は、サント＝ブーヴにおいては「精神の家族」の分類を展望することへとつながる。作品を単に味わうのではなく、「判定する」のが批評家の任務であるとすれば、それは「分類する」という博物学的なプロセスを内包している。「人間の性格の精神的観察」はテオフラストスやラ・ブリュイエールから今日まで「細部や構成要素を扱う段階、個人かせいぜいのところいくつかの品種を記述する段階」に止まっている。「しかし科学が形成され、精神の大きな家族単位やその主要な区分が決定され、知られる日はいつか来るであろう」と、サント＝ブーヴは批評の未来を展望する。彼は「自分が行った観察の間に、その日を垣間見た」とも言う。そして、「いずれにせよ、時間とともに、人間観察家〔モラリスト〕の科学がより広く形成されるようになるだろう」と彼は想像する。「この科学は今日、植物学がジュシュー以前にあった地点、比較解剖学がキュヴィエ以前にあった地点、いわば逸話の段階にある。われわれは自分の責任で単なる個別研究をし、細部の観察を集めているのである。しかし私はそこにある関係や関連を垣間見ており、より広い精神の持ち主、もっと聡明で細部にも鋭敏な者であれば、精神の諸家族に対応する自然の大区分をいつか発見できるであろう[5]。」

この「人間観察家の科学」こそがイポリット・テーヌの実現しようとしたものであったのだろうか。テーヌは文献の歴史的研究における「解剖学」はサント゠ブーヴに始まることを次のように確認している。「今日では、歴史学は動物学と同様に、その解剖学を見出したのである。そして歴史学のどの分野を自己の研究対象としようとも、文献学であると、言語学であると、乃至は神話学であるとを問わず、その分野に新たな成果を挙げようと人々の努力しているのは、ほかならぬこの解剖学的方法によってである。〔……〕サント゠ブーヴほど正しくまた立派にこれをなしとげた者はいない。この点に関してはわれわれは悉く彼の弟子である[6]。」

ゾラもまた、サント゠ブーヴに続いてテーヌが登場し、「彼は批評を科学にした」と要約している。「彼はサント゠ブーヴが名人芸として用いた方法を法則化した。そのことはこの新しい批評道具にある種のぎこちなさを与えることになったが、この道具が手に入れた力には議論の余地がない[7]。」こうした簡略な要約に図式化は避けがたいが、ただ注意したいのは「作家をその環境に置き直し、その家族や生活や趣味を研究」したサント゠ブーヴが文学作品を「要因の産物」とみなしたとゾラが捉えていることである。これは恐らくサント゠ブーヴが目指した批評の方向ではなく、むしろテーヌに固有の立場である。ゾラにおいても後のプルーストにおいてと同様、「サント゠ブーヴの方法」に対するテーヌ経由の解釈が目に付くのであるが、サント゠ブーヴ自身は「原理と原則においては完全に彼と同意見である」と認めた上で、テーヌとの相違、「私の離脱が始まる正確な地点」をはっきりと指摘している。たとえば彼はテーヌの「ラファイエット夫人論」に関して、テーヌが高く評価する感情や表現の洗練を、時代や状況の「結果ないし産物」としてしか見ようとしないのは間違っていると述べ、こう続ける。

「人間の精神は大河のように出来事とともに流れ去る」とあなたは言う。そうであるが、またそうではないと私は答えよう。いや、人間精神は大河とは異なり、同じような水滴の集まりからは出来ていないという意味で、私は大胆にそうではないと言おう。一言で言えば、『クレーヴの奥方』を作り上げられたのは、十七世紀でも一つの魂だけだったのである。そうでなければ、同様の作品が大量に生まれたことであろう。そして一般的に言えば、それぞれの傑作を作るのは、一つの魂、一つの特別な精神形態でしかない。歴史の証言者を問題にするのであれば、等価のものは考えられる。趣味の領域においては、私は等価物を知らない。[8]

これはつまり、要因論や因果律というのは、同一の条件が与えられれば必然的に同一の結果が得られるということを前提としているが、任意の審美的活動である芸術は歴史上の一般的な要因には還元し得ないということであろう。別の言い方をすれば、「才能ほど予期できないものはなく、また予期せざるもの、いくつもの中のただ一つ、全員の中のただ一人でなければ才能ではない」ということになる。[9] サント゠ブーヴが目指すのは作品を味わうだけでなく判定するために、作家の精神を理解し分類することであるが、しかし「人間精神の科学」がこうした遠い構想通りに組織されたとしても、それは相変わらずとても微妙で流動的なものであり、「観察の天性と才能を備えた人間にとってのみ存在することになるだろう」と言う。批評は科学に近づくとしても、「それが巧みな芸術家を必要とする一つの技術〔あるいは芸〕であることは変わらないだろう」と。そして「テーヌ氏の手腕がどれほど見事なものであれ、彼の方法・手法では届かない核心がここにある」とまで明言している。「どれほど巧妙に編まれたものであれ、あらゆる網の目を潜り抜け、これまでその外に常に残ってきたもの、それこそが才能・天分の個性と呼ばれるものである。この学識豊かな批評家は技師がするようにそれを攻め、包囲する。不可欠のあらゆる外的条件でそれを取り囲むという口実により、この個性の輪郭を定め、それを攻め立て、閉じ込める。こうした条件はなるほど個性や個人の独自性に役立ち、それを引出し、それを要請し、程度はともかくそれが行動ないし反応できるようにするだろう。しかしそれを創造することはないのである。[10]」

「天分」や「才能」へのこだわり、これはサント＝ブーヴが何より問題にするのが、むしろプルースト的な「作家の誕生」の瞬間であることを示唆していないだろうか。事実サント＝ブーヴは作家の内には二人の人間がいることを指摘し、いわば生活者と創造者を区分して、その結節点をこそ批評は捉えるべきであると主張しているのである。少し長くなるが引用してみよう。

ひとりの偉人をその栄光の絶頂に至って始めて知る場合、彼がこの栄光を必要としない時期があったなどとは想像できないし、ことは極めて単純に見えるので、人はこの栄光がどんな具合に到来したかを理解しようなどとはちっとも気にかけないことが多い。同様にこの偉人を最初から、有名になる以前から知っている場合、彼がいつかどんな人間になるかと普通は思ってもみないものである。そばで生活していてもこの人間をよく見てみようとはしないし、彼について知るべき最も重要な事柄も見過ごしてしまう。偉人たち自身も彼等の振舞い方によって、しばしばこの二重の幻想を強化するのに貢献する。若く無名で埋もれている時には、彼等は目立たず、沈黙し、注目を回避してどんな地位も求めないでいるが、それは彼等がただ一つの地位だけを望んでいるからであり、それに手をかけるにはまだ機が熟していないからである。後になって皆から会釈され栄誉に包まれると、彼等は自分の出発の時期を影の中に投げ込んでしまうが、それは骨の折れる苦い時期であるのが普通である。彼等は自分自身の形成期を進んで語りはしない。ナイル川がその源流を見せようとしないのと同様である。ところが大作家、大詩人の生涯で、本質的な点はここにある。つまり彼の才能、受けた教育、諸々の状況が協力して、そこにかかる時間や伴う困難の大小はありながらも、彼が最初の傑作を生み出すに至る時の全人間像を捉え、見渡し、分析することである。もしあなたが詩人をこの重大な瞬間において理解し、この結び目を解いて、これ以降彼のうちのすべてがここに結びつくことになれば、つまり半分は鉄、半分はダイヤモンドで出来ている神秘の環の鍵にあたるものを発見し、それが、眩く輝き荘重な彼の第二の人生を、無名で押さえつけられ孤独であった彼の第一の人生に、そんな記憶を飲み込んでしまいたいと一度ならず彼も思うはずの第一の人生に結び付けているということになれば、あなたはあなたの詩人を深く我が物にし、彼を熟知していると客観的にも言えることになるのである。あなたは彼とともに幽冥な土地を渡りきった。ちょうどダンテがウェルギリウスと一緒にそうしたように。[11]

作家の自己創出を荘厳化するこの微熱を帯びた文章において、サント＝ブーヴが『失われた時を求めて』を予告していると言うのは恐らく度を過ごすことになるであろう。プルーストがいわば共時的に表層の社交的な自我と深い創造的な自我を区分するのに対して、サント＝ブーヴは有名になる以前と成功以後との通時的な二つの人生区分に止まっているとも読めるからである。しかし詩人の「受けた教育、諸々の状況」といった伝記的な事実を批評家が詮索するのは、「重大な瞬間」の解明に向けられているのであり、詩人を「深く我が物にし」彼を「熟知する」というのが、プルーストのいう「私たちがふだんの習慣、交際、さまざまな癖に露呈させている[12]」ものを知ることのみに限定できないであろうことは十分に覗えよう。それは「最初の傑作を生み出す時の全人間像」という表現にもはっきりと示されているのではないだろうか。

一方テーヌは「物理的事実であると、精神的事実であるとを問わず、事実は常にその原因を持っている」と主張したのであった。この後にはあの余りに有名になった一節が続く。「消化作用・筋肉運動・体温に原因があるのと同様に、野心・勇気・誠実さにも原因がある。悪徳や美徳も、硫酸や砂糖のように生成物である。そしていかなる複雑な与件も、すべて他のより単純な与件に依存し、それらの交渉から生まれるものである。[13]」しかしここには奇妙な転倒がありはしないか。テーヌがここで挙げている「野心や勇気」、「悪徳や美徳」は作家の精神的事実であるよりは、むしろたとえばシェイクスピアが造形した人物の性格や精神状態を語るにふさわしい語彙である。あるいは両者が「生成物」として同じ扱いを受けている。テーヌはバルザックの「幻視の力強さ」について語りながら、次のようにも述べている。

想像上の人物も現実の人間と同じ条件においてしか存在し行動することはない。彼らは現実の人間が数限りない原因の組織的な凝集から生まれるように、数限りない観念の組織的な凝集から生まれる。彼らは現実の人間が諸原因の同時作用と自然な収斂とによって存在するように、諸観念の同時現前と無意志的な収斂とによって存在する。彼らは現実の人間が生成原因の自発的かつ個人的な働きで行動するように、構成要素たる観念の独立した非反省的衝動によって行動する。その時人物は芸術家から離れ、自分を彼にとって避けて通れないものとし、彼を先導する。だから幻覚の強度は真実のただ一つの源泉なのである。[14]

テーヌが想像上の人物の行動を現実の人物のそれに対応させて語るとき、現実の人物を理解するための手段（諸原因の同時作用）と、虚構の人物を動かす要因（諸観念の同時現前）はともに必然性の刻印を強く帯びて提示される。作家バルザックを描き出しながら、バルザックの人物造形法を自己の批評方法としているかのごとくである。人物が作家を「先導する」のであるから、作家は作中人物によって決定されているとも言える。ジョフロワ・サン＝チレールにならった「人間の博物誌を書こうという計画」がバルザックの才能によく合致したものであることを指摘した後、テーヌはこう続ける。「こうして彼の描く人物の種類と特徴はおのずから定まる。この父にしてこの子ありというわけである。ある芸術家がいかにして創造するかがわかれば、彼がいかなるものを創造するかはわかる。[15]」すでに見たようにサント＝ブーヴも「この樹木にしてこの果実あり」と言った。しかしこれは作家と作品の間の関係を述べたものである。テーヌにおいては、どちらが父でありどちらが子であるかは別として、これが作家と作中人物の関係に置き換わっている。これが批評家とその扱う作家との関係に転じるためには、批評家の側に作家の示す自然の力への愛ないし信頼と等価のものがあればよい。

博物学者から見れば、人間とは、自己の努力だけで真理や美徳に到達できる、それ自体健全な、卓越し、独立した一個の理性ではなくて、他と変わらない単なる力、周囲の状況からその度合いや方向を受け取る一個の力である。博物学者はこの力をそれ自体として愛する。だからその度合いがどうであれ、またどんな風に現れようと、この力を愛する。この力が作動するのを見るだけで彼は満足なのである。彼は象も蛸も同じく喜んで解剖するし、大臣も門衛も同じく喜んで分解するだろう。彼にとって汚物はない。彼は諸々の力を理解し、これを操る。これが彼の楽しみなのであり、他に楽しみはないのだ。〔……〕諸君がもし繊細な人間なら、博物学者の書物をひもとかないほうがよい。彼は事物をありのままに、つまり非常に醜い姿で、何の手心も加えず、また美化することもなく、露骨に描いてみせるだろう。たとえ美化するとしても、奇妙な風に美化するであろう。つまり、彼は自然の力を愛し、かつそれしか愛さないので、この力を拡大したときに生み出される奇形や疾病や壮大な怪物変異を観覧に供するのである。[16]

バルザックの登場人物が「独立した一個の理性」ではなく、状況に規定される物理的な「力の一つ」であることは、この作中人物に働く力が幻視者バルザックを決定する限りにおいて、バルザックを一つの力の場としてあつかうことを必然化するだろう。そしてテーヌはバルザックがその作中人物とそこに作用する力をそれ自体として愛するように、バルザックと彼を規定する動因をありのままに愛するのである。テーヌは古典主義的な教養の読者がバルザックの文章に接した時に見せるはずの反応を例示して、その文体論の導入としているが、女性中心のサロンから男だけの集まりであるクラブへと社交の場が移行し、会話の内容も形態も大きく変化したことにこの文体の裏付けを見ている。「良き文体とは自分の言うことを聞いてもらい、理解してもらう技術である。この技術は聴衆が変われば変化する。〔……〕だから良き文体は数限りなくある。諸世紀と諸国民、そして諸々の偉大な精神の数と同じだけある。[17]」先にサント＝ブーヴが批判を込めて引用しているのを見た、「人間の精神は大河のように出来事とともに流れ去る」というテーヌの一句も、この文脈に置きなおせば別の輝きを帯びるであろう。テーヌはさらにこう続けている。「諸世紀の間、諸々の精神の間には、諸々の生物種の間、諸本能の間と同じくらい堅固な障壁がある。自然の多様性は後者における本能の多様性を基礎づけ、同様に前者における文学の多様性を基礎づける。社会史は自然史の延長に過ぎない。そしてあらゆる文体をただ一つの規則で判定できるとする自負は、あらゆる精神をただ一つの鋳型に還元したり、全部の世紀をただ一つの図面の上に再構成しようとする意図と同じくらい途方もないものである。[18]」しかし作家の仕事はその時代の条件に照らし合わせて理解しなければならないというのは、サント＝ブーヴも力説したことであった。次に挙げるのはバルザックへの追悼記事の一節であるが、その中でサント＝ブーヴは、『人間喜劇』の小説家を通して作家の肉体と生理への関心が批評にとって欠かせないものになったと指摘している。

バルザック氏は運動選手のような身体と、栄光に夢中の芸術家としての情熱を備えていた。とてつもなく大きな彼の任務に適うには、それだけのものが必要であった。こうした精力的で筋骨隆々たる肉体組織が、自分に作り出せるもののすべてを自分から引出そうといわば覚悟を決め、この骨の折れる無謀な行為を二十年にわたりやり通すというのは、われわれの時代になって初めて見られたことである。ラシーヌ、ヴォルテール、モンテスキューといった人たちの作品を読むとき、彼等が身体頑健で精力家であったかどうかなどは、それほど気にならない。ビュフォンは筋骨逞しい人間であったが、彼の文体はそれを語ってはいない。多かれ少なかれ古典的なこれらの時代の作家たちは、彼等の思考だけで書いたのであり、彼等の生活の上位部分、全く知的な部分、存在の本質だけを用いて書いたのである。今日では、作家が自分に、また社会が作家に巨大な仕事量を短い期限で課すために、作家は素早くそして強く読者に働きかけねばならないために、彼はそれほど観念的にも繊細にもなる時間がない。作家の人格、その組織の全体が投入され、それは作品の内部にもはっきりと示されるのである。彼はその混じりけのない思考だけで書くのではない。その血と筋肉をも用いて書くのである。作家の生理と衛生は、その才能の分析において欠かせない一章となった。[19]

生理学や解剖学への関心はサント＝ブーヴにもテーヌにも等しく共有されている。しかしサント＝ブーヴは自分の扱う作家を「深く我が物に」し「熟知する」ために、その「才能の分析」のために「自然の方法」を用いようとするのであり、科学では説明できない「神々しい黄金の小片」[20]がどこまでも残ることをむしろあらかじめ承認している。一方テーヌは作家を動かす事物の力を信頼し、それをありのままに愛しようとする。だから彼にとって汚物はないのである。テーヌはサント＝ブーヴとは違って自己の趣味ないし良き趣味を語ることはない。むしろ人々の趣味、その変遷を語るのである。だから彼はラシーヌもシェイクスピアも等しく、しかし別の観点から高く評価する。ラファイエット夫人への愛は決してバルザックへの愛を妨げない。彼においては決定論が尺度の多様性、評価の柔軟に何よりも寄与しているのである。

テーヌはバルザックを論じながら、自然の力を愛するこの作家が観覧に供する「奇形や疾病や壮大な怪物変異」に言及した。今日の読者から見れば、この規定は『ルーゴン＝マッカール』の世界にこそふさわしい。だがゾラはバルザックのような幻視者ではない。自分の作り出す虚構世界の制御を自負する「実験的モラリスト」[21]である。テーヌにおいて小説から批評への密かな方法の回路が「博物学者」バルザックを介して成立したとすれば、ゾラはこの回路を逆方向へ戦略的にたどる。テーヌの批評方法を経由してバルザックの博物学に自然主義を重ね合わせる。

テーヌ氏がしている研究をひもといてみられたい。彼の方法の作動する様がわかるであろう。作品は人間の中にある。バルザックは債権者に追い立てられ、途方もない数々の計画を積み上げ、渡した手形を決済するために夜を徹し、頭からは絶えず湯気を上げげつつ、『人間喜劇』を書くに至る。私はここで体系を評価しているのではない。それを提示し、どの程度これに肩入れするにせよ、今日の批評はここにあると言いたいのである。これ以降、人はもはや人間をその作品から切り離すことはないであろう。作品を理解するために、人を研究することになるであろう。

ところで、われら自然主義作家は実にこれと異なる方法を持たないのである。テーヌ氏がバルザックを研究するとき、彼はバルザックが例えばグランデ親父を研究する際に行うこととそっくり同じことをやっている。この批評家が作品を理解するために作家に対して行う操作は、この小説家が人の行動を理解するために人物に対して行っている操作と同様である。どちらの側にも環境と状況に対する同一の関心がある。バルザックがグランデの生活する街路や家を正確に規定し、彼を取り巻く人間たちを分析し、この吝嗇漢の性格や習慣を決定した数々の些細な事実を明らかにする様を思い起こされたい。これは〔テーヌの〕環境と状況の理論の寸分たがわぬ適用ではないだろうか。繰り返して言うが、なされている仕事は同一なのである。〔……〕

それだけではない。ここに見られるのは今世紀が自然主義〔＝博物学〕の方向へ進化したその二重の結果なのである。掘り返してみれば、結局のところ同一の哲学的土壌である実証的な調査にたどり着くであろう。実際のところ、今日では批評家も小説家も結論を下したりはしない。提示するに止めるのである。これがわれわれの見たものです、このようにかくかくの作家はしかじかの作品を作り出し、かくかくの人物はしかじかの行為に至るほかなかったのです、と述べているのだ。どちらの側でも、人間機械が作動する様子を示し、それ以上のことはしない。[22]

テーヌがバルザックを理解しようとして行う操作はバルザックがその作中人物を理解しようとして行う操作と同一の仕事であるとゾラは言う。しかしバルザックにその人物たちを「理解」したり、「研究」したりする必要があったのだろうか。「環境と状況の理論」や「実証的な調査」を語りながら、ゾラはここで自分の行う作業とその前提となる理念を述べているのではないか。バルザックの「博物学」が観察に基づく科学である以上に、直観と幻視（ないし透視）の力に依存するものであったことはサント＝ブーヴも指摘している。バルザックは「半ばは観察し、半ばは自分で作り出した」人物とその世界から外には出ず、「その中に住んだ」のであると。そして別の論者の言葉を引いて自分の評言に代えている。「バルザック氏は観察者であり分析家であると度を越えて繰り返し言われてきた。彼はそれ以上であるかそれ以下であるかのどちらかである。彼は幻視者〔あるいは透視能力者〕なのだ。」[23]

二十世紀に入っても繰り返されるバルザック論の主要テーマの一つが、ここで作家の逝去と同時に提出されている

料金受取人払郵便

綱島郵便局
承認
2960

差出有効期間
平成32年3月
31日まで
（切手不要）

郵便はが

223-879

神奈川県横浜市港北区新吉田
1-77-1

水声社

|御氏名（ふりがな） | 性別<br>男・女 | 年齢 |
|---|---|---|
|御住所（郵便番号） | | |
|御職業 | （御専攻） | |
|御購読の新聞・雑誌等 | | |
|御買上書店名 | 書店 | 県<br>市<br>区 |

# 読　者　カ　ー　ド

は小社刊行書籍をお買い求めいただきありがとうございました。この読者カードは、小社
関係書籍のご案内等の資料として活用させていただきますので、よろしくお願い致します。

お求めの本のタイトル

お求めの動機

聞・雑誌等の広告をみて（掲載紙誌名　　　　　　　　　　）
評を読んで（掲載紙誌名　　　　　　　　　　）
店で実物をみて　　　　4. 人にすすめられて
イレクトメールを読んで　　　　6. その他（　　　　　　）

本書についてのご感想（内容、造本等）、今後の小社刊行物についての
ご希望、編集部へのご意見、その他

わけであるが、バルザックにとって虚構の世界と現実の世界、小説中の人物と現実の人間の間にほとんど区別がなく、サント＝ブーヴが例示するように、自分の作り出す世界に「いわば酩酊していた」のであるとすると、ゾラの目からはそれは方法の無自覚を意味したであろう。事実『自然主義小説家』の中で、ゾラはバルザックを自然主義の最大の先駆者として仰ぎながら、『人間喜劇』の作者はその批評精神の欠如のために、自分の作品の文学的影響力や社会的な射程を十分に捉えていなかったとするのである。ゾラはここでバルザックの批評的著作「肖像と文芸批評」について報告しつつ、一貫した文学観や小説理論は見られないと述べる。「〔バルザックには〕根本概念が欠けているのである。彼には科学的な真実に立脚してそこから論理的な判断を演繹するということがない。なるほど彼の本を読むと、どのページであれ、われわれのつかんだ真実にすべて出会える。ただそれらは幻視者の混乱した夢想の中で垣間見られたもののようにそこにあるのだ。[24]」そして『従妹ベット』の作者ともあろう人間がなぜ『アイヴァンホー』の著者を、さらには凡百の歴史小説家たちをあれほど賛美しなければならないのかと問う。それはバルザックが自分自身の天分をよく意識していなかったからではないのか。それゆえバルザックの真価は、無自覚ではありながらも近代的な「自然主義小説〔＝博物学的小説〕」を創始した人間としての評価は、自分が提示しなければならないということになる。自然主義作家は、「自分が自然に即して取り出した登場人物を研究するために用いた観察や分析の道具を、任意の作家の研究に使えばよい[25]」のであるから、最良の批評家ともなれるというわけである。これは無論我が田に水を引く議論ではあろう。そうした姿勢は彼の「フローベール論」にも「ドーデ論」にもはっきりと出ている。それはこの時期、ゾラが明瞭な文壇戦略を持って批評を書き、『実験小説論』と『自然主義小説家』としてまとめたということを何より意味している。近代小説の富の最も正統な継承者として自然主義小説を提示すること、これがそこに賭けられていたものであり、近代批評を貫く実証主義精神への小説の依拠は、これを幻視ではない覚醒者の意識的な博物学とするだろう。

周知のように『実験小説論』が援用するのはクロード・ベルナールの『実験医学序説』である。クロード・ベルナールは「無機物の研究、化学や物理学に適用された実験的方法が、生理学や医学といった生体の研究にも適用されねばならない」ことを示した。これを受けてゾラは、「もし実験的方法が身体活動の認識に導くのであれば、それはまた情念や知性の活動の認識にもつながるはずである」ということを証明してみようと言う。[26]「そこにあるのは化学から生理学へ、ついで生理学から人類学や社会学へと、同じ進路の段階の問題に過ぎない」のであり、「その先端に実験小説がある」とゾラは見取り図を与えてから始める。クロード・ベルナールによれば「実験は結局のところ引き起こされた観察に過ぎない」のであり、「生体の自発性は実験の有用性と対立するものではない」ことが示されているのだから、「科学的生理学」が行うことは「科学的心理学」にも可能なはずである。そのためには「環境」の概念を拡張すればよい。無機物が反応する外部環境から生体内の環境へ、そして気質や情念が影響を蒙る社会環境へと、この言葉が持つ意味の幅に応じて移行は容易である。

　具体的には小説における実験とはどんなことか。ここでゾラは先駆者バルザックの『従妹ベット』を例に取る。すなわちユロ男爵を「一連の試練にかけることによって」バルザックは「一人の男の多情な気質が自分に、家族に、そして社会にもたらす荒廃[27]」という観念を検証したということになるのであるが、それが実験である根拠となると、一見したところ、そこには一種のアナロジー以上のものはないように思われる。科学において実験者は通常、観察を通して得た概念の価値を「点検ないし検証するために」実験を行うのであるが、小説家も観察者と実験者から成り立っている。「彼の中の観察者は自分が観察したままの事実を提供し、出発点を提示して、登場人物が歩み現象が展開することになる堅固な領域を設定する。」換言すれば、これは主題（観察を通して得た概念）、人物、舞台の設定であろう。「ついで実験者が姿を見せ、実験を行う」ことになるが、これは「個別の物語の中で登場人物を動かす」ことであり（つまりストーリー）、そこで「検証に付されている現象の決定要因が要求しているような事実の継起があるだろう」ということが示されるとゾラは言う。「現象の決定要因」を強調すれば、登場人物は言わば概念の繰り人形になってしまうのではないか。どうしてそれが実験とみなせるのであろう。ゾラの小説にあっては舞台と人物の設定が先にあり、筋ないし出来事は後から作られている。人物の性格ではなく心理・生理学的な「気質」を、単なる物語の舞台ではなく生物学的な「環境」を問題にするところが、「自然主義小説家」としての面目であるが、それは小説の決定論への屈服を強化することにしかならないのではないか。しかしここで注意したいのは、バルザックを例に取って、登場人物を「試練にかける」ことで、観念は検証されるとゾラが考えていることである。試練にかけられた人物が、その気質によるにしろ環境の力によるにしろ、作家の当初の意図を越えて反応し、動く自発性を持ち、作家の持つペンを動かすならば、その限りにおいて、小説は実験の性格を帯びることになるだろう。この点からは、「実験小説は単なる実験調書であり、小説家はこの実験を読者の眼前で繰り返しているのである」[28]というゾラの言及は見逃せないであろう。これは読書こそが人物が「生きている」かどうかの検証の機会であり、読者のストーリーへの同意以外に物語の真実はないということである。[29]

ゾラの『実験小説論』は科学と芸術の混同を何よりも非難された。決定論を文学の中で擁護する以上、虚構の世界で科学的な真実を主張していると解されたのである。ギュスターヴ・ランソンはそうした理解を次のように述べている。

> 真実という言葉の曖昧さをまず避け、科学的な真実と芸術上の真実を区別しよう。前者だけが真正な真実であり、後者は比喩によって真実なのであって、かつては本当らしさ、まことしやかさ、あるいは真実の似姿という優れた言葉で呼ばれていた。これら二つの概念の間にある相違は大きなものである。一方では人は認識し、他方で人は再認する。一方には合理的な必然の意識があり、他方には実質的な類似の感覚がある。
>
> これら二つの観念を分離し、小説はレオナルドやレンブラントの絵のように真実ではあり得ても、ラプラスの証明やパスツール氏の実験のように真実であることは出来ないということに留意しよう。言葉の両義性によって、今日ではそうした誤解が一般化しており、作者にとっても読者にとっても科学と文学の有害な混同が定着している。しかしどんな文学作品も、科学が追求するような明証性と確証性を持った認識をわれわれに与えることはない。[30]

これはその通りであるが、ここでランソンに逆らって言えば、「本当らしさ」や「真実の似姿」はいわば古典主義的な概念であり、十九世紀以降、作家たちはことごとく「真実そのもの」だけを追求してきたということを指摘しなければなるまい。必然の相のもとに物語を提示しない限り、もはや読者はその世界に時間を捧げ、精神を集中させる必要を感じない。真実を提示ないし証明することの保証と引き換えに、虚構世界への読者の同伴ないし検証への参加を確保するというのが恐らく近代小説の引きうけた契約だったのである。そこから決定論が持ち得た強い吸引力も生まれる。[31]二十世紀に入ってこの構図は変質することになるが、それは何よりも真実の単一性を前提とする言説構造が崩壊をみたということである。推論は複線化し現実は固定できないものとなるのに応じて、芸術における現実の探求自体を物語としたり、物語作りの過程を小説化するのに読者は立ち会うことになる。そこでは読者の真実と明証性への欲求がいわば担保に取られているのである。

生理学的人間像の提示と、人間を「補完する」ものとしての環境への強い関心、これは確かにバルザックとゾラに共通するものであろう。そして両者を媒介する位置に批評家テーヌがおり、彼はサント゠ブーヴが構想した「精神の博物学」の取りうる一つの姿を、『月曜閑談』の批評家のいわば漸近法とは異なり、芸術生産の要因論として提起した。しかしそこでは芸術家の作り出してゆく世界の力学が芸術家を決定するという意味で、常識的な因果論はしばしば転倒されている。作品が作家を作るのであり、その逆ではないということの例証が、外見とは逆にテーヌの仕事から浮かび上がってくるのである。その代表例が彼の「バルザック論」である。ところで幻視者ないし透視能力者バルザックにとっては、虚構の世界がほとんどそのまま現実であった。だがゾラにとって、幻視や透視能力を自負することは問題外であった。恐らくそのために、彼は科学に基づく夢想を必要とした。そしてそれを仕事の中で、仕事の中だけで、白昼夢のごとき強度に至るまで自覚的に高めたのである。科学が夢想の源泉たりうることは、夢想が科学への誘いともなりうることと同様、ガストン・バシュラールやミシェル・セールの仕事を通じて、すでに広く共有されている認識であろう。ただしゾラにあっては、科学への準拠は漠たる夢想としてではなく、一貫した真実探求のあり方として提出されなければならなかった。それが時代の要請というものであり、この時間のファクターを抜きに、十九世紀の小説や批評を理解することはできないのである。ゾラは『実験小説論』の末尾でこう書いている。

例えばわれわれの実験小説の中で、遺伝の問題や環境の影響について今日科学が知っていることすべてを尊重した上で、この分野で思い切って仮説を提起してみることはできるだろう。われわれが進路を準備し、観察された事実、人間についての資料を提供すれば、それらが非常に有用なものになるかも知れない。ある偉大な抒情詩人は最近、われわれの世紀は預言者たちの世紀であると声を大きくして言った。なるほど、そうも言えるだろう。ただこの預言者たちが非合理にも超自然にも依拠しないだろうということは了解されていなければならない[32]。

『ルーゴン＝マッカール』は、その作中人物である医師パスカルの調査・研究を通じて「遺伝の問題」を虚構の内部装置へと変換するだろう。物語構成のための仮説に物語の内容としての仮説を対応させ、その連動により所与の遺伝理論を全体として虚像化するという仕組みを用意したのである。そのことによって、科学の手続きは夢想の生産機械へと転換を遂げている。物語が終わるとき、この仮説とその論拠の総体は、それを憎む者の手によって焼き払われている。だが虚構の内部では失われてしまったこの科学物語の概要と論証手続きを、読者は作中人物を通じてすでに聞き終えている。読者が読んだばかりの物語を主人公が書くことに至る小説への期待の地平は、おおよそここで開かれているのである。

# Ⅲ　プルースト

# 恋と環境
## ——プルーストの小説の「小さな核」をめぐって

「スワンの恋」は、信じることの社会的機能への示唆から、その物語を始める。すなわち、ヴェルデュラン家の「小さなグループ」に属する為には、唯一のしかし不可欠の条件があって、その条件とは一つの綱領（＝信経 credo）に暗黙の同意を与えることであり、これを検証に付すことなく受け入れられない常連（＝信者 fidèles）は排除されるに至る、というのがそれである。

『失われた時を求めて』の第一巻『スワン家のほうへ』の第二部の標題が「スワンの恋」であるが、その冒頭の一節は、この恋の物語が、一つの集団への加盟とそこからの排除という、すぐれて社会学的な主題を主軸として展開し、そこで問題となっているのが恋愛心理のメカニズムである以前に、恋とその環境を司る社会交換の原理であるとみなす、一つの読解へ、我々を招いているように思われる。このような読解の根拠となるものは、一つは、「スワンの恋」が物語の巨視的構成において、ヴェルデュラン家のサロンからのスワンの追放という転回点を持ち、スワンの心理の病理学的解剖は、彼の恋が息づくべき社会環境の有無という外的条件の変化に従属するという、分析対象についての評価であり、もう一つは、この物語が提示する社会交換の形態は、テキストを歴史的、文化的な諸条件に結びつける語彙の媒介者としての機能に則して理解されねばならないとする、概念操作上の認識である。「スワンの恋」が、「小さな核」からのスワンの追放という事件によって、二分割し得る物語構成を持つことは、いくつかの関与的特徴の対立によって容易に見てとれる。ここで我々がスワンの追放と呼ぶのは、ブローニュの森での夕食会の後、ヴェルデュラン夫人がスワンにだけ翌日のシャトゥへの遠出の計画を告げず、不安になったスワンがいつもの通りオデットと自分の馬車で帰ろうとするのを妨げて、彼女をフォルシュヴィルとともに別の馬車で連れて帰るくだりである。(1) この出来事はスワンとオデットの関係の終わりを導きはしないが、ヴェルデュラン夫人がスワンを集団から排除し、オデットを彼からとり上げてフォルシュヴィルに与えることで、破門宣告をしたものであり、その点でこの事件は、『失われた時を求めて』全体の展望においては、後にヴェルデュラン夫人が、シャルリュス男爵からモレルを引き離す策略に成功する事件(2)の、先触れないし前例を構成するのである。

実際、スワンのヴェルデュラン家のサロンでの失寵の経緯は、同じ環境からのシャルリュス男爵の放逐と重ね合わせることにより、この集団の綱領が含意する権力構造を明らかにするのであるが、「スワンの恋」と同様に「シャルリュスの恋」を語ることができるとしても、その前提と帰結は同じではない。すなわち、愛人関係にあるスワンとオデットの間を裂こうとするヴェルデュラン夫人の試みは十分には成功せず、他方シャルリュス男爵とモレルの仲は彼女の介入により完全に絶たれるが、この時二人の間の特別な関係は、言わば形成途上であった。そしてオデットはスワン夫人となって、ヴェルデュラン家から独立することになるが、シャルリュス男爵の願ったモレルとの養子縁組の企図は、ヴェルデュラン夫人によって決定的に阻まれるのであり、シャルリュス男爵の受けた打撃の大きさとその悲劇的色調は、皮肉な態度によって自己の愛に距離を置くことが可能になる、スワンの不幸の確認とは大きな違いがある。

しかし「スワンの恋」と「シャルリュスの恋」は、次のような点で、後者が前者の延長線上にあり、また増幅された相同関係にある物語である。まずスワンもシャルリュス男爵も、フォーブール・サンジェルマンで自己を形成した人間が、それに対する陰険な嫉妬という形で貴族社交界の引力を受けている集団に快楽を求めて降りて行き、そこで主宰者の逆鱗にふれて愛の幸福を奪われるという点で、二つの追放譚はよく呼応しており、またヴェルデュラン夫人がゲルマント大公夫人となって社交界を征服するという、『失われた時』の物語の大枠における、この女主人の闘争の過程を色どる物語であることからも、両者は同一の時間軸の上に位置づけられる。それに、シャルリュス男爵がスワンの友人としてまず登場し、スワンが物語の前景から遠ざかるのに応じて中央に進み出て、その役割を引き継ぐ人物であるとするなら、モレルはその出身階級においても、またサロンにおいて果たす機能においても、オデットの持つ要素を受け継いでいる。モレルはアドルフ叔父の従僕の息子として、語り手の前に「バラ色の婦人」の写真を持って現われる[3]のであり、オデットがスワンをヴェルデュラン家に招き入れたのと同様に、シャルリュス男爵をラ・ラスプリエールの水曜日の集まりに連れて行く[4]のである。

さて、「スワンの恋」は、ヴェルデュラン家のサロンに属するオデットによって、スワンがそこに招かれ、「小さな核」に加盟することから物語が始まり、「スワンの追放」という転回点を中間に持ち、オデットがヴェルデュラン夫人と袂を分かってスワンと結婚する、いわゆる「教会分裂（シスム）」[5]がこれに外接するという構成を持つ。『スワン家のほうへ』の第二部である「スワンの恋」は、シャルル・スワンの結婚に先立つ物語で、語り手の幼年期を扱う第一部「コンブレー」以前の時代の話であるから、「教会分裂」に言及があるのは、小説の第二巻『花咲く乙女たちの影に』の第一部、「スワン夫人をめぐって」に至ってである。「スワンの追放」はヴェルデュラン夫人から引き立てが得られる状態からのスワンの失寵であり、「スワンの恋」の中心的事件とみなせるが、この追放が具体的に「恋」にもたらした変化は、すでに述べたように二人の関係の終わりではなく、「スワンとオデットを結びつけたサロンが、彼等の会う約束の障害となる」[6]ことである。これ以降、スワンはオデットと人前に現われることが不可能になるのであり、スワン自身の交際圏（フォーブール・サンジェルマン）にオデットを連れては出られない以上、ヴェルデュラン家のサロンからの放逐は、彼の恋がその受け入れられる社会環境を失ったことを意味するのである。

これに伴って、スワンとオデットの関係はある変質を蒙る。スワンにとってオデットは「囲われた女」[7]としてしか会うことの出来ない人間になったにもかかわらず、彼女を閉じ込めて、自分以外の一切の交際を禁じるという形の支配を行使できない、やっかいな存在となった。彼の恋は、社交人の生活の一部たる情事という性格を失い、その対象の不在の時にも彼の意識の全てを占める苦悩の源泉、一つの病と変わったのである。この状況を端的に示すのは、オデットがバイロイトの音楽祭の期間、近くの城館を貸り切って、そこへフォルシュヴィルを始めヴェルデュラン家の常連を招待するという計画を示した時、それには参加出来ないスワンがその費用を負担するという話である[8]。これを容認し、女主人の役を演じたいというオデットの願望に応ずるに至るスワンの心理の動きがどのようなものであれ、ここには「消費されることが必要な愛の激発[9]」挑戦的な贈与によってパートナーの独占的支配をめざす、ポトラッチ的性格の愛の形成を見てとらねばならないだろう。

ところで、「スワンの恋」と「シャルリュスの恋」との相同関係、発展関係を象徴的に提示するものが、物語には用意されている。それがヴァントゥイユの音楽である。二つの愛と追放の物語は、スワンとオデットの愛の国歌たる「小楽節」を含むヴァイオリンソナタと、シャルリュス男爵がモレルの売出しの為にヴェルデュラン夫人と協同で催す音楽会（そこで男爵は放逐される）において、このヴァイオリニストが演奏する七重奏曲——同じ楽節を含みながら新しい装いで現われ、ソナタの白い牧場の夜明けに対して、嵐の翌朝のバラ色の夜明けから始まる七重奏曲——をそれぞれ象眼することにより、同じ主題の増幅、発展、完成という関係を後者が前者に対して持つことが暗示されているのである。

ただここで、ヴァントゥイユの音楽が「スワンの恋」に対して関わるあり方と、「シャルリュスの恋」に対して持つ関係との間には、大きな相違があることも事実である。ソナタが追放の以前と以後に異った意味と形象をもってスワンに理解され、そこに彼が投影するものが逸楽から深い苦悩へと変化することで、この追放譚を色どるとすれば、七重奏曲はシャルリュス男爵放逐の夜、彼の愛の対象たるモレルによって演奏されることで、このドラマチックな事件の証言者となるのである。更に、スワンがヴァントゥイユの音楽から人生と芸術に関わる精神的なメッセージを引出そうとするのに対し、男爵が関心を持つのはモレルの演奏会の社交的成功と、それによってこの美しいヴァイオリニストに対して確立すべき保護者としての支配力である。七重奏曲の演奏において、男爵は芸術の外側に止まるのであり、スワンの把みかけたものを引継いで、ヴァントゥイユの音楽の外化する魂の現実に接し、芸術による真に個的なものの伝達の可能性について思索を深めるのは、語り手自身の役割なのである。

我々はここまで、「スワンの恋」が一つの追放の物語であり、またそれはシャルリュス男爵の物語と有機的に関係づけられており、二つの追放譚がヴェルデュラン家のサロンという環境を共通の舞台として持つことを見てきた。ところで物語が読み取らせるのは、人物たちの心理のドラマであると同時に、その根源にある社会的原理である。プルーストの小説が、社会的な記号を芸術の記号に加工し生産する装置であるとするならば、物語のディスクールはそれが吸収する既成の記号の布置によって、自らをまた社会的なものとして提示しているはずだからである。

さしあたって問題なのは、ヴェルデュラン家のサロンがどのような語彙によって記述され、それが如何なる文化的コードに投げ返されるかを知ることであるが、我々は「スワンの恋」の冒頭の一節に見る「信経（クレド）」「信者（フィデル）」という一対の語彙素に着目し、それが信じることの社会的機能への示唆であると述べた。スワンが「小さな核」から追放されるに至る直接の原因が述べられている一節を、ここで引用してみよう。

スワンがオデットに対して持つ愛情を、日々ヴェルデュラン夫人に打明けるということを怠ったこと、彼がヴェルデュラン家での晩餐にしばしば欠席して、「退屈な連中」の招きを優先していると疑われたこと、そして彼の慎重さにもかかわらず、その輝しい交際が徐々にヴェルデュラン夫妻に見えて来たことを列挙した後、物語はこう述べる。

しかし［ヴェルデュラン夫妻のスワンに対する苛立ちの］本当の理由は他にあった。彼等はスワンの内に留保された窺い知れない領域があって、そこで彼は黙ったまま自分自身に向かって、サガン大公妃はグロテスクではないとか、コタールの冗談は面白くないとか公言（professer）し続けていると感じていたのであり、要するに、スワンは愛想よさを失わず、また彼らの教義（dogmes）に決して反抗しなかったにもかかわらず、彼にそれを押しつけて完全に改宗させる（convertir）ことは、今までに例がなかった程に不可能であることを感じとっていたのである。彼等は、スワンがよき例として信者たち（fidèles）の面前で、退屈な連中を否認する（renier）ことに同意したならば、〔……〕そういった連中と彼が交際を続けることも大目に見た（pardonné）であろう。しかしそのような異端放棄の宣誓（abjuration）をスワンから引出すことは不可能だと、彼等は分かったのである。[10]

スワンの「小さな核」からの追放に、ヴェルデュラン夫妻のスワンに対する（そして彼の背後にある貴族社会に対する）嫉拓と羨望という心理的要因を見ることだけでは十分でないことは明らかであろう。スワンの追放に先立つ晩餐会で、スワンの友人として、ラ・トレムーイユ家やレ・ローム家の名がフォルシュヴィルによって挙げられた時、ヴェルデュラン氏は夫人のうちに「異端（l'hérésie）を根絶出来ない大審問官（grand inquisiteur）の怒り」[11]を見てとるのであり、我々はこのように物語のディスクールが用意する、神権的支配に類縁する語彙の連続使用に注目する必要がある。

ところで、ヴェルデュラン家のサロンから追放されるスワンの運命は、物語の語りの順序において、コンブレーの話者の大叔母の家を訪れるスワンによって、すでに準備されている。コンブレーの組織構造とヴェルデュラン家のサロンの構造の間にある「驚くべき類似」を、「排除機能」に見ようとしたのは、ルネ・ジラールである。[12]彼によれば、相方にとって「異分子」は「可愛そうなスワン」であり、自己の出身階級とは隔ったところに華かな交際を持つスワンに対し、「比較的無害な皮肉」という態度以上に出ない語り手の大叔母と、スワンを同化し得ないと分かるや破門を宣告するヴェルデュラン夫人の間には、平行・発展関係があり、それは「閉ざされた文化」、「精神的統一」という共通分母を持つものとして理解されることになる。

実際スワンは、コンブレーの住民が懐く「幾分インド的な」社会観によって、「自分の生まれたカーストの外に交際を選ぶもの」として、逆に「身分を落した」とさえみなされるのである。[13]大叔母は他人の特権を羨まない為に、それを禍とみなし同情するのであり、またその姉妹たちにおいては、社交界に多少なりとも関連のある事柄を耳にすると、「聴覚がその受信組織に休みを与え、それらに本当の萎縮の始まりを被らせる」[14]のであった。このことは、レ・

ローム家やラ・トレムーイユ家という「退屈な人たち」の名をスワンの友人として聞いて、「記憶に止めまい、自分に通告されたばかりの知らせに動かされまい、黙り込むだけでなく、自分は耳が聞こえなかったのだという決意[15]」を示して、自分の顔からあらゆる生気と運動力をとり去る、ヴェルデュラン夫人と重なり合う。

さてジラールは、コンブレーとヴェルデュラン家のサロンの間にある相違を、それぞれの内部統一を表現する「宗教的比喩」に見ようとする。コンブレーを描く比喩が「原始宗教や旧約聖書や中世キリスト教」から借りられているとするなら、ヴェルデュラン家のサロンに対する一連の比喩は、「異端尋問」と「魔女狩り」の主題であると言う。

ジラールがこのように「宗教的な比喩」に着目するのはわれわれと共通する観点であるが、その根源にあるものを「欲望を媒介する神々」に帰することだけでは十分説得力を持たない。ヴェルデュラン夫人の真の隠れたる神が、彼女に門戸を閉ざすフォーブール・サンジェルマンにあることは確かだとしても、そのことで、彼女が信徒に要求する「全き忠誠」は説明出来ないからである。我々はヴェルデュラン家のサロンが提示する社会交換の形態を、その日々の社交儀礼のあり方に則して見てゆかねばならない。ヴェルデュラン家のサロンは遍在する「欲望の媒介者」に対する憎悪で成り立っているものとしてでなく——それは主宰者にとってのみ真実である——独自の信仰と礼拝の実践によって精神的統一を内部に保証する、一つの「宗派(セクト)」として記述されている。そして、ルネ・ジラールの思想的源泉の一つとみなされる、ガブリエル・タルドに照らして述べるならば、模倣によって形成されるのは欲望だけでなく、信仰もまたそうなのである[16]。

ヴェルデュラン家のサロンは、何よりもまず音楽の礼拝を中心祭儀として持つ教会である。これは「小さな核」の出発点から、ワグナーの殿堂としての評判や、ロシアバレーの理解者、そしてヴァントゥイユの音楽の普及の源泉として、ヴェルデュラン夫人が自己の社交的地位を確立するまで、このサロンを一貫する特徴であって、スワンの恋も、シャルリュスの恋も、この音楽的環境に浸されている。信仰の対象を呼び起こすのはヴェルデュラン夫人に保護されている音楽家の役割であるが、礼拝を司り執行するのは女主人自身である。それ故、音楽の礼拝は女主人が演奏家を

「保護する」という形の社会関係を前提とし、それはピアニスト、デシャンブルからバイオリニスト、モレルへと人物が変わっても同質のものとして引き継がれるべき関係である。

プランテやルービンシュタインを「へこませる」若いピアニストは、「その気が向けば[17]」演奏するのであった。しかしフォルシュヴィルが招かれた晩餐会では、「信者たちに対する自分の暴君的な権力」を彼に見せようと、ヴェルデュラン夫人はこのピアニストに叫ぶ、「ねえ、貴方のお仕事をやって頂けませんこと。[18]」実際のところ、保護されている演奏家は、自分の職分によって女主人に奉仕するという義務を負っているのであり、そのことは例えば、ヴェルデュラン夫人のスワンに対する「贈与[19]」――スワンの到着とともに女主人は、オデットの隣の席を指定し、彼等の「愛の国家」たる小楽節をピアニストに演奏させるという習慣の確立――のうちにも既に見てとれたものである。

そして女主人は、自らの感動によって、より正確に言えば感動の「擬態」によって、礼拝を信徒に課す。彼女はワルキューレの騎行や、トリスタンの前奏曲を演奏することをピアニストになかなか許そうとはしないのだが、それはこれらの音楽が彼女の気に入らないからではなく、彼女に余りに強い印象を与えて偏頭痛を毎回引き起こすからなのであった。女主人が自分の愛する音楽の演奏される前に決まって見せる抵抗の擬態は、そのつど新しいものとして、彼女の「魅力的な独自性」と「音楽的感受性」の証拠として、信者たちによって賞味されなければならないのである。[20]彼女の鼻カタルや顔面神経痛を見せかけだと思うことは、ちょうどコンブレーにおいて、レオニー叔母の病気を疑うことに等しかったであろう。そのような態度を見せることは、どちらの場合においても、「追い出し」、「排除」を導くのである。

この点では、レオニー叔母におけるユーラリーとも言うべきが、ヴェルデュラン夫人におけるコタール医師である。ユーラリーは、「奥様のように自分の病気を御存知なら、百まで行かれますよ[21]」とレオニー叔母を元気づける。コタールは女主人の抵抗を前に言う、「今度は病気にはなりませんよ、きっと。それに病気になられても、私どもがお世話申し上げますから。[22]」

ピアニストが演奏しない時は、皆でおしゃべりに興じるのだが、ここでも儀礼として尊重さるべき擬態の交換がある。誰かの――主として画家のビッシュの――放つ「下品な話」が「皆を爆笑させる」と物語が述べる時[23]、新参者とともに読者が見てとらねばならないのは、全員参加の笑いという規則である。ジル・ドゥルーズも指摘するように、「小さな核」においては笑うことよりも、笑っているというしるしを表わすことが意味を持つ[24]。

笑い過ぎて顎を外して以来、ヴェルデュラン夫人は本当に吹き出してみせることは止めて、疲労と危険のない「黙契による身ぶり」で、涙が出るほど笑っているという事を示すのである[25]。小さな叫びを上げて、うるみ始めた鳥のような両目を閉じ、笑いに身を委ねて気絶してしまわないように、両手の中に顔を埋めてそれを押し殺す、というヴェルデュラン夫人の「象徴」に対抗して、ヴェルデュラン氏は、「同じように単純でかつ明白な」笑いの擬態を用いるに至る。哄笑する人のように頭と肩をゆり始めるや否や、余りに強く笑い過ぎてパイプの煙を飲み込んでしまったというようにせき込み始める、というのがそれである[26]。

このようなヴェルデュラン夫妻の笑いの擬態が、とりわけコタールの下手な冗談を前に描かれていることは注目しておいてよい。彼等の発するしるし、ないし記号は、強制力を持って信者たちに働くのであり、笑いに参加しないこと、コタールの冗談が面白くないという態度を示すことは、彼の診断学の卓越性に疑いを入れるのと同様の「信経（クレド）」に対する背馳となるのである。

会員参加の笑いの交換という規則は、「小さな核」における「精神的統一」を要約する。ヴェルデュラン氏は早くから、スワンが「お高く止っている」とにらんでいた[27]。フォルシュヴィルが初めて招かれた晩餐会において、スワンは愛想よく笑わないばかりか、会話の流れに加わらず、また「退屈な人たち」に対する中傷の楽しみに加担せず、自己の追放を不可避のものにする一方、フォルシュヴィルは画家ビッシュとソルボンヌ教授ブリショの能弁を、このサロンにおいて肩を並べる出し物と評価して女主人の自慢に応接する。スワンの交際圏において、ブリショの機知の類は、全く愚劣なものと見なされていたのであり、彼の軍隊調の口ぶりはスワンにとって粗野で吐き気を催すものでしかなかったのである。ヴェルデュラン夫人はスワンの態度に、ブリショに対する悪意を見て、それが自分たちを傷つけ、晩餐会をけなすやりくちだと考える[28]。スワンの「背信」は主宰者の目に明白となったのである。

ヴェルデュラン家のサロンには、音楽の礼拝、笑いの擬態の他に、もう一つ重要な交換の儀礼、権力の回路がある。それはエロスに関わるもので、この神格を呼び起こす者こそオデットに他ならない。オデットは、サロンの女主人が常連にもたらす楽しみの大きな部分を原理的に担っているのであり、大部分が男の常連で成り立つこのサロンでは、恋はその制度的な機能の一つとなっている。

　スワンが「小さな核」に受け入れられ、彼の心がオデットに傾き始めたのを見て、ヴェルデュラン氏は画家に、「熱くなり始めたぞ」と言うのであり、「小さな《部族》というこの社会組織の単なる働きが、スワンのために自動的にオデットとの日々の約束をとりつける」のである。[29] また、オデットがすでに外に出ているのを見て、スワンがヴェルデュラン家を慌しく去る夜、女主人はコタールの勘ぐりに答えて言う。「いいえ、何にもないと思うわ。でもここだけの話だけど、彼女［オデット］は間違ってるのよ、まるでお馬鹿さんみたいじゃない。」「今彼女には誰もいないんだから、私言ったのよ、あなたは彼と寝るべきだって。[30]」

　サロンの女主人と高級娼婦との間には、一種の相利共生関係があることはここで明白である。前者は後者に、その活動の場を提供し、後者は自己の吸引力で、サロンに紳士を招き寄せるのであり、そのような形でオデットは、ヴェルデュラン家のサロンに「属している」のである。このような制度的前提の確認なしには、およそ「スワンの恋」の読解は成立しない。スワンには、言わば恋は「お膳立てされている」のであって、オデットが彼やフォルシュヴィルを「小さな核」に招き入れることから始めるのは、彼女が女主人との間に交している暗黙の契約――一種の専属契約――に従っているからである。女主人はオデットのもたらす新会員が自分に秘密を持たないか、集団に加盟しそこに止まり得るかを判定し、[31] しかる後に自分の裁可によって、オデットをその殿方に与える――正確に言えば貸し与える――のである。

　スワンにはこのような社会関係は、自分が追放されるまで「見えざる構造」であり続けるが、フォルシュヴィルは、最初に招かれた晩餐会から勘づいている。彼は帰途、画家――自己のアトリエに招くことによって「結婚させる」のが好きな画家ビッシュ――に尋ねて言う。「あのヴェルデュラン夫人って、正確なところ何者なの、くろうとあがり？」[32]

スワンは、「小さな核」から自分が除外されるのを見た時、女主人が自分に示した恩恵と同じものが以後はフォルシュヴィルに向けられることを感じとって、「とり持ち女め、やり手婆め」と叫ぶ[33]が、彼がヴェルデュラン夫人に「度量の広さ」を見ていた頃知らなければならなかったのは、サロンの主宰者によって準備され、制度化された恋が、明確な「遊びの規則」を持つということである。それは高級娼婦への恋は女主人の保護と監視のもとになされねばならず、いかなる形でも、オデットが「小さな核」に属するという前提を覆えそうと試みてはならないという原則の遵守である。オデットは女主人にとって、信者たるべき殿方に貸し与えられる交換財であり、高級娼婦とその顧客との間の贈与交換、つまりいわゆる贈り物《cadeau》の給付に対する快楽の提供は、エロスを仲介する司祭と信者との間の社会交換、すなわち信者からの打明けと、司祭からの寛大な理解に包まれていなければならなかったのである。

ここまで我々は、ヴェルデュラン家のサロンの綱領が含み持つ、社交儀礼と社会交換の形態を検討して来たが、綱領が加盟と排除を司る論理である以上、そこで問題となっているのは、社交上の権力の信頼性《crédibilité》と、成員の表明すべき忠誠《fidélité》が投げ返す権力構造である。ところでいかなる権力関係も支配者個人の独創によって成立するものではない。また孤立した個人が、突然契約を結ぶことによって生まれるものでもない。主人は模倣によって従僕を扱い、親方は慣行にならって弟子を取り、君主は支配的な封建制度に則って廷臣を遇するのであり、一つの権力は他の権力形態の参照なしに形成されることはないのである。この点で「小さな核」が、「退屈な人たち」のサロンに似ないように努めることは問題提起的である。ここでは「仲間万歳」であり、晩餐に招くのではなく、常連は「食卓でも家族同前の扱いを受ける」のであり、演奏のプログラムもなければ、黒服を着る必要もない[34]。しかしこの共和主義的で自由と平等を標誇するサロンが、どのような専制主義に貫かれているかは、すでに見た通りである。この「愛嬌ある虐政」は、一体何を参照しているのか。

フォルシュヴィルがブリショの能弁に接して、「お宅では退屈しませんね」と女主人に語った時、彼女はこう答える。「あら、まあそれというのも、皆さんここでは気がおけない（ils se sentent en confiance）からですわ。好きなことをしゃべって、それで会話は花火のように飛び出しますの。[35]」

ここにある信者の女主人に対する「信頼」（confiance）こそ、スワンに決定的に欠除しているとみなされたものであり、信者たるべき要件の基礎をなすものである。

「忠誠」という観念を語源的に検討してみるならば、それはラテン語の《*fidēs*》の系統の語彙に最もよく示されていると、E・バンヴェニストは言う。[36]ラテン語の《*fidēs*》の系統に対応するのが、ギリシア語の《*peíthomai*》の系統である。この《*peíthomai*》は「服従する」を意味する中間態で、二次的な能動態《*peíthō*》は「説得する」の意味となり、この語幹から《*pístis*》「信頼、信仰」という名詞、《*pistós*》「忠実な」という形容詞がもたらされる。

ここでまず注目すべきは、忠誠、信頼の概念が、服従と説得という表裏をなす概念から導かれていることである。「スワンの恋」の冒頭には、「信経」と「信者」の間に、「説得する」という動詞が用いられている。すなわち、「ヴェルデュラン夫妻が、この家に出入りしない連中の夜会は雨のように退屈だということを説得出来ない「新入り」は、直ちに除名の憂き目をみるのであった。[37]」

服従するとは、説得されるに任せることである。次の一節をみてみよう。「どれほどの嫉妬に女主人が苛まれていようと、信者のうちの最も熱心なものでさえ、一度も「すっぽかす」ことのないことはなかった。〔……〕ローマ皇妃のように、自分は配下の軍団が服従すべき唯一の将軍であると彼等に言っても、またキリストやカイゼルのように、父母を自分と同じだけ愛し、自分に従うために父母を捨てられない人間は、自分にふさわしくないと言っても、〔……〕それは無駄であった。[38]」

信者の信頼をわがものとすることは、彼に「我信ず」を言わせることである。

それは説得によって服従させることであり、その結果「誰々の信頼我にあり」《*fidēs est mihi apud aliquem*》すなわち、「誰々が私に信頼を置く」（quel-qu'un a confiance en moi）という状態が成立する。ところで、「人に信頼を置く」《*fidem habere aliqui*》ことは、その人間の権力《*dicio*》ないし、権利《*potestas*》に自己をゆだねることを意味する、とバンヴェニストは言う。他人の信頼(フィデース)を所有した人間は、この人間を思うがままに扱えるのであり、それは服従する人間に対して、その服従の程度に応じて、またそれと引き替えに与えられる保護と同時の権力となるのである。

このような互酬性を内包した不平等の人間関係は「保護(パトロナージュ)」《*clientēla*》という概念自体にも見られるものである。女主人(パトロンヌ)のヴェルデュラン夫人が常連に対する関係は、古代ローマの貴族社会に見る《*patronus*》と《*cliens*》の間の保護と奉仕の関係を理念型として持ち、そこでは「信頼を置く」《*fidem habere*》ことは、「保護下にある」《*esse in clientēla*》ことと等価なのである。そして披保護者とは主人の為に何でもする人間のことである。

さて、インド・ヨーロッパ的社会制度の研究において、《*credo*》と《*fidēs*》は対をなす重要概念として早くから考察の対象となって来たようであるが、それはこれらの語彙が内包する、供犠論及び贈与論的射程の故であると思われる。バンヴェニストもまたG・デュメジルも、そのような観点から、信じることと忠誠の問題を語源的に検討している(39)。

デュメジルによれば、この問題に最初の光を投げたのは、シルヴァン・レヴィの『ブラーフマナにおける供犠の理論』(Sylvain Lévi, *La Doctrine du sacrifice dans les Brāhmans*, 1898)であって、そこで問題となっている中心概念が、供犠の執行者の精神状態――規則に則って捧げられた犠牲は確実な効果をもたらすことを知っている状態――を指す《*śraddhā*》である。これに続く仕事が、マルセル・モース、アンリ・ユベールの『供犠の本質と機能についての試論』(Marcel Mauss, Henri Hubert, *Essai sur la nature et la fonction du sacrifice*, 1899)であるが、この書の主張の要点を述べれば、供犠は俗なる世界を聖なる世界に媒介する捧げ物であり、供犠が聖なるものを社会的事実として存在させている、ということになろう。

デュメジルがモースの仕事の『贈与論』への展開の経緯で強調するのは、彼が供犠の中に「神的取引」(le commerce divin)を見たことである。それは《*do ut des*》「汝与えんが為に我与ふ」という定式で示すことが出来、これが「信じること」の宗教的意義と法的・世俗的意義――信仰と信用――を根源において結びつける。つまり、信じることは本来、供与された犠牲の効果を信じることであるが、それは「贈り物」が、それと等価のものによって返されることを信じることと基礎を同じくするのであって、そのことは《*śraddhā*》、《*credo*》の用法を検討する時、文献的な根拠が示されるという訳である。

サンスクリットの《*śraddhā*》は、ラテン語の《*credo*》に対応する動詞であり、アイルランド語の《*cretim*》、アヴェスタ語の《*zrazdā*》とともに、インド・ヨーロッパ祖語として《*kred-dhē》を措定させるが、この「*kredを置く」という表現の《*kred》が何を意味するかは、はっきりと解決されていない。呪術的なものを供犠に見れば「魔力」となろうし、宗教的な要素を強調すれば「献身」となり、世俗的な観点からは「質草」となるだろうが、全体として「信頼を置く」の意になると考えてよい。いずれにしろ回収、報酬の確信を伴って、自己の何かを捧げるのである。ところで《*śraddhā*》は動詞であると同時に実詞であるが、《*credo*》は実詞の意味を持たず、それは失われたと考えられる。これを補完するのが、《*fidēs*》であり、このことは、A・メイエが指摘したようである。《*credo*》は、その加護を待つ存在に自己の何かを預け置くことであり、《*fidēs*》は信を置く《*fidem habet*》人間の従属性を示す点で《*kred》の内容と極めて近いものを持っている。そしてキリスト教以降、本来世俗的だった《*fidēs*》は、「宗教的信仰」の意になり、《*credo*》は、「自己の信仰を告白する」の意になったのである。

ヴェルデュラン家のサロンを記述する保護／忠誠の権力関係を、「信経（クレド）」「信者（フィデル）」が語源的に提起する社会交換の形態に引き寄せて分析を試みて来た。ところで「スワンの恋」が高級娼婦オデットの所属をめぐる争いであるとすれば、「シャルリュスの恋」はバイオリニストのモレルに対する保護権をめぐる闘争である。ここでは保護を与え忠誠を要求する二つの権力が並び立ち得ないことを、女主人と男爵が共同で催す音楽会の帰結が示すのである。

ヴェルデュラン夫人の信者支配のあり方が神権的支配であるとするならば、シャルリュス男爵の参照するものは、封建的ないし家父長的支配の様式である。男爵はモレルにゲルマント家の威光を理解させ、彼の精神的な父となるのみならず、彼を養子にして家名を継がせることを夢みるのであり、旧約聖書外典「トビト書」で、息子のトビアを保護し、その盲目の父親の許へと導く大天使ラファエルに自己を見立てる。[40] つまり恋するシャルリュスはモレルの兵役終了を待って、彼を父親の許に同伴し、その了承を得て、実の父に代わる「精神の父親」として、彼を「保護」しつつ、ともに暮らすことを考えている。このことの理解を助けるのは、男爵がモレルに出合う以前、語り手に示した提案である。男爵は語り手に対して「精神的遺産の継承者を捜している」と言い、語り手を「保護」し、その人生を「指導」するという「大きな奉仕」について語る。そしてその為に必要な「犠牲」、男爵の側からの「贈与」に対応する犠牲の第一が、社交界には当分出入りしないことというのであった[41]。独占的な保護権を要求しているわけである。

語り手はこの提案に十分応えず、男爵の激しい怒りを買うことになるが、男爵の提案はほぼ同様の意図でモレルに対して用意される贈与の伏線になっているとみなすことが出来る。男爵は音楽会でナポリ王妃にモレルを紹介する計画であり、また彼にレジオン・ドヌール勲章を与えさせようと尽力していたのであるが、庇護下にある音楽家が他の場所で演奏することを「モスクワ勅令」のように禁じる「権利」を保持すると信じるヴェルデュラン夫人[42]は、男爵の用意する贈与が含む毒をモレルに理解させることにより、敵対者の企図を挫折させる。彼女は、男爵にとってモレルは友人ではなく、「被保護者」、更には「召使い」としかみなされていないと彼に告げるのであり、またモレルが勲章を欲しがるのは、下僕である叔父を喜ばせる為だと男爵は吹聴していると、述べるのである[43]。男爵自身が「あれは下僕の息子だ」とヴェルデュラン夫人に教えていた。自己の出自は、モレルにとって絶対に隠さなければならない事柄であった。ヴェルデュラン夫人は、シャルリュス男爵の言葉と権威に対する信頼性をモレルの中で打ち砕くことにより、男爵に打ち勝ち、彼を放逐するのである。

しかしこの段階で、ヴェルデュラン夫人が完勝したわけではない。この放逐劇をはからずもすべて見ていたナポリ王妃は、「ガエタのヒロイン」にふさわしい気骨のある対応をすることで、ヴェルデュラン夫人に一矢を報いる。ヴェルデュラン夫人がシャルリュス男爵に替わってモレルを自分に引き合わせようとするのを許さず、「城壁のように」王族としての品位を示しつつ、親族でもある男爵を支えてその場を後にする[44]。このナポリ王妃とは実在の人物で、先の両シチリア王妃、マリー＝ソフィーである。バイエルン王家傍系の出身で、オーストリア皇后エリザベート（シシー）の妹にあたる。ナポリ王妃が服すべき喪を話題にする形で、すでにこの姉皇后の悲劇的な最後（一八九八年）

が小説中で扱われていた[45]。またガエタにはナポリ王国の要塞があり、イタリア統一をめざすサルジニアの進攻を前に、王室もそこに立て篭って、武力抵抗がなされた（一八六〇年）。

サロンの権力構造という観点から、プルーストの小説の提示する社会交換の形態を、供犠論、贈与論的な展望において考察して来たが、最後に指摘したいのは、『失われた時を求めて』の中に、一度だけシルヴァン・レヴィの名が出てくることである。それは彼の仕事とは関係のない言及で、カンブルメール夫人が他の婦人を中傷することを避ける為に、例えばシルヴァン・レヴィ氏の目下の愛人と言わずに、「名前はよく知らないけど、カーンとかコーンとかクーンとかいう方に情熱を吹き込んだといって非難されているらしいわ」と言うといった内容である[46]。ユダヤ人に対する偏見を暗示する以外にはほとんど取るに足りない一節という印象しか与えないこの言及は、しかしこのサンスクリット文献学者を、プルーストの虚構の世界の構成員たらしめる。彼は登場人物に名を知られているのであり、『失われた時』と同時代の彼の仕事と、それが持ち得た後世を、我々はこの小説の内部にある小さな凸面鏡とみなすことが出来るのではなかろうか。それは一つのテキスト相関性への入口に他ならない。

# 価値、交換、信用
## ——プルーストと社交の経済

人間にとって問題なのは、単にものとしてあるのではないこと、至高者としてあることである。

——ジョルジュ・バタイユ『呪われた部分』

ラテン語で商業を意味する《commercium》は、「商品」あるいは「取引の対象」の意である、《merx》の派生語であるとされている。[1] 英語、仏語の《commerce》は勿論これに由来するが、これらの近代語では「(人間の間の)交際」という意味を合わせ持つ。仏語に関して言えば、この意味を加えたのは、ロベール仏語辞典によると十六世紀のことであるらしい。それ故、「交際」とは「商取引」であるというのは、語源的には牽強付会ではないが、それらは一つの単語の独立した二つの意味であり、さしあたっては言葉遊びの域に止まる。

しかしながら、商業上の概念の中には、広く人間の相互関係に基礎を持つと思われるものが少なくない。例えば《valeur》(人の品格→物の価値)、《crédit》(信頼→信用)、《client》(被保護者→雇客)、《commission》(権能→代理、仲介)など。これらは、社会生活上の意義が、商業・経済上の意義に拡張された例であるが、歴史的順序を問題にせず、商業上の意味と社会関係一般の意味を合わせ持つ単語を更に挙げれば、《cours》(流布、相場)、《dépens》(出費、犠牲)、《affaire》(なすべき事柄、経済的の事業)、《prix》(代価、褒美)、《service》(奉仕、サービス業)などなど。[2]

これら商業・経済上の語彙における社会生活との基礎的連関は、商行為が人間相互の交渉を前提とし、経済活動が社会関係の構成要素であってみれば、当然のことであるかも知れない。しかしアントワーヌ・メイエが、ミッシェル・ブレアルについて語りながら述べるように、「語彙事実は文明事実を反映する」[3]とすれば、商慣習は社会制度の上に立脚するのみならず、それを要約し表象すると言えないだろうか。

商業は人間交際——福沢諭吉は《society》を最初こう訳した[4]——の隠喩であるに止まらず、その規範として機能する体系なのではなかろうか。

さてプルーストの小説には、いわゆる経済活動の描写はほとんど見られず、富の蓄積や金銭的欲望が果たす物語上の役割も非常に小さい。富に関わる言及や挿話——例えばヴェルデュラン夫人やジルベルトの資産、不動産所有者としてのゲルマント一族やカンブルメール家、そして何よりも登場人物たちの潤沢な消費と余暇の誇示——は決して無視できないが、そこにはバルザック流の行動支配力も謎もなく、ゾラ的な労働と生産への関心も、もとより存在しない。相続資産とその浪費という、いわばフローベール的な主題でさえ、物語の背景に点在するに止まる。

しかしそれにもかかわらず、あるいはそれだけに一層、『失われた時を求めて』は言葉の真の意味での「経済小説」である。それは、そこに広い意味での経済生活——例えばジャン・ボードリヤールの言う「象徴的交換」、威信の為の消費や余暇、社会的弁別の為の良き趣味や教養の開陳——が描かれているからではない。テクストが社会関係を提示し読み取らせるそのあり方が、一つの認識の体系としての経済（学）に投げ返されるからである。

それが文明上の事実——フランス第三共和国の社会関係とその認識の知的枠組み——を関説するのか、あるいは一つの文学的記号操作であるのかという問いを、ここで立てることはすまい。恐らくは、テキストは引用のモザイクとして自らを構築し、他のテキストを吸収し変形するという認識が、この問い自体を揚棄することになるであろうからである。ミハイル・バフチンの言い方を借りれば、「意識は組織された集団によって、その社会関係を通じて作られた記号の中で形と存在を得る」のであり、「意識の論理は、イデオロギー伝達の論理、社会集団の記号論的相互作用の論理である」[5]のであって、イデオロギー現象は、個人の意識によって社会的伝達の条件と形式に密接に結びついている。それ故我々にとって意味があるのは、プルーストの小説に既成の社会認識の反映を見出すことでもなければ、個性の刻印を見てとることでもない。必要なのは一つの社会的実践としての読書であり、社会伝達の中での言語表現の選択の場に、「文学性」の称揚を越えて参画することであろう。

二つの例から始めよう。一つはシャルル・スワンの名前の「価値」、もう一つはノルポワ侯爵の名前の「価値」である。どちらもこれらの人物の実質的登場の折に言及されている。

スワンが貴族社会から「帰化状」として、あらゆる輝かしい交際を獲得した時、彼はそれを一種の「交換価値」(valeur d'échange)、「信用状」(lettre de crédit) としかみなさず、新しい快楽との交換、つまりより低い身分の女への仲介を可能にする限りでしか尊重しなかった、と物語は述べる[6]。フォーブール・サンジェルマンでは、スワンの名それ自体が優雅さを含意するのだが、田舎貴族の間や、より華やかでない環境では、彼は知られておらず、そのことが洗練されたスワンを虚栄にかり立てる。ここに貴族ではないスワンの名の流通性の限界がある。それ故、彼は自分の蓄積した「信用」が、常に「移転可能」、「交換可能」であることを確認したくて、貴族社会の外に、新しい交際を求めるのである。

彼に親切にする機会を持ちたいと願いながら果たせずにいる公爵夫人の積年の欲望からなる、彼女における彼の信用 (son crédit auprès de [la] duchesse) を一挙に取り崩して無遠慮な電報を送り、夫人の執事の一人である、彼が田舎で目にとめた娘の親に、直ちに自分を推薦する打電をしてもらいたいと要求するようなことは、何度あったか知れない。あたかも飢えた人間が、ダイヤモンドを一切れのパンと物々交換するように[7]。

このようにスワンの女好きは、交換の欲求として記述される。交換とは原理的に、異なる種類の商品の交換でなければならない。かくして彼には、自分の社交的地位を、高級娼婦の不実な愛と交換する運命が待っているだろう。

ノルポワ侯爵は、「子供の時から自分の名を一つの内在的な優越性であり、それは何物によっても奪い取られず、

（そして彼の同輩も、また更に上位の生まれの者も、十分正確にその価値を知っている）優越性であるとみなすように育てられている」、ある種の貴族の一人である。彼が目ざすのは、「自分の名を、それが含んでいないものによって増大させる」こと、自分の名にいわば付加価値を与えることであって、その為に彼は急進党政権の中で、財政上、外交上の責任ある任務を引き受け、彼の名の威光を利用させることを惜しまない。

この種の貴族は、ブルジョアたちが追い求めはしても、王侯は意にも介さない無益な田舎貴族に対する骨折り（＝出費 frais）をなしで済ませ、それをたとえフリー・メイソンであっても、人に大使館への道を開いたり、選挙で人を後援（patronner ＝ couvrir de son crédit 信用を与える）したり出来る政治家たちや、それぞれの分野でのその支援が人を「売出す」ことを助ける芸術家や学者たち〔……〕に惜しみなく用いるのである。(8)

スワンの名の社会的価値は、彼の交際圏の威光に由来しており、それは他者から与えられた優越性である。それ故その価値は、彼の交際する環境の変化によって、つまり彼の社会的人格の変容によって（オデットとの結婚）あるいは「社会の万華鏡」の回転によって（ドレフュス事件）変動する性格のものである。一方、ノルポワ侯爵の名前の価値は、王権によって歴史的に文書化された根拠を持ち、その特権性は内在的であると見なされる。それがプルーストの小説が描き出している社会の原理である。換言すれば、スワンやコタール医師や語り手の父親においては、その社会的人格（使用価値）が名前に交換価値を付与するのに比して、ノルポワ侯爵やサン＝ルー侯爵やシャルリュス男爵においては、その名前自体がすでに価値の原器（エタロン）であり、彼等との交際の有無が、ブルジョアたちの社会的重み、社交的価値の尺度となっているのである。別のところでは、貴族の名と中産市民の名の永続性の違いも指摘されている。(9)『花咲く乙女たちの陰に』の第一部、「スワン夫人をめぐって」は、このノルポワ氏を初めて夕食に招く計画から語り始められる。スワン嬢ジルベルトに恋する語り手は、彼女の家に招かれたいと願うが、両親はスワンの「常識はずれ」の結婚以後、彼との交際を事実上断つに至っており、無論スワン夫人との関わりも持たない。それ故、コンブレー時代の両親の親交にもかかわらず、語り手はジルベルトの父という新しい人格になったスワンに、家族を通じて交際の道をつけることはかなわず、スワン家との仲介者を外に見出す必要に迫られている。そのため語り手にとっては、父の同僚であるノルポワ侯爵が、スワン夫妻との交際を持つことには特別な意味が生じている。

ノルポワ氏は語り手とスワン夫人との仲介者となれる要件をすべて備えていると思われる。しかし語り手は、この交際の獲得、侯爵から見て何ら貴重(précieux)ではない交際の獲得に、法外な値(prix)をつけることによって社交上の手痛い失敗を喫する。[10]

語り手がノルポワ侯爵に期待し、実現し得なかったスワン夫人への仲介(commission)、推薦(recommandation)は、コタール医師によってなされるが、それはノルポワ侯爵以上にコタールが親切であったからではない。友人のブロックが虚栄心から述べた言葉によって、医師は語り手がすでにスワン夫人と懇意であると判断し、スワン夫人の前で語り手を賞めることは、語り手にとってではなく、自分にとって有益だと考えたのである。[11]

ノルポワ侯爵にとって、人を推薦するというのは、それが一つの願望に応えるものであり、価値を帯びるものであれば、無償の行為ではあり得ない。彼の影響で息子が文学の道に進むことを許すに至った語り手の父の前で、当時フランスの最有力誌である『両世界評論』への仲介をほのめかしたり、また「ヴィクトリア・ニアンザ湖の西岸での無限の感情」についての著書を持つ、外交官出身の新進作家へ語り手を紹介しようと言うのも、すべて父親に対する効果の「計算」の上になされる。[12]

この商取引としての交際の専門家であるノルポワ侯爵が、その資質を遺憾なく発揮するのは、語り手の父の、精神科学政治学アカデミー立候補をめぐるエピソードにおいてである。語り手が父の勧めに従ってヴィルパリジ侯爵夫人邸を訪れる時、それは第一に彼が文学上の有益な交際を得る為とされているが、同時に語り手は、ノルポワ氏とヴィルパリジ夫人との特別な関係を知った父から、アカデミーの自由会員立候補に際し、侯爵の援助が得られるかどうかのさぐりを侯爵に入れるという使命を託される。ノルポワ侯爵はアカデミーで多くの票を固める力があるとみなされており、語り手の父はこれまでの交友からみて、侯爵の援助は間違いないと考えながらも、アカデミー会員、ルロワ

＝ボーリウ氏が、この立候補に賛成しながらも、侯爵の票を語り手の父に投じられる票数のうちに数えなかったことに不安を持ったのである[13]。

果たしてノルポワ侯爵は、語り手の父を愛するからこそ、また彼に対し公務への専念を望むからこそ、彼には投票しないと明言する[14]。侯爵には他に応援すべき立候補者があった。同じアカデミーの通信会員に当選をはかる、ドイツ人外交官ファッヘンハイム（フォン大公）である。この老練な二人の外交官の間のやりとりを通じて明らかにされるのは、交際が持つ贈与と交換の原理である。

ノルポワ侯爵が選挙に多大の影響力を持つと知って、フォン大公は数々の厚意を重ねるが、その過程の記述を通して、外交的言語と推理がいかなるものであるかを語り手は報告している。外交の言語において、「話をするとは与えることを意味する。」フォン大公がまず試みたのは、ロシアの勲章や、数々の外交記事においてノルポワ氏の名を引くことや、またサン・タンドレ授章であった。これらはいずれも「的外れ」に終わる。外交において決定的なのは、「交換という手段で、一つの欲望を満足させる」可能性を相手が有するかどうかということである。フォン大公は侯爵を喜ばせる為に出来ることは、すべて試みたはずだと思う。しかし彼は侯爵と話すたびに、自分の願望の大きさに対応する恩義の気持ちを相手の内にまだ作り上げていないと分かる。成功は、彼が侯爵の弱い部分、最も感じ易い部分を探り当てた時に初めてやって来る。彼はそれを侯爵の愛人、ヴィルパリジ夫人に発見するのである。

ファッヘンハイム大公がここで使うのは、文字通り最強の切り札であり、それは英国元首夫妻の為の私的な晩餐会に、ヴィルパリジ侯爵夫人の同席を賜わりたいという依頼である。この提案の慎重さは、一つの供与（offre）を請願（demande）の形でなすところにある。そしてフォン大公の言葉は、外交慣習上のコードに従って相手に完全に解読されて伝わる。

この提案には付帯事項として、ボーリウにある大公妃の友人の家で、復活祭をヴィルパリジ夫人と過ごしたいという希望が添えられている。そして侯爵夫人のような知性の人との交わりによって「私は悲しみなしに、学士院への立候補をあきらめられるでしょう」と結ぶ。ここでフォン大公がヴィルパリジ夫人とともに滞在したいと述べる、コート・ダジュールの保養地の名には、一つの信号が含まれており、ノルポワ侯爵がこの交換契約（学士院での選挙協力と愛人の英国元首への推薦の交換）を全体として受け入れるならば、彼がなすべき尽力の方向を明瞭に指示しているのである。果たせるかな、ノルポワ侯爵はフォン大公にアカデミーをあきらめてはならないと強調し、こう述べる。「二週間後の明日、ちょうどルロワ＝ボーリウの家で夕食をとり、その後、彼と一緒に重要な会議に出ることになっているのです。彼なしでは選挙は出来ませんからね。〔……〕もし私が彼の協力を取りつけることに成功すれば、あなたの可能性は非常に大きいものとなるでしょう。[15]」

語り手の父の立候補をめぐってすでにその名が引かれた、P・ルロワ＝ボーリウ（1843-1919）は、当時著名な経済学者で、ゾラも彼の「十九世紀における労働者問題」（*La Question ouvrière au XIXe siècle*）を「居酒屋」の為に用いたと言われる。[16]またその「資産の運用管理の術」（*L'Art de placer et de gérer sa fortune*）という一般向けの投資指南書は、出版二年のうちに三万部以上売れてよく普及していた。[17]レオニー叔母から語り手が相続した遺産の運用について、父親がノルポワ侯爵に助言を求める時、侯爵の用いる言葉には、この経済学者の著書の影が見てとれるように思われる。[18]

ところで、ノルポワ侯爵とフォン大公の間で交わされるこのような外交の言語は、それを理解出来ないだろう人間として、語り手が無私な祖母と愚直なコタールを挙げる時、一つの価値判断にさらされていると考えられる。「狡猾な」（fin）外交官と、「無私な人」（désintéressé）、「愚直な人」（naïf）との論理的関係は、「利己的な」（intéressé）という項を「無私な」の対立項として補完することにより、次のように整理することができよう。欲得を離れた「無私な人」（祖母）には、「利己的な人」の行動目的が理解できないが、「利己的な人」にもその下位区分として二通りあって、「愚直な人」（コタール）には「狡猾な人」（ノルポワ）の用いる手段が理解できない。

ここでコタールの所には、語り手の父親を置き換えることが可能で、すでにノルポワ氏の「多様な目的を持つ方策」（le système des fins multiples）が語られ、一つの仲介によって当事者双方からの感謝を得、彼自身の信用（crédit）を双方に高めようとする手口が報告された時、そのことが見抜けない愚直な人間として、語り手は自分の父を挙げていた。[19]

ところで、語り手にとってスワン夫人への接近の為には何の役にも立たなかった、父とノルポワ氏との交誼は、ヴィルパリジ夫人に対して、彼等の十分にあずかり知らぬ形で働いており、我々の主人公がゲルマント一族に交際を広げて行く為の最初の信用保証となっている。侯爵夫人は語り手の祖母の学友であるが、バルベックで再会した時、彼女は級友が誰に嫁いだかを忘れており、リュクサンブール大公妃に紹介する際に、語り手の名を尋ねる。そしてその名を聞いて「強い印象」を受ける。彼女は語り手の父が外務省の官房長であり、愛人ノルポワ侯爵の親しい同僚であることを知ったのである。[20]

この時、語り手はヴィルパリジ夫人にとって二重のつながりを持つ人物になり、彼女が自分の甥たち――サン＝ルー侯爵とシャルリュス男爵――に語り手を引き合わせる必然性が生まれたと思われる。かくして、ヴィルパリジ夫人は、バルベック滞在中、語り手とその祖母に数々の厚意を重ねるのだが、語り手はそこに、貴族が平民に施す親切というものの特徴的な性格を読み取る。

彼女のうちにある本当の礼儀の欠除は、彼女の過度の礼儀よさにあった。というのもそこには、フォーブール・サンジェルマンの貴婦人に特徴的な癖が認められるからであって、彼女たちはある種の平民たちをいつかは不満にすることをまぬかれないと分かっているので、彼等との親切の会計簿（livre de comptes）に、前払いで貸方勘定（solde créditeur）を作っておき、彼等を招かない晩餐会なり宴会なりを近々自己の借方（débit）に記入出来るようにしておく、そんなあらゆる機会を貪欲に利用するのである。[21]

ゲルマント公爵は自宅の晩餐会で語り手をパルム大公妃に紹介するが、その時語り手は、ヴィルパリジ夫人が自分と祖母をリュクサンブール大公妃に紹介した時とそっくり同じ状況、同じ言語表現を再び見出すだろう。「あの方はあなた（方）を、好ましい人（たち）（シャルマン）だと言っていいます（言いました）よ」、という謎解きの言葉は、王族（アルテス）に平民を引き合わせる大貴族の「篤志の仲介者」(intermédiaire bénévole)としての立場を表現する言葉なのである[22]。ここには紹介、推薦という行為の原型があるが、語り手はむしろ変則的な紹介によって多くを学ぶだろう。

ヴィルパリジ夫人邸で、語り手はファッヘンハイム大公に二重に紹介される。サン＝ルーの母、マルサント侯爵夫人が彼を紹介し終えないうちに、ノルポワ侯爵は「熱のこもった言葉で」彼を更に紹介するのである。語り手は侯爵の意図を推測してこう考える。

彼は多分、僕が頂度紹介されたばかりなので、彼自身の信用(crédit)に少しも手をつけないような親切を僕にするのが好都合だと思ったのであろう。あるいは、たとえ高名でも外国人はフランスのサロンの事情にうとく、自分に紹介されたのは上流の青年であると思うかも知れないと考えたのだろうか。それとも彼自身の特権の一つ、大使みずからの推薦の重みを加えるという特権を行使する為に、あるいは王族に紹介されようと思えば、二人の介添人が必要であるという、大公の自尊心を満足させる慣習を、彼のために復活させようという懐古趣味からなのか[23]。

AがBをCに紹介する時、それはAがCを喜ばせる行為でなければならない。紹介する(présenter)ということは、贈り物をする(faire présent)ことに通じるということをまず認めよう。紹介される人間は、人前に出せる(présentable)ものとして、一つの商品としての価値を持つものとして呈示されなければならない。その行為によってBは、自己の社交的価値(valeur mondaine)を確認するが、一方でそれはBにとってのCの面識を得る有益な、あるいは名誉な事柄であり、AのBに対する親切も、一つの贈与である。それらの事と同時に、AはBを推薦することで、Bの信用保証をCに対してなすのであるから、その前提としてA自身がCに信用があり、またBはAに信用があるのでなければならない。以上を要約して言えば、紹介とは仲介者による二重のしかし性格の異なる贈与行為を、信用の流通によって実現する、高度に商業的な儀礼である。

言うまでもなく、ここでAがBとCの立場を逆にすることは不可能で、紹介にあたっては、どちらをどちらに紹介するか知ることが不可欠である。具体的に例を示せば、ヴィルパリジ夫人は、自分の甥であるシャルリュス男爵を語り手に紹介するが、ノルポワ氏にブロックを紹介する。[24]紹介においては、紹介者が近づける二人の人物の重みだけが問題なのではなく、彼が二人に対して持つ社会的距離も関与するのであり、いわば自己を支点として、重みと距離との積で得られる二つの力を、天秤のように比較するのである。

このことを前提として、社交家は一種のシーソー遊び、「立場を逆にする効果」を楽しむこともできる。オデットの紹介で初めて姿を見せたスワンに、ヴェルデュラン夫人が家の仲間のうちでは弱者の地位にあるサニエットを紹介するところの叙述を見ておこう。

> サニエット氏に紹介して欲しいと申し出ることによって、スワンはヴェルデュラン夫人に立場を逆にする効果を与えた。それは返礼として彼女が違いを強調しながら、次のように極めて丁重に言うほどのものであった。「スワンさん、私どもの友人サニエットをご紹介申し上げたいのですが、お許し頂けますでしょうか。[25]」

二人の人間を近づける仲介者は、常に両者の位置関係を規則通りに扱えるわけでもないようだ。ラ・ラスプリエールでカンブルメール若夫人が夫をブリショに紹介する下りでは、不慣れによる社交規範への背馳が扱われて、読者も原則を確認することができる。この若夫人は平民のルグランダン家の出身で、ノルマンディーの田舎貴族に稼いでいる。

> 夫が母親譲りのお人好しで、ヴェルデュラン家の常連を紹介してもらったら、光栄ですといった様子を見せるのが目に見えており、彼女〔カンブルメール侯爵夫人〕はことの前からそれにいら立ちを感じてはいても、社交婦人としての役目を全うしたいという願いは抱いていたので、ブリショの名前が自分に告げられたときには、自分

の夫に彼を引き合わせたいと思った。優雅のお手本となる友人たちがそんな風にするのを見ていたからである。しかし自尊心の猛威が、作法を披露したいという気持ちを凌駕した。彼女は本当ならそうあるべき形で「主人を紹介させて頂きます」と言わずに、「主人に紹介しますわ」と言ったのである。カンブルメール家の旗を、家の者の意向には拘泥せず高く掲げたわけである。というのも侯爵はブリショに対し、彼女の予想通り深々と会釈したのであるから。[26]

紹介がなされる場面での序列をこのように問うことは、宮廷の儀礼におけるいわゆる上位席次権（préséance）の問題に起源を持つと思われ、この小説の中ではヴィルパリジ夫人が自分の母親（ブイヨン子爵夫人）とプラスラン公爵夫人との間で、どちらが相手に紹介される側に回るかで争ったという逸話が紹介されている。そのために昼食が一時間遅れることになったが、その後二人は大の仲良しになったということで、語り手の最初のバルベック滞在で、ヴィルパリジ夫人との交際が始まったばかりの頃に聞く、かつての貴族社会の話である。[27] 語り手の二度目のバルベック滞在に対応するラ・ラスプリエールでは、客となったシャルリュス男爵が儀典の問題に対するホスト役ヴェルデュラン氏の無知を嗤い、カンブルメール氏の単なる礼儀を上位席次権への配慮として敢えて解釈してみせる様子も描かれている。[28]

優先順位より社交的に恐らく重要なのは、紹介をなし得ない場合であろう。紹介が成立しないのは、基本的に先に見た三者間の、信用の関係が成り立たないからである。未成年の語り手は、学友の父親ブロック氏の介添人（parrain）になる事は出来ない。「君は価値の感覚をまるで持ち合わせないらしい」とシャルリュス男爵に叱られる。[29]

信用の流通は、紹介においてだけでなく、人に奉仕する（rendre service）時一般に問題になる。モンモランシー公爵夫人が語り手に力を貸す時、彼女は「自分の持つすべての信用を投げ出す。[30]」しかし語り手には数々の「篤志の仲介」を惜しまないゲルマント公爵も、妻が甥サン＝ルーの為に自分たちの信用を取り崩し、夫婦共通の借方（débit commun du ménage）への記入が増えることを嫌がる。[31]

パルム大公妃が軍人であるサン＝ルーの任地に関してゲルマント家のサロンの定連であるモンセルフイユ将軍を動かすことを示唆すると、オリアーヌはすでに何度か頼みごとをしており、これ以上の頼みは出来ないと公爵は言う。信用の残高が尽きたという訳か。その後の夜会に将軍は折よく現われ、パルム大公妃はサン＝ルーの為に、自分から、また自分の責任で（pour son compte）、将軍に話してみたいと「遠慮がちに」、ゲルマント公爵夫人に提案するのだが、公爵夫人は大公妃がそうしないように全力をあげて大声で言う。

「モンセルフイユは、新政府には何の信用（crédit）も力（pouvoir）もありませんわ。ぬかに釘ですわよ。[32]」

語り手はサン＝ルーの友人として、この時ゲルマント夫人の「本物の意地悪さ」に憤慨するのだが、彼女にすれば、ここでパルム大公妃が自分自身の信用をサン＝ルーの為に用いるのを許しては、大公妃に対して大きな借りが出来てしまうのであろう。社交界の人間は何よりも「信用の良き管理者」でなければならない。

さて語り手がゲルマント大公妃邸に招かれた時、彼は自分を大公に紹介してくれる人を見つけなければならなくなるが、この経験を通じて、介添が成立する条件を完全に学び、社交上の習得を終えるだろう。そこで我々の主人公は、五人の人間に次々と仲介を頼もうと試みるのだが、その様を我々も見てみよう。五人とは、ヴォーグベール侯爵、スーヴレ侯爵夫人、アルパジョン伯爵夫人、シャルリュス男爵、そしてブレオーテ侯爵である。

第一の試みでは、語り手は大公への紹介を頼むまでには至らない。このノルポワ侯爵の同僚は、語り手の名を忘れており、ヴォーグベール夫人へ彼を紹介するにも、「単なるパントマイム」で済ませたのである。スーヴレ夫人は、ゲルマント公爵夫人の名を共通の友人として挙げながら語り手に近づいて来る。しかし彼女の繊細な保護のまなざしも、語り手がそれを頼りにしようとすると、全くもろいものになり、蒸発してしまう。

スーヴレ夫人は、誰か有力者への懇願を援助する段になると、請願者の目には彼を推薦し、同時にその偉い人の目にはこの請願者を推薦していないように見せる技術を持っていて、この二重の意味を持つ身振りが、請願者に対しては彼女への感謝の貸方（crédit de reconnaissance）を開くものの、もう一人に対しては、いかなる借方

(débit) も自分に作らないようにするのであった。[33]

彼女は大公の目が自分たちに向いていない時をとらえ、「母親のように」語り手の肩をとり、「保護すると見せながら意図的に無効果な」動きで、彼を大公の方に押し出すだけである。

次のアルパジョン夫人の卑怯さは、前者以上であっても、より許せるものだと語り手は思う。ゲルマント公爵の捨てられた愛人である彼女は、もともとゲルマント大公に人を推薦出来るような力も信用もなかったのである。彼女は語り手の頼みを耳にしなかった振りをして、不機嫌に沈黙する。[34]

三回の失敗を繰り返して、語り手はもはやシャルリュス男爵に頼るしかないと思う。不義理を重ねている上に、「ゲルマント大公妃邸の扉の鍵は自分が握っている」と宣言した男爵に無断で当の家に来ている手前、語り手は男爵にだけは依頼出来ないと考えていたのである。しかし男爵の怒りは消えていて、率直に申し出れば、大公に紹介することは引き受けてくれただろうに、と語り手は言う。

かつて、ノルポワ氏に対しジルベルトの母への推薦を期待しながら、「疑惧から、そして有りもしない交際を自慢しているとは見られないように」、語り手はスワン夫人の知遇は得ていない、と付言して失敗した。[35] 今回は、シャルリュス男爵にゲルマント大公への紹介を依頼して、「疑惧から、そして自分がまるで当てもなく平気で入り込み、居続ける為に男爵を頼りにしていると思われないように」、語り手は、「お二人〔大公夫妻〕はよく知っている」、とつけ加える。この半ばの嘘は、かつての誠実さと同様の結果をもたらす。シャルリュス男爵は答えて言うだろう。「はて二人を知っているのなら、自分の紹介になぜ私が必要なのかね[36]」。

語り手は最後にブレオーテ侯爵によって、家の主に紹介してもらうことに成功する。侯爵が我々の主人公の「救世主」になるのは、ゲルマント公爵がかつて彼に紹介したこの青年のうちに、公爵夫人が社交界の人間に加えるのを好む、「著名な人(ノタビリテ)」、「有名人(セレブリテ)」(学者や芸術家)を見ていたからである。[37]

ゲルマント家でのつき合いの中での僕の地位について幻想を持っていたのか、それともひょっとすると僕以上にそれをよく知っていたのか、〔……〕僕の頼みを聞いて、彼〔ブレオーテ氏〕はそれを満足して受け入れ、僕を大公の方に連れて行った。そして食通じみた、儀式的で卑俗なやり方で僕を大公に紹介した（présenta）が、それはまるで一皿のプチ・フールを彼に勧めながら（recommandant）渡しているようであった。(38)

ブレオーテ侯爵は、語り手を文字通り、ゲルマント大公への贈り物にする。ここで《présenter》〔人を紹介する→物を呈示する〕、《recommander》〔人を推薦する→物を勧める〕という、二つの動詞の連動した意味の横滑りが、紹介と贈答の等値式を支えていることがわかるであろう。ブレオーテ氏は満足して、語り手という価値ある商品を呈示する。我々の主人公は、言うなれば自己の人格の物象化という代価を払って、ゲルマント大公の知遇を得たのである。

# プルーストにおける芸術の理念

話すことは商業的にしか事物の現実に関わらない。文学においては事物を示唆するか、あるいはその品質を取り出して、何らかの観念がこれと一体化するにとどめる。こうした条件で歌が、軽快になった歓喜が飛び出す。このねらいを私は〈転換〉と言う——〈構造〉がもう一つのねらいである。

——ステファヌ・マラルメ『ディヴァガシオン』

シャルル・スワンは、「私は芸術のヒエラルキイというものを信じない」と言う。語り手は幼い頃から演劇の世界にあこがれをもち、俳優の技術、つまり仕草、朗唱法などの芸を通じて、芸術というものが予感できるだろうと考えている。そこで、家によくやってくるスワン氏に、尊敬する作家のベルゴットがいちばん評価する俳優は誰でしょうかと尋ねると、「(男性の) 俳優は知りません。彼はラ・ベルマに並ぶ男の役者 (artiste homme) はいないと考えているのですよ」、「『フェードル』や『ル・シッド』を演じるラ・ベルマ、それは一人の女優にすぎないとも言えましょう、でもね、私は芸術のヒエラルキイ (hiérarchie des arts) なるものをあまり信じないほうなんでね」と話すのである(1)。

俳優の技術 (l'art de l'acteur) から芸術 (l'Art) に近づこうとする語り手に、俳優をひとりの芸術家 (artiste) として捉え、諸芸 (術) (les arts) の間に優劣はないと考えるシャルル・スワンが応接する場面であるが、ここにはフランス語のアール (art) という語に即して、その用途の音階を左右に滑る形で議論が展開されている。アールという語の最も基底にある意味は、知識に裏付けされ、一定の目的をもった手段、それを用いる能力といったものであって、ラテン語アルスの意味をほぼそのまま引き継いでいる。ふつう「芸術は長く、人生は短し」と訳される《ars longa, vita brevis》という金言も、ほんらいはヒポクラテスが医者の技術について述べたものであった。十八世紀半ばまでのフランス語でアールといえば、技術・技法・技巧であって、人間が自然につけ加えたもの、自然と対立するものという観念を含んでいる。近代的な芸術という概念は、複数形の諸芸（術）（les arts）の特殊化から生まれたもので、人間の手による美的理想の表現としての芸術には、とりわけ美術（les beaux-arts）という言葉の影が濃いように思われるが、ヴォルテールやルソーが語ったのは諸芸（術）であり、これは伝統的な学芸（les arts libéraux）（音楽はこれに含まれる）に詩文、美術を加えたものであった。

『失われた時を求めて』の語り手は、幾人かの芸術家との出会い、交わりを通じて自己の芸術観を磨き、彼らに導かれる形で自分のなすべき仕事を確信するに到るのであるが、その最初の芸術体験が演劇であった。職業としてのアルチストという言葉が最初に思い浮かべさせるのは、当時も今日も演奏家や俳優、つまり芸で生きる人間たち、いわば解釈の芸術家たちである。彼らが芸術家であるなら、その芸術はどこにあるのであろうか。俳優の芸とは彼が台本につけ加えたもの、彼らの技巧なのではないか。上演からまず台本を差引き、衣装や俳優の肉体や照明や舞台装置等を差し引いてゆくと、最後に俳優の技術だけが残る。それが彼の芸なのではないか。そこから芸術（l'Art）の本質も見えてくるはずである。芸術に上下の区別はないのだから。これが幼い語り手の推論である。芸術を技術、技法から理解しようとするこの姿勢が、アールという言葉の両義性からでている以上、そこに誤解があるとしても、それは言語習慣に根ざした誤解というべきものであろう。『失われた時を求めて』の芸術遍歴はまずこの誤解から第一歩が踏み出されることになる。

さてスワンに刺激され、父の同僚ノルポワ氏の勧めもあって、健康上の不安も省みずラ・ベルマの『フェードル』を聞きにいった語り手は、失望して帰ってくるのであるが、それは一言でいえば、期待が大きすぎたためであった。彼はこの上演に楽しみ以上のもの、芸術の真実についての啓示を求めていたのである。

僕があれほど希望していたバルベックやベネチアへの旅と同様に、この昼興行に僕が求めていたものも楽しみとは全く別のものだった。それは僕が今生きている世界よりもっと現実的な世界に属する真実、一度手に入れてしまえば、とるに足りない小さな事件によっては奪い取られない真実であり、それと比べれば僕の無益な生活の上での事件などは、それが僕の体に苦痛を与えるものであろうとかまわなかった。上演の間には楽しみも味わうであろうが、それはせいぜいのところそういった真実を感知するのにたぶん必要な形式としか思われなかった。[2]

芸術のもたらすものを日常生活とは別の次元に設定し、そこから受ける印象を真実を触知するための形式とみなすこの考え方は、ひとつの観念論でありながら、接点にある感覚を重視する点で経験主義的でもある。求めているものは日常の現実を越えたものであるが、体験によって自己の内部に根を下ろすものしか、獲得された真実とはなり得ない。これはプルーストの小説にみる探求の基本的姿勢であり続けるが、目下のところ語り手は、ラ・ベルマの演技を見さえすれば、それが自分に「神々しい美」を天啓の如くに示し、自分の精神は「覆いを取られた女神の完璧な芸」をわがものにできるだろうと考えている。ところが実際に見てみると、どの言葉もどの身振りも一瞬のものであり、いくら精神を集中しても、それを固定して深めることができない。それればかりか彼女の発声法や演技の中からは、同僚の役者達の場合とは異なり、巧みな抑揚も見事な身振りも見分けることさえできず、いま耳にしていることには、「ラ・ベルマの才能によって何物かがつけ加えられている」ようには思われないのである。[3] ラ・ベルマの芸を、役の上につけ加えられたものであると考えること、ここに最大の誤解があったことを、語り手は数年後、二度めの観劇においてて知ることになる。

ラ・ベルマの才能は、僕がその本質を把握しようとあれほど努力していた時には捉えることができなかったのに、数年間それを忘れていた後、無関心になった今になって、明白な事実としての力をもって僕を感服させようとしていた。かつては、この才能だけを取り出すために、いってみれば僕は役自体と考えるものを差し引いていた。フェードルを演じる女優たちすべてに共通の部分としての役である。僕は自分がそれを除外できるように、残ったものとしてラ・ベルマの才能だけを受け取れるように、前もってそれを勉強していたのである。しかし僕が役の外に見ようとしていたこの才能は、役と一体のものであった。偉大な演奏家の場合とおなじく、〔……〕彼女の技は、自分がピアニストであることをもはや全く感じさせないピアニストのものであった。というのも、〔……〕その演技はそれが解釈してみせているもので充溢し、とても透明なものになっていたので、人はもはやこの演技自体は目にせず、それは傑作に向けて開かれた窓となっていたのである。[4]

アリシーやイポリットを演じる俳優の場合とは異なり、ラ・ベルマの演技においては、「意図は内面化され、効果は簡潔な台詞まわしや所作の内に吸収されて」おり、声には「不活性で精神に反応を示さない物質の残滓」が全く残っていない、と語り手は気づく。その演技に「推論の痕跡」は見えないので、「役者が長年かけて作り上げたものを、人は天性のものだと思ってしまう」のである。このように、演技が「透明なもの」になることに芸の達成があるとすれば、それは人工のものを自然なものにすることにほかならず、芸術とは技術を感じさせないことであるという芸術観に帰着する。「芸とは技巧を隠すことである」(L'art est de cacher l'art)(ジョゼフ・ジュベール)というわけである。だがラ・ベルマの解釈が、戯曲という作品を中心にして作られた第二の作品であるという、人為性の確認がここで忘れられているのではない。演技が透明なものになり、芸術がその素材の物質性を感じさせない事こそ仕事の成果なのであって、芸術の基礎に技術は再度確認されているのである。

『失われた時を求めて』は疑いなくひとつの芸術論を含む小説でありながら、芸術家の仕事の物質的、技術的側面を具体的に記述することはしていない。例えば画家のアトリエを描いても、ゾラの『制作』とは違って、テレビン油の匂いはしないのである。ここにこの小説の無視できない弱点を見ることもできるかも知れないが、見落とせないのは、芸術家のする作業を比喩に用いて別の仕事を語る時、逆に技術の側から芸術が照らしだされる事があるという点である。たとえば語り手がアドルフ叔父の家でバラ色のドレスの婦人、すなわちオデットに出会ったとき、彼女が語り手の父からも親切にしてもらったというのを聞いて、粗野な父の事を思って彼は困惑するのであるが、大人になってから考えた事として次のように述べられている。すなわち、オデットのような「働く必要がなく、しかも研究熱心な」婦人達が果たす役割には心を打つものがあるのであって、彼女たち高級娼婦は「男たちの粗野であか抜けしない生活に、貴重で上品なはめ込み細工をする事により、それを豊かなものに」していると。ここには金工の技術が比喩として用いられ、それが芸術の域にまで達した社交の巧みの分析となっている。

彼女は、父の言った何かとるに足りない言葉を覚えていて、それを思いやりを込めて加工し、それにひとつの調子と価値ある呼称を与え、そして謙虚さと感謝の意を込めた、とても純度の高いその眼差しのひとつをそこにはめ込む事により、それを美的感覚のある装身具、「とても愛想のいい」何物かに変えたのである。[5]

プルーストの語り手にとって、アールという言葉の両義性が、芸術を理解するための最初の障害となっており、劇芸術との接触を通じてこれが克服されるのをまず見たが、しかしこの過程において、芸術と技術とは全く別の次元に置かれ、異質なものとして捉えられているのではない。むしろそれとは逆に、処世術まで含めた様々な技術が芸術のほうに引きつけて考察されるのである。そして語り手は多様な技術、料理や兵法や医者の技術といったものの内にある芸術性を見出し、技術の中に美学を発見しようとする。これらの技術は「交換可能な」例として取り上げられ、「個別的なものの下に一般的なものが示される」[6]ことが、彼にとって大きな関心事となるのである。

語り手が最初にラ・ベルマを聞きにいった日は、父の同僚ノルポワ氏を夕食に招いた日でもあり、物語はラ・ベルマの芸と女中フランソワーズの料理作法を隣接させて提示している。自分だけが知っている調理法により牛肉のゼリー寄せを作ろうとするフランソワーズは、教皇ユリウス二世の記念像を制作するミケランジェロに比較され、一同が食事を終えた後の彼女は、ノルポワ氏の賛辞を、「自分の芸が褒められるのを聞く役者のように」誇りある率直さで受けとめる。[7]だが語り手の母が秘訣を尋ねても、「着こなし上手な女性が自分の衣装を語らず、偉大な女性歌手が自分の歌の秘密を明かさないのと同様」、彼女は自分の技術の秘密を説明できない、あるいは説明したがらないのである。そして有名なレストランを安料理屋扱いする彼女の料理批評は、俳優達が役者の価値の位階を、評判とは別のところに置いているのを知るのと同じように愉快であった、と語り手は述べている。[8]

二度目の観劇の後、語り手は友人のサン＝ルーを兵営に訪ねるべく、ドンシエールへと赴くのであるが、そこで彼は、戦史の講義において審美的な見地からも美しいと言える証明をしてみせるというデュロック少佐の噂を聞き、兵学にたいそう興味を感じる。戦記においては、「ごく小さな事実、ごく些細な出来事も、抽出すべき意図の表徴であり、しかもひとつの意図は、重ね書きされた羊皮紙のように別の意図を覆っている」という事を聞いた語り手は、用兵術（l'art de la guerre）も言葉の精神的な意味におけるアール、つまり芸術とみなせるのではないかと考えるのである。作戦の性格を読むには、まず交戦する軍団の編成やその兵站を研究し、その国の操兵規則や各軍の伝統や習慣、戦術理論を参照することが必要であるが、それだけではなく、戦争は戦争を模写し、模倣するとサン＝ルーは言う。ドイツのシュリーフェン元帥はフランスに対し、カルタゴのハンニバルがローマを破ったカンネーの戦いに似た作戦を準備し、一方ベルンハルディー将軍はフレデリック大王のロイテンの戦いの再現を考えているというふうに。これに対し語り手は、現代の戦争に古い昔の戦争が重ね合わせられるという事には、非常に美的なものを感じるが、それでは将軍の才能というのはないだろうかと問う。用兵術を他の芸術と同様に扱うには、学んだ規則がすべてではないことが必要である。名医がいるように、名将軍というのもいるのではないかと。そこから彼らの議論は、将軍たちを比較して、指令官の才能とは何かという話へと展開してゆくのであるが、ここで、戦術を医学に近づけているものは、その兆候解読の類似性である。物理的には同じに見える症状が提供する諸要素を解釈して手術の適否を決めるのが名医であるのと同様に、戦争においても敵の動きは場合に応じて多様な意味を持ち得るのであり、たとえばナポレオンは全ての法則が攻撃を命じているときに、ある予感からそれを見合わせた事もあるとサン＝ルーは言う。[9]結局、与えられた状況で選択可能なものがいくつかある時、その内のひとつを選ばせるのは本能的な勘であり、また人間の弱さ、偉大さでもあるというほどの議論で終わるのであるが、戦場における兆候の解読は芸術の受容における印象の解釈と通底し、さらに言えば、規則からではなく兆候の解読から戦場においてとるべき行動を導き出さねばならない将軍は、受けた感銘を自分自身の創造の契機へと転化しなければならない芸術家の任務とも重なりあうだろう。

語り手が最初、ラ・ベルマの芸をよく理解できず失望を感じたのは、美とか独創とか感動とかの観念をあらかじめ持っていて、それを女優の演技にあてはめようとしたからである。ところが、人間にしろ作品あるいは解釈にしろ、強い個性を持つものが我々に与える印象には有無を言わせぬ「暴君的な」ところがあって、我々があらかじめ持っている観念の中には、この未知のもの、個性的な印象に対応すべきものが見出せないのだと語り手は言う。我々は「神話とは何の縁もない星に、マルス（火星）とか、ヴェニュス（金星）とか、サチュルヌ（土星）とかの名前をつける」。つまり感じる世界とは別の世界で我々は考え、名をつけているのである。「これらふたつの世界の間に照応関係を打ち立てることはできても、その間隔を埋めることはできない。[10]」感覚したものと、本来ならそれを表現・伝達すべきものであるはずの言葉との乖離、しかしこれこそが現実が生きられたものであることの証であり、言葉の無力からこそ文学の引き受けるべき任務も生じることになる。

> 我々が悪天候とか戦争とか停車場とか、明かりのついたレストランとか花が咲いた庭とかを口にするとき、何を言おうとしているのかは誰にでもわかるが、もし現実というものが各人に取ってほとんど同一の、こういった類の経験の残滓にすぎないとすれば、恐らく事物の映像フィルムのようなものがあればそこで十分で、それらのデータから離れてしまうことになる「文体」や「文学」はわざとらしい前菜ということになるだろう。しかし、現実とはいったいそんなものであろうか。[11]

観念のほうからいきいきとした現実には少しも近づけないとすれば、現実が我々の前に姿をみせるあり方、その個別の印象を表徴で書かれたものとして捉え、それを精神にとって了解可能なものに変換することが、真実探求のための手続きとなるだろう。プルーストの語り手にとって、芸術とは何よりも、こうした兆候解読の技術を要請するもの、その努力を強要するものとして現れる。プルーストの小説には芸術家だけでなく数多くの芸術愛好家が登場し、そこから芸術受容の持つ諸問題が提起されることになるのであるが、語り手にとって最も切実な考察対象となっているのがシャルル・スワンの場合である。多くの社交家とは違って、スワンは芸術に対する極めて豊かな感受性を持つ人間として提示されており、語り手の芸術との接触も、彼からの刺激で始められることはすでに一部見ておいた。彼は芸術について、本質的なことは人に話すまいとする人間である。とりわけ絵画に造詣の深いスワンであるが、画家やその作品について、具体的な事実はこと細かく人に教えたり、購入に当たっての助言も惜しまない一方で、自分が受けた感銘については、いささかも語らないようにするのである。そして「芸術」という言葉を口にするときは、決まって皮肉な調子を添えてみせる。これは収集家・愛好家としての節度を守ろうとしているのであろうか。それともここに、感受性豊かな人間が、芸術によって自分の生活を変えられまいとする防御の姿勢を見るべきであろうか。いずれにせよ物語はスワンを、「無為の内に暮らして、この無為が自分の知性に、芸術や研究がもたらし得るのと同じくらい興味深い事物を提供しているという考え、〈人生〉はあらゆる小説より面白く数奇な状況を含んでいるという考えの中に、慰めと恐らくは言い訳を探している知性豊かな人間[12]」の一人であると、まず規定して始めるのである。そのような彼に、重大な試練の訪れたことがあった。それをもたらしたものが偶然に社交の集まりで聞いた、作者も知らぬソナタ、そしてその中の一楽節である。「それを聞くまで思ってもみなかった独特の逸楽」へと自分を差し招いているこの小楽節に、スワンは強い愛着を持ち、これを「必要としている」自分を発見する。

小楽節に対するこの愛が、スワンの内に若返りのようなものの可能性を一瞬ながらかいま見させているように思われたことさえあった。彼はもうずいぶん前から自分の人生に理想とする目的をあてがうことを諦め、日常の満足の追求に生活を限定していたので、漠然とではあるが、それはもはや死ぬまで変わらないものと考えていたのである。そればかりか、心の中にもはや気高い理念を抱くこともなくなっていたので、そういった理念の実在性を全く否定まではできないままにも、それを信じることをやめていた。〔……〕ところがスワンは自分が聞いた楽節の記憶の中に、またそれを見つけられはしまいかと演奏させてみたいくつかのソナタの中に、自分が信じなくなっていたあの眼には見えない現実の存在を見いだし、あたかも音楽が、彼の苦しんでいた精神の渇きに選択的影響を与えたかのように、この見えない現実のために自分の人生を捧げたいという願いを、そしてほとんどそのための力を再び自分の内に感じたのである。(13)

スワンは知り合ったばかりのオデットに招かれて出入りすることになったヴェルデュラン家のサロンで再びこのソナタを聞き、これがヴァントゥイユという作曲家のものであることを知るが、そこから彼にとって、小楽節の持つ意味はたちまち変質していくのである。彼は自分の小楽節に対する愛をオデットに語り、それはサロンの女主人にも喜んで迎えられ、彼女はこれをスワンを歓待するための手段、スワンとオデットとの「愛の国歌」として演奏させる。スワンはこのソナタについて、作曲家について、そして作曲家にとって問題の小楽節がどんな意味を持っていたかについてもはや探ろうとはしなくなり、小楽節それ自体に対する自分の愛よりも、それが記念し保証するもの、それがオデットと自分とを結び付けるものであることが彼にとって大切になるのである。(14)つまり小楽節への愛がオデットへの愛を生み、後者が前者にとって代わる。芸術作品はそれが喚起する魂の状態によって、「眼に見えない現実」ではなく、眼に見える現実のほうへと人を向かわせ、芸術の現実は人生の現実に従属させられる。これは芸術受容の際に、多くの人が陥りがちな偶像崇拝の危険であり、プルーストの小説はこれを執拗なまでに追求している。

オデットは女として、必ずしもスワンの好みのタイプではなかったと物語は言う。ところが美術愛好家としての彼の教養が、彼の恋を正当化しにやってくる。スワンはオデットがボッチチェルリの描くモーセの妻チッポラーに似ていることを発見し、彼女の姿は、スワンを美的夢想の世界、フィレンツェの巨匠の世界へと誘うものとなる。(15)オデットを幸福への夢と関連づけることにより、自分は思っていたほど不完全な次善の策に甘んじていたのではなかった。オデットに会うことしかしなくなっている自分を後悔するには及ばない、なぜなら彼女は「異なる材質の内に一度限り鋳込まれた、このうえなく貴重な傑作」なのだから、とスワンは自分に言い聞かせるのである。傑作はそこに、肉体で所有できるものとしてそこにある。「芸術家の精神性と収集家の肉感性」が交互に現れる、スワンのこのような思考は、画家エルスチールにおいても、ほぼ同じ形で考察されている。バルベックで画家のアトリエを訪ねた語り手は、その数々の作品を眼にし、とりわけ詩における隠喩の効果に似た働きを持つ、描かれた事物の変容を見て、大いに示唆を受けるのであるが、その後、エルスチール夫人を眼にし、彼女の容姿と神話に取材した画家の絵にみられる線や模様とのつながりを発見して、夫人の肉体が画家の美的理想を体現したものであることを知るのである。彼の作品に絶えず現れる線や模様が示す理想の型、それを画家は自分の内から苦労して引き出し、画布の上に再現しなければならなかったのだが、ある日それが一人の女性の肉体の中に具現されているのに出会うことになると。これは語り手の推論に過ぎないはずなのであるが、仮説としての抑制はみられず、スワンの恋が語られた際と同様の、全知者の声が全面に出ている。

それにしても、これまであれほど苦労して自分の中から引き出さねばならなかった美のうえに唇をのせるのは、何という休息だろう。今やこの美は神秘的に肉化されて、効力ある一連の聖体拝領のために、自分に差し出されている。この時期のエルスチールは、人が自分の理想の実現に当たって、思考の力にしか期待しない青年期をすでに過ぎていた。彼は精神の力を刺激するために、肉体の満足をあてにする年齢に近づいていた。そうした年齢にあっては、精神の疲労が我々を物質主義に傾斜させ、活力の減退が受動的に受け取る影響の可能性へと向かわせるので、我々はこんなことを認めてしまうようになるのである。すなわち、ごく自然に我々の理想を実現している恵まれた身体や職業、特権的なリズムといったものが恐らくあって、才能などなくとも、肩の動きや首の強い線を写すだけで、我々は傑作を作れるかも知れないと。(16)

才能が人生を覆う「上げ潮の時期」が終わり、頭脳が疲れてくると、「引き潮の後、大河が元の流れを取り戻すように」、人生のほうが勝ってくる、と語り手は言う。自分の探求に必要だった素材やモチーフに迷信的な崇拝を捧げ、それらの中にすでに傑作の大部分が宿っていると思いこんでしまうのである。そしてモデルへの熱愛が芸術の追求にとって代わり、「人生の美」[17]への退行が始まる。エルスチールが退行していった場所、それがスワンにとって、そこを越えて行けなかった場所、「芸術の手前に位置する地点」である。小説はここでスワンの名を引いており、そう考えて間違いはないように思われるが、しかし「スワンの恋」には、この芸術愛好家が、音楽における表徴解読のほぼ完全な達成を実現しているとみなすべき内面の描写も見られるのである。スワンはヴェルデュラン家のサロンから追放された後、オデットを思い通りに扱えなくなり、嫉妬の妄想に苦しむことになるが、そんな時サン＝トゥーヴェルト侯爵夫人邸の夜会で、忘れていたヴァントゥイユのソナタをもう一度聞く機会を持つ。このとき最初に蘇ってくるのは幸福だった時期の恋の思い出であり、音楽はそれを習慣的に聞いていたときの心の状態を喚起するに過ぎないが、思索を巡らせるスワンの中で、小楽節は恋の守護女神から、人間の魂の現実を照らしだすものへと変化していく。

しかしこの一年余り、彼の魂の数々の富を彼自身に啓示しながら、たとえしばらくの間でも、音楽への愛が彼のなかに生まれてからというもの、スワンは音楽の種々のモチーフを別の世界、別の秩序に属する真の思想ともみなしていた。それは闇で覆われた未知の思想であり、理知が入り込めない思想であったが、それでいてその一つ一つに区別があり、価値も意味もお互いに異なる思想なのであった。〔……〕彼はピアノの記憶そのものが音楽についての自分のものの見方を歪めていることはわかっており、音楽家に聞かれている領域は、七つの音の貧弱な鍵盤ではなくて、まだほとんど全体にわたって未知の、計り知れない鍵盤であるということを知っていた。そのなかでは、この鍵盤を構成している愛や情熱、勇気や静けさの、幾百万のキーのうちのいくつかが、未踏の深い闇に隔てられて、あちこちと何人かの偉大な芸術家によって発見されているに過ぎない。これらのキーは、一つの宇宙が別の宇宙と異なっているようにお互いに異なっており、偉大な芸術家たちは彼らの見いだしたテーマに対応するものを我々のうちに目覚めさせることにより、我々が空虚であり虚無であると思っている我々の魂の、あの絶望的なほど未開の広大な闇が、どれほどの豊かさ、どれほどの多様性を我々の知らないところに隠しているかを示してくれる人たちなのである。[18]

つまりソナタの楽節は眼には見えないものであるが、「現実に存在する」ものに対応しているということが、スワンには信じられる。それは「超自然的な生き物の世界に属している」ので我々はそれらを見たこともないが、「眼に見えない世界の探検家がその一つをうまく捕らえ、彼が入り口を知っている神聖な世界から連れてきて、短い時間我々の頭上で輝かせるとき、我々は恍惚となって、そうした生命の存在を認める」[19]のである。ここに表明されているのはすでに語り手自身の芸術観の一部であり、彼がずっと後になって、大団円のゲルマント大公夫人邸のマチネで、社交の集まりに先立って図書室の中でふける思索とほとんど異なるところがない。

本当の芸術の偉大さは、〔……〕我々がそこからは遠く離れて日々を過ごしているあの現実を再発見し、再把握し、それを我々に認識させることにある。我々は型にはまった認識をこの現実に置き換えて暮らしているので、それが厚みと不透過性を増すごとに我々はこの現実から遠ざかり、これを知ることもなく死んでしまう危険も大きいが、この現実とはほかならぬ我々の生活なのである。〔……〕我々の生活と言ったが、それはまた他の人々の生活でもある。〔……〕芸術によってはじめて、我々は自分の外に出て他の人がこの宇宙の何を見ているかを知ることができる。その宇宙は我々の宇宙とは同じでなく、その景色は芸術がなければ、月世界の風景と同じくらい我々には未知のものとなったであろう。芸術のおかげで、我々はただひとつの世界、自分の世界だけを見るのでなく、世界が数を増していくのを見られるのであり、独創的な芸術家が数多くいればいるほど、それだけの世界を我々は手の届くところに持っているのである。[20]

このようにスワンは、「魂のコミュニケーション」の特権的な形態としての音楽を不足なく理解し、偶像崇拝的な芸術受容のレヴェルを越えた地点に到達しているとみなせる十分な根拠があるのだが、それにもかかわらず彼は何一つ創造的な仕事を実現できない。たとえば美術史家として、デルフトの画家フェルメールについての仕事に手をつけていたはずなのに、それは結実しないのである。語り手にとってはいわば結果がすべてなので、彼の言う「最後の審判」において、スワンは結局、芸術の手前にとどまった人間でしかないだろう。これを物語の結論と呼べばそれも一つの説明ではあろうが、プルーストの小説が提起している芸術の理念を考えようとするならば、この結論を必要としているものが何であるかを知ることが問題となるはずである。「未知の記号で書かれた内面の書物」を読むために、手助けしてくれる人はどこにもいないと語り手は言う。[21] この解読は、誰にも代わりができない創造行為でもあるからだ。それで多くの人がそこから逃れようとする。「本能は義務を命じるのに、知性はそれを回避するための口実を提供してくれる。しかし言い訳は芸術では少しも重きをなさず、意図は考慮されない」というわけである。

芸術上の喜びも、人がそれを追い求めるのはそこから受ける感銘のためであるはずなのだが、その際にも我々は、この感銘がまさに何であるかは表現不可能のものとしてできるだけ早く脇に置くように取り計らい、楽しみを深く知ることのないまま、自分にそれを感じさせてくれるものにしがみつこうとする。そしてこれによって、この楽しみを話ができる他の愛好家に伝えている気になるのである。というのも、自分自身の感銘の個人的な根っこは消去されているので、我々は自分にとっても彼らにとっても同一のものについて語ることになるからである。我々が自然や社会、愛や芸術そのものに対して、このうえなく公平な観客でいる瞬間にさえ、あらゆる印象は二重のものであり、半分は事物の鞘の中に入り、自分だけが知ることのできる残りの半分が我々の内部に延びているので、我々は後者、すなわち本来なら執着すべきただひとつの部分を急いで無視し、反対の部分しか考慮しない。こちらのほうは外部にあるので深く追求はできず、自分を疲労させることがないのである。〔……〕そのためになんと多くの人がこの地点にとどまり、自分の受けた感銘から何も引き出せないでいることだろう。彼らは人の役にたたぬまま、芸術の独身者として不満の内に年老いてゆく。彼らは処女のままの女や怠惰な人間の持つ悲しみを抱いているが、受胎もしくは仕事がこの悲しみから彼らを解放してくれることだろう。[22]

これはスワンのことを直接語っているくだりではないが、それでも彼は何も創造しない人間として、「芸術の独身者」の地位にとどまる。彼は芸術から受ける印象の、自己の「内部に延びている」半分を十分に把握したように思われるのであるが、そこから彼の仕事は出てこないのである。語り手は創造の道へと至り、スワンはその手前にとどまるという両者の違いを、ヴァントゥイユの音楽の受け取り方にみることはできるであろうか。サン＝トゥーヴェルト侯爵夫人邸の夜会でヴァントゥイユのソナタを聞くスワンの思索と、ヴェルデュラン家の音楽会で同じ作曲家の七重奏曲を聞く時に語り手が開陳する芸術観はほぼ等質に見える。しかし基本的な状況の違いとして、ソナタしか知らないスワンに対し、語り手はすでにソナタを何度か聞き、自分でも演奏する機会を持った上で、七重奏曲に接しているのである。これは物語そのものの要請にほかならず、そこから必然的に出てくる二つの受容の違いは、両者の運命を分つものともなりうる。サン＝トゥーヴェルト邸でのスワンの思索には現れず、ヴェルデュラン家の音楽会で語り手の追求する考察において繰り返し取り上げられているのが、ヴァントゥイユの声調(accent)である。独創的な音楽家がそこを目指し、また意図しないままそこに立ち返る「独特の声調」、語り手はそこに「魂が非妥協的なほど個人的なものとして存在するということの証拠」を見ている。

というのもその時、新しくあろうと強く求め、みずから問いかけながら、ヴァントゥイユは自己の創造的努力のすべてをあげて、深いところで彼自身の本質に到達していたからである。この深さにあっては、人がどんな問いかけをしようと、彼の本質が同じ声調で、彼自身の声調で返答することになる。声調、このヴァントゥイユの声調は、二人の人間の声の間、さらには二種類の動物の鳴き声や吠え声の間に感じられる違いより大きな違いによって、他の音楽家の声調から隔てられている。それは本当の差異であり、これこれの音楽家の考えることと、ヴァントゥイユの絶え間ない探求、あれほど多くの形式で彼が自分に発している問いとの間にある相違なのである。[23]

この「声調」は、人間の魂の多様性を証言するものともみなすことができるであろう。特に芸術家の個性との関わりでは、作家ベルゴットとの出会いを契機として、彼の話す言葉と書く言葉、肉体の発する声の特徴と彼の本の中に見られる「声調」との間の区別が論じられる際に、すでに取り上げられていたものである。語り手はこの高名な作家と一緒にスワン家に招かれることによって、すでに読んでいる本の作者、その文体についても一定の認識を持つ作家の、肉体と肉声に直接触れる機会を得たのであった。その風貌は文章が予想させていたものからはかけ離れていて、そのカタツムリの殻のような鼻や山羊ひげから導き出せる人格は、彼の英知溢れる作品につながるとはとても思えない。この冴えない外見に応じて、作家ベルゴットの人格も描き直さなくてはならないのである。作品の必然性も疑わしく思えるので、偉大な芸術家の独創性という観念への疑念も表明されている。「独創性というものは本当に、大作家が神々であり、おのおのが自分だけのものである王国に君臨しているということを証明しているのであろうか」と語り手はここで考えている。「あるいはこういったことすべての中には少々のたくらみが潜んでいて、作品の間の様々な差異も、多様な人格の間の本質に関わる根源的な差異の現れであるというよりは、ひょっとして仕事の結果に過ぎないのではあるまいか。」[24] 既成観念への疑念であるが、ここで「独創性」の存在自体が疑われているわけではない。懐疑の対象となっているのは、作品の示す独創性を作家の人格ないし個性に直ちに結びつける受け取り方である。この点からも、「声調」は生身の体が発する声と、作家の書く文章の質感、音声や調子とを区別するために用いられている表現と見てよいように思われる。

しかしながらベルゴットの言葉使いには、彼の本や他の作家の本にも見られて、文の中で語の外見をしばしば変えている、ある種の照明を見いだすことはできなかった。それは恐らくこの照明がとても深い部分から発しているからであり、われわれが会話によって他人に自分を開いている時には、自分に対しては相当程度閉じているので、その光を話す言葉までにはもたらさないのである。この点では、彼の話す言葉よりも彼の本の中に、より多くの抑揚、より多くの声調があった。この声調は文体の美からは独立したものであるが、作家の最も内密な人格から切り離せないものなので、彼自身も多分感知していないに違いない。ベルゴットが彼の本の中で全くありのままになっているとき、彼が書くごく取るに足りない言葉に律動を与えているのはこの声調であった。テクストの中にこの声調は記されておらず、それを指示するものは何もないが、それは自力で文に付加されている。それ以外に言いようはなく、極めて束の間のものでありながら、作家にあってはこの上なく深いものであり、彼の本性について証言するのもこれなのである[25]。

一人の芸術家の作品を複数知ることによって初めて見分けられるものとなるこの「声調」は、作家の内密な人格と不可分のもので、「芸術家の魂を構成する要素の不変性」を証言するものである。このように見ると、各々の芸術家は異なった「未知の祖国の市民」とも言える。この「内面の祖国」の記憶に芸術家が忠実になるとき、音楽家にあっては音声の、画家にあっては色彩の全般的な変質によって、それは表現される。従って晩年のヴァントゥイユの作品にこそ最も深みがあると評されるとき、観客は見誤ってはいない。そこには深さの、音の領域における転移ないし転換(transposition)がある。

これらの要素、〔……〕各人が感じたものに質的な差異を与え、万人に共通でつまらない外的な側面に限ってしか他人と通じ合えない文章では、その入り口に放置せざるをえない、この言い表せぬもの、これを芸術、ヴァントゥイユの芸術やエルスチールの芸術は顕現させ、われわれが個人と呼び、芸術がなければ決して知ることのないこれらの世界の内奥の構成を、スペクトルの色へと外在化するのではなかろうか[26]。

言語芸術において注目すべき表徴の根拠を、表層であれ深層であれ、作者の人格ないし個性に帰着させるとき、この作業の志向する方向には伝統的に「文体」というものが措定されて来た。作家にとって文体とは「画家にとっての色彩と同様に、技術の問題ではなくヴィジョンの問題である」とプルーストの語り手は言うのであった。「それは世界がわれわれに姿を現すあり方における質的差異の啓示、直接的で意識的な方法によっては不可能な啓示であり、この差異は芸術というものがなければ、個々の人間の永遠の秘密となってしまう。[27]」個性や人格の認識手段について、声調が耳の役割に依拠するとすれば、ヴィジョンは眼の働きへの傾斜が色濃い。これが単に「視覚組織による外的な世界の知覚」ではないとすれば、精神的表象としてどのように文体と関わるのであろうか。

アンヌ・アンリは『小説家プルースト――エジプトの墓』の中で、「プルーストは芸術が提起する問題を文体の機能に凝縮させている」とし、ドイツロマン主義から発展をみせた美学理念との関連でプルーストの芸術観を捉えようとしているが、彼女によれば「文体とは技術の問題ではなくヴィジョンの問題である」というプルーストの（語り手の）言葉は、シュレーゲルの次のような主張がよく伝えているシェリング流の芸術哲学に、その源泉を求められるという。[28] そのまま引用してみよう。「我々は事物を、全くそれらがそれ自体であるがままに見ているのではなく、それらが我々に対して持つ関係に従って見ているのであり、この関係は我々の人格全体によって、多かれ少なかれ決定されている。我々は個人として生まれ、個人であることを止めることはできない。そこから我々の素質における一定の性格が生まれる。ある種の行動様式が我々にとって最も容易で、うまく適合するのも性格によるのであるが、繰り返されることにより、そうした行動様式は一定の習慣、性癖となる。このような習慣や性癖は必然的に、芸術作品のような我々の存在の最深部から発すると思われる仕事に、その痕跡を残すのである。」（シュレーゲル、「芸術と自然との関係について」）これだけでは文体が「ヴィジョン」、自己との関係に従って世界を見ることとどう関るのかは余り明確ではないが、アンヌ・アンリはこの引用に続けてこう書いている。「このように文体は、自己を表現するための最も近い道を求めるヴィジョンが無意志的に付加するものであり、自発的な自己差異化の要因であるとみなされている。」「文体」を直接語っていない引用を、このように整理してみせるのにはかなりの力業を感じるが、文脈からすると、文体を有機体としての生命（「気質」や「性癖」はそのあらわれである）から導きだそうとすると、身体的な意味でも、精神的な意味でも、見るという行為に根拠を求めるほかはない、ということなのであろう。いずれにせよ彼女は、「ヴィジョン」という概念は、「表現の操作を一種の受動性に還元する」[29]という。
もっと具体的にみてみよう。彼女は作家ベルゴットについての記述の中に、プルーストにおける「文体のロマン主義的定義」が読み取れるという。そして、ベルゴットの文体上の特徴というのは、「いくつかの外破子音への好みや、意味よりも音のために文中におくいくつかの単語の強調、固い音とのある種の関係の中に優しい音をはめ込む特別の図式などにある」と要約した上で、プルーストは表現の問題を身体性の問題と混同し、文体を音声上の特質としている、と非難に近い口調で語るのである。[30]文体に重点をおいてプルースト研究を重ねるジャン・ミイも、ベルゴットの文体は統辞法や意味論的な考察の対象とはなり得ないとしており、音声上の側面だけに分析を絞っているので、[31]アンヌ・アンリの主張も、その前提部は支持されているといえるだろう。しかし、プルーストの語り手は「文体」という語を、何より非肉体的なものを指すものとして用いているのである。「声は仮面から出てくるので、我々が文体の中に見たあらわな顔をその下に認めさせるには十分なものでない。」（ここで「顔」は作家の人格に近いものを意味し、肉体の持つ顔は「仮面」と言い替えられている）あるいは、「人の発する言葉は魂と関連はあるが、文体のようにはそれを表現しないので……。」[32]ベルゴットとの交際は、後になってなされた考察も含めて報告されている。もう少し長いところを引用してみよう。

僕の眼の前にある仮面から出てきた見分けのつかない言葉、それを僕は敬服する作家に結び付けねばならないのであったが、これらの言葉は、お互いにはめ込むことのできるジグソーパズルのようには、彼の本の中に差し込めなかったであろう。それは別の平面上にあるものなので、一種の転換を必要としており、のちに僕はベルゴットが口にしていた言葉を自分で繰り返していたある日のこと、この転換によって彼の書く文体の骨組み全体を再発見し、あれほど違っていたと思われたあの談話の中に、彼の文体の様々な構成要素を見分け、名付けることができたのである。[33]

この転換（transposition）という言葉を見過ごすことはできないだろう。なるほどプルーストの語り手は、ベルゴットの会話に見られる発声法の特徴をとり上げ、それを家系的なものとし、彼の散文の中にその「音楽的等価物」[34]を見いだせるといっている。しかし会話にしろ文章にしろ、音声上の特徴を語る時には「文体」という言葉を直接は用いていないだけでなく、作家の最も内密な個性と結び付けられているものはすでに見た通り「声調」（accent）と呼ばれて、これは「文体の美」からは独立のものであるとされているのである。それは文の中で語の外観を変える一種の照明のようなものから出てきて、彼の書く一見とるに足りない言葉に律動を与えているという。このように「ベルゴットの文体」というのが何を指すのかを知るのは決して容易でなく、作家の肉体性はおろか、個性とさえも単純には対応していない。プルーストの概念体系の中で「文体」をもたらすものを探すとすれば、それは「独創性」であろう。だがこの言葉も、「ヴィジョン」以上に「文体」の意味の輪郭を明らかにするとは思えない。我々としてはむしろ、「文体とは技術（テクニック）の問題ではない」というところのほうに注意を払っておこう。語り手の芸術遍歴の第一歩たる演劇との接触において、まず芸術を技術性からいったん切り放す必要があったことを我々はみておいた。

　語り手がベルゴットの談話の中に、その書かれた文体の骨組みとなるものを見いだすためには必要であった転換、またベルゴットがその発声法の等価物を散文の中に実現した時に行ったはずの転換、それは何がしかの技術を含まないのだろうか。すぐあとに続く段落では、ベルゴットについて述べながら、変形し転換する（transformer; transposer）能力こそ、天才を作るものであるとされているのである。

> しかし天才というものは、いや偉大な才能でさえも、他人に勝る知的要素や社交的洗練よりは、そういったものを変形し転換させる能力に由来するのである。電灯で液体を温めるには、できるだけ明るいランプを用いるのではなく、電流が照らすことを止めて流路を変え、光の代わりに熱を発するランプを作らねばならない。空中を散歩するには、最も馬力のある自動車を持つことは必要でなく、地上を走ることを続けないで追ってきた線を垂直に遮り、水平面の速度を上昇する力に変換することのできる自動車が要るのである。[35]

ここで電熱器とか飛行機といった近代技術が、芸術上の才能を語るための比喩として用いられていることは、我々には示唆に富むもののように思える。生活上のエネルギーを芸術上の高い達成に変換する（convertir）ことが問題になっているとすれば、とりわけ人間が空を飛ぶ技術ほどこれを喚起するにふさわしいものはないであろう。語り手はバルベックで馬に乗って散歩中、初めて空に飛行機を見て感動の涙を流す。その後パリ近郊でも、その頃整備されたばかりの飛行場に恋人のアルベルチーヌと一緒に出かけて、飛行機の離着陸の様子も見ている。[36] 感動の理由はその場では明らかにされていないが、後にワーグナーの音楽を通じて芸術を彼が語る時、その比喩の中に、離陸して上空を飛ぶ飛行機がまた姿を現すのである。

それはアルベルチーヌと同棲を始めて相当の月日がたった頃のこと、語り手は外出した彼女の帰りを待ちながら、ピアノに向かってヴァントゥイユのソナタを弾いている。この日の夕刻になって、彼はヴェルデュラン家で、ヴァントゥイユの七重奏曲を聞くことになる。弾きながら、かつて自分が持っていた芸術に対する抱負を思い起こし、そして芸術が表現している現実に対する懐疑の念を反芻する。「この〔芸術家になりたいという〕抱負を事実上捨てたことで、僕は現実的な何物かを放棄したのだろうか。生活は芸術を失った僕の悲しみを癒してくれるだろうか。芸術の中には、生活上の活動からは得られないものの表現を我々の真の人格に見いださせるような、より深い現実があるのだろうか。大芸術家は実際、誰もが他の芸術家とはずいぶん違っているように見え、日常生活の中に探してみても出会うことはない強い個性を感じさせる。[37]」このように芸術が表現する個性というところまで考えてきたとき、語り手はソナタの今弾いている小節がワーグナーの『トリスタンとイゾルデ』の一節に似ていることを突然発見するのである。そして今度はそちらの楽譜を取り出し、それを演奏してみる。演奏しながら、芸術は旅や生活の中には探しても得られない多様性を発見させてくれるとつくづく思う。しかしワーグナーの世界の豊饒さにもかかわらず、その個々の作品は、「十九世紀の大作品全てが持つ、どこまでも未完成であるという性格[38]」を伴っているとも考えるのである。だが十九世紀の大作家たちは、「製作者であると同時に鑑定家でもあるかのように」仕事をする事によって、この未完成であるという欠点から、「作品の外にあってそれを越えた新しい美しさ」を引き出している。それが、バルザックの『人間喜劇』やワーグナーの「四部作」に見られる、「回顧的啓示」による一体性の獲得である。これは作為的なものではないあとからの一体性であり、それゆえ、論理ではなく生命に発する一体性である、と語り手は言う。だからワーグナーにあっては、詩人としての悲しみがどれほどのものであれ、それは「職人としての喜び」によって慰められ、乗り越えられている。

そう考えると、先ほど気づいたヴァントゥイユの楽節とワーグナーの楽節との同一性と同じくらい、この噴火性の技巧に僕は戸惑いを感じた。偉大な芸術家において、非妥協的なほど根元的な独創性の錯覚を与えるものは、これなのであろうか。人間を越えた現実の反映とも思えるこの独創性は、実際は手際のよい、しかし辛苦に満ちた仕事の産物なのだろうか。もし芸術がそんなものだとしたら、それは人生以上に現実的なものではないのだから、僕もさほど後悔するには及ばない。僕は『トリスタン』を弾き続けた。僕は音の隔壁によってワーグナーから は隔てられていたが、彼が歓喜し、その歓喜に加わるよう僕を招いているのが聞こえた。ジークフリートの不死身なほど若い笑い声や、彼の用いるハンマーの槌音がいっそう高まるのが聞こえた。とはいえ、それ以上に巧みに打たれていたのはこの楽節であって、職人の技の巧みさはこの楽節をより自由に宙に浮かせる役目を果たしているだけであった。地上を離れたこの鳥は、ローエングリンの白鳥には似ず、僕がバルベックで見た飛行機、そのエネルギーを位置の高さに変え、海の上を飛び、空の中に消えて言ったあの飛行機に似ていた。[39]

ここで『トリスタン』を弾いていた語り手の耳に、同じワーグナーでも、『ニーベルングの指輪』の英雄ジークフリートが、魔剣ノートゥングを鍛造し直すためにハンマーを打つ一節が、突然聞こえだすことについて、楽譜上に根拠があるのかどうかは、こちらに吟味する能力がない。ただ小説の上では、ジークフリートは「噴火性の技巧(habileté vulcanienne)」の部分ですでに準備されている。ローマの火の神ウルカヌスは一般にギリシャ神話のヘパイストスと同一視されるが、ヘパイストスは火と金属を司り、鍛冶師として火山の麓に工場を持っている。ワーグナーの芸術を鍛冶職人の技術に近づけて語ることをプルーストのテクストは必要としているのである。それがたとえ魂の深部に発するとしても、独創性とは仕事の結果以外の何物でもないというは、語り手にとっては見たくない真実であったかもしれない。しかし物語は比喩によってこのことを十分説いている。天才が傑作を作るのでなく、傑作が天才を作るのであると。『失われた時を求めて』は天職の物語ではあっても天分の小説ではないであろう。表徴を前にした芸術家の受動性を強調し過ぎてはならない。創造という行為は言葉の定義において積極的な知性の仕事でしかありえないのだから。

# プルーストとビシャ
## ――間歇性と習慣の理論

プルーストが執筆を進めてきた長編小説の出版を模索するに当たって、ある段階まで「心情の間歇」という総題を与えようと考えていたことはよく知られている。これに代えて「失われた時を求めて」というタイトルを採用してからも、この表現をそのうちの一巻の、あるいは一章の表題として保存しようとした。そんなわけで、最終的には一つの章内部のエピソードに特に付与された提題の地位を持っているに過ぎないとしても、「心情の間歇」という表現にはこの小説全体に関わる主題性が込められているとみなされてきた[1]。

「心情の間歇」(Les intermittences du coeur) と表示されているエピソードで具体的に何が語られているかといえば、そこにあるのは祖母が死んだ後、一年以上経ってはじめて語り手はその喪失を深く実感するに至る、という内面的な経験の記述とそれに伴う考察である。最も大切な親族の一人が亡くなっても、われわれの主人公は直ちにその死を深く悲しむことはなかった。そのすぐあとに続くのは、むしろ浮薄な快楽の追求や社交の楽しみを続行する期間であり、われらの主人公は服喪の社会習慣を前時代的な拘束とみなしているとさえ受け取れる[2]。しかし語り手の心の内に愛情に満ちた祖母の在りし日の映像が生き生きと再生するとき、彼は初めて自分が何を失ったかを痛切に知る。心の内に祖母がよみがえる瞬間、それはもはや彼女に再会することができないことを発見する瞬間である。その契機は、かつて祖母と一緒に過ごした海浜保養地での偶然の身体的な所作、それがもたらす印象によって与えられる。それが遅れてやって来たこの内的な服喪の体験を、物語始めの部分にみる、あのお茶に浸したお菓子の味が起動させる幼年期の時空間の再生、そして最終巻で描かれるあの社交の集まりに向かう途上からその邸宅内控え室での連続的な「無意志的想起」ときわめて類似したものにしている。

それだけではない。祖母の肉体的な死の報告と、祖母を永遠に喪失したという魂の現実の報告との間には、出来事の順序に即した時間差、小説の上での数百ページの隔たりがあるだけでなく、その質的な対比によって、この小説が弁別を提起している二つの現実の間の位相差も照らし出されている。祖母の発病から加療、そして臨終へと至る物語の叙述は、その病魔がもたらす祖母の身体的な変化の記述や、家族の看護や医師の処置、友人・知人らの見舞いや反応など、いわば自然的・社会的な現象や過程として、一人の人間の死を捉えている。その意味では十九世紀の博物学的・生理学的小説や二十世紀の大河小説にしばしば扱われている、外から観察された人の死に近い形態で、不足のない厚みを持つ叙述がすでに与えられているのである。しかしプルーストの小説はそこにとどまらない。同じ死が別の角度から問い直される機会を用意し、そこで「私の苦悩の独自性」を提起するのである。「心情の間歇」の理論とともに提示されているのは、死んだ人間こそが生き残っているという「奇妙な矛盾」の持つ重みであり、日常の生活の中では潜在しつつも忘れられていた自我の感受性の再発見である。そしてそこから導き出されているのは、知性が観察する物的現実に対する、感性が省察する精神的現実の、芸術の秩序における優位である。

それにしてもなぜ心情の「間歇」なのであろうか。この間歇の概念について、プルーストはこれを医学用語から借り、精神世界に転用したと述べている[3]。しかしこの説明はわれわれを十分には納得させない。なぜなら医学において間歇（ないし結滞）と言う用語が通常指示すると思われるのは病状であり、間歇熱とか結滞脈というのがその例であるが、それは器官の正常ではない不規則な活動によって起こるものである。しかし精神的な現象としてプルーストのテクストが提示する「心情の間歇」は魂の病的な状態というわけではない。むしろそれがわれわれの精神の働き方として常態であると主張されているのである。また「間歇的な」とか「間歇的に」という表現は、『失われた時を求めて』に頻出するとは言わないまでも、比較的好んで使われていると思われるが、物質的な世界にも、外から観察された人間の振舞いの記述にも充てられている。[4]間歇性が人間の性格や特徴に関わるとき、問題になっているのは現象の頻度である。間歇的なものは繰り返され、再発ないし再犯として確認しうるものであるが、「習慣的な」「常習の」といえるほどその頻度は高くない。言い換えれば、頻度が一定の水準を越えれば間歇的なものは習慣的なものになる。その意味で間歇性は習慣を否定するのではなくこれを補完しているとみるべきであるが、プルーストの小説において「習慣」はしばしば大文字で表記される主題概念である。

こうしたことから、プルーストにおける「間歇性」の問題は「習慣」の主題との関連において考察するのが有効であろうという見通しを持ちうる。この関連自体を跡付けてみることはプルーストの読解としてそれ自体必要な作業であるが、われわれが同時にここで提出し検証を試みたいと思うのは、医学用語から借用したという「間歇」の概念に、テクスト相互関連の観点から少しでも参照しうる文献があるのではないかということである。典拠を特定することが目的ではなく、対照することによって科学概念の文学への転用がどの程度の射程を持つものであるか、それを考察してみたいのである。取上げるのは医学というよりむしろ生理学の一著作であり、プルーストの執筆した時代からはおよそ百年も前の学者の仕事である。すでにバルザックやフローベールの小説世界で名前の出ているフランスの偉人の一人であり、その学問の科学思想上の前提は十九世紀の半ばから後半にかけて乗り越えられることになるが、その知見が忘れられることはなかったはずである。[5]今日でもその名を冠した病院がパリにあり、父と弟が医者であったプルーストがその名前は無論のこと、その学説について断片的にでも知ることがなかったとはおよそ考えにくい。『失われた時を求めて』に取りかかる以前のプルーストが書いた文章のうちでもよく知られているものの中で、次のような形でその名前が現われている。これからの議論にも無益ではないと思えるので、その前後を引用してみよう。

一つは『ルモワーヌ事件』（一九〇九年頃に話題となった一種の詐欺事件を素材とした一連の「模作」）の第一、「バルザックの小説において」である。この文体模写の小品に設定された舞台は、『幻滅』で王政復古下のパリ社交界を支配する人物として登場し、主人公リュシアンの運命を大きく左右する役割を演じる、あのデスパール侯爵夫人のサロンであり、そこには『人間喜劇』の多くの再登場人物たちがすでに集まっている。ただ意図的な錯誤によって、時代は一九〇七年に設定されている。

侯爵夫人、ブラモン＝ショーブリ家の出であり、ナヴァラン家、レノンクール家、ショーリュー家とも縁続きのデスパール侯爵夫人は、客が到着するたびに挨拶の手を差し出していた。この手こそはデスプランをして、ラヴァタールの弟子であり、クロード・ベルナールをも凌ぐ当代随一の碩学たる彼をして、自分が医師として拝見した手の中で、最も深い計算に裏打ちされたものと言わしめた手である。突然ドアが開き、高名な作家のダニエル・ダルテスが姿を現した。精神世界の物理学者で、ラヴォワジエとビシャ――有機化学の創始者――の天分を同時に備えた者だけが、高邁な人間が歩く時にたてる足音の特性を、その構成要素に分離しうるであろう。ダルテスの足音が響くのを耳にすれば、読者は震えたに違いない。こんな歩き方ができるのは、卓越した天分の持ち主か、さもなくば大物の犯罪人だけであった。(6)

もう一つは『サント＝ブーヴに反駁する』の中で、編者によって「サント＝ブーヴとバルザック」と題されている文章である。ここでプルーストは『人間喜劇』の作家が生活と文学を同じ次元で捉えていることを批判し、その感情の卑俗さを第一に指摘する。しかし同時に、自分の作り出す小説世界においてむしろ真の生活を生きていた作家にあっては、その卑俗さこそが作品に「真実の力」を保証していることを示唆し、それを小説の技法にまで関連させて次のように考察している。

こうした程々の高さにある現実、生活としてはあまりに空想的でありながら、文学にとってはあまりに卑俗な現実がもっぱら扱われているために、われわれがバルザックの文学に見出す楽しみは、生活が与えてくれる楽しみとしばしばほとんど変わらないものということになるのです。バルザックが有名な医者や偉大な芸術家の名前をあげようとして、実在した人間と自分の本の登場人物とをまぜこぜにして引き合いに出し、「彼はクロード・ベルナールとビシャとデスプランとビアンションの天分を兼ね備えていた」などと言うのは、単なる幻想ではありません。これはパノラマ画家のする仕事に似たやり口で、作品の前景に置く現実の厚みを持った人物像と、背景のだまし絵とを混ぜ合わせているのです。[7]

比較的近い時期に書かれたこの二つの文章で、プルーストはバルザックにおける虚構の人物の名と実在の人物名との隣接提示の手法を、批評と模作という二つの形式で吟味しているということになるが、『失われた時』の作者がわれわれの扱おうとする生理学者をどの程度まで知っていたかについて、少なくともバルザックを介しての認識はあったということを十分に示しているであろう。ここでクロード・ベルナールとビシャ、そしてラヴァタールとラヴォワジエは実在した学者であり、デスプランとビアンションが虚構の人物である。クロード・ベルナールの本格的な活動は十九世紀の後半になって始まるので、バルザックの小説中にその名が引かれることはあり得ない。しかし「人間喜劇」の世界を二十世紀初頭に置き直すとすれば、その語り手がビシャとクロード・ベルナールを並べるのは現実味の効果を増すことになるであろう。その博物学的小説空間には『実験医学研究序説』がすでに組込まれているはずだからである。

そんなわけで参照するのはグザビエ・ビシャ、『生命と死についての生理学的研究』、一八二二年第四版（初版は一八〇〇年）である。[8] ただし「間歇」と「習慣」が問題になっている第一部第四節と第五節を主に問題にする。

## 一、物語が起動する場所に現れる「習慣」と「間歇」

『失われた時を求めて』の冒頭から習慣は問題提起的に現れる。この物語の語り手が現在ではもはや完了したものとして報告する「長い間」の「早くから床につく」習慣である。そしていわゆる「習慣の半過去」により、寝室の薄闇の中での眠りと目覚めの交錯から、過去に過ごした様々の寝室の喚起が、その頃に繰り返しなされたものとして包括的に提示される。夏の部屋、冬の部屋、ルイ十六世様式の部屋、そしてピラミッド型に穿たれた高い天井の部屋。とりわけこの最後の部屋が海浜保養地バルベックのホテルの部屋であるが、これはその漏斗を逆さまにしたような天井だけでなく、その家具・調度の配置や時計の音、殺虫性香料の匂いにまで悩まされてうまく眠ることができず、慣れるまでに時間がかかった部屋であった。こうして居住空間にたいするなじみの形で、習慣はまずその姿を見せる。

習慣、それは有能ながら仕事に時間のかかる住まいの改造者であり、最初は何週間にもわたってわれわれの精神を仮住まいの中で苦しめる。しかしわれわれの精神はこの習慣との再会をともあれ喜ぶのであって、習慣の助けを奪われ、自助努力あるのみの状況に追いやられれば、精神のほうでは宿舎を住みうる場所にしてくれる力は持たないだろう[9]。

過去において住み、滞在した部屋がコンブレー、バルベック、パリ、ドンシエール、ヴェネチアと名指されたあと、コンブレーの「私の寝室」が取上げられるのも、習慣との関わりにおいてである。この寝室が幼い主人公の気懸かりの中心となっているのは、母や祖母と離れて一人で早く就寝しなければならないからであるが、それと同時に、彼の気を紛らわせようと夕食前にこの部屋で上映される幻燈がかえってこの子供の悲しさを増す。照明の変化が「自分の部屋に対して持っていた習慣」を破壊し、旅先で着いたばかりのホテルか山荘の部屋にいるように不安になる。主人公は、メロヴィング時代の過去から発出すると思われる幻燈の映像に、自分を魅了するものがあるとは感じつつも、さしあたっては、すでによくなじんだ部屋が見知らぬ空間へと変貌することに不安を感じるのである。

しかし時間をかけて自分の自我がすでに充満している部屋、そのために自分に対すると同じようにもはや注意を払わなくなっている部屋に、こうして神秘と美とが闖入してきたことで、私がどれほど不安な気持ちに襲われたかは言葉に尽くせない。習慣の麻酔作用が停止して、私はとても悲しいことを思ったり感じたりし始めるのだった。[10]

ここで習慣は「自我」とある関わりを有し、居住環境への注意を不要にしてくれるものであることがここで示唆された上で、その「麻酔作用」、すなわち麻痺させることにより感覚の働きを止め、苦痛を取り除く働きを持つ力が語られている。これはわれわれを生理学的な連想へと誘うだろう。続いて語られるのが「就寝のドラマ」であり、そこではやや異なった、いわば教育学的な角度から習慣が問題になっている。すなわち子育ての課題としての子供の規律、子供を「習慣づける」必要であり、具体的には親と離れて決まった時間に一人で眠るくせをつけることである。[11] 習慣となったものは苦痛なく実行できるというわけだが、この習慣こそがまさに主人公には容易に身につかないものなのである。

さて実際に主人公が祖母とともにバルベックに到着した日、物語冒頭で素描されたホテル最上階の部屋の違和感が仔細に語られるが、疲労困憊と慣れないホテル滞在での緊張が身体感覚に一層即した形で述べられ、習慣の機能もより哲学的に考察されている。

私はせめてひとときでもベッドで横になりたかった。しかしそれがなんの役に立つだろう。こうした諸感覚の全体、それはわれわれ各人にとって、その物質的身体ではないとしても意識上の身体であり、ベッドの上でこれを静止させることはできなかったであろうから。またこの意識の上の身体を包囲している未知の諸物体は、その知覚作用に用心深い防御の体制を絶えず取らせることによって、私の視覚や聴覚などの全感覚を（私が足を伸ばしたとしても）、檻に入れられたラ・バリュ枢機卿のように縮こまって、立っていることも座ることもできない窮屈な姿勢に置いたことであろうから。事物を部屋の中に置くのはわれわれの注意力であり、そこからこうした事物を取り去り、そこにわれわれに居場所を作ってくれるのは習慣である。[12]

ここまででプルーストにおける居住空間と習慣の関係はかなり明瞭になってきたであろう。初めて宿泊する部屋ではわれわれの主人公は落ち着かない。身体にとっての外部世界が生物学的環境であるが、未知の環境では身体の全感覚が目を覚まし、その知覚作用を能力一杯に働かせようとしているからである。こうした感覚器官の興奮や苛立ちを、われわれは知性や意志など精神の力で静めることはできない。一方すでに慣れ親しんでいる環境では、「意識上の身体」は改めて自己を位置付ける必要がないので、刺激を与えない外部世界はほとんど存在しないものになるのである。十九世紀の博物学的な小説群では、環境は物語に常在する与件であった。プルーストに至って、それは意識の対象となることによって初めて物語世界内で意味を持つものになる。

外部からの刺激を鈍化させ、ほとんど存在しないものにしてくれるのは、妖精か守護神のような「習慣」の仕事である。すでに「住まいの改造者」として習慣が擬人化されているのをみておいたが、次のくだりではこの守護神は忠実な召使の姿さえとることになる。

しかし二日目からはホテルに泊まりに行かなければならなかった。そしてそこでは自分が不可避的に悲しくなってしまうことがわかっていた。この悲しさは自分が生まれて以来あらゆる初めての部屋が、つまりすべての部屋が発散する息の詰まる香気のようなものであった。ふだん住んでいる部屋では私は存在していない。私の思考は他の場所にあって、自分の代わりにただ「習慣」を送ってよこすのである。しかし初めての土地では神経の図太いこの女中に、私の身の回りの世話をさせることはできない。そこへは私のほうが一人で先着するので、数年の間隔をおいて再会するが昔とちっとも変わらないあの「自我」に、事物と接触させねばならないからである。この「自我」はコンブレー以来、またバルベックへの最初の到着以来、まるで成長しておらず、荷を解いたトランクの片隅で癒されることもなく、泣いているのだった。[13]

われわれの主人公が泊まりに行こうとしているのは、友人のサン＝ルーが軍務に就いている町、ドンシエールのフランドル・ホテルであるが、ここでは不安は当たらず、十八世紀の大邸宅を改装したこのホテルが大いに気に入るのである。「神経の図太い女中」と言うのは無論コンブレー以来の一家の女中、フランソワーズを連想させる。実際バルベックへの最初の旅では、この女中を先着させようとする祖母の誤った指示から、フランソワーズは乗換駅で別方向の列車に乗り、語り手とその祖母よりはずっと遅れてホテルに着くのであった[14]。しかしここで何より注目しておきたいのは、初めての部屋で一人寝るのを不安に思うこの泣き虫の「自我」が、「数年の間隔をおいて」現れるだけであるという言及である。間歇的な自我の働きが垣間見られよう。

プルーストの部屋は物語が起動し、また再起動する場所である。小説が舞台空間を移動させるのに対応して、滞在地それぞれの部屋があり、そこからすでに終わったはずの物語、とりわけ愛の物語の余波を湛えつつ、新たな展開が始まる。バルベックへの最初の旅立ちは、スワンの娘ジルベルトへの恋を断念して二年の後、ほとんど彼女に無関心になった頃になってなされるのであるが、ここで感情生活と心の習慣に関連して自我の間歇性が確認されている。

しかしこうしてバルベックに向けて出発する時、そしてその滞在の始めの頃は、私の〔ジルベルトに対する〕無関心はまだ間歇的だった。しばしば（われわれの生命は年代順を尊重することがとても少なく、日々の連続の中に余りに多くの時代錯誤を競合させるので）、私は前日や前々日より古い、ジルベルトを愛していた頃の日々を生きていた。その場合にはもう彼女には会わないということが、彼女を愛していた時期のように突然に辛いものとなった。彼女を愛していた自我が、もうほとんど完全に別の自我に席を譲っていたにもかかわらず、不意に再び現れるのであった。そしてこの自我は、重要な事柄ではなく取るに足りない物事によって、私のところに戻された[15]。

ここで例として取上げられている「取るに足りない物事」というのは、「郵政省の局長の家族」という、かつてジルベルトが口にしたことのある言葉を散歩中に耳にすることであるが、これが「ずいぶん前から大部分廃棄されていた自我」に、ジルベルトから離れてしまったことの苦痛をあらためて鋭く感じさせる。間歇的なものが無関心であるにせよ、愛着であるにせよ、そうした時間上の間隔をおいて異なった自我が交代して現れるのは、心の習慣が忘却を準備するからである。語り手はここで「愛の思い出は記憶の一般法則の例外ではなく、この記憶の法則もより広範囲にわたる習慣の法則によって統御されている」と続け、繰り返される現象の確認から「一般法則」への帰納を志向する。そして習慣の法則は記憶の法則よりも包括的なものであるとするが、それは「習慣はすべてを弱める」ので、「ある人間をわれわれに一番よく思い出させるものは、われわれの忘れていたもの」だからである[16]。これは無意志的記憶の前提条件としての忘却であるが、それは習慣の鎮静効果があって初めて機能する。

　われわれの主人公がその希望を持ちながらバルベックに長い間旅立つことができなかったのは、ジルベルトに会おうとすることは自分に禁じながらも、彼女のいるパリを離れたくなかったからである。ここで居住空間に対する習慣と、愛に関わる感情の習慣とが通底するものである可能性も指摘されている。

> 未知の部屋に泊まることの不安、それは私が持っているだけでなく他の多くの人も抱くものであるが、この不安は今の生活の最良部分を構成する事物が示す、あの絶望的で大規模な抵抗の、最も控えめで目立たない、体質的でほとんど無意識の形式に過ぎないのかも知れない。そうした事物は、自分の姿のない未来形態をわれわれが心の中で承諾することが許せないのである[17]。

　ジルベルトの父であるスワンが、遠い異国での滞在という形でかつて示唆したように、新たな土地で暮らし、そこで新規の人間関係を始めれば、時間がかかっても習慣が部屋を住みうるものに変え、新たな友人が大切になりはじめるだろうと、「私の理性」も教えている。実際に物語もそのように進行するのであるが、バルベック滞在の初期においては「今の生活の最良部分を構成する事物」が、いわば心の慣性ないし惰性によって、働きつづけている。

たしかに土地や人に対するこうした新たな友情は、古い友情の忘却を横糸にしている。しかしまさに私の理性は、大切な人々と永遠に別れ、彼らを思い出しもしなくなる生活の展望を、私が怯えることなく持てるだろうと考えているのである。そしてわが理性はまるで気休めのように忘却の約束を私の心に与えてくれるのであるが、この約束こそが反対に心の絶望を掻き立てるのであった。われわれの心もまた、別離が成就すれば習慣の鎮痛効果に浴さないわけではない。しかしそれまでは苦しみつづけるのである。[18]

習慣は環境への注意力を無用にするだけでなく、感覚を鈍化するので、当然に苦痛を緩和する。「麻酔作用」にしろ、「鎮痛効果」にしろ、感覚の受容器官ないし伝達器官に働くものであるが、生理学的な語彙を心理に転用しているのは明らかである。習慣が感覚と感情をどのように麻痺させるものであるかは、われわれがこれから参照する生理学のテクストが考察を加えている。ただそこへ移行する前に、われわれの関心の出発点にあった「心情の間歇」のくだりを確認しておこう。これはバルベックへの二度目の滞在の初日に同じホテルの部屋でする心の経験であるが、蘇ってくるのは最初にバルベックに到着した日の祖母の優しさである。

神経が興奮し、なじめない部屋で一人眠らなければならないことに苦しむ主人公はすでに見た。人を看病するときのように部屋着で入ってきた祖母は、すべてを理解し受け入れながら、そこで主人公をベッドに寝かせ、上着と靴を脱がせてくれる。自分で半長靴を脱ごうとするのをとどめ、いわば幼児にするように就寝の世話をしてくれたこの時の祖母が、自分で靴を脱ごうと身をかがめ、靴に触れる同じ姿勢によって、年月を隔てて蘇生する。それは「無意志的で完全な記憶」における「生きた現実」の再発見であると語り手は言う。逆にいえば、祖母が亡くなって以降、祖母のことを語り、考えることがあっても、そうした言葉や思いの中に、「本物の祖母」はいなかったのである。そこで語り手は次のように考察を続ける。

どんな時にそれを検討するにせよ、われわれの魂の総体というのは、ほとんど虚構の資産でしかない。その富の目録が何度も報告されていてもそうなのである。というのもある時はこの財産のある部分が、またある時はその他の部分が自由に動かせないからであって、このことは実効性のある豊かさであれ夢想の上の豊かさであれ同じことである。私の場合であれば、ゲルマントという古い家名が喚起する夢想の豊穣さも、またそれよりはるかに重大な、祖母に関する本当の思い出の豊富さもということになる。それはなぜかといえば、記憶の混乱には心情の間歇が結びついているからである。われわれの内的な財産のすべて、過ぎ去った喜びや悲しみのすべてが永続的にわれわれの所有物であると思えるのは、恐らくわれわれに身体があるからであり、こうした誤解においては身体はわれわれの精神性を収めている容器に似たものになる。こうした喜びや悲しみが逃げて行ったり戻って来たりすると考えるのも、たぶん同じくらいに不正確であろう。いずれにせよそうした感情がわれわれの内に残っているとしても、それはほとんどの場合見知らぬ領域にあって、そこではこうした過去の感情はわれわれの役に立たず、そのうちの最も日常用のものでさえ別の次元の記憶、意識の中でこれらとの共存を一切排除する記憶の数々によって抑圧されている。しかしこのような喜びや悲しみが保存されている感覚の枠組みが再び拾い上げられれば、今度はこの感情のほうで自分とは相容れないものを同じ権限ですべて追放し、そうした喜びや悲しみを経験した自我それだけをわれわれの内に落ち着かせるのである。[19]

『失われた時を求めて』の中で、「心情の間歇」という表現が出てくるのはここだけである。同一の感覚が再生させる過去の生き生きとした現実感という点で、これが「無意志的記憶」の一つであることは間違いないが、ここで間歇を準備しているのは忘却ではなく「抑圧」である。実際のところ、語り手は祖母のことを忘れていたわけではない。しかし日常的な想起や言及の中に「本物の祖母」はいなかった。忘却ではなくいわば忘恩の自我が、祖母の死後直ちにその真の姿を意識から排除したのである。この論理に生理学と関係がありそうな要素はほとんど見当たらないだろう。「無意志的記憶」に感覚の枠組みが関与しているとしても、それは契機に過ぎない。しかしわれわれがここで留意しておきたいのは「魂の総体」は一種の資産表に過ぎず、現実にはそれらが全部出揃って働くのではないという部分である。魂の構成要素には活動する時期と休眠している時期があって、それが互いに交代しながら作動するのが間歇性であるとすれば、これは精神の入れ物たる身体に、その基本図式があるかもしれない。

プルーストのテクストで「間歇」を直接に生理学的な意味で使っていると思われる部分は、祖母の臨終直前の場面にある。次のくだりである。

酸素吸入器の立てる音はしばらくの間やんだ。しかし祖母が呼吸しているうれしい徴であるうめきは軽く、変化が多く、不完全でも絶えず再開しながら、相変わらず湧き出していた。時としてすべてが終わったように思われ、それが眠っている人の呼吸に見られるのと同じあの音程の変化によるのか、あるいは自然な間歇によるのか、麻酔の効果なのか、窒息の進行なのか、それとも何か心機能の衰弱なのか、息を吐く音が止まった。医師は祖母の脈を取ったが、川の支流が乾ききった本流に約束の水量をもたらすように、はや新しい歌が中断した楽節に接続した。そして尽きることのない同じ生気で、この中断した楽節が別の声域でまた始まる。[20]

語り手の注意はかろうじて命脈を保っている祖母の呼吸に集中している。その一時停止が、彼に複数の仮説を提出させる。この中に「自然な間歇」が、睡眠や麻酔や機能の衰弱と並んで、物語の畳み込む源泉のように現れる。プルーストの小説には自我の複数性が露呈する「心情の間歇」が語られるとともに、生理的で自然な間歇も言及されているのである。ここで間歇は身体現象に対する可能な説明の一つとして出ているのであるが、もう一つ別の例を取り上げてみよう。今度は健康な若い女性が眠っているのを語り手は見ている。そこで彼の注意を引くのもその呼吸音である。

時として実際、私が起きて父の書斎へ本を一冊探しに行く場合など、彼女はその間ここで横にならせて欲しいと言うこともあった。すると野外での午前と午後の長いハイキングに疲れているので、私が自分の部屋にいないのがごく短時間であっても、戻ってみるとアルベルチーヌは眠り込んでいるのであった。私は起こさない。彼女は私のベッドの上に、想像できないほど自然な姿勢で長々と横たわっていて、長く茎の伸びた一輪の花をそこに置いたといった風情である。〔……〕

部屋に入る際、私は敷居で立ち止まって物音をたてないようにする。そうすると彼女の呼吸音が口許で、規則的な間歇の間を置いて途切れるのだけが聞こえる。引き潮のように、だがもっと静かでやわらかに。そして私の耳がこの天上からの潮騒を拾う時、魅惑的な囚われの女の全人格、全生命が目のすぐ前に横たわり、この音の中に凝縮しているように思われるのであった。[21]

眠っているアルベルチーヌは「一本の植物」になったかのように「無意識の生命」の働きで呼吸の音だけをたてている。目を閉じ意識を失うことによって、「人間としての様々な性格」をひとつひとつすでに脱ぎ捨てている、と語り手は考える。だから目覚めている時とは異なり、かすかな吐息を自分のほうに放つこの生命を、自分は「所有している」と思えるのである。これが語り手にとって、同棲生活が与える最も幸福な時間である。「間歇的な」という形容詞について言えば、原文では「規則的な」と並んで「間隔」を修飾しているに過ぎず、やや冗語のようにもみえるが、引き潮という比喩を生理現象に充てるには必要な媒介項なのであろう。アルベルチーヌの眠りは「湖のように穏やかになったバルベック湾での、あの満月の夜」のように、静かで甘美な時間を与えるが、また「これほど純真でない楽しみ」も味わわせてくれた、と語り手は述べている。体を密着すると、空中で眠っている鳥が示す「間歇的な羽ばたき」に似た軽い微動が、彼女の脚から自分の脚に伝わり、呼吸のたてる音は一層強くなって、快楽に伴う息切れの錯覚さえ与える。

波の砕けるのを聞いて何時間でも浜辺にいるように、私は心を和ませる無欲な愛で彼女の眠りを味わった。自然が与えてくれるのと同じこうした心安らぐ静けさを、小康期の間に人間から与えてもらうには、恐らくこの人間はあなたをひどく苦しめる力を持っているのでなくてはなるまい。〔……〕彼女の混じりけのない吐息がたてる、かすかな微風のように心を静めるささやきを絶えず聞き、耳で拾いつづけている間、私の前にあり私のものとなっているのは、ひとつの生理学的な存在のすべてなのであった。(22)

祖母から恋人アルベルチーヌへと対象は移動しながらも、ここで観察されているのは他者の生命現象としての眠りと呼吸であり、その枠の中で間歇が語られ、「生理学的な存在」としての人間が扱われている。しかし恋人を海浜保養地から引き離し、両親の留守中にパリの家に招き入れて始めるこの生活の叙述においては、冒頭から語り手の自我の複数性も再度提示され、その間歇性が考察されている。それが寝室の喚起から出発する物語の再起動を画すのである。そこにあるのは晴雨計の姿を取った自我ともいうべきもので、この内なる「間歇的な小人物」のおかげで、語り手はベッドの上にいて壁の方を向いたままで、というよりもまだ眠っている間に、外がどんなお天気であるかわかっていると言う。(23) 朝目を覚まして語り手は恋人をすぐ呼ぶよりも、一人きりの時間をゆっくり持とうとする。そしてアルベルチーヌがもはやさほど美しいとは思えず、一緒にいても退屈で、彼女を愛してはいないという感覚がはっきりとあると述べつつ、こう続けている。

そんなわけで朝の時間を始める際にも、私はすぐに彼女を呼ばなかった。とりわけ晴天気の朝にはそうであった。すでに述べた、お日様に向かって歌を謳って挨拶するあの内なる小人物と向かい合って、しばらくの間私は時を過ごすのであり、そのほうがそばに彼女がいるよりも気分がいいのである。われわれの人格を構成するこうした小人物のうちで、第一に目に付きやすいものが一番肝腎なものというわけではない。病気のためにこうした小人物たちが次々に打ち倒されても、私のうちには他より頑強なものがなお二、三人残るであろう。たとえば二つの作品、二つの感覚の間に共通の部分を発見してはじめて幸福をおぼえる哲学者らしき人物もその一人のはずである。しかし最後の最後まで残る者は、コンブレーの眼鏡屋さんがお天気を知らせるためにショウ・ウインドウの中に置いてある、あの人形によく似た小人物なのではないかと私は何度か思ったものである。眼鏡屋さんの人形は晴れるとすぐにフードをはずし、雨が降りそうになるとそれをまた被るのであった。[24]

語り手の人格を構成する諸要素、間歇的に姿を現す自我の中で最も生命力の強いものが天候の変化に敏感なこの小人物ということになるのだろうか。気候条件が生命体にとって第一の外部環境であるとすれば、ここにあるのは内面化された「生理学的存在」と言えるかも知れない。バルザックやゾラの生理学的な関心はよく知られているところであるが、外的な事実ではなく魂の中の現実をこそ探求しようとするプルーストの小説にも、生理への視線が位相を変えながら組み込まれていることは確認できたであろう。ここでビシャのテクストへと移行することにしよう。

## 二、ビシャにおける「間歇」と「習慣」

### ビシャ生理学の歴史的地位

グザビエ・ビシャ（1771-1802）の生理学は「生命とは死に抵抗する機能の総体である」という著作冒頭の定義が示すとおり、活力説（le vitalisme）を代表するものとして知られる。放置しておけばものを腐敗させるはずの外部の力に抗して、生命体が自己保存できるのはどのような働きによるのかを問い、その根源に生命活力ないし生命特性を措定して、生命原理を物理・化学的原理とは異質なものとみなすのが、活力説の基本的立場である。この意味では決定論を志向する実験科学としての生理学の成立を遅らせる役割を果したともされるものであるが、その課題設定には機械論的生命観への不満があった。物理学的な自然観の支配に対する生きた自然の観察者たちからの抵抗である。

ガリレイとデカルト以来、物理学は慣性の原理を中心に置くが、慣性とは生命とは反対のものであり、これ以降自然は死んだもの、その内には動因を持たないものとなる。そうした自然の中で生命体はどのような居場所を持つだろう。デカルトの二原論は延長を持つ実体（物理学の対象）と思考する実体（魂）とを厳密に区分し、そのことによって神学的なあるいはアニミズム的な宇宙観から哲学を解放するが、そこでは生命現象の地位が定かでない。一般に十七世紀十八世紀の機械論的生物観では、生命体は機械的自動人形であり、入れ物たる固体部分とその中を流れる流体部分からなる一種の水力機械であった。活力説はデカルト的二元論の延長を持つ実質と思考する実質に、生命ある実質を加えようとする。その持つべき能力は自己保存（分解と再組織）、運動の自律性、そして発生と発達である。

活力説は十七世紀末に始まり、十九世紀後半中に終わる。その中心に位置したのはモンペリエ学派と呼ばれる医師たちの仕事であり、テオフィル・ド・ボルドゥー（1722-1776）及びポール＝ジョゼフ・バルテーズ（1734-1806）がその代表者であったと言われる。ビシャはこの系譜の末尾に位置する医学・生理学者であるが、より経験主義的で感覚論的な立場から、観察と実験を重視し、解剖学上の業績が顕著で、組織学（l'histologie）の創始者ともされている。活力説に決定的な終止符を打つのは、その『実験医学研究序説』（1865）で文学の世界にも大きな影響を与えることになるクロード・ベルナール（1813-1878）である。ただ生理学における実験がベルナールの登場を待って始まったわけではなく、科学認識論的な切断は生命体に物理・化学的な分析手段を適用できるかどうかという部分にあった。ビシャは生体組織内の成分が絶えず変化し予見しがたい以上、生命現象には物理現象とは異なる原理があるという見方を維持した。死によって物理的な原理への全面的な従属が始まるが、それまではこれに抗する力が働いている。またビシャは流体成分の変化には限度があることを認めながらも、その不規則性はこれを計量化にはなじまないものにしていると考えた。生命現象を化学的な変化の過程として最初に捉えたのはA・L・ド・ラヴォワジエ（1743-1794）の呼吸研究であるとされる。ここで燃焼が生命現象の中心に位置を占めるようになるが、ビシャの時代にはまだ化学の発展は十分ではなかった。活力説以前の生命体が力学的な機械であったとすれば、活力説を乗り越えるのは化学的な機械としての生体観である。クロード・ベルナールは「内的環境」の概念を提起し、これを恒常的に保つための調節機能こそ生命の特性であると考える。この内的環境において、原理的には外部世界と共通の物理・化学的変化が展開するのであり、このことによって生理学は実験科学となる資格を十分に整える。外界の変化から保護すべきものがあるという部分は引き継ぎながら、観察手段と記述方法を外的な自然の研究と共通のものにしたのである。[25]

## 動物活動と器質活動

さてビシャは動物の生命活動を構成するものとして、動物活動(vie animale)と器質活動(vie organique)という二種類の活動を明瞭に異なったものとして区分することから、『生命と死についての生理学的研究』の叙述を始めている。これは彼の時代の生理学が、生命体を構成する組織(tissu)に特徴的なものとして「感覚」と「収縮性」に着目したこととよく対応している。つまり刺激に対する感応性(irritabilité)であるが、ビシャはこうした感覚反応には頭脳ないし魂に伝えられて意識化されるものと、局所的なものに留まるため無意識なものとがあるということを指摘しようとした。前者を動物感覚、後者を器質感覚と呼んで区別するとすれば、こうした刺激に対する反応の相違の根拠として、動物活動と器質活動の区分が要請されることになるだろう。動物活動というのは「アニマ(魂)に関わる活動」という意味でもあり、感覚・運動機能や知的機能を包摂している。呼吸や消化や循環といった生命維持の基本に関わる活動が器質活動である。

動物は器質活動によって「自己の内部で」生きているのに対し、動物活動を通じて「自己の外部で」存在し、世界の住人となる。すなわち自己を取り巻くものを感知し、自己の感覚を反省し、その影響に応じて意志的に活動する。しかしどちらの活動においても外部と内部との間に双方向の運動が見られる、とビシャは指摘する。[26]動物活動においては、「事物の印象が感官、神経そして頭脳に次々に作用する」が、頭脳で意欲が生まれると、それは神経を通じて実行を受け持つ運動器官や発声器官に伝えられる。器質活動においてみられる往復運動は身体の合成と分解、あるいは物質の同化と異化であり、これが生物を自然界における物質の循環に適応したものにしている。そして器質活動によって、生物はその身体を絶えず更新している。すなわち「古代人が、またそれに倣って何人もの近代人が指摘した」とおり、「ある時期にはそうであったところのものであることを、別の時期になるとやめる」のであり、「その組織構成は同じでありつづけながら、その要素は絶えず変化している」ということになる。[27]すでに垣間見たように、プルーストが自我のあり方を問題にする時の主たる特徴は、人格としては同一でありながらそれを構成する要素が更新されること、つまり時を経て古い自我は完全に死滅し、新しい自我が生成されていることを確認するところにある。

ビシャは動物活動と器質活動の相違の表れを器官の形態において、すなわち前者を司る器官の左右対称性と後者の器官の非対称などで指摘した後、活動の持続の面からみた相違へと考察を移す。そこで扱われるのが間歇性と習慣であり、これに第四節と第五節を充てているが、ここで主に問題となるのは当然ながら動物活動の方である。というのも、呼吸や循環の中断が少しでも長引けば、生命が消滅するからであり、また習慣が影響を及ぼすのは動物活動だけに見られる現象だからである。この両者を順次見ていこう。

## 動物活動の間歇性

動物活動をする各々の器官は疲労することにより、また使い果たした力を更新する必要から、動きを中断する。これが動物機能における活動の間歇であり、連続性が不可欠である器質機能には見られない現象である。ビシャはこれを睡眠に引き寄せて説明する。それは、睡眠こそが動物活動の間歇性を最もよく例証し、かつ代表するものだからであろう。

動物活動の間歇はあるときには部分的であり、あるときには全般的である。ある孤立した器官が長い間活動し続けたのに、他の器官は不活発のままであったという時、間歇は部分的になる。そのときこの器官は弛緩し、他の器官が目覚めているのに自分は眠る。これが恐らく、われわれがすでに見た器質活動とは違って、動物機能の各々が他の機能に直接従属していない理由である。[28]

器官の活動の個別的な間歇は部分的な睡眠であるというわけであるが、逆に床についてからの睡眠中に「頭脳の活動は存続していることがある」。それが夢であろう。この場合、「感覚器官は刺激に閉ざされている」のに「記憶や想像力や反省」が頭脳で働きつづけているのであり、その結果「運動機能や声も」活動することもあるだろう。かくしてビシャは動物活動の「間歇性の法則を睡眠の理論に適用する」方向へと筆を進めることになる。ここで睡眠と夢への関心がプルーストの物語世界にみる両者の重みをただちに想起させるであろうが、その考察は後回しにして、まず「理論」と「法則」への志向がビシャの記述に特徴的であることに留意しておきたい。問題になっているのは動物活動の持続性に関わる法則であるが、プルーストの語り手が記憶と習慣をめぐって「一般法則」を語っていることはすでに一部見ておいた。われわれの生理学者のほうは論旨に沿ってこう続ける。

全般的な睡眠は個別器官の睡眠の総体である。これは動物活動がその働きの中で、活動期間のあとに間歇の期間を常に連続させるという法則から派生するのであり、すでに見たように、この法則の存在が器質活動から動物活動を特に区別する理由である。それゆえ睡眠は器質活動に対して間接的影響しか与えないが、動物活動にたいしては全的な関わりを持つのである。[29]

「完全無欠の睡眠」においては、あらゆる外部活動が中断されるが、「全く不完全な睡眠」では、孤立した器官しか影響を受けない、とビシャは言う。だからこれら両極端の間には、「数多くの中間形態が見られる」ことになるだろう。ビシャはここで「夢は動物活動の内で、多くの部分が麻痺しているのに、ある一部分がこれを免れている状態にほかならない」と夢を睡眠の考察の中心に位置付けると同時に、動物活動の間歇を一種の「麻痺」として扱っていることを示唆している。[30] これは後段で見る「習慣」の働きとしての感覚の鈍化を、「間歇」のもう一つの形態、少なくともそれに準ずるものとみなしてよい理由となるはずである。いずれにせよ、ビシャにとって夢は睡眠の多様性を証言するものに他ならない。

睡眠をその現象において安定した変化のない状態と考えてはならない。われわれが二度続けて同様な眠り方をすることはほとんどない。数多くの原因が、働きの間歇性の一般法則を動物活動の大小様々な部分にあてはめることにより、睡眠を変化させるのである。その様々な度合いは、この間歇性に見舞われる機能の多様さで示す必要がある。[31]

睡眠の多様さは「間歇性に見舞われる機能の多様さ」に根拠を持つとビシャは説明し、間歇性の説明原理としての有効性を重ねて主張する。「随意筋の収縮に続く単なる弛緩から動物活動の完全な中断まで」、原理はすべて同じである。しかしこの原理の適用される動物機能の多種多様性こそが、熟睡と完全な覚醒の間で多彩な姿を見せることになると言うのである。プルーストの描く夢と半覚醒と目覚めの世界にわれわれも少しずつ近づいて来たようだ。ビシャは「睡眠はすべて動物活動の特質たる、この間歇性の一般法則に起因している。しかしその様々な外部機能への適用が無限の変化を見せるのである」とこの部分の考察をまとめたうえで、昼と夜が動物機能の活動と休止に一般に対応している理由にも言及している。感覚器官の興奮とその結果としての疲労のリズムである。自然の秩序において、光と闇が外部機能の活動と間歇とに規則的に連係しているのはどうしてか。それは日中には数多くの「興奮手段」が動物を取り巻き、数多くの原因がその感覚器官や運動器官の活力を疲弊させるからである、その疲労が弛緩を準備し、あらゆる種類の刺激がない夜はこの弛緩を促進する。われわれは一定の期間、動物活動をする器官の周りに興奮材料を多く置くことによって、これらの器官を「間歇の法則」から引き離すことともできるだろう。しかし最後には「その支配」を受けるのであり、間歇性の作用をある時期中断できるものは何もない、とビシャは述べる。「不寝番や徹夜が長引くと、疲れ果てた兵士は大砲の横で眠ってしまうし、奴隷は鞭で打たれ、罪人は尋問で苛まれても目を覚まさない[32]」。

人を眠れなくするのは感覚器官の興奮である。プルーストの主人公にとっても、未知の部屋が感覚器官に働きかける様々の刺激が彼を不安にし、眠りを奪うのであった。一方よくなじんだ部屋は、習慣の力によって、その鎮静作用の働きによって感覚を鈍化し、ビシャの言葉で言えば動物活動の間歇を自然にもたらす。この生理学者が習慣の機能をどう捉えているか、それを検討すべきところに来たようだ。

## 習慣と感覚の鈍化

動物活動が習慣から影響を受けるのに比べて、器質活動は習慣から独立している。これは、「これら二つの活動をまたも区別する大きな特徴の一つである」とビシャは述べ、習慣を「器質活動と動物活動の一般的相違」の考察の一環としてまず位置付ける。その上で、「習慣の影響を十分に評価するには、感覚の結果として得られる二つのものを区別しなければならない」とし、「感情と判断」という二つの観点をとりあげている[33]。

それは具体的には次のような例で示される。一つの歌がわれわれの耳を打つとする。その最初の印象は、理由はよくわからないものの、不快なものであるか心地よいものであるかである。これが感情である。この歌が続けば、われわれはそれを構成する様々な音を評価しよう、その和音を区別しようと努める。これが判断ないし評価である。ところが「習慣はこれら二者に逆の形で作用する」とビシャは指摘する。すなわち「感情は習慣によって絶えず鈍化する」のに対し、「判断はその反対に完成度を習慣に負う」のである。聴覚の例をまず挙げているが、視覚をとってみても習慣の働きはおなじであろう。「あるものを見れば見るほど、われわれはその不快なところや心地よいところに感じるものが少なくなり、ものの特質をすべてよく判断できるようになる」と述べ、われらの生理学者はやや美学的な考察にも関心をみせるのである。そして感情と判断力との関係についても、彼は両者を分割して論じ、まず「感情の鈍化」を扱ってから「判断の完成」に移行する。前半の部分で検討されるのは、プルーストの読者にとっても親しい主題である「無関心」の時間的な位置づけである。

習慣の特性は感情を鈍化させ、快楽や苦痛をその中間項である無関心にたえず連れ戻すことにある。だがこの注目すべき断言を証明する前に、その意味を明確にしておくのがよい。苦痛と快楽には、絶対的なものと相対的なものがある。われわれの体の一部を切り裂く刃物や、組織を冒す炎症は絶対的な苦痛を引き起こす。交接は同様な性格の快楽である。美しい田舎の眺めはわれわれを魅了する。これはしかしそのときの魂の状態と関係のある喜びである。というのもこの田舎の住民にとっては、その眺めはずっと以前から無関心なものになっているからである。尿道に初めて差し込まれるゾンデは患者にとって苦痛である。一週間経つと、患者はもうそれを感じなくなっている。これが相対的な苦痛である。われわれの器官に作用してその組織を破壊するものは、すべて絶対的な感覚の原因となる。物体がわれわれの体に単に接触するだけでは、相対的な感覚しか与えることはない[34]。

ビシャによれば、感覚の両極ともいえる苦痛と快楽には、絶対的なものと相対的なものがあり、感情は相対的な感覚の効果であって、その限りにおいて習慣の影響を受ける。つまり、「相対的な快楽や苦痛だけが習慣の支配下にあることは明白である」ので、ビシャは習慣との関連では相対的な感覚に考察を限定し、これが「習慣の影響によって絶えず無関心に連れ戻される」ことを示そうとするのである。そして「膣内のペッサリーや直腸内の綿玉」といった「初めて粘膜と接触する異物」が与える不快や苦痛の例をあげ、「それは日毎に減じ、最後には感じられないものとなる」のであり、「皮膚組織を部位とする印象は、すべて同じ法則に従う」と言う。すなわち習慣による感覚の磨耗である。また寒暖の突然の変化がもたらす悪寒などの不調感もとりあげ、「気候や季節の変化」がわれわれにもたらす多様な感覚にも言及している。相対的快楽について語る際にも、「粘膜組織を部位とする印象」だからであろうか、まず嗅覚・味覚が取り上げられ、これを視覚・聴覚へと一般化しながら、一種の感覚哲学への関心を垣間見せている。

快楽についても、苦痛について今述べたことと同じことが言える。香りのよい空気の中にいる香水職人や、その味覚を絶えず口にしている美味の影響下に置く料理人は、他人のために用意する生き生きとした喜びを、自分でその職業の中に見出すことはない。というのも彼らにおいては、味見をし、匂いをかぐ習慣が感覚を磨耗させているからである。他の感覚器官を源とする快い印象についても同様である。視線を気持ち良く固定させ、耳を快く打つものがわれわれに与える快楽は、すべて間もなく生気を失う。この上なく美しい光景も極めて響きのよい音も、それがいつまでも続くということだけで、快楽の源泉であったものが無関心、飽満、嫌気、果ては嫌悪の種へと次々に移ってゆく。誰もがこのことを指摘し、詩人や哲学者たちはそれぞれのやり方でこれをわがものとした。[35]

われわれの快・不快の感覚は、絶対的なものを除いて時間とともに大きく変化し、そうした変化は感覚を磨耗させる方向に働く、というのがビシャの基本的認識であるが、その要因が習慣ということになれば、議論は生理学の枠組みを超える広がりを持つことになるだろう。苦痛に対する感覚の鈍化と磨耗、快楽の源泉に対する無関心と倦怠、これをもたらすのが習慣の働きであるが、これは感覚器官の能力としては説明できない。「心地よいとか不快であるとかの言葉が、感覚器官が受け取る印象とこの印象を知覚する魂の状態との比較を、ほとんど常に想定している」のであるから、こうした循環を可能にしているものは、「感覚を受けとめ、伝達する器官の中にあるのではなく、これを知覚する魂の中にある」とビシャは指摘する。というのも、「目や舌や聴覚の受け取るものは常に同じである」が、われわれは「このただ一つの刺激に変化のある感情を付与している」からである。そこからビシャは「過去の印象」と「現在の印象」との比較が、感情の強度を決定していることを示唆する。プルーストの読者にはごく親しい用語に近いものが、ここで使われていることに留意しておいてよいであろう。

次に知るべきなのは、感覚から生まれる快と不快の感情各々の中にみられる魂の動きが、この感覚とそれに先立つ感覚の比較にあるということである。この比較は反省の結果ではなく、事物の最初の印象が与える無意志的効果である。現在の印象と過去の印象との間にある違いが大きければ大きいほど、感情は生き生きとしている。われわれに一番影響を及ぼす感覚は、われわれを見舞ったことのない感覚である。[36]

用語には近いものがあるが観点は別である。ビシャの問題にする最初の印象の「無意志的効果」は、プルーストの扱う「無意志的記憶」とは逆に、「現在の印象と過去の印象との間にある違い」をこそ感じさせるのであり、その意味では一見したところ、両者の関心はむしろ逆方向を向いている。しかし、プルーストにおいて「無意志的記憶」を可能にするものが、習慣によって、日常の接触によって磨耗していない「同一の印象」であることを思い起こせば、ビシャの提起する「習慣」とそれがもたらす感覚の鈍化をめぐる考察には、プルーストが「印象」に与えている審美的な位置付けの前提となるものが見て取れるであろう。ただ注意しなければならないのは、「印象」と言う言葉にそれぞれが与えている意味内容の無視できない相違である。

ところでわれわれの生理学者はその考察対象に即して、快楽に対する習慣の効果から愛の磨耗へと話題を発展させている。愛を語るとなれば、その筆致は多少なりとも人間観察家的なものとならざるを得ないだろう。生理学の課題からみれば一種の脱線であろうが、感情への関心が心理を時間の中で考察するように促していると思われる。自壊すること、あったことによって存在しなくなることこそが、快楽と苦痛の性質であると述べ、「喜びの時間を長くする秘訣は、その原因を変化させることにある」と定式化したあと、ビシャは次のように「肉体的幸福の本質」から「愛の忠実」の不可能性を導き出してみせる。

もしわれわれの物質的構成だけを考慮するのであれば、私はほとんどこう申し上げたい。すなわち愛の忠実は詩人たちの楽観的な夢であり、幸福は不実の中にしかなく、われわれの心を捉える女性たちも、その魅力が画一的なものであればさほど称賛に値しないだろうと。また女の顔がすべて同じ鋳型で作られていたなら、それは愛の墓場となるだろうと。だが自然の原則を用いて道徳の原則を覆すことは控えておこう。両者はしばしば対立するが、同じように堅固なものである。ただしばしば前者だけがわれわれを動かしていることに注意しよう。そうなると、習慣が鎖で繋ごうとする愛は快楽とともに逃げ去り、嫌気を残す。そしてわれわれが感じているものと感じたものを一様にすることにより、記憶は愛の忠実にますます早く終止符を打つことになる。というのも肉体的幸福の本質から、過去の幸福が、われわれが今享受している幸福の魅力を鈍化させるからである。かつてそのそばにいれば時間は瞬時に飛び去った女の傍らで、いまや倦怠に苛まれているあの男を見て欲しい。それまで幸福だったことがなければ、あるいはかつて幸福だったことが忘れられれば、彼はいま幸福だろう。思い出だけが不幸な恋人の宝であると人は言う。そうであろう。しかしそれは幸福な恋人のただ一つの災いなのである。[37]

習慣は愛を拘束することにより、その永続を不可能にする、というのは愛をめぐる一種悲観的な省察を構成するものとして、プルーストの小説からも抽出しうるものであろう。しかしここでも注目したいのは論旨よりも用語の、あるいは論法の親近性である。「鎖でつなぐ」ことから「逃げ去る」ことへの不可避な帰結、「忠実」と「不実」、「快楽」と「倦怠」の間の交差的関係、保存されている「記憶」と過ぎ去る「時間」との幸福にとっての位置づけなどが、習慣の主題の下に、ありうべき愛の物語の枠組みのように提示されている。そしてビシャは次のようにこの節の考察を結ぶのである。

それゆえ肉体的快楽は比較の上での感情でしかなく、現在の感覚と過去の印象の間に変化がなくなれば存在しなくなるのであり、習慣が快楽を無関心に連れ戻すのはこの単調さによってであるということを認めよう。これがわれわれの快楽に習慣が及ぼす巨大な影響の秘密のすべてである。われわれの苦痛に対する習慣の働きもまたこれと同じである。時間は苦悩を連れて過ぎ去ってゆくと人は言う。それは苦悩を確実に癒すものである。なぜか。われわれにとって苦痛であった感覚の上に同じ感覚を多く重ねれば重ねるほど、時間は現在の自分と往時の自分との間の比較の感情を弱めるからである。そしてついにこの感情が消滅する時期がやってくる。それゆえ永遠の苦しみというのはありえず、あらゆる苦悩が習慣の抗いがたい支配に屈するのである。[38]

習慣は快楽を無関心に導くと同様に、苦痛を弱め癒す効果を持つ。つまり永遠の快楽も苦痛もありえず、すべてが「習慣の抗いがたい支配に屈する」というわけであるが、これはすでに見たように、「相対的な」快楽と苦痛についてのみ主張しうることであった。つまり「絶対的な」苦痛や快楽は別のものであるとビシャはみなしており、両者の区別を必然化するものが「魂の状態」の介入の有無であるとすれば、それは純粋に肉体的な要因の感覚か、過去と現在の比較という知性の媒介を伴うものであるかによって、区別されていると言えるだろう。

こうした感覚の二元論は、精神的な苦痛ないし苦悩のもたらす病理についての考察において、プルーストも基本的に共有しているものである。われわれは後節で恋人の死後も長く持続する愛の習慣とその忘却のメカニズムを『消え去ったアルベルチーヌ』の叙述に即して検討することにするが、その冒頭に挙げる一節は、プルーストにおいても感覚の二元論を語りうる論拠となるであろう。習慣の持つ鎮痛効果についてはすでに見ておいたが、プルーストの小説がここで扱っている大きな苦悩の消滅というのは、同じ感情を繰り返すことによって感覚が鈍化することで得られるほど単純なものではない。物語の展開に即して言えば、習慣はまず苦悩を持続させる方向に働いている。しかし忘却を可能にするのも徐々に形成される新たな思考の習慣であり、その根源に措定され、繰り返し論じられているのは古い自我の死滅と新たな自我の生成、すなわち「自我の更新」である。この意味でプルーストにみる苦痛からの解放のメカニズムは、ビシャも指摘した生体の自己更新に極めて類似しているのである。

## 習慣と判断力の洗練

ビシャは人間と人間を取り巻くものとの関係において、「感情に関わるすべてのものは習慣の結果弱められ、鈍化し、無化される」ことを示したあと、習慣が「こうした関係に従って下される判断に関するものすべてを改善し、成長させる」ことを論証しようとする。そこで第一義的に扱われているのは、自然の中におかれた人間の漠然とした感覚体験が、繰り返しによって対象の明瞭な把握へと変化することの確認である。しかし同時にこれと等価のものとして、芸術の受容プロセスも手短に素描している。感情的な反応から美的な判断への移行という質的な転換をもたらすものは精神の習慣に他ならない、という認識が提示されるわけであり、生理学はここで芸術哲学へと通じる道までも垣間見せているのである。

広大な平原を初めて見渡し、ある諧調を初めて耳にし、あるいは味覚や嗅覚が良く調合された風味や香りに初めて刺激されるとき、というのをわれわれの生理学者は想定してみる。こうした感覚から生まれるのは「混乱した不正確な想念」であるだろう。われわれは全体を思い描くものの、細部は捉えられない。「しかしこうした感覚が繰り返され、習慣的にそれらに接するようになると、われわれの判断は正確になり、厳密になる」とビシャは言う。いつしか判断力はすべてを見渡すに至っており、「われわれに強い印象を与えた事物の認識」は、「乱れたもの」だったものが「完全なもの」になっている。ビシャはここでその観察対象を「初めてオペラを見にやってくる一人の男」へと移す。舞台芸術に対する彼の視聴覚経験の積み重ねは、当初のすべてが未分化な混沌から、演技や演奏の分析的な評価へと洗練されてゆく過程となるだろう。

この男はそれまでどんな芝居も見たことがないので、踊りも音楽も、装置や俳優の演技も、そこに集まった人々の輝きも、彼にとってはすべてが一種の混沌の中に交じり合い、それが彼を魅了したのである。この男が続けていくつもの上演を見るとする。この美しい全体の中で、各々の芸に属するものが彼の精神の内で分離し始め、間もなく彼は細部を把握する。そうなると彼は判断を下すことができる。オペラを見る習慣ができ、判断をする機会が頻繁になればなるほど、その判断もますます確かなものになる。(39)

自然の情景を享受し始める人間の姿もこれと同じである、とビシャは続けている。生まれたばかりですべてが新鮮な子供は、自分の感覚器官を刺激するものの中で、まだ全体的な印象しか知覚できない。最初子供の注意はすべてこうした印象に向けられているが、習慣は「徐々にそれらを鈍化する」ことにより、様々な物体の「個別の属性」を把握することを可能にする、と論じるのである。習慣は見ること、聞くこと、匂いをかぐこと、味わうこと、触れてみることを子供に教えるが、それは「気づかないうちに」、つまり微細な変化の積み重ねとしてなされている。つまりビシャの表現によれば、習慣の働きによる「印象の鈍化」が分析的な知覚の条件となっているということであり、この文脈では「印象」に対しては、認識論上の機能も審美的判断の契機も否定的な形でしか認められていない。「感覚器官が受け取る印象」と言う表現からも伺える通り、ビシャにあっては「印象」というのは、身体が「感覚」として受け取る、未分化な知覚対象が与える刺激、という程の意味で用いられているに過ぎないと考えてよいであろう。[40]

いずれにせよビシャの観点からは、印象が鈍化するのに応じて判断力は洗練されてゆく。時間の中でこうした変化が起こるのは習慣の働きによるのであり、この点からも「動物活動」を「器質活動」から区別しなければならない。かくして、習慣は五感のそれぞれの働きにおいて、「混沌とした全体に対する観念から細部についての正確な理解へと」、認識を深めさせてゆく。習慣の教育的機能と言えるであろう。事実ビシャは、動物活動の大きな特色の一つとして、それが「文字通りの教育を必要とする」ことをここで指摘している。印象を感情と言い換えれば、今日的な観点からも受け入れやすい主張となるはずである。ビシャは前節での考察とつないで、例示を繰り返しつつ習慣と判断力の関係をめぐる論議を進めている。

習慣は感情を鈍らせることにより、判断を不断に完成へと導くが、この第二の効果さえも第一の効果に否応なく結びついている。一例を挙げればそれが明らかになるだろう。私は色とりどりの花が咲く牧場を通り抜ける。一つの香りが全体としてまず私を捉えるが、それはこの花々が個々に放っている香りすべての混沌たる組み合わせである。この香りに気が紛れて、魂は他のものを認識できない。しかし習慣がこの最初の感情を弱め、間もなくそれは消える。そうすると植物それぞれの個々の香りが区別されるようになり、私は最初不可能であった判断を下せるようになる。[41]

感情の反応が認識の妨げとなるというのは、合理的な人間観察家の伝統におさまる省察であろう。だが審美的な判断を無理解から洗練へと導くのは目や耳の習慣であるとの示唆がここにあるとすれば、それは新たな芸術表現が受け入れられてゆくプロセスをめぐって、プルーストの中にも読み取れる「芸術の進歩」に関わる考察、芸術受容の社会学にもつながる議論の前提を構成するものとなるだろう。[42] われわれの生理学者は、自己の関心に従ってこの節を次のようにまとめる。「習慣が感情と判断とに及ぼす、この相反するふたつの影響の形態は、かくして共通の目標に向けられていることがわかる。その目標というのは、動物活動の行為それぞれの完成である。」

ビシャのテクストに沿った間歇性と習慣をめぐる議論の紹介と分析は、ここまででほぼ十分と思われる。われわれは科学的な著作と言える書物と小説とを対比させることで、後者の読解に何を付け加えることができるかを問おうとしている。博物学的な小説が科学的な知をいわば語り手の饒舌として盛り込み、学識や言説の収集を陳列する傾向を持つとすれば、プルーストのテクストが実践するのは、既成概念の加工であり質的な変化である。この加工は知的な作業であるが、同時に趣向でもあり、言語活動の本性とも言うべき遊戯的な性格をどこまでも維持している。ただこの真剣な遊戯を通じて概念が一種の不可逆的な変化を起こしているとすれば、その言語素材を同定するのは、陳列棚に並べられた収集物の起源を特定するよりは難しくなる。典拠を語りうるとしても、その論旨よりは論法、用語の指示対象よりは別の用途への転用や二次的な意味作用の活性化といった修辞的な操作のほうが問題となるのである。しかし概して指摘できるのは、物質的な世界を記述するための語彙を内面の世界の分析に援用するという傾向である。そのことを通じて、唯物論的な世界であると世紀末に非難された生理学小説の伝統は、明瞭に唯心論的な方向へ展開することになる。端的に言えばプルーストにおいては、自然科学の諸概念はこれと対話しつつ、比喩の体系を構築する形で用いられるのである。われわれの主題に即してそれを見ていこう。

## 三、愛の思考習慣とその忘却の物語

### 苦悩の生理学と忘却の力学

『消え去ったアルベルチーヌ』が扱うのは、前の巻『囚われの女』で両親が留守の間を利用して自宅に長期滞在させていた恋人の出奔から始まり、その事故死のあと、死後にいっそう高まる嫉妬とその生前の生活に関する執拗な真相究明の長い期間を経て、ついには自分の内で彼女への関心が完全に消滅していることを確認するまでの物語である。

アルベルチーヌの同性愛に対する疑惑が調査と推論の中核を占めるが、真実は確定し得ないままであり、仮説の積み重ねによって、一連の謎の読解として複数の可能な筋道が提示されるものの、単一の真実に帰着する形の解決はついに与えられない。それは語り手にとって懊悩を深める過程に他ならないが、もとより単線的な進行ではなく、その過程の中に、女への間歇的な無関心から徐々に主調となる忘却への段階的な道のりが組み込まれている。

われわれはこのプロセスの最終部分をまず吟味し、そのあとで冒頭に見る恋人の出奔とそれに伴う語り手の最初の反応の部分に戻り、そこでビシャの観察とは逆に、プルーストにおいては愛の習慣がまず長期にわたる執着を作り出している様を検討したい。当人の死を越えて永続した恋人の真実に対する執着であるが、それから離脱したことを最終的に語り手が確認するのは、この巻の末尾に置かれた、母親を伴ってのヴェネチア旅行中においてである。そこで受け取るジルベルトからの電報を最初アルベルチーヌからのものと誤解し、彼女が生きているという知らせに自分の心が全く喜びを感じていないことを知って、苦悩からの完全な治癒が確認されるのである。

彼女〔アルベルチーヌ〕がアンドレあるいは他の人間としたかもしれないことには、もはや関心がなかった。あれほど長い間不治のものだと考えてきた病に、もう私は苦しんではいなかったが、それも結局は予想できたはずのことなのである。恋人への愛惜やその死後も続く嫉妬というのは、結核や白血病と同じ資格の肉体の病である。しかし肉体的な病の中でも、純然たる肉体的要因によって引き起こされるものと、知性の媒介によってのみ身体に作用するものは区別すべきである。伝達の経路となる知性の部位が記憶であるなら、つまり原因が消滅したり遠ざけられたりすれば、苦痛がどれほど激しいものであれ、また人体にもたらす障害がどれほど深刻に見えようと、思考は組織とは違って、更新能力を持ち、というより保存能力を持たないので、病状の見通しが楽観的でないことは稀である。癌に冒された患者が死ぬまでの時間で、愛する者を失って癒しようのない夫や父親が回復しないことは稀である。私も回復を遂げていた。(43)

すでに見た通り、ビシャは「時間は苦悩を連れて過ぎ去ってゆく」と語り、「あらゆる苦悩が習慣の抗いがたい支配に屈する」と述べていた。苦悩を確実に癒すのが時間の効果であるという点で、プルーストとビシャの省察は完全に符合をみせているが、厳密に言えば両者の間には、病の二元論と苦痛の二元論の違いがある。しかし小説がここで問題にしている「知性の媒介によって身体に作用する」病と言うのは、恋人の行動に対する疑惑や嫉妬にせよ、死者に対する愛惜にせよ、精神的苦痛の原因となるものであり、提喩によって苦悩する精神の状態を病として扱っているとみることができるだろう。またこの提喩に依拠しつつ、強い精神的苦痛は身体の病へと転化しうるという心身の相互関係に対する認識がここには含まれているが、精神の病理に対するプルーストの捉え方は、癒えることのない外傷（トラウマ）といった表現が暗示する立場、すなわちこころの苦痛を肉体の受ける傷（ビシャの言う「組織の破壊」）と等価に見ようとするものとはかなり違っているように思われる。つまり精神的な苦悩に対する究極的な楽観性において、プルーストに見る病の二元論はビシャが提起する感覚の二元論に極めて近いのである。

生理学との関連においては、上記引用中で「思考は組織とは違って、更新能力を持ち、というより保存能力を持たないので」という部分に注目しておきたい。「思考」と対比されている「組織」(les tissus) というのは、同一の形態と能力を持つ細胞群のことであり、ビシャ生理学の中核に位置する「組織学」(l'histologie) の対象となるものである。ただプルーストのここでの言及に従えば、組織は更新能力を持たず、病を保存し続けるということになるが、この理解は生理学的に適切なのであろうか。ビシャの著作に即してすでに見たように、器質活動によって、生物はその身体を絶えず更新しているのであり、「その組織構成は同じでありつづけながら、その要素は絶えず変化している」のではなかったか。これはおそらく、ここで比喩として取り上げられている病気が、癌や白血病といった組織内で自己を保存し更には増殖する型のものであることで説明がつくであろう。結核も当時はいわゆる不治の病であった。こうした病に冒された組織とは異なり、知性ないし記憶が介入するこころの病は時間の経過により、すなわち忘却によって治癒がもたらされる、と述べていると思われる。

次にあげる引用は上記の最終的な回復確認より以前の段階に位置するが、ここでも生理学的な「組織」への言及が見られる。悪性の腫瘍でなければ組織は自己修復能力を持つであろうから、今度はその文脈で「自我の取替え」が語られている。

アルベルチーヌなしで生活することにも容易に耐えられる新しい人間が、私のうちに出現していた。というのも悲嘆に暮れた言葉ながらも深い苦悩なしに、私はアルベルチーヌのことをゲルマント家では語ることができたからである。こうした新たな自我の数々にはそれ以前の自我とは別の名前をつけるべきであろうが、私が愛していたものに対してこうした自我が無関心であることが分かっているので、彼らがやってくるかも知れないという思いに、私はこれまでいつも怯えていた。かつてはジルベルトに関して、その父親が私に、あなたもオセアニアに行って暮らせばもう戻って来ようなどと思うことはありませんよ、と語った時がそうであった。〔……〕ところがそれほど恐れてきたこの新しい人間が、多大の恩恵を施すのであり、心配とは反対に、彼は苦痛のほぼ完全な消滅、安らぎの可能性といったものまで、忘却と一緒に私に与えてくれたのである。彼は運命がわれわれのために予備に取っておくあの取替え用の自我のひとつであり、慧眼の医師が断固たる処置を取って患者に有無を言わせぬのと同様に、運命は時宜を得た処置によって、われわれの意向がどうあろうと、本当に大きな傷を負った自我ならこれを新たな自我と取り替えるのである。こうした取替えは、組織の消耗や修復と同じように運命が時々実施しているものではあるが、われわれは古い自我が大きな痛みや不快な異物を内に持っていない限り、それに気づかない。そうした痛みや異物が見つからなくなると、われわれは驚き、別の人間になっていることに驚嘆するのであるが、この人間にとって前任者の苦痛というのはもはや他人の苦痛でしかなく、自分が感じるものではないので、人は同情しながらこれを語ることができるのである。(44)

自我の間歇性や複数性が受け入れられるなら、その「取替え」の可能性を想定することも難しくはないであろう。ここではそれが「組織」の自己修復に比較される。この修復は多くは自覚のないままになされているものであるが、痛みを持った組織の場合には、人はそれがいつの間にか失せていることを発見して、この健康回復の仕組みが確認できる。まさに「生命は細胞の絶えざる更新からなる」のであり、[45] これと同様の自我の更新ないし取替えが「苦痛の消失」を可能にして、気がつけばわれわれは以前とは別の人間になっている、というわけである。執着から無関心への心の変容が、身体の自己更新プロセスになぞらえて語りうるとすれば、それは医学・生理学的な概念の援用が、「時間の中の心理学」の構築に有効である、ということを示している。この心理学は「物体が空間の中を動くように、魂が時間の中を動く体系」とされており、そこで扱われる主題が「時間が帯びるひとつの形態としての忘却」なのであった。[46]

それではわれわれの主題である習慣と間歇性は、この忘却の物語にどう関与しているのであろうか。これを知るには『消え去ったアルベルチーヌ』の冒頭部分に立ち戻る必要がある。『囚われの女』は女中のフランソワーズがやって来て、語り手に「アルベルチーヌ様はお発ちになりました」と告げるところで終わる。語り手自身はすでにこの恋人との生活に倦んでいて、自由を回復するために別れのタイミングを計っていたのである。しかしそのイニシアチヴは女のほうが取ることになった。かくして『消え去ったアルベルチーヌ』は心の中に突然生じた予期せざる強い苦痛の分析と、これに対する可能な処置の検討から始まる。

自分の心が明瞭に見えていると思っていた私は間違っていた。しかし精神のこの上なく鋭敏な知覚も与えてくれなかったこの認識を、結晶塩のように固く、輝かしく、奇妙なかたちで私にもたらしたのは、苦痛の突然の反応だった。私はアルベルチーヌが身近に居るのに慣れきっていたが、突然に「習慣」の新たな顔が見えたのである。私はこれまで習慣を一つの無化する力であり、知覚の独自性や意識までをも抹消するものだととりわけ考えてきた。いまや私はこの習慣を恐るべき一個の神格として見ることになった。この神はわれわれによく密着しており、ありふれたその顔はわれわれの心にしっかりと固着しているので、もしこの神様が剥がれ、われわれに背を向けることになると、ほとんど目にも留めなかったこの神様が、どんな苦痛よりも激しい苦痛をわれわれに加え、死と同じほど残酷な仕打ちをするのである。[47]

「苦痛の突然の反応」というのは、それが結晶塩を析出する以上、化学的な反応である。プルーストのテクストは別のところでは「予期せざる苦痛」とその原因となる心の映像が化合して一体化する「一種の沈殿物」にも言及している。[48]自分の心はふだん十分に見えていない。さっきまで、フランソワーズがやって来るまでは、あらゆる面から検討して、自分はもはやアルベルチーヌを愛してはいない、と信じていた。しかしそれは知性の行う分析であり、「自分の心を構成する要素」は「揮発性の状態」にあるので、それらを分離しうる現象がこれを「固体化」し始めるまでは、知性には捉えられない。それはこうした苦痛の反応によって初めて検証され可視化されるというのである。

恋人がそばにいることに慣れきっていた語り手、それはビシャの語る「かつてそのそばにいれば時間は瞬時に飛び去った女の傍らで、いまや倦怠に苛まれているあの男」とも半ば通じ合うだろう。小説の語り手が習慣を「一つの無化する力」、「知覚の独自性や意識までをも抹消するもの」だと考えてきたという部分は、ビシャの省察にもよく対応している。しかしそれはここまでの事態の半分でしかない。なぜなら語り手のアルベルチーヌとの共同生活は苦悩の色を強く帯びており、その開始時点から女の同性愛に対する疑惑と嫉妬、そして誘惑からの隔離をその基礎的な動機付けとして持っているからである。共同生活を解消する段取りを考えるにあたって、われわれの主人公は次のような感慨を述べていた。アルベルチーヌとの生活は「一方では、つまり私が嫉妬をしていないときには退屈なものであり、他方、私が嫉妬しているときには苦しみであった。幸福があったとしても、それは持続しうるものではなかった」と。[49]また嫉妬については、これをひとつの病として語りつつ、その間歇性も確認されていた。すなわち「嫉妬というのはあの間歇的な病のひとつであって、原因は気まぐれでありながらその対応に急を要し、同じ病人にあってはいつも同じ現れ方をするが、別の人間にはしばしば全く違った現れ方をする」というわけである。[50]

ビシャは「記憶は愛の忠実にますます早く終止符を打つ」と言うのだが、嫉妬が愛の表れである限りにおいて、プルーストの叙述する愛の物語はこれとは逆の展開を見せているというべきであろう。女同士の愛は「その快楽も質も確信を持って、正確に想像できない」ので、これに対する嫉妬は過去と未来に対して、また場所に対して、想像力を際限なくどこまでも広げさせることになる。語り手はこれを一般化して、「愛とは心で感じ取れるものとなった時空である」と述べる。そしてアルベルチーヌは「私の住まいを美しく飾る魅惑的な囚われの女」ではなく、出口のない形で、「過去への探求」へと語り手を差し招く「偉大な時間の女神」であると。(51)

そんなわけで、アルベルチーヌとの同棲の物語は習慣が磨耗させる愛の物語として要約することはできないが、また苦悩ばかりが愛の証として語られている物語でもない。この期間の語り手の家籠りの生活は、むしろ充足感と幸福感を十分に湛えており、ここでは深入りしないが、恋人に送らせてきた生活形態はオリエントの後宮のそれをしばしば想起させる。しかしそれが同時に苦悩の生産装置となるのである。『囚われの女』の中で、そうした幸福感を基調としている時期に、苦悩と幸福の間の因果関係を述べている部分をここで引いておきたい。言及されているのは「間歇的な」幸福感ではあるのだが、そうした時間を持ちえたことこそが、恋人の不在と愛の習慣の喪失を耐え難いものにするからである。

穏やかで愉快で、見たところ無邪気な時間、しかしその間にも厄災の可能性は蓄積されてゆく。〔……〕私は自分の幸福が持続するものだと信じている人々と同じく無頓着であった。こうした穏やかな幸せは苦悩を生み出すために必要であったからこそ、また苦悩をやわらげに間歇的に戻ってくるからこそ、男たちが一人の女の心根の優しさを自慢するとき、彼らは他人に対しても、また自分に対しても嘘をついてはいないとみなせるのである。ただすべてを考え合わせると、こうした男女関係の内には、他人には語れないものの、質問や調査の形で思わず表に現れるものとして、痛ましい不安が絶えずひそかに循環しているのであるが。この不安もしかし、それに先立つ穏やかな幸福がなければ生まれなかったことであろう。さらにはそのあと、苦悩を耐えうるものにし、別離を回避するにも、間歇的な幸福は必要である。だからこの女との共同生活が地獄を秘めていることを人に隠し、二人の親密さを誇示するのも、ひとつの真実を含んだ観点を表現している。それは一般的因果関係、苦悩の生産が可能なものとなる様式のひとつを表現しているのである。[52]

複雑な論理のようではあるが、こうした関係とそれが生み出す感情については、世にしばしば語られている型のものから大きく逸脱しているわけではないだろう。未来の展望が不確定な男女の暮らしにも、間歇的にせよ充足感と幸福感を確かに与える時間があって、不安や苦悩もそれに対応して大きく深いものになっているのであり、この幸福な時間の持続こそが、後にやってくる悲しみと苦悩を作り出すことになる、と基本的には受け取ってよいはずである。事実『消え去ったアルベルチーヌ』では、次のような考察も提示されることになる。すなわち、「悲しみは欲望が完全に成就していればしているほど強くなろうし、自然の法則に逆らって、幸福がしばらく長続きし、習慣の聖別を受けていれば受けているほど、耐え難いものになるだろう」と。[53]この「自然の法則」というのが、ビシャの語っている「快楽を無関心に連れ戻す」習慣の単調さなのではないか。

「恐るべき神格」としての習慣は、外部環境の刺激を鈍化させ、住まいを注意が不要なものにしてくれた、あの守護神のような存在が変容を遂げたものである。この習慣は恋人の死後、喪失の悲しみの鎮静と、その生前の素行に対する疑惑や嫉妬がもたらす苦痛の鈍化、そして忘却にも結局は貢献することになる。しかしアルベルチーヌが去った直後の部屋は、その家具のおのおのが改めて注意を引き、自動ピアノも肘掛け椅子も彼女の出奔という知らせを再度告げているように思われる。

このようにして一瞬ごとに、われわれを構成する無数の取るにたりない自我のうちで、まだアルベルチーヌの出奔を知らない者がいて、それを通告しなければならないのであった。起こったばかりの不幸をこうした者のすべて、まだそれを知らないこうした自我の全員に告げるのは、彼らが他人であって、苦しむために私の感性を借用するのではない場合よりも残酷である。〔……〕一人一人に私は自分の悲しさを教えなければならないが、この悲しさは不吉な状況の総体から自由に引出した悲観的な結論などではなく、外部からやって来て、われわれが自分で選んだものではない特定の印象の、無意志的で間歇的な蘇生なのである。[54]

「時間の中の心理学」が「物体が空間の中を動くように、魂が時間の中を動く体系」たりうるとすれば、それは恐らく習慣を「心の慣性」とみなすことができるからである。[55] それが愛と忘却の関係を、間歇的な自我のあり方を媒介変数とするひとつの力学にしている。忘却という愛にとって抗い得ない力は、まず次のように間歇的なものとしてその姿を現す。

語り手は恋人の出奔後、彼女を連れ戻す手立てを講じながらも、自分から戻ってきて欲しいとは決して言わない。友人サン＝ルーを使って働きかけさせ、金銭にも訴えつつ、彼女が自主的に戻ってくる形にしなければならない、と考えるからである。しかしアルベルチーヌと会わずにいることが、いかに困難なことか。どんな些細な行為をするにも、それは「アルベルチーヌが身近にいたという幸福な空気」に前もって浸されているので、「離れて送る暮らしの習得」を、毎度同じ苦痛を感じつつ繰り返さなければならないのである。しかしその間にも、別の娘を家に呼んだり、ヴェネチアへの旅の想像をしたりすることはある。それは束の間ではあるが、「穏やかで心地よい時間」である。そのことに気づいて、逆に語り手は心を激しくかき乱される。その際の心の動きは以下のように叙述されている。

いま味わったばかりのこの心の平穏、それは私の内で苦痛に対し、愛に対し戦いを挑もうとしており、最後にはそれらを打ち負かすことになるあの強い間歇的な力の最初の現われであった。たった今予感を感じ、前兆を知ったもの、それは束の間ではあるが後には私の中で常態になるもの、もはやアルベルチーヌのために苦しむことはなく、もはや彼女を愛してはいない生活であった。そして自分を打ち負かしうるただ一人の敵、すなわち忘却の姿を認めたわが愛は、身を振るわせ始めた。檻の中に入れられたライオンが、自分を食い尽くすことになる大蛇ピュトンを、突然そこに目にした時のように。[56]

恋人の不在を苦痛とは感じない時間を持ちうるということの発見は、愛の持続に抗する力たる「忘却」の予兆としてなされるが、「束の間」から「常態」への移行がそこに含まれていることによって、その間歇性は徐々に支配的な傾向、つまり習慣へと変化することが見越されている。そしてこうした見通しが、愛する心にパニックを生じさせる、という論理である。自我の「取替え」を語っているくだりは先に見ておいたが、そこで無関心な自我の数々がいずれ自分にやってくるという思いに「怯えていた」、という部分があった。それはこうした論理を指している。

自己の感情を論理として語るというのは、フランス古典悲劇の伝統に属するものである。[57] そこでは人格の構成要素が客観視されて内面の葛藤を可視的に表現しており、こうした要素に主体性が付与されることも少なくなかった。プルーストにおいてはそれらが、状況の中で供給されるエネルギーに応じて、力の場で独立に動こうとする。フランス古典悲劇はデカルト哲学とその論理性を共有すると言われるが、プルーストはその論理構造を微小な単位からなるダイナミズム、不確定性を内包した力学へと変化させているように思われる。それを可能にするのが間歇性であり、自我の複数性である。

アルベルチーヌの死によって、忘却と無関心の到来は先送りされることになる。祖母の死が母親にもたらした変化について述べつつ、確認されていたように、「死者はわれわれに作用しつづける」のであり、「生きている人間以上に働きかけさえする」ものだからである。[58] 死んだアルベルチーヌがその生前以上に心の中で生きているということの、長期にわたる苦痛に満ちた確認は、「心情の間歇」の増幅となり、大規模な反復となるだろう。物語の叙述に即してこの間歇性と習慣の力学をさらに検討していくことにするが、それに先立って、語り手の祖母への愛着とアルベルチーヌへの執着には強い相似性があることを、習慣との関連で確認しておきたい。

最初のバルベック滞在のはじめの頃、語り手は一度祖母に、「あなたがいなければ僕は生きていけない」、と言ったことがあった。「いけませんよ、そんなこと」と祖母はうろたえて答え、もっと強い心をもたなければと孫を諭す。「さもないと私が旅にでも出たら、あなたはどうなるの」という祖母の問いかけを通して、ここで祖母の長期不在の可能性が初めて主人公の念頭に上る。数日間の旅行なら、時間を数えてでも待っていられる。しかしそれが数カ月、数年、さらに長くなったら。祖母と孫はここで口をつぐみ、お互いに目をそらす。このときに、主人公ははっきりとした口調で、しかし祖母から視線をそらしつつ、こう語るのであった。「でも僕は習慣の人間ですからね。一番好きな人たちと別れて最初の数日間は、つらい気持ちでしょう。だけどその人たちを慕う気持ちに変わりはなくても、僕は慣れていき、生活は静かで穏やかなものになります。僕は耐えられますよ、愛する人たちから離れて、数カ月でも、数年でも。[59]」

「習慣の人間」としての自己把握は、語り手による思索として内面的になされているだけではない。主人公がその生活の中で、自分の性格としてこれに言及し、他の登場人物に受け入れさせ、了解させようとするのである。それは習慣に支配される自己の提示が、主人公の行動の一部を構成する、ということを意味する。アルベルチーヌの出奔後、その事故死にいたるまでの期間には、相手の人格や儀礼への配慮とともに、はったりや力の誇示を含めた、男女間の互いに譲らない危険な駆け引きが織り込まれている。それが『消え去ったアルベルチーヌ』第一部の前半部分を一種の書簡体小説にしている。主人公が出奔した恋人に出す一番長い手紙は、マラルメの詩を引用する文学性の香り高いものであるが、そこで自分が制御し得ないものとして、習慣が引き合いに出されている。

友人を介して女の親代わり（アルベルチーヌは孤児である）に働きかけようとした主人公に、女は自分が必要なら直接そう言ってくれれば喜んで戻ったのに、と電報をよこす。懇願だけは避けなければならないと信じる主人公はこれに対し、出奔の前夜には親の同意により結婚が可能となっていたことを告げつつ、あなたの行動は賢明であったと述べる。というのも（女にとってこれまでの生活が耐えがたいものであったとすれば）、この行動がなければ、不幸な形で二人は生活を結び合わせることになっていたかもしれない、と考えられるからである。

そうなったはずだとすれば、あなたが取った賢明な行動には感謝して然るべきであり、再会すればあなたの叡智をすべて台無しにすることになるでしょう。それは僕にとって誘惑でなくはない。しかしこの誘惑に抵抗することをお褒め頂くにも及びません。ご存知の通り、僕は移り気な人間であり、忘れることも速いのです。それゆえさほど同情するにも値しません。よくご指摘頂いていたとおり、僕はとりわけ習慣の人間です。あなたなしで持ち始めた習慣は、まだそれほど強いものではありません。目下のところは、あなたとともにこれまで持ち、そしてあなたの出発によって乱された習慣が、当然ながらなお一番強いのです。しかしそうした状態も、もうそう長くは続かないでしょう。それだからこそ、そうした時期も終わり近いこの数日を利用して——この期間ならあなたに再会することが、二週間後には、あるいはもっと早い時期にも僕にとって意味するだろうもの、つまり率直に言えば迷惑とはまだなっていないわけなので——最終的な忘却の前にこの数日を利用して、いくつかの些細な物質的問題をあなたとの間で解決できないか、とも思ってみたのです。そうできれば、善良で魅力的な友であるあなたは、五分間でもあなたの婚約者であると信じた男に、親切をすることができたことでしょう[60]。

条件法過去で述べられる再会や結婚の可能性は、支配者としての立場を崩さずに、女を自主的に帰還させようとする戦略に基づくものであるが、そこでは「習慣の人間」としての自己呈示が、一種の有効期限を設定して、相手に決心を催促するのである。ここで物質的問題というのは、恋人のために購入を申し込んでいた外洋ヨットとロールス・ロイスの処分であり、束縛のない豪著な生活の展望を、しかし現状では失われつつあるものとして描き出し、女に物質的な側面から後悔を迫る形になっている。こうした愛の激発としての挑戦的贈与は「スワンの恋」においても見られた。しかしここではこうした贈与は実現せず、相手の女にほとんど無関心になってなされる結婚、という筋書きがもう一度繰り返されることも無論ない。予感されただけでなく、こうして女に対しても予告された「最終的な忘却」が如何に実現するかはすでに見ておいた。ただ離別が長期化して到来する忘却と、死によって決定的に喪失した愛の習慣の忘却は同じではない。小説中の様々な呼応関係を点検しつつ、この無関心への第二の行程を追って、間歇性と習慣の主題をさらに検討しよう。

## 四、「アルベルチーヌとの冒険」と真実の不確定性

『消え去ったアルベルチーヌ』の末尾から『見出された時』の冒頭にかけて、サン＝ルーと結婚したジルベルトを、語り手がコンブレー近くのタンソンヴィルに訪問する一節がある。ここで、男女それぞれの同性愛が一般的な形で話題になり、語り手はサン＝ルー夫人ジルベルトに対し、アルベルチーヌがそうした好みを持っていなかったかどうか尋ねている。この二人の女性の間に物語の中でほとんど交流はないものの、学校時代から彼女たちは知りあいではあったからである。語り手を長く苦しめてきたこの疑問点に関して、ジルベルトから新たな情報が提供されることは無論ない。しかし彼女はここでそうした主題を扱っている小説としてバルザックの『金色の目の娘』をあげ、バルザック好きのゲルマント家の叔父たちに負けぬようそれを今読んでいるのだが、悪夢のような、ありそうもない馬鹿げた話だと言う。

この中編小説の中では、異国の若い魅力的な娘が別の女に文字通り幽閉されており、彼女の外出には常にお供の女性が監視役として付き添っているが、事情を十分知らず、状況の困難に刺激されて「金色の目の娘」との冒険を企てた男は、自分の目の前で彼女が女主人により殺害されるのを見ることになる。こんな風に女が女に監視されるのはあるかも知れないが、女が男に監視されるのは決してないだろう、とジルベルトが付言すると、語り手はアルベルチーヌとの関係を念頭に置きながら、しかし自分とは別の人間の行為として、愛する女を同様の監視下に置くにいたる男の存在に言及し、ジルベルトに認識不足であることを示唆する。[61]

このくだりは小説がすでに「アルベルチーヌの物語」からの離脱をほぼ完了した時点で、そのプロットモデルを提示し、祖型に対する同性愛と異性愛の置換も可能なことを主張するとともに、語り手にとっては「アルベルチーヌとの冒険」を客観視する機会ともなっている。そのことで主観的な物語には、いわば「外部評価」の機会が与えられている。というのも外で出会う人間からの誘惑を絶つために恋人を隔離し監視するに至るというのは、嫉妬する人間の

妄想に近い主観性のなせるわざであるということを語り手も認め、そうした筋書きは、善良な人間には嫌悪感を催さずにはおかない、というジルベルトの反応がそれを補強してもいるからである。こうした男女関係を人から聞くことがあれば、異性間の愛情形態である以上、その正規化（たとえば結婚）によって苦悩の多くは解消し、疑惑はあっても幽閉に近い拘束は不可能になるはずだと「外側から」は考えられるだろう。ジルベルトの表明する意見は、恐らくはそうした常識の反映であり、だからこそ結婚後に夫の同性愛がひそかな悩みの種となっていても、彼女は語り手に結婚を勧め、「あなたの奥さんはあなたを回復させ、あなたは彼女を幸福にするでしょう」と述べるのであろう。ここで語り手は、自分も婚約はしたことがあるのだが結婚には踏み切れず、この「不決断で心配性の性格のために」、女のほうからそれを断念したのだと、それがアルベルチーヌであるとは明かさずに手短に報告する。

これがこの恋愛の顛末をもはや「外側から」しか見なくなった語り手の、最終的な自己評価であろうが、内面の苦悩を何よりも扱う「アルベルチーヌとの冒険」自体を、このように要約することは無論できない。自分の「悪い性格」に原因を求めるのは、語り手が自分の恋愛経験を世間的な認識に依拠したリアリズム風の枠組みに従って整理するに至ったということを示している。しかしこれもまた一つの観点であり、そこに最終的な真実があるというわけではない。出奔中のアルベルチーヌの死が伝えられて以降、物語の中心的な興味は、彼女に対する執着から無関心へと、長い時間をかけた語り手自身の心の変容過程にある。そしてこの過程を一貫して、語り手とアルベルチーヌとの生活の真実は、不確定なもの、複数の仮説の間をどこまでも揺れ動くものとして提示されている。複数の可能な読解を観点の取り方に応じて、ともに有効な、あるいは必要なものとして組み上げ、その間で決していずれかに固定することを許さないこと、これがこの一人称小説の引き受けている冒険である。それゆえ、語り手によるアルベルチーヌとの生活の苦悩に満ちた想起が、純然たる内面の探求だけに還元しうるものでないことを示す場は、随所に用意されなければならないのである。嫉妬から愛の対象を厳重な監視下に置こうとすれば、最初はそれを進んで受け入れた女の内にも脱出願望の形成を促し、その示す反応や行動が、今度は自分の心理にも新たな苦痛に満ちた問題を生起させることを、語り手は恋人の死後の苦悩のさなかで理解していた。「アルベルチーヌとの冒険」が織りなすそうした内面と外面の相互依存関係を、語り手はこの物語の自己規定とも思わせる形で提示し、次のように省察している。

そんなわけで、自分では内に閉じこもっているつもりのこの魂の長い嘆きも、実は見かけの上でしか独白ではない。というのも現実の反響がこの嘆きを屈折させているからである。そしてこうした生活は自発的に追及する主観的な心理学の試みのようなものであるが、それは少し距離を置いて別の現実、別の生活を扱った純然たるリアリズム小説にその「筋」を提供していて、その波乱に満ちた展開がまた、心理学試論の流れを曲げ、方向を変えるという次第なのである。(62)

アルベルチーヌの事故死を、その叔母のボンタン夫人から電報で告げられ、またその直後に、恋人が死の直前に出した二通の手紙を受け取っても、われわれの主人公がその現場に駆けつけたり、あるいは葬儀に出席したり、という弔意行動への言及は全くない。その死を直接は確認していないからこそ、彼女が生きていて語り手にそれを知らせてきているという誤解(ジルベルトからの電報をアルベルチーヌからのものと取り違える、ヴェネチア滞在中の署名の誤読)も成り立ちうるのであるが、現実味への配慮からアルベルチーヌの死を社会的に報告することは、この小説の関心の埒外にあると見るべきであろう。これ以降問題になるのは、自分の心の中ではどこまでも生きている彼女の心の映像が、ついには薄らいでゆくというプロセスであるが、しかし恋人の生前の行動に対する遡及的な調査はこれに作用を及ぼし、分析の装置にも変化を与えてゆく。

アルベルチーヌの死が私の苦しみを消滅させるには、この衝撃が彼女をトゥレーヌ地方において殺すだけでなく、私の内で殺してくれることが必要だったであろう。私の心の中で、彼女はかつてなかったほど生気に満ちていた。一人の人間が心の内に入ってくるには、時間という形態をとり、その枠組みに従わねばならない。彼は連続する瞬時の中に登場するだけなので、一度にはただ一つの姿しか提供せず、ただ一枚の写真しか発行しない。瞬間のコレクションからなる他はないというのは、人間にとってなるほど大きな弱点であろうが、それは彼の強みでもある。彼は記憶に依存しており、一瞬の記憶というのは、それ以降生じたことを全く知らされていない。だが記憶が録画したこの瞬間はなおも持続し、なおも生きており、この瞬間とともに、そこに姿を見せる人間も生きているのである。そしてこうした細分化は死んだ女を生存させるだけでなく、彼女を増殖させる。自分を癒すために私が忘れなければならないのは、一人のアルベルチーヌではなく、数限りないアルベルチーヌであった。こちらの彼女を失った悲しみに耐えられるようになると、また別の彼女、百もの別の彼女について同じことを始めねばならないのである。[63]

一人の人間が心の内で場所を占めるには、「時間という形態」をとり、その枠組みに従う他はない、と語り手は言う。つまり愛する人間は連続する瞬時の中に登場するものとして心の中に取り込まれるので、写真集のように「瞬間のコレクション」としてまず存在することになる。これはスナップショットの連続であり、持続は瞬間の連続に還元されている。一瞬の記憶というのは、「それ以降生じたことを全く知らされていない」から、飛ぶ矢は静止した形で捉えられており、その形態で愛が生まれるのである。しかし人間が瞬時の映像として記憶に保存されると、この瞬時の記憶が持続する限り、そこに姿をみせている人間は、すでに死者となっていても心の中で生きている。そして極限までの持続の細分化には、細分化されたものの無限増加が伴うことになる。愛するものの瞬間の映像は数限りなく増殖しなければならない。こうして運動が、全体性が、持続する記憶の中で、持続である記憶の中で回復する。実際、しばらく先のページでは、こう述べられている。「こうした過去の瞬間は不動ではない。それらはわれわれの記憶の中で運動を保存していて、この運動がそれらを未来に向けて――それ自体過去になった未来に向けて――運んでいたのであり、われわれ自身もこの未来に向けて運ばれていた。[64]」

それではアルベルチーヌは本当に死んでいるのか、それとも生きていると言うべきなのか。物理的な事実と心の事実との間で、どちらを真実とみなすべきなのか。

二つの事実の間で私は選択をし、本当はどちらであるか決めなければならないようであった。彼女の死という事実は、トゥレーヌ地方での彼女の生活という、私の知らない現実からもたらされたものなので、彼女についての私のあらゆる思い、私の欲望、哀惜、愛情、怒り、嫉妬といったものと、それほどまでに矛盾していたからである。彼女の生活の目録から借りてくる思い出はかくも豊かであり、彼女の生活を喚起し、巻き込む感情はここまで過剰なので、そのことが彼女の死んだことを信じ難いものにしていた。感情のここまでの過剰と述べたのは、私の記憶は愛情を保存しつつ、これにあらゆる多様性を与えていたからである。瞬間の連続に過ぎないのはアルベルチーヌだけではなく、私もまたそうなのであった。彼女に対する私の愛は単純ではなく、未知のものに対する好奇心には官能の欲望が加わり、ほとんど家族的な幸福感には、ある時には無関心が、ある時にはすさまじい嫉妬が付加されていた。私は一人の人間ではなく、間断なく次々と姿をみせる寄せ集めの人の隊列なのであった。そこに登場するのは、時に応じて情熱家たちであったり無関心派であったり、嫉妬深い男どもであったりするのだが、この嫉妬深い男たちにしても一人として、同じ女に嫉妬しているのではない。そして私が望んではいない治癒がある日訪れることになるのも、恐らくここに由来するのであろう。群れの中で、構成メンバーは気がつかないうちに一人ずつ他の人間に取って代わられ、これを更に別の人間が排除したり補強したりするので、最後には人が一人の人間であるならば考えられない変化が成就している。私の愛の、私の人格の複合性が、私の苦悩を増殖させ、多様化していたのである。[65]

女が家を出奔した直後には、「われわれを構成する無数の取るに足りない自我」の一人一人に事実を通告する必要があった。そのことをまだ知らない多くの自我というのは、アルベルチーヌが生活し、去った後の部屋のピアノやスリッパなど、主人公が用意し彼女が使った家具や生活用品に触発されて回帰するものであり、そこに宿る思いともみなせるものであった。彼女の死を知らされた直後から、次々に回帰するアルベルチーヌの在りし日の映像は、季節の進行とともに次々と姿を変え、全体としておびただしい数に増殖していくことになる。薄暗い部屋の中にいても屋外の光線や空気の重みを感じ取れる主人公の、寒暖や気圧の変化に敏感な晴雨計の形をした原始的な自我が、季節ごとに多様で、年齢に応じ、交際の段階に応じて変貌していったアルベルチーヌの刻々の姿を蘇らせる。「大気の変化は人間の内側に他の変化を引き起こし、忘れられていた数々の自我を目覚めさせて、習慣から来るまどろみを妨げるので、あれこれの思い出、あれこれの苦しみに再び力を与える」のである。[66] 習慣の感覚を鈍化する働きはここでも確認されているが、「太陽の年月」を「感情の年月」が裏打ちするので、アルベルチーヌの思い出はすべての季節と結びつき、彼女を忘れるためには、すべての季節を忘れる他はない、とさえ語り手には思われる。

すでに見たように語り手が規定する自己の人格の複合性は、忘れられていた自我の間歇的な再浮上として記述され、その長い年月を隔てての回帰は、一見取るに足りない、しかし過去の印象を保存しているという点で貴重な、動作や感覚によって実現するのであった。祖母の死後一年以上経て始めて、その在りし日の優しさが鮮明な映像として蘇る「心情の間歇」のくだりでは、「魂の総体」という観念の虚構性を一般的に指摘しつつ、再生した過去とそれを再び生きる現在との明確に限定された対応によって、体験の単一性が保証されていた。「無意志的で完全な記憶」による「生きた現実の再発見」として、一連のいわゆる「無意志的想起」に繋がるものではあるが、こちらは時間を越えた事物の本質の啓示、創造行為への励ましといったメッセージ性を含んでおり、物語上の機能において役割は異なっている。「心情の間歇」は語り手を書く行為へと導くものとは位置づけられていないからである。しかし「心情の間歇」は主人公の精神生活のレベルで、物語内部での更なる展開の機会を『消え去ったアルベルチーヌ』において持つのである。肉体的な死という事実と、心の中での生気に満ちた現前という現実との間の矛盾を再び顕在化させ、それを自我の複数性と間歇性から大規模に分析するという役割において、祖母からアルベルチーヌへと、「魂の真実」の問題は完全に引き継がれている。祖母の復活を分析した部分とほぼ等価な省察が、手短にここでも再度なされていることは確認しておいてよいであろう。

人はその所有するものによってしか存在しておらず、また実際に現前しているものしか所有していない。そしてとても多くの思い出、とても多くの気分、とても多くの考えがわれわれ自身から遠く離れて旅に出るので、われわれはそれらのものへの関心を失う。そうなるとわれわれの存在という総体の中に、それらのものを勘定に入れることは、もはやできない。しかしそれらはわれわれのうちに戻ってくるための秘密の通路を持っているのである。[67]

「心情の間歇」という表現はもはや用いられていない。アルベルチーヌは心の中で復活するだけでなく、おびただしい数の瞬間映像の連続として現れるのであり、そのためには感覚的な契機や自分の内部を探る努力はほとんど必要としていない。それどころか過去との同一感覚による無意志的想起は、「現在の瞬間から遠く離れた所へ」、アルベルチーヌとともに過ごした時間へと引き戻すので、むしろ忌避すべきものとなっている。大気の変化、時刻の移り、季節のめぐりだけで、あるいはその予感だけで、間歇的な自我は次々に目を覚まし、それに応じて彼女の生きた姿は無限に増殖するのである。

## アルベルチーヌは有罪か、それとも「私」が有罪か

アルベルチーヌの過去の行動に対する遡及的な調査は、バルベックのグランドホテルでボーイ頭であったエメを現地に派遣することによってなされる。アルベルチーヌは同性愛の女でありながら、それをどこまでも語り手に対し否認し、隠そうとしたのか。そうであれば彼女は嘘つきの邪悪な女、自分の正体を偽り、祖国を裏切る女スパイと同様の罪深い女ということになる。それともそうした疑惑は完全な濡れ衣であり、若い女たちとの会う約束を重視し、互いに親密なところを見せたことがあっても、それは罪のない少女時代の戯れや交際に過ぎないものだったのか。

この問いは当然ながら、アルベルチーヌはなぜ自分のもとを去ったのか、という疑問とも対応している。語り手が彼女との生活に飽きはじめており、そうした気持ちの変化を彼女が感じ取ったという可能性についてはすでに見た。

ただし彼女が出奔した後になって始めて、彼女が不可欠な存在であることを発見した語り手には、もはやそうした経緯はほとんど忘れられている。そうなると、彼女が二人で続けてきた共同生活に終止符を打つという行動をとったのは、全く自由のようでありながら実は行動を監視され、何一つ不足はないように見えて実は檻ないし鳥篭に入れられている生活からの脱出を求めてであったと考えられる。しかしそうした監視を語り手が必要としたのは、アルベルチーヌに対する外からの誘惑、つまり同性愛の女たちからの接触を絶つためであり、彼女に強いてきた生活形態の根源には、ヴァントゥイユ嬢との過去の交際を知らされて以来の、語り手の抱く重大な疑惑がある。そうした疑惑が根拠のないものであれば、アルベルチーヌは語り手の妄想の犠牲者だったということになる。彼女を死に追いやったのは語り手自身ということになる。彼女の出奔は、そうした「囚われの女」としての生活形態の変更を言外に要求し、あるいは密かに期待した一種の条件闘争であったのか。彼女は「囲い者」同然となっている自分の境遇を自覚し、煮え切らない語り手との交際に見切りをつけたのか。要するに彼女が期待していたのは結婚であったのか。それとも彼女が求めていた自由とは、語り手では決して与えられない種類の快楽にふける自由、「サッフォーの末裔」としての欲求をかなえるための行動であったのか。これが語り手にとっても、また読者にとっても、是非とも解き明かす必要のある真実である。有罪なのはアルベルチーヌなのか、それともわれわれの主人公である「私」なのか。

　振り返ってみれば、ヴァントゥイユ嬢とのつながりについて知らされる直前には、語り手はアルベルチーヌとの交際を終わりにすることに意を決していた。彼女と結婚する意思はなく、会うことも止めるつもりであると母親に告げると、母親もそれを大いに喜んでいた[68]。親の目からも、語り手ははるかに条件のいい結婚ができるはずだからである。ラ・ラスプリエールでのヴェルデュラン家の集まりからの帰途の列車の中で、この話をどう切り出そうかと考えているときに、心の大変動が生じたのであった。たまたま作曲家ヴァントゥイユに言及したことから、ヴァントゥイユ嬢の親友こそ、少女時代の自分を大切にしてくれた恩人であり、間もなくその人と再会する予定となっているとアルベルチーヌが語り手に告げたのである。たちまち再生されるのは、かつて興味深い見世物として茂みの中から覗き見たモンジューヴァンの光景、「とても長い年月留保されて」いながら「生きたまま保存されていた」映像であり、この映像は当時予感した「有害な力」を余すところなく発揮し、思いがけない形で語り手を処罰する。[69] 女友達との儀式化した挑発行為に戯れるヴァントゥイユ嬢の姿は、いまやアルベルチーヌの顔を持つものとなっている。その映像の与える激しい苦痛が、そのまま愛の証であるとはそこで述べられていない。しかし彼女だけが、この恐るべき毒に対する薬を差し伸べることができることを語り手は思い知る。それは毒と等質の治療薬である。「一方は甘美であり、もう一方は獰猛なものであるが、いずれも同様にアルベルチーヌから誘導されたもの」(ここでの「誘導」は化学的な意味)なのである。[70]

ホテルに別の部屋を用意させてアルベルチーヌを引き止めた語り手は、結婚するはずだった別の女性と別れたばかりでとても辛いという虚構の話をして同伴と慰めを求めるが、そこで大きな遺産相続をしたばかりであり、結婚する予定だった女性には自動車やヨットを買い与えるなど、大いに贅沢をさせられたのだが、という話も付け加えている。自分の愛する人が、車やヨット航海の好きなアルベルチーヌであったなら、どんなによかっただろうと語り、直接相手に愛を告げるという「不用意」を慎重に避けながら、アルベルチーヌから見て「立派な結婚」の可能性もあることを十分に示唆しているのである。そこに働いているのは、「自分が愛するや否や相手からは愛してもらえなくなる」のであり、「ただ利害だけが女を自分に繋ぎ止める」という信念、ジルベルトに対する自分の実らなかった愛や、スワンのオデットに対する愛の顛末から引き出した教訓に由来する信念であると述べられている。そうした思い込みへの傾斜が過剰であったことは、次のように語り手自身が認めてもいる。「自分の嫉妬のために私が余りに過小評価していたのは、自分が人に抱かせることのできる感情であった。そして恐らくは誤っていたこうした判断から、私たちの上に降りかかってくる多くの不幸が、多分生まれたのである」と。[71] パリの自宅で同棲生活を始めた初期の段階では、彼女に「結婚の遠い可能性」を示唆しつつ、確約を与えることはせず、その代わりにできるだけの楽しみを与え、また贅沢をさせるように全力を注いだのであった。そうすることによって、「私との結婚を彼女が願うよう、多分無意識のうちにつとめてもいた」のである。[72]

アルベルチーヌの真意がどこにあったにせよ、彼女はすでに帰らぬ人となった。しかしその生きた姿は、生前にもまして心の中に現前している。アルベルチーヌは心の中で生きているだけでなく、その本性についての謎を完全に保持したまま、この苦悩を癒すために戻ってきてくれることは決してない人間となった。毒は効き続けているのに、治療薬は決定的に失われたのである。彼女は生きたままの姿で、（今日風に言えば）任意に接近できる記憶に常駐しているので、自分を裏切って彼女の味わったはずの快楽は、そのまま現在の自分にとっての同じ強度をもつ苦痛となるのである。

私のうちでこれほど生きているアルベルチーヌが、実際は亡くなっていると考えるのは困難であったとすれば、アルベルチーヌにもはや能力も責任もない過去の過ちに対する疑いが、彼女が肉体も魂も失ってそれを味わったり欲したりすることもできなくなった今になって、ここまでの苦しみを私に掻き立てるのも、多分同じくらい矛盾しているであろう。〔……〕もはや他人と快楽を味わえない女は、もはや私の嫉妬を掻き立てないはずであった。しかしそれも、私の愛情が日付にあわせて更新しうるものであればのことであり、それは不可能なのであった。というのも、私の愛情はその対象、すなわちアルベルチーヌを、様々な記憶の中にしか見つけることができず、そこでは彼女は生きたままであったからである。彼女のことを思うだけで、私は彼女を再生させたので、アルベルチーヌの裏切りは決して死者の裏切りとはなりえず、彼女が裏切りを働いた瞬間は彼女にとってだけでなく、突如呼び起こされて彼女を見つめている私の自我の一つにとっても、現在時となるのであった。その結果、新たな罪の女には、これと常に同時代の嫉妬する哀れな男がたちまち対をなし、密着したカップルを構成して、どんな時代錯誤もこの二人を引き離すことがない。〔……〕いまや私の前に未来の分身のごときものとしてあるもの、〔……〕それはもはやアルベルチーヌの未来ではなく、彼女の過去なのであった。彼女の過去と言ったが、この表現は適切でない。というのも嫉妬にとっては過去も未来もなく、嫉妬が描き出すのは常に現在だからである。[73]

少女時代にアルベルチーヌは、ヴァントゥイユ嬢やその女友達と、語り手自身がかつてモンジューヴァンで目撃した種類の快楽を経験したのか。語り手との交際を深めつつあった頃にも、バルベックで、あるいはパリで、そうした機会を求めて行動したのか。さらにはその出奔以降、事故死するまでの間に、叔母の家の近くのトゥレーヌ地方で、自由になった彼女はそうした好みを持つ女たちとの交渉を持つことはなかったのか。どれか一つの時点でも確証を得ることができれば、アルベルチーヌの本性は明らかになるはずである。すでに当人が亡くなっている以上、そうした交渉を持った女たちも、もはや憚りなく真相を語ってくれるのではないか。語り手がアルベルチーヌの女友達に繰り返し探りを入れ、また証言を求めてエメをバルベックに、そしてトゥーレーヌへと現地調査の使命を託して派遣するのも、そうした推論によってである。語り手はこれを、一般法則を導こうとする実験科学のように確実な推論であると考える。

それに唯一つの事実であっても、それが選ばれたものであれば、実験者にとって、類似した幾千の事実についての真実を教えてくれる一般法則を決定するのに十分ではなかろうか。アルベルチーヌは私の記憶の中で、生活中に次々と現れた状態で、つまり一連の分割された時間に従って細分化された形でしか姿を見せなかったとはいえ、私の思考は彼女のうちに一体性を復元し、彼女を再び一個の人間とするので、私はこの人間に対して一般的判断を下し、彼女が私に嘘をついていたかどうか、女が好きで女たちと自由に交際するために私の許からはなれたのかどうかを、知りたいと思ったのである。シャワー係の女が言うことは、アルベルチーヌの素行について私がもつ疑惑に対し、完全な決着をつけてくれるかも知れない。[74]

エメに託された調査は、まずバルベックのホテルのシャワー室で、シャワーを浴びるだけではない利用がある種の女たちによってなされているという噂にもとづき、その仲間にアルベルチーヌも加わっていたのかどうかを明らかにしようとするものである。シャワー室で使うバスローブのことを話すと、アルベルチーヌが顔を赤らめたことも思い出された。[75] シャワー係から得られた証言は、アルベルチーヌがグレーの服を着た背の高い年上の女性と一緒にシャワー室によくやってきて、長い間個室に入ったこと、シャワー係には毎回十フラン以上のチップが与えられたこと、このグレーの服の女性はよく若い娘を探していたことで覚えがあることなどであり、エメは語り手の想像した事柄は確実であると言う。[76] 語り手はこうした生活の細部が、部外者から見れば取るに足りない事柄であることも承知している。しかしアルベルチーヌについては、その本質に関わる疑いを抱いている以上、個別の事実こそが深部へと達する射程を持っている。語り手はアルベルチーヌがグレーの服の女性と連れそってシャワー室にやって来るところを思い描くが、自分の抱く肉体的な欲望をもとにして彼女の欲望を想像するので、想像する欲望の強度が大きければ大きいほど、それはそれだけ凶暴な責め苦へと変化する。あたかもこの「感性の代数学」では、あらゆる欲望が「同じ係数のまま、正の符号から負の符号へと変わって再び現れる」かのように。[77]

なるほどこうした映像が私に肉体的な苦痛を引き起こし、もはやそれと切り離せないものとなったのは、これがアルベルチーヌの有罪性という恐るべき知らせをもたらすものであったからである。しかし苦痛はたちまち映像に対し、逆に作用を及ぼしていた。映像のような客観的な事柄も、それを見る際の内的な状態によって異なったものとなる。そして苦痛というのは、現実に変更を加えるものとして、酩酊と同じくらい強力である。こうした映像と結合することによって、苦痛はこうした映像に手を加え、グレーの服の婦人やチップやシャワー室〔……〕といったものが通常表すもの、自分以外の誰にでも持つ意味とは全く異なった何かに、たちまち変化させていたのである。こうした映像すべては私が今まで思ってもみたことがないような嘘と過ちの生活から漏れ出たものなので、私の苦しみはこれらの映像をその素材自体においてたちまち変質させていた。私はこうした映像を地上の光景を照らす光のもとには見ておらず、それは別の世界、未知の呪われた惑星の断片、地獄の眺めとなっていたのである。[78]

苦痛は思い描く光景と結合して、ほとんど化学的変化に近い「素材の変質」をこの映像にもたらし、語り手にとってバルベック全体が、言わば硫黄質の匂いのする地獄へと相貌を一変させたかに思えるのであるが、この地獄絵は別の記憶の助けによって一旦解消される。シャワー係の女は嘘をつくのが病気のようになっている、と言った祖母の言葉を思い出したのである。[79] そうするとこの女がエメに語ったことは、何ごとでもなかったと思えてくる。しかし彼女に関する忘れていた瞬間、「その過ちについて考える習慣がこの過ちのもつ力を鈍化させておらず、そこではなおもアルベルチーヌが生きている瞬間」は、新聞で見かける言葉など些細なことで相変わらず蘇ってくる。そうした瞬間へと移し替えられると、彼女の過ちはその度に、「より身近で、より不安で、より残酷な」色彩を帯びる。[80] 一つの映像の持つ毒が無害化しても、疑惑自体は解消されないのである。そこで語り手は出奔後のアルベルチーヌの行動から彼女の本性を明らかにすべく、エメを改めてトゥレーヌ地方、ボンタン夫人の住まいの近辺へと派遣することになる。

エメが語り手に報告することになるのは、アルベルチーヌと実際に交渉を持ったという洗濯女の話である。エメはロワール川の岸辺での水浴とそれに続く木陰での愛撫の様を聞くだけにとどまらず、この女を宿に誘ってその技を再現させることまでして確認した情報を、語り手に手紙で伝えてくる。そこでは「ああ、天にも昇る心地よ」というアルベルチーヌの言葉、興奮のあまり彼女が嚙んだという洗濯女の腕に残る跡形など、生々しい証拠が揃えられており、これを読む語り手の苦痛は絶頂に達する。[81] ここで語り手が思い浮かべる映像は観念的な地獄絵に代わって、美術史の上でよく知られたモチーフを扱う二つの絵画（水浴図および白鳥と交わるレーダ）であり、嫉妬する想像力が作用する痛覚はこれら二つの映像の官能性により高感度に担保されている。[82]

「われわれが感じることはわれわれにとってだけ存在しているのだが、われわれはそれを過去に未来に投影し、死という虚構の障壁には阻まれることがない。[83]」そんなわけで、語り手は、自分が全てを知ったことをアルベルチーヌに言ってやりたいと思う。そうした願望から、死者の魂をこの世に呼び戻すように、彼女を目の前に呼び出して、仮想の会話が生きていたときのように再開する。

この洗濯女の映像に対して私を救い出しに来てくれたもの、それはこれがしばらく続いた後のことであるが、それはこの映像自体なのであった。というのもわれわれは新しいもの、われわれの感性に音調や色調の変化を突然に導入してわれわれを驚かせるもの、習慣によってその冴えない複製にはまだ置き換えられていないものしか本当には認識しないからである。しかしそれは何よりも、あの数多くの部分へのアルベルチーヌの分割、私のうちでの彼女の唯一の存在様式といえる、あの数多くのアルベルチーヌへの細分化のおかげなのであった。彼女がただ善良で、頭がよく、真面目で、何よりスポーツが好きな人間であった瞬間は、幾度も私のうちに回帰してきた。そしてこの細分化についていえば、これが私の気持ちを静めてくれるのも当然ではなかっただろうか。というのも、それ自体としては実在性を持たず、彼女が私に姿を見せた時間の連続する形態、つまり私の記憶の形態に由来するとはいえ、〔……〕この細分化はそれなりの流儀で全く客観的な一つの真実を表現しているのではないかと思えるからである。すなわちわれわれ各人は一人ではなく、数多くの人格を内に含んでいて、そうした人格がみな、道徳的に同じ価値を示すわけではないので、たとえ邪悪なアルベルチーヌが存在していたとしても、それは他のアルベルチーヌもまた存在し、部屋で私とサン＝シモンについて語るのを好んだ彼女も存在した、ということを妨げはしないのである。(84)

語り手は洗濯女の話は本当かと眼前にいるアルベルチーヌに優しく尋ねる。すると彼女は決してそんなことはない、エメはさほど誠実な人間ではなく、与えられたお金に見合うだけの仕事はしたというところを見せたいので、獲物なしに戻ってくることはできず、自分が望んでいることを洗濯女には言わせたのだと、誓って言うのである。語り手はこの言葉をそのまま信用するわけではない。アルベルチーヌは恐らくいつも嘘をついていたのであろうと思う。しかし生前には、彼女が罪のない人間であると信じられるためには、その接吻だけで十分だったのだ。それに洗濯女の話が本当であり、アルベルチーヌは自分の好みを私に隠したのだとしても、それは私を悲しませないためではないか、と語り手は思えるようになる。(85)たとえ嘘であるとしても、そこにはむしろ愛情と思いやりがあることを認めなければならない。美しく優しいアルベルチーヌが、生きていたときのように蘇り、甘美な「解毒剤」を口に差し伸べてくる以上、それを拒絶できるだろうか。かくして極限までの苦悩を経て、そこからの回復への動きが心の中に発生する。エメの調査旅行により、語り手は求めていたアルベルチーヌに関する真実を手に入れることはなかった。それに代わって獲得する、あるいは見えてくるのは、疑惑と信頼、苦痛と幸福感との間の振動を繰り返しながら、その振幅を徐々に減じて無関心へと収斂してゆく自分の心の現実である。

たとえ罪深い女であるとしてもアルベルチーヌを許そう、優しく素直だったアルベルチーヌに免じて、彼女の行動の全てを許そう、という気持ちが語り手の心のうちに生じる。これは有罪であることを認めさせた上で、許そうというのではない。罪があるからこそ許そうというのではない。また自分の側にも咎があることはしばしば確認されているとしても、自分の罪深さを告白しようというのでもない。プルーストの小説において魂の真実の探求は、そうした裁きへとつながる一義的な真実の追求とは別のところでなされるのである。これ以降、語り手が徐々に確認していくのは、アルベルチーヌに対する自分の思いの沈静化であるが、それは有罪性の観念の無害化を通して実現することになる。

人が苦悩から回復するのは、それを余すところなく経験することによってのみである。アルベルチーヌをあらゆる接触から守ることにより、彼女が無実であるという幻想を作り上げることにより、また後には彼女が今も生きているという思いを推論の基礎とすることによって、私は回復の時を遅らせただけであった。というのも私は必要な苦悩が終わる前に展開すべき長い時間を先延ばしにしていたからである。ところがこうしたアルベルチーヌの罪深さという思いに対しても、習慣が作用するときには、私がすでに経験した同じ法則に従ってなされることになるであろう。ゲルマントという名が睡蓮の浮かんだ川沿いの道やジルベール・ル・モヴェを描いたステンドグラスといった意味や情趣を失い、アルベルチーヌが姿を見せても海の青い起伏が現前することはなくなるのと同様に、［……］アルベルチーヌの有罪性が与える苦痛の力も、習慣によって私の外へと送り出されるのであろう。その上この間には、両面からの同時攻撃のように、習慣の働きにおいても左右の連合軍はお互いに援助しあうのである。アルベルチーヌの有罪性という思いは、私にとってますます事実らしく思われ、それに慣れ親しんでいくからこそ、より痛みの小さいものになっていく。しかし他方、この思いに伴う痛みがより小さなものになっていくからこそ、この有罪性の確証に対する反駁は、ひどい苦しみは避けたいという願いからわが知性に吹き込まれているだけなので、一つ一つ脱落していくのである。そしてそれぞれの動きが協力相手の動きを速めるので、私はアルベルチーヌの無実への確信から、彼女の有罪性への確信にかなり早く移行して行くであろう。アルベルチーヌは死んだという思い、彼女は過ちを犯しているという思いが私にとって習慣的なものとなり、つまりこうした思いを忘れ、ついにはアルベルチーヌ自身を忘れるためには、私はこうした思いとともに生きる必要があったのである。[86]

アルベルチーヌが有罪であるという観念そのものに慣らされると、その痛みは減じてゆき、痛みが減じてゆくからこそ、彼女の有罪性はますます受け入れやすいものとなってゆく。苦しむことが習慣になると、人は徐々にこの苦痛に慣らされ、それに苦しまなくなるからである。ビシャがつとに指摘し、プルーストの語り手が敷衍している習慣の感覚鈍化作用と活動の間歇性はここで十二分に効力を発揮し[87]、倫理的な課題と思えるものに対しても、観点の移動を提起するのである。「アルベルチーヌの物語」は習慣に関する生理学的な理論と、多様な自我の間歇性に基礎を置く人格の複合性に関わる省察を、生きる時間の細分化と心の映像の無限増殖、そしてその磨耗と消滅として全面的に展開し、そのことを通じて「有罪性」という思想史的にも重い課題を、愛と忘却の力学の時系列を記述する一つの助変数へと転じてみせる。

### 真実の相対化と語りの構造

忌まわしい映像とそのもたらす苦痛の、習慣の働きによる無力化は明瞭に展望されているとはいえ、物語のこの段階で忘却が成就しているわけではない。語り手は夢の中でアルベルチーヌに何度も再会し、地図を見てもまたいくつかの地名を耳にしても、彼女を思い出す。そのなかで特にパリのビュット＝ショーモン公園がまた一つの疑惑の核となる。ボンタン夫人の話では、そこへアンドレと一緒にアルベルチーヌはよく出かけたらしいのだが、アルベルチーヌは一度も行ったことがないと言っていた[88]。パリでの同棲生活の時期、恋人を一人で外出させたくない語り手がその同伴者として選んだのが、バルベックでの若い女性グループの中でアルベルチーヌと特に親しかったアンドレである。アンドレと一緒なら心配ないと考えていたのだが、実は彼女こそむしろ快楽のパートナーだったのではないか。これは二度目のバルベック滞在に先立つ時期のアルベルチーヌの行動への関心、中でも、約束にもかかわらず語り手の家になかなか姿を見せず、遅くなって外から電話をかけてきた夜の記憶を呼び覚ます。シャワー係や洗濯女の映像は、「廊下の暗がりに置かれた家具を、見分けなくてもぶつからずに通れるように」、記憶の隅に依然とどまっていても、すでに慣れきっている。それに代わって、彼女の生活の内で語り手の「心の外」にあった部分が「習慣の重いヴェールを持ち上げて」、新鮮で刺すような感覚とともに戻ってくる[89]。あたかも「各々の異なるアルベルチーヌ、各々の新しい思い出が、嫉妬の個別問題を提起し、他の問題の解決法はそこに適用できない」かのように[90]。

少なくとも肉体的な苦痛の場合は、われわれは自分で痛みを選ぶ必要はない。病気がそれを決定し、われわれに押し付ける。しかし嫉妬の場合は言ってみればあらゆる種類、あらゆる大きさの苦痛を試してみて、自分に合うと思えるものを選び取る必要がある[91]。

語り手はこのように述べ、そうした選択の困難を訴えるのであるが、逆に言えば嫉妬はその苦痛の形態を選択できる程度にまで緩和されている、とみなすこともできる。家にやって来たアンドレに、語り手が彼女自身の同性への好みやヴァントゥイユ嬢との関係について尋ねると、アンドレは自分については苦もなく全てを打ち明ける。しかしそこからアルベルチーヌとの関係についておのずと引き出せるはずの結論を確認しようとすると、アンドレはこれを完全に否定する。[92]アンドレ自身が同性への嗜好を持ち、そのことを認めた上で、アルベルチーヌとはあれほど親しい間柄でありながら肉体的な関係がなかったと言うからには、アルベルチーヌへの疑惑は妄想であったということなのか、それともアンドレの言うことは死者への配慮によるものなのか。ここでプルーストの小説はジャンルの歴史へと目配せを送る。伝統的な小説作法における、消息に通じた人間からの伝聞を真実として小説家が再現する語りの形式をとりあげ、アルベルチーヌについて、そのような事情を知る人間に出会えたらどんなにいいだろう、とプルーストの語り手は嘆いてみせるのである。

小説家は序文の中で、ある土地を旅行中にさる人物に出会い、この人物がある人間の生涯を自分に語ってくれたと、しばしば主張している。その上で小説家はこの旅の友に発言を譲り、この人物が小説家にした物語が、まさに当の小説となる。かくしてファブリス・デル・ドンゴの生涯は、パドヴァのある教会参事会員によって、スタンダールに語られたのである。われわれが人を愛するとき、つまり一人の他人の生活が神秘的に思えるとき、こうした消息に通じた語り手に出会えたらと、どれほど願うことだろう。そうした人物はなるほど存在する。〔……〕アルベルチーヌについて私に物語ることができたはずのこうした人間は存在していたし、また相変わらず存在している。だがわれわれがこの人物に出会うことは決してない。アルベルチーヌを知った女性を見つけられたなら、自分の知らないことを全て教えてもらうのにと、私は考えていた。しかし他人の目には、私以上に彼女の生活を知ることのできる人間はどこにもいないと見えたに違いない。彼女の親友、アンドレとも私は知り合いだったのである。〔……〕「そうした証言者と知り合っていたなら」と私は考えていたが、知り合っていても私はアンドレから入手する以上のものは何も、この証言者から得ることができなかったであろう。アンドレは秘密を握っていながら、それを明かそうとはしなかった。[93]

この時期語り手は新たな女性たち、とりわけアルベルチーヌの階層の女性たち、彼女が好んだであろうと思われる女性を誘って「代用品」とするようになる。このような流れの中で半年ほどたって、次にアンドレが語り手を訪ねる際には、語り手は彼女と「半ば肉体関係を持つ」ようになっている。そうした行為のさなかで「アルベルチーヌと関係した女と関係が持ちたい」という願望を語り手がアンドレに語ると、アンドレは前言を完全に翻し、アルベルチーヌと過ごした女同士の情熱的な時間について、包み隠さず話し始めるのである。[94] 彼女の話の中には、アルベルチーヌが美男のバイオリニスト、モレルに未経験な庶民の娘たちを誘惑させ、彼が楽しんだあとで次々に自分に回すようにさせたという不良じみた過去の行為や、語り手との同棲の時期、ゲルマント公爵夫人訪問から帰宅した語り手に、アンドレと一緒にいたアルベルチーヌが部屋の明かりを消してすぐドアを開けず、困惑した様子を語り手の持つバイカウツギにかこつけて隠そうとした夕刻の真相などが含まれている。[95] ただアルベルチーヌは悪行をひどく後悔してもいて、語り手との同棲中はそうした欲望を抑えようと努力していたのであり、そこから抜け出すためにも語り手との結婚を望んでいたのだろう、そして語り手のもとから出て行くことがあれば、アルベルチーヌはまた悪徳の世界に戻ることは確実であったので、結局そうしたことから自殺する人間も出て、彼女自身も命を絶つことになったのではないか、という解釈をアンドレは付け加えている。事態の真相が明らかにされたのかと語り手も、また読者も一瞬思うところであるが、それは語り手にとってもはや「遅すぎた真実」、「気の抜けた毒薬」に過ぎないものとなっている。[96] アンドレによっていとも簡単に告げられた真実は、「自分の心のうちに場所を見つけてやれない」ので、自分の外側にとどまっているからである。

人は真実が単なる文、自分が何度も考えてきたことと同様の一文ではなく、何か新たな兆候で自分に明らかにされることを望むものらしい。考える習慣はしばしば現実を経験することを妨げ、現実に対して免疫性を与え、これもまた思考のように見せてしまう。可能な反論を自分の内に持っていない観念はひとつもなく、また逆の言葉を自分のうちに持っていない言葉もひとつもないのである。[97]

愛さなくなれば人は多くを知りうるが、もう知る必要はなくなっている、と語り手はここで指摘する。愛を生きていたかつての人間（あるいは自我）はもはや存在しなくなっているので、すべてが容易になると同時に、すべてが無効になっている、と言うのである。しかもそれは「アンドレが本当のことを言っているという仮定」に立っての話である。アンドレは語り手と親密になったために、語り手に対して誠実になり、本当のことを述べるようになったとも考えられる。しかしアルベルチーヌに愛された語り手の幸福とうぬぼれに苛立ち、語り手を苦しめてやろうと嘘をついたとも考えられる。アルベルチーヌはアンドレにとって完全に死んだ人間となっているので、彼女はこの死者にもはや恐れを抱いていない。しかしそのことで真実を漏らさないというアルベルチーヌとの約束を破ることも可能になるが、またアルベルチーヌを中傷する嘘をつくこともそれと同様に可能になる、と語り手は考えをめぐらせる。語り手はここでアンドレの性格の特徴を振り返り、後者の可能性を裏付ける根拠ないし推論も十分に示している[98]。そうすることによって、その内部においては矛盾を含まず筋の通る二つの仮説を並列させ、いずれも同程度に有効なものとして提示するのである。複数のアルベルチーヌが存在した以上、彼女の物語も複数の筋書きを持っている。そうした複数の筋書きをいずれも穏やかに、あるいは興味深いものとして受け入れられるようになったとき、アルベルチーヌの夥しい映像の数々は、すでに磨耗し、輝きを失っている。そうしたことは、もっと早い段階で、実はわかっていたことでもあった。

彼女〔アルベルチーヌ〕の人格や行動について、それらが私にとって持つ重要性と他者にとっての重要性の違いに気付き、私の愛は彼女に対する愛であるよりも私の中にある愛であることを理解した時、私は自分の愛のこの主観的な性格から様々な帰結を引き出すことができたはずであった。そして自分の愛は心の状態なのだから、当の人間が亡くなった後もかなり長く生き延びる可能性はとりわけあるが、この愛はその対象である人間と本当に繫がっているものではなく、自己の外にはいかなる支えも持っていない。だからあらゆる心の状態と同様に、最も長続きするものであっても、いつかは使用済みになって「取替え」られるのであり、その日がくれば私をアルベルチーヌの思い出にかくも優しく、またかくも絶ち難く結び付けているかにみえるあらゆるものが、私にとってはもはや存在しなくなるであろう。私はそう考えられたはずであった。人間の不幸には違いない。人間がわれわれにとって、思考のなかのとても消耗しやすい収集図版に過ぎないというのは、人間の不幸には違いない。そうであるからこそ、人は彼らについて思いの熱意をこめた計画を立てるが、思いは消耗し、記憶は壊れてゆくのである。[99]

アルベルチーヌの出奔の理由については、アンドレは語り手の予期していなかった解釈を示し、また彼女自身のその後の人生の選択により、この解釈に裏づけを与える。ここでいわばデウス・エクス・マキナの役割を演じるのがヴェルデュラン夫人の甥で、バルベックでは金持ちの道楽息子として遊興に明け暮れていたオクターヴである。語り手との同棲の時期、アルベルチーヌからヴェルデュラン家への訪問予定を告げられた語り手は、これを巧妙に妨げ、自分だけで夜会に出席したのであるが、この日ヴァントゥイユ嬢も招かれていることを知らされて、アルベルチーヌは彼女とここで落ち合う予定だったのだと確信し、不信と疑惑を強めたのであった。[100] しかしアンドレによれば、オクターヴはアルベルチーヌとの結婚を望んでいて、彼とアルベルチーヌを再会させるために、ヴェルデュラン夫人はアルベルチーヌを招いたのが実情だという。また、ボンタン夫人は語り手がアルベルチーヌと結婚するのを待っていたが、そうならない場合に備えて、オクターヴを予備に残しておいたのであり、語り手が態度を決めないので、時機を見てアルベルチーヌを呼び戻したのであると解説する。[101] さらにヴァントゥイユ嬢との関係については、彼女もその女友達もアルベルチーヌが同類であるとは思わず、その道に誘うことはなかったし、そうであることを知ったときには、すでに相手を知りすぎていたので、あらためて仲間に入れるということはできなかったのであると。[102] こうした解説を根拠付けるかのように、この話をしてしばらくたってから、アンドレはオクターヴと結婚することになる。同性への嗜好を隠さなかったアンドレが結婚したのをみれば、アルベルチーヌとの間の交渉も、それほど重大なものではなかったのだろうと、語り手には思えてくる。

となると私が作り上げたアルベルチーヌに関する不安の見取り図は別の見取り図に取り替える必要がある。あるいはそれに別の見取り図を重ねなければならない。というのも、女に対する嗜好が結婚を妨げないのだから、一方の見取り図が他方の見取り図を排除するわけではないからである。この結婚が本当にアルベルチーヌの出て行った理由だったのだろうか。そして自尊心から、叔母に依存している様子は見せまいと、あるいは私に結婚を強要するようなところは見せまいと、そのことを私に言いたがらなかったのだろうか。私が理解し始めたのは次のようなことであった。アルベルチーヌは女性の友人たちとの関係で、自分がやって来たのはその人のためにであると一人一人に信じさせたものであるが、そのとき彼女が実践していた、ただ一つの行動に数多くの原因を持たせる方式というのは、人が身をおく視点に応じて一つの行動が呈する様々な様相の、人為的で意図的な象徴の如きものに過ぎなかったのであると。アルベルチーヌが私の家で、叔母を困らせかねないあいまいな立場にあったということは一度も思ってみなかった。そのことに私は驚きと一種の恥ずかしさを感じたが、この驚きはこれが最初でもなければ、これが最後にもならなかった。[103]

複数の見取り図を重ね合わせること、これは物語自体が要請しているこの小説の読み方に他ならない。一つの行動が視点の取り方に応じて多様な様相を呈するのは、プルーストの小説において、一つの出来事がしばしば複数の人間関係に関わり、複数の筋や主題の構築に寄与するように作られているからである。アルベルチーヌは彼女自身の多面的な振舞いによって、そうした人格の複数性を進んで引き受けるかのように行動する。アルベルチーヌがその人間関係の構築において巧みに採用していたのが「親切の中の二枚舌」であった。これは『花咲く乙女たち』の段階で詳しく例示・分析されており、[104]嘘の一形式ではあるが、その動機は多くの人に親切でありたいという善意に発している。この分析は彼女がみんなから好かれ、社交的な成功をおさめた理由を述べる文脈の中におかれているが、しかし同時にこの「一行動の多重利用原理」は「ある種の功利的人間、ある種の成り上り者」に特有な不誠実の形式とされている。そうした人たちは一つの行動で一人の人間だけを喜ばせることにとどめず、それが複数の当事者に対する親切ないし奉仕として同時に機能するように振舞うというのである。この技術を完成された形において実践しているのが外交官ノルポワ氏である。彼は国際的な善意の仲介活動において、「多重目的の手口」により、紛争当事国の一方から依頼された仲介を、他方に対してはそちらへの好意ないし配慮から発した出た行動であると信じさせ、双方からの感謝を引き出すことに巧みなのである。ノルポワはこの手口を職業上・社交上の人間関係においても好んで用いるので、きわめて「世話好きな人間」として多くの人から頼りにされるが、語り手の父は彼の親切が含んでいる不誠実を見抜けず、学士院会員への立候補の際、手痛い計算違いをすることになる。[105]

「一行動の多重利用原理」は外交手腕ないし社交技術の領域から、小説作法に転用が可能であることが語り手には見えていたのだろうか。というのもこの原理を小説の外側に設定すれば、序文中の鍵概念のようにも機能しうるからである。一つの出来事に複数の原因や目的を付与しつつ、複数の筋でこれを利用する契機を増殖することによって、プルーストの小説はその構成要素の振舞い方が一義的に記述できない不確定性に満ちた世界を作り出している。問題の原理はアルベルチーヌの行動様式を象徴ないし母型（マトリス）として、これを書く行為のレヴェルに位相を移して実践させることにより、この小説の語りの構造を生産しているかのようである。バルベックで語り手が、乙女たちの一団の中からアルベルチーヌを意中の人間として個別化するようになったとき、心の中でつぶやいた「僕が自分の小説をものにするのは彼女と一緒にであろう」という言葉は、[106]こうして物語内容と物語形式の二つの水準で現実のものとなっているかに見えるのである。

# Ⅳ　視界をやや拡げて

# ルナンの政治的著作と思想劇『カリバン』

エルネスト・ルナン（1823-1892）が一八七八年に発表した『カリバン――「あらし」のつづき』は、シェイクスピア最後の作品とされるロマン喜劇『あらし *The Tempest*』の枠組みを借りて、対話形式の哲学的思索を演劇の形態にまで具体化した仕事である。[1] ルナンの最も大きな仕事は、『キリスト教起源史』全七巻（1863-1881）であるが、時代に対する政治的な考察や発言もよく知られており、特に一八八二年三月にソルボンヌでなされた講演『国民とは何か』は、国民国家の歴史的な位置づけや役割の規定という面で、広く参照される基本文献となっている。二〇〇九年秋からフランス政府の主導で行われた「国民的アイデンティティについての大討論」の文脈で、何度か識者により引用されたことも思い出される。また一八六五年に書かれた『アクロポリスの祈り』は、このヘブライ語文献学者が古典期のアテーナイに人類の精神活動の理想を見出し、フランス共和制の目指すべき市民文化の方向を示したものとして、広く世に流布した。一九〇三年、その生誕地トレギエに記念彫像を建立させ、ルナンを顕彰したのは、時の首相エミール・コンブである。しかし同時に、ルナンはシャルル・モーラスやモーリス・バレスによっても、その反革命思想や愛国思想の拠り所とされる。反教権的政教分離政策の主導者からも、反近代派の思想家からも典拠とされる、こうしたルナンの両義性はどこに由来するのであろうか。
ここで中心的に取り上げようとするのは、戯曲の形態をした作品であるが、上演を目指して書かれたものではなく、読者が自分の好みに合わせて想像の中で舞台を設営し、役者を動かしながら読むように想定されている。ルナンは「読者へ」と題した序文の中で、この芝居は「理論ではなく思想家の気晴らし」として、また「政治上の立論ではなく自由な空想の産物」として受け取って欲しいと述べている。一八八八年に『思想劇集 *Drames philosophiques*』として同系列の六作品を集成した刊本が出版されており、その全体としての評価は別途必要であるが、ここでは一八七〇年代後半の仕事として、これらの思想劇の最初の作品である『カリバン』を対象とし、その寓意性が持つ歴史的射程を、著者の政治的な立場表明の変遷や、国民的な課題設定との関連において考察してみたいと考える[2]。

## 一、ルナンの政治的著作

一八六〇年代末から一八八〇年代初めにかけて、ルナンの政治的な著作や発言とみなされる主な仕事の間に『カリバン』を置いてみると、次のようになる。

一八六九年十一月　『フランスの立憲君主制』 *La Monarchie constitutionnelle en France*
一八七〇年九月　『フランスとドイツの間の戦争』 *La guerre entre la France et l'Allemagne*
一八七一年十一月　『フランスの知的・道徳的改革』 *La Réforme intellectuelle et morale de la France*
一八七八年五月　『カリバン――「あらし」のつづき』 *Caliban: suite de "La Tempête"*
一八八二年三月　『国民とは何か』 *Qu'est-ce qu'une nation*

一八六九年十一月の『フランスの立憲君主制』は、フランスの初代大統領ルイ=ナポレオンのクーデターで成立した第二帝政が議会主義的でリベラルな方向へと転換を見せる時期に書かれたものである。国民と君主のあいだの歴史的な契約に基づく正統王朝を廃したことからフランスが歩むことになった困難を概観し、革命から発出した王朝（ボナパルト家）が、その無視できない伝統と政策上の成功によって、最善ではないとしても許容しうる政体を体現する可能性が検討されている。有機体としての社会観が示され、社交界と宮廷と血統による貴族がフランス人の深い欲求に基づいたものであることが強調されており、「人民主権は立憲政府を基礎付けるものではない」[3]という主張は、保守的な自由主義の立場を明確に示している。ただ民衆層の間に広がっている個人の権利の自覚に敵対しようとするのは賢明ではなく、民主主義の上げ潮はこれを予測しこれに順応しつつ、その退潮期に生じる反動を小さくしようとするのが政治の義務である、とルナンは述べており、社会の民主化が時代の流れであるという認識は示されていると言えるだろう。

一八七〇年九月の『フランスとドイツの間の戦争』は、七月中旬に始まった普仏戦争でナポレオン三世が九月初めにスダンで敗北し（九月二日）、パリで帝政の廃止と共和制の宣言（九月四日）がなされて、その十日ほど後に出たものであるが、内容から執筆時期はそれ以前の八月中であろうと考えられている。フランスとドイツの間の戦争が文明にとって、つまりヨーロッパにとって起こりうる最大の不幸であるとし、この戦争の原因をフランス革命以降のドイツ国民意識の形成と統一への動きの必然性に関連付けながら、フランスの短慮、ドイツの硬直的態度といった双方の落度や政策上の誤りを指摘している。その上で、平和をもたらす力として一国の覇権確立を妨げようとする「ヨーロッパ」の存在を指摘し、国民単位の枠を超えて、これを修正する連邦の可能性が展望されている。また一八八二年の講演『国民とは何か』では言及が避けられているアルザスの事情にも考察は及び、国民を言語や民族によって根拠付ける潮流によって、そこに重大な困惑が生じていること、しかしフランスの大きな共同の仕事に参加したことで、アルザスにはすでに国土としての歴史的正当性が確立しているという主張がなされている。[4]

われわれの文脈で興味深いのは、プロイセンにおいて色濃い正統主義と封建制への執着を、啓蒙主義のドイツと対比して批判的に扱う限りでは、フランス革命の原理が十分に擁護されていることである。一見するとこれは二重基準のようにも思えるが、フランス革命をその立憲王制的な局面までの原理に限って支持しているとみれば、矛盾はないと考えられるであろう。施行し得なかった一七九三年憲法ではなく、一七八九年の人権宣言を基礎とし、人民主権はどこまでも排しながらも、国民主権を遵守する立憲制を容認ないし評価する。これは言うまでもなく、フランス革命全体を一体のものと捉え、国民議会の成立から共和制への移行を不可避の流れとみなす共和派の立場とは全く異なっている。七〇年代前半までのルナンが健全な統治形態と考えているのは議会主義政体ではあるものの、「国民の良心」を体現する王朝を伴う立憲政体であり、これは気まぐれな「人民の意志が支配する民主主義のキマイラ」ではなく、「国民のよき本能を熟慮された思考で賢明に解釈した結果としての国民の意志の支配[5]」でなければならない、というわけである。

一八七一年十一月の『フランスの知的・道徳的改革』は、普仏戦争の敗北とパリ・コミューンを経験した後の、フランスの未来に対する懸念が強く表現されている著作で、第一部の病〈le mal〉、第二部の治療法〈les remèdes〉から構成されている。こうした問題設定は保守的でリベラルな言論人が後に踏襲する挑発的なフランス論（例えばアラン・ペールフィットの『フランス病』など）の先鞭ともなっている。ここでルナンは、プロイセンがイエナ会戦後に実施した改革にひとつの模範を見て、規律とエリートの指導性回復を訴えているが、これは国民の間の民主的性向がフランスを弱体化させたと考えているからである。「(一八七〇年七月時点での）この哀れな政府は、まさに民主主義の結果である。フランスはこの政府を望んだのであり、自分の臓腑からこれを引き出したのである。普通選挙のフランスが、これよりずっとましな政府を持つことは決してないだろう。［……］こうした選抜手続き、このようにひどく誤解された民主主義からは、一国の良心の徹底した愚鈍化しか生まれようがない[6]。」

ルナンがここで問題にしているのは、政治指導者の選抜方法としての「人民による選挙」であり、これを人間の社会がすでに知っている他の三つの選抜方法、すなわち「生まれによる」選抜、「くじ引きによる」選抜、「競争試験による」選抜と並列したうえで、直接普通選挙というのは統治の唯一の基礎とはなしえない、と主張するのである。「代表者の選択に用いられた普通選挙は、それが直接のものである限り、決して凡庸な選択しかもたらすことはないだろう。本質的に狭量なものである普通選挙は、科学の必要性、貴族や学識者の優越性を理解しないのである。」形式だけの民主主義がもたらす、無能で凡庸なものの支配と国の弱体化。そこから、「ただ一つの選抜方法に限らなければならないならば、生まれが選挙より有効であろうことは間違いない」という、挑発的であると同時に、恐らくは信念の表明でもある発言も生まれる。「生まれは一般に教育上の優位をもたらし、時には種族として一定の優越をもたらす。[7]」

種族としての優越性の現れたる「生まれ」は、教育上の優位によって再生産され、見識の上での格差が存在する限り、無学な人民に対する学識者の指導性は不可欠なものとなるであろう。「一国の良心というのは国民の見識ある部分に存し、これが残りの部分を導き統御する。」これが『知的道徳的改革』で基調となっているフランスの本来あるべき姿である。ナシオンの良心を具現するエリートが大衆を指導するのは、頭脳が身体の他の部分を統御するのと同様でなければならない。これに続けて、部分的には『カリバン』でも再度使われる次のような言及も見られる。「文明はその起源において貴族的な作品、ごくわずかの人間（貴族と僧侶）の作ったものであり、彼らが民主派の者からは力と詐術と呼ばれるものによって、これを強制したのである。文明の保存もまた、貴族の仕事であった。祖国も名誉も義務も、ごく少数のものが作り出し、大衆の間で維持したのであり、大衆はその赴くままに放置されれば、こうしたものも崩壊するに任せるのである。[8]」こうした観点から、「フランス流の民主主義は学識者に合理的な指導を行き渡らせるための十分な権威を与えることは決してないだろう」とルナンが述べるとき、指導すべき民衆が未熟なもの、子供にもなぞらえるべき理性の未発達な存在とみなされていることは明らかである。「民主主義は規律も与えず、人を道徳的に教化することもない。人は自分で規律を守ることはできない。教師なしで一緒に置かれた子供は向上することがない。彼らは遊んでしまって時間を無駄にする。大衆からは国民を統治し改良するための十分な理性は生じようがない。改革と教育は外から、国民と利害を完全に共有しながらも、国民からは独立した力によってもたらされなければならない。[9]」

従ってルナンが直接普通選挙に替えてここで提唱している議会の形態は、二段階の間接普通選挙による下院と、世襲議員や終身議員そして職能代表で構成される上院からなる二院制である。下院の第二段階の選挙人には、十五年から二十年の代行権が与えられるべきであり、しかも議会では不毛な院内争いや扇動を避けるため、審議は非公開とすることが望ましいと述べる。また女性の直接の政治参加は「確かに不可能」であるが、子供とともに彼女たちが代表制において「数に入る」ためには、下院の第一段階選挙において、夫や父や兄といった成人男子の親族が、その代位により複数の票を投じることも考えられてよいとする。[10] 家族を持つ者を重視することにより、社会に責任と連帯を回復させようというわけである。これが一八七〇年代の初め、普通選挙はもはや廃止しえないと判断した上で、ルナンの思い描く選挙制度の「改革」である。

こうしてみれば、「大規模な植民政策」に第一義的な重要性を与え、それぞれの民族に、それにふさわしい役割を割り当てるこの時期のルナンの人種観も、その社会観とよく符合していると考えてよいであろう。

高等な人種が低級な人種の国を征服し、これを統治するためにそこに定住するということは、なんら良俗に反するものではない。イギリスはこうした類の植民地化をインドで行い、それはインドの、人類一般の、そしてイギリス自身の利益となった。五世紀、六世紀のゲルマン民族による征服は、ヨーロッパにおけるあらゆる保存とあらゆる正統制の基礎となった。対等な人種間の征服が非難さるべきものであるのと同じだけ、高等な人種による低級なあるいは劣化した人種の再生は、人類の摂理による秩序の一部である。〔……〕自然は労働者人種というのを作った。素晴らしい手先の器用さを備えているが、ほとんど名誉の感情を持たないシナ人種がそうである。公正に彼らを統治し、そうした統治の恩恵に対応して、征服民族の利益となる寡婦給与財産をたっぷり天引きしてやれば、彼らは満足するだろう。地面を耕す人種、それは黒人である。親切で人間的に接してやれば、全ては穏やかに収まる。主人と兵士からなる人種、それがヨーロッパ人種である。この高貴な人種を黒人やシナ人と同じように地下牢に入れて働かせようとすれば、この人種は反抗する。われわれのところのあらゆる反抗的人間は、多かれ少なかれ天命を掴み損ねた兵士であり、英雄的生涯のために生まれていながら、その人種とはそぐわない仕事につかされた人間、よき兵士でありすぎて、悪しき労働者となるほかはない人間である。[11]

こうした人種の優位と劣位、あるいは民族の適性論は、この時代に広範に共有されていたものであるが、ここで何より注目すべきは、植民地征服が、国内における反逆者や厄介者に活路を与えうるものとして示唆されていることであろう。一方、被征服民族は反抗をしない者、従って誇りを持たない者とみなされており、植民地支配者としての良き統治は、文明のもたらす恩恵、その代価を十分に求めてよい恩恵である。そして征服が支配の正統性の起源であることは、五世紀、六世紀におけるゲルマン民族のヨーロッパ征服を起点とする諸国民の形成が説得力のある範例となる。この考え方は『国民とは何か』でも基調となっているものであり、そこではナシオンの典型（フランス、イギリス）において、その形成主体が武力を背景とする王朝に求められると同時に、その起源にある暴力が忘れられ、民族が混交して支配者と住民、また住民相互の人種としての区別がなくなっていることが、ひとつのナシオンと認知しうるための条件となっている。こうして対等となったナシオンの間の征服や覇権確立の企ては、「諸国民のヨーロッパ」の存在によって不当なものとして、歴史上ことごとく退けられてきたことが確認される。今や本来兵士たるヨーロッパ人の活躍すべき場は、ヨーロッパの外に求められなければならない。

## 二、『カリバン』のドラマ

シェイクスピアの『あらし』からルナンの『カリバン』へと引き継がれるストーリーの概略は、次のようなものである。『あらし』の舞台は洋上の孤島であり、学問にかまけて君主の位を弟に簒奪されたミラノ公プロスペロが、娘ミランダとともにこの島の岩屋に暮らしている。プロスペロは魔術を使う君主であり、この島に土着する醜い怪物で魔女の子のカリバンを召使にし、また魔女の拘束から解放した空気の妖精アリエルを駆使して、様々な幻を作り出すことができる。近海を十数年前の奸計の張本人たち（ナポリ王アロンゾ、その配下となった現ミラノ公など）が船で通るのを好機として、プロスペロは海上にあらしの幻を作り出して、船を難破させ、一行を島の別々の場所に漂着させる。物語の流れはナポリ王に対する妖術による懲戒を経て罪の赦免と和解に至る筋道を、その息子とミランダとの出会い・試練・結婚というプロスペロのもくろみにどおりの展開によって慶事へと変え、プロスペロは公位の回復とともに魔術の放棄を宣言して幕となる。これをカリバンについてみれば、プロスペロは彼に人間の言葉を教え、魔術によって反抗的な態度には処罰を加えつつ、様々な下働きをさせてきた。カリバンは判断力を持つようになって、元来島の主人だった自分が奴隷の地位に追いやられたことに気づくが、自分の教育者かつ圧制者であるプロスペロに対しては、悪態をつくことしかできない。難破船の漂着はこうした奴隷と主人との関係を変化させる。カリバンは船の賄い方に酒の味を教えられ、彼を崇拝して新たな島の主人にしようと、ナポリ王の道化とともにプロスペロへの弑逆を企てる。しかしやはりアリエルの働きで彼らはさんざんに懲らしめられる。このように『あらし』におけるカリバンをめぐる物語は滑稽味を帯びた脇筋であり、かつてミラノでなされた君主の地位の簒奪劇を、島の主人の地位をめぐる策動として矮小化された形で繰り返し、正統性転覆の企てが、二つとも君主の行使する魔術によって同様に処罰されるのを観客は見ることになる。

このシェイクスピア劇の醜い脇役がルナンの思想劇の主人公になる。シェイクスピアが作り出したカリバンという人物像がルナンにとって興味深い素材となったのは、動物同然の未開人が、高貴な人間から施される教育によって言語能力を身につけ、判断力を獲得するものの、そのことにより彼は自己の置かれた被支配者としての境遇を自覚し、自分に文明の恩恵を施した師匠であり主人である人間に反逆するに至る、という一種の弁証法によってであろうと思われる。ここでは主人と奴隷の関係が、遠来の文明人とその支配下におかれた原住民との関係と重なりあっている。ルナンの思想劇では舞台はミラノ領内に移り、元の召使はほとんど居候風に過ごすことを許されて、酒蔵に入り浸りになっている。『あらし』の終わりで役目を終え、自由を約束されたはずの妖精のアリエルは、自主的にプロスペロに仕えることを選んでおり、「理性がますます世界を統治する」よう働こうとする主人の仕事を喜んで支援している。プロスペロから言葉を教わり理性を与えられたカリバンは、「搾取」や「人権」を語るようになっており、プロスペロの魔術を憎みつつ、これが幻影に過ぎず、威信は迷信でありその支配は終わりに近づいている、とアリエルに語る。そして「他人を育てようというあらゆる努力は教育者に災いとなって返ってくる」とうそぶく。[12] 君主に返り咲いたプロスペロは研究にかまけて再び政治をなおざりにするので、人民のあいだに宮廷政治に対する不満が高まり、市民カリバンはその言動によって指導者となる。魔術支配の道具であるプロスペロの書物を押収せよと指示し、たちまち革命政権の樹立に成功するのである。プロスペロはアリエルが引き起こす「あらし」によって反逆者たちを打ち負かそうとするが、威信（魔術）をもはや信じない人民には何の効力も持たない。

第四幕四場で、アリエルは天変地異の幻によって逆徒を蹴散らそうとする企てがことごとく失敗に終わったことをプロスペロに報告しに戻り、こう述べる。「ご主人さま、われわれの技術は打ち負かされました。人民に対しては、無力なのです。人民の中には何か神秘的で深いものがきっとあり、それが魔法をことごとく妨げるのです。人民に対しては、もはや魔術は使えません。アロンゾの艦隊に対してあれほど有効であった妖精たちも、人民に対しては何もできないのです。[13]」魔術が人民に通用しないのはどうしてか。アリエルは自分の解釈を披露する。自分たちの魔術によって、アロンゾとその一味をあれほど容易に打ち負かすことができたのは、彼らが魔法を受け付け、それに参加し、それを信じていたからだと言う。「アロンゾがあらしを見たとき、彼は波が語り、風が叱り、あらしがささやき、雷が、あの深く恐ろしいオルガンが、その低音で、あなたに対して犯した罪で彼を非難していると信じたのです。人民はこうしたことを全く認めません。今や風とあらしが一遍に吹こうと、大したことはないでしょう。魔法はもはや何の役にも立たないのです。」そして理念的で非物質的なものは人民にとっては存在しないも同然で、彼らは現実しか認めないのだから、「革命はリアリズム」であり、「人民は実証主義者」なのだと言う。「彼らが『そんなものは存在しない』と言ったとき、すべては終わりとなるのです。こうした恐るべき思考法が神に向けられる日のことを思うと、体が震えます。人々は神に姿を見せるよう催促するでしょう。そして永遠者が体面を重んじて雲の後ろに悠然と留まっていれば、存在するものの一覧表から抹消されてしまうことでしょう。[14]」

しかし精神性を認めない人民とその指導者は、恐怖による支配を遠ざけ、聖職者の政治介入を断固拒否する。ルナンの思想劇における市民カリバンは「反教権主義者」なのである。一方プロスペロは物質の本性の抽出をめざす実験室の科学者となっている。そこで権力の座から失墜すると同時に、第四幕五場では、宗教裁判所で彼を尋問にかけようと専門の修道士が姿を現す。挙げられる罪状は次のようなものである。プロスペロが公言しているように、人間が自然に手を加え、物質の組成を変えることができるとすれば、それは神の作り給うたものに手を加えようとすることに他ならず、神に匹敵しようとしたサタンの罪を繰り返す行為である。また物質の分解と合成が可能ならば、人は固有の身体を持たないことになり、主イエス・キリストの身体も天にあるのではなく、分解してこの地上に散在することになる。これは復活の教義に対する重大な挑戦であると[15]。これを聞いたプロスペロは自分の完全な政治的敗北を認めるが、彼に退位を求めてその場に来ていた委員が、そこで次のように口をはさむ。「殿下、人民はあなたの君主権を廃しましたが、あなたを自由人としました。この坊主はあなたに何もできません。」そして修道士に向かい、こう宣言する。「坊主、お前の言ったことはすべて無効だ。ミラノ共和国はお前の忌まわしい法廷を拒絶する。〔……〕打倒、宗教裁判所[16]！」

　この姿勢は、新たなミラノ公に就任し、教皇使節から祝賀を受けるカリバン自身によっても貫かれ、サラセン人の脅威に曝されているローマ教会からの援助要請は聞き届けながらも、プロスペロを宗教裁判所に投獄することの許可を求められると、カリバンは即座にこれを拒絶する。「お黙りなさい。〔……〕私はプロスペロの権利の継承者であり、彼を守らねばなりません。プロスペロは私が庇護しています。彼は自分が抱えていた哲学者や芸術家とともに、私の後援の下で自由に仕事をしなければなりません。彼の仕事は私の治世の栄光となるでしょう。私もそのわけ前にあずかります。私は彼を利用させていただく。それがこの世の法則です[17]。」かくしてミラノの新たな為政者の地位に就いたカリバンにとって、「書物に対する戦い」はもはや不要であり、彼は学問芸術の庇護者となるだろう。ミラノは再び公国に戻ることになるわけであり、教会での華々しい就任式に先立ち、そのことに驚き、「世界は変わると思っていたのに、結局は同じことだ」と、失望を示す民衆の声も聞かれる。しかしこれが、強い異議の声となることはない。

## 三、「五月十六日の政治危機」と『カリバン』

人民の力で為政者の地位につくと同時に、その姿勢を穏健化させて秩序の回復を呼びかけ、プロスペロや既成の支配層に共感を抱くことになるカリバンの内面の変化は、第三幕三場で提示されていた。魔術支配の終焉を明示すると同時に、人民に基礎を置く革命政権がたちまち穏健化して前政権との連続性を保証するというこの思想劇の構成は、それが書かれた一八七八年という時期のフランスの政治情勢と切り離しては十分に理解しえないのではないかと思われる。ルナンは宗教学者としての大きな業績のほか、政教分離についての信念と教育改革の提唱者としての役割から、「アテーナイ風の共和国」の精神的な後見人ともみなされるようになるが、共和国には「帰順した」人間であり、本人も認めているとおり、「翌日の共和派」である。[18] それでは彼はいつの時点で共和国とともに歩むことを決意したのか。こうしたことがらは、近似的にしか扱えないが、一八八二年の『国民とは何か』が王朝的原理を持たない国民国家の未来について、すでに楽観的な見通しに貫かれていることは明らかである。

何人かの政治理論家の言うところでは、ナシオンとは何よりも王朝であり、かつての征服、人民大衆によってまず受け入れられ、次いで忘れられた征服を表している。こうした理論家によれば、王朝がその戦争や婚姻や条約によって実現した地方統一は、それを形成した王朝とともに終わることになる。〔……〕こうした法則はしかしながら絶対のものであろうか。恐らくそうではないだろう。スイスや合衆国は順次付け加えられた凝集体として形成されたものであり、いかなる王朝的な基礎も有していない。フランスに関しては、問題を論じないでおこう。そのためには、未来を見通せることが必要である。ただ次のことは言っておきたい。すなわちあの偉大なフランス王国はとても高度に国民的なものであったので、それが崩壊した翌日にも、ナシオンはそれなしで維持できたのであると。〔……〕かくして歴史上なされたものとして最も大胆な操作が成就した。この操作は生理学で言えば、身体から脳と心臓を除去して、元の自己同一性を保ったままこれを生きさせようとする企てにも比較しうる操作である。それゆえナシオンは王朝的な原理なしでも存在しうることを認め、王朝によって形成されたナシオンも、この王朝と切り離されても存在をやめないでいることが可能である、ということさえ認めなければならない[19]。

翻って彼が『知的・道徳的改革』を書いた時期、一八七〇年代の前半においては、フランスは共和政体を取っているものの、それは暫定的なものであり、立憲君主制への移行を目指す勢力が議会では支配的であった。ただルナンはフランス王家が国民形成に果たした役割を高く評価していたものの、当時の王政復古をめざす動きにははっきりと否定的であった。具体的に見てみよう。

> 君主制は国民の利益を豊かで強力な一家族の利益と結び合わせることにより、国民意識にとって、これを最もよく固定する制度となる。元首の凡庸性さえも、こうした制度においては、大きな不都合とはならない。一家族と世紀にわたる結合の契約を結んでいない民族から発する国民的理性の程度は、とても弱く、不連続で間歇的なものなので、全く低級な人間の理性、もっといえば動物の本能と比較しうるだけである。だから第一に必要なのは、フランスがその王朝を回復することである。一つの国は一つの王朝しか持ちえない。危機や解体の状態から抜け出して、その統一を実現した王朝である。九百年かけてフランスを作った家族は存在する。われわれはポーランドよりは幸運なことに、古い統一の旗を保有している。ただし、不吉な裂け目がこの旗を損なっている。王権の上に存立の基礎を置く国は、その正統な相続権について分裂がある場合には、常にこの上ない病に苦しむことになる[20]。

この時期のルナンが願っていたのはボナパルト家の復活で、具体的に念頭においていたのは第一帝政期ウエストフアリア王の地位にあったジェロームの次男、ナポレオン大公（ジョセフ・シャルル・ポール・ボナパルト、1822-1891）である。文人サロンを開いていたマチルド大公妃の実弟でもあったこのナポレオン大公（ないしジェローム大公）は、反教権主義者で民主的傾向を強く示したと言われており、第二帝政下で政権の主流からは外れているが、外交と文化の面でかなり重要な役割を果たしている。ルナンは一八六〇年代初めに知り合っており、普仏戦争が始まったときには、このナポレオン大公に同伴してノルウェー方面へ航海中であった。[21]『フランスの知的・道徳的改革』には、革命を収拾して新しいフランスの王朝となったボナパルト家の当主が、三たび共和国の指導者の地位から徐々に世襲的元首の地位へと移っていくという希望的な筋書きを念頭において読むと納得できる部分が多々ある。ブルボン家の復位が宗家とオルレアン家の分裂により困難であることを指摘した上で、ルナンはこう書いている。

他方、大革命とそれに続いた年月は、多くの点で、政治上の決疑論者たちがこぞってそこに王朝の権利が基礎づけられることを認めている、あの発生機能を持つ危機の一つであった。ボナパルト家はルイ十六世の死に伴い、またそれに引き続いた革命の混沌から浮かび上がった。ちょうどカペー家がカロリング家の衰退とともにフランスに生じた無秩序から出てきたのと同様に。一八一四年、一八一五年の出来事がなければ、ボナパルト家はカペー家の資格を引き継いだことであろう。一八四八年の革命に続くボナパルトの称号の新たな価値づけは、この称号に現実の力を与えている。もし前世紀末の大革命が、新たなフランスの出発点とみなされる日が来るならば、ボナパルト家はこの新たなフランスの王朝となる可能性がある。というのも、ナポレオン一世は難破が避けられないところから革命を救い出し、新時代の欲求をよく体現したからである。〔……〕フランスが望んでいるもの、それは歴代のローマ皇帝をつないだ法則に似て、固定した法則を持たない君主制である。ブルボン家はこうした国民的願望には答えないはずである。もしブルボン家が頓挫した共和国の行政長官や総督、臨時議長といった役割に同意することがあるならば、家の義務のすべてに背くことになるであろう。ルイ十四世の外套を、平服の上着に裁ち直すことはできないのである。ボナパルト家はこれとは逆に、こうした不確定な地位を引き受けることによって、家の役割から外れることがない。それはこの家の出自とも矛盾せず、この家が常に示してきた人民主権の教義の完全な受け入れからも正当化される[22]。

二度の大きな敗戦とそれに伴う困難をフランスにもたらしたのもボナパルト家であることは、考察の大前提であるから言及がないのであろう。しかし崩壊したばかりの帝政の復興は、王政復古以上に抵抗の大きい道筋であり、ルナンの友人で化学者のマルスラン・ベルトロも、ナポレオン大公の可能性は、余り追いすぎないように忠告している。ただブルボン家の復活がありえない理由については見誤っておらず、また国民が経験する危機や混乱から、それを収拾することにより（王朝ではないとしても）新たな正統性が生まれるという立論は、第五共和制の誕生プロセスを見れば、正鵠を得ている。いずれにせよ、第三共和制の初期においては、あらゆる政体がその可能性を持っていた。その憲法（ないし基本三法）は七五年に制定されるが、この憲法には序文もなく共和国のシンボルや性格付けも、市民の権利に関する宣言や条文も存在しない。三権の構成と役割、その関係が規定されているだけの簡素なもので、憲法制定議会といった過程はふまず、国民投票にもかけられていない。しかしこの極めて暫定的な性格の憲法が、フランスで一番長く続いた共和国の憲法であり続けるのである。この政体が、執行権の優越する大統領制なのか、立法権の優越する議会制なのかも、憲法上は不明確であった。それは現実の政治動向によって決定し、習慣的に維持されることになる。これを決定したのが一八七七年「五月十六日の政治危機」と呼ばれるものである。実際には半年間にわたる政争を意味するこの出来事は、教皇の世上権回復を求めるフランス国内の動きを契機として、これを支持する王党派の大統領マクマオン元帥と、これを禁じようとするすでに共和派が多数の議会下院の間の対立に始まり、首相（ジュール・シモン）の解任、新首相（ブロイ公爵）の議会による信任拒否、大統領による解散権の行使へと発展し、政府公認候補と非公認候補とに分かれて、フランス議会史の上で最も激しい選挙戦が展開されたと言われている。このとき共和派のリーダーとして前面に立ったのがレオン・ガンベッタである。この選挙戦に敗れた大統領は再度解散することを模索するが、上院の賛成が得られず、十二月に至って中道左派から新首相（ジュール・デュフォール）を指名し、翌日声明を発して議会多数に服し、実権を持たない大統領となることを受け入れる。これ以降第三共和制の議会主義的な性格が確立し、一八七九年一月には共和派が下院・上院・大統領府すべてを支配するに至る。共和制が堅固なものになったとみなされるのはこのときからである。

一八七八年五月に発表された『カリバン』は、これを「数カ月前に書いた」という著者の言を信じるならば、こうした政治危機の直接の産物、もともと関心を持っていた未開人の教育と反逆という主題を核にして、七七年五月からの王党派と共和派との激しい政争を見ながら書かれ、その帰趨を確認して発表されたものと推察することができるであろう。これまで問題提起されていないが、『カリバン』を人民への「帰順」のドラマとして読もうとする限り、その執筆時期、発表時期は決定的に重要なのであり、この時期にフランスで生じた「帰順」とは、「五月十六日の危機」がもたらした共和制への帰順以外ではありえないからである。プロスペロは逆徒のリーダーがカリバンであると知らされて、次のような台詞を発していた。「精霊たちよ、出陣せよ。愚かな人民に対する私の優越を維持せよ。私の善意とは言うまい、私の失念につけこむけだものを捻りつぶせ。〔……〕あの悪魔と極めて醜い魔女の息子、見つけたときにはやつは動物であり、まだ人間ではなかった。私がやつに言語と理性を授けたのだ。そのお礼に優しい言葉などはやつから聞いたこともない。そして今やわが臣民を私に向けて蜂起させているのがやつなのだ。出陣せよ、恥知らずを打ち砕け。あらしを思い出せ[23]!」

言語と理性を授かった人間ならざる者の反乱という主題は、『知的・道徳的改革』では、共和制のかけ声が「ある種の不健全な民主主義進展への扇動」となることと関連付けられていた。そこではプラハのユダヤ人コミュニティーに伝わっている話が紹介されている。あるカバラ学者が石膏像を作り、その口の中の舌のところに神の名を記した護符を差し込んで、この像に理性を与えた。しかしそれは曇った不完全な、指導を必要とする理性であり、カバラ学者は彼を使用人にして様々な下働きをさせている。ただ休息日たる土曜日には、この石膏の男の口から護符を取り外して休ませている。ところがあるとき彼はこの必要な用心を忘れてしまった。神事が行われている最中に、居住区で恐ろしい騒音が聞こえてくる。駆けつけてみると、石膏の男があらゆるものを破壊していた。人々は彼を取り押さえたが、この日以降、彼からは永久に護符を取り上げ、集会所の物置に入れて鍵をかけることにした、といった話である。舌つまり言語からともあれ理性が生まれ、不完全な理性を持つに過ぎないはずの半人間が、いつか主人ないし指導者の手を離れて秩序を破壊する、というところまでが後の思想劇と骨格を共有していると言えよう。「不恰好な人間にいくつか理性の言葉を片言でしゃべらせることで、われわれはその内面の光が輝くことはないと思っていたのだが、ああ、われわれは彼を人間にしていたのである。われわれが彼を放任したその日に、粗暴な機械は調子を狂わせてしまった。残念ながらこの機械は何百年にもわたってお蔵入りさせるほかはないだろう。[24]」

こうした放任しておいては危険な半人間が、信頼に値する政治指導者、市民カリバンへと変貌を遂げ、「愚かな人民」の革命を茶番と見ていたプロスペロも、「カリバン万歳」と叫ぶに至るのはなぜか。それは何よりも、カリバンの政府が、科学者プロスペロを宗教権力の迫害から守り、その研究の自由を保証するからである。科学の重視と政教分離の必要は『知的・道徳的改革』の中心的な主張のひとつであり、この部分ではルナンの姿勢は一貫している。プロイセン型の上からの国民育成を評価するということは、ウィーン会議以降のオーストリアが具現した愚民政策による旧体制の維持は強く拒否するということでもあった。カリバンに教育を施すことは避けては通れない道だったのである。フランスのドイツに対する劣勢は何よりも知的領域で顕著であり、科学に対する信頼の欠如こそフランスの根深い欠点であるとして、ルナンは教育制度の根本的な改革を提唱していた。そこでは独仏間の教育格差の原因として両国の宗教の違い、宗教が果たす役割の違いに着目した分析がなされている。ルター派教会が「読む」能力を重視し、初等教育に大きく貢献したのに対して、カトリック教会は宗教を儀式と神秘にまとって無知をこそ尊び、知的・道徳的糧を住民に与えようとはしなかったと指摘して、カトリック教会のリベラルな方向への自主的な改革を求めている。フランスはこれまで偏狭なカトリシズムと偽のデモクラシーの両極の間で絶えず揺れ動き、これが力強い合理主義的な教育への改革をともに妨げてきた、これをプロイセン型の上からの改革によって克服しなければならないというわけであるが、プロテスタントの国においては、信仰を通して実現される自由を、カトリックの国においては教会の外に求めるほかはない。ここからフランスが選ぶべき道として、政教分離の必然性が導かれているのである。[25]

民衆からの多方面の要求には対応しきれないことを告白する一方で、ミラノ公の地位を失った科学者プロスペロを宗教裁判に引き渡すことは断固拒否して、カリバンは反教権主義者であることを明確にするが、これは共和派が社会政策は追求せず、教育改革と政教分離闘争に重点を絞ってそこに多数を結集しようと努めるのを先取りしているようにも見えるであろう。プロスペロがアリエルを使って引き起こすあらしが、民衆に対して効果を持たないのは、魔術支配の時代が終わり、実証主義を基調とする科学の時代に入ったこと意味している。芝居の最後で、もはやこの世界で役割のなくなったアリエルは、空中（自然界）に消え去ってゆく。そこにはマルク・フュマロリが言うように、ある種の精神的価値が決定的に失われたことも暗示されていよう。[26] しかし科学研究に専念することになったプロスペロは、カリバンの統治に輝きを添え、その政権運営の成功を裏付けることになる、という展望が示されている。「時の人」として政権を獲得したカリバンは新たなミラノ公に就任し、修道院の大聖堂で祝福されるので、そこにボナパルト流の、革命から新時代の王朝へという筋道の名残を、なお見ることができるかも知れない。しかしこの思想劇の含むメッセージをよくまとめているのは、この就任式が終わる際に修道院長の独白として示される次のような考察であろう。

あらゆる文明は貴族の作品である。文法的な言語を作り、法を、道徳を、理性を作り出したのは貴族である。〔……〕劣った種族は、解放された黒人と同様、自分たちを文明化した人間に対し、まず途方もない忘恩の振舞いをする。くびきを振り払うことに成功したとき、彼らは元の恩人を、圧制者、収奪者、詐欺師として扱う。偏狭な保守派の人間は、自分たちの手から離れた権力を取り戻そうと様々に企てようとする。より開明的な人間は新政体を受け入れ、害のないからかいを多少口にする権利を保留するだけである。〔……〕カリバンの作る予算は、知性ある人間にとってマエケナスの予算よりもいいものになるかも知れない。カリバンはよく身体を洗い、髪をとかせば、とても見栄えのする男になるだろう。いつの日か、「科学・文学・芸術の保護者カリバンに」と刻んだメダルが恐らく世に出るだろう。[27]

開明的な保守派をその政策によって帰順させ、彼らを取り込むのに成功したとき、共和国ははじめて国民的な同意を得た政体となった。第三共和制の初期になされるこの双方からの努力には、多分に「オポルチュニスム」が含まれている。しかし、フランス政治史でこの時期については、これが時宜にかなった対応として、むしろ肯定的に使われる言葉となっていることは十分確認できるであろう。人民への帰順を自己風刺的に描きだすルナンの『カリバン』は、これに先立つ『フランスの知的・道徳的改革』との対比によって、民主的で世俗的な共和制へと知的エリート層が参入してゆくプロセスの精神的裏面をよく証言している。またこれ以降、共和国の歩むべき学芸振興の方向を寓意によって示唆ないし先取りした仕事としても、銘記されてよい作品であると思われる。

# ラマルチーヌの青春小説と詩人の使命

詩人ラマルチーヌには自伝的に自らの青年期を扱った二つの小説がある。ナポリ湾に生きる漁師の娘との関わりを描いた『グラツィエラ』と、サヴォワ地方の湖畔で病を養う女性に対する献身を描いた『ラファエル』である。[1]主人公の位置や人間関係など事実に虚構を加え、いくつかの配置換えを行いつつも、一人称の語り手の立場や行為を、大部分で詩人自身のそれに投げ返す形を引き受けており、二つの物語は相互に独立して提示されながら、その間には連続性も暗示されている。従ってここから読者は、一人の文学青年の生活と感情とを、つまり「ラマルチーヌの青春」[2]を再構成することができるのであるが、問題はこの二小説と詩作との関連である。

『グラツィエラ』と『ラファエル』はいずれも愛の対象たる女性の死で結ばれる物語であるが、それぞれに対応する悲歌ともいうべき詩作品がある。ナポリの島娘への追悼は、後日に語り手が書き上げた「初めての哀惜」として『グラツィエラ』の末尾に掲げられており、物語の一部を構成している。他方『ラファエル』は、詩人として世に出ようとして成功しなかった人間の未完の手記で、これを託された友人が、主人公の死後にこれを報告ないし公表しているという外枠を持っている。しかしその主な内容、つまり湖上の遭難から始まる転地療養者間の恋愛の顛末は、ラマルチーヌの最も良く知られた詩作品である「みずうみ」の世界とよく照応している。ただ過去に対する詩人の姿勢は同様ではなく、「初めての哀惜」では喪失の悲しみの再発見の性格が色濃いが、「みずうみ」にはむしろ戻って来ない幸福な時への懐旧の念のほうが強く響いている。後者には一種の充実した愛の持続が感じられ、それがあまりに短かったことの無念を、目撃者たる自然の景物に訴えかけている。

さて湖畔を舞台とする小説の主人公は自分の書き溜めた詩の草稿を、報告者となる友人の眼前で全て破却し、散文の手記だけを彼に託した。このプロローグが詩人ラマルチーヌとは逆に、ラファエルを完全に世に埋もれた人間にしている。一方詩人の文学的、社会的成功が「みずうみ」を含む『瞑想詩集』への高い評価を出発点とするものであることは、小説刊行の時点では誰もが承知しており、いわば文学史上の了解事項を構成している。そうした現実と虚構との落差を組み込みながらも、ラマルチーヌが自己の一連の詩作品の背景ないし成立事情に、事後的に照明を当てている小説が『ラファエル』であり、そこには恋愛体験から詩作へと向かう物語、あるいは詩作と連動するものとしての感情生活の叙述がある。その詩行群がすでに「脱毛」した「思考のほつれ毛」[3]として焼却されるべきものか、それとも再生して活字に変化し、世に問われることになるのか、この間の相違は社会的には極めて大きいが、これをごく軽微なものとみなす立場設定もむろん可能であり、小説はそれに寄り添う形で提出されている。文学活動自体が文学作品の内容となる時代は、こうしてその企図の断念ないし挫折に終わる形をとってすでに始まっているのかも知れない。

この二小説で扱われる事柄に対応する年譜上の事実をまず確認しておくならば、まず帝政期にラマルチーヌのナポリ滞在があり、王政復古期に入ってからル・ブールジェ湖畔の保養地エクス・レ・バンへの滞在がある。ラマルチーヌは一七九〇年の生まれなので、帝政期の後半には二十代の前半、復古王政の初期には二十代の後半ということになるが、帝政期の間は王党派たる貴族の子弟には活躍の場はなく、社会的には無為な猶予期を過ごすほかなかった。そうした事情を背景として、彼がトスカナ地方とローマを経て比較的長期に滞在したナポリは、当時はナポレオン軍旗下の将軍で、皇帝の妹婿でもあるミュラが王位に就いて統治しており、フランス帝国の衛星国に近い位置にある。一八一五年のワーテルローの戦い以降、フランスはドイツやイタリアの領土のみならず、サヴォワ地方も失う。従って詩人となる青年の滞在するアルプス山麓の湖水とその周辺の土地は、サルジニア王国領へと変化している。

『グラツィエラ』では語り手たる主人公は十八歳でイタリアに出発して、ナポリ湾に位置するプロチダ島で十六歳の同名の少女に出会う。現実のラマルチーヌのイタリア体験は二十一歳の時のことであり、モデルと目される娘、友人との書簡の中でアントニエッラと呼ばれる女性は、一八一二年当時十八歳であった。彼女は一八一六年四月に二十二歳で肺結核により亡くなるが、この年の秋にはラマルチーヌのエクス滞在が始まっており、そこで六歳年上のジュリー・シャルルと出会う。その夫はかなり高齢の学士院会員でもある科学者である。[4] 彼女はパリ生まれながら西インド諸島のサント・ドミンゴで幼年時代を過ごし、現地の動乱を逃れて本国に戻る途上で母親を亡くしている。小説中でもジュリーと呼ばれ、自分は「ヴィルジニーと同じく」海の彼方の生まれで、クレオールの女に特有の軟弱さと屈託のなさが抜けないのだ、と自分を紹介している。[5] その父親の生死や、彼女が教育を受けた施設など、多少の異同は含みながらも、湖畔での愛の対象については、小説はほぼ忠実にモデルをなぞっている。ただ病名については、小説では「胸の病」としながらも、心臓病を思わせるのに対して、実際のジュリーはやはり結核の療養を目的としてエクスに滞在していた。彼女は湖畔での若き詩人との再会を約しながらも、それを果たせず次の年一八一七年の十二月にパリで亡くなる。ラマルチーヌ自身も、ナポリ滞在から戻って呈した症状から、奔馬性肺結核に罹患していたと研究者からはみなされている。[6]

詩人を介してナポリ湾の島の娘とサヴォワの湖畔の麗人を繋いでいるのは結核だけではない。ベルナルダン・ド・サン＝ピエールの小説はイタリアに向かう主人公の青年が携行している本の一つであり、南方の海と島での生活に彼が憧れる要因の一つである。彼は親しくなったグラツィエラとその家族に『ポールとヴィルジニー』を読んで聞かせる。ナポリの言葉に即席で翻訳しながら、ふた晩かけて熱心に語って聞かせるのである。このインド洋上の島を舞台とする野生の楽園での若い男女間の純朴な愛、そして文明世界の介入による悲しい結末が、グラツィエラの感受性を目覚めさせる。[7] 彼女はこの物語を語ってくれた青年を強く慕うことになるだろう。こうして愛する男女の一方が、期間を限って本国フランスへと戻ったとき、それは結局永遠のわかれとなってしまうという展開は、『ポールとヴィルジニー』から『グラツィエラ』へと踏襲され、さらに『ラファエル』でも類似の運命が繰り返される。ジュリーはカリブ海の島育ちであるだけでなく、拓殖政策を人材面から支援する政府後見的な中等教育を本国で受ける点でも、孤児に近い境遇に身を置くヴィルジニーに近い経験をしている。描き出された島内の住まいが、人から見捨てられた土地となって、それを後年訪れた旅人が確認するという流れも、モーリシャス島での開墾地からプロチダ島の山頂付近にある漁師の家へと呼応し、湖畔のジュリーとの思い出の地を何度も再訪するラファエルもこうした動きを引き受けている。

ラマルチーヌは詩人であるだけでなく、外交官から政治家に転じて第二共和制で短期ながら首班格の閣僚経験がある。同時に歴史家であり、または大型の旅行家でもあった。こうした観点から、自身の最初の異文化体験を回顧したものとして『グラツィエラ』を考えてみるならば、この作品に材料と足場を提供しているのは、何よりもスタール夫人の『コリーヌ』である。小説の冒頭で『イタリア紀行』のゲーテと並んで、アルプスの彼方の陽光と海、言語と生活に対する関心の源泉として、その名前が引かれている。[8]『コリーヌあるいはイタリア』では、グランド・ツアー小説とでもいうように軽快なスタートを見せながら、才能ある女性の居場所と幸福追求をめぐって物語は徐々に深みと重みを加え、フランスを中に挟んでイタリアとイギリス間の妥協できない文明対立がえぐり出される。ここで才能というのは文学・芸術的な才能であり、コリーヌは美しい女流の「即興詩人」として比類のない名声を確立し、彼女からイタリア文化への目を開かれる謹厳な英国紳士、ネルヴィル卿オズヴァルドとの交際を深めてゆく。その愛の形成、発展、停滞、試練、暗転といった展開が、ローマからナポリ、ヴェネチアからスコットランドを挟んでフィレンツェへという風に、いわば代表的なイタリア観光地めぐりに沿う形で展開することになる。

ところで森鷗外の翻訳以来、日本では格別に愛読者が多くいると言われるアンデルセンの『即興詩人』も、舞台と主人公の設定で『コリーヌ』と共通する要素が多く、またその影響下で書かれた小説であるとされている。男女の違いはあるが、イタリアの歴史や文化に関する教養、詩人としての希有な才能と繰り返される成功体験など、主人公の社会的人格は相当に似通っている。特に「即興詩人」というイタリアに固有の芸術家の両義的な立ち位置、大道芸人から桂冠詩人までの大きな振幅を含む、栄光と悲惨が隣接した社会的な地位は、この二つの小説を読み比べることでよく把握できるように思われる。

そして『コリーヌ』を共通の親とすると、『即興詩人』と『グラツィエラ』は世に知られざる兄妹のような関係を思わせる。ラマルチーヌがアンデルセンよりは十六歳ほど年長で、そのイタリア体験も二十年以上早いが、小説刊行の時期から見れば、『即興詩人』が一八三五年であるのに対して、『グラツィエラ』は新聞連載が一八四九年、刊本の出版が一八五二年である。もし兄妹間でも影響があったとすれば、デンマークの児童文学作家の小説作品から、フランスロマン主義を代表した詩人の回顧的青春小説に対してであって、その逆ではないであろう。しかし詩人の使命、自然と造物主の関係といった主題に関してならば、一八二〇年代に世に出たラマルチーヌの詩集に見られるロマン主義的な理念が、アンデルセンに作用している可能性も十分に考えられる。なお『コリーヌ』の刊行年は一八〇七年である。

『グラツィエラ』で語り手のフランス青年が、ナポリの海で漁師の手伝いのような生活を友人と一緒に始めて、気候に慣れ土地にも馴染み始めた頃、漁師の孫娘は抱いている疑問をこの若者らにぶつけてくる。こうした問いに対する対応のなかに、主人公の「詩人」たろうとする漠然とした抱負と、それに対する庶民の反応がまず示されている。

私たちがどのように言っても、決して彼女たちを納得させることはできなかった。この土地に来たのは、空と海を眺めて心の中を日の光で発散させるためであり、若さが自分のうちで発酵するのを実感して、印象や感情や思想を拾い集め、それを多分あとで詩に書くのだと言い、それは本の中に書かれているのを目にする詩句のようなもの、あるいはナポリの即興詩人たちが埠頭やマルジェリーナの界隈で、日曜日の夕方水夫たちに朗誦している詩句のようなものだと語ると、グラツィエラは大笑いして私たちにこう言った。

「私をからかっているのね。あなた方が詩人だなんて。だってあなた方は港の河岸でそうした名前で呼ばれている人たちのように、髪を逆立て血走った目付きはしてないわ。あなた方が詩人だなんて。ギターを弾いてちゃんと音も出せないのに。お作りになる歌の伴奏は一体どうなさるのかしら。[9]」

ここでグラツィエラの持つ「詩人」に対するイメージを探るのに、アンデルセンの小説が扱う「即興詩人」の主題系を参照してみたい。ローマのバルベリーニ広場近くで生まれた主人公のアントーニオは母子家庭に育ち、母の聴罪司祭フラ・マルチーノの世話で少年聖歌隊に加わる。万聖節には礼拝堂での神秘的な体験もあって「神の子」と呼ばれ、聖堂のイエス像の前で少年・少女が年末に説教をする行事にも参加して、その話の巧みさから内に「詩人」が宿っている、と評されるようにもなる。しかしこの言葉が指す人物像を子供なりに把握するのは、月明かりの夜トレヴィの泉の前で、百姓たちを前にギターを弾いては歌を歌うシャツ一枚の若者を見た時である。母と一緒にその一節を聞いて、彼は不思議な力に捕えられる。私たちが「見たり聞いたりしたこと」を歌い、その中には私たち自身が「韻を踏みメロディーに乗って」登場しているのだ。家に下宿している画家のフェデリーゴもそこにいて、この光景をスケッチしている。母とフェデリーゴはこの元気な「即興詩人」に笑い興じ、画家は帰り道でアントーニオに、きみもまた即興詩を作れ、と声をかける。「きみがふだんするお話を韻文にする練習をすればいいんだ。[10]」

アントーニオは有力者の後援を得てイエズス会の学院で学び、ローマで神学士の資格を得る頃には、学校内や社交界や劇場など、すでに数々の局面で即興詩人としての才能を十分に示している。しかし詩人になるのが自分の使命であると決意を固めるのは彼がナポリに来てからのことである。友人との間の些細な口論から事件が発生して、逃亡者としてナポリには着くのであるが、通りには半裸のラツァローニ（下層民）と観光客が入り乱れ、町の中心の広場には芝居小屋が立ち並び、道化師が客寄せをし、即興詩人が水夫たちの真ん中で歌を歌っている。灯台の立っている方向にヴェズーヴィオが空高く聳えて山腹には真っ赤な溶岩が血のように流れ落ちている。反対の街角では石段の上で修道士が声高に説教しているが、これに注意を向ける人はごくわずかである。[11] このように、即興詩人というのは第一義的に街頭で公衆に働きかける芸能人であり、陽気な南国の大衆への娯楽提供者として基本的に位置づけられる。このことを再確認することからアントーニオのナポリ滞在は始まっているが、これはラマルチーヌのナポリを舞台とする青春小説でも見過ごされていない。

数カ月ナポリに滞在し、毎日野や海をさすらって、その間に土地の人々と交流するのが習いとなり、抑揚のある響きの良い彼らの言葉使いにも親しみを得ていた。ここでは身振りや眼差しが口以上にものを言うのである。私たちは哲学者になるつもりで、生活の空虚な喧噪にもこれを経験する前から倦んでいたので、ナポリの浜辺や河岸にその頃は溢れんばかりにいたあの幸せなラッツァローニたちをしばしば羨ましく思った。彼らは砂地の上の小舟の蔭で眠ったり、流しの詩人たちが即興で作る詩句を聞いたりして昼間は過ごし、夜になると海辺のどこかのぶどう棚の下で、同じ庶民の娘たちとタランテラを踊って興じる。彼らの習慣や性格や風俗は、私たちが行くことのない上流の社交界の風俗・習慣よりもずっとよくわかっていた。[12]

こうした社会の底辺で細民とともに生きる大道芸人としての即興詩人とは対照的に、芸術による社会的勝利を最大限に表現する形で物語に登場するのが、スタール夫人の描く即興詩人コリーヌである。彼女は賞賛と祝意に満ちたローマ市民の前に凱旋車に乗って、しかし高ぶりをみせず静やかに登場し、古代からの政治と宗教の中心地カピトリーノの丘の階段を上り、宮殿広間で元老院議員から月桂冠を受ける。これが小説の始めに近い第二編で描かれる「コリーヌの戴冠」である。儀式としてはまず元老院議員による賛辞に満ちた女流詩人の紹介があり、その答礼として、居並ぶ貴顕と背後で見守る一般市民の前で、彼女は竪琴を取り、その場で与えられた詩題である「イタリアの栄光と僥倖」を即興で歌う。この即興詩はイタリア語の韻文によるものであるが、しかし「その詩行がどんなものか散文では不完全にしか伝えられない」と述べつつ、フランス語による小説はそこに歌われた内容を、詩節ごとに丁寧に提示している。

ギリシャ人たちから神々しい財宝を引き継ぎ、文芸の揺り籠となったイタリア、詩人への戴冠はペトラルカとタッソーを想起させ、栄光を愛するわが同胞は現代のホメロス、ダンテの偉業を眼前に描き出す。彼の声により地上の全ては詩に変じ、その魔法の言葉は宇宙のプリズムである、云々。この即興詩に対するネルヴィル卿の反応、「心の痛みさえもこの地では癒される」と語った時の、他の聴衆とははっきり異なる身動きから、コリーヌが聴衆の中で彼に注目し始める。そこで女流詩人は調子を転じ、後半部分では墳墓の地たるローマが訪問者にもたらす暖かい慰めが語られることになる。この即興詩の実演を終えたあとになって、ミルテと月桂樹を編んだ冠が跪いた彼女の頭に載せられるのである。[13]

流しの唄うたいに近い日常の大道芸から、檜舞台ともいうべき歌劇場や大邸宅内での祝祭に伴う実演まで、詩人が腕を磨き才能を発揮する機会には事欠かないのがこの時代のイタリアなのであろう。もっぱら上流の社会階層を扱うスタール夫人の『コリーヌ』よりも、アンデルセンの『即興詩人』のほうが即興詩の実演がなされる機会と環境の多様性に富んでおり、『グラツィエラ』の描く庶民の生活にも近くなっている。ただしこちらの主人公は、ナポリ湾での生活体験を後に詩に書くことは考えていても、この地で即興詩人になろうと思ってはいない。言語文化上の条件から、それが彼の能力を超えているというよりも、関心の方向を異にしているのであろう。即興詩に替わる実演行為として、『ポールとヴィルジニー』のイタリア語（ナポリの言葉）への即席翻訳があると見ることもできよう。そしてこれに先立って、自宅テラスでのグラツィエラの舞踏、あでやかなタランテラの踊りの披露も小説には用意されている。[14]ナポリに固有のこの踊りは、『コリーヌ』ではオズヴァルドとの愛の進展に一息つかせる機会として、ローマとその近郊の観光が一通り終わったところに設定され、舞踏会に参加した女流詩人は、支援者のアマルフィ公爵に誘われて男女ペアのタランテラを見事に踊り、満場の喝采を博す。[15]

即興詩人としての才能を人々からこぞって讃えられ、「熱情と分析を兼ね備えた」その「天分の秘密」を尋ねられたコリーヌは、次のように答えている。

南方の言語にあっては、この即興で詩を作る才というのは、他の言語で演壇での雄弁や座談でのみなぎる生気、といったものと同じくらいありふれています。残念ながら我が国においては、散文で上手に話すより即興で詩を作る方が簡単だとさえ申し上げられますわ。〔……〕われわれの間で詩が支配的なのは、イタリア語の滑らかさだけによるのではなく、響きのいい音節の、強く明瞭な震えにこそ根拠があるのです。〔……〕だからイタリアでは他の国でよりも、思考に深みのない言葉、比喩に面白みのない言葉でも容易に人を魅了できますのよ。詩はあらゆる芸術と同様に、知性と感覚とを等しく捕えるものですから。[16]

とは言うものの、真の感動や新しいと思える思想に駆り立てられることなしに、自分は即興詩を作ったことはないとコリーヌは明言している。イタリア語では「運任せで語り始める」ことができ、「律動と諧調の魅力」だけで生き生きとした喜びを与えられるのではあるが。これを聞いた友人の一人が、それでは即興で詩を作る才能が我々の文学を害していると考えるべきなのかと踏み込むと、彼女はこう返答する。

私が申し上げたのはこうした容易さ、こうした文学的な豊穣さから、平凡な詩もたくさん生じるということです。でも我が国の野山が数多くの余計な産物で覆われているのを見て楽しいのと同様、イタリアにはこの豊穣さがあることに私はとても満足なのです。こうした自然の施しが誇らしいのですわ。私はとりわけ庶民の即興詩作りが好きで、そこに彼らの想像力が見られるのですが、これは他の土地ではどこでも隠されていて、我が国でしか発達をみないものです。即興詩作りは社会の底辺の人たちにも何か詩的なものを与え、なべて下品なものに対して人が感じがちな、見下す気持ちを抱かずにすむようにしてくれます。[17]

ラマルチーヌの小説の主人公も、こうした観点は概ね共有しているように思われる。イタリアを舞台ともまた主題ともするこれら三小説を全体として見比べてみるならば、登場人物が訪れ、事件も起こる土地の選択において、三者の相互関連は一番目に付きやすい形で現れる。『グラッツィエラ』の主要な物語はナポリで展開するが、これに先立って、比較的手短に語られるローマ滞在があり、主人公が旅の途上で知り合った友の案内を得て、またそのあと単独で訪れるローマ市中とその近郊のチボリ、フラスカティ、アルバノといった名勝は、先行する二小説のいずれかが、あるいは二小説がともに扱っていて印象深い場所である。『コリーヌ』は『グラッツィエラ』の青年主人公が旅に出る以前に読んでいる小説であるから、重なるのは当然であろうが、後者では扱いはずっと軽い。たとえばシスティナ礼拝堂でのミセレーレというのは、『コリーヌ』と『即興詩人』がともに物語に組み込んでいる宗教行事であるが、『グラッツィエラ』では謝肉祭から復活祭にかけてのカトリックの本拠地にとって特別な時期をはずしており、この地に人脈のない主人公にはドラマが生じるはずもない。

ナポリに至って、三つの小説の力点の違いは顕著になる。『コリーヌ』では訪問地はまずポンペイとヴェズーヴィオであり、湾内に停泊中のイギリス艦船訪問があるものの、海上生活者が観察や体験の対象となることはない。『グラッツィエラ』で重点的に扱われているのは手漕ぎ舟によるナポリ湾内外の漁であり、緑色大理石の杯にたとえられる湾内の立体的な景観や光と波との戯れ、そして嵐の際の波濤と漁師たちとの生死を賭けた戦いである。[18]『即興詩人』にはサレルノを出発して海上からアマルフィ、カプリ島を訪れる船旅がある。[19]この小説で最もよく知られた「青の洞窟」のくだりもここに用意されている。この夢幻境に先立ってアマルフィで出会った旅籠の美人女将をめぐって、小舟の上での友人との口論があり、これを圧倒し凌駕する危難として海上の竜巻襲来が描かれて、海上活動はここでも重要な役割を果たしている。そして奇跡的に流れ着いた魔の洞窟から幸運にも救われる展開は、児童文学にもふさわしいデウス・エクス・マキナへとつながる。

アントーニオが即興詩人として世に立とうと決意するにあたっては、ナポリの海と山が大きく作用していた。星明かりの下、溶岩と噴火で赤く輝く群青色の海を見て、彼は次のように叫ぶ。「輝かしい自然よ、お前はぼくの恋人だ。」「お前を僕は歌おう、お前の美を、聖なる偉大さを歌おう。」[20]ヴェズーヴィオ登山では、吹き上げる火の柱に神の全能と偉大を感じ取り、手をあわせてこう祈る。「全能の神よ、私はあなたの使徒となりましょう。世の嵐の中で私はあなたの名を、あなたの力と栄光とを讃えましょう。そして、さびしい僧坊の中の修道僧の歌よりも高らかに響かせましょう。私は詩人です。力をお与え下さい。私の魂を、あなたと大自然の司祭たるにふさわしいよう、清らかにお守り下さい。[21]」

一方『コリーヌ』では大地を裂き溶岩を吐き出す火山は、悪魔的なもの、人間を脅かし不安と災いをもたらすものといった性格が強い[22]。物語の上でも、ヴェズーヴィオ登山の直前に、ネルヴィル卿のコリーヌに対する昔語り、亡くなった父親との関係やこれまでの生活の打ち明けがある。そのことにより、コリーヌからも同様の過去の開陳が避けられなくなり、関係変調への予感とつながる場所になっている。『グラツィエラ』にあっては、こうした既成の物語は文脈に織り込まれているようにも見える。ヴェズーヴィオ登山は、グラツィエラの従兄に対する結婚承諾が翌日に迫る中で、その場に居たたまれなくなった主人公が行き先もなく出奔するときになされる。彼は山の中腹の斜面から、ナポリ湾の西北に位置するポジリポの丘のはずれ、緑の中の白い一点を見つめる。そこに漁師アンドレアの苫屋があり、孫娘グラツィエラの熱心なとりなしもあって、彼はそこに寄宿しているのである[23]。

ヴェズーヴィオ登山の後に、『即興詩人』ではサン・カルロ劇場での即興詩の実演があり、『コリーヌ』ではプロチダ、イスキア両島を見晴らすミセノ岬での即興詩披露が設定されていて、いずれも主人公の詩人としての力量を余すところなく伝える機会となっている。アントーニオの歌う「蜃気楼（ファータ・モルガーナ）」はペストゥムで出会う美しい盲目の少女ララとのカプリ島での再会の予兆となるファンタジーである[24]。コリーヌが朗々と繰り広げてみせるのは、「この地が物語る記憶」である。女流即興詩人は『アエネーイス』に出てくるクマナのシュビラによるローマ建国の予言や、噴火で死んだプリニウス、ガエタ岬近くで非業の死を遂げるキケロ、カプリ島でのチベリウス帝の悪行やネロの母殺しなどに言及したあと、こう土地に語りかける。「おお、大地よ、血と涙にすっかり浸っても、お前は花を咲かせ実を結ぶことを決して止めなかった。してみれば、お前は人間を憐れむことはないのか[25]。」

『グラツィエラ』の主人公は即興で詩を作りはしないが、ラマルチーヌのもう一人の主人公ラファエルにはローマ滞在の経験があり、外国ながらそこで即興詩を作っていたらしい。「プロローグ」で、その友人により報告されており、即興詩は作っても書き残すことはしないというのであるが、ル・ブールジェ湖畔でのいわば運命的な出会い以降、事情は違ってくるだろう。湖上で遭難しかかった隣人の女性を彼は救助し、昏睡状態を脱して意識を回復した相手と、言葉数は少ないが確かな心の交流を持つ。そしてこの麗人に思慕すべき対象を発見したこの主人公は、彼女の回復を待ちながら湖畔の廃墟となった僧院に来て、取り巻く自然の中に「偉大なる神聖詩人、神の偉大なる楽士」を見いだすのである。[26] このときラファエルの抱く心身の浮遊感覚は、『即興詩人』で青の洞窟のなかに目を覚ましたアントーニオが、その海と光の効果から受ける「無限に青い霊気の空」の印象を想起させるところがある。

みずうみを見下ろす石組みの壊れた高いテラスの、蔦が覆う壁の上に座り、足は宙ぶらりんにして、目は空の輝く広がりと溶け合う、水の光り輝く巨大な広がりの上をさまよわせていた。どこでみずうみが終り、どこから空が始まるのか言うことはできなかった。それほど二つの青は水平線で混じり合っていた。自分自身が純なる精気の中を泳ぎ、宇宙の大洋の深淵に沈み込んでいくようであった。しかし私が泳いでいる心の中の歓喜は、こうして自分がとけ込む大気より千倍も深く輝かしいものであった。この喜びというよりこの内部の静謐は、自分で定義しようとしても私にはできなかったであろう。それは目がくらむことのない光、目まいのない陶酔、重圧も停滞もない平穏であった。[27]

空と水の二つの青が混じり合い、その純なる精気の中を遊泳する。光の効果によって鏡となるみずうみは水と空との融合を実現し、そこでは魂が「無限」に向けて上昇ないし沈下を続けることが可能となる。[28] カプリ島の洞窟においても、意識を回復した主人公アントーニオの周りを取り巻いているのは「青い霊気」であり、その流れに運ばれて、魂が神の天国へと浮かび上がっていく感覚が描かれる。雲も空と同じように青く、一切が無限の静寂につつまれていた。

さて湖畔の麗人ジュリーとラファエルとの交際はサヴォワの秋の自然の中で、残された時間の少なさを常に意識しながら深められてゆく。冬になればジュリーはこの地を後にしてパリにいる夫の許に帰らなければならない。彼らの最初の親密な心の交流は、湖上での彼女の救出から数日を経て、保養地対岸からの帰路の小舟の上でなされている。

夜はみずうみの上に落ち、天の星はそこに姿を映し、自然の大きな沈黙が地を眠らせていた。風と木々と波が感情や思考にとらえ難い印象を与えて、それが幸福な心に小声で話しかけるのを私たちは聞いていた。船頭たちは砂浜の上に波が立てる音にも似た、あの単調で間延びした歌の節を時折歌う。それを聞くと、耳の中に絶えず響いている彼女の声が慕わしくなる。「ああ、あなたがこうした波や暗がりに何かの調べを与えて、この心地よい夜を僕のために刻印し、この波も闇も永遠にあなたで満たされているようにして下さるなら」と私は言った。[29]

船頭たちが口をつぐみ、櫂の音を弱めると、彼女は「海と田園の双方に関わる」スコットランドのバラードを歌う。こんな内容の歌だ。貧しい水夫が恋人の若い娘を残して、富を築くためにインドへと旅立つ。その帰りを待ちきれなくなった娘の親は、娘を老人と添わせる。そこで女は幸せだろう、最初に愛した男を夢に見ることがなければ。バラードは次のように始まるという。「羊たちが牧場にいて、人の眠りも穏やかな折には、／ああ、私は生涯の悲しみを想う、老いた良き夫が横に眠ってはいても。」ジュリーはこれに先立って、自分の生い立ちから老科学者との結婚に至るプロセスをラファエルに説明していた。夫は自分に対して始めから父親の役割に徹しており、孤児の自分を引き受け、また相続人とするための便法として結婚した形にしているだけなのであると。[30] このことと女性の健康状態への配慮が、二人の間の「至純の愛」の前提となる。両人は時をおかず、湖水の周辺の丘や谷をめぐる散策を繰り返す。案内人とともに彼女はラバの背に乗り、ラファエルは歩いて同行する形で。

私たちはこうした景勝地の一つ一つに、私たちのため息、熱意、祝福の一つ一つを残した。私たちは小声で、あるいは大きな声で、一緒に過ごした時間の思い出を保存してくれるように祈った。これらの場所がもたらした考えや、吸わせた空気、手のひらで掬って飲み干したひとしずくの水や、摘み取った木の葉や花、濡れた草地に私たちが付けた足跡の思い出を、大事に取っておいてくれるように。私たちがここに残す生存の断片とともに、いつかそうしたもの全てを返して欲しいと頼んだのである。私たちの心から溢れ出る幸福のどんな部分もなくさないようにと。そして吸い込んだばかりの息も、失ったと思える時間でさえも、全てが再発見されることになるこの忠実な永遠の保管所で、こうした全ての時間、こうした陶酔の全て、私たち自身の発露の全てを再び見出せるようにと。[31]

自然に語りかけるのは幸福な思い出の保存をそこに託すからであり、そのことによって、土地や景物は人間の言語が、願いないし祈りによって働きかける対象となる。頓呼法の使用は、欧文にあっては散文から韻文を隔てる大きな語法上の特徴であるが、ラマルチーヌの詩、「みずうみ」(Le Lac)において、二人称で呼びかけられているものは何よりもこの湖水自体である。

おおみずうみよ、一年はその運行をやっと終えたばかり、
それなのに、彼女がふたたび見るはずの、こよなく愛した波打ち際に、
見るがいい！　私は一人きて腰を降ろしているのだ
　かつて彼女が腰をおろした石の上に！

去る年のお前は、同じようにあの深い岩の下で唸っていた、
同じように、避けた岩の側面に砕け散り、
同じように風は、お前の波の飛沫を投げつけていた

崇め奉られた彼女の足もとに[32]。

わずか一年前の幸福な時間を想起する詩人は、いま自分のそばにあって、当時と少しも変わらぬ姿を呈している景物に、「岩よ、洞よ、闇の森よ」と語りかける。彼の言葉はあの夜の思い出を「せめて保て、保ち持て」と命令する形をとることになるだろう。「耳に聞き、目に見、胸に吸い込む一切のもの」に、「彼らは愛した」と言ってほしいからである。しかしこれはラマルチーヌの詩であって、小説の主人公が残した手記にはむろん含まれていない。ラファエルはジュリーとの交際の初期において、詩を書くことは問題になっていなかったと言う。時には詩を書いたこともあると打明けたこともあったが、それを見せたことは一度もなかった。彼女自身が詩であるから、時間と空間を直接的に共有している限り、恋人たる自分には詩を書く必要がない、というのである。

> 彼女は竪琴なしの詩であった。心のように赤裸で、始めの言葉のように単純で、夜のように夢見がちで、昼のように明るく、稲妻のように迅速で、広がるもののように果てしなかった。彼女の魂はどんな韻律法でも記録できないほどの無限の音階であった。彼女の声自体がどのような詩の諧調も比肩し得ない永遠の歌であった。彼女のそばで長く生活したのであれば、私は決して詩を読んだり書いたりしなかっただろう。私の感情が彼女の心に響き、私の心象が彼女の眼差しに反映し、私の旋律が彼女の声に伝わるのだから。[33]

ラファエルはジュリーのうちに献身と崇拝の対象を見いだして以来、「これまでになく善良に、また敬虔に」なっていたと言う。彼の心の中で神と彼女は完全に混じり合うので、彼女に対して彼が抱く崇拝は、「彼女を造った神的存在に対する永遠の礼拝」となる。これを言い換えれば「私は賛美歌に過ぎず、私の賛美歌の中には二つの名前、神と彼女しかいなかった」というわけである。しかしこの心情を彼女は理解しようとしない。そこにこの小説の素描する思想上のドラマがある。湖畔で、山の斜面で、また光溢れる芝生の上で、二人の間の会話が「あらゆる思惟の底なしの淵、すなわち無限」、および「それだけで無限を満たす唯一の単語、つまり神」を取り上げたとき、彼女は後者に対しはっきりと否定的な反応を示す。神なるものは、その存在が夢ではないことを熱烈に願ってはきたものの、身の周りの哲学者から受けた教育により、われわれの最も空虚な幻想であると確信するに至っていると告げるのである。[34] ジュリーの年老いた夫が科学者であることがここには関与している。

そこでラファエルが愛を根拠に、「無限」の発現ではない心のときめきがあるでしょうかと反論すると、ジュリーはより正確を期そうとして次のように述べる。信心深いキリスト教徒の家庭で教え込まれて来た神はもはや信じないが、自然と賢人たちの神、「他のあらゆる存在の原理かつ原因であり、根源であり広がりであり果てである存在」は信じている。ただその存在に関する信念の対象としての「無限」は、神秘と礼拝を排除するのであり、替わって追求されるのは「法則」となる。「結果が原理に祈る必要などあるでしょうか。」これが彼女の表明する思想的立場を端的に表現している。「神秘などというものはありません。理性しかなく、これがあらゆる神秘を解消するのです。」従って祈りもない。なぜなら「曲げられない法則に撓めるべきものは何もなく、必然の法則に変えられるものは何もない」からであると。[35]

ここでジュリーに対するラファエルの反撃は、相手の表明する「自然」への信頼に依拠してなされる。人間の神に対する関係について彼女が賢者たちから教わった理論は、人間の感性を知性に従属させすぎていないだろうか、と彼は指摘する。つまりは人間の心情が忘れられている。ちょうど知性があらゆる思考の手段であるように、心情があらゆる愛の手段なのに。

「人間が神について抱く想いは幼くまた偽りであるかも知れません。しかし人間の不文律たる本能は本当であるに違いないのです。さもなければ、自然は人間を造る際に嘘をついた、ということになります。〔……〕ところでこの二つの本能、神秘と祈りとを人間の心にお与え下さった際の、神の御心がどうあろうと、つまり神である自分は人間には理解不可能で、神秘だけが自分の本当の名前だと示されているにせよ、あるいは全ての被造物が自分を讃えて祝福することを望まれ、祈りこそが自然の万物への讃美となるべく望んでおられるにせよ、人間が神を思うとき、この二つの本能、神秘と礼拝を自己のうちに抱くものであることは間違いないのです。[36]」

人間が神を思い描くとき、それは必然的に神秘と祈りないし礼拝を伴う。それが本能である限り、そこにこそ自然の法則に合致した人間の姿がある、というわけである。本能という言葉が通常意味するのは生物たる人間の本能、たとえば生殖本能であろう。魂の本能を語るとすれば、そこには概念の転倒があるということになるが、精神性こそが動物とは異次元に位置する人間の本性、つまり自然であるとすれば、ここには言葉の詐術ではなく誠実を見なければならないだろう。

ラファエルが提示する信仰と祈りの論理が、直ちにジュリーの同意や承認を得るわけではない。受けた教育によって「やや潤いをなくしていた」彼女の魂は、「その水源を神の方には開いていなかった」からである。しかしこの「幸福な魂の楽園」が、暖かい日差しの残る山の中の秋の空気が、小舟やラバの背に乗って揺られる遠出が、目に見えて彼女の健康を回復させる。日ごとに彼女は若返るようだ。それは「彼女の表情に伝わる魂の回復期」である。[37]愛は彼女の心を和らげた後、遠からず彼女の宗教も柔らかくするはずであると主人公は見ている。事実一年後には、ジュリーはラファエルの名を呼びながら、キリスト教徒として、十字架に接吻して亡くなる。[38]湖畔での二人の交際の時期、足もとにひれ伏すような崇拝を年長の既婚女性に捧げながら、宗教的な信念においては、年下の若者がすでに明瞭な優位を確保していたのである。二人はエクスを立ち去る直前にシャンベリーからほど近いシャルメットに立寄り、『告白』に叙述されているジャン＝ジャック・ルソーとヴァランス夫人ゆかりの場所を見て回る。[39]第一部五巻でルソーが「私の生涯の、短い幸福の時」とする、母とも慕う人との穏やかな生活が語られているところであり、ジュリーとラファエルにとって参照対象となる関係の範例がそこにあるからであろう。また宗教的な観点からも、ルソーが二人にとって、共感を込めて歩み寄れる地点であることも示していると思われる。

神秘と礼拝の対象である「無限」と詩作との関係はどうなるのであろうか。ル・ブールジェ湖畔での交際中に、ラファエルは訪問して来た友人のルイとともに、ジュリーの部屋で詩を作っている。これはいずれも即興で歌われる詩ではないが、紙に書いた上でその場で朗読され、感興と詩作とその享受の間に時差がないという点では、即興詩に準じた性格を持っている。詩人でもあるルイは『ヨブ記』の懊悩にも通じる憂愁と嘆きの詩行を書き記す。それに感動したラファエルが鉛筆を取る。

私は部屋の隅に少しのあいだ離れ、自分の番としてこの詩行を書いたが、私の死とともにそれらは収拾されることなく消え去ることになる。私の想像力からではなく心情から発した最初の詩行であり、この詩行が差し向けられている人の方に視線をあえて上げることなく、私はそれを読んだ。次のようなものである、いや、それは消し去ることにする。私の天分のすべては愛にある。それは愛とともに消えたのだ。(40)

手記のなかで消去され、小説には書き込まれていない詩について、読者がそれを補完したいと思うのは理解できるだろう。草稿ではここに『瞑想詩集』に所収の一篇の詩が記されていたことが報告されている。「祈願」(Invocation)である。ラファエルが手記から消し去ったのがこの詩に近似するものであろうことは、これを聞いたジュリーの反応の叙述にも見て取れる。この時の彼女の驚きの表情はとても柔和で人間を越えた美しさを湛えるものであったので、彼は「自分の詩句で述べているのと同じくらい天使と女の間で、愛着と跪拝の間で」とるべき姿勢を決めかねたと言う。ラマルチーヌの詩の冒頭から三連はこうなっている。

おお、この砂漠の現世において、私の前に姿を見せたお前よ、
天上の住人よ、この世を通りすぎていく者よ!
おお、この深い闇のなかで一縷の愛の光を
　私の眼に輝かせたお前よ。

〔……〕
お前の揺籃の地は地上にあったのか？
それともお前は神の息吹でしかないのか？
〔……〕
この地上の、あるいはあの天上の娘よ、
ああ！　生涯かけて捧げさせておくれ
私の崇拝か私の愛を。(41)

詩人の前に姿を見せた者が天女か天使のごとき存在であるとすれば、その地上滞在はかりそめで束の間のものとなる。この段階で彼女が天に召されてゆく運命にあることまで、十分に見越されているわけではない。しかし仮説的な形にせよ、天の意志によるものとしてそれを想定することで、愛する人の死は自分に対する不当な処罰ではなく、静かに受け入れなければならないものとなるだろう。そしてラファエルのジュリーに対する想いが「至純の愛」でなければならない理由も、恐らくここにある。(42)地上の者としては、あるいは地上にある限りは、この悲惨な流謫の地に生き続けなければならない。しかし同時に、地上に降り来った「天上の住人」であるなら、この天女は地上にある詩人と造物主との媒介をすることができる。詩人が祝福し、加護を求める祈りの対象となるのである。被造物に対する賛美は、これを積み重ねることによって、宇宙へ、宇宙の主への祈りの言葉として上昇してゆく。やはり『瞑想詩集』に収められている「祈り」（La Prière）を見てみよう。

宇宙は神殿、大地は祭壇にして、
天はその丸屋根なり。〔……〕
ただこの神殿に声はない。〔……〕

全ては沈黙し、わが心だけが静寂の中で語る。
宇宙の声、それはわが知性なり。
夕べの光に乗り、風の翼に運ばれて、
それは生きた香りとして神の許に昇り、
なべての生き物に言葉を与えながら、
自然界にわが魂を預けて、これを讃えさせる。(43)

言うまでもなくこれはラマルチーヌの詩であって、われわれがいま読んでいる『ラファエル』のなかに書かれているものではない。しかしこれを有効に読むためには、欠くことのできない参照対象であろうと思われる。というのも小説が提示する「神的礼拝」のありようを問う限り、その究極の表現としてこの「祈り」に行き着かざるを得ないからである。詩というのはとりわけ「祈りの言語」であると思ってきた、とラマルチーヌは言う。「人間が至高の対話者に話しかけるとき、神が彼のうちに授けたあの言語の最も完全で完璧な形態を必然的に用いなければならない。」それが詩の形態である。従って有史以来「あらゆる信仰が詩を言語とし、詩人を第一の預言者ないし神官とした」と彼は述べる。(44) 詩人はまさに世俗の聖職者である。

沈黙の宇宙を満たしうるのは詩人の声だけであると、ラマルチーヌの詩は説いている。詩人の声によって、自然の中の個々の被造物が言葉を獲得するのである。「自然は神殿であり、そこでは生きた柱が時おり不明瞭な言葉を漏らす」とボードレールは歌った。「人は象徴の森を経てそこに入り、この森も親しげに人を見つめる。」あまりに有名な「万物照応」の冒頭であるが、ラマルチーヌの「祈り」をこれに近づけてみることは、ジャンルの歴史を考える上で意味のある動作となるかも知れない。知性の声と不明瞭な言葉という、音声の出所にも関わる差異を含みながらも、神殿としての宇宙ないし自然と、香りとなって立ち昇る言葉によって、両者は響き合っている。呪われた詩人と造物主を称える詩人とは、間仕切りを中において隣り合っているのかも知れない。

これらの小説が発表された直後の反応を一つ見てみよう。フローベールはルイーズ・コレに宛てた一八五二年四月上旬の書簡で、『グラツィエラ』を読み始めた段階からこれに言及し、その数日後には読後の感想を率直に述べている。「へまな男、何と美しい物語を彼はしくじったことか。人が何と言おうと、この男には文体の本能が欠けている。[45]」四月下旬の書簡では、更に詳しくこれを取り上げ、次のように述べている。「『グラツィエラ』について少し話そう。凡庸な仕事だ。ラマルチーヌが散文で作った一番いいものではあるのだが。面白い細部はある〔……〕。自然についての美しい比喩も二、三見える〔……〕。しかしほぼそれだけのことだ。それにもっとはっきり言えば、彼は彼女と寝るのか寝ないのか。あれは人間じゃない、人形だ。こうした愛の物語は何と美しいことか。肝心な事柄が全くの神秘で覆われているのだから、何を相手にしているのか、つかみどころがない。〔……〕元気な男が自分を愛している女、自分も愛している女と絶えず一緒に暮らして、一度も欲望を持たないとは。あの青い湖を曇らせにやってくる不純な雲は一つもない。何たる偽善者か。本当の話を語っていたなら、もっと美しいものになっていただろう。しかし真実というのは、ラマルチーヌ氏よりも毛深いオスを求めている。実際、女を描くより天使を描くほうが簡単なのだ。[46]」

このとき、フローベールは三十一歳で、『ボヴァリー夫人』を執筆中である。この書簡は長いもので、別の話題の後でまた『グラツィエラ』に話を戻している。「まる一ページ続く一段落すべて不定法で書かれているところがある〔……〕。こうした語法を用いる人間は耳がおかしいのだ。作家の仕事じゃない。」そしてラマルチーヌを梃子にして、フローベールは自己の文体観を語るのである。極めて有名な一節であるから引用はもはや不要かも知れない。「しかし僕はひとつ文体というものの構想を持っている。美しい文体、これを誰かがいつか、十年後に、あるいは千年の後に作ることだろう。詩句のように律動があり、科学の言語のように的確で、波動があり、チェロの響きと飛び散る火花がある。〔……〕散文は昨日生まれたばかり、これこそ自分に言い聞かせなければならないことだ。古来の文学に典型的な形態は韻文である。韻律上のあらゆる組み合わせはすでに試されている。しかし散文の韻律上の実践というのは、それにはほど遠いものがある。[47]」

ここでフローベールがタイトルを挙げているのは『グラツィエラ』であるが、文面から『ラファエル』も含めて語っていることは明らかであろう。そこにあるのは、人間ではなく人形、女ではなく天使に過ぎないとフローベールは言う。的は外していないがこれを逆から見れば、ラマルチーヌの小説に不満がなければ、彼は『ボヴァリー夫人』を書くこともなかっただろうとも言えるだろう。人間を心身の欲求から生理学的に扱うというのは、十九世紀の後半になってなされる変革である。バルザックでさえも、その予兆を示しているにとどまる。それ以前は、ほとんど魂だけが問題なのである。またロマン主義の世代にとっては、詩が本業であり、韻文で考えるのが文学である。その意味でラマルチーヌを契機として、ここで韻文と散文の歴史的到達点の差異が語られ、韻文に匹敵する散文の文体への抱負が述べられていることにこそ注目しておきたいものである[48]。

ともあれ『瞑想詩集』を皮切りとするラマルチーヌの詩作品への招待状として、今日の読者が『グラツィエラ』および『ラファエル』を手に取ってみることは、決して無益ではないだろう。小説としては上記のように難点も指摘され、自伝と見るには潤色が過ぎていることになろうが、その感覚や感性の放つ魅力は十分に認識されている作品である。何より一時代を開いた詩人の出発点に位置する経験が生き生きと描かれており、そこにはフランスロマン主義の文化史・精神史的な背景を再評価するための、踏み荒らされてはいない入り口も開いているはずである。

# 注

## 「農事共進会」から『ボヴァリー夫人』を読む

(1) Albert Thibaudet, *Gustave Flaubert*, Gallimard, 1935, p. 112.『フローベール論』戸田吉信訳、冬樹社、一九六六年、一三三—一三四頁。

(2) 〈bourg〉の地理学的定義については、Fernand Braudel, *L'identité de la France*, Arthaud-Flammarion, 1986, pp. 141-157 が参考になる。

(3) Gustave Flaubert, *Madame Bovary*, Edition de C. Gothot-Mersche, Classique Garnier, 1971, p. 83.

(4) *ibid.*, p. 355.

(5) *ibid.*, p. 217; p. 355.

(6) *ibid.*, p. 86.

(7) *ibid.*, p. 126.

(8) Pierre Ansart, *La gestion des passions politiques*, L'Age d'homme, 1983, pp. 11-27.

(9) *ibid.*, pp. 29-47.

(10) Flaubert, *op. cit.*, p. 353.

(11) *ibid.*, p. 232.

(12) Ansart, *op. cit.*, pp. 49-68.

(13) Alfred Simon, *Les signes et les songes – essai sur le théâtre et la fête*, Seuil, 1976, pp. 172-188.

（14）　『フランス文学講座（4）演劇』、大修館書店、一二〇―一三三頁、「古典主義とその対部」、渡辺守章。
（15）　Flaubert, *op. cit.*, p. 227.
（16）　*ibid.*, p. 69.
（17）　Voir Sergio Cigada. Le chapitre des comices et la structure de la double opposition dans "Madame Bovary", in *Flaubert, l'autre - pour Jean Bruneau*, Presse Universitaire de Lyon, 1989, pp. 127-137.
（18）　Jean Rousset, *Forme et signification*, Madame Bovary ou le livre sur rien, Librairie José Corti, 1963, pp. 109-133.
（19）　Flaubert, *op. cit.*, p. 110.
（20）　*ibid.*, p. 94.
（21）　*ibid.*, p. 313.
（22）　*ibid.*, p. 197.
（23）　*ibid.*, p. 204.
（24）　*ibid.*, p. 208.
（25）　*ibid.*, p. 75.

**『ボヴァリー夫人』と『ノートルダム・ド・パリ』**

（1）　Gustave Flaubert, *Madame Bovary*, Edition de C. Gothot-Mersch, Classiques Garnier, 1971, pp. 80-81.
（2）　*ibid.*, p. 45; p. 64.
（3）　*ibid.*, p. 109.
（4）　Victor Hugo, *Notre-Dame de Paris*, Edition de Benedikte Andersson, Folio classique, Gallimard, 2009, pp. 322-330.
（5）　Flaubert, *op. cit.*, p. 75.
（6）　*ibid.*, p. 347.
（7）　Hugo, *op. cit.*, pp. 697-700.
（8）　ジュスタンが「結婚」に無関心だったとは思えない。オメー一家が季節のジャム作りをしていた日、彼が作業服のポケットに忍ばせて持っていたのは、版画入りの『夫婦愛』という本である。Cf. Flaubert, *op. cit.*, p. 255.
（9）　ここでエマは、気絶の経験はないとロドルフに述べている。それを前提とすれば、ロドルフとの恋愛が終焉を迎える時、エマは始めて卒倒・気絶することになる。Cf. Flaubert, *op. cit.*, p. 212.
（10）　*ibid.*, p. 162.

(11) *ibid*., pp. 221-222.
(12) *ibid*., p. 275.
(13) *ibid*., pp. 252-253.
(14) Albert Thibaudet, *Gustave Flaubert*, Collection Tel, Gallimard, 1992, p. 112.
(15) Hugo, *op. cit*., p. 75.
(16) *ibid*., pp. 91-92. 上演形態は「聖史劇 mystère」であるが、その演目内容が「教訓劇 moralité」となっている、と考えられる。
(17) *ibid*., pp. 105-109.
(18) Flaubert, *op. cit*., p. 136.
(19) *ibid*., pp. 151-152.
(20) *ibid*., p. 158.
(21) Hugo, *op. cit*., p. 122.
(22) *ibid*., p. 124.
(23) Flaubert, *op. cit*., p. 155.
(24) *ibid*.
(25) Hugo, *op. cit*., pp. 145-146.
(26) Cf. Flaubert, *op. cit*., p. 459, Notes 75.
(27) *ibid*., p. 183.
(28) *ibid*., p. 187.
(29) *ibid*., p. 188.
(30) Hugo, *op. cit*., pp. 159-163.
(31) Flaubert, *op. cit*., pp. 272-273.
(32) *ibid*., p. 332.
(33) *ibid*., p. 306.
(34) *ibid*., p. 350.
(35) *ibid*., p. 307.
(36) *ibid*., pp. 312-313.
(37) Hugo, *op. cit*., pp. 59-60.

(38) *ibid.*, pp. 391-396.

(39) *ibid.*, p. 127; pp. 137-140.

(40) *ibid.*, pp. 657-658.

(41) Flaubert, *op. cit.*, p. 355.

(42) *ibid.*, p. 354.

(43) *ibid.*, p. 208.

(44) *ibid.*, p. 151.

(45) *ibid.*, p. 207.

(46) Hugo, *op. cit.*, p. 326.

(47) この二小説を一貫した形で関係付ける先行研究というのは確認していない。ただし、山田𣝣訳『ボヴァリー夫人』（河出文庫、二〇〇九年。初出は中央公論社「世界の文学15」、一九六五年）には、「訳注」の三カ所でユゴー小説への参照が示されている。訳注14ではエマの愛犬ジャリの名前について、訳注28ではサシェットとジプシーにさらわれるその娘アニェスについて、そして訳注76では画家ストゥーベン及びショパンの絵の主題につて、簡略に記されている。また、伊吹武彦訳『ボヴァリー夫人』（筑摩書房「フローベール全集1」、初版一九六五年）の「註」にも、注20と注47に、それぞれ、「女隠者」（サシェットのこと）について、ストゥーベン及びショパンの二人の画家とその絵についての説明が出ている。

**『ボヴァリー夫人』における教会と国家**

(1) Gustave Flaubert, *Madame Bovary*, Edition de C. Gothot-Mersch, Classique Garnier, 1971, p. 75.

(2) *ibid.*, p. 85.

(3) *ibid.*, p. 352.

(4) *ibid.*, p. 73; pp. 113-114.

(5) *ibid.*, pp. 344-345.

(6) *ibid.*, pp. 335-341.

(7) *ibid.*, pp. 223-225.

(8) *ibid.*, p. 159.

(9) *ibid.*, pp. 145-152.「農事共進会」は、同業者団体を政府や自治体が支援する形で催される品評会形式の農業の祭典である。農業振興政策の萌芽は革命以前にあるが、王政復古期の英国モデル参照を経て、七月王政期になって各地に農業協会が設立され、一八三三年に内務省主導で運営規則が定められた。定期市の懇親性を基盤とし、運営形態においては、アソシアシオン法以降の国際映画祭や音楽祭とも通底する。Cf. stephane.guillard.over-blog.com/ (Article) L'histoire des comices agricoles en France (XIXe-XXe siècle)．また、『ボヴァリー夫人』に見る農事共進会では、消防団と国民衛兵隊が隊列を整えて知事の到着を待ち、午前中の公式行事、午後の祝宴、夕刻からの花火など、その構成において後の「国民祭」（七月十四日）を予告する要素が含まれている。Cf. Alfred Simon, *Les Signes et les Songes – essai sur le théâtre et la fête*, Editions du Seuil, 1976, pp. 236-238 ; Christian Amalvi, *Le 14-juillet* – Du *Dies irae* à *Jour de fête*, in *Les Lieux de mémoire*, sous la direction de Pierre Nora, I. La République, Gallimard, 1984, pp. 421-472.

（10） Flaubert, *op. cit.*, p. 145.

（11） *ibid.*, pp. 353-354.

（12） Stendhal, *Le Rouge et le Noir*, folio Gallimard, 1972, p. 156.

（13） Flaubert, *op. cit.*, p. 356.

（14） *Les Constitutions de la France depuis 1789*, Garnier-Flammarion, 1979, pp. 241-252.

（15） *Journal des Presbytères et Archives de la Religion catholique*, recueil périodique mensuel, tome II, Paris, au Bureau du Journal, 18 rue des Grands-Augustins, 1833, pp. 181-183.

（16） 一六二八年、「権利の請願」提出に伴い、ヨーク伯領選出のトマス・ウェントワース（1539-1641）が、英国議会で述べた言葉。臨時課税法案を先に可決するか、「権利の請願」が承認されるのを待つべきかの判断が迫られていたとき、ウェントワースは中間案を提起した。臨時課税は直ちに可決するが、法の公布は権利請願が裁可されるまで行わないというもので、この時に、後世にも伝わるこの言葉が使われた。Cf. Trophime-Gérard de Lally-Tolendal, *Essai sur la vie de Thomas Wentworth, Comte de Stafford*, Leipzig, 1796, pp. 53-54.

（17） Flaubert, *op. cit.*, p. 264.

（18） *ibid.*, p. 73.

（19） www. napoleon. org/ Articles Concordat de 1801.

（20） *Histoire de la France religieuse*, sous la direction de Jacques Le Goff et René Rémon, Tome 3, Du roi très chrétien à la laïcité républicaine, Editions du Seuil, 1991, pp. 190-192.

（21） Flaubert, *op. cit.*, pp. 79-80.

（22） Maurice Agulhon, *Histoire vagabonde* II, Ethnographie et politique dans la France contemporaine, Editions Gallimard, 1988, p. 37.

（23） *ibid.*, p. 41.

（24） Flaubert, *op. cit.*, p. 74.

（25） Théodore Zeldin, *Histoire des passions françaises* 2 : orgueil et intelligence, Editions du Seuil, 1980. シィエス『第三身分とは何か』稲

本洋之助他訳、岩波書店、二〇一一年、二三―二五頁参照。

（26） www. legirel. cnrs.fr/ Décret du 30 décembre 1809 modifié concernant les fabriques des églises.

（27） Flaubert, *Bouvard et Pécuchet*, Edition présentée et établie par Claudine Gothot-Mersch, Collection Folio, Gallimard, 1981, pp. 154-157. ちなみに、シャヴィニョルの教会財産管理委員会で、司祭以外のメンバーが町長ほか五名とすれば、その全員がここに出揃っていることになる。また、このうちの少なくとも三人は町議会議員でもあることが、二月革命の際に主張される「労働への権利」に対し町議会がどう応接するかを扱う第六章でわかる。*ibid*., pp. 234-237.

（28） Flaubert, *Trois contes*, folio Gallimard, 1973, p. 59.

（29） Flaubert, *Madame Bovary, op. cit*., p. 89.

（30） Christophe Charle, *Histoire sociale de la France au XIXe siècle*, Editions du Seuil, 1991, pp. 219-222; www. larevuedupraticien. fr/ le Consulat organise la médecine.

（31） Flaubert, *Madame Bovary*, *op. cit*., p. 83.

（32） Jardin et A.-J. Tudesq, *La France des notables*, 1. L'évolution générale 1815-1848, Nouvelle histoire de la France contemporaine 6, Editions du Seuil, 1973, p. 81.

（33） Chateaubriand, *Essai sur les révolutions / Génie du christianisme*, texte établi, présenté et annoté par Maurice Regard, Bibliothèque de la Pléiade, Gallimard, 1978, pp. 906-907.

（34） Flaubert, *Bouvard et Pécuchet, op. cit*., pp. 246-247.

（35） Flaubert, *Madame Bovary, op. cit*., p. 185.

（36） Flaubert, *Bouvard et Pécuchet, op. cit*., p. 357

（37） *ibid*., p. 342.

（38） Flaubert, *Madame Bovary, op. cit*., p. 220.

（39） Flaubert, *Bouvard et Pécuchet, op. cit*., p. 358.

（40） Flaubert, *Madame Bovary, op. cit*., p. 353.

**『感情教育』における政治の射程**

（1） Gustave Flaubert, *L'Education sentimentale*, Classiques Garnier, 1964, p. 378.

（2） *ibid*., p. 298.

（3） *ibid*., p. 319.

（4） *ibid.*, p. 347; p. 364.

（5） *ibid.*, p. 375.

（6） *ibid.*, p. 293.

（7） *ibid.*, p. 337. デュサルディエの勇敢な行動とその後の良心の呵責を述べた『感情教育』のこの一節は、モーリス・アギュロンもその歴史書の中で、紙幅を割いて長く引用している。Maurice Agulhon, *1848 ou l'apprentissage de la République*, Nouvelle Histoire de la France contemporaine 8, Editions du Seuil, 1973, p. 70.

（8） ジャン・カスー、『一八四八年　二月革命の精神史』、野沢協監訳、法政大学出版局、一九七九年、一五五—一五八頁。モーリス・アギュロンは、起債による鉄道建設を国家の事業として展開すれば、過剰な労働力の吸収は当時も可能であり、ラマルチーヌはそうした構想を持っていたが、それは産業資本からは理解されなかったと述べている。Maurice Agulhon, *op. cit.*, pp. 66-68.

（9） Victor Hugo, *Les Misérables II*, Edition d'Yves Gobin, folio classique, Gallimard, 1995, pp. 541-549.『レ・ミゼラブル』はフローベールの『サラムボー』と同じく一八六二年に刊行されている。ユゴーは一八四八年の憲法制定議会議員ともなったが、「翌日の共和派」であり、政権への参画は望まなかったという。Maurice Agulhon, *op. cit.*, p. 66.

（10） Flaubert, *op. cit.*, p. 398.

（11） カール・マルクス、『ルイ・ボナパルトのブリュメール一八日』、植村邦彦訳、平凡社ライブラリー、二〇〇八年、一六三—一六六頁。

（12） 同上、七〇—七一頁。

（13） Alexis de Tocqueville, *De la Démocratie en Amérique, Souvenirs, L'Ancien Régime et la Révolution*, Robert Laffont, 1986, p. 848.『フランス二月革命の日々——トクヴィル回想録』、喜安朗訳、岩波文庫、一九八八年、三四九頁。

（14） *Les Constitutions de la France depuis 1789*, présentation par Jacques Godechot, Garnier-Flammarion, 1979, pp. 263-264.

（15） Tocqueville, *op. cit.*, pp. 850-851. トクヴィル、前掲書、三五二—三五五頁。

（16） Les Constitutions, *op. cit.*, p. 83.

（17） Flaubert, *op. cit.*, pp. 51-52.

（18） *ibid.*, pp. 136-137.

（19） *ibid.*, p. 51.

（20） *ibid.*, p. 137.

（21） *ibid.*, p. 138.

（22） *ibid.*, p. 17.

（23） *ibid.*, p. 178.
（24） *ibid.*, p. 179.
（25） *ibid.*, p. 139.
（26） *ibid.*, p. 198.
（27） *ibid.*, p. 136.
（28） *ibid.*, p. 139.
（29） *ibid.*, p. 141.
（30） *ibid.*, p. 156; p. 162; p. 174.
（31） *ibid.*, pp. 189-190.
（32） *ibid.*, p. 135.
（33） *ibid.*, pp. 180-183.
（34） *ibid.*, pp. 199-200.
（35） *ibid.*, p. 111.
（36） *ibid.*, p. 308.
（37） *ibid.*, pp. 154-155.
（38） *ibid.*, p. 267.
（39） *ibid.*, p. 243.
（40） *ibid.*, pp. 297-299.
（41） *ibid.*, p. 301.
（42） *ibid.*, p. 277.
（43） *ibid.*, pp. 308-309.
（44） *ibid.*, p. 222.
（45） 但しオペラ歌手はSophie Arnouldと綴る。フレデリックの愛の対象はMarie Arnouxであり、シジーの発言では発音は同じだが、Sophie Arnouxと表記されている。Cf. Edmond et Jules de Goncourt, Œuvres complètes XLIV-XLV, *Sophie Arnould d'après sa correspondance et ses mémoires inédits / Théâtre : Henriette Maréchal ; La Patrie en danger*, Slatkine Reprints, 1986. ゴンクール兄弟、『ソフィー・アルヌー』の初版は一八五七年一月である。
（46） Flaubert, *op. cit.*, p. 49.

（47） *ibid.*, p. 234.

（48） *ibid.*, p. 238.

（49） *ibid.*, p. 242.

（50） *ibid.*, p. 245.

（51） *ibid.*, pp. 247-248.

（52） *ibid.*, p. 310.

（53） *ibid.*, p. 296.

（54） Maurice Agulhon, *Marianne au combat – imagerie et la symbolique républicaine de 1789 à 1880*, Flammarion, 1979, pp. 140-145.

（55） Flaubert, *op. cit.*, p. 310.

（56） *ibid.*, pp. 329-330.

（57） *ibid.*, pp. 322.

（58） *ibid.*, pp. 151-152.

（59） *ibid.*, p. 153.

（60） *ibid.*, p. 331.

（61） *ibid.*, p. 320.

（62） *ibid.*, pp. 338-339.

（63） *ibid.*, p. 348.

（64） *ibid.*, p. 345.

（65） *ibid.*, pp. 356-359.

（66） *ibid.*, p. 366.

（67） *ibid.*, p. 367.

（68） *ibid.*, p. 370.

（69） *ibid.*, p. 375.

（70） *ibid.*, p. 387.

（71） *ibid.*, p. 384.

（72） *ibid.*, pp. 387-388.

（73） *ibid.*, p. 400.

(74) *ibid.*, pp. 399-400.
(75) *ibid.*, pp. 401-403.
(76) *ibid.*, pp. 404-406.
(77) *ibid.*, NOTES, p. 471.
(78) *ibid.*, p. 408.
(79) *ibid.*, p. 409.
(80) *ibid.*, pp. 410-411.
(81) *ibid.*, pp. 414-416.
(82) *ibid.*, p. 417.
(83) *ibid.*, p. 418.
(84) Marcel Proust, *Contre Sainte-Beuve*, Editions établies par Pierre Clarac, Bibliothèque de la Pléiade, Gallimard, 1971, p. 595.
(85) ピラミッドというのはフローベール自身が書簡中で用いている比喩である。一八六三年四月七日、ジュール・デュプラン宛。「私の『感情教育』の構想に弛みなく専念していますが、まとまり始めたのでしょうか。でも全体の図面が良くないのです。ピラミッドを作らないのです。こうした考え方に自分がついに熱中することがあるのかどうかも疑わしい。明るい気持ちにはなれないのです。」同年四月十五日、同じ宛先で。「『感情教育』はあのままになっています。事実が不足しているのです。主要場面というのがちっとも見えません。ピラミッドを作らないのです。要するにうんざりになっているのです。「二匹のワラジ虫」で我慢することも大いにあり得ます。これは何年も前から抱えているアイデアで、こちらを片付けることも多分必要なのでしょう。それよりも情熱の書を書くほうがいいのですが、主題は選ぶものではない。それは否応なく受け入れるものなのです。」*Correspondance de Flaubert III*, Edition établie par Jean Bruneau, Bibliothèque de la Pléiade, Gallimard, 1991, p. 318; pp. 319-320. 物語の構想ないし目指す構築の形態を指して、ここでピラミッドが思い描かれていることは明らかであろう。なお「二匹のワラジ虫（二人の退屈な人間）」というのは、周知の通り『ブヴァールとペキュシェ』へと発展する構想である。

**エネルギーの変容から読む『居酒屋』**

(1) Michel Serres, *Feux et signaux de brumes – Zola*, Grasset, 1975, p. 62.
(2) Emile Zola, *Les Rougon-Macquart, L'Assommoir*, Bibliothèque de la Pléiade, tome II, Gallimard, 1983, p. 388.
(3) *ibid.*, pp. 395-401.
(4) *ibid.*, pp. 535-537.

（5） *ibid.*, pp. 532-534.
（6） *ibid.*, pp. 411-412.
（7） *ibid.*, pp. 555-557.
（8） *ibid.*, p. 538.
（9） *ibid.*, p. 558.
（10） *ibid.*, p. 598.
（11） *ibid.*, p. 509.
（12） Alexandre Parent-Duchâtelet, *La prostitution à Paris au XIXe siècle*, texte présenté et annoté par Alain Corbin, Seuil, 1981. p. 13.
（13） Zola, *op. cit.*, pp. 631-633.
（14） *ibid.*, p. 636.
（15） *ibid.*, pp. 703-707.
（16） *ibid.*, pp. 790-794.

## 『ジェルミナール』における正義とその表象

（1） ここで「ゾラの虚構構成の没倫理性」という表現を用いたが、これはむしろ作業仮説の如きものであって、本論はその検証を主眼とするものではない。それに、『ルーゴン＝マッカール』に先立つ『テレーズ・ラカン』は、因果応報的傾向の色濃い構成を持つと言わねばならないので、限定を付けて、あるいはゾラの多面性ないし変化のなかで考察する必要もあるだろう。ただこれは物語に外側から、あるいは事後的に付与しうる「教訓性」とは別の次元の問題であることをここで指摘しておきたい。ゾラは一八八五年十二月、すでに刊行されている『ジェルミナール』を地方新聞に連載することを許可した上で、序文を依頼され、これに快く答えて、編集者にこう書き送っている。「『ジェルミナール』は憐憫の書であって、革命の書ではありません。私が望んだのはこの世界で恵まれた暮らしをしている人々、主人として生きている人々にこう声を大にして言うことでした。『ご用心なさい。土の下をご覧になり、この働き苦しんでいる貧しい人々を見てください。まだ最終の破局は回避する間があるかも知れません。でも正義にかなうべくお急ぎあれ。さもなくば危険はかくの如く迫り来るのです。大地が口を開け、諸々の国の国民全体が歴史上最大級の動乱に呑み込まれることになるのです。』〔……〕働いておられる皆さん、読んで下さい。皆さんが慈愛と正義をと叫ばれたときにこそ、私の任務は果たされたことになるのです。」*Correspondance*（*1872-1902*）, Collection des Œuvres Complètes Emile Zola, éd. F. Bernouard, 1929, pp. 650-651.

ゾラが自分の仕事の擁護のためになぜこの種の周辺テクストを必要としたか、それはピエール・ブルデュー風に言えば、芸術の場の自律とかかわる社会学的な問題設定であって、本論とは別途の考察を必要とするだろう。

（2） Emile Zola, *Les Rougon-Macquart, Germinal*, Bibliothèque de la Pléiade, tome III, Gallimard, 1990, p. 1292.

（3） *ibid.*, p. 1178.

（4） 厳密にいえば「(兄弟間が）平等な核家族」であり、これはプラサンの位置するプロヴァンス沿海部にもあてはまる。社会学者のE・トッドによれば、家族構造は親子間の自由／権威と兄弟間の平等／不平等の組み合わせによって、四つの類型に分類でき、核家族は兄弟間の平等に無関心な「絶対核家族」（イングランド、ブルターニュ）と兄弟間の平等がどこまでも求められる「平等核家族」（北部・東部フランス、イベリア半島の大半、西北・南部イタリア）に二分される。両者の違いはゾラの『大地』をそのプロットモデルとなったシェイクスピアの『リヤ王』と比較するとわかりやすいかも知れない。Emmanuel Todd, *L'Invention de l'Europe*, Seuil, 1990.

（5） Emile Zola, *op. cit.*, p. 1269.

（6） *ibid.*, pp. 1237-1239. 算術的平等（égalité arithmétique）、比例的平等（égalité proportionnelle）という表現は『ニコマコス倫理学』第五巻三章、四章に起源を持つ概念区分であるが、直接にはポール・リクールの論文「適法と善の間の正義」から借用した。この論文の中で、リクールはアリストテレスからジョン・ロールズに至る正義の概念の展開を目的論と義務論の相互補完性の観点から吟味し、正義の原則と司法機構による正義の実践との間の媒介の可能性を正義の「論弁的次元」にみようとしている。Paul Ricoeur, Le juste entre le légal et le bon, *Lectures 1 – Autour du politique*, Seuil, 1991, pp. 176-195.

（7） *ibid.*, pp. 1227-1229.

（8） *ibid.*, p. 1149.

（9） *ibid.*, pp. 1170-1173.

（10） *ibid.*, pp. 1567-1572.

（11） *ibid.*, p. 1214.

（12） *ibid.*, p. 1231.

（13） *ibid.*, p. 1452.

（14） 第三部三章で「せめて司祭様の言うことが本当で、この世でのみじめな人たちがあの世で金持ちになるんだったら」、とマウの女房が思わずもらすと、子供たちまでも笑いだし、炭坑の幽霊のことはひそかに恐れても、「あの世」は拒否する。そして「人は死んだら死んだんだ」とマウがこれを要約する（*ibid.*, p. 1277.）。なお第六部一章および二章において、ストライキ闘争の敗北が決定的になった段階で、新任の司祭ランヴィエ師が一種の「福音革命論」を説くくだりがある。「教会は貧しきものとともにあり、いつの日か富める者の不公正に対し神の怒りを招いて正義を勝利させるであろう。そしてその日が輝くのも間近い。なぜなら金持どもは神にとって代り、不敬にも権力を盗み取って神なしで統治するに至ったからである。しかし労働者たちが地上の富の公平な分配を望むならば、イエスの死に際して弱き者、貧しき者が使徒のまわりに集まったように、ただちに司祭たちの手に一切を委ねなければならない、云々」（*ibid*., pp. 1457-1458; pp. 1472-1473.）。その「党派根性むき出しの説教」は多くの点で以下にみるエチエンヌの主張と通底し、「革命における正義」が「教会における正義」を母型とするものであることが示されている。

（15）　*ibid*., p. 1276.

（16）　*ibid*., p. 1213.

（17）　*ibid*., p. 1277.

（18）　*ibid*., p. 1278.

（19）　*ibid*., p. 1279.

（20）　*ibid*., pp. 1319-1323.

（21）　*ibid*., p. 1141.

（22）　*ibid*., p. 1324.

（23）　*ibid*., p. 1254.

（24）　*ibid*., pp. 1344-1350.

（25）　*ibid*., pp. 1338-1343.

（26）　*ibid*., pp. 1377-1378.

（27）　*ibid*., p. 1380.

（28）　*ibid*., pp. 1383-1384; p. 1385.

（29）　*ibid*., pp. 1436-1437.

（30）　『ジェルミナール』における神話的な想像界と物語の神話的様式については、Henri Mitterand, *Le discours du roman*, P. U. F., 1980. が基本的問題提起をしている（とりわけ所収の Le savoir et l'imaginaire: Germinal et idéologie. 及び L'idéologie et le mythe: Germinal et les fantasmes de la révolte）。ミッテランはまたプレイアッド版の作品研究（Etude）で「大いなる夕べ Le Grand Soir」に言及しており（p. 1821）、この表現の生成と流布及び思想的背景については、D. Steenhuyse, Quelques jalons dans l'étude du thème du "Grand Soir" jusqu'en 1900, *Le Mouvement social*, No. 75, avril-juin, 1971, pp. 63-76. が参考になる。ミノタウロスの神話との類縁性については Colette Becker, *Emile Zola*, *Portraits littéraires*, Hachette, 1993. の中に指摘がある（p. 79）。ただ狼男（loup-garou）ないし狼化妄想（lycanthropie）との関連付けは、『ジェルミナール』と『獣人』の共通分母となりうるように思われるが、これまで十分検討はなされていないように思われる。

（1） Emile Zola, Œuvres complètes, Tome sixième, *Les Rougon-Macquart, La Bête humaine*, Introduction par Gilles Deleuze, Cercle du livre précieux, Fasquelle, 1967, pp. 18-19.

（2） 伊藤俊治『ジオラマ論』、筑摩学芸文庫、一九九六年、二二頁、一八〇頁。

（3） 吉見俊哉『博覧会の政治学』、中公新書、一九九二年、九〇―九一頁。

（4） Emile Zola, *Les Rougon-Macquart, La Bête humaine*, Bibliothèque de la Pléiade, tome IV, Gallimard, 1993, p. 1032.

（5） *ibid.*, pp. 1049-1051.

（6） *ibid.*, p. 1043.

（7） ゾラが犯罪学の分野で参照した文献として知られているのが、次の二点である。Cesare Lombroso, *L'Homme criminel – étude anthropologique et psychiatrique*, traduit de l'italien, Félix Alcan, Editeur, 1887 ; Gabriel Tarde, *La criminalité comparée*, id, 1886. 後者は前者のイタリア語原書を受けて書かれている。前者は生得的に犯罪傾向を示す人間の存在を前提として、その類型を明らかにしようと努めるもので、後者はその前提を批判する。前者には十九世紀形質人類学の特徴が色濃いが、後者は社会心理学的観点を重視しているように思われる。

（8） Emile Zola, *op. cit.*, Gallimard, p. 1050.

（9） *ibid.*, p. 1025.

（10） *ibid.*, pp. 997-998.

（11） *ibid.*, pp. 1094-1097.

（12） *ibid.*, p. 1104.

（13） *ibid.*, p. 1152.

（14） *ibid.*, p. 1205.

（15） *ibid.*, p. 1206.

（16） *ibid.*, p. 1209.

（17） *ibid.*, p. 1235.

（18） *ibid.*, pp. 1297-1298.

（19） *ibid.*, pp. 1316-1317.

（20） *ibid.*, notes et variantes, p. 1791.

(21) ヴァルター・ベンヤミン『パサージュ論Ⅰ』、岩波書店、一九九三年、三一頁。

## 近代批評と自然主義

(1) Emile Zola, «Les romanciers naturalistes», *Œuvres Complètes*, Tome 11, Cercle du livre précieux, 1968, pp. 224-227.

(2) Emile Zola, «Le roman expérimental», *Œuvres Complètes*, Tome 11, p. 1175.

(3) *ibid.*, p. 1295.

(4) Sainte-Beuve, «Chateaubriand jugé par un ami intime en 1803», in *Pour la critique*, Edité par Annie Parassoloff et José-Luis Diaz, Gallimard, 1992, pp. 146-147.

(5) *ibid.*, p. 148.

(6) H. Taine, *Histoire de la littérature anglaise*, Tome 1, Introduction, Librairie Hachette et Cie, 14e édition, 1916, pp. XIII-XV.

(7) Emile Zola, «Le roman expérimental», *op. cit.*, p. 1295. なお書評子時代のゾラはテーヌの要因論の「体系」には保留を示し、むしろ彼の内なる「芸術家」を評価している。そしてゾラへの手紙の中で、テーヌは自説を弁護しながらも、この批評を好意的に受けとめた。Cf. Emile Zola, «M. H. Taine, artiste», *ibid.*, pp. 139-156; pp. 178-179.

(8) Sainte-Beuve, «"Hisoire de la littérature anglaise" par Monsieur Taine», *op. cit.*, pp. 179-180.

(9) *ibid.*, p. 180.

(10) *ibid.*, pp. 180-181.

(11) Sainte-Beuve, «Pierre Corneille», *op. cit.*, pp. 117-118.

(12) Marcel Proust, «La méthode de Sainte-Beuve», in *Contre Sainte-Beuve*, Edition établie par Pierre Clarac avec la collaboration d'Yves Sandre, Bibliothéque de la Pléiade, Gallimard, 1971, pp. 221-222.

(13) H. Taine, *op. cit.*, p. XV.

(14) H. Taine, «Balzac», *Nouveaux essais de critique et d'histoire*, Librairie Hachette et Cie, 4e édition, 1886, pp. 76-77.

(15) *ibid.*, p. 96.

(16) *ibid*, pp. 96-97.

(17) *ibid.*, p. 87.

(18) *ibid.*, pp. 87-88.

(19) Sainte-Beuve, «M. de Balzac», *op. cit.*, pp. 312-313.

(20) Sainte-Beuve, «"Histoire de la littérature angliaise" par M. Taine», *op. cit.*, p. 181.

（21） Emile Zola, «Le roman expérimental», *op. cit.*, pp. 1188-1190.

（22） *ibid.*, p. 1296.

（23） Sainte-Beuve, «M. de Balzac», *op. cit.*, p. 315.

（24） Emile Zola, «Les romanciers naturalistes», *op. cit.*, p. 59.

（25） Emile Zola, «Le roman expérimental», *op. cit.*, p. 1297.

（26） *ibid.*, p. 1175.

（27） *ibid.*, p. 1178.

（28） *ibid.*, p. 1179.

（29） ミシェル・ビュトールも、ゾラを論じる際にこの一節を引用して、小説における「実験」の意味について、類似する考え方を述べている。Voir Michel Butor, «Emile Zola romancier expérimental et la flamme bleue», *Répertoire Littéraire*. Gallimard, 1996, pp. 334 - 335.

（30） Gustave Lanson, «La littérature et la science», in *Essais de méthode, de critique et d'histoire littéraire*, rassemblés et présentés par Henri Peyre, Librairie Hachette, 1965, p. 107.

（31） ランソン自身、前掲書の中で次のように述べているのである。「もし人間が自由であるなら、本当の、つまり普遍的・絶対的・必然的な真実である人間の描写はない。〔……〕ところが注目すべきなのは（これは単なる偶然ではない）、最も〈真実〉であると評価されている作品は、まさに何らかの形で自由の観念が遠ざけられている作品なのである。家庭からも受けた教育からもジャンセニストであったラシーヌは、宿命的で至上の力を持つ情念を描き、時として自己を支配しようと争う善と悪の間で揺れる受動的な魂をわれわれに提示するだけであった。バルザックの中には盲目的な本能以外の何があるだろう。それはその効果の質に応じて、怪物的であったり崇高であったりするが、その働きは常に自由の観念を排除している。そして小説が唯物論的なものになったとすれば、それは何よりも恐らく、心的な事実の生理的な事実への還元が、必然性の外見によって真実の幻影を生み出すことをより容易にしてくれるからであろう。」（*ibid.*, pp. 110-111）

（32） Emile Zola, «Le roman expérimental», *op. cit.*, p. 1202.

**恋と環境**

（1） Marcel Proust, *A la Recherche du Temps perdu*, tome I, Bibliothèque de la Pléiade, Gallimard, 1987, pp. 279- 284.

（2） id., tome III, pp. 777-783; pp. 812-825.

（3） id., tome II, pp. 560-563.

（4） id., tome III, pp. 254-257; pp. 293-294.

(5) id., tome I, p. 590.
(6) *ibid.*, p. 284.
(7) *ibid.*, p. 264.
(8) *ibid.*, pp. 295-299.
(9) *ibid.*, p. 295.
(10) *ibid.*, p. 246.
(11) *ibid.*, p. 255.
(12) René Girard, *Mensonge romantique et vérité romanesque*, Grasset, 1973, chap. 9: Les mondes proustiens, pp. 202-207.
(13) Marcel Proust, *op. cit.*, tome I, p. 16; p. 21.
(14) *ibid.*, pp. 21-22.
(15) *ibid.*, pp. 254.
(16) Gabriel de Tarde, *Les lois de l'imitation*, Slatkine, 1979 (Réimpression dé l'édition de Paris, 1895), chap. 5: Les lois logiques de l'imitation, pp. 157-167.
(17) Marcel Proust, *op. cit.*, tome I, p. 186.
(18) *ibid.*, p. 259.
(19) *ibid.*, p. 243.
(20) *ibid.*, p. 203.
(21) *ibid.*, pp. 68-69.
(22) *ibid.*, pp. 203-204.
(23) *ibid.*, p. 186.
(24) Gilles Deleuze, *Proust et les signes*, P. U. F., 1971, chap. 1er : Les signes, pp. 10-11.
(25) Marcel Proust, *op. cit.*, tome I, p. 202.
(26) *ibid.*, p. 258.
(27) *ibid.*, p. 224.
(28) *ibid.*, pp. 261-262.
(29) *ibid.*, p. 223.
(30) *ibid.*, p. 223-224.

（31）　*ibid*., p. 187.
（32）　*ibid*., p. 260.
（33）　*ibid*., p. 282.
（34）　*ibid*., p. 186.
（35）　*ibid*., pp. 248-249.
（36）　Emile Benveniste, *Le vocabulaire des institutions indo-européennes*, Les Editions de Minuit, économie, parenté, société, 1969, tome I, chap. 8: la fidélité personnelle II, pp. 115-121.
（37）　Marcel Proust, *op. cit*., tome I, p. 185.
（38）　id., tome III, p. 270.
（39）　Georges Dumézil, *Idées romaines*, Gallimard, 1969, 1ère partie: II, credo et fides, pp. 47-59.
（40）　Marcel Proust, *op. cit*., tome III, p. 460.
（41）　id., tome II, pp. 586-589.
（42）　id., tome III, p. 782.
（43）　*ibid*., pp. 817-819.
（44）　*ibid*., pp. 823-825.
（45）　Marcel Proust, *op. cit*., tome II, pp. 799-801.
（46）　id., tome III, p. 308.

**価値、交換、信用**

（1）　Emile Benveniste, *Le Vocabulaire des institutions indo-européennes*, Les Editions de Minuit, économie, parenté, société, 1969, tome 1, chap. 11: un métier sans nom: le commerce, p. 140.
（2）　これらはプルーストの小説中に見られる用例から引いている。たとえば女中のフランソワーズは、《aux dépens de》（～の犠牲で）を「～の出費で」の意で用い、十七世紀の用法を留めている。（II, p. 326）
（3）　Antoine Meillet, *Linguistique historique et linguistique générale*, Paris, Librairie C. Klincksieck, 1952, tome II. p. 224. なおこの言葉は、ジョルジュ・ムーナン、『二十世紀の言語学』佐藤信夫訳、白水社、五一頁、二七九頁に引用されている。
（4）　柳父章、『翻訳語成立事情』、岩波新書、六一―一二頁。
（5）　Mikhail Bakhtine, *Le Marxisme et la philosophie du langage*, traduit de russe par Marina Yaguello, Les Editions de Minuit, 1977, p. 30.

(6) Marcel Proust, *A la Recherche du Temps perdu*, tome I, Bibliothèque de la Pléiade, Gallimard, 1987, p. 188.
(7) *ibid.*, p. 190.
(8) *ibid.*, p. 427.
(9) Marcel Proust, *op. cit.*, tome III, pp. 704-705.
(10) id., tome I, pp. 468-471.
(11) *ibid.*, pp. 492-494.
(12) *ibid.*, p. 432; pp. 444-445.
(13) Marcel Proust, *op. cit.*, tome II, pp. 448-449.
(14) *ibid.*, pp. 521-523.
(15) *ibid.*, pp. 553-559.
(16) Jacques Dubois, Introduction de l' *Assomoir*, Garnier-Flammarion, p. 14.
(17) Théodore Zeldin, *Histoire des Passions françaises 1848-1945*, 1. Ambition et amour, Collection Points, Editions du Seuil, p. 80. 参照。
(18) Marcel Proust, *op. cit.*, tome I, pp. 445-446.
(19) id., tome II, pp. 291-292.
(20) *ibid.*, p. 59; p. 61.
(21) Marcel Proust, *op. cit.*, tome II, p. 83.
(22) *ibid.*, p. 60; p. 718.
(23) *ibid.*, p. 570.
(24) *ibid.*, pp. 112-113; pp. 518-519.
(25) Marcel Proust, *op. cit.*, tome I, p. 200.
(26) id., tome III, p. 307.
(27) id., tome II, pp. 84-86.
(28) id., tome III, pp. 332-333.
(29) id., tome II, p. 585.
(30) *ibid.*, p. 857.
(31) *ibid.*, p. 798.
(32) *ibid.*, p. 804.

(33) Marcel Proust, *op. cit.*, tome III, p. 50.
(34) *ibid.*, p. 52.
(35) Marcel Proust, *op. cit.*, tome I, p. 470.
(36) id., tome III, p. 54.
(37) id., tome II, pp. 722-724.
(38) id., tome III, p. 55.

### プルーストにおける芸術の理念

(1) Marcel Proust, *A la Recherche du Temps perdu*, tome I, Bibliothèque de la Pléiade, Gallimard, 1987, p. 96.
(2) *ibid.*, p. 434.
(3) *ibid.*, p. 440-441.
(4) Marcel Proust, *op. cit.*, tome II, p. 347.
(5) id., tome I, p. 77.
(6) *ibid.*, p. 345.
(7) *ibid.*, p. 437; p. 475.
(8) *ibid.*, p. 476-477.
(9) Marcel Proust, *op. cit.*, tome II, 408-416.
(10) *ibid.*, p. 349.
(11) Marcel Proust, *op. cit.*, tome IV, p. 468.
(12) id., tome I, p. 190.
(13) *ibid.*, pp. 207-208.
(14) *ibid.*, p. 215.
(15) *ibid.*, pp. 220-222.
(16) Marcel Proust, *op. cit.*, tome II, p. 206.
(17) *ibid.*, p. 207.
(18) Marcel Proust, *op. cit.*, tome I, pp. 343-344.
(19) *ibid.*, p. 345.

(20) Marcel Proust, *op. cit.*, tome IV, p. 474.
(21) *ibid.*, p. 458.
(22) *ibid.*, pp. 469-470.
(23) Marcel Proust, *op. cit.*, tome III, p. 760.
(24) id., tome I, p. 539.
(25) *ibid.*, p. 543.
(26) Marcel Proust, *op. cit.*, tome III, p. 762.
(27) id., tome IV, p. 474.
(28) Anne Henry, *Proust romancier – le tombeau égyptien*, Flammarion, 1983, p. 186.
(29) *ibid.*, p. 189.
(30) *ibid.*, p. 188.
(31) Jean Milly, *La Phrase de Proust*, Larousse, 1975, pp. 13-16.
(32) Marcel Proust, *op. cit.*, tome I, p. 540.
(33) *ibid.*, p. 542.
(34) *ibid.*, p. 544.
(35) *ibid.*, pp. 544-545.
(36) Marcel Proust, *op. cit.*, tome III, p. 419 ; pp. 612-613.
(37) *ibid.*, p. 664.
(38) *ibid.*, p. 666.
(39) *ibid.*, pp. 667-668.

**プルーストとビシャ**

(1) 『スワン家のほうへ』がグラッセ社から自費出版されるのは一九一三年十一月であるが、一九一二年十月、プルーストがまずファスケル社に出版を打診した段階では、小説全体は二部構成（第一部「失われた時」、第二部「見出された時」）の予定であり、その総題として「心情の間歇」が選ばれていた。この総題が一九一三年五月頃までに放棄されたのは、その間に類似した題名の小説（ビネ・ヴァルメールの『心の混乱』）が予告されたことによるとされている。この時点で総題が『失われた時を求めて』、第一巻が『スワン家のほうへ』となり、作家は第二巻の一つの章に「心情の間歇」を充てようと考えていたようである。第一巻の出版に際して、そのページ数の関係から三部構成が選択され、第二巻『ゲルマントのほう』、第三巻『見出された時』が予告されるが、プルーストはその直前まで、第二巻題名の別の可能性として、「花咲く乙女たちのかげに」と並び「心情の間歇」も挙げていた。Voir la «Notice» de *la Recherche du Temps perdu*, tome III, Bibliothèque de la Pléiade, Editions Gallimard, 1988, pp. 1225-1227; Maurice Bardèche, *Marcel Proust romancier*, tome I, Les Sept Couleurs, 1971, pp. 237-241.

(2) 伝統的な服喪の習慣と近代的な個人主義との対比的な提示がプルーストの小説にみられることは、V・デコンブも指摘している。Voir Vincent Descombes, *Proust – philosophie du roman*, Les éditions de minuit, 1987, pp. 180-182.

(3) Voir la «Notice» de la Recherche du Temps perdu, id.; les «Notes et variantes», *ibid.*, p. 1432.

(4) 『ソドムとゴモラ』からいくつか拾ってみれば、次のような用例が挙げられる。語り手のフランソワーズに対する、憐憫を基礎とした「間歇的な」愛情とか（III, p. 174）、職場で働く青年の額から「まっすぐ、規則的で間歇的に」したたる汗のしずくとか（III, p. 231）、ソドムを懐かしむ者たちによる聖書の都市の「間歇的な再建」とか（III, p. 246）、シャルリュス男爵の性格上の欠点を述べつつ語られる「精神の間歇的な病」（III, p. 476）などである。男爵自身がこの言葉を用いるのも見られる。モン・サン＝ミシェルへ大祭にあわせて出かけるつもりだと言う彼に、ヴェルデュラン夫人がその意図を重ねて質問すると、「あなたはきっと間歇的な難聴に悩んでおいでですな。聖ミカエルは私の栄えある守護聖人の一人だと申したはずです」と言い放つのである（III, p. 347）。

(5) フローベールでは『ボヴァリー夫人』においてエマの服毒に際し、対処を求められて姿を見せるラリヴィエール医師が、「ビシャの膝下から出た偉大な外科学派に属する」哲人臨床医として描かれている。バルザックでは『あら皮』や『ルイ・ランベール』にビシャの名が引かれており、後者では「われわれの外部感覚の二重性」に関して、ルイ・ランベールの考えとビシャの考えの「驚くべき一致」が語られ、前者では主人公のラファエルが自分の著した『意志の理論』を、「メスメル、ラヴァタール、ガル、ビシャの仕事を補完し、人文科学に新たな道を開く」ものであるとしている。

(6) Marcel Proust, *Conte Sainte-Beuve*, précédé de Pastiches et Mélanges et suivi de Essais et articles, Bibliothèque de la Pléiade, Editions Gallimard, 1971, p. 8.

(7) *ibid.*, p. 268.

(8) Xavier Bichat, *Recherches physiologiques sur la vie et la mort* (première partie) et autres textes, Présentation et notes par André Pichot, GF-Flammarion, 1994.

(9) Marcel Proust, *A la Recherche du Temps perdu*, tome I, Bibliothèque de la Pléiade, Gallimard, 1987, p. 8.

(10) *ibid.*, p. 11.

(11) *ibid.*, p. 36.

(12) Marcel Proust, *op. cit.*, tome II, p. 27.

(13) *ibid.*, p. 381.
(14) *ibid.*, p. 21.
(15) *ibid.*, p. 3.
(16) *ibid.*, p. 4.
(17) *ibid.*, pp. 30-31.
(18) *ibid.*, p. 31.
(19) Marcel Proust, *op. cit.*, tome III, pp. 153-154.
(20) id., tome II, pp. 639-640.
(21) id., tome III, pp. 578-579.
(22) *ibid.*, p. 581.
(23) *ibid.*, p. 519.
(24) *ibid.*, p. 522.
(25) Voir la Présentation par André Pichot, *op. cit.*, pp. 7-49.
(26) Xavier Bichat, *op. cit.*, p. 61.
(27) *ibid.*, p. 62.
(28) *ibid.*, p. 87.
(29) *ibid.*, pp. 87-88.
(30) *ibid.*, p. 88.
(31) *ibid.*, p. 89.
(32) *ibid.*, p. 90.
(33) *ibid.*, pp. 90-91.
(34) *ibid.*, pp. 91-92.
(35) *ibid.*, p. 93.
(36) *ibid.*, p. 94.
(37) *ibid.*, pp. 94-95. なお「幸福は不実の中にしかなく」の「不実」というのは inconstance である。プルーストはラシーヌの有名な詩句として、『アンドロマック』の中にあるこの語（その形容詞形 inconstant）の用例——Je t'aimais inconstant, qu'aurais-je fait fidèle?——をあげ、十七世紀当時の生きた統辞法に基づく文体上の大胆さとして高く評価した。Marcel Proust, Journées de lecture, in *Contre Sainte-*

*Beuve*, Bibliothèque de la Pléiade, Editions Gallimard, 1971, p. 192. 後段で引用する、小説の主人公からアルベルチーヌへの手紙の中でもこの語は使われているが、そこでは「移り気な」と訳した。

(38) *ibid.*, p. 95.

(39) *ibid.*, p. 96.

(40) プルーストの審美的用例に即してこの語の意味を理解している読者には、あるいはこれは同意しがたい見解と映るかもしれない。しかしビシャのこの語の用い方は、恐らくその本来の語義に即しているのであり、また今日の日常的用法にも十分対応していると思われる。美術史において「印象派」という呼称は蔑称としてまず広まったと言う事実は広く知られているが、これがフランス近代絵画としての正統性を確立する過程を通じて、「印象」という言葉にも積極的な意味の付与がなされている、という可能性は十分に考えられよう。プルーストにおいては「印象」は鋭敏な知覚の形態であり、その受動性こそが認識の真正さを保証しているのであった。それゆえこれを待たずに始める知的な探求は、必然性の刻印を帯びていないので、先入観と既成概念から抜け出すことができない、というわけである。古典主義的な伝統の中では、美は安定した「判断」の対象であった。ところが近代的な美は瞬間の中にあり、発見されるべきものとなっている。瞬時の中にある永遠であり、偶然の中に見出される必然である。こうした前提の変化は、「印象」に与える認識論上の地位の変動をもたらさずには済まないであろう。Voir Antoine Compagnon, *Les cinq paradoxes de la modernité*, Seuil, 1990, pp. 15-78.

(41) Xavier Bichat, *op. cit.*, pp. 96-97.

(42) たとえば『スワンの恋』において、ヴァントゥイユのソナタに対する大衆の反応を通じて、まずこうした芸術の社会学は素描される。「大衆は自然の魅力や優美や形態について、ゆっくり時間をかけて吸収した芸術の、月並みな表現の中から汲み出したものしか知らず、また独創的な芸術家はこうした月並みな表現を拒絶することから始めるので、この意味では大衆であったコタール夫妻は、ヴァントゥイユのソナタにも画家〔ビッシュ〕の肖像画にも、音楽の諸調や絵画の美と受け取れるものを見出すことはできなかった。彼らにはピアニストがソナタを演奏しているとき、自分たちが慣れ親しんできた形式ではありえない音のつながりを前にして、ピアニストがでたらめに楽器の上で音符を捕らえていると思えたのであり、また画家は画布の上にでたらめに色を投げつけていると見えたのである。」(Marcel Proust, *op. cit.*, tome I, p. 210) これには次のような考察が継続している。「ヴァントゥイユのソナタの中でも最も隠れた部分が私に明らかになったとき、私が最初に見分け好んでいた部分は、習慣によって私の感性による把握の外へと連れ出されて、私から逃れ、遠ざかり始めた。〔……〕ヴァントゥイユのソナタにおいて人が一番早く見出す美は、また人が一番速く飽きる美でもあって、これは恐らく、そうした美がすでに知っている美と異なるところが一番少ないという同じ理由による。しかしそうして慣れ親しんできた美が遠ざかると、その配列が余りに新しいためにわれわれの精神には混乱としか見えず、われわれにとっては識別し得ないので無傷のままであったこれこれの楽節が、それからは愛の対象になる。〔……〕われわれはこの楽節を他の楽節より長く愛することになるが、それはこの楽節を愛し始めるのに、より長い時間をかけたからである。ところで多少とも深みのある作品をよく理解するために、個人が必要とする時間、それはこのソナタに対して私が必要とした時間が示すとおりであるが、こうした時間は、真に新しい傑作を公衆が愛することができるようになるまでに流れる年月、時として数百年を越える年月の、縮図でありまた象徴の如きものである。〔……〕天才の作品がすぐに賞賛の対象とならないのは、これを書いた人間が並外れた人間であり、彼に似た人間がほとんどいないからである。これを理解するごくわずかの人間を交配して、成長させ増殖させるのは、彼の作品自身なのである。」(*ibid.*, pp. 521-522)

(43) Marcel Proust, *op. cit.*, tome IV, pp. 222-223.

(44) *ibid.*, pp. 174-175.

(45) *ibid.*, p. 173.

(46) *ibid.*, p. 137.

(47) *ibid.*, p. 5.

(48) *ibid.*, p. 96.

(49) Marcel Proust, *op. cit.*, tome III, p. 895.

(50) *ibid.*, p. 539.

(51) *ibid.*, pp. 887-888.

(52) *ibid.*, p. 588.

(53) Marcel Proust, *op. cit.*, tome IV, p. 43.

(54) *ibid.*, p. 14.

(55) 言い換えれば「惰性」(inertie) ということになるが、フランス語でも日本語でもこの語は物理的な意味と心理的な意味を併せ持つものの、後者の意味では余りに日常的かつ平板なので、プルーストにおいても特に目に付く用例は見当たらない。しかし主人公の意志薄弱な性格、何事も一日延ばしにする癖 (procrastination) は、習慣の力を主題とする小説が可能となるための前提条件の一つであろう。

(56) Marcel Proust, *op. cit.*, tome IV, p. 31.

(57) たとえばテーヌはこう述べている。「この世紀においては論弁的理性が至る所で良質の推論を演繹することに専念していた。というのもその特質は一般性を持つ観念を展開することであり、当時の詩人たちはそうした観念を舞台に乗せ、散文家たちはそれを人物肖像として描き出したからである。当然ながらこのことによって、論弁的理性は英雄的で美しい人物を作り出し、この理性の基盤となる美質を彼らに付与する。〔……〕私はオペラにおける約束事と同じく、悲劇における約束事を受け入れる。私はベレニスが自己の苦しみを弁じたてるのを許容する。というのもドーナ・アンナは自分の苦悩を歌うからである。各々の芸術、それぞれの世紀が真実をひとつの形式に包み、この形式が真実を美化し変化させる。それぞれの世紀、各々の芸術はこのように真実を包装する権利を持っている。」Hippolyte Taine, *Nouveaux essais de critique et d'histoire*, Hachette, 1886, pp.179-182. アルベルチーヌの物語において、ラシーヌの多彩な引用は非常に興味深いものであるが、ここでは十分に扱えない。

（58） Marcel Proust, *op. cit.*, tome III, p. 166.
（59） id., tome II, p. 87.
（60） id., tome IV, p. 38.
（61） *ibid.*, pp. 284-285.
（62） *ibid.*, p. 88.
（63） *ibid.*, p. 60.
（64） *ibid.*, p. 70.
（65） *ibid.*, p. 71.
（66） *ibid.*, p. 72.
（67） *ibid.*, p. 70.
（68） Marcel Proust, *op. cit.*, tome III, p. 497.
（69） *ibid.*, p. 499.
（70） *ibid.*, p. 503.
（71） *ibid.*, p. 508.
（72） *ibid.*, p. 527.
（73） Marcel Proust, *op. cit.*, tome IV, pp. 71-72.
（74） *ibid.*, p. 95.
（75） *ibid.*, p. 73.
（76） *ibid.*, pp. 96-97.
（77） *ibid.*, pp. 98.
（78） *ibid.*, p. 99.
（79） *ibid.*, p. 101.
（80） *ibid.*, p. 104.
（81） *ibid.*, pp. 105-107.
（82） *ibid.*, pp. 108-109.

(83) *ibid.*, p. 109.

(84) *ibid.*, p. 110.

(85) *ibid.*, p. 111.

(86) *ibid.*, p. 117.

(87) 上記引用にすぐ続くページには、次のような語り手の自己省察がある。「それに死んだアルベルチーヌに対する愛のこうした再発は、他の人間への興味をしばしば交えた無関心の期間をおいても起こることがあった。ちょうどバルベックで接吻を拒否されてあとには長い中休み期間があり、その間私はゲルマント夫人やアンドレやステルマリア嬢のほうをずっと多く気にかけていたのであるが、アルベルチーヌとまたよく会うようになると、彼女を再び愛し始めたように。ところが今でも別の関心事が別れを――今度は死んだ女との別れであるが――もたらし、彼女には冷淡になることがあった。こうしたことすべては、彼女が私にとっては生きた女であるという同じ理由から生じるのである。もっと後になり、彼女にこれほどの愛着を持たなくなっている頃になっても、私にとってそれは、すぐに倦んでしまうものの、しばらくの間休息させれば回復するあの欲望の一つであり続けた。私は生きている一人の女、次いで別の女と追いかけては、私の死んだ女へと戻ってくるのであった。」(IV, p. 118) 無関心の期間を間に挟んでおこる愛の再発は、ビシャ生理学にみる動物機能の活動期間と休眠期間との交替によく対応している。動物活動をする器官は疲労すると休眠を必要とし、しばらくたてば活力を回復する。同様にアルベルチーヌに対する語り手の愛は、退屈すると別の女に関心を移動させ、その間の休息を経て、再び欲望として回復する。これはアルベルチーヌの生前も死後も変わらない、と述べられているのである。

(88) Marcel Proust, *op. cit.*, tome III, p. 890.

(89) id., tome IV, p. 124.

(90) *ibid.*, p. 125.

(91) *ibid.*, p. 126.

(92) *ibid.*, pp. 127-129.

(93) *ibid.*, pp. 131-132.

(94) *ibid.*, p. 179.

(95) Marcel Proust, *op. cit.*, tome III, pp. 563-564.

(96) id., tome IV, p. 181.

(97) *ibid.*, pp. 181-182.

(98) *ibid.*, pp. 183-184.

(99) *ibid.*, p. 137.

(100) Marcel Proust, *op. cit.*, tome III, pp. 595-599; pp. 608-611; p. 698; pp. 728-730.
(101) id., tome IV, p. 193.
(102) *ibid.*, p. 196-198.
(103) *ibid.*, p. 194.
(104) Marcel Proust, *op. cit.*, tome II, pp. 290-292.
(105) *ibid.*, pp. 448-449; pp. 521-523; pp. 554-560.
(106) *ibid.*, p. 268.

### ルナンの政治的著作と思想劇『カリバン』

(1) *Drames philosophiques* in Ernest Renan, *Œuvres complètes*, tome III, Paris, Calmann-Lévy, 1947.
(2) この分野では鵜飼哲が『国民とは何か』(インスクリプト、一九九七年) 所収論文で、『カリバン』と『若返りの泉』とを合わせ、M・フュマロリの提起した「精神の政治学」を前提としながら、ニーチェのルナン批判に依拠した考察を展開している。
(3) Ernest Renan, *Qu'est-ce qu'une nation ? et autres écrits politiques*, Imprimerie nationale Editions, 1996, p. 39.
(4) *ibid.*, p. 165.
(5) *ibid.*, p. 182.
(6) *ibid.*, p. 111.
(7) *ibid.*, pp. 109-110.
(8) *ibid.*, p. 124.
(9) *ibid.*, p. 123.
(10) *ibid.*, pp. 135-138.
(11) *ibid.*, pp. 139-140. この一節はエメ・セゼールの『植民地主義論 *Discours sur le colonialisme*』で引用されている。またカリバンの人物像には今日、脱植民地化の文脈で象徴的な地位が与えられているが、セゼールの『もうひとつのテンペスト』はこれに大きく貢献したものと思われる。『テンペスト』(インスクリプト、二〇〇七年、砂野幸稔他訳) 参照。
(12) *Caliban*, Acte premier, Scène première, *op. cit.*, p. 383
(13) id., Acte IV, Scène IV, p. 420.
(14) id., p. 421.
(15) id., Acte IV, Scène V, pp. 426-427.

（16）　id., p. 428.

（17）　id., Acte V, Scène première, pp. 431-432.

（18）　Renan reconnaît qu'il est un «républicain du lendemain», dans sa lettre à un journal en décembre 1878. Cf. Dictionnaire in Ernest Renan, *Histoire des Origines du Christianisme*, t. 1, Bouquins, Bobert Laffon, 1995.

（19）　Ernest Renan, *op. cit.*, pp. 229-231.

（20）　*ibid.*, pp. 126-127.

（21）　Cf. Dictionnaire, *op. cit.*

（22）　Ernest Renan, *op. cit.*, pp. 127-128. なお決疑論（casuistique）とは、具体的な状況下での道徳的問題を、規範に照らして解決する方法を探るもので、倫理神学の用語。

（23）　Ernest Renan, *op. cit.*, Acte IV, Scène II, pp. 416-417.

（24）　Ernest Renan, *op. cit.*, p. 126.

（25）　*ibid.*, pp. 141-150.

（26）　Marc Fumaroli, *L'Etat culturel : essai sur une religion moderne*, Editions de Fallois, 1992, pp. 134-135.

（27）　Ernest Renan, *op. cit.*, Acte V, Scène première, p. 433.

**ラマルチーヌの青春小説と詩人の使命**

（1）　Alphonse de Lamartine, *Graziella*, Edition de Jean-Michel Gardair, folio classique, Gallimard, 1979 ; id., *Raphaël*, Edition d'Aurélie Loiseleur, *ibid.*, 2011. を用いた。以下の引用箇所はこの二書による。

（2）　『失われた時を求めて』の第三巻、『ゲルマントのほう』には、ヴィルパリジ侯爵夫人のサロンが紹介されるところで、彼女と同類の「失墜した三女神」への言及がある。若い頃の青鞜派としての活躍がたたって、名門出身でありながら社交的には君臨からはほど遠い老貴婦人たち。回想録の著者でもあるヴィルパリジ夫人と相互援助しつつライヴァル関係にもある白髪の婦人は、「ラマルチーヌの青春」について本を書いて、アカデミー・フランセーズから賞を受けたこともあるとか。その本の内容は知るよしもないが、サント＝ブーヴ流の批評にもつながるこの主題の周辺を、ここで改めて巡ってみたい。Cf. Marcel Proust, *A la Recherche du Temps perdu II*, Bibliothèque de la Pléiade, Gallimard, 1988, pp. 493-495.

（3）　*Raphaël*, Prologue, p. 34.

（4）　*Graziella*, Préface, pp. 7-26; *Raphaël*, Dossier, pp. 293-305; *Lamartine œuvres choisies*, avec biographie, notes critiques, grammaticales, historiques et illustrations documentaires, par Maurice Levaillant, Librairie A. Hatier, 1930, pp. 43-102.

(5) *Raphaël*, *op. cit.*, p. 75.

(6) *Graziella*, *op. cit.*, Préface, p. 13.

(7) *Graziella*, *op. cit.*, pp. 96-104.

(8) *Graziella*, *op. cit.*, p. 29.

(9) *Graziella*, *op. cit.*, p. 93.

(10) 『即興詩人』(上)、大畑末吉訳、岩波文庫、一九六〇年、三九―四二頁。

(11) 『即興詩人』(下)、二九―三二頁。

(12) *Graziella*, *op. cit.*, p. 47.

(13) Madame de Staël, *Corinne ou l'Italie*, Edition présentée, établie et annotée par Simone Balayé, folio classique, Gallimard, 1985, pp. 59-68.

(14) *Graziella*, *op. cit.*, p. 91.

(15) *Corinne*, *op. cit.*, pp. 147-149.

(16) *ibid.*, pp. 82-83.

(17) *ibid.*, pp. 83-84.

(18) *Graziella*, *op. cit.*, pp. 48-61.

(19) 『即興詩人』(下)、一二七―一五八頁。

(20) 同上、三六頁。

(21) 同上、六八―六九頁。

(22) *Corinne*, *op. cit.*, pp. 336-339.

(23) *Graziella*, *op. cit.*, pp. 143-144.

(24) 『即興詩人』(下)、八三―八五頁。

(25) *Corinne*, *op. cit.*, pp. 348-355.

(26) *ibid.*, p. 64.

(27) *ibid.*, pp. 65-66.

(28) cf. Alphonse de Lamartine, *Méditations poétiques: Nouvelles méditations poétiques*, Edition établie, présentée et annotée par Aurélie Loiseleur, Les Classiques de Poche, 2005, *Préface*, pp. 18-19.

(29) *Raphaël*, *op. cit.*, p. 90.

(30) *ibid.*, pp. 76-80.

（31） *ibid.*, pp. 99-100.

（32） *Méditations poétiques*, *op. cit.*, p. 143.

（33） *Raphaël*, *op. cit.*, pp. 111-112.

（34） *ibid.*, pp. 104-105.

（35） *ibid.*, pp. 105-106.

（36） *ibid.*, p. 107.

（37） *ibid.*, p. 109.

（38） *ibid.*, pp. 239-242.

（39） *ibid.*, pp. 131-140.

（40） *ibid.*, pp. 113-114.「次のようなものである」の部分に編者による注釈がついており、草稿に言及されている。

（41） *Méditations poétiques*, *op. cit.*, p. 176.

（42） 死を予感したジュリーが、相手を幸福にできない愛をラファエルに吹き込んだことを強く自分に責めると、ラファエルは彼女の涙を手に受けながら、こう述べる。「神は一人の女性以上のものをあなたにおいて愛するよう、私に仕向けられたのです。私を甘美に焦がしている天の火は、私のなかで地上の欲望のあらゆる燃料を焼尽してくれるものではないでしょうか。」*Raphaël*, *op. cit.*, p. 199.

（43） *Méditations poétiques*, *op. cit.*, pp. 170-171.

（44） *ibid.*, pp. 174-175.

（45） Gustave Flaubert, *Correspondance II*, Edition établie, présentée et annoté par Jean Bruneau, Bibliothèque de la Pléiade, Gallimard, 1980, p. 70.

（46） *ibid.*, p. 77.

（47） *ibid.*, p. 79.

（48）「散文は昨日生まれたばかり」というフローベールの抱負に対応して、「散文の危機」を語ることが今日の評者からなされているが、この表現に文献的な根拠は示されていない。従って作家の意識を問題にする限りでは、その有効性も不確かであると思われる。ちなみにマラルメの言う「韻文の危機」というのは、詩作の場でアレクサンドランによるソネなどの定型詩離れ、自由詩の試みが進展していることを前提としているが、これは十九世紀も末になって見られる現象である。抒情や感傷は拒否するとしても、定型をこそ追求した高踏派の詩もボードレールも、世紀の半ばにはまだ世に出ていない。劇作分野での韻文の退潮はすでに顕著だとはいえ、詩の世界では韻文自体が、なお「危機」にはほど遠い段階にある。さらに言えば、「……の危機」というのは、ジャーナリズムが流布した一種の万能表現であるが、電子的手段で検索してみれば、十九世紀の前半までの用例は少なく、後半になって、特に第三共和制の成立以降に頻出するようになる。政治危機や外交上の危機、特定の政策分野（農業、財政など）から宗教など精神分野にもわたり、媒体としては『両世界評論』が好んで記事のタイトルに使っている。マラルメによるこの語の使用は、これと無縁とは思えない。いわゆる「惹句」に近いものであって、フローベールも世紀末まで生きていれば、その『紋切り型辞典』の増補版に組み入れたかも知れない。しかし世紀の半ばに、この言葉でものを考えた痕跡は窺えないのである。cf. Jean-Nicolas Illouz, Jacques Neefs (sous la direction de), *Crise de prose*, Presses Universitaires de Vincennes, 2002, pp. 33-53. 蓮實重彦、「『ボヴァリー夫人』論」、筑摩書房、二〇一四年、七五―八〇頁。

# あとがき

十年前に出しておくべき本であった。「証文の出し遅れ」になってしまう前に、なんとか刊行にこぎ着けることができて、ほっとしている。十年前でも同じ内容になっただろうというわけではない。十年前にはラマルチーヌやユゴーへの関心は薄く、ルナンもあまり読んでいなかった。ボードレールに言及する自信もなかった。それにこの十年で、歴史的過去がますます立体的に映じるようになった。しかし同じ表題で、ほぼ同じ趣旨の本は、頑張れば多少薄手ではあっても出せていただろう。

結局十四の一応は独立した論文を、多少なりとも一貫性を志向する立場からまとめた形になった。4＋4＋4＋2で14であるから、イギリス式のソネットの構成にも通じる編成になっている。このうち古いものは、昭和の時代にまでさかのぼる。ソビエト連邦が存在していた時代である。この間、政治的なものの見方に変化がないはずはない。小説の読み方も上達したと信じたいが、ともあれ不満を残していた部分を中心に、この機会にかなり手を入れた。平成末年の現在の立場ですべて書かれている、とは言い切れない。しかし二十世紀をすでに過去として見る地点には立っていると思う。

理系の諸分野や、文系でも経済学では、どちらが先に発表するかが極めて重要であるようだ。こんなにのんびりやっていては生きて行けないだろう。文学研究の世界でも、こうしたことに神経を尖らせる人は少なくない。「アイデアの盗用」といった言い方さえなされるが、裏を返せば人文科学においても「独創性」や「発見」への期待はあるからに違いない。専門的な研究というのは、先行研究がどこまでなされているかをよく把握した上で、その上に加える貢献として、仕事を提出するものなのであろう。

ただこのやり方をとると、研究を研究することのほうが作品を読むことよりも優先されがちだ。ところが文学の受容者、小説の読者の大部分は、これとは異なる姿勢で作品と向かい合っている。フランス文学なら、フランスの読者一般と同じ立ち位置を取れないか。すでに一定量の読書経験があり、自分なりの本の読み方を持っている、いわば教養ある読者である。研究者とは違って彼らにはもっと気楽に、というか遊び心を忘れずに、花から花へと飛んでは止まり、蜜を求めるように本を読むことが許されている。

愛好家の遊び心や知的好奇心から出発しても、それがいつしか真剣なものになることがある。広い場所で論じたいと思い立つことがある。たとえば自分の中で二つの本が出会う。それまで別々の関心で読んでいて、無関係だと思っていた図書が、自然史、社会史を介して手をつなぎ始めるのである。アイデアの有効性を検証し、人と思いを共有したいなら、手順を踏んで根拠を示し、説得する技術を身につけなければならない。感動はそう易々とは伝達できないからである。そこからは、およそすべての学術に共通の作業が始まる。

遊びをせんとや生まれけむ、戯れせんとや生まれけむ。『梁塵秘抄』で最も良く知られた今様の一節である。後白河法皇は若い頃、喉が嗄れるまで歌い明かしたという。芸術や芸能の心はこれでなくてはいけない。流通するあらゆる言語表現と戯れるのが文学である。言葉はすべて美しいわけでも面白いものでもない。むしろその大部分は、一見したところではつまらないのである。ただ作家や詩人は、そうしたありふれた土壌から貴重なものを引き出そうとする。その多様な可能性を、わずかでも垣間みようと努めた。つたない表現にも寛大にお付き合い頂けるなら、これに過ぎる喜びはない。

形にすることができたのは、幸いにして水声社のご理解が得られたからであり、社主の鈴木宏氏、編集を担当して頂いた板垣賢太氏に、心より感謝します。

二〇一八年九月

沖田吉穂

# 初出一覧

＊　初出時からタイトルを改めたものは、（　）内に元のタイトルを示した。

## Ⅰ　フローベール

「農事共進会」から『ボヴァリー夫人』を読む………『教養諸学研究』第九六号、一九九四年三月（「農事共進会」を読む――政治のディスクールと恋愛のディスクール）。

『ボヴァリー夫人』と『ノートルダム・ド・パリ』………『教養諸学研究』第一三五、一三六合併号、二〇一四年三月。

『ボヴァリー夫人』における教会と国家………『教養諸学研究』第一三八号、二〇一五年三月。

『感情教育』における政治の射程………『教養諸学研究』第九二号、一九九二年三月（『感情教育』における政治的なもののエコノミー）。

## Ⅱ　ゾラ

エネルギーの変容から読む『居酒屋』………『教養諸学研究』第九七、九八合併号、一九九五年三月（『居酒屋』におけるエネルギーの変容）。

『ジェルミナール』における正義とその表象………『教養諸学研究』第一〇二号、一九九七年三月。

ゾラの鉄道小説『獣人』………『教養諸学研究』第一〇四号、一九九八年三月（『獣人』における連続映像と触覚）。

近代批評と自然主義………『教養諸学研究』第一一二号、二〇〇二年三月。

## Ⅲ　プルースト

恋と環境………『ＥＬＦ』第六号、一九八四年十二月。

価値、交換、信用………『早稲田大学文学研究科紀要別冊』第十集、一九八四年二月。

プルーストにおける芸術の理念………『教養諸学研究』第九〇号、一九九一年三月。

プルーストとビシャ………『教養諸学研究』第一一六号、二〇〇四年七月。第一一八号、二〇〇五年四月。第一二六号、二〇〇九年三月。

## Ⅳ　視界をやや拡げて

ルナンの政治的著作と思想劇『カリバン』………『教養諸学研究』第一二九号、二〇一〇年十二月。

ラマルチーヌの青春小説と詩人の使命………『教養諸学研究』第一四二号、二〇一七年三月。

著者について——

**沖田吉穂**（おきたよしほ）　一九五〇年、徳島県に生まれる。早稲田大学大学院文学研究科博士課程満期退学。現在、早稲田大学教授。著書に、『危機のなかの文学——今、なぜ、文学か?』（共著、水声社、二〇一〇年）、訳書に、ピエール・ガスカール『探検博物学者フンボルト』（白水社、一九八九年）などがある。

# フランス近代小説の力線

二〇一八年一一月二〇日第一版第一刷印刷　二〇一八年一一月三〇日第一版第一刷発行

著者――沖田吉穂
装幀者――宗利淳一
発行者――鈴木宏
発行所――株式会社水声社
東京都文京区小石川二―七―五　郵便番号一一二―〇〇〇二
電話〇三―三八一八―六〇四〇　FAX〇三―三八一八―二四三七
［編集部］横浜市港北区新吉田東一―七七―一七　郵便番号二二三―〇〇五八
電話〇四五―七一七―五三五六　FAX〇四五―七一七―五三五七
郵便振替〇〇一八〇―四―六五四一〇〇
URL : http://www.suiseisha.net

印刷・製本――ディグ

ISBN978-4-8010-0357-6